20세기
일본문학의 풍경

손 순 옥 편

제이앤씨
Publishing Company

20세기 일본문학의 풍경

1982년 중앙대학교에 전임교수로 자리 잡아 책상과 밥상 사이를 오가는 동안에 어느덧 30여년의 세월이 흘렀다. 드넓은 안성캠퍼스, 독특한 기억 자 모양의 연구실 책상, 가슴이 따뜻한 학생들, 아름다운 추억을 쌓게 해준 고마운 시간이었다. 이제 한 차례의 매듭을 지을 시간이 다가와, 그 중앙대학교를 인연으로 만난 박사 제자들과의 논문을 한데 엮어 『20세기 일본 문학의 풍경』을 출간하게 되었다. 일일이 찾아 읽지 못해 하마터면 놓칠 뻔했던 귀한 글들을 가까이하게 되어 여간 기쁘지 않을 수 없다.

우리가 동지로서 연구했던 것은 일본문학이었다. 그 연구가 처음부터 쉬운 일은 아니었다. 우리 모두는 1945년 이후에 태어나 일본어를 외국어로서 배운 사람들이다. 석사논문을 쓰기 위하여 첫돌이 갓 지난 아들을 떼어놓고 1975년 처음으로 일본가는 비행기를 탔던 것은 나쓰메 소세키 작품이나 연구서를 구할 수 없었기 때문이었다. 정보를 위한 일반적인 서적이나 인기 대중 소설은 약간씩 번역판이 나와 있었으나 전문적이고 순수한 문학 서적은 찾기 어려웠다. 분석과 비평을 함께 해야 하는 논문에 대한 지도는 더욱 받을 수 있는 형편이 아니었다.

그러한 시간을 뛰어넘어 이제는 일본에서도 고전이 되어가는 100년 전의 작품을 비롯하여 현대에 이르기까지, 한국이 발신이 되는 논문도 나오고 있으니 많은 발전이 있었다고 할 만하다. 그러나 아직도 풀어야 할 것들이 많다. 간단한 예를 들어 보면 표기법 같은 문제이다. 이번 단행본을 내면서도 석연치 않은 마음을 누를 길 없었다.

이 글에서도 표기하고 있지만 「나쓰메 소세키」는 발음이 잘못된 것이다. 일본말에 '쓰'라는 발음은 좀처럼 없다. 'つ'가 초성初聲에는 '츠' 중성中聲이나 종성終聲에서는 '쯔'로 소리 나는 일본어를 나타내는 문자임에도 불구하고 「문교부통일안」에는 지난날 관습대로 '쓰'로 표기하라고 한다. 발음에 가깝게 쓸 수 있는 우수한 한글을 활용하지 못하는 것이 안타깝다. 마찬가지로 일본어는 장음과 단음에 따라 뜻이 현저히 달라질 수 있어 구별되어야 하는 것이 타당하다. 그러나 「そうせき」가 「소세키」로 표기되어야 하는 것은 참으로 씁쓸하다.

발음의 표기법에 대하여 조금 길게 언급한 것은 이렇듯이 잘못된 것도 따를 수밖에 없는 우리들의 태도를 보아도 인생은 하나같이 모순이며, 또한 이 책에서도 얼마나 많은 모순과 서투름을 드러내고 있을지 두려운 마음에서다. 부족한 점이 있더라도 우리가 노력해서 연구한 결과를 정리해보면, 20세기 일본문학의 풍경은 한마디로 〈고독〉이었다고 할 수 있겠다.

지방 분권과 쇄국정치로 일관하던 시대에서 메이지 신정부가 들어서서 국가개념을 확고히 함과 동시에 20세기는 서양을 이식하는 일에 온통 힘을 기울이던 시기였다. 「문학」이라는 말의 의미가 동양에서는 유학儒學을 중심으로 육예六藝를 갖추는 선비들의 교양을 일컫는 개념에서 언어예술의 총칭으로서의 근대적 개념으로 바뀌었지만 일본에서는 그리 환영받는 분야는 아니었다.

근대국가의 탄생과 더불어 구미문화를 적극적으로 받아들일 때 소설도 서양문학의 영향에서 지식계급의 소산으로서 나타나기 시작하여 주류를 이루게 되는 것은 잘 알려진 사실이다. 그러나 후쿠자와 유키치 등의 계몽으로 「실용」만이 으뜸인 자리에, 삶의 의미를 묻거나 근대인으로서의 자아에 대한 성찰을 가치로 하는 문학은 소수 지식인들만의 몫이었다.

그들은 고독했지만 사회적 변화에 따른 내면의 해방이 필요했다. 「근대」라는 이름과는 달리 신정부가 절대 전체주의에서 점차 군국주의로 치달아갈 때 그들 문학자들은 문학동인지를 펴내며 진정한 인간이 되기 위한 고뇌의 흔적을 보이고 있었다. 군국이나 전쟁으로 집단적 운명체에 가려 개인의 실존이 위협받는 상황이 있었기에 그들의 문학은 무엇이 진정 가치 있는 삶인가를 극명하게 보여줄 수도 있었다. 침묵하기를 강요받던 시절에 신음처럼 내뱉는 언어들이었으며 진실에 대한 열정이었다.

대부분의 작가들은 '나' 개인의 세계로 좁아질 수밖에 없었지만 간혹 이상향에 마음을 두고 자신과 사회에 대하여 고뇌하며 진실에 목말라한 작가들이 있었다. 그들은 미비하게나마 진솔한 마음을 읊어내기 위한 열정으로 붓을 들어 반전시를 읊거나 「나를 사랑하는 노래」를 지어 스스로를 위안했다. 또한 화초나 실경을 그려냄으로써 자아를 실현시키는 수단으로 삼기도 하며 평화를 갈망했다. 자유로운 글쓰기가 탄압받던 시절에 누구보다 그 시대를 아프게 인식하며 날카로운 지적을 주저하지 않았다.

삶의 체험과 기억을 바탕으로 한 그들의 문학작품에서 그 시대를 살아간 보통 사람들의 고독과 분노, 또는 체념 등을 읽어낼 수 있었기에 가까운 이웃을 내면으로 이해할 수 있게 되었다. 군의軍醫였던 모리 오가이도 진실을 알리고 싶은 잠재적 욕구가 없었더라면 굳이 붓을 들지 않았을 것이다. 문학은 개인의 진정한 아픔이 무엇인가를 보여주는 거울 같았다. 아울러 그 시대를 알아보는 상징이기도 하였다. 참된 문학은 우리의 생명과 감정 속에 존재하며 경계설정을 필요로 하지 않는다는 것을 다시한번 새겨본다.

밤새 내리는 빗소리를 친구해가며 글을 쓰고 있는 동안에 벌써 밥상으로 옮겨가야 하는 시간이 다가오고 있다. 이 책이 나올 수 있도록 급한 일정 속에서도 성의를 다해주신 제이앤씨 윤석현 사장님을 비롯하여 직원들에게 고마움을 전하고 싶다. 그리고 지금까지 나와 함께 해준 자랑스러운 제자들은 물론, 인연을 같이 나누었던 모든 분들께 두 손 모아 감사드린다.

2013년 7월 22일
이매동에서
한내 손 순 옥

▌차 례▐

제1부 진실에 대한 열정

제2부 자아에 대한 갈망

제1부

진실에 대한 열정

메이지 시대의 반전시[*]
−「러일전쟁」을 중심으로 −

┃손 순 옥

1. 머리말

밀려오는 서구의 문호개방 압력에 힘입어 「메이지천황」을 앞세우고 초슈長州와 사쓰마薩摩번의 하급무사들이 힘을 모아 에도 막부를 무너뜨리고 이루어낸 것이 메이지 신정부이다.[1] 에도막부시대에서는 각각의 번藩을 중심으로 행해지던 통치제도를 중앙의 하나의 권력으로 모든 것을 모아가면서 자본주의 제도를 육성해가기 위하여 새로운 국민국가를 만들려고 한 움직임이 일본의 메이지유신明治維新이라고 할 수 있을 것이다.

메이지 신정부는 중앙집권으로 국가를 통일하는 조직을 갖추고 「부국강병富國强兵」을 슬로건으로 하여 서양의 근대국가를 쫓아가려고 안간힘을 쓴다. 그러한 신정부의 움직임에 처음부터 일본국민이 잘 따라

주었던 것은 아니다. 새로운 정부조직 속에서 중요한 위치를 차지하는 것은 주로 사쓰마, 초슈, 토사, 비젠 출신들이었던 동시에 그들 마음대로 정권을 휘둘렀음으로 불만을 가진 사람들이 많았다.

한국과의 관계에서도 조선과 에도막부는 정식국교를 맺고 잘 지냈는데 메이지 정부가 성립되어 얼마 되지 않아 쓰시마 번주 소오씨宗氏를 통하여 「왕정복고王政復古」를 조선에 알리며 신정부와의 새로운 관계를 맺으려 하였으나 그 국서의 수리受理를 거부당한 일본이 그 후 「정한론征韓論」[2]을 내세워 호시탐탐 한국을 엿본다. 신정부에 불만을 가진 많은 무사들의 마음을 한국침략으로 돌리려는 것이 작용하기도 한 것이었다. 끝내 러일전쟁 후에는 외교권을 빼앗기고 1910년에는 국권까지 송두리째 일본으로 넘어갔던 것은 우리가 너무나도 잘 아는 사실이다.

이처럼 「부국강병」을 내세운 메이지 정부는 1873년 징병령徵兵令을 발포하여 상비군을 설치하고 그 군비를 지지하는 관영군사공장官營軍事工場을 중심으로 하여 자본주의 산업 육성에 힘을 쏟았다. 징병제는 무사가 무력을 독점하여 서민을 제압하는 제도를 폐지하고 「…국민이 점차 자유의 권리를 가질 수 있게 하려는 것과 인권을 평등하게 하는 길…」[3]로 하고 있으나 실은 「천황제 건설」에 이용하기 위한 것이었다고 할 수 있다. 메이지 정부는 강력한 군사력과 경찰력에 의하여 밑으로부터의 자유 민권운동을 철저히 탄압한 후에, 끝내는 1889년 2월 11일 「천황」을 신성불가침의 주권자로 하는 「대일본제국헌법」을 발포하였다.

이어서 이듬해 10월에는 교육칙어가 발표되어 일본국민은 「천황숭배교육」을 주술처럼 받게 되었던 것이다. 이 후 우리나라를 둘러싸고 일어난 청일전쟁이나 만주滿洲를 문제삼아 일어난 러일전쟁 등은 후진국으로서 유럽열강과의 경쟁에 뛰어든 일본이 최대의 국가목표로 한 「부국강병」정책의 일환으로 그 부富의 원천을 해외에서 구하려는 대외

팽창의 침략전쟁이었던 것이라 하겠다.

　개인의 해방과 그 인권을 존중하는 것이 무엇보다도 근대사회의 특징일 터인데 일본은 메이지 시기에 들어서 전쟁을 하기 위하여 모든 시민을 「국민」이라 부르며 국가를 위해서 생명을 바치는 병사로 만드는 것이 주목적이 되어갔음으로 〈근대〉라는 이름과는 모순된 이중구조의 사회였다.

　인간으로 태어난 이상, 강압적으로만 몰고 가는 정부의 권력 앞에 그대로 주저앉아 따라가는 사람들만 있을 리는 없다. 그들 나름대로 개인의 목숨을 중히 여기며 자유를 누리고자 몸부림친 흔적이 여러 방면에서 있었다. 그 중에서도 문학이란 수단을 통하여 나타낸 일본인들의 「반전시反戰詩」가 있다. 당시에는 반전시들이 실렸거나 반전사상이 실리면 곧장 폐간되거나 발행 금지되어 세간에 널리 알려지지 못했으나 1945년 제2차 대전에서 일본이 패하고 난 뒤에는 사람들에게 그 시들이 새롭게 다가왔다. 군국의 세력이 물러난 후에야 반전시는 그 가치를 인정받았다고 해도 과언이 아니다. 「반전시」라 하여도 시대의 분위기가 살벌하였던 탓에 의식적으로 전쟁반대의 의사를 강하게 표현한 것은 그다지 많지 않다.

　본고에서는 그 중에서도 메이지 시기의 러일전쟁을 중심으로 저항의식이 강하게 표출됨과 동시에 시적 감성이 풍부한 것을 골라 구체적으로 살펴보고자 한다. 전쟁에 반대하는 감정을 노골적으로 드러내고 있는 시가 나타나기 시작하는 것이 러일전쟁이 진행되던 때부터이기 때문이다. 이들 반전시를 통하여 우리나라와도 깊은 관련이 있는 그 시간을 살았던 일본서민의 속마음을 만날 수 있을 것이다.

2. 기노시타 나오에의 〈전쟁의 노래〉

일본은 청일전쟁의 승리로 조선의 종주권을 빼앗음과 동시에 대만 요동반도 등을 중국으로부터 얻었으나, 이어진 「삼국간섭」으로 요동 반도를 청나라에 되돌려야 했고 조선을 지배하는 것도 러시아에 의해 방해를 받아 그 앙심을 품어오던 중, 끝내 1904년 2월 10일에는 러시아에 선전포고를 함으로써 러일 전쟁[4]이 공식적으로 개시되었던 것이다.

일본은 전쟁을 일으키기 위하여 그 동안 영일동맹을 맺는 한편, 러시아의 횡포를 선전하여가며 국민들의 전쟁열을 선동시킴과 동시에 군비증강을 꾀하여 왔던 것이다. 그 중 하나로 1903년 6월 24일의 「도쿄아사히東京朝日」는 도쿄제국대학 법과대학의 일곱 명 교수들의 건의서를 공표한다. 6월 10일에 가쓰라桂 수상 앞으로 제출되었던 것으로 당시의 정부가 내놓은 만주와 한국의 교환적인 타협정책[5]에 반대하여 만주문제를 정면으로 해결하자고 하는 논지였다. 이를 계기로 각 신문은 일제히 주전론主戰論의 방향으로 전환해 갔다. 사람들은 이 때문에 「마치 등에 불이라도 붙은 듯이 '전쟁, 전쟁'하며 웅성대기 시작했다」[6]고 한다.

그러나 일본국민들 속에는 이러한 정부의 방침에 분개하며 전쟁에 반대하는 사람도 있었다. 「요로즈조호万朝報」의 기자로 있었던 고도쿠 슈우스이幸德秋水, 사카이 도시히코堺 利彦, 우치무라 칸조內村鑑三 등은 개전론開戰論으로 바뀐 신문사를 그만둔다. 고도쿠와 사카이는 유라쿠조有樂町에 이층집을 빌려, 거기에서 주간週刊 「평민신문平民新聞」을 발간하기 시작한다. 11월 15일에 창간호를 낸 평민신문은 사회주의를 외치며 제국주의를 공격했다.[7]

변호사, 사회운동가, 저널리스트, 작가 등 다양한 얼굴을 가졌던 기

노시타 나오에木下尚江[8]는 비전론을 전개하는 한편 소설 「불기둥火の柱」
을 1904년 1월1일부터 3월20일에 걸쳐 「마이니치신문每日新聞」에 연재
한다. 「불기둥」은 평민사의 반전운동을 그린 것으로 인물은 유형적이
었으나 작가의 열정과 이상이 독자에게 공감을 불러일으킨 소설이다.
그는 또 6월 12일에 발간된 「평민신문」에 〈전쟁의 노래戰爭の歌〉를 실어
러일전쟁을 비난하고 있다.

〈 전쟁의 노래 〉

아오야마 묘지靑山墓地에서

산에 핀 벚꽃

지는 것을 명예라고 노래되었지

「군신軍神」의 흔적 찾아와보니

장마 비 어두운 들판에

팻말은 하얗고

바람에 목 잘린 꽃잎 흩날리고

너무나도 헐벗은 분묘

인정 있는 산신이

푸른 잎의 소매로 뒤 덮어 주며

눈물 같은 이슬을 떨어뜨린다.

　　저명인의 노래는 벚꽃보다 먼저 말라버려

　　비 내리는 아오야마 찾아오는 그림자도 없네.

　　신대장新大將

전쟁 일어나 5개월도 못되어

7명의 대장은 어느덧 나타나지 않고

과부와 고아는 그 수를 다 헤아리지 못하고

굶어죽은 사람은 지상에 가득 차있네

소집병召集兵

남은 처자와 백발의 부모가

내일을 참고 있으니

가슴이 찢어진다.

명예 명예라고 떠들어 대지 마오

나라를 위해서라는 세상의 의리로

아무 말 못하고 다만 눈을 꼭 감고

눈물을 감추고

죽음으로 간다.[9]

벚꽃으로도 유명한 도쿄 미나토구에 있는 아오야마 공동묘지를 찾
아가 전쟁에서 죽어간 군인들을 애도하고 있다. 군인들의 목숨은 「목
잘린 꽃잎」과도 같았으며 전쟁을 찬양하던 「저명인의 노래」는 「벚꽃
보다 먼저 말라버려」 묘지를 찾는 이가 없다고 한탄하고 있다.

2월에 시작된 전쟁은 약 2개월 간 육군은 거의 전투도 없이 한반도
를 제압하여 5월 1일 제1군第一軍은 압록강을 건너 만주로 들어갔다. 같
은 달 5일 제2군第二軍이 요동반도遼東半島에 상륙하여 금주金州·남산南山
전투를 거쳐 대련大連을 점령하며 요양遼陽으로 향했다. 새로이 편성된
제3군第三軍이 여순旅順공격의 태세를 갖춘 것은 7월 말이었다. 이에 앞
서 고다마 겐타로(児玉源太郎, 만주군총참모장) 노기 마레스케(乃木希典, 제3군사령관)
도고 헤이하치로(東郷平八郎, 연합함대사령장관) 야마모토 곤베(山本権兵衛, 해군성 장
관) 등 육해군의 장군 7명이 대장에 임명되어 러일전쟁의 임무를 맡게
되었던 것이다.

이 시에서 「7명의 대장」이라고 지칭하는 것은 이들 육해군 대장이
다. 「명예 명예라고 떠들어 대지 마오」라며 작가는 「눈물을 감추고 죽
음으로 가는 병사」의 마음을 솔직하게 대변하고 있다. 있는 그대로의

진실한 마음을 대변하는 것에 주저하지 않았던 기노시타는 한국에 대한 인식도 일본인으로서는 남다른 데가 있는 사람이었다.

위의 〈전쟁의 노래〉가 실린 다음호인 『평민신문』 제 32호(6월 19일)에는 「경애하는 조선」이라는 글을 첫머리에 쓰고 있다. 러일전쟁의 본질을 지적하고 반전反戰을 호소한 문서였는데, 그 주요한 내용의 첫째가 청일·러일 전쟁의 목적이 조선 쟁탈에 있었다는 것을 지적하고 있는 것이다. 둘째는 국가 부정사상, 셋째는 한국민족의 능력에 기대를 걸고 있는 것이었다.[10] 또한, 「조선의 부활기」(『신기원』 1906년 10월)에서는 「한일협약」[11]에 의해 외교권을 빼앗긴 것에 대해 「보라, 한국은 한 나라로서의 존재를 이제 지구상에서 보존할 수 없음을, 한 국가로서 외교기관을 가질 수 없지 않은가. 이것은 이미 국가가 아니다. 그렇다. 한국은 망했다. …(중략)…보라, 한국민韓國民은 자국의 멸망을 결코 수수방관 하지 않고 있다」고 날카롭게 말하고 있다.

야밤을 타고 강제로 맺은 협약에 대하여 자세히 쓰는 한편 「한일협약」 체결에 반대해 전 외무대신인 민영환이 자살했고, 원로인 조병세도 음독자살했다는 사실을 소개하면서, 이러한 일에 대해 일본의 학자 비평가 지사들이 동정심을 갖고 있지 않은 여론을 꼬집고 있는 것이다.[12] 「한국민」이라는 낱말의 사용에서도 기노시타가 「대한제국」의 건립을 인정하고 있음을 알 수 있다.

기노시타의 〈전쟁의 노래〉는 이보다 먼저 한달 쯤 전 5월 15일에 같은 「평민신문」에 실린 나카자토 카이잔中里介山[13]의 〈난조격운亂調激韻〉과 비교하면 권력에 대항하여 전쟁을 고발하고 있다 하겠다. 그것은 시어로 사용된 「군신軍神」 「7명의 대장」 등에서 군국에 대한 직접적인 반발을 느낄 수 있기 때문이다. 대표적 반전시의 하나로 불리는 〈난조격운〉은 한시漢詩와 같은 가락에 담아 출정出征을 애통해하는 현실성을 보이고 있다.

팽이를 던지고 내가 오늘 출발하는 옛 산자락의 밭.

울타리에 기대어 나를 배웅하는 늙으신 어머니.

흰머리에 근심 가득하고 노안에는 눈물이 넘친다.

은근, 소매를 끈다. 내 어린자식.

무심, 그는 모른다, 아버지의 저승길.

나의 애간장이 끊어진다고 해야 할까.

국가를 위해서다. 군주를 위해서다.

안녕, 내가 괭이질 하던 밭.

안녕, 내가 괭이 씻던 실개천.

나를 배웅하는 고향사람.

바라옵건데 잠시 그 '만세' 소리를 멈춰주오.

조용한 산, 깨끗한 강,

그 이상한 외침에 더럽혀질라

만세라는 이름으로, 저승길의 사람을 보낸다.

내 어찌 분하지 않겠는가,

　　(중략)

아- 나는 겁이 났다.

생각은 창을 들고 소리치는 영웅을 못 따른다.

집 생각에 비 내리듯 운다.

내 어찌 울지 않겠는가,

국가를 위해서이며, 군주를 위해서이다

지는 해가 기우는 거친 들판의 저녁,

눈앞에 드러누운 시체를 보라,

석양을 받은 암담한 색

여름풀이 어둠을 누비며 흐른다.

저 비린내 나는 사람의 아들의 피를 보라.

적, 아군, 그도 사람이고, 나도 사람이다.

사람, 사람을 죽일 수 있는 권리 있는가.

사람, 사람을 죽여야 할 의무 있는가.

아- 아무 말 말아주오,

국가를 위해서이며, 군주를 위해서이다.[14]

「국가를 위해서이며 군주를 위해서」라고 책동하는 서슬에 못 이겨, 논밭을 매던 괭이를 던지고 평화롭던 고향을 등지고 전쟁터로 나가야 하는 젊은이의 두려움과 서러움이 짙게 묻어나온다. 「그 '만세'소리를 멈춰주오」라는 것이야말로 그 당시의 보통의 시민, 그리고 청년들의 솔직한 마음이었음에 틀림없다. 「만세 라는 이름으로, 저승길로」보내는 것에 대해 시적화자는 「내 어찌 분하지 않겠는가/ 내 어찌 울지 않겠는가」라고 울부짖고 있다.

작가는 시의 연連도 나누지 않고 속마음을 줄줄 풀어내고 있다. 그 당시, 통치자의 선동에 전쟁이 무엇을 의미하는 것인지를 미처 깨닫지 못한 채 괭이를 집어던지고 총칼을 차고 나간 젊은이도 많았을 것이다. 하지만 그들에게 시인은 「적, 아군, 그도 사람이고, 나도 사람이다/ 사람, 사람을 죽일 수 있는 권리 있는가」라고, 국가보다는 개인의 생존 권리를 주장하며 목숨의 가치를 환기시키고 있다.

무엇보다도 이 시기는 「국가를 위해서國家の為」라고 하면 일본국민들이 꼼짝달싹할 수 없었던 것으로 보인다. 많은 사상자를 내고 1905년 9월 5일 포츠담강화조약으로 러일전쟁이 끝났을 때, 기노시타가 9월 10일자 『직언直言』의 권두언으로 쓴 「정부의 맹성猛省을 촉구한다」는 다음의 글에서도 잘 나타나 있기 때문이다. 이미 6일 밤에 도쿄에는 계엄령이 시행되어 군대의 총검이 일체의 불만과 반항을 제압하고 있어 시민대회도 중지되어 있던 때였다.

보라, 이토 히로부미, 이노우에 카오루, 마쓰카타 마사요시, 그네들은 '원로 元老'라는 불가사의한 존칭 하에 늘 시정의 대권을 좌우하고 있는 패거리들 이 아닌가. 그러면서 이토는 기생을 오사카에서 사서 첩으로 하고, 이노우에 는 기생을 끼고 히에이산比叡山에 놀러 가고, 마쓰카타는 적십자사업 시찰 길 에 닿는 곳마다 음탕질을 제멋대로 하고 있다. 그 출정자들 가족, 전사자들의 유족은 굶어도 먹을 것이 없고, 추워도 옷이 없다. 그러면서도 모두 '<u>국가를 위해서</u>'라는 <u>이유로 울지조차 못한다.</u> 전쟁에 따른 사회적 현상인 실업 빈곤 범죄의 비참함은 전혀 돌아보지 않고 있다.[15](밑줄 : 필자)

「국가를 위해서」라는 이유로 울지도 못하는 일본인의 설움을 당당 하게 썼기 때문에 『직언』은 발행을 정지당하고 만다. 소수이기는 하였 으나 총칼을 무서워하지 않고 군국에 맞서 서민의 삶을 대변하고 시로 읊었던 일본인들이 있었다는 것을 알 수 있다. 다음은 화가였던 고스기 미세이의 반전시를 살펴보도록 한다.

3. 고스기 미세이의 『진중시편』

고스기 미세이(小杉未醒, 1881~1964)는 도치기현栃木県 출생으로 일본화 단의 대가로서도 이름이 잘 알려진 인물이다. 고향에서는 중학 1학년 에서 중퇴하고 1898년 도쿄東京로 올라와 서양화를 배워 1902년에는 태평서양화회 회원이 된다. 그 이듬해는 근사화보사近事畵報社에 들어가 러일전쟁이 일어났을 때는 종군하여 전쟁터의 삽화와 정경을 화보통 신畵報通信하였다.

귀국 후에 정사원正社員이 되어 『진중시편陣中詩篇』을 1904년 11월에 호산방嵩山房에서 간행한다. 『진중시편』에는 러일전쟁 종군 중의 시 26

편과 「조선일기」가 수록되어 있다. 이 시집은 그 자체가 반전시집으로 높이 평가되고 있다.[16] 메이지 말기에는 단카를 짓기도 하는데 호를 호오안放庵으로 사용하고 있다.

　무엇보다도 『진중시편』에 나오는 시의 배경이 되는 전장戰場은 한국이기 때문에 더욱 지나쳐볼 수 없다. 시 이외에도 부록으로 써놓은 「조선일기」는 셋으로 나누어 날짜를 적어가며 한국에서 보고 겪게 된 것을 자세히 기록하고 있다. 그럼 시를 감상하여 보기로 한다.

　　〈 인천해전의 전야仁川海戰の前夜 〉

　　　　(上) 전쟁의 신

　　　　몹시 적막하구나 까만 밤바다

　　　　밤하늘의 별들도 깜박거리면

　　　　수초들 깔개위에 물고기들도

　　　　편안히 꿈을 꾸며 잠이 들 테지

　　　　캄캄한 밤물결을 저어서 가는

　　　　작은 배 그 밑에서 무엇인가가

　　　　소곤대는 목소리 들리는구나

"아아 대살육의 날은 가까웠다/ 쌓이고 쌓이는 원망을 참을 수 없다/ 원수와 뱃전을 마주하고는/ 평화의 미소를 그 누가 머금을 수 있을까/ 보라 이미 구름 사이로 구부려 바라보며 고개 끄떡이면서/ 파괴를 기뻐하고 죽음의 냄새를 즐기는/ 전쟁의 신은 내려오고 계시는 것을/ 그가 몇 번인가 피에 적신/ 진홍색 갑옷 위에/ 옻칠보다 짙은 긴 옷을 걸치고/ 소매에 감춘 손가락 꼽아가면서/ 한시각에 별 한집 하나하나를/ 계산하고 지우고, 지우고 계산하고/ 24시각의 기계가 돌아갈 때/ 검은 쇠다리 바다를 차고/ 천둥소리 하늘을 가르며/ 대흉일의 주문을 외우면서/ 작은 혼을 엄청나게 깨부수겠지/ 바다의 악마밥상에 고기를 얹어놓으려고"

그렇다면 폭풍우 몰아치기 전

잠시 동안만의 조용함인가

비린내 물보다도 차디 차갑고

물은 납덩이보다 더욱 무거워

내배는 아무래도 빨리 못가네

아아 무시무시한 저녁 바다여[17]

위의 시 〈인천해전의 전야〉는 상 중 하 로 나뉘어 읊어진 장시長詩이다. 상上의 작은 제목이 〈전쟁의 신〉이고 중中은 〈치요다 함대千代田艦〉 하下는 〈피리소리笛聲〉이다. 상의 〈전쟁의 신〉에서는 앞 쪽과 뒤쪽은 7·5조의 정형시로 읊고 있으며, 가운데는 배 밑에서 소곤대는 소리가 들리듯이 가탁하여 자유로운 가락으로 읊고 있다. 화가답게 검은색의 캄캄한 밤과 핏빛 진홍색이 어우러지게 만들어 더욱 시의 음산한 분위기를 잘 살리고 있다. 고요한 밤바다의 침묵 위에 「전쟁의 신」이 「옻칠보다 짙은」 검은 옷을 입고 죽어갈 시체를 시시각각 손으로 꼽는다는 표현은 전쟁이 얼마나 살벌한 것인가를 소름끼치도록 느끼게 하며, 그것은 다만 「바다의 악마」에게 던져지는 것이라는 것을 강조하고 있다. 하下의 〈피리소리〉에서도 「인천만의 바닷물은 빠져나가고/ 그림자도 지독한 달빛 속에서/ 바다의 악마가 검은 두 손을 들어」 사람을 부르는 것이 해전海戰이라고 작가는 전쟁을 고발하고 있다.

또 〈한강모설漢江暮雪〉에서는 「용산 나루에 해는 저물고/ 들에도 마을에도 창백한 색만이 감돈다/ 하얀 눈이여! 동쪽의 멀리 있는 산만이/ 석양에 비치어 엷은 주홍색/ 아아 그리운 그 빛깔이여/ (후략)」[18]라며, 한강변 「용산」 주변의 쇠퇴하여가는 창백함을 안타까이 여기는 마음이 그려져 있다. 「그리운 그 빛깔」로 노래되고 있는 〈주홍색〉은 일본인에게 있어서는 이국적인 색채로 한국의 궁정에서 애용되던 색으로 인식되어 있던 것이다. 그러므로 이 구절은 번성하고 화려했던 한국의 왕조 시대를 상상하며 읊은 것으로도 해석할 수 있다.

부산에 도착하여 목포를 거쳐 서울을 지나 점차 북쪽으로 가고 있던 고스기 미세이는 개성開城에 머물렀던 시간도 시로 읊고 있다.

〈 개성의 숙소 〉
러시아 정벌 싸움 떼를 지어서/ 사람들 소란스런 개성한복판
숙소의 작은 창이 희미해지고/ 쓸쓸 하구나 술도 차가와지고
소인배는 언어도 통하지 않고/ 숙소를 둘러싸고 집오리 운다.
3월 달 추운 날에 비오는 소리/ 내일 신는 짚신짝 무거울 테지[19]

작가는 쓸쓸한 마음이면서도 가락은 7·5조의 음률에 맞춰 가지런히 읊고 있다. 전쟁이 싫은 마음을 「집오리」우는 것에 가탁하고, 무거운 「짚신짝」으로 표출하던 작가는 마침내 전쟁에 나간 「동생」 돌아오라고 직설적으로 소리 높여 명령하게 된다. 다음은 그의 대표 시로 꼽히기도 하는「돌아오라 내 동생歸れ弟」이다. 「歸れ」는 강한 명령형이고 「弟」라고만 하는 것은 내 쪽 사람일 경우에 친근하게 부르는 호칭이다.

〈 돌아오라 내 동생 〉
돌아오라 내 동생 저녁때 새가/ 숲속에 잠기듯이 돌아 오거라/ 한국의 평양 땅은 피비린내 나고/ 메마른 바람결에 살기마저 감돈다./ (중략) / 동생이여 그대의 하얀 이마가 / 오- 애처럽구나. 햇볕에 검어져/ 사랑과 시를 읊으며 맑았던/ 별 같은 눈동자가 거칠어만 졌구나/ (중략) / 형님의 피 냄새를 어찌 부러워하느냐/ 빨리 그 허리에 찬 칼을 버려라/ 시를 짓는 맑은 샘이 용솟음 치므로/ 동생이면서도 신의 젊은이인 것을/ 그 옥 같은 그릇을 잘 지켜 돌아 오거라./ 이별의 술잔을 마시는 것도 늦는다./ 근심하며 울며 기다리는 사람

들에게/ 혹독하게 풀려난 그 손을 돌려 주거라/ 돌아오라 내 동생 저녁 때 새 가/ 숲 속에 잠기듯이 돌아 오거라[20]

작가 고스기는 「돌아오라 내 동생 저녁때 새가/ 숲속에 잠기듯이 돌 아 오거라」를 반복하여 가면서 절절히 차분하게 외치는 가락은 서정 적이면서도 전쟁의 죄악을 공격하는 설득력이 있다. 여기서 「동생」은 작가의 동생을 말하는 것은 물론 아니다. 피붙이 동생에게 가탁하여 전 쟁에 나간 모든 젊은이에게 호소하고 있는 것이라 하겠다. 「시를 짓는 맑은 샘이 용솟음치는」 젊은이는 작가 자신이기도 하다. 화가이면서도 전쟁의 비참함을 그림으로서만이 아니라 글로써 고발하지 않을 수 없었 던 고스기 미세이는 더 이상, 순수한 정신을 잃는 것이 두려워 「허리에 찬 칼을」 버리라고 씀으로써 자신 스스로도 위로받고 있었을 것에 틀림 없다. 「신의 젊은이」, 「옥 같은 그릇」 등으로 읊어, 전쟁에 끌려 나간 젊 은이가 군주를 위한 아들들이 아님을 은근히 내비치고 있다. 「사랑과 시를 읊는/ 옥 같은 그릇」이란 부드러운 시어와 표현이야 말로 거칠고 야만적인 언어만이 횡행하는 전쟁에 항거하는 최상의 반전反戰이라 하 겠다.

이 같은 반전의 분위기도 있는 가운데 요사노 아키코(与謝野晶子, 1878~1942)의 그 유명한 「아우여 죽지 말고 돌아와 주오」 또는 「그대여 죽어서는 아니 된다오」라고 번역할 수 있는 「君死にたまふことなかれ」 도 읊어졌다고 생각된다.

4. 요사노 아키코의 〈아우여 죽지 말고 돌아와 주오〉

1904년 9월 가인歌人 요사노 아키코는 시가잡지 『명성明星』에 긴 정형시 〈아우여 죽지 말고 돌아와 주오〉를 발표한다. 러일전쟁이 시작된 지도 반년이 지나 일본 육군 사령관 노기 마레스케乃木希典대장이 이끄는 제3군이 여순 첫 번째 총공격을 개시하였으나 실패하여 사상자 1만 6천 명을 내고 있던 시기였다.[21] 아키코가 가출하듯이 사카이의 집을 뛰쳐나와 도쿄에 있는 텟칸과 동거한지 약 3년이 되는 때이기도 하였다. 처녀가집 『헝클어진 머리』를 세상에 내놓은 지도 3년이 되는 해로서 26살의 그녀에게는 장남 히카루光와 차남 시게루葫를 두고 있었다.

「밤의 장막에/ 별들의 속삭임도/ 그쳐진 지금/ 지상의 사람들의/ 흐트러진 머리여」는 가집歌集 『헝클어진 머리』에 나오는 첫 번째 노래이다. 첫 수首에서도 알 수 있듯이 농염한 정감으로 가득 찬 이 가집은 아키코의 이름을 세상에 알리는 데 크게 공헌하였다. 인간의 본능을 구속하는 모든 봉건적인 것으로부터의 탈출, 인습에 대한 반항, 용솟음치는 연애감정 등 분방하면서도 다채로운 공상의 난무가 일관되어 있는 것이 『헝클어진 머리』이다.

그토록 자유스러움을 갈구했던, 당시로서는 보기 드문 대담성을 가졌던 아키코였던 만큼 모든 것이 획일화되고 억압되던 전쟁 시기를 보내는 그 시절이 마음에 들었을 리가 없다. 31음의 짧은 음수율의 단카로서는 도저히 토해낼 수 없는 진실한 마음을 정형의 틀이기는 하나 장시로 나타내어 부조리한 시대를 고발하였다고 생각된다.

〈아우여 죽지 말고 돌아와 주오〉는 7·5조의 8행을 한 연으로 하여 전편이 5연으로 되어 있다. 시의 1연은 부모에게 귀여움을 받고 자란 막내 동생[22]에게 전쟁에서 죽어서는 안 된다고 울고 있는 솔직한 심정을 절규하듯 노래하고 있다

〈 아우여 죽지 말고 돌아와 주오 〉[23]

「여순 공격군에 있는 동생 소오시치를 슬퍼하며」

아아 내 동생이여 널 위해 운다

아우여 죽지 말고 돌아와 주오

막내로 태어나신 그대이기에

부모님의 정 또한 깊었었다오

부모님께서 칼을 쥐어주시며

사람을 죽이라고 일렀겠는가

사람을 죽이고서 죽으라하고

스물네 해 동안을 키웠겠는가

2연에서는 사카이의 오래된 가게를 이어받아야 할 동생에게 여순 성의 함락은 문제가 되지 않는다면서 국가보다는 가업을 이어가는 일이 중요하다고 소리를 높이고 있다. 일본의 국운을 건 러일전쟁이 한창이었던 때이다. 전쟁에 나간 남동생을 생각하며 「죽지말라」고 노래한 시는 세간에 적지 않은 반향을 불러일으켰다. 사회주의자도 아니고 더욱이 젊은 여류가인이 목소리를 높였으니 상상이 가는 일이다. 그중에서도 1연의 「부모님께서 칼을 쥐어주시며/ 사람을 죽이라고 일렀겠는가」라든가 2연의 「여순 성은 망하든 망하지 않든/ 도대체 그대에겐 알 바 아니오」 등의 시구詩句는 당시의 일본인의 간담을 서늘하게 만드는 것이었을 것이다.

사카이 그 거리의 오랜 과자 집

전통을 자랑하는 주인으로서

가업을 이어나갈 그대이므로

그대여 죽어서는 아니 된다오

여순 성은 망하든 망하지 않든
도대체 그대에겐 알 바 아니오.
그대가 알아야 할 장사꾼 집안
법도의 어디에도 없는 일이오

아키코의 친정은 오사카부 사카이시에서 과자가게를 경영하는 오랜
전통을 이어오는 점포였다. 아버지가 돌아가신 후 남동생이 가게를 계
승하고 있던 터에 그 동생의 신변을 염려하는 기분을 한편의 시로 표현
한 것임에는 틀림없다. 그러나 아키코의 동생은 「실제 여순에 가지 않
았었다」는 것이 지금은 구舊「육군대학의 자료에 의해」에 밝혀졌다. 일
본에서 제일 약하다는 오사카의 사단을 여순에 보냈다는 정보를 흘려
적군을 속이기 위함이었다고 한다.[24]
다음의 3연에서는 「천황은 전쟁에 몸소 납시지 않고 짐승처럼 전투
에서 죽으라고, 죽음이 명예라고는 천왕의 마음 깊으시므로」 그렇게는
생각하시지 않을 거라고 「천황」과 전쟁의 관계를 회의와 부정을 섞어
반어적으로 대담하게 노래하고 있다. 일본인에게는 절대적으로 금기
사항이었던 「천황」을 시어詩語로서 직접 언급하고 있다. 「천황」의 마음
을 헤아려 보았다는 것만으로도 「일본 국민으로서 용서할 수 없는 험
담이며 독설이며, 불경이며, 위험천만이며, 난신亂臣이며, 반역자이며,
국가의 형벌을 받아 마땅한 죄인」[25]이라고 오마치 케이게쓰大町桂月에게
지탄받았다.

아우여 죽지 말고 돌아와 주오
대일본의 천왕은 거친 전쟁터
귀하신 몸 당신은 납시지 않고
서로가 서로에게 피를 뿌리며

짐승 같은 길에서 죽어라 하고
죽는 것을 사람의 명예라 함은
천황폐하의 마음 깊으시거늘
어찌 그리하실 수 있었으리오

　4연에서는 아들을 기다리며 빈집을 지키는 백발이 늘어가는 어머니를 등장시켜, 시는 더욱 전쟁으로 인한 가슴 아픈 사연을 실감하게 만들고 있다. 그 때 아키코의 어머니 츠네는 56세의 나이로 병들어 있었고 아버지는 1년 전 갑작스런 뇌일혈로 돌아가셨다. 「태평스럽다 말하는 이 시절에도」 결코 개인의 삶은 전쟁으로 인하여 그렇지 못함을 꼬집고 있다.

아아! 나의 아우여 전쟁터에서
그대여 죽어서는 아니된다오
지난 가을날 너의 아버지 뒤를
못 쫓고 살아계신 어머니께서
비탄의 나날 속에 애절하게도
너를 군에 보내고 집을 지키며
태평하다 말하는 지금 시절도
어머니의 백발은 늘어만 가오

　마지막 5연에서는 약 1년 전에 결혼한 동생의 아내를 등장시켜 개인의 삶의 중요성을 더욱 호소하고 있다.

가게 밭 그 아래서 엎드려 우는
애틋하도록 어린 젊은 새색시

그대는 잊었는가, 기억하는가
열 달도 채 못 되어 헤어져버린
어린 아내 마음을 헤아려 보오.
이 세상 오직 하나 그대 아니면
아 아 그 누구를 또 의지하리요
그대여 죽지 말고 돌아와 주오

열정적으로 호소하고 있는 이 시에 대하여 재빨리 논객인 오마치 케이게쓰가 잡지 『태양』 10월호에 격렬하게 헐뜯었다. 군인 사진을 겉표지에 싣고 시론에서도 문예에서도 전쟁무드에 여념이 없었던 『태양』으로서는 『명성』의 고답적인 행동은 반감을 불러일으키기에 충분했을 것이다. 여기에 대하여 아키코도 또한 『명성』 10월호에 반박을 한다. 우선 「이 나라에 태어난 나는 이 나라를 사랑하는 일은 어느 누구보다 못하지 않습니다」라고 조국에 대한 애정을 명확히 못 박은 다음 「무슨 일에든 충군애국 등의 문자와 황송스런 교육칙어 등을 끌어들여 논하는 유행은, 그 쪽이 오히려 위험하다고 해야 하지 않을까요」라고 앙칼지게 반문하고 있다[26].

아키코가 그 당시에 어떻게 변명을 하고 또 어떻게 이 시에 대하여 일본에서는 그 동안 논쟁이 있었던 간에, 이 작품 하나를 떼어 감상해 볼 때 분명히 한 인간의 생존권의 주장이며 전체주의에 맞서 개인주의의 가치를 부르짖고 있는 것임에는 틀림없다. 인도주의 차원에서의 전쟁에 대한 비판과 항의 및 전쟁을 부정하는 마음이 뚜렷이 전해져 오기 때문이다. 서민적인 사생활 옹호의 호소가 깃들어 있다.

여순 공격에 나가게 된 동생을 부각시키면서도 그 안에는 일본의 젊은이, 나아가 인류 공통의 무모한 죽음을 안타까워하고 있다고 보아야 할 것이다. 전쟁은 「서로가 서로에게 피를 뿌리는 짐승 같은 길」일 뿐으로 사람의 길이 아님을 강렬하게 시사하고 있기 때문이다. 〈弟〉라는 시어로서 가장 가까운 육친의 목숨을 아끼는 것과 더불어 〈君〉이라는 시어를 같은 의미로 사용함으로써 청년들의 목숨 또한 내 동생처럼 중히 여기고 있음을 동시에 나타낸 것이라 하겠다. 이념적인 노래보다 더욱 전쟁이라는 공통의 적을 미워하게 만드는 데 한층 살 가까이 느껴지게 하는 것이다.

5. 맺음말

이상으로 살펴본 바와 같이 본문에서 언급한 작가들은 군국주의 북소리와 말발굽이 마구 설치는 한창 때에 아무도 두려워 입에 꺼내지 않는 진실을 대담하게도 그들의 몸을 던져 시로서 저항했다고 생각된다. 러일전쟁은 17억 엔 정도에 달하는 막대한 전쟁비용을 써가며 사망, 불치병 환자, 포로 등 12만 명이라는 엄청난 인적 손실을 냈다. 그 비용은 지세, 소득세, 영업세를 비롯한 각종세목의 증세增税로, 또 담배와 소금의 전매는 물론 국내외에서의 국채발행으로 조달되었다. 증세는 물가등귀와 불경기를 초래하여 생활을 몹시 압박했기 때문에 서민들 사이에는 크게 소리는 못내도 전쟁을 못마땅해하는 기분이 퍼져가고 있었다. 이 때 국민의 그러한 마음을 문학적으로 표현한 것들의 대표적인 작품이 기노시타 나오에, 고스기 미세이, 요사노 아키코의 반전시들이라 하겠다.

나오에는 변호사로서 비전론을 주장하며 한국에 대해서도 보기 드문 동정심을 가지고 일본의 그 부당한 정치 행태에 반발하던 것과 마찬가지로 〈전쟁의 노래〉 등을 통해 군국의 권력을 야유하는 동시에 죽어간 병사들의 목숨을 애석해하고 있었다. 화가였던 미세이는 「조선일기」

와 함께 한국을 무대로 한 반전시를 통해 쇠퇴해가는 한국의 당시의 풍경도 생생히 읊고 있었다. 〈인천해전의 전야〉에서는 전쟁의 공포를, 〈돌아오라 내 동생〉에서는 「근심하며 울며 기다리는」 사람들에게 동생이여 돌아오라고 강하게 명령하고 있다. 그 중에서도 여류가인 아키코의 「아우여 죽지 말고 돌아와 주오」는 더욱 강렬히 전쟁이라는 「짐승의 길」에서 죽지 말아야 하는 이유를 조목조목 따져가며 개인의 목숨에 대한 찬가를 부르짖고 있었다.

남성들 쪽이 비오는 묘지를 찾아가, 병사의 죽음을 떨어지는 벚꽃에 비유하여 애달프게 읊고 있거나 또는 배 밑에서 소곤대는 소리가 들린다며 전쟁의 귀신에 빗대어 환상적으로 읊고 있는 것에 비하여 아키코의 그것은 매우 현실적이며 직설적이었다. 전쟁터의 시체라던가 병사들의 모습은 그려있지 않으나 「여순 공격」을 직접 사용하며 시대의 부조리를 고발하는 것이었다.

그들 모두는 전쟁이라는 살인행위가 인류에 반하는 것이며 서민생활과는 무관하다는 것을 강조하며, 늙으신 부모와 가족을 위해서 「죽지 말라」고 저항하고 있었다. 나오에의 말처럼 모든 것이 「국가를 위해서」 라는 한마디로 통제되고 있던 시대에 그것은 매우 용기 있는 언어였으며 시어詩語였다고 하겠다. 아키코의 반전시에서는 「천황제에 대한 비판의 조짐까지 보인다」[27]고도 할 수 있을 정도였다.

옳게 진행되고 있지 않는 정부의 권력에 맞서 일본국민의 속마음을 진실되게 표현한 반전시들은 군국주의의 악몽이 되살아나려 할 때마다 불멸의 빛을 발할 것이다. 자유와 인간애를 부르짖은 반전시들은 영원한 생명을 가지고 일본이라는 국경을 넘어 세계 모든 이에게 기억되어도 좋으리라 생각된다.

* 이 글은 2010년 『세계문학비교연구』(제33집)에 발표한 「메이지 시대의 반전시 연구」를 수정·보완한 것임.

1 19세기에 들어와, 근대 산업 국가를 먼저 이룩한 서구 열강이 그들의 상품시장과 원료들을 구하기 위하여 동양의 여러 곳에 강제로 문호개방을 요구하던 때에 그 위험을 느껴 강력한 국민국가를 만들어 낸 것이다. 1853년 우라가(浦賀)에 미국의 페리제독이 4개의 함대를 이끌고 와 항구를 개방해 줄 것을 요구한데서부터 막부는 흔들리기 시작한다.

2 막부 말에서부터 유신에 이르기까지 쓰시마의 무사나 기도 타카요시(木戶孝允)등은 「일본의 국위를 빛내기 위해서는 대륙으로 나가지 않으면 안 된다. 그 제 일보가 조선을 경영하는 것이다」라는 의견서를 내고 있었다. 이때 국교거부의 태도를 「無禮」라고 느낀 사이고 다카모리 등 정부지도자는 이 기회를 틈타 조선 진출을 하자고 정한론을 주장했던 것이다.

3 歷史学研究会編『日本史史料[4]近代』岩波書店, 2004, p.99.

4 육군에서 먼저 파견된 부대는 1904년 2월 8일 인천에 상륙하기 시작한다. 같은 날, 해군은 여순(旅順)항에 있던 러시아 함대를 공격하고 이튿날 9일에는 인천의 러시아 군함을 공격하여 파괴시켜버린다. 그렇게 먼저 불시의 공격을 시도하여 싸움을 걸고 난 이튿날 10일, 러시아에 정식으로 선전포고를 한다.
   川崎庸之 외 3人 監修, 『読める年表』自由国民社, 1991, p.896 참조.

5 당시 이토 히로부미(伊藤博文)가 내놓은 것으로 「대국 러시아와 싸우는 것은 위험이 너무 많다. 오히려 러시아와 사이좋게, 만주는 러시아, 조선반도는 일본이 차지하는 것으로 서로 협정하는 것이 좋지 않을까」하는 의견이었다. 이에 대하여 야마가타 아리토모(山縣有朋)는「영국과 동맹을 맺어 무력을 사용하여 러시아를 만주에서 몰아내야한다」고 주장하였다.
   위의 책, p.542 참조.

6 福田清人외『日本の歷史』読売新聞社, 1979, p.116.

7 川崎庸之 외 3人 監修, 앞의 책, 1991, p.895.

8 木下尚江(1869-1937) : 信州松本 출생. 아직 憲法도 国会도 없던 1886年 "国王을 재판하는 법률"을 배우기 위해 도쿄로 와서, 英国憲法의 授業이 있던 東京専門学校(現早稲田大学)에 입학한다. 1888年, 고향에 돌아가「信陽日報」기자가 된다. 그리스도교를 믿기 시작하여 廃娼運動, 禁酒運動 등에 전념하기도 하며 1893년에는 시험에 합격하여 변호사가 된다. 1897年, 選挙疑獄事件의 容疑로 検挙된다. 1899年「世界平和에 대한 日本国民의 責任」이라는 제목으로 論説을 집필함. 그 후 平和와 反国体를 부르짖으며 1904년의 러일전쟁 때는「다른 사람의 나라를 멸망시키는 것은 또 다른 사람에 의해 멸망당한다. 이것은 인과의 필연이다.」라고 주장하며『平民新聞』의 同志들과 함께 非戰運動을 개시한 초기 사회주의자 중 한사람이다.

9 伊藤信吉 編『日本反戰詩集』太平出版社, 1970, p.28.

10 「정치가는 '우리는 조선의 독립을 위해 일찍이 청일전쟁을 감행했고, 또한 러일전쟁을 시작하기에 이르렀다'고 말한다. (중략) 그들이 말하는 정치적 구제라는 것이 과연 조선의 독립을 옹호하는가 하는 점에 대해서는 쉽게 이해할 수 없다. 조선국민의 입장에서 관찰해보면 일본, 중국, 러시아제국의 권력적 야망이 한반도에서 서로 경쟁을 하는 결과를 낳고 있을 뿐이지 않은가 (중략) 우리는 조선인의 소질에 큰 기대를 가지고 있다. 그들은 매우 현실적이고 어떤 압박 아래에서도 염세적인 사고방식에 젖지 않으며 그들의 요구는 현세의 행복에 있다.」

11 러일전쟁이 시작되고 난 두주일 째에 일본은 한국에 한일의정서를 체결하도록 밀어붙인다. 이 의정서에 의해 한국은 일본의 보호국이 되었다.

12 『木下尙江集』明治文學全集 45, 筑摩書房, 1965, pp.325-326.

13 中里介山(1885～1944) 소설가 가나가와현(神奈川縣)에서 정미업을 하는 가정에서 태어난 나카자토는 가정의 빈곤으로부터 사회적 모순에 눈을 떠, 그리스도교적 사회주의의 사상적 세례를 받는다. 고오도쿠 슈스이(幸德秋水) 야마쿠치 고켄(山口孤劍)등과 같은 사회주의자들과 접촉하며 『평민신문』의 현상소설에 응모하여 『무슨 죄』가 우수작으로 뽑힌 것을 계기로, 동 신문의 기고자가 되어 1904년 5월 15일에는 반전시〈난조격운(亂調激韻)〉을 싣는다.

14 伊藤信吉『日本反戰詩集』太平出版社, 1970, pp.20-21.

15 山極圭司『評傳 木下尙江』三省堂, 1977. p.208.

16 日本近代文學館・編『日本近代文學大事典』第二卷, 1977, pp.33-34 참조.

17 『明治社會主義文學集(一)』明治文學全集 83, 筑摩書房, 1972, p.392.

18 위의 책, p.397.

19 위의 책, p.399.

20 위의 책, p.401.

21 러시아태평양함대가 주둔하고 있던 여순 항을 육상에서부터 둘러싸고 1904년 8월 19일, 총공격을 가했다. 그러나 산위에 요새를 구축하고 기다리고 있던 러시아군은 대포 기관총 지뢰 등으로 이들을 격파하여 순식간에 1만 6천의 사상자를 내는 바람에 일본군의 1차 공격은 실패했다. 그 후 여러 차례의 실패를 거듭하며 러시아군의 거점인 203高地는 11월 26일에 있은 3차 총공격으로 마침내 일본에 점령당했다.
古川淸行『スーパ日本史』講談社, 1991, p.543.

22 아키코에게는 학위를 받고 東京帝國大學工學部 교수가 된 오빠 秀太郎와 가출한 아키코를 대신하여 친정의 가업을 이어받고 있던 동생 籌三郎가 있었다.

23 神保光太郎 編『与謝野晶子詩歌集』白凰社, 1965, p.34.

24 入江春行『与謝野晶子とその時代』新日本出版社, 2003, pp.61~62.

25 福田淸人 編『与謝野晶子』, 淸水書院, 1968, p.71.

26 『與謝野晶子・與謝野鐵幹集』明治文學全集 51, 筑摩書房, 1968, pp.308-309.

27 『詳錄 新日本史史料集成』第一學習社, 1991, p.351.

나쓰메 소세키의 『양귀비꽃』[*]
−「도의」의 문제를 중심으로 −

┃손 순 옥

1.

내가 나쓰메 소세키夏目漱石문학에 흥미를 가지게 된 것은 석사논문에서 춘원春園[1]의 『무정無情』과 소세키의 『양귀비꽃虞美人草』를 비교해 본 것이 계기였다. 그런 깊은 인연이 있는 『양귀비꽃』(1907年 東京朝日新聞연재)을 이번에 다시 한 번 정독해 보았다. 사흘이 걸려 다 읽었을 때 『양귀비꽃』의 근본적인 모티브는 작품의 결말에 부연되어 있는 고노甲野의 일기를 독자에게 전달하는 것이라고 생각했다. 「이 이론을 설명하기 위해 전편을 쓰고 있다」고 잘 알려진 소세키의 해명(小宮宛書簡 1907年 7월19일)이 없어도 「인생의 첫번째 의의는 도의道義에 있다고 하는 명제를 수립」[2]하려고 했던 것이 한편의 주제라는 것을 충분히 알아차릴 수 있다. 사건의 전개에서도 나와 있지만 3페이지에 이르는 고노의 철학 속에서

「도의道義」라는 말이 14번[3]이나 나오는 것이다. 이런 점에서 『양귀비꽃』를 논함에 있어서 이 「도의」의 문제를 빼고서는 말할 수 없을 것이라고 생각한다. 이 글에서는 소세키가 생각하고 있던 「도의」의 내용이란 어떤 것인가에 초점을 맞추어 이 작품을 더욱 면밀히 검토해 보고자 한다.

2.

먼저 『양귀비꽃』에 사용된 「도의」의 의미부터 살펴보자. 이 작품의 결말에 고노의 말로써 표현된 것 이외에 전반부에서도 「도의」는 4번 정도 나온다.

> 형식적인 사람은 밑바닥이 없는 도의의 술잔을 껴안고 길거리를 조심조심 걷고 있다. (4)(이하의 숫자는 소설의 장을 나타냄)

> 도의는 연약한 사람의 머리에 빛나지 않아 이토코는 불안한 기분이 들었다. (6)

> 어떤 사람은 도의의 실을 끌고 움직이고, 어떤 사람은 간악하고 거짓이 많은 원을 넌지시 비치며 돈다. (7)

> 후지오는 자신을 위해 하는 사랑을 이해한다. 다른 사람을 위해 하는 사랑이 존재할 수 있다고 생각한 적도 없다. 시의 정취는 있다. 도의는 없다. (12)

(4)의 「밑바닥이 없는 도의」는 〈뿌리가 없는 도의〉나 〈전통이 없는 도의〉로 바꿔 말할 수 있을 것이다. (6)의 도의는 〈정의〉라는 낱말과 통한다. (7)의 「도의」는 「거짓」의 반대 의미로 사용되었으므로 〈진실〉을

나타낼 것이다. 「하늘에서 내린 것처럼」 고노의 곁에 조용히 서서 본모습으로 움직이는 이토코絲子는 「도의의 실을 끌고」 움직이는 인물이다. 「얌전하게 감사의 인사를 한」 사요코小夜子도 전통의 가치인 〈성실〉을 지키며 살아가고 있다. 그에 비해 후지오藤尾는 물질적 문명의 시적 정취는 있지만 타인에 대한 배려가 없다. (12)의 「도의는 없다」는 것은 〈자기희생〉이 없는 후지오의 성격을 지적하고 있다.

전술한 것처럼 「도의」의 내용은 뿌리 깊은 전통적 가치이고 정의이며 자기희생을 수반하는 성실이다. 이것들은 작품의 결말에 있는 고노의 일기에서 한 번 더 확인할 수 있다. 「도의의 실천은 타인에게는 지당한 편의便宜이지만 자신에게는 불이익이다」(19)라고 쓰고 있다. 또 다음과 같이도 말하고 있다.

> 만인은 모두 생사의 큰 문제로부터 출발하는 이 문제를 해결하고 죽음을 버린다고 한다. 삶을 원한다고 한다. 여기에 있어서 만인은 삶을 향해 나아간다. 다만 죽음을 버려야 한다는 것에 있어서 만인은 일치하기 때문에, 죽음을 버려야 할 필요조건인 도의를 상호간에 지켜야 한다고 암묵적으로 합의했다. (19)

바꾸어 말하면 여기에서의 「도의」는 「죽음」을 버리고 「삶」을 영위해야 할 필수조건이 되고 있다. 「도의」에 이 정도로 중점을 두었던 소세키였음으로 다수의 비평가가 평하고 있듯이 일체의 사상이나 윤리를 소홀히 하고 있었던 당시의 자연주의의 문단에 소세키가 반발한 것은 당연하다고도 말할 수 있을 것이다.

소세키는 「문예의 철학적 기초」(1907년 4월20일, 도쿄미술학교강연)에서도 「문예가」는 「한가한 사람」이 아니라 「인생의 큰 목적에 공헌하는」 사람이며, 「어떻게 생존하는 것이 가장 좋은가 하는 문제에 대한 답안」을 쓰는 「이상理想」을 그리는 사람이라고 쓰고 있다. 그 「이상」

을 실현하는데 방해가 있는 경우 「문예가가 이용하는 도구」인 기교技巧가 필요하게 된다. 그는 「일반적인 세상이 자신의 실세계에서의 발전을 저해할 때, 자신의 이상을 기교를 통해 문예상의 작품으로써 나타내는 것 외에는 방법이 없다」고 매우 강하게 주장하고 있다. 소설『풀베개』에 보이는 공리적 예술관과도 연결되어 있다고 생각된다.

유명한 고미야 토요타카小宮豐隆 앞으로 보내는 서간에 「후지오라는 여자에게 동정을 가지면 안 된다. 그녀는 불쾌한 여자다. 시적이지만 얌전하지 않다. 덕의심이 부족한 여자다. 그 여자를 마지막에 죽이는 것이 한 편의 주요한 요지」라고 쓰고 있듯이 작가 소세키에게 있어서 「덕의심이 부족한 여자」는 제외될 운명을 가진 것이다. 이처럼 소세키의 이상, 즉 「도의」를 강조한 나머지 『양귀비꽃』에서 여주인공 후지오를 무리하게 죽이는 것은 오히려 「도의」의 아이러니이다. 소세키의 「죽음」에 대한 남다른 관심과 여성관에 기인한 결과가 아닐까하고 생각되는데, 그 점에 대해서는 뒤에서 언급하기로 하자.

3.

소세키는 「구旧」와 「신新」이 섞여있던 과도기에 일본인이 행해야 할 올바른 길, 즉 그 시대의 도의에 대해 깊이 생각한 끝에 물질적 문명의 「신」보다 정신적 전통의 「구」에 마음을 기울였다고 생각된다. 넓게는 동양과 서양과의 가치에서 동양적인 것, 일본적인 것을 지지하고 있던 것을 독자에게 알리기 위해 이 소설을 쓴 것이라고 생각된다.

『양귀비꽃』은 이처럼 시대적 도의의 문제를 인간의 생활에서 가장 중요한 결혼문제를 둘러싼 이야기로 전개되고 있다. 오노를 중심으로 하여 고도선생과 사요코에 의해 이루어지는 과거의 〈전통〉의 세계와 후지오와 그 어머니에 의해 이루어지는 현재의 〈문명〉의 세계가 대립하는 상태를 기교로서 다루고 있다.

이 작품은 인간을 중심으로 한 것이라기보다 작자의 이념을 강조하기 위해 쓰인 것이기 때문에 뚜렷한 주인공이라고 할 만한 인물이 없다. 고노의 비극론으로 끝나는 것도 후지오까지 하나의 수단으로서 사용되었다는 잘 보여주고 있다. 그러나 스토리의 전개에서는 오노小野가 남자 주인공 위치를 차지하고 있다고 봐야할 것이다.

「도의」의 현신인 듯한 고노는 특히 사색만 있을 뿐 「삶」에 대한 이해나 탄력성이 부족하다. 그는 과거와 현재의 사이에서 고민하는 오노를 깨우치게 하기 위해 만든 도의의 해설자이고, 무네치카宗近는 고노에게 부족한 실행력을 가진 인물로 두 사람 모두 오노의 이야기를 풀어가기 위한 조연이다.

오노는 과거의 전통을 유지하고 있는 교토京都와 허영의 문명이 만연한 도쿄東京에 걸쳐 있다. 그는 「과거」를 짊어지고서 현재는 「색色의 세계」에 살고 있는 「문명의 시인」인 것이다.

> 가난을 열일곱자로 표방해서, 말의 똥, 말의 오줌을 자랑스럽게 읊는 하이쿠라는 것이 있다. 바쇼가 오래된 연못에 개구리를 뛰어들게 하면 부손이 양산을 메고 단풍을 보러 가고, 메이지가 되어서는 시키라고 하는 사내가 척추카리에스로 앓아누워서, 수세미의 물을 마시면서도 시를 지었다. 청빈을 부끄러워하지 않는 풍류는 오늘에 이르러서도 다함이 없다. 다만 오노씨는 이것을 비천한 것이라 한다. (12)

문명의 시인은 「겐로쿠元祿의 풍류」를 비천한 것이라 여기며 「20세기의 시적 취미」를 위해 「남의 돈으로 시를 짓고, 남의 돈으로 미적 생활을 보내지 않으면 안 되는 것」(12)이라고 작가는 말한다.

이 작품은 「한쪽 발이 새 것이고 한쪽 발이 옛 것」(14)인 것처럼 걷고 있는 오노의 양쪽 발을 모두「옛 것」으로 돌리려고 한 것이다. 「소세키」라고 하는 필명과 마찬가지로 이는 시대를 거스르는 발걸음인 까닭에 어딘가 모순이 생겨나는 것은 당연한 일이다.

그렇다고 해서 『양귀비꽃』은 시대에 뒤쳐지는 「선」과 「악」의 대립도 아니고, 가라타니 고진柄谷行人씨가 말하는 「사회주의에 있어서도, 단지 부자와 가난한 사람의 대립이라는 고래古來로 부터의 도식圖式」[4]도 아니다. 더욱이 고노 다에코씨의 「연애소설로서」[5]의 읽는 법은 납득하기 어렵다. 「사랑」을 위한 괴로움이나 갈등이 보이지 않는다.

후지오에게 마음이 끌리고 있던 무네치카도 오노도 곧바로 포기하는 것은 자연스럽다고는 말할 수 없고 진실한 「사랑」이라고도 생각할 수 없다. 오노에게 버림받은 후지오가 그 자리에서 무네치카를 선택하는 것도 역시 진정한 애정의 감정이 아니다. 그러므로 「무엇보다도 '문명' 비판소설로서 읽어야 한다」[6]고 말하는 히라오카 토시오平岡敏夫씨의 의견에 동감이다. 다만 「과거」와 「문명」의 대립이라기보다도 〈전통〉과 〈문명〉의 대립이라고 생각된다. 막연한 「과거」가 아닌, 과거 안에서 겹겹이 쌓여져 온 정신적인 미덕으로서의 독특한 일본적 정서情緒와 서양적 정서와의 대립으로 봐야할 것이다.

〈전통〉의 측면에는 「흐르는 노을을 저녁삼고 흐르는 기운을 들이마시는」(12) 「선인仙人」이 있고 「청빈을 부끄러워하지 않는」 풍류가 있다. 또 거기에는 온순하고 소극적인 사요코가 고토琴을 켜고 있다. 히에이산比叡山도 우뚝 솟아 있다. 그러한 전통적인 것이 남아 있는 교토는 「서두르는 것을 이해할 수 없는」(7) 장소로서 도쿄에 비해서 한층 더 아름답고 정취가 있는 도시로 그려져 있다.

〈문명〉의 측면에서의 도쿄는 먼지투성이의 「눈이 어지러운 곳」(4)으로 「돈」을 갖고 싶어 하는 「시인」이 있고 오만하고 적극적인 후지오가 영어를 배우고 있다. 히에이산에 오르는 것보다 사람들은 전람회의 일루미네이션 아래에 모인다.

소세키는 〈전통〉과 〈문명〉의 대립을 「감 양갱이나 미소전병」과 「초콜릿을 바른 계란 카스테라」로 과자에까지 비교하고 있다. 서양과자를 「망국亡國의 과자」(11)라고도 말하고 있다. 소세키의 문명관이 엿보이는 구절인 것이다.

교토에서 자란 뒤 도쿄에서 변해가는 오노는 당시의 많은 일본 지식인의 모습, 그 자체였을지도 모른다. 「자기본위自己本位」를 잃어버리고 겉모습만의 「아름다운 뜬세상」에 다가가고 있던 오노는 소세키가 가장 마음을 다해 그리려고 한 인간형으로 메이지 시대의 입신출세를 갈망하던 전형적인 인물상일 것이다. 그러한 오노의 주변에 〈전통〉의 가치인 사요코와 〈문명〉의 가치인 후지오가 놓여 있다. 물론 오노는 사요코와 같은 「애틋함」을 갖춘 전통적인 아름다움에는 마음이 가지 않는다. 소세키는 다음과 같이 설명하고 있다.

> 오노씨는 얌전하게 예를 갖춰 말한 사요코를 확실히 깔보았다. 그러나, 그 안에 애틋함이 있는 것은 조금도 알아차리지 못했다. 보라색이 화근이 되었기 때문이다. (9)

「보라색」으로 상징되는 허영이나 교만한 마음은 근대문명이 가져온 서양적인 것으로『양귀비꽃』에 있어서의 당세적인 색인 것이다. 이 색이 더욱더 발전해가면 허영에서 불안이 생겨나『그 후それから』에서처럼 「빨간색」이 된다. 「모든 나뭇가지를 초록으로 되돌리는 준비를 위해 적막에 잠긴 한가운데를 남몰래 통과하는 봄의 맥락은, 고노씨와 똑같은 마음이다.」(17)라고 쓰여 있는 것처럼 「보라색」의 세상을 평화의 색인 「초록」으로 되돌리는 것이 고노에게 맡겨진 역할인 것이다. 또

「칙천거사則天去私」로 인도하는 역할이기도 하다.

「일본이 훌륭하게 되어서 영국 쪽에서 일본의 흉내라도 내는 정도가 아니라면 안 된다」(16)라고 생각하고 있던 소세키였기 때문에 일본적 정서 쪽에 깃발을 들어준 것이다. 「문명개화」가 시작되고 어느덧 40년이 지나 개인의 〈자아〉의 정도가 지나쳐 〈아집〉으로 치달아 날마다 감각적인 방향으로 향해가는 것에 낙담한 소세키는 오노로 하여금 사요코를 선택하도록 만든 것이다. 무네치카의 「성실하게 되어라」고 하는 한 마디에 의해 바로 마음을 바꾸는 오노는 원래 「자아가 없는」 주체성이 빈곤한 인물상으로서 모습이 만들어져 있다.

소세키의 「일반의 행복을 촉구해서 사회를 진정한 문명으로」(19) 인도하려고 한 의지는 강하게 인정되지만, 작품으로서는 작가 자신의 주관적 서술이 많았기 때문에 그가 원하던 「환원적 감화」에는 걸맞지 않았다고 말할 수 있다.

4.

『양귀비꽃1』의 등장인물은 선인이나 악인으로 확실하게 구별되어 있지 않다. 간단하게 마음을 고쳐먹는 오노도, 후지오의 장례식이 끝난 뒤 고노의 말을 듣고 즉각 「전적으로 내가 나빴어」라고 회심하는 수수께끼의 엄마도 모두 악인은 아니다. 후지오마저도 죽는 것으로써 「나」라는 이기심이 빠져버린 뒤에는 「모든 것이 아름답다…… 거만한 눈을 감은 후지오의 눈썹은, 이마는, 검은 머리는 천상의 여자처럼 아름답다」라 묘사되어 있다.

후지오를 죽음의 파멸로 몰아간 것은 악에서 나온 운명도 아닌 소세키의 도의에서 준비된 심판인 것이다. 「아집」에 대한 처벌이다. 도의의 심판이 사람을 살리는 것이 아니라 사람을 죽이는 것은 소세키의 「죽음」에 대한 예사롭지 않은 관심과 일본인에게 이어지고 있는 사생관과도 관계가 있는 것은 아닐까. 또 「죽음」의 과녁이 되어 있는 것이 오노가 아니라 후지오로 되어 있는 것도 작가의 여성관 때문일 것이다. 만약 후지오가 고노의 도의에 귀를 기울여 마음을 돌이키고 무네치카를 선택함에 있어서 수치를 느낀 고노가 독을 마시고 죽는다고 하는 것도 상상할 수 있는 것은 아닐까. 그러나 소세키는 여성에 대해 부정적이었고 인간만사의 해결법으로서 첫머리부터 「죽음」을 설정해두고 있다. 고노와 무네치카는 산을 오르면서 다음과 같이 이야기한다.

> 「단지 죽음이라고 하는 것만이 진실이야」
> 「사절하고 싶어」
> 「죽음을 당하지 않으면 인간의 허영은 좀처럼 멈추지 않는 것이야」
> 「멈추지 않아도 좋으니까 곤경에 처하는 것은 딱 질색이야」
> 「질색이라도 금세 오고 있어. 왔을 때에야 아 그런가 하고 깨닫는 거지」 (1)

도스토예프스키의 『죄와 벌』에서는 노파를 죽인 라스코리니코프조차 창부인 소냐에 의해 구제되지만, 소세키의 문학은 대체로 「자살」이나 「죽음」으로 인생의 문제를 해결하고 있다. 작중의 젊은이들의 회화에서도 「죽이다」라는 단어는 자주 사용된다. 「후지오가 한 명 나오면 지난밤과 같은 사람을 다섯 죽입니다」(13)라고 말하는 표현은 일본의 무가문화로부터의 영향은 아닐까하고 생각된다. 특히 사물을 엄격하게 보고 너무나도 엄숙하게 처리하는 소세키의 사생관에서는 여전히 일본의 전통이 남아 있던 것이 보인다. 후의 『마음心』의 주인공 「선생」은 「메이지의 정신」에 마침내 자기 자신마저 죽여버렸던 것이다. 또 소세키의 여성을 보는 눈은 관념적이기도 하고 부정적이기도 하다. 「여자는 사람을 바보로 만든다」(1) 거나 「여자는 원래부터 방심할 수 없는 수상한 데가 있다」(2) 또 「……입만은 재치 있다」(11)는 등 여성을 암암리에 경멸하고 있다. 『최후의 한마디』에 나오는 여주인공 「이치」에서 보듯이 오가이의 작품에서는 여성의 역할이 긍정적으로 묘사되어 있다. 소세키는 동시대의 사람이면서 어린 시절의 성장 환경에서 여성관이 차가워진 것은 아닐까. 오가이나 시키에 비하면 소세키는 따뜻한 모성의 혜택을 받지 못했던 것 같다.

『그 후』의 여주인공 미치요도 다이스케에게 사랑받지만 「미치요는 역시, 떨치기 어려운 검은 그림자를 질질 끌고 걷는 여자였다」(10)라고 묘사되어 결국에는 병에 걸려 죽어버렸다고 짐작된다. 소세키는 「처마의 등 유리에 몸을 딱 달라 붙이고」(17) 언제까지나 움직이지 않는 도마뱀붙이에 가탁하여 미치요의 죽음을 암시하고 있기 때문이다. 대부분의 여자 주인공은 「죄」의 그림자를 끌고 있듯이 표현되어 있다.

이상과 같이 『양귀비꽃』은 소세키의 사생관이나 여성관, 특히 그 당시의 문명관 등이 종합적으로 표출된 작품으로 무엇보다도 그의 「이상」이 강조된 소설이다. 그 이상理想은 일본인을 일본적인 정서로 이끌고자 하는 「도의」였다. 넓게는 동양과 서양과의 대립이었기 때문에 고노의 대사台詞는 런던의 무네치카군에게 보내져서 「여기서는 희극만이 유행한다」는 대답으로 서양은 동양에게 비꼬임을 당하고 있다.

＊　이 글은 1997년 『解釋と鑑賞』(至文堂) 第62卷 6号에 발표된 『虞美人草－『道義』の問題を中心として－』를 한국어로 옮기어 수정·보완한 것임.

1　이광수(1892~1950)의 필명이다. 1917년 한국 최초의 근대장편소설인『무정』을 발표, 신문학 및 신문화운동에 활약했다. 또 언론인이며 교육자이기도 했다.

2　夏目漱石「虞美人草」『漱石全集』第三卷, 岩波書店, 1966, p.429.

3　위의 책, pp.428-430 사이에 14번 나옴.

4　柄谷行人『虞美人草』新潮文庫 解説, 1994.

5　河野多惠子「恋愛小説としての『虞美人草』」『夏目漱石全集』4, 角川書店, 1975.

6　平岡敏夫「『虞美人草』論」日本文学研究資料叢書『夏目漱石』1, 有精堂, 1978.

나쓰메 소세키의 『열흘 밤의 꿈』[*]
—「제 일야」에서의 「여인」의 의미를 중심으로 —

┃손 순 옥

1. 머리말

『열흘 밤의 꿈夢十夜』은 소세키(漱石, 1867~1916)의 작품 중에서 독특한 분위기를 띠고 있어 독자에게 가장 흥미를 끄는 작품이다. 소세키의 나이 42세 때 『양귀비꽃虞美人草』이 출판되고 나서 반년 후인 1908년 도쿄東京와 오사카大阪 양쪽의 「아사히신문朝日新聞」에 연재되었다. 이제까지와는 달리 「꿈夢」이라는 수법을 빌려 작가의 의식을 얼마 되지 않는 자수字数속에 공간적으로나 시간적으로나 자유자재로 표현하고 있다. 이 때문에 독자가 읽어내어야 할 주제가 환상적으로 감추어져 있어 단편소설의 진가는 충분히 맛볼 수 있으나 꿈을 풀어내는 해석은 더욱 여러 가지일 수밖에 없다. 양적으로는 소품小品이지만 질적으로는 특별한 의미를 가지고 있는 작품이라 할 수 있다.

이러한 짧은 단편 속에 적어도 조금씩은 인생에 대한 신비나 또는 인간의 힘으로서는 도저히 어찌할 수 없는 생生과 사死의 문제가 깔려 있으며, 메이지 시대明治時代: 1868~1912라고 하는 과도기를 살다간 소세키의 불안과 슬픔이 군데군데 아로새겨져 있다고 생각된다. 『열흘 밤의 꿈』은 열 개의 꿈을 꾼 것 같은 형식을 취하고 있지만, 소설가가 쓴 작품인 이상 실은 그것은 의도적으로 작가의 바람을 표출시킨 것임에 틀림없다.

이러한 특징을 가지고 있는 『열흘 밤의 꿈』에 대해서 여기서는 「제 일야第一夜」의 주제를 중심으로 고찰해 보고자 한다. 「제 일야」는 일반적으로 「순수하고 아름다운 세계」라든가 「죽음을 초월한 영원한 사랑」[1]으로 평해지고 있으나, 결코 소세키가 이상적으로 꿈꾸고 있던 남녀의 사랑이야기라고는 생각되지 않는다. 그 보다는 오히려 「제 일야」에서 다섯 번씩이나 반복되는 「백년百年」의 의미와 더불어 「여인」의 죽음과 그 환생이라고 볼 수 있는 「백합」의 상징성을 분석해보는 것이 이 작품을 감상하는 첫 시도로서 타당할 것이다. 또한 「제 일야」의 어쩔 수 없이 죽어가는 여인의 모습을 이해하기 위해서는 「제 칠야」에서 주인공 「나」를 통해 그려내고 있는 소세키가 품고 있던 메이지 시대에 대한 좌절감도 함께 연결지어 감상할 때 가능하다.

열 개의 꿈 이야기 중에서 가장 환상적이라고 할 만한 「제 일야」의 꿈을 제대로 풀어보는 것은 나머지 꿈을 이해하는 데에도 필수적이다. 「제 일야」가 갖는 의미는 작품 전체로서도 중요한 위치를 차지하기 때문이다. 그러므로 그 주제主題를 면밀히 분석함으로써 『열흘 밤의 꿈』를 감상하는 데 도움이 되고자 한다.

2. 「여인」의 죽음의 상징

「제 일야第-夜」는 아름다운 여인이 죽는 순간에 이르러 꿈을 꾸고 있는 「나」에게 「백년」을 묘지 곁에서 기다려 달라고 당부하는 데서 이야기의 발단이 시작된다. 백년이 붉은 태양과 함께 지났을 때 그녀는 모습을 달리하여 하얀 백합꽃으로 피어난다는 내용이다.

「제 일야」에서 「이러한 꿈을 꾸었다」고 말하는 「나」는 꿈을 꾸는 주체인 것 같지만 실제의 꿈 이야기 속에서 힘을 발휘하고 있는 것은 「女」라고만 표기된 죽어가는 「여인」이다.

여인이 「나」에게 무덤 옆에서 「백년」을 기다려 달라고 하지 않았더라면 「꿈」의 줄거리는 성립되지 않는다. 여인의 청원으로 「나」는 백 년 동안 무덤 곁에 속박되어지듯이 『열흘 밤의 꿈』 열편 속에서 「여인」은 공통적으로 지배적 위치에 서 있다. 「제 십야第+夜」에서도 여인이 쇼타로庄太郎를 「절벽꼭대기」로 끌고 가 뛰어내려 보라고 재촉하는 것이다. 그러므로 『열흘 밤의 꿈』을 풀이하기 위해서는 무엇보다도 먼저 「제 일야」에 있어서의 「여인」의 존재를, 그것이 상징하는 바를 살펴보는 것이 중요하다.

죽어가는 여인의 머리맡에 앉아 「나」는 팔짱을 끼고 여인을 들여다보고 있다. 윤곽이 부드러운 갸름한 얼굴로 긴 머리카락을 베개에 늘어뜨리고 누워 있는 여인의 모습은 마치 세이쇼나곤清少納言이 쓴 『마쿠라노 소오시枕草子』의 표지라도 보는 듯하다. 헤이안시대平安時代에서도 『겐지이야기源氏物語』가 아니라 『마쿠라노 소오시』쪽이 떠오르는 것은 주위의 분위기가 담백하고 밝은 느낌이 들기 때문이다.

여인의 얼굴색은 새하얗고 뺨에 따뜻한 혈색이 돌며 입술 빛깔은 빨갛다. 작가도 말하고 있듯이 「도저히 죽을 것 같아 보이지는 않고」 나쁜 병에 걸려 괴로워하고 있는 환자라고도 연상되지 않는다. 게다가 윤기 있는 검은 눈동자는 그 속에 「나」라고 하는 남자의 모습이 비추어 보일 정도로 선명하다.

여인은 「조용한 목소리」로 「이제 죽습니다」라고 분명히 말한다. 「조용한 목소리」는 차분히 가라앉아 있어 슬프게 들리지 않는다. 죽어가는 사람의 처지로서는 자기의 죽음에 대해 너무나도 천진스럽다. 이 여인의 모습은 『열흘 밤의 꿈』보다 1년 뒤에 쓰여진 『그리고 나서それから』의 여주인공 「미치요三千代」의 분위기와도 닮아 있다.

미치요는 출세로 바쁜 남편 때문에 병이 들어 늘 창백하지만 「차분한 분위기」는 소녀 때와 다름없이 늘 다이스케代助의 마음을 끌어당기는 매력으로 그려져 있다. 그뿐만 아니라 돈을 구하러 다이스케를 찾아오는 그녀의 손에는 백합이 들려 있으며 양쪽 뺨도 빨갛게 달아오른 「천진난만」으로 묘사되고 있는 것이다. 이 같은 여인의 모습은 작가 소세키가 늘 그리는 전통적인 동양 여인의 모습임에 틀림없다. 『산시로』의 여주인공인 미네코 역시 대학의 연못가에 나타날 때나 인형 전시회를 보러 갈 때를 막론하고 늘 전통의 옷 기모노着物 입고 있다. 좀 더 이야기를 덧붙이면 소세키가 그린 그림에서도 — 특히 엽서에 많이 그리고 있지만 — 여인은 언제나 머리를 길게 늘어뜨리고 「일본 옷和服」을 입고 있는 것이다.

여인의 곁에서 지켜보고 있는 남자도 팔짱을 낀 채 방관자적인 태도를 취하고 있어 사랑하는 여인의 죽음에 임한 절박함 따위는 전해 오지 않는다. 인간적인 감정이 얽히어 있는 태도가 아니다. 「이제 죽습니다」라고 말하는 여인의 말을 마치 의사처럼 「위에서 빤히 들여다보듯이 하고」 냉철히 듣고 있다. 그 말을 듣고 「이래도 죽는 것일까これでも死ぬのか」하고 남자는 생각한다.

「까か」라는 종조사終助詞의 이미지는 절반의 의문 또는 영탄과 같은 기분을 담고 있어 사랑하는 여인의 죽음에 대한 절박감보다는 어떤 여

유마저 풍겨온다. 이 같은 분위기는 소세키가 이상理想으로 여긴 영원한 사랑의 문제와는 조금 거리가 멀다고 생각한다. 그보다는 오히려 소세키가 젊은 날 몸담아 있던 동양東洋, 그 동양의 미가 소멸해 가고 있음을 아쉬워하고 있는 것이 아닐까.「제 일야」속에 그려진 여인은 동양의 〈미美〉를 상징하고 있는 것이라 생각된다. 그것은 근대 문명의 공허함을 신랄히 비판하면서 무위도식하는 병적인 다이스케가 그 정신의 안식처를「옛 판화의 그림과 닮아있는」미치요에게서 구하고 있는 것과 같은 맥락이다. 여기서「제 일야」의 어쩔 수 없이 죽어가는 여인의 모습을 이해하기 위해서는「제 칠야第七夜」에서 소세키가 품고 있던 메이지 시대에 대한 좌절감도 함께 엿보아야 할 것이다.

「긴 머리칼」「반짝이는 검은 눈」「조용한 목소리」로 표현되어진 갸름한 얼굴을 한「제 일야」의 여주인공은 나풀거리는 양복을 입고 난간에 기대어 흘러내리는 눈물을 하얀 손수건으로 닦고 있는「제 칠야」의 여인과는 다르다. 또「살롱」에 들어가 보니 화려한 옷을 입은 여자가 피아노를 치고 그 곁에서 키 큰 남자가 노래를 부르고 있다. 노래를 부르고 있는 남자의 입이「아주 크게 보였다」라고 묘사한 것은 서양사람을 말하고 있음이 분명하다.

「제 칠야」의 손수건을 쥔 여인은 그녀를 버리고 떠난 서양 남자를 찾아 배에 올라 일본 땅을 바라보며 눈물을 흘리고 있는 것일지도 모르겠다. 또 피아노를 치는 여인은「그 두 사람은 그들 둘만의 일 이외에는 전혀 무신경한 것 같았다」라는 문장으로 알 수 있듯이 사고방식도 서구화西歐化되어 가고 있음을 작가는 말하고자 했던 것으로 생각된다.「제 일야」의「나」는 여인의 말대로「백년」을 기다리기로 결심하지만「제 칠야」에서와 같은 여인들의 모습을 보고 점점 참을 수 없게 되어 죽음을 결심하고 타고 있던 배에서 바다로 뛰어드는 것이다.

3. 메이지의 배와 「나」의 불안

「제 칠야」에 나오는 배船를 아라 마사히토荒正人씨는 「문학적으로 말하면 배는 물론 인생의 상징이라 보아도 좋다」[2]고 감상하고 있다. 그러나 그것은 다만 일반적인 인생, 그 자체만을 상징하고 있는 것이 아니라 일본의 메이지 시대를 살아가는 인생을 이미지화하고 있다고 생각해야 할 것이다. 커다란 소리를 내면서 끊임없이 검은 연기를 뿜어내며 나아가는 배는 바로 문명개화文明開化를 향해 몰두해가는 메이지 시대의 사회상을 은유적으로 나타낸 것이기 때문이다.

배 안의 배경이나 소재로 되어 있는 〈외국인·손수건·천문학·하느님·피아노·살롱〉 등은 그 당시 일본에 들어와 얼마 되지 않은 신문물新文物들이다. 배의 이름을 '메이지明治'라 불러도 지장이 없을 듯하다. 그러나 문제는 '메이지'라고 하는 배가 「어디로 흘러가는지 모르는 것」처럼 작가 소세키의 눈에 비친 것이다. 아무것도 모른 채 타고 있는 다른 승객들과는 달리 「나」라고 하는 남자, 즉 소세키는 방향 감각을 잃고 있는 배에 탔다는 것을 깨닫고 더욱 불안했던 것이다.

생각해 보면 '메이지'라는 배는 영국과 미국의 압력 아래 청일전쟁과 러일전쟁을 일으키면서 앞뒤 돌아보지 않고 충돌하고 있었던 것이다. 일본, 저들나라의 존립과 발전을 위해서는 한국과 중국 등의 주변국은 어찌되어도 상관없었다. 이 같은 개화開化의 형태는 「흡사 '텐구天狗'라는 상상의 괴물에 물린 남자처럼 자신도 모르게 달려들고 있으므로 그 경로는 거의 자각하지 못할 정도의 것」[3]이라는 소세키의 말 그대로라고 해도 과언이 아니다. 소세키는 「제 칠야」의 남자처럼 당시의 일본이 더없이 불안하게 느껴졌던 것이다. 1901년 4월 9일 런던에서 마사오카 시키正岡子規에게 쓴 편지에도 이 같은 심정은 나타나 있다.

또 일본 사회의 모습이 눈앞에 떠올라 미덥지 못하고 한심스런 기분이 된다. 일본의 신사가 덕육·체육·미육美育의 점에 있어서 상당히 부족하다는 것이 마음에 걸린다. 그 신사가 얼마나 태연한 얼굴로 득의양양해하는지, 그들이 얼마나 겉만 화려하고 공허한지, 그들이 얼마나 현재의 일본에 만족해하며 우리네 일본국민을 타락의 늪으로 이끌고 가는지를 모를 정도로 근시안인가 하는 여러 가지 불평이 치밀어오른다.[4]

1871년 12월, 요코하마항橫浜港을 출발한 이와쿠라 사절단岩倉使節団이 영국에 4개월 이상 머물며 상공회의소·기관차·박물관·조선소 등을 보면서 「이렇게 서양을 걸어보니 우리들은 이러한 진보된 세상에 맞지 않는다」[5]고 침통한 한숨을 내쉬고 있던 것에 비해, 30년 후의 소세키는 영국의 내면 쪽에 눈을 돌리고 있었던 것이다. 영국의 신사와 일본의 신사 사이에 상당한 격차가 있다는 사실을 깨달음과 동시에 근대문명의 쇠락衰落에 대해서도 깊은 성찰이 이루어지고 있다. 「그리고 대부분의 인간은 매우 바쁘다. 머릿속이 돈 생각으로 가득 차 있다」라든가 「영국은 트랜스벌의 금강석을 파내어 군비의 구멍을 메워나가고 있다」[6]고 한심해하는 것이다. 지식인이었던 소세키는 하나하나의 인간의 개성을 존중하는 정신적 개화가 아니라 오로지 물질적으로 서양의 겉모습만을 흉내내고 있던 당시의 일본의 사회현상을 매우 우려하고 있었던 것이다.

저 유명한 「현대 일본의 개화現代日本の開化」[7]라는 강연에서도 그는 다음과 같이 주장하고 있다.

명치유신 이후 외국과 교섭을 하고 난 후의 일본의 개화는 상당히 당혹스럽습니다. …(중략)… 일본의 개화는 그때부터 급격히 왜곡되기 시작한 것입니다. 이것을 앞서한 말로 표현하자면, 지금까지 내발적內發的으로 전개되어 왔던 것이 갑자기 자기 본위의 능력을 잃어버리고 외부의 무리함에 떠밀려 비판 없이 그 말대로 따르지 않으면 안 되는 지경이 되어버린 것입니다.[8]

메이지유신 이후에 진행된 일본의 개화 현상을 상당히 비판하고 있는 소세키는 작품『그리고 나서』에서도 거의 같은 내용을 담고 있다.

> <u>건방지게 뽐내니까 더욱 비참한 것이다.</u> 소와 경쟁하는 개구리와 마찬가지로 이제 배가 터질 거야. 그 영향은 모두 우리 개인한테 반사되고 있지, 이러한 서양의 압박을 받고 있는 국민은 머리에 여유가 없으니까 괜찮은 일은 할 수가 없어. …(중략)… 자신의 일과, 다만 지금 당장의 일밖에는 아무것도 생각하지 않고 있어. 생각할 수 없을 정도로 피로에 지쳐 있으니까 별 수 없지. <u>일본국 어디를 보아도 빛나고 있는 곳은 한 군데도 없어, 모조리 암흑이다.</u>…… 일본 사회가 정신적, 도의적 신체적으로 건전하다면 나도 의연히 일할 거야.……[9](밑줄 : 필자)

영국에서 돌아온 소세키의 눈에는 여유 없는 일본이 하나 같이「비참悲惨」「암흑暗黑」으로 보였으며 정신이 건전치 못한 것으로 느껴져 깊은 불안을 느끼고 있음을 알 수 있다. 그러한 좌절감에서 벗어나기 위하여 더욱 큰 목소리로 일본의 문명을 비평하였는지도 모른다.

4. 백년의 의미와「여인」의 환생

「제 일야」의 여인은「죽지는 않을 테지? 안심해도 괜찮겠지?」하고 되묻는「나」에게 여전히 차분한 목소리로「그래도 죽는걸요. 어쩔 수 없어요」라고 대답하고 있다. 도저히 자연사自然死라고는 생각되지 않는다. 「……어쩔 수 없어요」라는 말은 소세키가 주장하는 「적어도 쇄국의 분위기에서 이백년이나 비교적 내발적으로 개화해 온」 일본의 전통적인 미풍양속이나 전통적인 가치가 갑작스럽게 들이닥친 서양 문화에 압도되어 급격히 그 모습을 잃어가야 하는 상황을 암시적으로 표현한 것이라 하겠다.

「어쩔 수 없이」 죽어야 한다는 그녀의 상황을 남자가 납득하지 못한 것을 알아차리고 여자는 잠시 후에 「백년, 제 무덤 곁에 앉아 기다려 주세요. 다음에 만나러 올 테니까요」라고 덧붙인다. 여기서 잠시 「백년」의 의미를 짚어보고 가야 할 것 같다. 이것은 「제 일야」라는 아주 짤막한 글에서 5번이나 반복되고 있으며, 그 의미를 알았을 때 작가의 내면세계에 좀 더 가까이 접근해갈 수 있으리라 생각되기 때문이다.

「백년」이란 말의 일반적 의미는 말 그대로 〈백년의 세월〉이라는 뜻과 막연히 〈많은 세월〉을 뜻하는 것, 그리고 인간 수명의 한계, 또는 〈일생·장수〉라는 의미로 생각해 볼 수 있을 것이다. 그런데 「제 일야」에는 다음과 같은 문장이 있다.

> 나는 이끼 위에 앉았다. 이제부터 백 년 동안 이렇게 기다리는 거로구나 하고 생각하면서 팔짱을 끼고 둥근 묘비를 바라보고 있었다. 그러는 동안 여자가 말한 대로 해가 동쪽에서 떠올랐다. 커다랗고 빨간 해였다. 그것이 또 여자가 말한 대로 이윽고 서쪽으로 들어갔다. 새빨간 그대로 쑥 들어가 버렸다. 하나 하고 나는 세었다. 잠시 지나자 또 진홍색의 태양이 천천히 올라왔다. 그리고는 잠잠히 들어가 버렸다. 둘 하고 세었다. 나는 이런 식으로 하나 둘을 세며 붉은 해를 몇 개나 보았는지 모른다.[10]

「나」는 실제로 무덤 옆에 앉아 하루하루가 지나가는 것을 세고 있음을 알 수 있다. 하루하루를 세어가는 길고 지루한 심정은 「그래도 백년은 아직 오지 않는다」와 같은 문장으로 짐작해 볼 수 있으며 「어느덧 코앞에 백합이 꽃잎을 피운 순간 약속한 백년이 왔음」을 알게 되는 것은 기다림의 끝을 명확히 이야기해 주고 있다. 따라서 여기서의 「백년」이란 애매하게 「긴 세월」이나 「한평생」을 말하는 것이 아니라 정확히 100年의 세월을 가리키고 있음을 알 수 있다.

또 「백년」이란 어휘는 『열흘 밤의 꿈』에서뿐만 아니라, 소세키의 마음에 늘 문명 비평에 대한 개념으로 자리잡고 있었다. 그는 「현대일본의 개화」에서 서구인들의 「백년의 경험」을 일본인은 10분의 1도 안 되는 십년으로 줄이려 한다고 개탄하며, 그러한 결과는 국민에게 「공허空虛」감을 줄 뿐 아니라 「허위虛僞」인 동시에 「경박스러운」일이라고까지 설파하고 있다.[11]

밀려오는 서구의 물결에 휘말려 「식객食客」으로 앉아 있는 기분은 「불안」과 「불만」을 도저히 떨쳐버릴 수 없다고 소세키는 강조하고 있는데, 바로 그러한 불만과 불안이 『열흘 밤의 꿈』에서의 「나」의 불안과 슬픔이었다고 볼 수 있다. 그러한 「나」는 결국 「내발적 개화」의 그 날을 위해 여인이 말한 백년을 하루하루 세며, 지쳐 쓰러질지라도 기다릴 수밖에 없었을 것이다.

그러나 「백년」을 기다려 만날 수 있는 여인은 죽을 때와 같은 모습으로 만나질 수 있는 것은 아닌 것이다. 소세키는 바위 밑에서 비스듬히 푸른 줄기를 뻗쳐 「나」의 가슴팍까지 와서 「코앞에서 뼈에 사무칠 정도」의 향기를 뿜는 새하얀 백합으로 나타내고 있다. 그 백합꽃은 백년을 기다려 「내발적」으로 피어난 일본의 새로운 모습으로서 다시 태어난 〈미〉의 개념으로 받아들여도 무방할 것 같다. 「백합」을 일반적인 여자의 환생으로 보고, 일본연구자들이 「여자가 남자를 만나러 온 것은 아니다」[12]라는 식으로 보통의 남녀사랑의 문제로 다루는 것은 이 작품을 매우 가볍게 감상하고 있는 것으로 여겨진다.

한편, 「백년」 동안에 「새빨간 모습 그래도」 저물어가는 「커다랗고 빨간 해」 또는 「빨간 둥근 해」 「바래지 않는 빨간 해」라고 여러 번 반복되는 「해日」에 관한 묘사는 '일본'을 상징하는 것으로서의 복선이라고 풀이한다면 지나친 것이 될까? 결코 지나치지 않을 것이다.

「제 칠야」의 「나」는 「서양으로 가는 배」 즉 서양을 뒤쫓아가는 배가 「떨어져가는 해를 뒤쫓아가는 것 같아서」 두려움을 느끼는데, 아무도 그것을 알아차리지 못하므로 점점 견딜 수 없어 죽음을 결심한다. 이 같은 심정이었던 사람이라면 「백년」을 기다려 자신의 힘으로 피어난 꽃 — 시간의 흐름을 따라 물질과 정신이 조화를 이루어 자연스럽게 피어난 생명 있는 꽃 — 고유한 자신의 향기를 내뿜을 수 있는 미적세계를 기대하는 것은 당연한 귀결점이 될 것이다.

〈근대〉라는 시기에 맞춰 태어나 국가를 생각하며 가장 지성인이라고 자처했을 소세키가 자신이 기대하고 있는 이상을, 그 〈미〉의 상징을 늘 좋아했던 하얀 백합으로 표출시킨 것은 자연스러운 일이라 하겠다. 그리고 백합에서 얼굴을 떼는 순간 먼 하늘에는 「새벽녘 별이 단 하나 빛나고 있었다」고 작가 소세키는 말한다.

먼 하늘에 빛나고 있던 「새벽녘 별」은 「백년」을 기다린 결실인 동시에 소세키의 꿈, 즉 소망을 이룬 기쁨을 상징하는 것이라 생각된다. 바꾸어 말하면 여인의 눈동자 깊은 곳에 선명히 떠오르고 있던 「나」도 여인과 함께 죽어 「백년」후에 새벽녘 별처럼 빛날 것을 기대한 것이 아닐까? 새벽녘에 빛나는 「단 하나」의 「별」은 홀로 불안했던 「나」, 즉 작가 소세키의 예리한 인식, 그 정신세계를 닮아 있기 때문이다.

5. 맺음말

 이상으로 살펴본 바와 같이 「제 일야」의 주제는 「백년」후에 피어날 일본의 「내발적」인 미를 기대한 작가 소세키의 바람이다. 「제 일야」에 나오는 「여인」과 「백합」은 동의어同意語로서 소세키가 추구한 내적정신을 갖춘 미의 세계를 상징하는 것으로 보는 것이 타당할 것이다. 여인은 일반적인 사랑의 상대로서 그려진 것이 아님에 틀림없다.

 소세키가 열망한 미적세계는 「제 일야」의 백합꽃과 마찬가지로 「제육야」에서는 운케이運慶[13]가 캐내려하는 「인왕仁王」의 형태로 나타난다. 그러나 그것은 결코 「다른 사람의 모자를 쓰고 있는 남자」(「제 십야」)와 같은 「메이지인明治人」이 찾아낼 수 있는 것이 아니었다. 소세키는 「메이지의 나무에는 도저히 인왕은 묻혀 있지 않다」(「제 십야」)는 것을 잘 알고 있었기 때문에 「백년」후를 기다려야 했던 것이다. 그 「백년」은 「제 삼야」의 「지금으로부터 백년 전 문화 5년 진년辰年의 이런 어두운 밤에 ……」에서와 같이 100년을 가리키는 것이다. 막연한 긴 세월을 애매하게 말하는 것이 아니라 「현대일본의 개화」에서 주장하고 있는 「메이지유신」 때부터 세어서 100년 후가 되는 것으로 생각된다. 〈백년가약百年佳約〉이나 〈백년대계百年大計〉에서와 같이 일생이나 수많은 세월을 말하는 것이 아니다.

 「백년」을 무덤 곁에 유배되어 있는 「제 일야」의 「나」와 떨쳐지지 않는 불안과 엄습해오는 말할 수 없는 슬픔에 잠긴 「제 칠야」의 「나」의 상황은 그대로 소세키가 존재하는 서양화되어가는 일본의 메이지 사회였으며 소세키 자신의 상황이라고 볼 수 있다. 그에게 있어 자신의 존재에 대한 불안과 문명의 불안은 서로 별개의 것이 아니었다. 늘 그의 내부에 일체가 되어 있었던 것이다. 『열흘 밤의 꿈』에 면면히 어려 있는 「무한의 후회와 공포」는 「문명비평」을 바탕에 깔고 있는 「생生」

에 대한 불안이었다고 생각한다. 외롭게 인식하고 있던 시대에 대한 작가 소세키의 아픔이었다.

　이러한 관점에서 볼 때 『열흘 밤의 꿈』은 『양귀비꽃』과 마찬가지로 직업 작가가 된 후에 소세키가 줄곧 추구해온 문명비평과 〈생과 사〉라는 문제의 서론과 같은 것이다. 『양귀비꽃』이 그러한 주제를 담으면서 앞으로 계속될 소세키 장편소설의 근본 구조를 갖춘 작품이라면, 『열흘 밤의 꿈』은 소세키의 의식意識만을 절제된 언어 속에 함축시킨 보기 드문 단편이라 하겠다.

---

*　이 글은 2005년 『일본연구』(제25호, 한국외국어대학교)에 발표된 『漱石의 『열흘 밤의 꿈』에 관한 고찰』을 수정·보완한 것임.

1　坂本浩 『夢十夜の理念と構造』 『成城国文学論集』 五輯, 1972, p.5.

2　『漱石文学全集』 第十卷, 集英社, 1970, p.472.

3　夏目漱石 『現代日本の開化』 『漱石全集』 第十一卷, 岩波書店, 1966, p.338.

4　夏目漱石 『倫敦消息』 『漱石全集』 第十二卷, 岩波書店, 1966, pp.9-10.

5　芳賀徹 『明治維新と日本人』 講談社, 1980, p.226.

6　夏目漱石 『倫敦消息』 앞의 책, p.34.

7　1911년 8월 나쓰메 소세키가 와카야마(和歌山)에서 행한 강연.

8　夏目漱石 『現代日本の開化』 앞의 책, pp.333-334.

9　夏目漱石 『それから』 『漱石全集』 第四卷, 岩波書店, 1966, pp.402-403.

10　夏目漱石 『漱石全集』 第八卷, 岩波書店, 1966, p.34.

11　夏目漱石 『現代日本の開化』 앞의 책, pp.339-341 참조.

12　桶谷秀昭 『増夏目漱石論』 河出書房新社, 1983, p.88.

13　가마쿠라(鎌倉) 시대의 최고의 仏師, 生没未詳.

모리 오가이의 『침묵의 탑』[*]
─ 풍자적 묘사를 중심으로 ─

┃손 순 옥

1. 머리말

　1910(메이지 43)년 11월 잡지 『미타문학三田文学』[1] 제1권 제7호에 발표된 『침묵의 탑沈黙の塔』은 모리 오가이(森鷗外, 1862~1922, 이하 오가이로 칭함) 문학에 있어서 특이한 성격을 지닌 작품이다. 그것은 소설의 전개가 논픽션에 가깝게 서술형식으로 되어 있는 것을 비롯하여 작품의 무대가 인도 뭄바이에 있는 말라바르 언덕의 「침묵의 탑」[2]을 배경으로 하고 있는 것도 한 몫을 한다고 생각된다. 그뿐만 아니라 외형적으로는 현대 소설의 형식을 하고 있는 이 작품이 내용적 측면에서는 수필이나 평론에 가까우면서 그 성격이 우회적인 세태 비판과 고발로 볼 수 있기 때문이다. 또한 그 속에 당대의 국제적으로 유명한 사상가와 작가가 모두 나열되었다고 해도 과언이 아닐 만큼 무수히 등장하는 것 역시 빼놓을

수 없는 이 소설의 특징이라 할 만하다. 작품의 예술성보다는 작가 오가이의 학문적 지식이 더 두드러져 보여 그의 현학적인 면모가 엿보이는 점에서도 독특하다 하겠다.

작품의 등장인물은 이야기를 이끌어가는 「나」와 호텔에서 신문을 읽고 있는 「다리가 긴 남자」 둘 뿐이다. 그러나 이 작품에서는 사람인 두 남자보다 더 중요한 역할을 담당하고 있는 것이 〈까마귀鴉〉와 〈갈매기鷗〉라고 생각된다. 모두 여섯 단락[3]으로 되어 있는 이 작품은 말라바르 해변에 온 「나」라는 남자가 「저녁하늘에 솟아 있는,」[4] 높은 탑과 그 탑 위에 모여들어 울어대는 까마귀의 무리와 그 무리와는 떨어져서 갈매기 두세 마리가 날고 있는 것을 바라보고 있는 첫 단락을 시작으로 「말라바르 언덕의 침묵의 탑 위에서 까마귀의 향연이 절정이다」라는 한 줄을 마지막 여섯 번째 단락으로 하여 끝나고 있다.

약간의 대화와 서술로 이루어진 간단한 구도이지만 문학작품은 그 시대의 산물이라는 것은 두말할 필요도 없다. 그런 점에서 단편 『침묵의 탑』도 「'대역사건大逆事件'을 배경으로 사건에 대한 오가이의 반응을 나타내 보이고 있는 것」[5]으로만 간단히 평가되거나, 또는 그 당시 「도쿄아사히신문東京朝日新聞」에 「위험한 양서」[6]라는 제목 하에 언론탄압을 조장하는 기사가 실린 것에 반발하여 집필하게 된 것이 직접적인 동기였다는 것[7] 등으로 짧게 주목받고 있다. 그 중에서 조금 자세하게 연구된 것으로는 다키모토 가즈나리瀧本和成의 「침묵의 탑」이다.

그 내용은 언론탄압에 대한 것을 골자로 하여 「도쿄아사히신문」에 연재된 「위험한 양서」에 대한 것을 구체적으로 자세히 소개하며 『침묵의 탑』에서의 「위험한 서적」과 관련하여 쓴 것이 대부분이다. 그리고 작품에서의 「오가이의 자연주의에 대한 분석이 니체의 『짜라투스트라』의 주장과 호응하는 것」[8]이라고 밝힌 것이 두드러지는 점이다. 이 글은

다케모리 텐유竹盛天雄가 그보다 먼저 『오가이 그 문양鴎外 その紋様』(1984년)에서 밝힌 것을 토대로 다시 정리한 내용이나 다름없다. 그 외에 이 작품을 면밀하게 연구한 선행연구는 눈에 띄지 않는다. 앞에서 언급된 것처럼 그 집필 배경이 다른 작품과 달리 일본정부가 숨기고 싶은 국가적 사건과 관련되어 있는 까닭에 자국의 연구자들이 심도 있게 다루기를 피하는지도 모르겠다. 이번 연구를 위하여 오가이에 대한 연구문헌을 다시 한번 검토하여 보았으나, 초기작품인 『무희舞姫』가 여전히 가장 많이 되풀이되어 연구 검토되고 있는 것에 반하여 사상소설思想小說이라 할 수 있는 『침묵의 탑』에 대한 작품론은 거의 없다고 해도 과언이 아니었다.

이 작품은 「오가이의 논리적인 비평적 자질은 창작으로 대치되어 시사적 상황이나 요구와 결부되어 풍자문학의 영역을 개척하는 것이었다」[9]는 다케모리 텐유의 말처럼 풍자소설이라는 형식을 취하고 있다. 그러므로 이 논문에서 다루고자 하는 것은 작가와 역사적 배경과의 관계를 면밀히 알아봄과 동시에 잿빛을 바탕으로 하고 있는 침울한 분위기 속에서 침묵의 탑, 갈매기, 까마귀 등이 어떠한 상징으로 무엇이 풍자되고 있는지를 작품론의 측면에서 밝혀보고자 하는 것이다.

이를 면밀히 감상하는 것이야말로 이 작품에 숨은 작가의 의도는 물론이거니와 단편 『침묵의 탑』의 진가를 맛보는 데에 도움이 될 것이다. 그리고 작가 오가이의 반생이 「실생활과 예술의 이원성과 '방관자'로서의 자세에 대한 비판」[10]을 받기도 했던 것에 대한 진면목을 아는 데에도 보탬이 될 것이라 생각된다.

2. 작품에 나타난 풍자적 묘사

1) 대역사건의 상징 「침묵의 탑」

작가 오가이는 19세에 도쿄대학 의학부를 최연소로 졸업하고 육군에 들어가 군의軍醫가 된다. 그 후 1884년, 22세에 독일 유학을 떠나 위생학 공부를 하고, 26세 때인 1888년에 귀국, 군의로서 업무를 계속하는 한편 다채로운 문학 활동을 벌인다. 초기 삼부작三部作이라고 불리는 『무희舞姫』『허무한 이야기うたかたの記』『편지 배달文づかひ』은 바로 이때의 작품으로 독일이 안겨준 선물이라고도 칭해진다. 오가이는 이 세 작품으로 소설가로서의 지위를 갖게 되었고 일본 문단에 낭만주의를 불어넣는 데도 큰 몫을 했다.

「오가이의 1884년 서구 유학을 근대 일본문학의 기원으로 삼고 싶다」[11]고 말해졌을 정도로 오가이가 근대 일본문학 전 장르에 끼친 영향은 실로 엄청나다. 「센다기의 거장千駄木のメエトル」[12]또는 「테베스 백문의 큰 도시テエベス百門の大都」[13]라고 칭송받았던 오가이는 「백년에 하나 나올까 말까하는 큰 인재」[14]라고 평가되고 있다. 그것은 의사였던 그가 자연과학은 물론, 철학, 일본 및 중국의 고전, 불교와 더불어 유럽의 학문과 예술, 사회사상 등, 그 모든 것에 널리 정통했기 때문일 것이다. 또한 외국유학, 즉 독일유학에서의 체험으로 개인의 자아를 절대시하면서 타인의 개성과 자유를 존중하는 습관도 일찍이 몸에 익힌 작가였기에 가능했던 찬사였다고 생각된다.

초기 삼부작 이후, 청일전쟁에서 러일전쟁이 끝날 때까지는 군의부장軍醫部長으로서 종군하여 한국과 중국을 전전轉戰했던 오가이는 문학활동에도 뜸할 수밖에 없었으나 『침묵의 탑』을 발표하기 바로 전 해인 1909년은 1월에 잡지 『스바루』[15]가 창간되어 작품 활동을 다시 왕성하

게 한다. 처음으로 구어체 소설인『반나절半日』을 발표한 것을 비롯하여 1년 동안 8편의 단편소설과 1편의 중편, 희곡 3편과 번역서 9편, 평론 및 수필을 10여 편이나 발표하고 있다. 또 그 해는 문학박사 학위를 받은 해이기도 하며, 많은 작품 발표 중에「비타 섹슈얼리스ヰタ・セクスアリス」[16]가 발매금지된 해이기도 하다.

이어 이듬해인 1910년도 3월부터는『청년靑年』을『스바루』에 연재하고, 11월에는『침묵의 탑』을『미타문학』에 발표하는 것이다. 이 해는 2월에 게이오의숙대학慶應義塾大學 문학과 고문이 되어 나가이 가후永井荷風를 교수로 추천하기도 하는 등 문학자로서의 지위도 상당히 확고해진 때이다. 48세라는 나이에 걸맞게 가장 안정이 취해진 시기라고도 하겠다. 이미 군인으로서의 지위도 육군 군의총감으로서 육군성陸軍省 의무국장醫務局長에 보해져 있을 때였다.[17]

그러나 오가이가 활동했던 메이지 시대 말부터 다이쇼 시대의 일본은 사회적으로나 사상적으로 상당히 혼란스러운 시기였다. 1889년 제국헌법이 발포된 이래 가장 강력한 군국주의로 치닫고 있던 때였던 만큼 당시의 작가들에게는 시대적 상황을 반영하여 소설을 쓴다는 것은 지극히 어려운 일이었다. 특히 군의총감·의무국장이라는 높은 사회적 지휘에 있었던 오가이로서는 세태를 그대로 그려낸다는 것은 한계에 부딪치지 않을 수 없었을 것이다. 더욱이 메이지 43년, 서기로는 1910년『침묵의 탑』이 발표된 그 해는 일본의 대외팽창정책이 마침내 이웃 나라 한국까지 종속시키고, 국내적으로도 민권을 탄압하는 일이 심해져「대역사건」까지 불러일으켰다.

'대역사건이 있었던 해'라고 표현해도 좋을 만큼 커다란 사건이었으나「정부는 사건의 자세한 내용을 신문에 싣는 것을 금하고, 다만 '세상에도 드문 극악한 범죄가 일어나려고 했다'는 낌새만 풍기게 했기 때문」[18]에 대부분의 국민은 그 진상을 모르는 채 어두운 분위기에만 휩싸여 지냈을 뿐이다. 그럼 전후戰後에 밝혀진 연구 중에서 곤도 노리히코近藤典彦씨의 정리를 인용하여 그 자세한 내막을 알아보기로 한다. 먼저 그 내용에 들어가기 전에 '대역죄大逆罪'란 「천황·태황·태후·황태후·황후·황태자·황태손에 대하여 위해危害를 가하거나 또는 가하려고 한 죄. 1880년 공포된 형법에서 규정되어, 1907년 공포의 형법 제73조에 계승된」[19] 죄를 일컫는다. 이 법의 성립 목적은 천황제 강화를 통하여 전제정체專制政体 사회 분위기를 만들기 위한 것이었으며 실제로 국민들의 손발을 묶는 강력한 수단으로서 작용했다는 것을 염두에 둘 필요가 있겠다.

〈발각에 이르기까지〉 고토쿠 슈스이幸德秋水[20], 사카이 도시히코堺利彦 평민사(1903년 11월 창립)에 의한 민주주의 사회주의 평화주의 운동은 국가(강권)로부터 집요하고도 잔인한 탄압을 받았다. 그 결과 운동체의 일부가 고토쿠를 중심으로 무정부주의화하여, 테러리즘의 사상도 취해가고 있었다. 그하나의 귀결이 미야시타 다이키치宮下太吉, 고토쿠 슈스이, 간노스가管野すが, 니이무라 타다오新村忠雄, 후루카와 리키사쿠古河力作에 의한 메이지 천황 암살 계획이었다. 1909년 6월 미야시타宮下가 폭열약爆裂藥 제법을 밝혀내어 상경해왔음으로 계획은 현실화되어갔다. 고토쿠는 2월부터 실행에 소극적이되어, 남은 4명이 계획을 추진하려했다. 그러나 1910년 5월25일 미야시타가 폭발물 단속처벌 위반 용의로 마쓰모토松本 경찰서에 연행된 것에서 계획이 발각. 31일에는 형법73조에 해당하는 사건으로서 예심개시가 결정되었다.

〈발각후의 과정〉 권력측은 고토쿠, 간노 등의 체포를 단행함과 동시에, 이상의 사실을 이용하여 사회주의 운동의 박멸을 꾀하여 마쓰오 보이치타 등의 구마모토파와 모리치카 운베이森近運平를 포함한 26명을 기소하며, 전국의 사회주의자 수백 명을 검거 신문하였다. 1910년 12월에 대심원에서 일심一審

즉 종심終審의 비공개재판을 행하여, 한사람의 증인환문도 행하는 일 없이, 결심結審. 다음해 1월 18일에 판결을 선고하여, 24일과 25일에는 고토쿠 이하 12명의 사형을 집행했다. 남은 12명을 무기징역, 2명을 유기형에 처했다. 국가에 의해 살해되고 말았다. 12명 가운데도 무실無實 또는 무실에 가까운 사람이 다수 포함되어 있었다.(後略)[21]

이상이 곤도씨가 정리한 것이나, 1911년 1월 18일 공판에서 처음에는 24명에게 사형을, 2명에게 유기징역을 선고하였다. 그러나 그 이튿날 「천황의 특별사면으로 12명을 무기징역으로 감형」[22]한 것이다. 『침묵의 탑』에서 「이 삼십 명 죽였다고 신문에 나와 있었어요」[23]라고 말하고 있는 것은 바로 「대역사건」에서 사형을 당하게 된 사람들을 암시한 것이라 하겠다.

이 메이지 시대의 일그러진 상태를 상징한다고도 할 수 있는 대역사건을 뒤에서 조종하며 강력한 탄압정책에 앞장을 섰던 것은 야마가타 아리토모山縣有朋[24]이다. 그는 권력을 지향하여 파벌제국주의를 만들어내며 귀족원 추밀원 황실 군대 등 메이지헌법의 주요부문을 장악한 인물이다. 원로元老라는 이름으로 법에는 없으나 실제로는 법보다도 더 위에서 이토 히로부미伊藤博文와 함께 메이지 정부를 쥐고 흔들었던 사람으로, 이토가 안중근에 의해 사살된 후로는 오로지 홀로 일인 독재를 하는 것에 주저함이 없었다는 것은 잘 알려진 사실이다. 작가 오가이도 메이지 근대국가와 함께 걸어온 인물로서 메이지 절대군주주의의 강화를 위해서, 또 국가를 위한 유능한 일꾼을 얻기 위해서 독일에 국비로 파견된 것이라고 볼 수 있음으로 그 휘하를 벗어날 수는 없었다고 생각된다.

또한 오가이는 야마가타의 뜻을 받아 그의 친구 가고 쓰르도賀古鶴所[25]가 주선하여 만든 와카和歌모임인 도키와카이常磐會[26]에 나가고 있었다. 오가이와 야마카타와의 관계는 도키와카이를 통하여 급속히 긴밀해졌으며, 도키와카이 설립 후 1년 5개월 후인 1907년 11월 13일 오가이가 군의로서는 최고의 지위인 군의총감에 임명된 것도 가고 쓰르도를 통한 권위자 야마가타의 한마디가 있었을 것이라고 나카무라 후미오는 논하고 있다.[27] 하세가와 이즈미長谷川泉는 도키와카이를 통한 야마가타와 오가이의 관계에 대하여 「야마가타가 오가이를 널리 외국문화 섭취의 창구로 하여, 세계적 시야에서 본 정치동향에 대한 개안開眼을 위해 기댈 수 있는 상대로서 이용한 것은 부정할 수 없다」[28]라고도 말하고 있다.

아무튼 야마가타와의 깊은 관련 속에 군의총감, 육군성 의무국장이라는 고위직에 있었던 오가이로서는 정면으로 대역사건의 처단에 반대하는 목소리를 내는 것은 매우 위험한 일이며 어려운 일이었음에 틀림없다. 그의 성격 또한 모든 것을 주도면밀하게 살피는 성향으로, 하나의 지식이나 정보에 대해서도 많은 책을 섭렵하고 나름대로 생각을 정리한 다음에 언설을 했던 것으로 생각된다. 『침묵의 탑』에서도 언론 자유에 대한 자신의 견해를 밝히기 위하여 놀랄 만큼 많은 외국의 서적이나 사상가들의 예를 들고 있기 때문이다.

가볍지 않은 언설은 그의 「나쓰메 소세키론夏目漱石論」에서도 알아볼 수 있다. 그는 동시대에 대표적이었던 작가 소세키를 비평하는 데 있어서 10개의 항목으로 나누어 간단히 한두 줄로 말하고 있다. 예를 들어 8번째 항목은 「창작가로서의 기량」이라고 써놓고 그것에 대해서는 간단히 「조금 읽었을 뿐이다. 그러나 훌륭한 기량이라고 인정한다」는 짤막한 한 줄이며, 9번째 항목 「작품을 통해본 인생관」에서도 그 내용은 「좀 더 많이 읽지 않고서는 판단하기 어렵다」는 단 한 줄이기 때문이다.[29] 그럼으로 개인의 위치나 성격으로나 막중한 대역사건을 놓고 직설적으로 자신의 속마음을 내비치지 않고 작품을 통해서도 풍자적으로 나타냈다고 생각된다. 『침묵의 탑』을 배경마저도 인도로 하며, 마치 파시족 내부의 이야기인 듯 가탁假託해서 자신의 견해를 피력한 데에는 그만한 이유가 있었던 것이 납득이 된다. 게다가 오가이를 논할 때 주로 「체관諦觀이란 정적인 세계관」을 가진 것으로 자주 언급되고 있는데, 그렇게 말해지고 있는 것에 대해서도 좀 더 구체적으로 살펴볼 필요가 있다. 이는 오가이가 1909년 12월 잡지 『신조新潮』에 발표한 「나의 입장」이라는 글에 나오는 「Resignation」에서 비롯된 것이다. 그 문장은 다음과 같다.

현대의 사상이라든가, 새로운 작가가 발표하고 있는 사상인가 하는 것에 대하여 말하라고 합니다만, 그것은 제 입장으로서는 매우 달갑지 않습니다. 만약 내가 실제로 비평단批評壇에 서있는 여러분과 동일한 사상을 갖고 있다면, 굳이 그것을 발표할 필요가 없겠지요. 만약 다른 사상을 갖고 있다면, 그것을 발표한 결과가 어떻게 될까요? 그에 대해서는 다소의 경험을 가지고 있습니다. 무심코 어떤 기회에 뭔가 말하게 되면 그 때마다 매우 불유쾌한 반향反響을 듣는 것입니다. 근래는 내가 무어라 말하면, 어리석은 넋두리라거나, 불평이라고 하며 조롱받게 되어 있습니다. …(중략)… 나의 생각으로는 나는 나로서, 나의 마음 내키는 일을 내 마음대로 하고 있는 것입니다. 그것으로 마음이 홀가분해지는 것입니다. 다른 사람의 윗자리에 앉혀져도 상관없고, 밑자리에 앉혀져도 상관없습니다.… (중략)… 때를 얻고 있지 못한 사람은, 때를 얻고 있는 사람에 대하여 반드시 불평을 안고 있어, 그런 사람이 말하는 것은, 넋두리 불평 외에는 없다고 하는 것은, 비평가의 사상이 빈약한 것이 아닐까 합니다. 나의 심정을 무슨 말로써 나타내면 적절할까 하면, Resignation이라고 말해도 좋을 듯싶습니다. 나는 문예뿐만 아니라 세상사 어느 방면에 있어서도 이러한 심정입니다. 그렇기 때문에 다른 사람이 나의 일을 놓고 틀림없이 고통 받고 있겠지 라고 생각할 때에도, 나는 예상과 달리 아무렇지도 않은 것입니다. 물론 Resignation의 상태란 것은 패기가 없는 것인지도 모릅니다. 그에 대해서는 제 쪽에서 달리 변명하려고도 않습니다.…(중략)…저도 여러 가지 말하고 싶은 일도 있습니다만, 우선 오늘은 나의 입장에 관한 것만으로 실례하겠습니다. 아마 이것도 잡지에 실리면, 또 그 녀석이 푸념을 늘어놓는다거나 불쾌한 심정을 토로한다는 것이 되어버리겠지요.[30]

위의 글을 읽어보면, 「현대의 사상이라든가 새로운 작가가 발표하고 있는 사상」에 대해 비평해 달라는 질문에 오가이는 즉답을 피하고 있다. 경험으로 보아 자신의 이야기는 당시의 다른 비평가에게 「불평」으로만 들리고 있다는 것을 알고, 그것은 오히려 그 「비평가의 사상이 빈약하기 때문」일 것이라고 지적하고 있다. 그렇다고는 해도 자신의 입장이나 심정은 그 모든 것에 태연한 「Resignation」이라고 설명하고 있는 것을 알 수 있다.

지적知的인 세계에서나 현실생활에서나 다른 문단사람들과는 상당한 차이가 있었던 오가이로서는 자신의 사고思考를 다른 이가 미처 따라오지 못하고 있다는 약간의 우월감과 자존감에서 「세상사 어느 방면에 있어서도」 연연치 않는 「Resignation」의 마음이 아니었을까 하고 생각하게 만든다. 담담한 심정이라고도 해석해 볼 수 있는 「Resignation」의 마음의 소유자 오가이는 대역사건 등의 일련의 국가적인 중대사건에 대해서도 그 시대의 분위기를 인도 뭄바이에 있는 말라바르 언덕의 침묵의 탑에서 힌트를 얻어 『침묵의 탑』이라고 냉소적으로 풍자한 작품을 쓰게 만들었다고 생각된다.

2) 풍자로서의 「까마귀」와 「갈매기」

이 작품이 수필소설에 가깝다고 머리말에서도 말했듯이 주인공 「나

「리」는 곧 작가 오가이이며, 오가이의 생각이 주인공을 통해 드러나고 있는 것이 대부분이다. 이러한 종류의 작품은 오가이의 문학활동을 3기로 나누어 볼 때[31] 특히 제3기에 많이 속한다. 이에 대한 작가 오가이의 생각은 제3기 중에서도 가장 풍요로운 시작이라고도 할 수 있는 1909(메이지42)년의 작품 『액막이 행사追儺』에 나오는 「도대체 소설은 이러한 것을 이런 식으로 써야만 한다고 하는 것은, 몹시 구애받는 사상이 아닐까? 나는 나의 사상으로서, 소설이라는 것은 어떤 것을 어떤 식으로 써도 좋다는 단안을 내린다」[32]는 말에서도 알 수 있다.

별다른 전개가 없는 작품 속에서 「나」는 침묵의 탑으로 운반되는 시체를 멀리서 바라보는 입장을 취하고 있으며, 그 내용에 대해서도 「다리가 긴 남자」에게서 전해 듣는 것으로 알아간다. 현실에서 정치사회적 입지가 남달랐던 오가이이기에, 언론과 사상이 탄압되는 상황에 대해서 적극적으로 의견을 제시하거나, 반대의 목소리를 낼 수 없었던 작가 자신의 모습이라고 해석할 수 있을 것이다.

그런데 무엇보다도 눈여겨보아지는 것이 갈매기의 등장이다. 작품의 첫 단락에서 말라바르해변에 온 남자주인공 「나」는 「저녁하늘에 솟아있는」 높은 탑과 그 탑 위에 모여들어 시끄럽게 울어대는 까마귀의 무리와 그 무리와는 떨어져서 「까마귀의 행동을 증오하고 있는 것일까」라고 생각되는, 갈매기가 두세 마리 「끊어질 것만 같은 울음소리를 내면서 탑의 가까이에 다가갔다 멀어졌다 반복하며」 날고 있는 것을 바라보고 있는 것이다. 여기서 까마귀 곁에 가까이 다가가지도 못하고 「끊어질 것만 같은 울음소리」를 내고 있는 갈매기는 그 시대에 힘 있는 주장을 하지 못하는 나약한 지식인의 모습인 동시에 오가이 자신의 모습마저 포함시켜 풍자하고 있는 것이 아닐까? 갈매기는 소설의 맨 처음과 맨 끝에 나오는 까마귀와 대비되는 존재로서 작가 오가이의 필명筆名인 「鷗外」와도 연결되고 있는 키워드라고 생각되기 때문이다. 제대로 소리를 내지 못하고 있는 작가 자신마저 갈매기에 가탁하여 풍자하고 있는 것이 냉철한 오가이다운 면모라고 생각된다.

당시의 대역사건에 대하여 지식인의 대부분은 침묵하고 있었던 중에 작게라도 자신의 목소리를 냈던 것은 몇 사람 되지 않는다. 도쿠토미 로카德富蘆花가 이 재판을 공공연히 비판하여 처형 직후에 제일 고등학교第一高等學校에서 행한 강연[33]이 있고, 나가이 가후永井荷風가 문학자들의 무반응에 절망하여 쓴 글이 남아있으며, 그 다음에는 시인이며 신문기자였던 이시카와 다쿠보쿠石川啄木가 이 사건이 일어난 두 달 후에 자연주의를 비판하는 형태를 취하여 「시대폐색의 현상」이라는 평론을 남긴 정도이다. 「끊어질 것만 같은 울음소리」내고 있었던 문학자 중의 한 사람이라고도 할 수 있으며, 오가이와도 매우 가까웠던 나가이 가후의 고백을 좀 더 구체적으로 들어보기로 한다.

> 1911년 게이오의숙慶応義塾에 통근하고 있을 무렵, 나는 길을 가면서 때때로 이치가야 거리에서 죄수를 실은 마차가 대여섯 대나 잇달아 히비야日比谷 재판소 쪽으로 달려가는 것을 보았다. 나는 이제까지 보고 들은 세상의 사건 중에서 이 때 만큼 말로 할 수 없는 언짢은 기분이 되었던 일은 없었다. 나는 문학자인 이상 이 사상문제思想問題에 대하여 침묵하고 있어서는 안 된다. 소설가 졸라는 드레퓨-사건에 대하여 정의를 부르짖었기 때문에 국외로 망명하지 않았는가? 그러나 나는 세간의 문학자와 함께 아무것도 말하지 않았다. 나는 왠지 양심의 고통을 견딜 수 없는 기분이었다. 나는 스스로 문학자인 것에 대하여 몹시 수치를 느꼈다. 그 이후 나는 나 자신의 예술의 품위를 에도시대의 통속작가들이 했던 정도로까지 끌어내리는 수밖에 없다고 궁리했다.[34]

「양심의 고통」을 느끼며 나가이 가후가 바라본 것은 재판소 쪽으로 달려가던 대여섯 대의 마차다. 이 풍경은 대역사건의 관련자들이 형사 집행을 당하던 1911년의 정황이겠으나, 사건이 일어났던 1910년 재판을 받기 위해서도 마찬가지의 풍경이 있었을 것이다. 이는 바로 『침묵의 탑』에 그려진 것으로도 짐작이 간다.

> 피곤한 듯한 말이 수레를 무거운 듯이 끌고 탑 아래로 온다. 무엇인가가 수레에서 내려져 탑 안으로 운반되어진다. 한 대의 마차가 지나가면 다음 한 대가 또 온다. …(중략)…탑에서 시가지 쪽으로 돌아가는 마차가 내 앞을 지나간다. 어느 마차에나 푹신한 쥐색 모자의 차양을 아래로 구부려쓴 남자가 마부석에 타고, 고개를 약간 숙이고 있다.
> 귀찮은 듯이 걸어가는 말발굽소리와, 작은 돌에 닿아 둔탁하게 삐걱거리는 마차바퀴소리가 단조롭게 들린다.[35]

마부석에 앉아 있는 남자는 적극적인 탄압의 행위자가 아니라 탄압의 중간자적 역할을 수행하는 사람을 그린 것이라고 생각된다. 그 남자를, 모자의 차양을 내려 얼굴을 가리게 하고 고개도 약간 숙이고 있는 것으로 표현한 것은 떳떳치 못한 일에 참여하고 있다는 것을 나타내기 위한 것일 것이다. 그 시대의 일반인의 사회인식을 그려낸 것이라고도 할 수 있다. 말이 걸어가는 모습을 「귀찮은 듯이」라거나 수레바퀴소리가 「삐걱거리며」 「단조롭게」 들리는 것은 바로 그 시대를 지켜보아야 했던 작가 오가이의 마음을 대변한 것이라 하겠다. 주인공 「나」는 마차가 지나가는 것을 보면서 「탑이 회색 속에서 회색빛깔로 그려진 것처럼 될 때까지」 해안에 언제까지나 서 있었다. 「회색 빛깔」 또한 당시의 시대적 분위기를 색으로써 풍자한 것이라고 생각된다. 「회색」은 이중적인 색채로서 혼돈 절망 무기력 등의 느낌이다. 이러한 시대적 풍경을 바라보며 「끊어질 것만 같은 울음소리」 내고 있었던 갈매기를 압도하며 「시끄럽게 울어대는 까마귀의 무리」는 언론의 자유와 사상의 자유를 탄압하는 정부를 빗대어 표현한 것이라 하겠다.

탄압하는 자의 위세가 심한 것을 「시끄럽게 울어댄다」거나 까마귀로 풍자한 것은 오가이의 정부에 대한 부정적인 시각이라 하겠다. 「침묵의 탑」에 몰려드는 새가 조로아스터 조장鳥葬에 관련되는 독수리가 아니라 까마귀라는 것도 일본적 정취가 묻어나는 것임에 틀림없다. 까마귀와 갈매기는 검은 색과 흰색으로도 대칭이 된다. 탄압하는 쪽을 부정적 이미지의 검은 색으로, 탑 주위를 맴돌면서 미약하지만 검은 색에 저항하는 쪽을 흰색의 상징으로 표현한 것은 〈탄압은 옳지 않다는 것〉을 말하고 있는 것이라 하겠다. 특히 정부고위 관료로서의 자신과 이상향에 마음을 두고 글을 쓰는 작가로서의 자신 사이에서 끊임없이 갈등했을 것 같은 오가이의 모습이 끊어질 듯 우는 갈매기에서 엿보인다. 자신의 모습마저도 객관화시켜 풍자하고 있는 것이 이 작품의 표현 중에서도 백미라 하겠다.

3) 외국인의 시선을 풍자한 「다리가 긴 남자」

첫 단락에서 「높은 탑」에 날아드는 까마귀와 갈매기, 그리고 탑 안으로 싣고 드나드는 마차를 해변에서 언제까지나 바라보고 「나」는 호텔의 로비로 들어와 안락의자에서 신문을 읽고 있던 「다리가 긴 남자」를 만나는 것으로 두 번째 단락이 시작된다. 이 단락은 두 남자의 대화로 이루어진 두 페이지 정도의 짧은 내용이지만 이 소설의 주제가 담겨있는 중요한 장면이라 할 수 있다. 「뭔가 재미있는 일이 있습니까?」하고 먼저 말을 건넨 「나」에게 「다리가 긴 남자」는 「전혀 아무것도 없다(Nothing at all)」고 영어로 간단히 대답하고 있다. 작가는 「다리가 긴 남자」라고만 쓰고 있으나, 우리는 영어로 답하는 그 남자가 바로 서양인이라는 것을 알 수 있다. 그는 잠시 있다가 「야자껍질에 폭약을 채워 넣은 것이 두세 개 있었다고 그러지요」라고 덧붙여 말하고 있다. 바로 그 당시 일본의 사태를 예의 주시하며 흥미롭게 바라보던 서양 국가들의 모습을 대변하며 상징한 것이라 생각된다. 「야자껍질에 채워 넣은 폭약」은 대역사건의 발단이 「폭열탄爆裂彈」이었던 것을 암시하는 것이라 하겠다. 실제로 그 당시 비공개로 열린 암흑재판이기에 이 사건은 국내외에 더욱 자극을 주어 미국, 영국, 프랑스 등에서 일본에 항의가 쇄도하였다. 파리의 일본 대사관 앞에서 데모가 일어났고 런던과 뉴욕에서도 같은 모양의 항의가 연달아 일어났다.[36]

「혁명당이지요」라고 맞장구를 친 「나」는 담배에 불을 붙이며 의자에 앉아 「이상한 탑이 있는 곳에 갔다 왔어요」라고 다시 말을 건넨다. 「다리가 긴 남자」는 그곳이 「말라바르 언덕Malabar hill」이라는 것과 그 높은 탑이 「침묵의 탑」이라는 것을 알려준다. 또 「탑 안으로 나르는 것은 무엇입니까」라고 계속 물어보는 「나」에게 그것은 「파시족Parsi의 시체」라는 것과 콜레라가 유행하여 죽은 것이 아니라 「동지끼리 죽이는 것」이라고 답하면서 그 숫자가 「이삼십 명」이라는 것이 신문에 나왔다고 말해준다. 죽인 이유는 「위험한 서적」을 읽은 때문이라고 설명한다. 그리고 「전혀 아무것도 없다」고 대답하면서 「다리가 긴 남자」가 읽고 있던 신문에서 「파시족의 피비린내 나는 투쟁」이라는 표제의 기사가 눈에 띄었다고 작가는 쓰고 있다. 이 신문 기사의 표제야 말로 바로 이 소설의 주제이기도 한 것이며 작가가 고발하고자 하는 메시지라고 생각된다.

또한 두 번째 단락의 내용에서 죽은 사람이 「이삼십 명」이라는 것과 그 원인이 「위험한 서적」이라고 서양인을 통해 말하고 있는 것은 서양이 더욱 그 진실을 알고 있다는 것을 작가 오가이가 넌지시 알리기 위한 것도 한 몫하고 있다고 생각된다. 다만 죽임을 당한 그 원인이 「천황

암살」이라고는 직접적으로 표현할 수 없었을 뿐만 아니라, 대역사건 이후의 언론탄압을 아울러 반영하기 위한 것이 목적이기도 했기 때문일 것이다. 그럼 작품에서 「피비린내 나는 투쟁」의 원인이 「위험한 서적」이라고 말하는 것에 대하여 자세히 알아보자. 이것이 대역사건과 동시에 작가가 말하려는 또 하나의 주제이기 때문이다.

4) 「위험한 서적」의 의미와 「두 가지 춤」

작품의 두 번째 단락에서 「위험한 서적을 읽는 녀석을 죽이는 것입니다」[37]라고 언급되던 「위험한 서적」은 세 번째 단락에서는 「이때 파시족의 어떤 사람이 '위험한 양서'라는 말을 발명했다」[38]고 「위험한 양서」로 불린 다음, 줄곧 「위험한 양서」로 일컬어지고 있다. 이것은 「위험한 양서危險なる洋書」라는 제명題名으로 도쿄 아사히신문에 1910년 9월 16일부터 10월 4일까지 총 14회에 걸쳐 연재되었던 신문기사를 암시하고 있다. 특히 제6회 연재에서는 「춘기발동소설과 소개자」로 오가이의 이름도 게재되어 있었다.[39] 이 신문기사의 제목이 작품 속에서 단어하나 바뀌지 않고 사용되었다는 점은 주목할 만하다.

그러면서도 소설에서는 파시족 내부에서 자연주의 문학과 사회주의 및 공산주의, 무정부주의와 관련된 서적을 읽거나 번역한 사람들이 무차별적인 탄압의 대상이 되어 죽임을 당해 「침묵의 탑」안으로 실려 들어가는 것으로 되어 있다. 당초 탄압 대상은, 자연주의 계열의 소설 중에서도 성적性的 서술이 풍속을 괴란할 우려가 있다는 부분에 한정되었지만 「때마침 그 무렵 이 지역에 혁명자의 운동이 일어나 예의 야자나무 껍질의 폭열탄을 가지고 돌아다니는 사람들 중에 파시족의 무정부주의자가 조금 섞여 있는 것이 발각」[40]되어 사회주의, 공산주의, 무정부주의와 관련된 출판물이, 사회주의 서적이라는 암호 아래 안녕질서를 어지럽히는 것으로서 금지되게 되었다고 작가는 말하고 있다. 오가이는 대역사건과 「위험한 양서」의 사건을 묘하게 맞물려 얽혀놓고 있다. 그리고 다음과 같이 반어적 설법을 섞어가며 강하게 야유하고 있는 것이다.

> 안녕질서를 어지럽히는 사상은, 위험한 양서가 전한 사상이다. 풍속을 문란하게 하는 사상도 위험한 양서가 전한 사상이다. 위험한 양서가 바다를 건너온 것은 배화교의 악의 신의 장난이다. 위험한 양서를 읽는 사람을 죽여라. 이러한 취지로 파시족 사이에서 소수학살의 두 가지 춤이 추어졌다. 그리고 침묵의 탑 위에서 까마귀가 연회를 하고 있는 것이다.[41]

위의 글로 끝나는 세 번째 단락에서 우리는 「소수학살의 두 가지 춤」과 「침묵의 탑 위에서 까마귀가 연회를 하고 있는 것」이 무엇을 풍자하고 있는 것인지를 알 수 있다. 국가에 대한 순응과 침묵만을 강요하는 시대적 암울함을 상징적으로 묘사한 「침묵의 탑」 위에서 부당하게 언론을 탄압하는 일본 정부를 상징한 까마귀의 위세가 점차 더 강해진 것임을 함축하는 풍자라 하겠다. 실제로 「위험한 양서」를 읽은 사람들을 죽이는 일까지는 일어나지 않았지만, 작품의 본문에서는 「위험한 양서를 읽는 사람을 죽여라」라고 극단적으로 쓰고 있다. 이는 앞에서도 언급한 바와 같이 대역사건의 원인을 구체적으로 말할 수 없었던 환경에서 「위험한 양서」 기사를 빙자하여 대역사건에서 죽은 사회주의자들을 함께 이중적으로 나타낸 것이라 하겠다.

거슬러 올라가면 대역사건은 사상의 자유를 극심하게 탄압한 사례이기도 하므로 그것을 아울러 암시하는 문장인 셈이다. 다시 한번 「두 가지 춤」이 열렬히 추어지는 「까마귀의 연회」라는 표현은 대단한 야유이며 풍자라고 생각된다. 결코 강요된 침묵 만으로서는 끝낼 수 없다고 판단한 오가이가 당시로서는 소설가로서의 최대의 표현력을 살려 시대를 고발하고 있는 용기라고 생각된다. 실제로 그 정부의 고위직에도 몸담아 있어, 탄압이 얼마나 심한지는 이시카와 다쿠보쿠보다 더욱 잘 아는 오가이인지라 일기에도 남기지 않는 주도면밀함[42]을 보이면서 허구의 소설이라는 수법을 빌렸던 것이 아닐까 생각된다. 이어 「신문에 죽임을 당한 사람들의 약전이 나와 있고, 누구는 무엇을 읽었다, 누가 무엇을 번역했다고 하나하나 위험한 양서洋書의 이름을 들고 있다. 나는 그것을 읽어보고 놀랐다」라는 서두로 시작되는 네 번째 단락부터 다섯 번째 단락까지는 졸라, 톨스토이, 고리키, 크로포도킨, 니체 등 34명에 가까운 외국작가와 그의 작품들을 열거하며 언론탄압에 대한 작가 오가이의 주장이 적극적으로 표출된 대목이다.

> 예술이 인정하는 가치는 인습을 타파하는 데에 있다. 인습의 테두리 안에서 서성거리고 있는 작품은 평범한 작품이다. 인습의 눈으로 예술을 보면 모든 예술이 위험하게 보인다. … (중략)…학문도 인습을 타파해 발전해 간다. 한 나라 한 시대의 취향에 간섭받아 저지당해서는 학문은 생명을 잃게 된다.[43]

오가이는 문학과 예술, 학문사상이라는 것은 인습과 싸우며 새로운 지평을 펼쳐나갈 때 비로소 가치가 있다고 역설한다. 그 비판의 안목은 단순히 오가이 자신의 공격에 대한 개인적 반박이라고만 할 수 없다. 대역사건 후의 언론탄압에 대하여 학문과 예술의 중요성과 그 자율성을 주장하는 오가이의 의지표명이라 하겠다. 더욱이 여섯 번째 단락의 한 줄을 별표로 갈라놓고 있는 것을 제외하면, 다섯 번째 단락의 끝부분이면서 소설의 마지막을 장식하는 다음의 글에는 이 작품 전체를 관통하는 주제의식이 매우 명확하게 제시되고 있다.

예술도 학문도 파시족의 인습의 눈으로 보면 위험하게 보일 수밖에 없다. 왜
냐하면, 어느 나라, 어느 세상에서도 새로운 길을 걸어가는 사람의 배후에는,
반드시 반동자의 무리가 있어 그 틈을 엿보고 있다. 그리고 어떤 기회가 찾
아오면 박해를 가한다. 다만 그 구실만이 나라에 따라, 시대에 따라 변한다.
위험한 양서도 그 구실에 지나지 않았던 것이다.

＊　＊　＊　＊　＊

말라바르 힐의 침묵의 탑 위에서 까마귀의 향연이 절정이다.[44]

여기서 말하는「반동자反動者」는 앞서 등장한 까마귀와 같은 무리로
볼 수 있다. 언론 및 사상의 탄압을 자행하는 사람들을 「반동자」라고
말하고 있는 것을 뚜렷이 알 수 있다. 고위 관료였던 오가이의 정치적
입장만을 고려해 본다면, 그가 「반동자」라고 불러야 했을 사람은 새로
운 사상을 적극적으로 수용하고자 했던 — 예를 들어 대역사건에 연루
된 고토쿠 슈스이 등과 같은 — 사람들이어야 맞다. 하지만 작가 오가
이는 「새로운 길을 걸어가는 사람」의 뒤에서 이를 박해하려는 사람, 즉
언론과 사상을 탄압하는 정부의 사람들을 「반동자」라고 부르고 있는
것이다. 「반동자」라는 말의 사용과 더불어 박해하기 위하여 「위험한
양서도 그 구실에 지나지 않았던 것」이라고 하는 것은 매우 적극적으
로 비판하고 있는 것이라 하겠다.

3. 맺음말

오가이의 단편 『침묵의 탑』은 1910년에 일어난 대역사건을 모티프
로 하여 부당하게 언론을 탄압하는 일본 정부를 고발한 작품이다. 그
당시 언론탄압의 주역이었던 야마카타 아리토모의 브레인의 한사람인

동시에 권력기구의 중추적 위치에 있었던 오가이였기에 사회적으로 큰 사건이었던 대역사건과도 어떤 면에서 깊은 관련이 있었다. 사회주의 사상에 관한 지식에도 조예가 깊었던 오가이는 잡지 『스바루』의 동인이면서 대역사건의 재판 때에는 변호를 맡았던 히라이데 슈平出修에게 가르침을 주었고,[45] 대심원大審院 특별법정特別法廷의 방청석에 모습을 보였다고 하는 이노마타 다쓰야猪股達也의 설이 있을 정도이다.[46]

젊은 날 국비로 독일에 유학하여 발전된 서구문명을 직접 몸으로 접하고 많은 독서를 통하여 사고의 폭을 넓혔던 오가이로서는 누구보다도 일본의 후진성과 시대의 본질적 모순을 관념적으로는 알고 있었을 것이다. 그러므로 아리토모와 깊은 관계를 유지하면서도 와카和歌 작가이기도 한 변호사 히라이데 슈에게 사회주의 자료를 제공하고 또 대역사건의 전말을 전해 듣기도 하면서 상당한 고뇌가 있었을 것임에 틀림없다. 마침내 오가이는 관료로서가 아니라 문학자로서 권력에 분노하며 붓을 들었지만, 당시 군의총감, 육군성의무국장이라는 자신의 사회적 위치나 저술이 판금리스트에 올랐던 정황 등으로 솔직한 저작 표현에 한계를 느끼며 풍자적 기법으로 글을 전개할 수밖에 없었다고 생각된다.

작품 속에 나오는 「침묵의 탑·까마귀·갈매기·야자나무 껍질」 등은 모두 내용을 은유적으로 표현하기 위한 도구였다. 이 도구들을 사용하며 작가는 침묵의 탑에 몇 대의 수레가 차례로 시체를 운반하고 있는 것이, 파시족 내부에서 자연주의 문학과 사회주의 및 공산주의, 무정부주의와 관련된 서적, 즉 「위험한 양서」를 읽거나 번역한 사람들이 무차별적인 탄압의 대상이 되어 죽임을 당하고 있다는 것을 알려주고자 한 것이다. 작가로서의 오가이는 '짜라스트라(조로아스터의 독일발음)'라는 별칭을 가진 '조로아스터'교의 신자 파시족을 등장시켜 그들의 「피비린내 나는 투쟁」이라고 표현하고 있지만 우리는 그것이 대역사건의 암시임을 읽어낼 수 있었다.

　작품에서 「이삼십 명 죽였다」고 말하고 있는 것은 바로 대역사건에서 사형을 당하게 된 사람들을 암시한 것이다. 사상의 자유, 언론의 자유가 구속된 시대의 분위기를 인도의 「침묵의 탑」에 가탁하여 풍자하면서도 시끄럽게 몰려드는 새가 조로아스터조장에 관련되는 독수리가 아니라 까마귀로 나타낸 것은 일본의 정취가 묻어나게 하려는 의도였다. 이 암시를 더욱 두드러지게 하는 것은 파시족의 동족상잔의 비극의 발단이 혁명당이 야자열매 속에 폭약을 넣은 일인데, 이것은 대역사건의 발단이었던 사회주의자의 「폭열탄 발각」을 시사하는 것이기 때문이다.

　당시의 서민이 받고 있는 암울한 기분을 줄곧 「회색빛」으로 그려내면서 「침묵의 탑」 주변에서 연회를 벌이고 있는 검은색의 까마귀는 부당하게 언론을 탄압하는 일본 정부를 야유한 것이었으며, 끊어질 듯 울어대는 흰색의 갈매기는 그것에 무기력하게나마 저항하는 탄압받는 사람들을 풍자한 것이라 하겠다. 특히 갈매기는 작가 오가이의 필명인 「鷗外」와도 연관되고 있는 키워드였기 때문에, 자신의 모습마저도 객관화시켜 풍자하고 있는 것이 백미이다.

　또한 「위험한 양서」라는 제명題名으로 도쿄 아사히신문에 실렸던 기사를 빙자하여 대역사건에서 죽은 사회주의자들을 함께 이중적으로 나타낸 이 작품에서, 작가는 시체가 운반되는 「침묵의 탑」 위에서 까마귀가 「두 가지 춤」을 열렬히 추고 있다고 쓰고 있다. 「까마귀의 연회가 절정」이라는 표현은 대단한 야유이며 풍자라고 생각된다. 게다가 「위험한 양서도 그 구실에 지나지 않았던 것」이라고 말하는 것이나 「새로운 길을 걸어가는 사람」의 뒤에서 이를 박해하려는 사람들을 「반동자」라고 부르고 있었던 것은 탄압하는 정부에 대해 매우 적극적인 저항을 보여주는 것이라 하겠다.

오가이 자신의 소설과 번역서가 「위험한 양서」의 목록에 올랐기　때문에 그 반발심에서 쓴 것이라기보다 시대상황에 민감하게 반응하여, 풍자라는 소설가로서의 최대의 표현력을 살려 시대를 고발하고 있는 것이었다. 이 『침묵의 탑』은 제국주의를 넘어 파시즘[47]으로 내달리던 당시의 시대상황과 작가의 사회적 위치를 고려해본다면 크게 용기를 가지고 발표된 작품이라고 평가해야 할 것이다.

*　이 글은 2011년 『세계문학비교연구』(제37집)에 발표한 「오가이의 『침묵의 탑』에 관한 연구」를 수정·보완한 것임.

1　1943년 5월, 나가이 가후(永井荷風)를 主幹으로 하여 창간된 게이오대학(慶応大學) 文科의 機關誌. 자연주의파의 『早稻田文學』과는 대조적으로 탐미적인 경향이 강했다. 『文藝用語 基礎知識』至文堂, 1982, p.601.

2　Tower of Silence ; 인도 마하라슈트라주의 뭄바이에 위치한 말라바르 언덕의 공중정원 북쪽에 있는 탑으로 불을 숭상하는 조로아스터교의 장례가 치러지는 곳이다. 조장(鳥葬)을 치르기 위한 원형의 돌탑으로 대표적인 것은 높이가 9미터인 것도 있다. 1675년에 지어졌고, 조로아스터교 신자들만 탑에 들어갈 수 있다. 배화교(拜火敎)라고도 불리는 조로아스터교의 장례는 조장(鳥葬)이라 하여, 시신을 탑 꼭대기에 올려놓아 독수리가 쪼아 먹게 하고, 남은 뼈는 탑 우물로 떨어져 자연스럽게 지하 수도를 통해 아라비아해안으로 흘러 들어가게 하는 장례법이다. 조로아스터교는 BC 6세기경에 페르시아의 예언자 조로아스터가 창시한 종교인데, 이슬람교도의 박해를 피하여 신자들이 8세기경에 인도로 건너와 정착했다고 한다. 뭄바이에는 6~7만여 명의 조로아스터교도가 살고 있으며, 인도전역에는 10만 명 정도의 소수민족으로 생활하고 있다고 한다.

3　장(章)으로도 부를 수 없는 것은 매우 짧은 단편이기도 하며, 작가 자신이 별표 6개를 한 줄로 그려서 단락을 나누고 있기 때문이다.

4　『鴎外全集』第七卷, 岩波書店, 1972, p.383(이하 본문의 소설 인용문은 여기에서 택함)

5　中村文雄 『大逆事件と知識人』三一書房, 1981, p.121.

6　1910년 9월 16일부터 10월 4일까지 총 14회에 걸쳐 연재됨.

7　『別冊 國文學 森鴎外必携』學燈社, p.170.

8　瀧本和成 『森鴎外 現代小說の世界』和泉書院, 1995, p.102.

9　竹森天雄 『鴎外 その紋樣』小沢書店, 1984, p.428.

10　『(新研究資料)現代日本文學』第1卷, 小說 I · 戯曲, 明治書院, 2000, p.90.

11　長谷川 泉 『近代日本文學思潮史』至文堂, 1970, p.35.

12　千駄木는 東京都 文京區에 있는 地名으로 오가이의 자택(文京區本鄕駒込千駄木町57番地)이 있었다. 'メ一トル'는 불어 'maitre'를 말하는 것으로 대가, 거장, 스승 이라는 뜻임.

13　오가이 연구의 기초를 쌓은 기노시타 모쿠타로(木下杢太郎 ; 東京醫大에서 피부과 전공)가 모리 오가이에게 바친 찬사이다. 오가이의 박식함을 고대 이집트의 수도 thebes의 번창한 모습을 「백문의 도시」라고 했던 것에 비유한 말이다.

14 吉田精一「解說과 鑑賞」『現代日本文學全集·4/森鷗外名作集』偕成社, 1980, p.266.

15 『스바루(スバル)』는 詩歌를 중심으로 한 문예잡지로『明星』의 後身이라 할만하다. 1909
년 1월에 창간되어 1913년 12월에 폐간될 때까지, 平出 修가 경영을 담당하였고, 平野万
里, 石川啄木, 吉井勇가 교대로 편집을 맡았다. 鷗外는 가장 열렬한 寄稿者자였다.
三枝康高『スバル』『森鷗外 I/日本文學研究資料叢書』有精堂, 1977, pp.314-319 참조.

16 'vita sexualis'로 '성적생활'이라고 번역하는 경우도 있다.

17 『新潮日本文學アルバム/森鷗外』(新潮社, 1986)의 『略年譜』 참조.

18 古川淸行『スーパ日本史』講談社, 1992, p.558.

19 『岩波日本史辞典』岩波書店, 1999, p.699.

20 고토쿠 슈스이(幸德秋水 1871. 11. 4~1911. 1. 24) 高知縣 출생. 1893년부터『자유신문』과
『요로즈초호(萬朝報)』의 신문기자로 재직하였으며, 1897년 무렵부터 사회주의로 전환,
1901년『20세기의 괴물 제국주의』를 써서 제국주의를 탄핵하였다. 1903년 평민사(平民
社)를 결성하고 주간지『평민신문』을 창간하여 러일전쟁 반대를 주장하였다.1905년약
반년 동안 미국에 머무르면서 아나르코생디칼리슴(anarcho-syndicalisme)으로 전신(轉
身)하고, 1907년 일간지『평민신문』을 통하여 노동자의 직접행동, 즉 총동맹파업을 주장
하였다. 1910년 일부 급진파가 계획하고 있던 천황암살계획에 연루되었다는 혐의로 체포
되었으며, 사회주의자에 대한 탄압의 일환으로 이 사건을 확대 해석한 당국에 의해 1911
년에 처형되었다. 저서로는『평민주의』『그리스도 말살론』등이 있다.

21 『石川啄木事典』おうふう, 2001, pp.207-208.

22 『岩波日本史辞典』앞의 책, p. 699.

23 『鷗外全集』第七卷, 앞의 책, p.385.

24 山縣有朋(1838~1922): 長州藩士, 육군대장) 메이지유신이후 서양의 군사제도를 받아들
이는데 힘을 쏟아 징병제를 실시하며 근대육군을 창설함. 후에 일본 의회제도 체제 아래
최초의 수상을 역임. 청일전쟁 때는 조선에 주둔하는 제1군사령관, 1898년 원수(元帥가
됨. 러일전쟁 때는 참모총장으로서 승리를 거두어 공작(公爵)작위를 받음. 1903~1909년
이토 히로부미와 함께 번갈아 추밀원 의장직을 맡으며 원로로서 정계에 절대권력의 힘을
가지고 있었다.

25 가고 쓰르도는 오가이와 동창으로 일본의 이비인후과의 개척자로서 야마가타와 마찬가
지로 와카, 검도, 벼룻돌, 고서 등에도 취미가 있었으며, 야마가타에게 신뢰를 받아 국사
(國事)를 상담할 정도였고, 러일전쟁에는 야마가타의 간청으로 종군하였으며, 고쿠라(小
倉) 좌천 때에 사직(辭職)을 결심하기도 한 오가이를 간절히 설득하거나, 오가이가 다시
중앙으로 되돌아 올 수 있도록 운동하기도 했다고 함.
中村文雄,『大逆事件と知識人』앞의 책, p.110 참조.

26 1906년 6월 창립되어, 매월 가고 츠르도(賀古鶴所)의 집이나, 야마가타의 오다와라(小田
原)에 있는 고희암(古稀庵), 사라사라정(新新亭) 등에서 가회(歌會)를 열며, 1922년 주창
자인 야마가타가 죽을 때까지 185회에 걸쳐 행해졌다.
古川淸彦「森鷗外と常磐會」『森鷗外 I 日本文學研究資料叢書』有精堂, 1977, p.125.

27 中村文雄, 앞의 책, p.111.

28 長谷川泉『森鷗外論考』續 明治書院, 1967, p.30.

29 森鷗外「夏目漱石論」『鷗外全集』第二十六卷, 岩波書店, 1973, p.408.

30 森鷗外「予が立場」『鷗外全集』위의 책, pp.391-393.

31 오가이의 문학적 활동은 독일유학에서 귀국한 1888년 9월부터 1894년 8월 청일전쟁 출정
까지를 제1기, 그 후 고쿠라(小倉) 左遷期를 포함하여 러일전쟁 끝날 때까지의 10년간을

제2기, 1906년 1월 러일전쟁에서 개선하여 도쿄로 돌아와서부터 1912년 7월, 메이지 시기의 종언까지를 제3기로 하고 있다.

『新硏究資料/現代日本文學』第1卷, 앞의 책, pp.80-81참조.

32 『鴎外全集』第四卷, 岩波書店, 1972, p.588.

33 「여러분은 모반을 두려워해서는 안 된다. 새로운 것은 늘 모반이다. 육체의 죽음보다도 두려워해야 하는 것은 영혼의 죽음이다」등의 내용이다.
    川崎庸之 外 3人 監修『読める年表』自由国民社, 1991. p.910 참조.

34 『詳録/新日本史史料集成』第一學習社, 1991. p.370.

35 『鴎外全集』第七卷, 앞의 책, p.383.

36 川崎庸之 外 3人 監修, 앞의 책, p.910 참조.

37 『鴎外全集』第七卷, 앞의 책, p.385.

38 위의 책, p.388.

39 瀧本和成 編, 『森鴎外現代小品集』, 晃洋書房, 2004, p.166 참조.

40 『鴎外全集』第七卷, 앞의 책, p.387.

41 위의 책, p.388.

42 대역사건과 직접적으로 관계되는 기사를 『일기』로서는 남기지 않았다.
    中村文雄『大逆事件と知識人』三一書房, 1981, p.118.

43 『鴎外全集』第七卷, 앞의 책, pp.391-392.

44 위의 책, pp.391-392.

45 히라이데 슈(平出修가 기슈조(紀州組)의 崎久保誓一와 高木顕名의 변호를 与謝野寛에게서 의뢰받은 것은 1910년 8월이며, 변호준비에 몰두하여, 일주일 정도 모리선생 댁을 오가며 그의 사회주의에 관한 연구의 깊고 폭넓음에 감탄하면서 변호 요령을 정리했다고 한다. 그리하여 10월에는 사상문제의 이해를 깊게 할 수 있었다고 함.
    中村文雄, 앞의 책, p.115 참조.

46 竹森天雄, 앞의 책, p.466.

47 파시즘의 가장 중요한 특징은 국가가 절대 우위이며, 다른 특징들은 모두 여기에서 유래한다. 개인의 뜻을 굽혀 국가가 명시한 대로 국민의 통합된 뜻에 따르고 국가를 상징하는 카리스마적인 지도자에게 완전히 복종하는 것이다. 또한 군사적 가치관과 전투 및 정복을 찬양하고, 자유주의적 민주주의와 합리주의 및 부르주아적 가치관은 낮게 평가한다.

다쿠보쿠의 『한줌의 모래』와 〈게〉의 이미지*

❙손 순 옥

1. 머리말

　이시카와 다쿠보쿠(石川啄木, 이하 다쿠보쿠라 칭함. 1886~1912)는 일본이 국내외적으로 1894년의 청일전쟁과 1905년의 러일전쟁, 1910년의 대역사건과 한일합방 등 정치적 사회적 사건이 많았던 근대 일본의 변혁기를 살다간 문학자이다. 만 26년 동안의 짧은 생을 살면서 누구보다도 여러 가지 힘든 경험을 한 그의 작품은 시간과 공간을 넘어 다양한 독자층을 확보하고 있다.

　그 중에서도 다쿠보쿠가 생전에 남긴 유일한 가집歌集 『한줌의 모래』는 해가 갈수록 판을 거듭하여 출판되고 있다. 반항, 연애, 방랑, 빈곤, 혁명에 대한 지향, 객혈 등 극적인 요소가 되기에도 충분한 삶을 살아온 시인의 내면이 다쿠보쿠 문학에 하나의 매력적인 요소로 작용하고 있다고도 하겠다. 그러나 노마 히로시野間 宏의 말[1]대로 다쿠보쿠의 단카나 시가 사랑을 받기 시작한 것은 다쿠보쿠 생전의 일이 아니었다. 그것은 일본에 민주주의 환영이 되살아난 패전 직후였다. 다쿠보쿠의 일기가 공개되고 그의 사상적 위치를 결정짓는 1910년 「대역사건大逆事件」 전후의 숨겨졌던 문헌이 세상에 드러나면서부터였다. 그러한 것은 일본인에게도 새로운 지식이었다. 다쿠보쿠가 사회주의 리얼리즘 시인 내지는 그 선구자로 평가받게 된 것은 2차 세계대전 후의 일이다. 따라서 다쿠보쿠에 대한 연구도 첫 번째 다쿠보쿠 문헌의 수집과 간행이라는 단계에서 출간된 1955년 이와키 유키노리岩城之德의 『이시카와 다쿠보쿠전石川啄木伝』을 기점으로 두 번째의 실체론적 단계를 거쳐 1987년부터는 세 번째 본질론적 단계에 이르렀다고 곤도 노리히코近藤典彦는 설명하고 있다.[2]

두 번째 단계에서는 주로 다쿠보쿠가 「사회 생활적으로는 거의 무력자에 가까웠다」는 것을 뒷받침하는 「빌린 돈 메모借金メモ」의 공개 등으로 다쿠보쿠의 아내 세츠코에게 동정을 보내며 「낙오자의 문학」이라는 의미에서의 논고가 눈에 띄었던 것과 더불어 『다쿠보쿠의 사상과 영문학』과 같은 비교문학적 고찰이 있었고 『다쿠보쿠가집전가평석啄木歌集全歌評釋』『다쿠보쿠전작품해제啄木全作品解題』 등이 주된 업적이었다. 세 번째 단계에서는 다쿠보쿠의 안과 밖을 이해하며 설명하는 단계로서 다쿠보쿠의 사회주의 도달점을 찾아 논고한 곤도 노리히코의 『국가를 때린 사람 이시카와 다쿠보쿠』(1989) 등이 돋보이는 연구이다.

또한 1989년 일본이 「헤이세이平成」라는 연호를 새로이 쓰게 된 후로는 국제 다쿠보쿠학회가 결성되어 최근에는 다쿠보쿠의 국제성[3]이 활발히 논의되고 있는 흐름이다. 그동안의 연구를 포괄적으로 언급하여 보면 주로 다쿠보쿠에 대한 작가론적인 연구가 많이 진행되었고, 작품에 있어서는 유고집인 『호루라기와 휘파람呼子と口笛』에 실려 있는 자유시보다는 가집 『한줌의 모래』와 『슬픈 장난감悲しき玩具』에 대한 전반적인 해석과 감상이 주류를 이루고 있다. 개별 단카로서는 『한줌의 모래』에 나오는 첫 번째 단카에 대해 여러 가지 해석이 있는 것이 특징이다. 첫 번째 단카 「동해바다의 작은 섬의 갯바위 하얀 백사장/ 나는 눈물에 젖어/ 게와 벗하고 있네」[4]는 장두가章頭歌[5]인 동시에 권두가卷頭歌이기도 하기 때문일 것이다.

본 논문의 목적은 아직도 여러 해석이 분분한 이 권두가에 대해서 다시 한번 면밀히 검토하는 동시에 가어歌語인 〈게蟹〉에 주목하여 그 가의歌意를 밝혀보고자 하는 것이다. 1998년 다쿠보쿠의 시가詩歌를 번역하여 출간[6]하면서도 이 노래의 번역에 가장 마음을 쏟았는데 최근에 '『한줌의 노래』의 연구'[7]라는 책을 읽으면서 나름대로의 감상을 정리하여 볼 필요가 있다고 생각하게 되었다. 다쿠보쿠처럼 그 사상과 철학이 아직도 일본 국내적으로는 그다지 환영받을 수 없는 작가는 외국 연구자의 타자로서의 시선이 더 필요한 경우도 있다고 생각되며 그의 작품이 국제적으로도 감상[8]되고 있는 차제에 의의가 있을 것으로 생각된다.

2. 『한줌의 모래』와 그 시대

가집 『한줌의 모래』는 「무수한 독자를 갖고 있지만 서명이 무엇을 뜻하여 붙였는지는 지금까지 정설이 없다」는 곤도 노리히코의 말 그대로이다. 매우 현대적이며 상징적이다. 그런 의미에서도 권두가의 가의를 제대로 감상해보기 위해서는 먼저 작가가 그 가집을 출간할 당시의 시대적 배경과 작가의 심경을 알아볼 필요가 있다. 작품은 그 시대의 산물이며 시가는 더욱이 작가의 내면세계인 심상心象을 알게 모르게 그려내고 있는 것이기 때문이다.

『한줌의 모래』가 처녀가집으로 출간된 것은 1910년 12월이다. 1910년은 일본의 연호로서는 메이지 43년으로 근대국가를 탄생시킨 메이지 신정부가 제국주의 헌법을 만들어 「부국강병」을 기치로 전쟁을 일으켜가며 사상과 언론의 자유를 극히 제한하고 있던 시기였다. 1910년 11월에 발표된 오가이鷗外의 단편 『침묵의 탑沈黙の塔』[9]은 그 당시의 언론 출판에 대한 탄압을, 탑 꼭대기를 맴도는 검은 까마귀들을 상징적으로 그려내며 고발하고 있다.[10] 대부분의 국민은 강력한 국가 권력 하에 국가를 위해 희생을 강요당하던 때였다. 강력한 군비확장에 주력하여 일으킨 청일·러일 두 전쟁이 산업자본주의의 확립과 독점의 형성이라는 제국주의 일본을 성립시키는 전기가 되었고, 그 제국주의 확립과정은 노동자계급에게 실업이라는 심각한 사회문제를 가져오게 하는 것이었다. 특히 실업문제가 가장 심각한 사회문제로 나타나기 시작한 것은 러일전쟁 후였다.

지식인 소세키漱石가 그의 소설 『그리고 나서それから』(1909)에서 주인공 다이스케의 입을 빌려 「일본은 서양으로부터 돈이라도 빌리지 않으면 도저히 꾸려나갈 수 없는 나라다.… (중략)… 일본국 어디를 둘러보아도 반짝반짝 빛나고 있는 단면은 사방 한 곳도 없지 않은가. 모조리 암흑이다.」[11]라고 말하고 있었다. 거듭되는 증세增稅와 새로운 세금 설치로 국가재정을 팽창시켰음으로 노동자와 농민생활의 궁핍함은 말할 것도 없고 중소자본가의 부담감도 심해져서 사회적 모순을 분출시켰다. 증세에 반대하는 여러 정치그룹이 결성되어 정부의 전후경영에 저항하는 움직임을 보이고 있던 시기였다.

다쿠보쿠도 평론 「시대폐색의 현상」에서 당시의 국가권력에 저항을 나타내는 한편 『한줌의 모래』에서는 성실하게 일해도 늘 부족한 서민의 생활을 「일을 하여도/ 일을 해도 여전히 고달픈 살림/ 물끄러미 손바닥 보고 또 보고 있네」라고 노래하고 있다. 손을 수단으로 일하는 노동자를 대변하고 있었을 뿐만 아니라 「논밭을 팔아/ 술 마셔 망해가는 고향사람들/ 너무나 불쌍하게 생각되는 날이여」 또는 「농사꾼들이 좋아하는 그 술을 끊었다하네/ 살림 더 어려워지면/ 무엇을 끊어야 할까」라고 가난한 농사꾼들의 심정도 헤아리는 것을 잊지 않고 있었다.

이때의 근로 대중의 생활은 매우 비참했다. 일본 제국의 자본주의 번영은 「인도 이하의 노동자계급의 저임금이었으며 중국 조선 등의 아시아 인민 대중으로부터의 노예적 수탈이었다. 메이지유신 후의 '문명개화' '식산흥업'을 슬로건으로 한 부국강병정책은 이어지는 제국주의적·군국주의적 침략전쟁의 승리로 세계의 강국으로서 제국주의 세계의 무대에 올라서게 했다. 그러나 그것은 어디까지나 외견적인 것으로 그 내용물은 이류의 제국주의 국가일 뿐이었다. 그것은 바로 고토쿠 슈스이幸德秋水가 적절하게 주장한대로 '허세적'이며 '사탕발림적'인 제국주의였다」[12]고 지적되고 있다.

이어 1910년 5월에는 「메이지천황」 암살미수계획을 둘러싼 사건까지 일어나, 일본의 지식인들은 사상에 일대변혁을 가져오게 되었을 뿐만 아니라 현실을 피부로 느끼게 되었다. 그 결과 다쿠보쿠도 자신을 포함한 일본인의 압도적 다수인 서민의 불행의 근원은 당대의 일본 사회조직 그 자체에 있다는 것과 그것을 비판하거나 개조를 꿈꾸는 사람에 대해서는 가차 없이 내리덮치는 국가 즉 「강권의 세력은 널리 국내에 퍼져 있다」는 것을 확인하게 되었다.

1910년 1월 9일 오시마 쓰네오大島經男 앞으로 보내는 편지에서 「…현재 나는 아사히신문사에서 교정校正을 담당하고 있습니다. 전도사로서 홋가이도北海道에 있는 여동생을 빼고서는 아버지도 어머니도 아내도 자식도 지금은 모두 내 밑으로 왔습니다. 나는 나의 전 시간을 기울여 우리 가족의 생활을 무엇보다 먼저 안정되게 할 만큼의 돈을 얻기 위하여 일하고 있습니다. 그 때문에 회사에서 내는 후타바테이전집二葉亭全集

교정을 보고 있습니다. …,라고 쓰고 있던 다쿠보쿠는 이듬해인 1911년 2월 6일에는 다음과 같은 내용의 긴 편지를 다시 오시마에게 보내고 있다.

……국가든 무엇이든 일체의 현실을 시인하고 그 범위 내에서 자기 자신의 안과 밖의 생활을 열심히 개선하려는 뜻을 말씀드린 적이 있다고 기억합니다. 그것은 저라는 인간으로서는 하나의 정신적 혁명이었습니다. 그 후 나는 사상에서도 실행에서도 여러 가지로 그 '생활개선'에 노력하였습니다. 그러나 드디어 나는 그 혁명이 실은 혁명의 제 일보에 지나지 않음을 알아야만 했습니다. 현재의 사회조직 경제조직 가족제도……그러한 것들을 그대로 두고 자신만이 홀로 합리적 생활을 건설하려는 것은, 실험의 결과 끝내 실패로 끝날 수밖에 없다는 것이었습니다. 그때부터 저는 홀로 조금씩 조금씩 사회혁명론자가 되어 여러 가지 일에 대해 남몰래 사회주의적인 사고방식을 취하게 되었습니다. 그런 차에 전해진 것이 이번의 대사건이었습니다. 아마도 가장 놀랐던 것은 저 완고하고 혼미한 무사도론자武士道論者가 아니라 바로 나 이 사람이었을 것입니다. …(중략) … 어릴 때부터 혁명이라든가 폭동 반항 같은 것에 일종의 동경을 갖고 있었던 저로서는, 자신이 걸어온 한줄기 길 저 앞에서, 먼저 걷고 있었던 사람들이 돌연히 불속으로 날아 들어간 것을 멀리서 목격한 것 같은 기분이었습니다. 그 기분은 아무래도 상관없다 하더라도 한마디 꼭 말씀드려두고 싶은 것은 이 번 재판이 △△△재판이라는 것입니다. 나는 어떤 방법으로 이번 사건의 한건 서류(지수 7천매, 2.5부정도 두께분의 17권)분의 주요한 부분은 모두 읽었고 공판정의 일도 비밀리에 들었으며 또 고토쿠幸德가 옥중에서 변호사 앞으로 보낸 진정서의 대 논문의 복사도 얻었습니다. …(중략) … 그러나 이것도 아마 별도리가 없을 테지요. 나 자신도 이상적 민주정치국가가 아니고서는 재판이 독립할 수 없다고 믿고 있으니까요. 쓰고 싶은 것은 많지만 언젠가 이에 대해 말할 기회가 있을

것으로 생각하므로 지금은 그만 하겠습니다. 말씀드리고 싶은 것 또 하나는 잡지에 관한 것입니다. 가능한 범위 내에서 '다음세대' '새로운 사회'에 대한 청년의 사상을 선동하는 것이 목적입니다. 발매금지의 위험이 없는 정도에서 끊임없이 성냥불을 그어서는 청년의 불타오르기 쉬운 마음에 던지려고 하는 것입니다.···[13]

위의 편지로서도 다쿠보쿠는 많은 개인적인 고생[14]을 하면서도 늘 사회정의에 마음을 써 왔다는 것을 알 수 있다. 일명 고토쿠사건이라고도 불리는 대역사건은 1910년 5월 25일 폭발물 제조혐의로 노동자 미야시타 다키치宮下太吉가 체포되고 이를 시작으로 사회주의자에 대한 검거가 계속되어 6월 1일에는 고토쿠 슈스이가 체포되었다. 모두 26명이 대역죄로 기소되고 관계없는 사람까지 포함하여 24명이 사형을 선고받았으나 이듬해 1911년 1월 고토쿠 슈스이, 미야시타 다키치 등 12명이 처형당했다.

이 같은 상황에서도 다쿠보쿠는 「다음세대」 「새로운 사회」를 위하여 「끊임없이 성냥불을 그어」 청년의 마음을 고취시키고 선동하고자 했던 것을 알 수 있다. 다쿠보쿠의 자유시 「스토브에 장작을 더 지펴야겠다」는 취지의 〈겨울밤〉의 3연 4연의 구절[15]이 떠오른다.

일본의 자연주의 작가라고 불리는 사람들이 추한 현실을 그려낸다 하더라도 가타이花袋의 『이불蒲団』과 같이, 그 내용이 가정 내부의 세계에 머물며 많은 서민의 괴로움을 제재로 파악하지 못한 것에 비해 다쿠보쿠는 분명 달랐다는 것을 알 수 있다. 문학도 국민의 자유와 진보를 위해서는 좀 더 사회적인 문제와 맞붙어야 한다는 각오를 보이고 있는 것이다. 그러한 각오는 유고시집인 『호루라기와 휘파람』에 작품으로서 더욱 뚜렷이 드러나고 있다. 「끝없는 논쟁 후에」, 「코코아 한잔」, 「격론」 등이다.

이러한 시대적 배경과 작가의 사상 안에서 탄생된『한줌의 모래』는 앞에서 말한 대로 아직 서명書名에 대한 해석도 정설로 굳힐 만한 것이 없다. 그것부터가 이 가집의 매력인지도 모른다.

　처음 이 가집을 손에 들었을 때 그 서명 때문에 그리 오래된 시집 같지 않았다. 마치 윤기 없는 고독한 현대인의 생활을 암시하고 있는 듯하였기 때문이다.「모래」라는 시어는 좀처럼 작가나 일반인의 관심을 끌만한 대상이 못된다. 그런 까닭에 '한줌의 모래'는 무슨 의미를 갖는 것일까 하는 호기심을 가지고 시집의 첫 장을 넘기게 된다. 페이지를 넘기면 이번에는 매우 멋진「나를 사랑하는 노래」라는 장章의 타이틀이 등장한다.「나를 사랑하는 노래」라는 작은 제목은 다쿠보쿠라는 시인이 나타내고자 한 노래의 주제와 가장 어울리는 것이 아닌가 생각된다. 무리한 권력을 휘두르는 국가가 아니라 작가 자신을 포함한 소시민 개인을 중히 여기며 사랑하려는 마음이 느껴지기 때문이다. 어느 시대 어느 국민에게도 통할 것 같은 그 타이틀에 깊은 공감을 가지며 위로를 받게 된다.

　그러한 타이틀에 마음이 이끌려 계속 시집을 넘기면 이번에는 특히 그 가어歌語의 선택이 신선하고 표현이 매우 현대적인 감각을 나타내고 있음에 놀라게 된다. 이 가집이 정말 백년 전에 출판된 것인가 하는 의심이 들 정도의 표현이 군데군데 아로새겨져 있다. 예를 들면「머릿속 깊은 곳에 절벽이 있어/ 날마다 흙더미가 무너져 내리는 듯/」[16]이라든지「안경테마저 쓸쓸하게 빛내고 있던,」[17] 등이다. 이러한 표현들의 노래가 우리들을 규칙적인 음수율의 리듬에 태워 한없이 날라다 줌으로 마치 자유시를 읽고 있는 듯하다.

　31음의 음수율을 3행으로 맞춘 정형단카로서 모두 551수이다. 그러나 지루하지 않다.「전차」나「밤기차」에 흔들리는 동안에 장면은 회상의 고향마을「중학교」「기타가미 강변」을 지나 어느새「잊을 수 없는 사람들」이 살고 있던 「벽촌」의 어느 「정거장」에 도착해 있는 것을 보여주기 때문이다.

젖먹이 업고
눈보라 몰아치는 정거장에서
전송하던 아내의 가녀린 눈썹이여

위의 노래는 늘 많이 보는 영화의 한 장면 같다. 얼마 안 되는 31음수에 인생살이가 생생히 그려져 있다. 많이 접한 것 같은 정경이지만 그 표현은 신선하다. 배웅해주는 아내를 바라보면서 그 애절한 기분을 특히 〈눈썹〉에 가탁하고 있는 것이다. 「고향마을의/ 그윽한 보리 내음 맡고 싶어라/ 여인의 그 눈썹이 마냥 좋았었는데 」[18]에서도 〈눈썹〉에 끌린 마음이 〈보리〉와 맞물려 더욱 싱그럽게 느껴졌었다. 여성의 정신적인 면을 소중히 하고 있는 듯한 작가의 내면이 전해온다. 한편 「고향마을」의 「여인의 눈썹」은 〈보리〉와의 배합으로 굵게 연상되는 것에 반하여 「정거장」의 「아내의 눈썹」은 몰아치는 눈이 배경이 되어 가늘게 연상된다.

고생하고 있는 사정을 야윈 뺨頰이나 기운 없는 눈 등으로 이미지화하지 않고 〈눈썹〉에 가탁하고 있는 것들이 독특하다. 아내에 대한 시선을 〈눈썹〉에 집중시키고 있으므로 안쓰럽게 생각하는 감정도 이성적으로 다가온다. 이러한 노래들을 맛보노라면 이 가집이 마냥 감상적感傷的이라고만 하기에는 무리가 있다고 생각된다. 더욱이 제4장 「잊을 수 없는 사람들」에서 「다치바나 치에코橘智惠子에 대한 연가」라고 말해지는 그 노래들은 연심戀心의 절창이라고 할 만하다.[19] 시대를 초월하고 국경을 넘어 남녀의 사랑이 존재하는 한 애송되어도 좋을 것이다.

또한 「님 온다던 날 아침 일찍 일어나/ 하얀 셔츠의/ 까매진 소매 깃이/ 자꾸만 신경 쓰여」와 같은 생활의 노래가 실려 있는『한줌의 모래』에는 작자 외에도 아내를 비롯하여 어머니·여교사·예수를 전도하는 젊은 여자·눈썹이 잘생긴 소년·기생·옥에 갇혀있는 친구·식민지의 친구까지 많은 인물들이 노래되고 있다. 그것은 우쭐댈 것이 없는 이웃사람에 대한 관심이었다고 할 수 있겠다. 「전차안의 키 작은 사내」와 같이 이 세상에 무수히 살고 있는 지극히 평범한 사람, 다쿠보쿠 자신을 포함한 초라한 인간에 대한 따뜻한 시선이다. 다쿠보쿠가 자주 사용하는 「슬픔」이란 시어는 그러한 존재에 대한 안타까운 마음을 나타내는 것이라고 생각된다.

장난하듯이 엄마를 업어보니
너무 가벼워 참을 수 없는 눈물
세 걸음 걷지 못해

늘 마주치는 붐비는 전차안의 키 작은 사내
치켜뜨는 눈동자
요즈음 신경 쓰여

내 아내에게 옷을 기워달라던 친구 있었지
겨울이 빨리 오는
슬픈 식민지였나

잊을 수 없는 표정의 얼굴이다
오늘 거리서 경찰에 끌려가며
웃음 짓던 남자는

위와 같은 노래에서도 맛볼 수 있듯이 다쿠보쿠의 『한줌의 모래』는 먼저 소시민에 대한 연민과 억압받고 있는 사람에 대한 자각이 있고나서 부른 노래들이라고 감상되어야 할 것이다. 「나를 사랑하는 노래」를 부르는 사람이므로 당연한 것일 테지만 출세한 사람에게도 결코 비틀린 마음을 갖고 있지 않다. 그래서 우리는 그의 노래 「친구가 모두 나보다 훌륭하게 보이는 날은/ 꽃 사들고 돌아와/ 아내와 즐겼노라」[20]를 즐겨 흥얼거린다.

정설이 없는 '한줌의 모래'라는 의미를 지은이 다쿠보쿠의 입장에서 헤아려 보려고 그의 전집을 이번에 샅샅이 뒤져가며 읽어보노라니 뜻밖에도 같은 제목의 짧은 글 두 편이 있는 것을 발견할 수 있었다. 하나는 1907년 9월 20일 모리오카중학교 교우회잡지 제10호에 실렸던 것이고 또 하나는 1909년 5월 7일에 쓴 것이라고만 되어 있다. 두 개의 작품을 읽어보아도 역시 그 의미가 이해될 만한 것은 찾지 못했다. 그 어느 것도 '한줌의 모래'라는 제목과는 아무 연관이 없는 듯 했다. 1907년의 것은 10개 정도의 길고 짧은 글을 합친 것으로 두드러지는 문장을 추려보면 대략 다음과 내용이다.

「나이 젊은 나그네여 눈을 들어 항상 높은 곳을 보시오」

「어린아이의 마음이야말로 참되고 아름다운 최상의 것이다」

「세상에 가장 귀한 것이 세 개 있다. 하나도 어린아이의 마음. 둘째도 어린아이의 마음. 셋째도 어린 아이의 마음. 아! 태어난 그대로 죽는 사람이야말로 이 세상에서 가장 훌륭한 사람일 것이다」

「모든 것을 다 의심하여도 끝내 의심할 수 없는 것이 하나 있다. 나라는 자신의 존재이다.… (중략)… 이러한 사람은 늘 나라는 유일한 표준을 갖게 되는 것이다. 나 스스로가 일체의 표준이 되는 사람은 행복할 테지?」

「만사를 알아도 하나라도 이루지 못하는 사람은 아무것도 모른다」

「무구無垢한 태초부터 이 세상에 있었던 것은 무엇이어야만 했을까 대답하여 말하기를, 참됨眞과 미美와 생명이라고.」[21]

이상의 것들과 함께 「아름다움을 구하려는 마음이 귀하다」는 등에 중점을 두고 많은 이야기를 하고 있다. 중학교 잡지에 싣는 것이어서 그런지 매우 이상적인 이야기를 하고 있는 경향이다. 제목을 '한줌의 모래'라고 한 것과는 어떠한 연관성이 있는지 도저히 종잡을 수가 없다. 이에 반하여 1909년의 것은 매우 현실적인 것으로 홋가이도에서 여러 곳을 떠돌아다니던 때의 이야기도 있으며 친구와 이야기를 나누는 회화체의 내용을 포함하여 마지막에는 하코다테에서 아오모리를 거쳐 도쿄로 오는 배안에서의 심정을 적고 있다. 가족을 친구에게 맡기고 여비와 의복마저 챙겨 받아 일 년쯤 전에 떠나온 돌아가지 못할 고향을 기차로 지나가는 것은 너무 참을 수 없는 고통일 것 같아 배를 타기로 했다는 등의 비참한 심정을 적나라하게 적고 있다.

「반생을 객지에서 객지로 떠돌며 다니는 나 같은 사람」
「내가 떠나간 뒤에 들리는 조소의 목소리」
「아무것도 한일이 없이 방황하여 온 나의 모습」
「나는 자신을 속이지 않고서는 살아갈 수 없었다」
「나는 쓸모없는 열쇠와 같은 인간이다. 어떤 구멍에 갖다 맞추려 해도 적합하지 않다」[22]

취직을 해도 번번이 오래 있지 못하고 문제를 일으켜 쫓겨나고 마는 다쿠보쿠 자신을 「쓸모없는 열쇠」라고 까지 자학하고 있다. 두 번째 글에서의 상황은 도쿄로 와서 가집 『한줌의 모래』를 출간하게 되던 환경과 연결되는 것이다. 하지만 첫 번째 글과 마찬가지로 제목의 의미를 알 수 있는 것은 어디에서도 발견할 수 없었다. 지금 두 가지 내용들을 정리하여보니 '한줌의 모래'의 의미에는 이상적인 것과 현실적인 것이 공존하는 이중성을 띤다고는 매듭지을 수 있을 것 같다. 더 나아가 당시 일본 소시민의 윤기 없는 생활을 상징했다고도 하겠다. 그럼 여기서 당시의 시대적 배경과 그에 대처하는 다쿠보쿠의 사고방식 속에서 노래된 『한줌의 모래』에서의 권두가를 구체적으로 감상하여 보기로 하자

3. 시가에 그려진 〈게〉의 이미지

1) 권두가에 대한 대표적 해석

권두가 「동해바다의 작은 섬의 갯바위 하얀 백사장/ 나는 눈물에 젖어/ 게와 벗하고 있네」는 『한줌의 모래』에 첫 번째로 등장하기 이전에 이미 『명성明星』 1908년 7월호에 「석파집石破集」이라는 제목으로 단카 114수가 발표된 중의 그 한 수이다.[23] 그러나 여기서 우리가 생각해야 할 것은 1908년의 노래로서가 아니라, 1910년 『한줌의 모래』라는 첫 가집에 새로 실려진 위치에서의 생명을 가진 노래로 주목하여 감상하여야 할 것이다.

앞에서도 살펴보았듯이 2년이라는 시간 안에서도 국가적으로나 개인적으로나 또 다른 변화가 있었기 때문이다. 다쿠보쿠 개인으로도 소설에서는 실패하였으나 그의 단카는 주목받아 1909년 3월부터는 아사히신문사 교정계에서 안정된 일을 해가며 「먹어야 할 시」를 연재한다. 또 1910년에는 소설 「우리들의 일단과 그」 「시대폐색의 현상」 등을 집필하며 활발한 문학 활동을 하기 시작했기 때문이다. 그럼 여기서 그

유명한 「시대폐색의 현상」의 내용을 조금 들여다 본 후에 이야기를 계속하자. 다음의 내용이다

> 우리들 청년은 그 누구라도 어느 때 어느 시기에 징병검사를 받을지 몰라 대단히 두려움을 느낀다. …국민 최대다수의 식사를 제한하고 있는 많은 세금이 어디에 쓰이고 있는지도 목격하고 있다. 이러한 심히 보통 일어나는 현상에 대해서도, 우리들은 저 강권強權에 대해 자유스런 토론을 시작하게 만드는 동기는 갖고 있다. 그렇다. 우리들은 벌써 그 자유토론을 시작했어야 했다. 그런데도 실제로는 행인지 불행인지 우리들은 아직 거기까지 미치지 못하고 있다. 그리고 거기에는 일본인 특유의 논리가 늘 작용하고 있다……
> '국가는 강대해야 한다. 우리들이 그것을 저해할만한 아무 이유도 없다 …'
> 특히 실업가를 희망하는 일부 청년들은 더욱 그렇게 말한다. '국가는 제국주의로서 날마다 강대해져간다. 참으로 잘된 일이다. 그러므로 우리들도 그것을 본받아야 한다. 정의正義니 인도人道니 하는 것에 구애받지 말고 열심히 일해야 한다.'… (중략) … 강권을 적敵으로 하는 것 같으면서도 그렇지 않다. 오히려 당연히 적으로 해야 할 사람에게 복종한 결과이다.… (중략) … 이상상실理想喪失을 슬퍼해야하는 상태를 명료하게 말하고 있다. —이것은 참으로 「시대폐색」의 결과이다.[24]

9월에는 「동경아사히신문」 지상에 「아사히가단朝日歌壇」이 마련되어 다쿠보쿠가 선자選者를 담당하게 되는 것이다. 12월 1일에는 『한줌의 모래』를 간행, 한 수 3행 쓰기의 생활을 노래한 그 독특한 가풍歌風은 가단내외로부터 주목을 받아 「제일선의 가인으로서의 위치를 확립」[25]한 때였다는 것을 염두에 둘 필요가 있다. 권두가의 해석은 크게 두 가지의 학설로 나누어 이해되고 있는데, 이마이 야스코今井泰子는 이에 대하여 다음과 같이 설명하고 있다.

유명한 단카인만큼 다 수합할 수 없을 정도로 여러 설이 분분하지만 크게 정리하면 두 가지로 분류할 수 있다. 하나는 '바다海' '물가磯'로 표현되는 실재의 해변을 찾아내어 추억에 울고 있는 작가의 마음을 단카의 주제로 보는 입장, 또 하나는 '바다' '물가'도 추상적이며 개념적 구도의 일부로서, 상징적 수법 속에서 작가가 '눈물에 젖어'있는 노래라고 해석하는 입장이다. 최근의 예를 들어보아도, 전자에 이와키 유키노리岩城之德의 견해를 후자에 가쓰라 코오지桂幸二의 견해를 들 수 있다. [26]

이마이 야스코의 설명처럼 「추억에 울고 있는 작가의 마음」이라고 보는 입장에서 대표적인 것은 이와키 유키노리의 해석[27]이다. 먼저 이와키는 이 단카와 어휘가 매우 유사한 1907년 5월 26일 하코다테函館 체재 중에 제작한 시詩인 「게에게蟹に」에 주목하고 있다. 「게에게」가 하코다테에 이주한 직후의 방랑의 슬픔을 오오모리大森해변의 〈게〉에 가탁하여 지은 것에 반하여, 위의 노래는 홋카이도北海道 회상의 노래와 나란히 하는「잊을 수 없는 사람들」의 장에 넣지 않고 「나를 사랑하는 노래」의 장에 넣은 점을 고려하고 있는 것이다. 그런 의미에서 오오모리 해변 시대를 감추면서 「유랑의 슬픔에 눈물에 젖어 당시의 자신을 애석」해 하는 것으로 생각하여 그 주제를 「청춘을 추억하는 작가의 자기애석自己愛惜의 표백表白」이라고 결론짓고 있다.

다른 한편 가쓰라는 이 노래를 부를 당시의 상태에 근거하여 가고歌稿 노트인 「한가한 때」를 전후해서 지은 노래들과 함께 맛보아야 한다는 것이다. 수법이 그 노래들과 마찬가지로 상징적이라는 것과 더불어 그 때의 노래들이 거대하거나 무한한 것에 대한 무력감, 또는 패배감을 노래하고 있다고 주장하고 있다. 덧붙여 〈바다〉가 무한한 생명을 가진 위대한 것인 것에 반하여 〈모래〉가 목숨이 없는 것임을 지적하면서 「게 하고 놀고 있네 ―그러한 하찮은 일밖에 할 수 없는 작가자신의 작은

모습을 슬퍼하고 있는 노래」라고 해석하고 있다.[28]

이 두 학설 중에서 주류를 이룬 것은 이와키의 설이었지만, 단카연구에 일인자이기도 한 이마이 야스코는 두 번째의 가쓰라의 설에 동의를 표하고 있다. 그것은 1913년 하코다테에 다쿠보쿠 일족의 유택을 건립하면서 이 노래가 묘비명으로 선택된 이유가 이미 가쓰라의 의견과 같은 것이었다고 보았기 때문이다. 묘비에 새겨지게 된 이유는 다음과 같이 설명되고 있다.

> 〈게〉는 시리자와尻沢 해변가의 바위게岩蟹도 아니고 오오모리 해변의 둔치에 구멍을 뚫고 사는 주걱게도 아니다. 그것은 그가 울면서 진지하게 씨름하고 있는 그의 개성이며 자아이며 문학이며 사상이며 철학이었다. 그러나 그 〈게〉는 살아있는 생물인 게와 마찬가지로 그의 인생행로에서는 온종일 계속 옆으로 기어가고 있었다. 그 게는 때로는 칼을 곤두세워 그 자신에게 적대감을 드러내기도 하는데 그는 그것을 애석해하거나 연민스러워하기도 하고 증오하거나 학대하기도 하며 풀 곳 없는 울분을 쏟아내고 있었다. 이 노래는 그러한 비참한 생애를 스스로 가엾이 여기는 다쿠보쿠의 비명悲鳴이었다. 그와 같은 다쿠보쿠의 슬픈 모습을 마음속에 그리면서 그의 무덤을 위해 이 노래를 선택한다.[29]

묘비에 권두가가 새겨지게 된 이유를 위의 인용문과 같이 쓴 사람은 미야자키 이쿠宮崎郁雨이다. 미야자키는 다쿠보쿠에게 많은 도움을 준 친구이면서 동서지간이었기에 역시 이와키의 해석이나 가쓰라의 해석보다는 〈게〉에 중점을 두어 훨씬 정당한 견해를 밝히고 있다고 생각된다. 〈게〉는 다쿠보쿠 자신을 비유하여 투영해낸 소재임이 분명하나, 두 사람 모두 〈게〉의 이미지를 다쿠보쿠의 가난하고 고통스러운 삶에만 초점을 두고 거시적 측면에서의 접근은 간과하고 있다는 점을 지적하지 않을 수 없다.

2) 「동해바다의 작은 섬…」과 〈게〉

앞에서 살펴보았듯이 권두가의 이해에는 많은 해석이 따르나 여기
서 확인하고 싶은 것은 동해바닷가에서의 〈게〉의 역할이다. 언제나 해
석을 위해서는 항상 다쿠보쿠의 자유시 〈게에게〉가 함께 인용되어 감
상됨과 동시에 〈게〉가 놀고 있는 배경이 되는 동해가 먼저 주목을 받고
있다. 〈동해〉가 어디를 가리키는가에 대해서 가장 먼저 자세히 말하고
있는 것은 다쿠보쿠 연구에 지대한 공로를 세운 이와키 유키노리이다.
그는 다음과 같은 견해를 나타내고 있다.

> 몇 해 전에 내가 발견한 타쿠보쿠 최초의 시고詩稿 노트 「EBB AND FLOW」
> 에 의하면, 타쿠보쿠는 미국 시집 「Surf and Wave : the Sea as sung by the
> poets」를 애독하며 시인의 길에 뜻을 둔 것을 알 수 있는데, 그는 이 노트 속
> 에서 「DOVER BEACH」를 노래한 「북해」라는 시를 지어 「달빛에 물든 하얀
> 모래 위에/ 바닷물 잔잔하게 밀려오면/ 물결로 꽃피운 기다란 해안엔/ 파아
> 란 슬픔만 더욱 깊어져/ 순간과 순간 사이에 영겁을 새기고/ 떨리는 가락 속
> 에 차가운 물결이/ 맥박을 치는구나. 초이레 달이/ 울며 사라져 가는 바다의
> 장관/ 아! 이 몸을 끌어안고/ 휘어잡고는 놓지 않는 북해여!」라고 노래하고
> 있다. 다쿠보쿠 최초의 기념할 만한 시작詩作이다. 다쿠보쿠는 1907년 5월 4
> 일 아버지 잇테이의 호토쿠지 주지 재임운동의 실패로 '돌팔매에 쫓기듯이'
> 고향인 시부타미 마을을 떠나 하코다테로 건너와 오오모리 해변에서 괴로운
> 방랑자의 눈물을 흘리는데, 전술한 「게에게」라는 시를 포함한 여섯 편의 자
> 유시 머리말에서 「친구와 손을 잡고 오오모리의 모래밭에 가니, 북쪽지방 바
> 닷가의 향기는 강하고도 고귀하다」라고 기술하고 있다. 그는 오오모리 해변

의 하얀 모래를 보게 되었을 때 일찍이 도버 해안의 달빛에 물든 모래밭을 노래한 「북해」라는 시를 떠올리고 일본의 바다를 '동해'라 노래한 것이다. '동해'는 「동해의 군자국」의 동해로, 다쿠보쿠가 일찍이 애독하던 재미시인 노구치 요네지로野口米次郎의 시집 『동해에서』에 근거한 발상이다[30].

이상의 이와키의 견해는 시고詩稿노트에 의거하여 오오모리 해변을 '북해'에 대비하여 '동해'로 읊은 것으로 보고 있는 것이다. 시어의 선택에 대한 발상은 『동해에서』얻었으나 '동해의 작은 섬'을 일본국이라고 보고 있는 것은 아니다. 그러나 최근에 출판된 『石川啄木歌集全歌鑑賞』[31]에서의 우에다 히로시上田博는 일본이라는 국가가 '동해의 작은 섬'으로 표현되어 있다고 감상하고 있다. 「'동해의 작은 섬'으로 표현된 이 나라는 쓸쓸한 그림자를 느끼게 하는 동양의 한 섬나라에 지나지 않는다. 그 국가목표 '식산흥업·부국강병·일등국'를 실현하고 그 후 목표를 상실해버린 표류국가로 그 밑에 살아가는 인간의 비소한 일상을 모래해변에서 게와 장난치는 인간의 모습에 이미지화한 것이다. '눈물에 젖어'를 과잉된 감상이라고 지적하는 견해도 있으나 한수의 투명한 회화적 풍경은 마음의 눈으로 본 슬픔의 내면을 언어로 그려낸 것이라고 읽어낼 수 있을 것인가」[32]라고 설명을 덧붙인다.

이에 더 나아가 콘도 노리히코는 '동해바다의 작은 섬'을 「세계의 동쪽 해상에 위치한 20세기초두의 일본, 천황제 국가의 강권 하에 괴로움 당하는 일본」[33]이라고 해석하고 있다. 그러므로 전체적으로는 그러한 일본의 「동경의 한 구석에서 '시대폐색의 현상'과 싸우려하나 '적'은 강대하여 방법을 찾지 못한 채 만족하지 않은 생활을 하고 있어 '눈물에 적어泣きぬれて' 자기애석의 표현으로서 단카를 짓는 것이다(蟹とたはむる)」[34]라고 시대성을 강조하는 차원에서 감상하고 있다.

이는 1910년의 시대상황이나 다쿠보쿠의 사회주의 사상을 생각해

보면 결코 무리한 해석은 아니다. 다만 '자기애석의 표현'이라거나 '蟹とたはむる'를 '단카를 짓는 것이다'라고 감상하는 것은 좀 더 생각할 필요가 있다.

이마이 야스코가 「특정한 장소나 일정한 시기에 대한 추억이라는 요소를 주입시키려하기보다는 일반적인 심정의 표출이라고 해석하는 편이 대표가代表歌로 불리는 이유로도 납득될 만하다」[35]는 의견을 내놓고 있듯이, 장소가 「오오모리 해변」이라고 단정지어 감상할 필요는 없다. 오오모리 해변에 대한 추억은 다쿠보쿠가 분명히 「하얀 물결이 밀려와 부서지는/ 하코다테의 오오모리 해변에/ 생각나는 모든 일」[36]이라고 읊고 있기 때문이기도 하다. '동해바다의 작은 섬'은 최근의 연구자들이 지적하는 바와 같이 「일본국日本国」이라고도 감상할 수 있으며 또는 있는 그대로의 '밝고 푸르게 펼쳐진 동해'라고도 감상할 수 있다. 거기에 덧붙여 '동해'나 '바위가 있는 물가'보다도 훨씬 중요한 의미를 갖는 것이 〈게〉라고 생각한다.

3) 저항으로서의 〈게〉

그럼 단카에서의 주요 소재로 쓰인 〈게〉의 역할과 그 가의歌意를 좀 더 구체적으로 알기 위해선 늘 함께 맛보게 되는 다쿠보쿠의 자유시 〈게에게〉를 먼저 감상해보기로 한다.

> 바닷물이 밀려들면 구멍으로 기어들고
> 바닷물이 빠져나가면 기어 나와서
> 온종일 옆으로 걷고 있는
> 동해 바다 모래사장의
> 영리한 게야 지금 이곳을

운명의 파도에 휩쓸려 와서

마음속 감실의 등불이

그대 눈보다도 작게

꺼졌다 켜졌다 하는 아이가

갈 길도 모르면서, 지쳐 헤매어

더듬어 가는 것을 아는가 모르는가

1907년 5월 하코다테의 오오모리 해변을 배경으로 지어진 시이다. 물론 우리는 시를 맛봄에 있어 작가가 꼭 언제 어디서 어떤 상황에서 지었는지를 알고 나서 감상해야할 필요는 없다. 그러나 지금 일본인들이 자국의 사랑하는 시인 중의 한사람인 다쿠보쿠의 작품세계를 사전을 만들어가며 하나하나 세밀히 연구해가며 감상하는 단계에서 그 흐름에 맞춘 연구의 자세에서 맛보려 하기 때문에 직관을 배제한 실증적 방법을 취하고 있는 것이다.

시의 감상에 있어서는 실증적 감상과 직관적 감상을 함께 해야 하는 것이 가장 타당할 것이다. 아무튼 이 시를 읊었던 해는 유난히도 작가에게 있어서는 다난했던 나날들[37]이었다. 늘 힘들게 살아왔던 다쿠보쿠였지만 이해 5월에는 끝내 가족과 뿔뿔이 헤어져 고향을 떠나 새로운 삶을 찾아 홋카이도로 건너와야 했던 것이다.

시에서의 〈게〉는 「영리한 게」로 불리고 있다. 「영리하다」는 것은 바닷물이 밀려들면 구멍으로 기어들고 빠져나가면 기어 나올 줄 아는, 위기를 잘 조절하고 있는 게의 모습에 시선을 두고 있는 데서 나온 감탄사이다. 그 위기조절 능력에 감탄하고 있노라니 어느새 자신의 모습이 보인다. 게와 같은 위기대처능력도 없이 어느 결에 운명이라는 파도에 「휩쓸려 와서」 희망이라고 할 수 있는 「마음속 감실의 등불」이 이제는 매우 작아져 곧 사그라질듯이 「꺼졌다 켜졌다」하는 위태로운 상황을 읊고 있다. 위태로운 상황이긴 하여도 여기서의 시적화자는 「아이」로 그려져 있다. 다쿠보쿠에게 있어서 「아이」는 매우 중요한 의미를 갖는다. 앞에서도 살펴보았듯이, 1907년 「한줌의 모래」라는 제목의 글에서 「어린아이의 마음이야말로 참되고 아름다운 최상의 것이다」라거나 「세상에 가장 귀한 것이 세 개 있다. 하나도 어린아이의 마음. 둘도 어린아이의 마음. 셋도 어린아이의 마음. 아! 태어난 그대로 죽는 사람이야말로 이 세상에서 가장 훌륭한 사람일 것이다」라고 말하고 있었던 것이다. 작가는 지쳐 헤매고는 있으나 아직 세상과의 타협을 모르는 때묻지 않은 세상에서 가장 귀한 것의 자리에 자신을 두고 있는 것이다. 외면은 떠돌이로 보잘것없지만 내면은 아이처럼 맑게 살아 있다는 것을 은유적으로 나타내면서 어느덧 〈게〉라는 대상과 하나가 되고자 「더듬어 가는 것을 아는가 모르는가」하고 청하고 있다.

당시 다쿠보쿠는 생계에 대한 책임감으로 인해 불안을 안고 있으면서도 소설가로서의 성공을 향한 이상을 간직한 채 〈게〉에게 말을 거는 듯 감정을 이입한다. 게의 「바닷물」과 아이의 「파도」는 「운명」으로 맞닿아 있고 그 운명을 향해 「온종일 옆으로 걷고 있는」것과 「더듬어가는 것」도 같은 선상에 연결될 수 있는 것이다. 밀려오는 물결, 파도 등과 피하거나 휩쓸리거나 하면서도 그 둘은 여전히 온종일 옆으로 걷거나 더듬어 헤매면서, 감히 마주하거나 물살과 같은 방향으로 가지는 못하지만 옆으로 가면서 물결을 막아내 보려는 의지는 멈추지 않고 있다.

그럼 여기서 『한줌의 모래』가집 전체로서는 권두가이며, 다섯 테마로 나뉜 그 첫 장 「나를 사랑하는 노래」에서는 장두가인 다음의 노래를 본격적으로 감상하여 보기로 하자. 글자 수로는 24자에 불과하며 음수율로는 31음에 불과한 짧은 단카短歌이지만, 공간적 배경은 「동해바다」로 매우 크고, 그곳에 독특한 소재인 작은 〈게〉가 시적화자와 함께 하고 있어 다른 의미에서도 주목받기에는 충분하다고 할 수 있겠다. 게다가 자유시에서도 단카에서도 그 배경이 되는 바다가 「일본해」가 아니고 「동해바다」로 읊어지고 있는 것에 한국인은 더욱 눈길이 간다.

동해바다의 작은 섬의 갯바위 하얀 백사장

나는 눈물에 젖어

게와 벗하고 있네

위의 『한줌의 모래』에서의 권두가의 〈게〉는 '아이'의 감정이입의 대상만이 되고 있던 존재가 아니라 함께 어울려버린 일체가 되어 있다. 게와 친구하며 장난치고 있는 관계이다. 시적화자를 동시에 나타내고 있다는 것을 알 수 있다. 〈蟹とたはむる〉에서 「たはむる」는 직역하면, 장난치다/ 놀다/ 시시덕거리다/ 등을 나타내는 문어체의 표현이다. 현대 일본어로는 「たはむれる」이다. 슬픈 느낌은 아니다. 친구와 허물없이 장난치는 모습니다. 그런 의미에서도 권두가는 감상적이지만은 않다. 곧 커다란 물결이 덮칠 것만 같은 바닷가에서도 둘이는 태연히 놀고 있는 것이다. 다쿠보쿠의 유고시집의 서명이 『호루라기와 휘파람』으로 대응되듯이 「눈물에 젖은」과 「놀고 있네」도 대치되는 관계이다. 탄압하는 관헌의 호루라기와 휘파람으로 대응하는 소년의 모습이 상상되듯이 시대성에 눈물지으면서도 게와 함께 벗하여 놀며 태연히 저항하겠다는 심상心象이 그려져 있다고 생각한다.

바닷물이 밀려들면 구멍으로 도망가고 빠져나가면 기어 나오는 〈게〉는 메이지 시대의 나약한 서민을 대변하며, 다쿠보쿠 자기 자신의 모습이기도 하다. 게는 자기가 옆으로 기어야 할 운명을 타고난 것처럼 자신이 옳다고 생각하는 대로 옆으로 기어 다니며 살아간다. 남들이 모두 정면이라 부르는 곳을 향해 나아갈 때 〈게〉는 자신이 지금껏 그래왔듯 자기만의 방향으로 삶을 개척해간다. 〈게〉는 다쿠보쿠 자신이라 할 수 있으며 「영리한 게」라는 표현으로 보아, 자신의 슬픔의 자화상이 아니라 그 시대를 대변하여 스스로 슬픔을 선택했다는 의미로 받아들일 수 있을 것이다. 메이지라는 시대가 정해놓은 정면을 향해 모든 사람들이 나아가고 있을 때, 다쿠보쿠는 자신이 옳다고 생각한 삶을 살아가며, 그에 따른 슬픔과 고통을 선택했던 것이다.

하코다테로 이주하여 어느 날 오오모리 바닷가에서 보았던 특이한 게의 동작은, 메이지 말기의 언론탄압과 대역사건 등을 지켜보면서 그러한 물살과 함께 할 수 없다는 확고한 의식을 갖게 된 다쿠보쿠에게 문득 새롭게 부각되어 왔음에 틀림없다. 일본의 중심지 도쿄의 한복판 아사히신문사 교정계에서 일하면서 수많은 정보를 들을 수 있었던 다쿠보쿠는 보이는 삶이 어려워 변방으로 피해 다니던 그 시절의 사람이 아니었다. 늘 새로움을 꿈꾸며 변신을 시도했던 다쿠보쿠는 편지에서도 알 수 있었듯이 여전히 「새로운 사회」를 위하여 「끊임없이 성냥불을 그어」대려는 마음을 먹고 있었던 것이다.

그러므로 1910년 처음 한권으로 묶어 자신의 처녀가집을 출판하게 되었을 때는 의식적인 사고思考를 가지고 〈게〉를 소재로 한 위의 노래를 제일 앞에 실었다고 생각된다. 〈게〉는 더 이상 둘이 아닌 다쿠보쿠 자신을 나타내려는 메시지의 역할을 담당해야하는 중요한 친구였다. 시대에 대한 저항을 표시하려는 시인의 메신저였다. 이러한 사고방식은 그의 『슬픈 장난감』의 다음의 노래에서도 읽어낼 수 있다.

사람들 모두
똑같은 방향으로 가고들 있다
그 모습을 옆으로 보고 있는 내 마음

사람들이 모두 똑같은 방향, 종縱으로 가고 있는 것을 알고 있다. 그러나 그것을 같은 방향에서 보지 않고, 측면橫에서 방관자적인 기분으로 보고 있는 시선과 마음을 시적화자는 읊고 있다. 옆으로 기어가는 〈게〉의 방향과 같은 시선이다. 다쿠보쿠는 가난과 질병에 힘들어하고 소설의 실패에 방황하면서도 늘 이상을 향한 도전의지를 잃지 않는 인생관을 가지고 있었다고 생각된다. 그 당시의 부국강병주의나 서구문물 수용에 따른 개인주의의 팽배, 수차례에 걸쳐 일어난 전쟁의 시기를 겪으면서도, 다쿠보쿠는 국가가 원하는 방향보다는 진실로 옳은 방향을 향하려 노력했다. 이러한 마음가짐이 내면적으로는 문학가인 그에게 생활 단카의 추구와 사회주의 사상이 담긴 평론이라는 형태로 표출되게 했으며 외면적으로는 늘 스트라이크를 일으키는 문제아 같은 삶을 살게 만들었던 것이 아닐까?

남녀의 연애를 아직 부끄럽게 생각했던 시절에 일찍이 연애를 하고, 교장선생을 몰아내는 스트라이크를 모의하고, 신문사 동료와 마음이 맞지 않으면 싸우고 등등, 시대의 흐름에 안주하는 것이 아니라 늘 의식은 앞서 가고 있었다. 문학적으로도 초기에는 명성파明星派에 속해 낭만적이고 이상적으로 구름 잡는 마음 같은 내용을 읊어내다가 현실을 알고 의식이 발전함에 따라 요사노 뎃칸을 벗어나 독자적인 길을 걸었던 것에서도 알 수 있다.

천년 가까운 세월 속에서도 한 줄 쓰기로만 이어져 내려오던 와카의 틀을 깨고 두 가집 모두 3행 쓰기를 한 것 등은 그의 혁명가적인 정신이 없고서는 이루어낼 수 없는 작업이다. 1908년 어려운 환경 속에서도 자신의 문학적 꿈을 이루고자 홀로 도쿄로 올라와 지냈을 무렵 모리 오가이와 친분을 갖게 된다. 그 후 오가이의 자택에서 열리는 관조루 와카모임觀潮樓歌會에 드나들기도 한 다쿠보쿠의 단카는 시키子規「사생」의 영향을 받고 있는 것도 분명하다. 다쿠보쿠의 사실적 생활단카는 이미 시키가 선보인 「누워 지내는/ 병이 언제 나을지/ 모르면서도/ 마당에 가을풀꽃/ 씨앗 뿌리라 했네」와 같은 단카와 그 근원을 함께 하는 것이라 하겠다.

늘 구태의연한 흐름에 저항하면서 독특하게 살아온 다쿠보쿠의 삶의 모습은 모든 사람이 줄곧 같은 방향으로 가고 있었던 감각과는 다른 것이었다. 그런 의미에서도 여느 생물과는 다른, 물결에 부딪칠 수밖에 없는 〈게〉의 삶의 방식은 다쿠보쿠와 통하는 데가 있는 것이었다. 다수의 무리와 다른 자세는 그 당장의 주위에는 그리 환영받을 만한 것은 못된다. 「다쿠보쿠는 진폭도 크고 자각적인 자아 민주주의적 요구와 깊은 에고와의 충동이 뒤섞여 있었고, 그 야위고 작은 몸집으로 시대와 사상의 최전선에 진출해 있었기 때문에 때때로 튕겨 날려보내졌다」[38]는 오다키리 히데오小田切秀雄의 말은 매우 적절하게 다쿠보쿠의 삶과 문학을 대변하고 있다. 그러므로 외면적인 삶이 편안할 리가 없다. 의식이 다르다보니 물질적으로도 고달픈 삶은 제자리걸음만 하고 있는 듯 보이는 〈게〉의 삶과 무관하지 않다.

〈게〉는 「입체적인 장면구성이 하나로 집약되는 한 점으로서」[39]의 역할뿐만 아니라 작가의 시대에 저항하는 은유로서의 역할도 한몫 단단히 하고 있다고 보아야 할 것이다. 「'나를 사랑하는 노래'라는 말은 이 시대에 있어서는 드높은 선언과 같은 울림을 갖고 있다」[40]고 하듯이, 다쿠보쿠는 맑고 꼿꼿한 의식을 가지고 이 〈게〉를 일부러 소재로 취하고 있었다고 생각된다.

권두가 「동해바다의 작은 섬…」의 〈게〉는 여전히 그의 시에서 칭찬받고 있는 「현명한 게」이며 「사람들 모두/ 똑같은 방향으로 가고들 있다/ 그 모습을 옆으로 보고 있는 내 마음」의 주인공의 시선이다. 진정한 가치도 모르고 똑같은 방향을 향해 같이 휩쓸려가고 있는 '시대의 길'에서 다쿠보쿠는 옆으로 걸어가 부딪히고 싶은, 거스르고 싶은 기분을 〈게〉에 가탁하여 노래한 것이라고 지금까지의 해석에 덧붙여 함께 맛보아야 할 것이다. 「눈물에 젖어」는 그 시대에 대한 정신적인 슬픔을 넘칠 만큼 충분히 표출한 것이라고 생각한다. 그의 시 〈코코아 한잔〉에서 읊어지는 「성실하면서도 열심인 사람이 늘 갖는 슬픔」임에 틀림없다.

〈게〉는 일본의 바닷가 서정시에 자주 등장하는 〈갈매기〉나 〈물떼새〉의 감상적 이미지하고는 다르다. 아무리 작더라도 만지기에도 쉽지 않은 거친 느낌의 이미지이다. 따라서 〈게〉의 의미를 단지 「자신의 애석한 심정이 투영된 존재」나 「비참한 생애의 자기 연민에 대한 비명이 표출된 존재」라고만 감상되는 것은 그의 삶과 문학세계를 온전히 이해했다고 보기 힘들다. 작가의 지독히 가난했던 삶이 부각되어 '눈물'이라는 키워드에 오랫동안 구애받아 감상적으로 해석되어 오지 않았나 생각된다. 「게하고 놀고 있다」것에 좀 더 초점을 맞추면 다른 의미로 다가오는 것이다. 이번 가을에도 다시 가본 하코다테의 바닷가에는 여느 바다와 마찬가지로 게보다는 갈매기가 많이 날고 있었다. 좀처럼 잘 눈에 띄지 않는 〈게〉는 역시 시인이 선택한 것이었다고 느껴졌다.

시작과 종결을 맺는 노래를 생각하면서 편집한 다쿠보쿠의 『한줌의 모래』에서의 권두가는 가집의 시대성과 가인의 내면성을 함께 생각하면서 해석되어져야 한다. 그런 중에서도 〈게〉는 시인의 자화상이며 동시에 시인이 함께할 친구들이다. 권두가의 뒤를 이어 만나게 될 작은 존재들, 말 못하고 사는 지식인과 고통 받는 소시민들을 예고하는 대표적 존재감을 나타내는 것이다. 그런 의미에서 나는 「게와 벗하고 있네」라고 번역하여 작가의 내면을 보여주는 데 충실하려고 했다.

「한 때는 다쿠보쿠의 소년적인 감상을 자신의 것으로 하여 흠뻑 취했다가 어느 때가 되면 그 감상이 혐오감으로 바뀌어 다쿠보쿠도 단카도 내팽겨쳤다가 계속되는 사상탄압에 몇 차례인가 공산당이 궤멸하고 동료들이 교실에 나타나지 않고 모습을 감추게 된 후, 얼마 있다가 검거되었다는 소식이 나지막한 소리로 소근대어질 무렵에 다시 다쿠보쿠와 마주하게 되었고 마찬가지로 다쿠보쿠를 흉내내어 단카를 짓게 된 것이 일본의 청춘이었다.…(중략)… 내 자신의 감상과 겹쳐 보아오다가 주위의 친구들과 마찬가지로 마침내는 혐오해 갔는데 그와 동시에 참으로 언제부터인가 그것과 다른 지금 또 하나의 것을 은밀한 공감으로 함께 해오는 것이다.」[41]라는 현대가인이면서 평론가인 곤도 요시미近藤芳美의 말은 매우 의미심장하며 지금도 다쿠보쿠가 일본인에게 사랑받고 있는 이유라고 생각된다.

4. 맺음말

이상으로 다쿠보쿠의 가집 『한줌의 모래』의 시대성과 그 권두가를 중심으로 시가에 나타난 〈게〉의 이미지를 고찰하여 보았다. 다쿠보쿠의 권두가는 일본인에게 많이 애송되고 너무나도 유명하여 그것에 대한 해석이 많이 있기는 하다. 글자수로는 24자에 불과하며 음수율로는 31음에 불과한 짧은 단카이지만, 공간적배경은 '동해바다'로 매우 크고, 그곳에 독특한 소재인 작은 〈게〉가 시적화자와 함께 하고 있어, 다른 의미에서도 주목받기에는 충분하다.

초기에는 주로 '동해바다'의 장소가 어디냐는 것에 주목하며 그 주제를 「추억에 울고 있는 것」으로 생각하는 것이 주류를 이루었으나 최근에는 '동해'라는 것은 「일본국」으로 많이 굳혀졌고 상징적 수법 속에서 작가가 「눈물에 젖어」있는 노래라고 감상되는 것이 보편적이다. 작가의 지독히 가난했던 삶이 부각되어서 인지 '눈물'이라는 키워드에 구애받아 매우 감상적으로 해석되어 왔다고 생각된다. 여기서는 가집이 출간되던 당시의 배경과 함께 〈게〉에 초점을 맞춰 해석하였다.

본문에서 자세히 살펴본 바와 같이 『한줌의 모래』가 간행되었던 일본의 1910년은 그 어느 때보다 국가권력의 남용으로 소시민의 삶은 궁핍하였고 언론의 자유 또한 극심한 탄압을 받고 있던 때였다. 바로 이때에 『한줌의 모래』에 권두가로 실려진 「동해바다의 작은 섬의 갯바위 하얀 백사장/ 나는 눈물에 젖어/ 게와 벗하고 있네」는 작가 다쿠보쿠가 '일본'이라는 자신의 조국이 나아가는 제국주의 시대에 큰 슬픔을 느끼며 부른 노래라고 생각된다. 여기서 〈게〉의 이미지는 시대에 대한 저항의 의미가 강했다. 다쿠보쿠가 진지하게 씨름하고 있었던 그의 자아이며 사상이며 삶의 상징이었다. 그러나 그것은 「비참한 생애를 스스로 가엾이 여기는 다쿠보쿠의 비명悲鳴」만은 아니었다. 권두가에서의 〈게〉는 시대의 울분과 슬픔을 함께 달래며 장난칠 수 있는 친구와 같은 자화상自畵像이었다.

　국가가 원하는 방향으로 진정한 가치도 모르고 사람들이 똑같은 방향을 향해 같이 휩쓸려가고 있는 시대의 길에서 다쿠보쿠는 옆으로 걸어가 부딪히고 싶은, 거스르고 싶은 기분을 〈게〉에 가탁하여 노래한 것이다. 진지하게 시대에 저항하는 이미지로서의 〈게〉이다. 다쿠보쿠가 「마음이 약한/ 척후병과도 같이/ 무서워하며/ 깊은 밤의 거리를/ 나 홀로 산책하네」[42]라고 부른 노래에서도 읽어낼 수 있듯이 「시대폐색의 현상」이라고 쓰게 만든 그 시대에 대한 분노와 공포가 책의 제목부터 상징적으로 쓰게 만들었고, 권두가도 상징적으로 나타내 보였다고 생각된다.

　'한줌의 모래'라는 의미는 그 당시의 억압당하며 윤기 없이 살아가는 소시민의 생활을 암시하고 있다 하겠다. 가집에서 노래되고 있는 사람들은 작가자신을 비롯하여 아내·어머니·여교사·예수를 설교하는 여자·기생·감옥에 있는 친구·식민지친구 등이다. 가집의 서명과 똑 같은 다쿠보쿠의 짧은 두 개의 감상문感想文 「한줌의 모래」가, 하나는 이상

理想을 나타내고 있었고 또 하나는 현실을 적나라하게 쓰고 있었듯이 〈게〉의 이미지에도 이상과 현실이 공존하고 있다. 즉 이상적인 민주주의를 꿈꾸기에 제국주의에 저항했던 정신세계와 소시민으로서의 가난한 삶의 현실세계가 함께 투영되고 있는 것이다.

---

* 이 글은 2009년 『세계문학비교연구』(제29집)에 발표한 「다쿠보쿠의 『한줌의 모래』와 〈게〉의 이미지」를 수정·보완한 것임.

1 「이시카와 다쿠보쿠에 대해서 이전에는 그다지 관심을 갖고 있지 않았다. 내가 다쿠보쿠에 대해서 여러 가지 생각하기 시작한 것은 전후(戰後)가 되고나서다. 전전(戰前)에는 누구도 나에게 다쿠보쿠의 가치를 알려주는 사람이 없었다. 그렇다고 나 스스로 다쿠보쿠의 가치를 발견할 만큼의 실력을 갖고 있었던 것도 아니다. 나는 다쿠보쿠의 단카를 어느 정도 알고 있었다. 그 다쿠보쿠가 내 앞에서 사라진 것은 내가 상징주의로 나아갔기 때문이다. 그런 내가 다쿠보쿠를 다시 발견한 것은 내가 군인이 되고 또 공장 등에서 일하며, 참으로 현대에서 가장 압박받는 사람들과 같은 입장에 몸을 두어보고 나서였다.…」
    野間 宏 「啄木について考えはじめたのは」『文芸読本石川啄木』 河出書房新社, 1976. p.76.

2 近藤典彦, 「石川啄木研究史大概」 『石川啄木, 群像日本の作家7』 小學館, 1991. pp.300-311.

3 池田功씨의 『石川啄木 國際性への視座』(おうふう, 2006) 라는 저서도 있다.

4 東海の小島の磯の白砂に/ われ泣きぬれて/ 蟹とたはむる

5 가집(歌集) 『한줌의 모래』는 「나를 사랑하는 노래」, 「연기」, 「가을바람 상쾌한데」, 「잊을 수 없는 사람」, 「장갑을 벗을 때」 등의 테마로 모두 5章으로 나뉘어 있다 그 장 처음에 나오는 노래를 장두가라고 부름.

6 손순옥 옮김 『이시카와 타쿠보쿠 시선(石川啄木詩選)』 민음사, 1998.

7 이 책은 近藤典彦씨의 저서로서 2004년 おうふう사에서 출간되었다. 내용은 크게 제1부와 제2부로 나뉘어져, 1부에서는 주로 편집과 할당에 치밀한 기교를 보이고 있는 가집의 구조를 설명하고 있으며 2부에서는 가집 창조과정과 코도쿠 슈스이 사건과의 불가분의 관계를 밝히면서 다쿠보쿠상(啄木像)을 조명하고 있다. 2부 제일 마지막장인 제5장에서는 권두가에 대해 따로 해석을 내리고 있다.

8 2009년 9월5일부터 9월7일까지 3일 동안 하코다테 개항(開港) 150주년을 기념하여 국제다쿠보쿠학회 20주년 「국제심포지엄」이 하코다테에서 열렸다. 그때에도 권두가의 해외 번역이 소개되고 낭송되었으며 토론의 주제가 되기도 하였다.

9 1910년 11월 1일 발행의 잡지 『三田文學』 第一卷 第七號에 게재되었다.

10 「높은 탑이 저녁하늘에 솟아 있다. 탑 위에 모여 있는 까마귀가 일어나려다가는 다시 앉는다. 그리고 떠들어대며 울고 있다. 까마귀무리와 떨어져 까마귀의 행동을 중오하고 있는 듯이 보이는 갈매기가 두세 마리 끊어질듯 울음소리를 내며 탑에 가까이 갔다가 멀어졌다가 하며 날고 있다. …(중략)…이 무렵 파시족의 어떤 이가 「위험한 양서」라는 말을 발명하였다. 위험한 양서가 자연주의를 매개하였고 위험한 양서가 사회주의를 매개하였으며 번역하는 것은 그대로 위험물을 수매하는 것이다. …(중략)…마라바하 힐의 침묵의 탑 위에서 까마귀들의 잔치가 한창이다.」 『鷗外全集』 第七卷 岩波書店, 1972. p.393.

11 『漱石全集』第四卷, 岩波書店, 1966, p.403.

12 『体系日本史叢書17 生活史 Ⅲ』山川出版社, 1974, pp.112-113.

13 『石川啄木全集』第七卷 書簡, 筑摩書房, 1982. pp.341-342.

14 다쿠보쿠는 1886년 일본의 동북지방인 이와테현 모리오카의 히노토라는 작은 마을에서 태어났다. 몸은 병약하였으나 어렸을 때는 신동이라는 소리를 들으며 12살에 마을에서는 처음으로 중학교에 입학했다. 어렵게 입학했던 중학교였지만, 1902년 10월 수학시험 부정행위가 원인이 되어 중학교를 자퇴하고 만다. 1905년 1월, 아버지 잇테이가 절의 주지자리에서 쫓겨나면서부터 고향을 떠나게 된 가족은 뿔뿔이 흩어져 홋카이도를 떠돌게 된다. 생활을 위해 다쿠보쿠는 대용교원, 지방 신문사 기자 등의 직업을 전전하지만 가난은 그와 그의 가족을 병들게 하며 점점 더 고통으로 이끌었다. 다쿠보쿠의 가난한 삶은 입신출세가 중시되던 시대상황상 그의 중학교 중퇴와도 무관하지 않을 것이다

15 무거운 듯이 검게 드리워진 커튼의/ 뒤쪽에는 그 싸늘한 유리창/ 추위에 부들부들 떨며/ 파랗게 질려 입을 꼭 다물 테지
그때에 그대는 눈뭉치에 가지 부러지는/ 소리를 들어가면서/ 등잔의 심지를 돋우며/ 스토브에 장작을 더 지피지 않겠소.

16 頭のなかに崖ありて/ 日毎に土のくづるるごとし

17 眼鏡の縁をさびしげにひからせていし

18 ふるさとの/ 麦のかをりを懷かしむ/ おんなの眉にこころひかれき

19 그 시절 그때 말하려다 망설인/ 그 한마디는 지금도 소중하게/ 가슴에 남았는데
낯선 거리서 그대 닮은 모습을 문득 봤을 때/ 내 마음 설레임을/ 가엽게 여겨주오
죽을 때까지 한번은 만나자고/ 말했더라면/ 그대도 희미하게 고개 끄덕였겠지
헤어진 후에 해가 가면 갈수록/ 날이 갈수록 보고픔 더해가는/ 그대 그리운 이여
위와 같은 노래들이 22살의 다치바나 치에코의 나이에 맞춰 22수 실려 있다.

20 友がみなわれよりえらく見ゆる日よ/ 花を買い來て/ 妻としたしむ

21 『石川啄木全集』第四卷 評論·感想, 筑摩書房, 1982, pp.123~129안에서 선택함.

22 위의 책, pp.151~156안에서 선택함.

23 岩城之德『啄木歌集全歌評釋』筑摩書房, 1987, p.9.
1907년 5월 새로운 삶을 찾아 홋카이도로 건너간 다쿠보쿠였지만 여러 가지 고난을 겪으며 수입 없이 오타루에서 연말을 보내고 이듬해 1908년 다시 구시로신문사(釧路新聞社)에서 근무하다가 4월 5일 구시로를 떠나 하코다테에 가서 친구 미야자키의 원조로 가족을 하코다테에 남기고 배를 타고 홀로 동경에 도착한다. 긴다이치교스케의 우정으로 5월에는 혼고(本鄕) 기쿠자카(菊坂)의 세키신칸(赤心館)에 하숙을 정한 다음 소설 집필에 몰두하였으나, 팔리지 않아 고뇌의 나날을 보내고 있을 즈음의 작품이다. 1908년 6월 24일 오전에 지은 것으로 되어있다.

24 『石川啄木全集』第四卷, 앞의 책, pp.262-268.

25 『新潮日本文學アルバム石川啄木』新潮社 2002, p. 108.

26 日本近代文學大系『石川啄木集』角川書店 1989, p.506.

27 岩城之德『啄木歌集全歌評釋』筑摩書房, 1987, p.9.

28 桂幸二『啄木短歌の研究』桜楓社, 1968, p.21.

29 日本近代文學大系『石川啄木集』角川書店, 1989, p.506 재인용.

30 岩城之德『啄木歌集全歌評釋』筑摩書房, 1987, pp.9-10.

31 上田 博『石川啄木歌集全歌鑑賞』おうふう, 2001.

32 위의 책, p.21.

33 近藤典彦『‘一握の砂’の研究』おうふう, 2004, p.283.

34 상동.

35 『石川啄木集』日本近代文學大系23, 角川書店, 1989, p.506.

36 しらなみの寄せて騒げる函館の大森浜に思ひしことども.

37 학생들을 선동하여 스트라이크를 일으켜 교장을 전출시키고 자신 또한 면직되어 끝내 5
월4일에는 가족과 뿔뿔이 헤어져 고향을 떠나야 했다. 5일에는 하코다테에 도착. 6월 11일
부터는 하코다테 구립 야요이(弥生)보통소학교 대용교원이 되어 7월 7일 아오야나기쵸
(靑柳町) 18번지에 새로운 보금자리를 틀어 처자식과 어머니를 맞이한다. 8월 18일에는
하코다테 일일신문사 유군기자(遊軍記者)가 되어 드디어 하코다테 생활에 낯익어 가는가
하는 참에, 8월 25일에 큰 불이 일어나 학교도 신문사도 타버려 다시 생활이 위기에 처하게
된다.

9월 13일 삿뽀로를 향해 떠난다. 친구의 도움으로 북문신문사(北門新聞社)교정계에서 일
하다가 오타루일보사(小樽日報社) 창업에 가담하게 된 덕분으로 10월 2일 부터는 오타루
신문기자로서 활약한다. 11월 6일 가족과 하나조노쵸(花園町)에 집을 빌려 이사도 한다.
그러나 그것도 사내(社內)의 내분에 관련되어 사무장과 폭력을 휘두르며 싸우고 나서 21
일 회사를 그만두게 됨에 따라 년 말에서 년 초에 걸쳐서는 수입이 없어 일가는 지독 한
생활 곤란을 겪는다. 일 년 내내 떠돌이 생활을 했다고 하여도 과언이 아니다.
『新潮日本文學アルバム石川啄木』新潮社 2002, 年譜 참조.

38 『石川啄木全集』第七卷 書簡, 筑摩書房, 1982. p.412.

39 『石川啄木事典』国際啄木学会編, おうふう, 2001, p132.

40 近藤典彦『一握の砂』の研究, おうふう, 2004, p.119.

41 近藤芳美「わたしにとって啄木」『文芸読本石川啄木』河出書房新社, 1976. p.68.

42 気弱なる斥候のごとく/ おそれつつ/ 深夜の街を一人散歩す.

모리 오가이의 『아베일족』[*]

|손 순 옥

1. 머리말

　모리 오가이(森 鷗外, 1862~1922)는 근대일본을 대표하는 문호로서 나쓰메 소세키夏目漱石와 더불어 너무도 잘 알려진 인물이다. 본래의 직업은 군의軍医였으나, 젊어서 독일에 유학한 경험을 바탕으로 외국의 문학사상과 예술이론 등을 일본에 소개하는 한편, 작품을 번역하기도 하여 일본 문단에 막대한 영향을 끼쳤다. 「문단의 신」이라고 불릴 정도였다. 그는 문文과 무武의 길을 함께 걸어오며 양쪽에 걸쳐 빛나는 업적을 남겨 놓았던 것이다.

　오가이가 문학 활동을 가장 활발히 하였던 시기는 1907년 11월 군의 총감, 육군성의무국장이 된 이후의 9년간이다. 이 때 오가이는 탄탄한 지위를 얻음으로써 마음이 가라앉아 자유로이 글을 쓸 수 있었고, 또 소세키가『나는 고양이다』『도련님』『양귀비꽃』 등으로 문학적 명성이 오르고 있던 것에 자극을 받음과 동시에 새로운 문학으로 대두된 다야마 가타이田山花袋 등의 자연주의에 대한 반감에서였다고 한다. 한편 잡지「스바루」가 창간되어 발표기관을 얻었던 것도 좋은 조건이었다고 기노시타 모쿠타로木下杢太郎는 설명하고 있다.[1]

이리하여 1909년 무렵부터 4년간은 활발히 소설을 쓰기 시작하는데 소세키를 모델로 한 히라타 다쿠세키平田折石라는 인물을 등장시킨『청년青年』또한 이 무렵(1910~1911)의 작품인 것이다. 그러던 그가 1912년 9월, 노기대장乃木大將의 순사殉死에 자극받아 최초의 역사소설『오키쓰 야고에몬의 유서』(이후『오키쓰의 유서興津の遺書』라 하겠음)를 씀으로써 작가로서의 생애에 일대전환을 맞게 된다. 이후의 그는 괴테의『파우스트』번역을 제외하고는 사전史傳, 소설, 희곡을 불문하고 대부분 역사에서 그 소재를 찾고 있다.

본고에서는 그의 역사소설의 하나인 1913년에 발표된『아베일족阿部一族』의 구성 및 주제를 분석하여 작가의 창작의도를 명백히 밝혀 봄과 동시에 무사정신의 실체와 허상을 함께 맛보고자 한다.

2. 작품의 성립동기

작가의『아베일족』에 대한 창작의도를 알기 위해서는 먼저 작가 오가이가 처해 있던 시대환경을 살펴보고, 또한 작품의 성립사정을 알아보는 것도 작품내용을 분석하기 전의 하나의 외면적 추구로서 필요할 것이라고 생각된다. 더욱이 역사소설에 있어서는 작가가 역사적 시대의 재현에 사용한 사료를 분명히하여 둘 필요가 있겠고, 실제로 작품에서 그 제재를 어떻게 사용하고 있으며 소설화시켰느냐 하는 것을 살펴보는 작업이 무엇보다 작품의 주제를 파악하고 창간의도를 아는 데 도움이 될 것이다. 실제 사료에 대한 고증은 오가타 쓰토무尾形力논문「오가이 역사소설의 사료와 방법」[2]에 의거하여 간단히 정리하겠다.

우선 오가이가 처해 있던 메이지 40년대의 일본문단은 1906년 시마자키 도손島崎藤村의 장편『파계破戒』가 출판되어 19세기 후기 프랑스 문학사조인 자연주의가 일본에도 소개되게 되었으며, 이어 1907년 다야마 가타이는 에밀 졸라, 모파상 등에 심취하여 극도의 본능적 자연주의 작풍을 더욱 받아들인 작품『이불蒲團』을 세상에 내어 놓는다.『이불』은 작가 자신을 모델로 하여 여자 제자와의 교섭을 있는 그대로 묘사한 것으로 소위 일본풍의「사소설」을 만들어내는 계기를 마련해 준다. 한편 러일전쟁의 영향으로 사회는 무정부주의, 사회주의, 마르크시즘 등과 같은 혁명사조에 대한 관심이 청년층에 고조되어가고 있었다.

이와 같은 환경에서 오가이는 당시의 자연주의 사조에 크게 반발하기도 하면서 때로는 자유주의적 태도를 취하기도 하고 때로는 매우 권위주의적 태도를 보이기도 하였다. 그러나 이와 같은 오가이의 불안정하고 회의적인 태도는 노기부부의 순사를 계기로 거의 일소되어 이후 그는 일관하여 전통적 윤리 측에 섰다는 것이다.[3] 그럼 여기서 오가이의 윤리관에 영향을 끼쳤으며 소설에 있어 대전환을 가져오게 한 노기 장군의 순사란 어떤 사건인가를 구체적으로 알아보기로 한다.

1) 노기 마레스케의 순사

시바 료타로司馬遼太郎의 작품『순사』속의 노기乃木의 일생은 대강 다음과 같다.

노기 마레스케乃木希典의 주요병력은 1871년 23세 때 육군소좌에 임명된 일로 시작된다. 그는 군사전문가로서는 거의 무능에 가까웠으며 시인으로서는 일류의 재능을 부여받았다고 한다. 거의 무명의 장교에 지나지 않았던 그가 세상의 이목을 끌게 된 것은 1877년 「서남전쟁西南戦争」때에 적에게 연대기를 빼앗겼는데, 그것을 「천황」에 대한 대죄라고 생각하여 참모장 야마가타 아리토모山縣有朋에게 죽음을 간청한 데서부터 비롯된다.

야마가타는 거의 할복을 허락하려 했으나 다른 동료의 만류로 대죄서待罪書를 기각하고 다른 새로운 군기軍旗를 고쿠라 연대聯隊에 하사하여 그 일은 불문에 붙였다. 그러나 노기의 도덕적 고통은 그것으로 끝나지 않고 구마모토熊本 성내에서 행방불명이 된 채 산속에서 사흘이나 단식하고 있던 것이 발견되어 현장에서 끌려오게까지 이른다. 이 군기사건 이후 「메이지천황」과 노기 사이에는 봉건시대의 주군과 가신과 같은 관계에서나 볼 수 있는 감정의 교류가 서로 있게 된다.

그 후 노기는 38세이던 1886년에 있었던 독일 유학을 마치고 온 뒤 그의 일상생활은 일변하여 요정 출입 등을 일절 금하고, 잠옷을 입지 않고 잘 때까지도 군복을 벗지 않는 등 새로운 정신미의 추구로 일관한다. 1894년에 청일전쟁에 종군하였는데 종군 중에 중장으로 승진되고 이어 남작을 수여받아 화족의 위치에까지 오른다.

그의 정신세계를 이룬 사상은 양명학陽明学으로서 양명학파에 있어서는 「자신이 옳다고 느끼고 진실이라고 믿는 것이야말로 절대 진리이며, 그것을 그렇게 안 이상은 정신에 불을 당겨 행동으로 옮겨야 하며, 행동을 일으킴으로써 사상은 완결되며 행동을 동반하지 않는 사상이란 극히 비천한 것」으로 보는 것이다. 노기는 이 양명학파의 계보의 말단에 위치한 사람이었다고 시바는 덧붙이고 있다.[4]

이러한 정신세계에 살았다고 볼 수 있는 노기는 다시 1904년에 러일전쟁에 여순공략을 목표로 한 제3군 사령관으로서 종군한다. 1906년 1월 14일에 전쟁을 승리로 이끌어 도쿄에 개선한 노기는 「메이지천황」

을 알현하는 기회에 다수의 희생자를 낸 죄를 보상하기 위하여 죽음을 내릴 것을 눈물을 흘리며 엎드려 간청한다.[5] 이 때 「천황」은 한참을 잠자코 보고 있다가 드디어 「지금은 죽지마라. 그렇게 죽고 싶으면 내가 죽은 다음에 실행해도 좋다」고 분부하였다. 우리는 여기서 자신의 목숨을 스스로 결정하지 않고 주군의 명령을 기다리고, 또 그 명령에 따르는 일본무사로서의 노기의 모습을 볼 수 있다.

그 일이 있은 후 그는 더욱 승진하여 신분으로서는 백작을 수여받고 현역 육군대장으로 군사참의관에 임명되어 학습원장직까지 겸하게 된다. 게다가 궁내성宮內省 관리여서 궁정출입은 더욱 자유롭게 된다. 노기대장보다 세살 아래인 「메이지천황」은 가까이 두고 사랑하였던 야마오카 뎃슈山岡鐵舟[6]를 잃은 후 노기를 더욱 아낀다. 두 사람의 사이는 모두에게 알려질 정도의 전통적인 주종관계였다고 한다.

이러한 군신의 관계는 1912년 7월 30일 「메이지천황」이 세상을 떠남으로서 끝나게 되는데, 이 때 노기는 그 날부터 자신의 문패를 떼어내고 주변을 정리하며 하루 두 번씩 궁정의 빈소를 찾는 생활을 한다. 끝내는 9월 13일 「천황」의 장례식이 있던 당일 오후 8시경 장례 출발을 알리는 호포가 울림과 동시에 노기는 준비하였던 단검으로 배를 십자로 가르며 다다미 사이에 목에 꽂힐 칼을 꽂아두고 할복자살 한다. 노기의 사상과 정신은 늘 극적인 것을 지향하여 왔는데, 죽기 전에 사진사를 불러 사진을 찍는다거나 자살당일은 시간까지도 맞추는 등 더욱 극적으로 행동했다고 시바는 쓰고 있다.

2) 『아베일족』의 성립과정

어떻게 보면 영웅적 자기 현시의 죽음이기도 한 노기의 순사殉死를, 당대의 작가 소세키가 『마음心』에서 주인공 「선생」이 그 충격으로 자살 결의를 굳히는 계기가 되도록 전개시키고 있는 것과 마찬가지로 오가이 또한 예외가 아니었다.

육군성陸軍省 고관으로서 야마가타와도 친하였던 오가이는 노기의 장례식을 치르고 돌아와, 노기와 비슷한 이유로 순사한 호소카와번사에 관한 역사소설『오키쓰의 유서』를 곧바로 쓰기 시작하는 것이다. 오가이는 모든 가치관이 제대로 정착되지 못한 시대에 살고 있었음을 여실히 보여준다. 노기장군의 행위는 이미 일본의 근대라는 시기에 있어서는 좀처럼 일어나기 어려운 사건임에도 불구하고,『오키쓰의 유서』는 순사를 긍정적으로 받아들인 작품인 것이기 때문이다.

당시의 여론도 찬반으로 갈려져, 한편에서는 노기는 단순히 야마가타와 같은 교활한 궁정정치가에 조종되어 러일전쟁 후의 국민심리가 퇴폐하여가는 것에 경종을 울리기 위한 좋은 재료로서 가장 극적인 순간을 택하여 순사하게 만든 것이라는 공리주의적 비판도 있었다. 그러나 오가이는 노기의 행위 속에서 공리를 초월한 헌신의 덕을 발견했던 것이다. 그럼 여기서 우리는 작품『아베일족』으로 돌아와 이야기를 계속하기로 하자.

『아베일족』도『오키쓰의 유서』와 마찬가지로 호소카와가細川家의 순사사건을 다루고 있다. 오가이는 이 사건을 규슈 고쿠라小倉에 근무하고 있던 시절『아베차사담阿部茶事談』이라는 필사본으로 알아 거기에 전거를 구하여 작품을 쓴 것이다. 처음에는 다른 역사소설과 함께 흩어질 이야기, 잊어져 지나갈 이야기라는 뜻의「일사편軼事篇」이라는 서명書名으로 간행하려 하였으나 서점의 청으로『의지意地』라고 제명되어 출간되었다고 한다.[7]

『아베일족』의 줄거리를 잠깐 간추려 보면, 히고의 성주 호소카와 다다토시細川忠利의 부하 중에 아베 야이치에몬이라는 자가 있었다. 일찍부터 다다토시를 섬겨 천석지기의 신분이 되어 있었으나 다다토시로부터 순사의 허락을 얻지 못했다. 그런데 야이치가 순사의 허락을 받을 수 없었던 것은 미묘한 정신적 마찰이 빚어낸 괜히 밉다는 감정 때문인 것으로 묘사되어 있다. 주인이 갑자기 병들어 죽자 생전에 허락을 받아 두었던 18명의 무사가 함께 할복자살한다. 허락을 받지 못했던 야이치에몬은 「그러나 나는 나다, 좋아, 무사는 첩과 다르다. 주인의 마음에 들지 않는다고 해서 처지가 달라질 수 없다」라고 생각하며 하루하루 여느 때와 다름없이 일한다. 그러나 명예롭게 죽는 것을 무사생활의 정화精華로 생각하고 있던 당시 세간의 평판은 그를 비겁자로 몰아, 여기에 분개한 야이치는 그의 결백을 보이기 위하여 배를 가른다. 그럼에도 불구하고 그 행위는 어쩔 수 없이 행하게 된 것이라고 보아 세상의 눈은 여전히 차가왔고 순사자의 가족이 받게 되는 대우에도 차별이 있었다. 여기에 화가 난 장남 겐베가 다다토시의 일주기에 참석하여 자신의 상투를 잘라 위패 앞에 놓는다. 이는 결국 무사라는 신분을 버리는 것으로 새로운 주군 미쓰나오에 대한 도전이며 말없는 반항이었던 것이다.

이 일로 하여 야이치의 장남 겐베는 다다토시의 아들, 후계 성주인 미쓰나오에게 참수형을 당하고, 남은 4형제는 죽은 형 겐베의 저택에 들어가 무사 집안으로서 받은 모욕에 대한 농성을 한다. 이러한 아베일족의 거동은 상부에 알려져 즉각 토벌대가 쳐들어온다. 아베일족은 대항하여 싸웠지만 한 사람도 살아남지 못하고 죽는 비극적인 최후를 맞는다.

이상으로 『아베일족』의 줄거리를 야이치를 중심으로 그 구성을 살펴보았는데 여기서 우리는 실제의 역사자료와 어떻게 다른가를 고찰함으로써 앞에서 말한 작가의 의도를 알아보는 데 도움이 될 것이다.

3) 아베 야이치에몬의 경력 및 순사

『아베일족』에서 야이치에몬은 어렸을 때부터 줄곧 「다다토시를 바로 곁에서 시중들며」라고 되어 있으나 실제의 그는 다다토시의 측근이 아니라, 마을 지배전문 행정관료였으며 그 방면에서 눈부신 성공을 거둔 사람이라고 한다. 둘째 그는 단순히 명령을 받드는 것만에 최선을 다하는 수동적이며 소극적인 인물이 아니라 영주에게 정책을 내세우거나 혹은 자신이 수행한 일의 결과를 공문서로 보고하거나 하는 적극적 인물이었다고 한다.[8]

또한 작품 『아베일족』에서 비극을 낳게 되는 최대의 조건이라고 하면 야이치에 대한 세상의 악평과 상속차별이라는 두 가지가 가장 큰 요인이라고 볼 수 있다. 그런데 사적 자료에 따르면 문중에서 악평을 받은 대상은 야이치에몬뿐만이 아니라 그 대상은 다다토시가 유달리 편애한 사람 「아끼는 사람」이었다고 한다. 이 점은 「아베차사담」에도 다다토시가 「특별히 아꼈다」는 것이 야이치에몬의 순사원인이라고 되어 있으나 오가이는 이 사실을 채택하지 않았다. 즉 오가이는 아베 야이치에몬이 개인 공격을 받은 것은 남과 친근하게 사귀지 못하는 성격에서 비롯한 것으로 설정하였으나 사적 사실을 보면 그런 개인적, 성격적 차원의 문제는 아니었다. 다다토시가 아꼈던 사람들에 대한 다다토시 생전에 잠재했던 불만분자들이 그가 죽은 후 후원자가 없어진 「아끼는 사람」에 대한 보복이라고 보는 것이 진상이었다 한다.

한편 다다토시로부터 순사를 허락받은 사람은 야이치를 포함하여 오쿠다, 다케우치, 세 사람뿐으로 모두 문중의 악평을 받은 점에서 일치한다고 한다. 소설과는 달리 최후의 순사자로 자칭하고 있는 것은 다나카田中로서 뭇 사람들의 멸시 속에서 고집을 부리며 순사가 늦었던 것은 아베가 아니라 다나카이다.

사적 자료에 의하면, 이 사건은 다다토시 체제의 부하 관료가 다다토시의 비호가 없어진 후에 다다토시 체제의 불만분자들의 보복적 악평에 굴복한 것으로 보이며, 특히 아베는 신분적으로는 농민출신이었고 근무 중에 수송의 역할을 명령받아 공명을 세우지 못했던 약점을 가지고 있었는데, 그러한 것에 대하여 겁쟁이가 아니라는 것을 증명하기 위하여 순사한 것이라고 후지모토 치즈코藤本千鶴子는 「『아베일족』사건의 발굴」에서 추측하고 있다.[9] 그 후 아베일족에게만 가혹한 상속조치가 있었던 점은 아마도 미쓰나오체제에 반발한 아베 겐베에 대한 제재였다고 볼 수 있다.

아무튼 이상으로써 『아베일족』이 역사사실 그대로가 아니란 것은 분명하며 이 작품의 주제는 작품 그대로를 분석해 가며 오가이가 그린 야이치의 인간상을 생각해 보아야 할 것이다. 그런데 여기서 우리는 작품에서건 사실에서건 아베의 순사를 이해하기 위하여 일본에서의 무사武士의 도덕사상을 알아볼 필요가 있다.

4) 무사의 도덕사상

헤이안시기平安時期 귀족의 생활이 사회적으로 문화적으로 점차 막다른 골목에 이르자 지방의 농촌에서는 새로운 사회적 세력이 점차 대두된다. 일본은 645년 대화개신大化改新이래 율령제도 하에서 국, 도, 리, 호적 등을 정리하여 농지를 국가의 것으로 하는 반전수수班田收授가 행하여졌는데, 실은 이 제도가 무너져 가면서 실제로는 점점 사유지가 불어나 개인의 장원으로 되어갔다. 장원 또한 넓어져 가면서 그 영지를 지키기 위해 귀족의 사병私兵이 생겨나고 이들은 지방장관의 자격인 수령受領, 국사國司가 되어 무사화되었다.

이들 사병은 장원의 영가領家인 도시귀족이나 절과 신사神社에 대하여 장원 내부의 경제적 지배권을 강화함으로써 새로운 무사성립의 조건을 맞추어 나가며 장원인 농촌을 떠날 수 없는 입장에서 실제적인 힘을 갖춘 계급을 형성한다. 무사는 반드시 지방농촌의 거주자일 것과 무예를 업으로 한다는 점에 있어서 도시주민이며 풍류와 문文를 즐기고 있던 귀족들과는 전혀 다른 내용을 구비하였다.

귀족의 지위가 고대로부터 전통적 국가 권력에 의해 뒷받침되어 오던 것에 비하여 무사의 지위를 유지하는 힘은 스스로 결성한 무력적 결합뿐이었다. 그러나 살생殺生을 업으로 하는 무예만 가지고는 인격적 대우를 받을 수 없었으므로 그들에 필요한 도덕사상을 갖춘 일상규범을 만들어 가게 된다.

이 규범은 보통 「무사도武士道」라 불리워지게 되는데 이 또한 가마쿠라鎌倉, 무로마치室町시대의 것과 에도江戸시대의 것과는 많이 다르다. 또한 여기에 덧붙이고 싶은 것은 무사도라는 명칭의 명확한 용례는 가마쿠라나 무로마치시대에는 아직 보이지 않는다. 헤이안기 이래 「무사의 관습武士の習」 등의 낱말이 사용되고 있었으며 「병사의 도兵の道」라는 낱말이 있었으나 이것은 단순히 무술만을 말하는 것이었고 「목숨을 가벼이 여기는 무사의 길보다 더 무거운 길이 있을 것인가」(『풍아집風雅集』)라는 용법을 거쳐 에도시대에 「무사도」라는 개념에 이른다.[10]

일본의 무사도는 알게 모르게 많이 미화되어 선전된 느낌이 있는데 이번에 조사한 것에 근거하여 정리하여 보면 대강 다음과 같은 성격을 띠고 있다.

○ 횡적으로는 혈연적 지연적 관계에 바탕을 둔 족적결합 族的結合이며 종적으로는 계약에 의한 주종결합主從結合이다.

○ 우선 핵심을 이루는 주종관계를 살펴보면, 주군이 종사從士를 보호하여 은고恩顧를 내리며 종자는 주군을 위해 전시戦時와 평시에 봉공奉公을 다한다.

○ 은고와 봉공은 늘 교환관계에 있었으므로 은고에 불만이 있을 때는 「신문申文」 또는 군충을 상신하여 은상恩償을 청구하는 「군충장軍忠状」이 있었다.

○ 은상청구의 증거를 남기기 위해서는 공훈을 인정해주는 증인이 필요했다. 증인 없이 전장에서 죽는 것은 개죽음이나 다름없었다.

○ 주군에 대한 헌신은 자손과 가문을 위하는 수단이기도 하였다.

○ 주종의 결합은 무사 각 개인이 주군과 개별적으로 갖는 계약이므로 한사람의 주군 밑에 아무리 많은 무사가 신하로 따르고 있어도 가신상호간에는 공동연대의 윤리가 성립되어 있지 않았다.

○ 「싸움에 있어서는 부모자식을 가리지 않으니, 하물며 한 가문이나 하인은 말할 것도 없다. 저 혼자 앞장서 달려 나가 공을 세우려 하는 것이 관례이다」(『조쿠기承久記』)에서도 알 수 있듯이 개인의 공훈만이 주목적이었다.

○ 무사도가 충군애국의 도덕인 듯이 국민도덕과 혼동되던 메이지 시대가 있었으나 이것은 국민을 모두 병사화兵士化 시켜야만 했던 데서 비롯한 왜곡이었다.

○ 원래부터 지방농촌에서 분산적인 주종결합을 형성하였던 까닭에 이들 무사에게 국가라든가 국민이라든가 하는 의식이 발생할 수가 없었다.

○ 가마쿠라기의 무사정신은 기성체제의 부패, 즉 왕족을 중심으로 한 귀족체제의 허식과 문약, 성적황폐, 정치부패 등의 현상과 결별하여 근검상무勤儉尙武하고 실질 강건한 기풍을 배양하려 힘썼다.

○ 그 사상은 단순한 명상만을 강조하는 간소한 종교인 선종禪宗의 영향을 많이 받고 있었다.

○ 선종의 사생관死生観의 영향으로 「생사生死 안에 부처 있으면, 생사가 없다」라는 달관된 관념은 생사를 담담히 받아들일 수 있도록 해주었다.

○ 에도시기에 이르러 도요토미 히데요시는 봉건사회의 법제적 형식을 정비하여 무사와 서민과의 신분적 차별을 명확히 구분한 사

농공상의 신분질서를 확립시켰다. 이 시대에는 신분계급의 분수分守를 지키는 것이 가장 중요한 도덕규범이었다.

○ 에도막부가 주자학朱子学을 관학官学으로 보호한 것도 무사의 계급 사상을 이론적으로 지지하기 위함이었다.

○ 무사가 존중하는 것은 형식에 예의를 다하는 것이었다. 인위적인 신분질서의 차별을 지키기 위해서는 인위적인 예禮로서 자연적인 인정을 억제할 필요가 있었다.

○ 에도중기의 무사도철학을 아는 데 중요한 자료로서는 1716년 11권으로 완성된 『하가쿠레논어葉隠れ論語』 또는 『하가쿠레葉隠れ』라 불리는 책이 있는데, 이는 사가무사, 야마모토 쓰네토모山本常朝가 주군 나베시마 미쓰시게鍋島光茂의 죽음을 슬퍼하여 은퇴하여 살고 있는 데를 같은 사가번佐賀藩의 무사 다시로 진키田代陣基가 찾아가 담화를 필록한 것으로 무사의 도리를 갈파한 것이다.

○ 『하가쿠레』에는 선악과 옳고 그름을 묻지 않고 목숨을 걸고 주군에 봉공할 것과 칠생보국, 즉 7번이라도 고쳐 태어나 목적을 실현시킬 것, 어버이에 효행할 것, 대자비를 일으켜 다른 사람에게 도움이 될 것 등을 부르짖고 있다.

○ 야마가 소코山鹿素行 등은 주군主君이나 가신家臣 모두 유교이론에 바탕을 두고 행동할 것을 강조하며 충효, 상무, 신의, 절조, 염치, 예의 등을 중히 여겼다.

○ 『명량홍범明良洪範』이란 책 속에는 무사의 순사殉死에 관하여 쓰여 있는데, 어느 노인의 이야기로 순사에는 의복義腹, 논복論腹, 상복商腹이 있다고 말하고 있다.

○ 주군은 예로서 신하는 충으로 자기들의 마음을 다하며, 군진軍陣에서는 주군의 위기를 구하고 태평한 때에 봉공을 다하다가 주군이 죽으면 함께 죽어 저세상까지 동반하는 것을 의복이라 하며,

무사의 체면이나 여론 때문에 순사하는 것을 논복, 내 목숨을 버리면 자손에게 혜택이 있을 것이라고 생각하는 계산적인 순사를 상복이라 했다.

3. 작품의 주제

1)「순사의 법도」고찰

　앞에서 일본 무사들의 생활규범을 대강 훑어보았다. 이는 이 작품에 등장하는 주인공들이 무사이며, 그 소재가 봉건제도하에서 영주의 죽음이 몰고 온 영향으로 일어나는 비극이기 때문이다.

　아베일족의 비극은 무사들의 순사에 얽힌 이야기 ― 주군에 의해 순사가 허락되어야만 했던 일, 무사의 존재가 세상의 명분과 체면에 지배를 받고 있던 것으로 해서 빚어졌던 커다란 두 가지 요인으로 하여금 발생된 것으로 꾸며져 있는 것이다. 여기서 우리는 오가이의 순사관을 고찰하여 볼 필요가 있다.

　이를 알기 위해서는 아베 야이치에몬의 순사에 앞서 17살의 하급무사 나이토 초주로內藤長十郎의 순사에 얽힌 심리묘사를 찾아볼 수 있다. 초주로의 이야기에 들어가기 앞서 작가 오가이는 순사의 규정에 관하여 「순사는 언제 어떻게 정해진 것이랄 것도 없이 자연스레 관례가 생겨나 있었다. 아무리 성주를 소중히 여긴다고 해서 누구나 함부로 순사할 수 있는게 아니라…(중략)…죽음의 계곡, 황천길을 동반하는 데도 반드시 허락을 얻지 않으면 안 된다」고 설명하며 순사가 권력자의 의사에 의하여 인정되어야만 한다는 것을 부각시키고 있다.

　이러한 허락을 어떻게 얻어내었는가의 좋은 예로서 초주로를 들고 있다. 초주로는 잡일을 돕는 하급무사로서 특별한 공적을 세운 일도 없으나 늘 다다토시가 관대히 돌보아 주었다. 그래서 그 은혜를 갚아야 한다고 마음먹고 있던 초주로의 모습을 오가이는 「다다토시의 병이 깊어지자 그 보은과 배상의 길은 순사밖에 없다고 굳게 믿게 되었다」고 씀과 동시에 「그러나 세밀히 이 사내의 마음속을 헤집어 보면, 자신의 발의로 순사해야만 한다는 마음가짐이 있는 한편, 타인이 자신을 순사할 것이라고 틀림없이 생각할 터이니 자신은 순사를 어김없이 하게 되어 있다고 다른 사람에 의해 죽음의 방향으로 나아가고 있는 듯한 심정이 거의 같은 강도로 존재하고 있었다」라고 쓰고 있으며, 덧붙여 「순사자의 유족이 주인집의 우대를 받을 것을 생각하여, 그것으로 나는 가족을 안온한 지위에 두고 안심하고 죽을 수 있다」고 쓰고 있다.

이같은 초주로의 심리는 충성을 다하기 위하여 죽는 「의복」 세상의 여론과 평판에 지배되어 죽는 「논복」 죽은 후의 가족에 미칠 혜택 등을 계산한 상복 등을 고추 갖추고 있다. 게다가 마지막 「상복」의 심리에 이르러서는 「그와 동시에 초주로의 얼굴은 후련한 기색이 되었다」고 매듭짓고 있다.

여기서 오가이의 순사관은, 순사는 권력자에 의해 허락이 내려져야 한다는 것과 초주로의 심리분석을 통해 순사에 「의복」「논복」「상복」의 세 가지 경우가 깔려 있음을 제시하고 있다.

이에 대한 주군의 심리를 또한 살펴보면 「다다토시의 마음으로는 이 사람들을 아들인 미쓰나오의 보호를 위하여 남겨두고 싶은 것이 태산 같았다」라든가 「이 사람들을 자신과 함께 죽게 하는 것이 잔혹하다」라는 감정 등은 신하측의 보은과 배상의 심정에 대조를 이루고 있다. 한편 「만약 내가 순사를 허락지 않고 두어 그네들이 오래 산다면 어찌될까? 문중 사람들은 그네들을 죽어야할 때에 죽지 않았다고 해서 은혜를 모르는 비겁자라고 함께 끼어주지도 않으리라」고 하는 것은 초주로가 세간의 평판을 의식하고 있는 「논복」의 심리를 그대로 뒷받침해 주는 일치된 것이라고 볼 수 있겠다.

주군은 또한 「아들 곁에 늙은 신하들이 있는 것은 젊은 신하들에게는 방해가 될 것이다…(중략)…순사를 허락하는 것이 자비일지도 모른다」는 생각을 끝내 하도록 되어 있다.

이것은 오가이가 신하의 입장에서 생각해 보아도 주군의 입장으로 봐서도 순사라고 하는 장엄한 행위를 지배하는 가장 커다란 요인이 봉건무사사회에 내재하였던 「체면」이라는 허무한 관념에 있었던 것을 생각하지 않을 수 없음을 나타낸 것이라고 보겠다.

이는 앞에서도 조사하여 보았듯이 일본의 무사들의 주종관계가 늘 은고와 봉공이라는 교환관계에 있었으며, 이에나가 사부로家永三郎가 말하듯이 「무사가 목숨을 아끼지 않음을 본분으로 한 것은 세간에 잘 알려져 있는 바이며 그것이 세상평판을 두려워한 체면에 구애된 것이었음」,[11]을 이 작품도 여실히 증명하고 있다.

2) 아베일족의 비극

이상으로 순사의 규정이 어떻게 어떠한 모습으로 그려져 있는가를 보았다. 아베 야이치에몬의 순사는 우선 첫 번째, 주군의 허락을 받아야 한다는 것에 저촉되어있는 데서 비극의 실마리는 일어난다. 왜 야이치가 다다토시로부터 순사의 허락을 얻을 수 없었는가에 대하여 오가이는 역사적 사실과는 달리 군신의 성격적 불화에서 그 이유를 구했다. 「도대체 다다토시는 야이치에몬이 말하는 것을 듣지 않는 버릇이 붙어 있었다」거나 「사람에게는 누구보다도 좋은 사람, 또는 싫은 사람이 있다. 그리고 어째서 좋은지 싫은지를 곰곰 따져보아도 이렇다고 잡힐 만한 근거가 없다」고 설명하고 있다.

그러나 여기서 우리는 오가이가 아베 야이치에몬의 비극의 직접적이고 근원적인 이유를 성격적 불화에서 비롯한 것으로 그리고 있는 점을 가볍게 지나쳐 볼 수 없는 의미가 있다. 그것은 군신의 대립을 형식적인 틀로서 벌어져 있는 신분적 입장이 다른 것에 둔 것이 아니라 하나의 인간과 인간과의 대립으로서 보고 있기 때문이다.

현실적으로는 양자의 관계가 대등하지 않다. 그러나 신하인 야이치가 「나는 나다, 무사는 첩과 다르다」라고 생각하며 미워하는 주군에게 오기로라도 더욱 열심히 일하는 감정적 대립에서 비극이 배태되는 것이다.

둘째로 초주로의 「논복」의 심리와 마찬가지로 순사의 허락을 얻을 수 없었던 야이치의 입장은 문중門中의 조소를 받아야 하는 입장에 처하게 된다. 일본 무사들의 도덕사상에서 살펴보았듯이, 봉건시대의 주종의 결합은 무사 각 개인이 주군과 개별적으로 갖는 계약이므로 한사람의 주군 밑에 아무리 많은 무사가 신하로 따르고 있어도 가신 상호간에는 공동의 연대감이 결여되어 있은 까닭에 다른 가신들이 아베 야이치에몬을 편안히 놓아두지 않는 것이다.

아베는 드디어 배를 갈라 보임으로써 죽음을 두려워 않는 무사라는 것을 나타내 보여야 했던 것이다. 목숨을 걸고 봉공하는 무사의 가문이어야 한다는 세간의 평판에 자신을 맞추지 않을 수 없었던 입장은 피할 수 없는 것이었다. 야이치는 죽어가면서 외롭게 당부한다. 「눈앞의 것만 보이는 천박한 것들을 상대하지 말아라, 죽지 않으리라는 내가 죽으면, 허락이 없었던 개죽음을 한 나의 자식이라고 너희들을 비웃을 사람도 있을테지. 나의 자식으로 태어난 운명이니 어쩔수가 없지. 치욕을 받을 때는 함께 받아라. 형제는 싸우지 말아라……」[12]

아베 야이치에몬은 「나는 나다, 좋아, 무사는 첩과는 다르다, 주인의 마음에 들지 않는다 하여 입장이 달라질 수는 없어」라고 절대적인 봉건영주의 권위에 대항하는 자세를 취했으나 그것은 결국 봉건권력과 병존할 수 없는 데서 파국의 길로 이어지고, 동시에 가문의 파멸로까지 이어지는 결과를 초래한 것이다.

4. 맺음말

아베일족의 비극은 이 작품에서 순사라고 하는 것이 갖는 두 가지 조건 — 주군에 의해 인정되어야 한다는 것과 세간의 평판에 지배된다는 것 — 에 의해서 운명적으로 결정되어 있었다.

오가이는 거기에서 순사에 관한 하나의 부정적 고찰을 끌어내고 있음과 동시에 아베 야이치에몬드가 사실史実과는 달리 「그러나 나는 나다」라는 자아自我의 주장이 담긴 행동을 하게 함으로써 직접적인 비극의 원인을 불러 일으키는 감정적 대립을 설정해 놓았다.

이는 에도시기의 역사물을 소재로 하여 실은 「천황」이라고 하는 절대 권력 밑에서 관료로서 살다간 노기 마레스케나, 오가이 자신의 문제, 또는 근대 일본 지식인이 살아가야 했던 시대적 고민의 한 부정적 측면을 나타내고자 한 것이 아닌가 생각된다.

그리고 봉건지배가 확립된 역사적 사회적 환경 속에서 권력자가 자신의 감정을 정당한 것으로 여겨 개인을 대하였을 때, 혹은 피지배자인 개인이 자신의 존재를 대등하게 권력자 앞에 주장하는 모습을 보였을 때, 혹은 어떤 이유로든지 주종의 사이에서 신뢰가 단절되었을 때 개인의 생명은 강력한 절대권력 앞에서 비극적 파멸을 초래할 수밖에 없다는 것을 나타낸 것이라고 본다.

노기대장의 경우와 같은 군신君臣의 신뢰가 밀접하게 교류된 헌신의 덕으로서의 순사만이 아니라 때에 따라서는 유족의 혜택에 대한 고려나 세상의 여론에 지배된 체면 등, 순사가 갖는 인간적인 갈등의 모습을 아울러 밝힘으로써 근대인의 자아주장을 은밀히 드러내 보인 작품이라 하겠다.

---

* 이 글은 1988년『日本学報』(第20輯)에 발표한「森鷗外의『阿部一族』考察」을 수정·보완한 것임.

1 長谷川 泉『近代日本文學思潮史』至文堂, p.58 참조.

2 日本文學硏究資料叢書,『森 鷗外 Ⅰ』有精堂, 1977, p.235.

3 江藤淳 :『夏目漱石』新潮社, 1975, p.213.

4 司馬遼太郎 :『殉死』文芸春秋, 1981, p.131.

5 江藤淳, 앞의 책, p.212.

6 山岡鐵舟(1836~1888) ; 에도 말과 메이지기의 정치가, 검도에 능하여 무도류 (無刀流)의 일파를 창시하였으며 유신 후에는 메이지천황의 시종으로 있었다.

7 日本文學硏究資料叢書,『森 鷗外 Ⅱ』有精堂, 1977, p.194.

8 위의 책, p.207.

9 위의 책, P.213.

10 家永三郎『日本道德思想史』岩波全書, 1982, p.88.

11 위의 책, p.101.

12 森鷗外「阿部一族」『鷗外全集』第十一卷, 岩波書店, 1972, p.331.

아쿠타가와 작품에 보이는 정신의 풍경[*]

┃손 순 옥

1. 머리말

아쿠타가와 류노스케(芥川龍之介, 1892~1927)는 일본 문학사에서 「신기교파」, 「신현실주의」 등으로 불리며 다이쇼시대를 대표하는 존재로서 그 명성이 드높다. 그의 이지적 경향을 논하여 「철두철미 깨어 있는 예술가이고 명민한 해석자였던 동시에 그의 문학은 의식적 예술 활동이었으며 주지주의 미학美學」[1]이었다고 평가받고 있기도 하다. 반면 아쿠타가와 문학이 애독되는 것은 「이지적으로 처리되어 있는 주제가 아니라 작가의 정감, 즉 일본적인 우아한 정서」[2]에 있다고 역설하는 사람도 있다. 그러나 그의 소설을 면밀히 읽어보면 내용적으로나 구조적으로 볼 때 「주지주의 미학」이라거나 「일본적인 우아한 정서」라고 단언하기에는 조금 거리가 있다고 생각된다. 『라쇼몽羅生門』에서 『속서방의 사람」에 이르기까지[3] 줄기차게 이어지고 있는 것은 검은 구름으로 가득한 하늘 저편을 맑지 않은 의식으로 「멍하니」[4]바라보고 있는 한 남자의 심상세계가 대부분이기 때문이다.

아쿠타가와는 잘 알려진 바와 같이 장편소설은 없고 많은 단편소설을 남긴 작가이다. 단편이라 하여도 매우 짧은 것들이 많아 42개를 모은 것이 상·하단으로 된 두꺼운 책 한권이 될 정도이다.[5] 『라쇼몽』을 비롯하여 『광차トロッコ』 등 몇 개의 작품은 시간의 경과에 따른 바깥배경과 맞물려 긴박감을 더해가며, 전개가 잘 갖춰진 심리소설이라 할 만하다. 또 『다이도지 신스케의 반생大導寺信輔의 半生』 『톱니바퀴齒車』 『속서방의 사람』 등은 아쿠타가와 자신의 회고이거나, 그가 말하는 「병적인 신경의 세계」를 써놓은 것이거나, 또는 죄의식이나 병적인 신경에서 구원받고자 하는 갈망의 기록에 불과하다고도 할 수 있다. 독창적인 인물상은 물론 허구의 소설이 갖추어야 할 것들이 잘 정리되어 있지 않은 것도 부인할 수 없다. 톨스토이가 훌륭한 작품이 갖추어야 할 조건으로서 내세운 감동을 자아내는 재미나 보편적 생활을 바탕으로 한 성실성과 그러면서도 긍정적 미래로 이끌어가는 작가 나름의 비전 등은 별로 보이지 않는다.

아쿠타가와는 도쿄대학을 나온 지성작가로서 35세라는 짧은 생애를 자살로 마감하였기 때문에 당시의 문단이나 사회에 던진 충격이 매우 컸다고 한다. 그러므로 「그 작품의 가치만이 아니라 그 생애의 극적인 의미가 주목을 받아 읽혀지고 있다」[6]는 오오카 쇼헤이大岡昇平의 해설은 어떤 면에서 매우 객관적이라고 할 만하다. 그 동안 아쿠타가와의 연구는 작가론에 있어서나 작품론에 있어서나 많은 연구가 있어 왔다.

작가론 중에서는 주로 그의 자살에 중점을 두어 그것에 대한 각각의 이론을 펼쳐 나름대로의 아쿠타가와상을 만들어 온 것도 사실이다. 물론 아쿠타가와는 「어느 옛 친구에게 보내는 수기」에서 자살의 원인을

「적어도 내 경우는 다만 막연한 불안이다. 뭔가 나의 장래에 대한 다만 막연한 불안」[7] 때문이라고 썼다.

그러나 사람들은 나름대로의 수많은 이야기를 하고 있다. 그 중 이론이 다른 것들을 골라본다면, 가라키 준조唐木順三의 「일종의 평형상태에 도달할 수 있었던 미적도취美的陶醉」[8]였다는 것과 미야모토 겐지宮本顯治의 「그의 죽음은 상처받기 쉬운 자아와 사회적 중압에 견딜 수 없었던 소시민적 심리의 패배」[9]라는 견해이다.

그 밖에도 아쿠타가와가 죽기 직전의 가장 「최근의 친구」였다고 스스로 자부하는 하기와라 사쿠타로萩原朔太郎의 「예술지상주의의 애처로운 순교殉敎」[10]였다고 보는 견해와, 끊임없이 따랐던 여자관계에서의 패배 또한 그의 「막연한 불안」의 하나로 보아야 한다는 것 등과 함께 오로지 자살의 원인을 「그의 정신과 육체의 이상異常에 두는 견해」[11]이다. 작품론은 각각의 작품을 따로 떼어 감상하는 것과 두세 편을 한데 묶어 분석한 것들이 주된 경향이라 하겠다. 최근 한국 연구자들 중에는 기독교와 관련하여 본 것들이 많다.

이러한 연구를 바탕으로 본고에서 시도하고자 하는 것은 아쿠타가와 작품에 나타난 그의 정신의 풍경을 지면이 허락하는 한 구체적으로 알아보고자 하는 것이다. 작가 아쿠타가와 자신이 『다이도지 신스케의 반생』이라는 작품에서는 부제副題로 ― 어느 정신적 풍경화 ― 라고 붙이고 있으나, 그 풍경화가 실제로 어떤 그림이었는지는 독자인 우리가 찾아내야 할 몫일 것이다. 그 정신적 그림의 내용은 작가의 깊은 곳에 감추어져 있는 고뇌와 내면의 모습을 있는 그대로 보여줌으로써 우리에게도 반면교사가 되어줄 수 있을 것이며 그의 삶과 문학 ― 특히 자살을 ― 이해하는 데도 일조하리라 믿는다. 그의 정신적 그림을 찾기 위한 텍스트로서는 『아쿠타가와 류노스케전집芥川龍之介全集』(筑摩書房)을 사용하였고, 그것과 함께 최근에 연구된 심리학 애착이론이나 정신의 학 중에서 우울병에 관한 것을 참고로 하였다.

2. 「고독지옥」에 시달리는 정서 불안

아쿠타가와 작품에는 대표작 『라쇼몽』을 쓰고 난 그 이듬해인 24살 때의 『고독지옥孤獨地獄』이라는 소품이 있다. 「이 이야기를 나는 엄마한 테서 들었다. 엄마는 그것을 나의 큰 숙부에게서 들었다고 말하고 있 다. 이야기의 진위眞僞는 모른다.」[12]로 시작되는 이 짧은 단편의 내용 안 에는 작품의 제목과 똑같은 「고독지옥」이란 낱말이 나온다. 큰아버지 에게서 들었다는 엄마의 이야기는 어느 승려가 말하는 「불교에 의하면 지옥이 여럿 있는데 우선 근본지옥, 주변지옥, 고독지옥, 셋으로 나눌 수 있다. … (중략)… 그 중에서 고독지옥만은 산간 광야 나무 밑, 공중 어디에도 홀연히 나타난다. 말하자면 눈앞의 경계가 곧잘 그대로 지옥 의 고통으로 나타나는 것이다. 나는 2·3년 전부터 이 지옥에 떨어졌다. 일체의 것이 조금도 영속되는 흥미를 주지 않는다. 그러므로 늘 하나의 경계에서 또 하나의 경계를 쫓아다니며 살고 있다. 그래도 물론 지옥은 벗어날 수 없었다. 그렇다고 해서 경계를 바꾸지 않으면 더욱 괴롭다. 그래서 여전히 전전하면서 그날그날의 괴로움을 잊는 생활을 해나간 다.」[13]는 것이 주된 내용이다.

주인공인 「나」는 「하루의 대부분을 서재에서 지내고 있는 나는 … 어떤 의미에서 나도 역시 고독지옥에 시달리고 있는 한사람이기 때문 이다.」로 이야기를 끝맺고 있다. 승려인 젠조禪超의 입을 빌려 들려주 는 「고독지옥」의 상황은 작가가 경험하고 있었던 마음 상태로서 마지 막에 덧붙인 주인공의 「고독지옥에 시달리고 있는 한사람」이란 아쿠 타가와 자신의 심경의 실제를 토로하고 있었던 것이며, 이 지옥 같은 불쾌감은 계속되어졌다고 할 수 있다. 「2·3년 전부터」 어느 것에도 「영속되는 흥미」를 갖지 못하는 정서불안은 어디에서 연유된 것일까? 우리는 이를 추적해 볼 필요가 있다.

1) 출생에 기인한 열등감에서 비롯한 고독

아쿠타가와는 그 출생이 평범하지 않았다.[14] 아쿠타가와의 생모가 그를 낳고 9개월 되었을 무렵부터 미쳐버렸기 때문에, 그는 생모의 친오빠였던 아쿠타가와 도쇼芥川道章에게 맡겨져 자라게 되었다는 이야기는 잘 알려져 있다. 연보를 살펴보면, 양자로 정식 입적이 된 것은 생모가 죽은 후인 12살 때의 일이다. 이 무렵이면 조금씩 「나」라는 자신에 대하여 자각이 들 때이므로 입적하기 위하여 재판소에 들락날락하는 어른들의 상황을 몰랐을 리 없다.

아무튼 아쿠타가와 자신이 자신의 소생에 대하여 깊은 열등의식을 가졌었다는 것은 그의 작품 도처에서 읽어낼 수 있다. 그의 평론 『난장이의 말』 중의 「친자親子」라는 항목에서 「인생의 비극의 제일막은 부모와 자식이 된 것에서 시작된다」는 짧은 한 줄로 표현하고 있다. 부모와 자식과의 첫 번 만남의 관계를 비극의 시작으로 보고 있는 데서 우리는 아쿠타가와가 자신의 생의 출발부터 매우 부정적으로 보고 있다는 것을 알 수 있다. 또한 「인생」이란 항목에서도 그는 「혁명에 혁명을 거듭했다 하여도, 우리들 인간 생활은 '선택된 소수'를 제외하고 나면 늘 암담할 뿐이다. 그것도 '선택된 소수'란 '바보와 악당'의 다른 이름일 뿐이다」라는 설명을 하고 있다. 여기서 말하는 「선택된 소수」에 아쿠타가와 자신을 포함시키고 있지 않음은 분명할 것이다. 그렇다면 타자를 다만 「바보와 악당」이라고 간단히 규정해버리는 것은 매우 편협한 사고思考의 노출이라 하겠다. 불만과 열등의식이 많은 사춘기의 소년이나 내뱉을 수 있는 말이 아닐까 생각된다. 生의 신비하고 오묘한 세계를 그 본질적인 수수께끼에 깊이 숙고하고 고뇌하며 몸소 터득하고자 노력했던 사람이라면, 감히 「인생」이라는 항목을 간단히 만들어 짧은 네 줄 정도로 표현할 수 있는 것이 아니다.

나쓰메 소세키도 작품 「마음心」에서는 자살하는 「선생」의 이야기를 썼으나 실제로는 좌절에 접한 어느 여인이 찾아와 이런 상태라면 죽는 게 낫겠느냐고 물었을 때, 다만 「말없이 여자가 하는 얘기를 듣고 있을 수밖에 달리 방도가 없었다」[15]고 쓰고 있다. 가공이 아닌 실제에서의 상담에서 취한 소세키의 태도는 매우 현명하고 타당해 보인다. 실제의 우리의 삶은 각각 다르며 그것도 시간이 오는 대로 맞이해 봐야 알 수 있는 것으로 아무리 훌륭한 소설가라도 답을 갖고 있는 것이 아니라고 생각되기 때문이다.

아쿠타가와는 「지옥」이라는 항목에서도 「인생은 지옥보다도 더 지옥적이다」라고 쓰고 있다. 이러한 생각은 그가 자식들에게 남긴 유서를 통해서도 얼마나 자기 나름의 사고의 틀에 집요하게 사로잡혀 있었나를 짐작할 수 있다. 그는 자식들에게 「만약 이 인생의 싸움에 패했을 때는 너희들 아버지처럼 자살해라」[16]라고 쓰고 있기 때문이다. 「듣고 있을 수밖에 달리 방도가 없었다」는 소세키와는 너무 대조적이다. 아들의 죽음마저도 자기방식대로 하려는 무서운 아집에 놀랄 뿐이며, 인생을 「싸움 혹은 전투」라는 말로 번역할 수 있는 「戰ひ」라고 쓴 것에서도 그의 생에 대한 태도를 엿볼 수 있다. 이러한 아쿠타가와의 생에 대한 부정적 실체에 연유되는 열등감이 노골적으로 표출된 다음의 『다이도지 신스케의 반생大導寺信輔の半生』에서의 주인공 신스케의 이야기를 들어보도록 하자.

이 작품은 아쿠타가와의 자서전이라고 할 만한 것이다. 작품에서의 신스케의 반생이 그 모두가 그대로 작가자신의 사실이 아니었다하여도, 어떤 면에서 부제에 써 있는 것처럼 작가의 내면에 존재했던 정신적 풍토로서 그의 심리를 살펴보는 데는 더욱 적절할 수 있다. 이를 뒷받침하는 것으로서는 바로 아쿠타가와가『난장이의 말』중의「고백」이라는 항목에서「완전히 자기를 고백하는 것은 어떤 사람에게도 불가능한 일이다. 그와 동시에 자기를 고백하지 않고는 어떤 표현도 가능한 것이 아니다. 룻소는 고백을 좋아한 사람이다. 그러나 적나라한 그 자신은『참회록』안에서도 발견할 수 없다. 메리메는 고백을 싫어한 사람이다. 그러나 그의 작품『콜롬바』에서는 감춘 행간에 자신을 말하고 있지 않은가? 애당초 고백문학과 타문학과의 경계선은 구별할 수 있을 만큼 분명히하고 있지 않은 것이다」라는 지적이다. 아쿠타가와의「자기를 고백하지 않고는 어떤 표현도 불가능한 것」이며 작품의 감추어진 행간 속에서 더욱 자신을 드러낸다는 말에서도 우리는 그의 문장을 통하여 그의 마음을 알아보는 데 주저하지 않아도 될 것이다.

신스케는 전혀 엄마의 젖을 빤 적이 없는 소년이었다. 원래 몸이 약했던 엄마는 외아들인 그를 낳은 바로 직후에도 한 방울의 젖도 주지 않았다. 뿐만 아니라 유모를 두는 것도 가난한 그의 집안 살림으로는 얘기를 꺼내지도 못할 꺼리였다. 그는 그 때문에 태어나던 순간부터 우유를 먹으며 자랐다. 그것은 당시의 신스케로서는 원망하지 않을 수 없는 운명이었다. 그는 매일 아침 부엌에 오는 우유병을 경멸했다. 또 아무것도 모른다 할지라도, 엄마의 젖만은 알고 있는 그의 친구들을 부러워했다. 실제로 소학교에 들어갔을 무렵, 나이 어린 그의 숙모가 연초에 와 있는 동안에 젖이 불은 것을 괴로워했다. … 숙모는 이마를 찌푸리며 반은 그를 놀리듯이 "신장 빨아볼래?"하고 말했다. 그렇지만 우유로 자란 그는 물론 빠는 방법을 알 리가 없었다. 숙모는 끝내는 이웃아이에게 딱딱하게 불은 젖을 빨게 했다. 젖통은 반구처럼 부풀어 올라 그 위에 푸른 정맥이 휘감고 있었다. 쉽게 부끄럼타는 신스케는 설령 빨

수 있었다 하더라도, 숙모의 젖을 빤다는 일은 도저히 할 수 없었음에 틀림 없다. 그럼에도 불구하고 이웃집 아이를 미워했고 또 이웃아이에게 젖을 빨리는 숙모를 미워했다. 이 작은 사건은 그의 기억에 왠지 가슴이 짓눌리는 듯한 질투만 남기고 있다.[17]

위의 글만큼 적나라하게 자신의 내면을 여실히 보여주는 것은 드물다. 태어난 지 얼마 안 되어 생모가 발광發狂하여 아쿠타가와 외가에 양자로 보내진 그는 단 한 번도 젖을 빨지 못했던 깊은 한을 가지고 있었던 것을 알 수 있다. 태어난 「바로 직후에도 한 방울의 젖도 주지 않았다」는 엄마에 대한 원망은 부엌에 배달되는 「우유병을 경멸」하는 것으로 이어지고 있다. 미쳐버린 엄마는 분풀이할 대상도 되지 못한 존재였음을 상상할 수 있다.

아쿠타가와는 성장하여감에 따라 타자와의 비교에서 자기를 바라보며 젖을 먹고 자란 친구를 부러워하는 동시에 미워하고 있다. 「아무것도 모른다 할지라도, 엄마의 젖만은 알고 있는 그의 친구들」은 늘 그에게 열등감을 갖게 만드는 대상이 되고 있다. 「아무것도 모른다」는 표현은 그들에게 지식이 부족하다는 말일 것이다. 지식이 부족한 것을 은연중에 경멸하는 투의 어조는 상대적으로 자신의 열등감을 감춤과 동시에 그 지식으로라도 상대를 이겨보자는 심리일 것이다. 그러고 보면 아쿠타가와의 작품에는 그가 아는 서구의 지식과 인명人名은 다 쏟아져 나온 감이 있는데, 그것이야말로 「아무것도 모르지만 부러운 친구들」을 지식으로 이겨보려는 우월의식으로 또 다른 이름의 열등의식의 발로가 아닐까 생각된다.

엄마에 대한 한은 여전히 노출되고 있다. 『다이도지 신스케의 반생』과 마찬가지로 아쿠타가와 자신을 얘기하는 『점귀부点鬼簿』에서다.

내 엄마는 광인이었다. 나는 한 번도 내 엄마에게서 엄마다운 친근함을 느낀 적이 없다. 나의 엄마는 머리를 빗으로 틀어올리고 늘 시바의 친정집에 오로지 홀로 앉아서 긴 담배 대롱으로 퍽퍽 담배를 빨고 있었다. 얼굴도 작고 몸집도 작았다. 또 그 얼굴은 왠일인지 조금도 생기가 없는 잿빛을 하고 있었다. 나는 언젠가 서상기西廂記를 읽고, 토구기니취미土口氣泥臭味란 낱말을 접했을 때 곧장 엄마의 얼굴을, ― 바짝 마른 옆얼굴을 떠 올렸다.[18]

「내 엄마는 광인이었다」고 고백하는 것은 얼마나 가슴이 아프고 가혹한 일이었을까. 게다가 「무표정한 얼굴로 하는 일 없이 하루 종일 담배를 빨고 있는 회색의 여인」이 아들이 그려낼 수 있는 엄마의 모든 것이었다고 할 때, 어떻게 자신을 사랑할 수 있으며 어떻게 열등의식을 갖지 않을 수 있겠는가? 참으로 본인으로서도 잔인한 추억이고 생각하기에도 매우 딱한 일이다. 이야기는 계속된다.

이런 나는 내 엄마에게 전혀 보살핌을 받아 본 적이 없다. 한번 나의 양모와 일부러 이층에 인사하러 올라갔다가 갑자기 머리를 담뱃대로 얻어맞은 일을 기억하고 있다.[19]

인사하러 간 엄마에게 담뱃대로 머리를 갑자기 얻어맞은 충격은 그 어떤 일보다 황당한 사건이었고 가슴이 아린 슬픈 흔적으로 자리잡을 수밖에 없다. 아무리 제 정신이 아니란 것을 이해한다 하여도 그 충격과 슬픔과 놀란 마음은 언제까지나 잠재적으로 뇌리에 각인되어 아쿠타가와의 삶과 문학에 영향을 끼치지 않을 수 없을 것이다. 만 10살 되는 해까지 가까이서 「늘 생기 없는 잿빛 얼굴」에 「쥐색빛깔의 옷」[20]을 입고 있었던 생모의 모습을 지켜보거나 느껴야 했던 아쿠타가와가 지옥 같은 고독과 불안을 느꼈던 것은 지극히 당연한 일이다. 외갓집 가족들이 자기를 어떤 생각으로 쳐다볼까 하고 눈치를 보며, 더욱 단정하려고 애쓰면서 자랐을 것이 틀림없는 아쿠타가와에게 고독과 불안은 그 어머니와 관련된 출생에서 비롯된 마음의 원풍경原風京이라 하겠다.

2) 『광차』[21]에서의 료헤이의 이름 모를 불안

1922년에 발표된 『광차』는 동경의 잡지사에서 교정계의 주필朱筆을 담당하고 있는 주인공 료헤이가 어린 날에 겪었던 어떤 일을 지금도 가끔 떠올린다는 짧은 소설이다. 8살 때 료헤이는 철도부설공사장에 동생과 이웃아이들과 함께 매일 구경하러 다녔다. 그러던 어느 날은 해질녘에 혼자서 인부들의 광차를 밀어주기도 하고 올라타기도 하다가 너무 멀리까지 와버려 해 저문 길을 선로를 따라 집으로 다시 돌아올 때까지의 불안했던 추억이다.

> 대나무 수풀 쪽을 달려 나오자, 석양이 물들었던 히가네산위의 하늘도 벌써 노을이 사라져가고 있었다. 료헤이는 점차 제정신이 아니었다. 갈 때와 올 때가 다른 탓인지, 경치가 다른 것도 불안했다. 이번에는 입은 옷마저도 땀에 흠뻑 젖은 것이 신경이 쓰여, 여전히 필사적으로 달리면서, 웃옷을 벗어 길바닥에 던져 버렸다. 밀감 밭에 다달았을 즈음에는, 주위는 오로지 캄캄해질 뿐이었다.[22]

무사히 집 문 앞에 도착한 료헤이는 큰 소리로 울어대어 부모는 물론 동네사람들까지도 모여들게 만든다. 특히 어머니가 뭐라 말하며 달래도 발버둥을 치며 소리내어 울어댈 뿐이었다. 「그 먼 길을 달려온 그때까지의 불안감을 되돌아보면, 아무리 큰 소리로 울어대도 성에 차지 않은 기분」이었다고 작가는 덧붙여 설명하고 있다. 지금은 처자와 도쿄에 살며 「전혀 아무 이유도 없는데도 ? ― 」 료헤이는 곧잘 그 때의 일을 떠올리며, 세간의 일에 피로해진 그의 앞에는 「지금도 여전히 그 때처럼, 어슴푸레한 수풀과 언덕이 있는 길이 가늘게 한줄기 이어졌다 끊어졌다 하고 있다. …」라고 말없음표를 남기고 있다.

세상에 대한 의식이 깨어나기 시작하는 8살 무렵의 료헤이의 불안은 작가 아쿠타가와의 불안이었다고 생각된다. 성장成長을 하여 가족을 떠맡고 있는 가장家長이지만, 여전히 지금도 「어슴푸레한 수풀과 언덕이 있는 길이 가늘게 한줄기 이어졌다 끊어졌다」하고 있는 것은 잠재적 불안의 연속인 것이다.

태어나면서부터 「한 방울의 젖도 먹지 못했다」는 심한 열등감과 엄마에 대한 한恨은 「특히 어머니가 뭐라 말하며 달래도 발버둥을 치며 소리내어 울어댈 뿐이었다」는 료헤이의 기분과 이어지고 있으며 『두자춘』에서 지옥에 있는 엄마라도 '어머니!'라 부르며 신선이 되기를 포기하는 마음과 맞닿아 있는 것이다. 늘 어머니의 사랑을 애타게 갈망하였으며 그 사랑을 영원히 얻을 수 없었던 것에 아쿠타가와의 근본적인 고독이 있었다고 말할 수 있다.

젖을 먹고 자랐다 하더라도 어머니의 아늑한 품에 오래 안겨 있지 못하는 것만으로도 정서불안을 초래한다는 심리학의 이론이 있다. 심리학에서 「이름 모를 공포·불안nameless dread」이라는 것이 있는데, 이것은 사람이 주관적으로 느끼는 강력한 불안으로서 부모에게 오랫동안 방치되었거나 「아늑한 상태」의 「민감한 반응」을 경험하지 못한 아동기 때의 정서불안에서 비롯된 것이라고 말하고 있다. 「어떤 존재가 되어가는 과정goinng-on-being」에서 부모의 역할은 대단히 중요하며 「과거 현재 미래가 연결된 자아감sennse of self」은 부모의 태도 및 상호작용 패턴으로써 형성된다고 심리학자들은 밝히고 있다. 부모의 「민감한 반응성」은 아동의 심리적 발달을 지휘하는데 큰 몫을 할 뿐만 아니라, 자녀가 자라서 일생동안 사용할 감정에도 관련되어 있다는 것이다. 사랑하고 협력하고 상호작용하는 능력뿐만 아니라 자기통합감과 자기가치감의 발달에도 매우 중요한 역할을 한다고 말해진다.[23]

「자녀가 자라서 일생동안 사용할 감정에도 관련되어 있다」는 심리학자의 말처럼 아쿠타가와의 문학에서는 인간의 관계가 잘 엮어져 현실감이 생생하게 부각되는 작품이 안 보인다. 인간끼리의 「상호작용하는 능력」이 부족했기 때문이 아닐까. 「그의 문학은 단순한 재기才氣와 식견과 호학好學에 지나는 것이 아닐까」라고 조심스럽게 말하는 요시다 세이이치吉田精一의 의견에 동감할 수밖에 없다. 위대한 소설가들에게서 볼 수 있는 창의적 인물상이 없기 때문이다. 동서양을 막론하고 허무한 숙명에만 다가간 인간들을 발견하는 데 초점을 둔 것들이 대부분이다.[24] 적어도 초기에서 중기의 작품은 대부분 그가 읽은 독서의 범위 내에서 괴이한 사건이나 힌트를 얻어 쓴 것으로 시점은 늘 자신의 현재가 초점이었고, 말기에 이르러서는 사소설적인 자신의 애처럽고 측은한 「감옥 같은 우울」[25]을 쏟아낸 것들이다. 이 우울은 생존에 대한 불안에서 비롯된 것으로, 이는 아쿠타가와의 정신에 커다란 상처를 준 유아시기의 열등감과 좌절요인에 문제가 있다고 봐야 할 것이다. 어머니와의 상호작용패턴이 형성되지 못했던 「자기 가치감」은 처자가 딸린 료헤이의 「한줄기 이어졌다 끊어졌다」하는 불안이나 『다이도지 신스케의 반생』에서의 신스케의 「우울」로, 『톱니바퀴』에서의 「미치광이의 자식에게는 당연하다」는 등의 자학과 더불어 「죽어버릴 것 같은…가장 두려운 경험」으로 치닫고 있다. 아쿠타가와의 「막연한 불안ぼんやりした不安」이야말로 생후 8개월부터 어머니의 「아늑함」에서 벗어나야 했던 바로 「이름 모를 불안 또는 공포」였다고 하겠다.

그러나 「nameless dread」란 용어는 케른 스테판이 1941년 아동기 때 경험하는 극단적인 불안을 설명하기 위해 처음으로 사용한 것이고,

그 후 심리학자 비언도 1967년에 이르러, 어머니가 아기에게 「아늑한 상태」를 만들어주지 못한 데서 비롯된 뜻모를 불안을 설명하기 위해 이 용어를 사용하고 있는 것[26]으로 보아 아쿠타가와가 그 고통을 겪고 있을 때는 아직 그 이유를 알지 못했을 때의 병이다.

3. 「회색빛 구름」에 가탁된 만성적 우울

1) 『밀감』에서의 잿빛 구름과 「신사」의 권태

작품 『밀감蜜柑』은 1919년 아쿠타가와의 나이 27살 때의 작품이다. 『밀감』은 그 제목과 작품 속에서 잠깐 창문 밖으로 던져지는 밀감의 색깔을 「따뜻한 태양의 색에 물들어 있는」이라고 표현된 대목 및 동생들에게 고마움을 나타내기 위한 소녀의 순수한 행동이 그려져 있기 때문에 얼핏 밝은 배경으로 느껴질 수 있다.

그러나 「어느 흐린 겨울날의 해질 무렵」으로 시작된 이 이야기는 남의집살이를 떠나는 누나를 배웅하려고 기차 길 건널목에 서 있던 아이들의 모습도 「뿌옇게 흐린 하늘에 납작 눌린 것처럼 모두 키가 작았고, 변두리 마을의 음침한 풍물과 같은 옷을 입고 있다」고 설명되어 있다. 그리고 「요코스카橫須賀발 상행선의 이등객차 구석에 앉아, 멍하게 발차의 기적 소리를 기다리고」 있는 화자인 신사紳士는 이등 객실로 막 뛰어들어온 얼굴이 튼 소녀의 행동을 주시하며, 그의 「머릿속에는 말할 수 없는 피로와 권태가 마치 눈 오는 날 흐린 날씨처럼 희뿌연 그림자」로 가득 차 있다. 그 신사는 바로 작가 아쿠타가와의 자화상이다.

신사는 손에 든 석간신문도 「나의 우울을」 위로하려는지 평범한 사건으로만 가득하고, 촌티 나는 소녀 또한 석간신문과 마찬가지로 열등하고 권태로운 상징일 뿐이라고 「모든 것이 시시해져」 꾸벅꾸벅 졸기도 한다. 창문을 열려고 악전고투하는 소녀의 행동을 「영구히 성공하지 않기를 바라는 듯한 냉혹한 눈으로」 바라보고 있었다. 마침내 소녀의 의도를 알아차린 신사가 「이 때 처음으로 말할 수 없는 피로와 권태」를 잠시 잊을 수 있었다고 회상한다.

『밀감』에서의 「뿌옇게 흐린 하늘曇天」[27]은 여기에서만 그려져 있는 풍경이 아니다. 아쿠타가와의 처녀소설인 『노년老年』(1914년)에서도 「아침부터 뿌옇게 흐려 있었는데」[28]로 이미 시작되고 있었던 것이 『선인仙人』(1915년)의 「눈이 내릴 것 같은 흐린 하늘이 어느새 진눈깨비가 섞인 비를 뿌리더니,」[29]로 이어져, 많이 알려진 작품 『라쇼몽』(1915년)에서도 「땅거미는 점차 하늘을 낮게 드리우며, 올려다보면, 라쇼몽의 지붕이, 비스듬히 내민 용마루 앞에, 침침한 구름을 무겁게 떠받치고,」[30]있는 흐린 날씨였던 것이다.

「뿌옇게 흐린 하늘」은 곧 비를 몰고 올 것 같은 잿빛, 즉 회색빛의 구름 때문에 빚어진 하늘의 분위기일 것이다. 잿빛은 계속 이어져 『어느 바보의 일생』(1927년)에서도 줄곧 흐려 있다. 모두 51개의 짧은 이야기로 엮은 이 작품은 20살 때로부터 시작되는 「一 시대 」에서부터 그 나이를 알 수 있는 23세의 「七 그림」이나 35세의 「四十二 신들의 웃음소리」 등, 그 어느 곳에서도 밝은 햇살은 거의 나타나지 않는다. 「미치광이들은 모두 똑같이 쥐색빛깔의 옷이 입혀져 있었다. 넓은 방은 그 때문에 한층 우울해 보였다」고 쓰여 있거나 스미다 강은 「무거운 잿빛으로 흐려져 있다」고 설명되어 있을 뿐이다.

아쿠타가와가 룻소의 『참회록』에 비견되는 욕심으로 「나는 이 원고 속에서 적어도 의식적으로는 자기변호를 하지 않을 작정이었다」고 말하는 『어느 바보의 일생』의 시간적 배경은 15년이나 된다. 그런 가운데 늘 「무거운 잿빛」만 배경이 되는 것은 심상치 않은 것이다. 이것은 『밀감』

에서의 「권태」와 「우울」에 빠져 있는 「신사」가 느끼는 심상풍경, 즉 아쿠타가와의 정신의 풍경이 「무거운 잿빛」에 가탁된 것이라 하겠다.

다시 말하면, 아구타가와의 정신에 각인된 하나의 계절감이었던 동시에 병적으로 생성된 정신적 풍경이 아니었을까 추측이 된다. 『다이도지신스케의 반생』에서도 주인공 신스케의 기억에 남아 있는 것은 오로지 악취가 나는 마을로서 「우울을 느끼지 않을 수 없었다」[31]고 토로하고 있기 때문이다.

2) 「잿빛 흐린 구름」에서 「주먹비」로

아쿠타가와의 작품에서 곧 비를 몰고 올 것 같거나 눈이 오게 할 것 같은 검은 구름은 역시 바람을 동반한 세찬비로 바뀌거나 진눈깨비가 내려 지면을 진흙탕으로 만들고 있다. 좀처럼 비가 내린 후의 상쾌한 하늘이라든가 눈 내리고 난 후에 햇살이 쏟아져 다시 반짝반짝 빛나는 빙판의 겨울풍경 따위는 그려져 있지 않다.

『선인仙人』에서도 주인공 이소지李小二가 하루하루 힘겹게 살아가는 모습을 부각시키기 위한 것이기는 하겠으나, 작가 아쿠타가와는 풍경으로서 비오는 날을 설정해 놓고 있다.

> 눈이 내릴 것 같은 흐린 하늘이 어느새 진눈깨비가 섞인 비를 뿌리더니 좁은 길거리를 문자 그대로 종아리까지 빠질 만큼 진흙으로 메운, 어느 추운 날 오후의 일이었다. 이소지는 마침 장사를 마치고 돌아오려는 참으로, 예전처럼 쥐를 넣은 주머니를 어깨에 둘러매고 우산을 잃어버린 슬픔에 빠진 채, 변두리의 사람 왕래가 없는 길을 걸어온다. 그러나 길가에 작은 사당이 보였다. 때마침 비는 전보다 세차게 내려서 어깨를 움추리고 걷고 있자니 코끝에서 물방울이 떨어진다. 옷깃 사이로 물이 들어간다.[32]

진눈깨비가 섞인 비는 코끝에서 물방울이 떨어질 정도이고, 옷깃 사이로 물이 들어갈 정도로 세차게 내리고 있다. 이 비는 『라쇼몽』에서도 「오후 4시경부터 내리기 시작한 비는 멀리서 싸 ― 하는 소리를 내며」 몰려오고 있었다. 하인이 굶어죽을 것인가 도둑이 될 것인가를 망설이는 갈등이 더해감에 따라 「바람은 문기둥 사이를 사정없이」 불어댄다.

『어느 바보의 일생』에서도 비가 내리고 있는 것은 마찬가지다. 「八 불꽃」에서 「그는 비에 젖은 채로 아스팔트 위를 밟고 있었다. 비는 꽤 세차게 내렸다」고 그려져 있듯이, 아쿠타가와는 늘 우산으로도 감당할 수 없는 비를 그의 작품에 등장시키고 있다. 이어 『톱니바퀴齒車』에서는 풍경과 인물이 각각이 아니라 마침내 하나가 되어 비오는 날의 레인코트를 입은 사람이 자화상처럼 등장하고 있다.

> 「……가장 많이 나오는 날은 비가 오는 날이라고 하는데」
> 「비가 오는 날에 비 맞으러 오는 것인가?」
> 「농담이고.… 그러나 레인코트를 입은 유령이었다고 하네요.」…(중략)…대기실의 벤치에는 레인코트를 입은 남자가 한 사람 멍하니 밖을 바라보고 있다.[33]

이 작품에서도 여지없이 시간적배경은 「이미 해질 녘에 가까울 무렵」이었으며, 계절의 빛도 「바다는 나지막한 모래언덕 저편에 온통 회색빛으로 흐려 있었다」고 쓰여 있듯이 여전히 우울한 회색이다. 바깥만이 아니라 안쪽의 복도도 「지옥 같은 우울한 분위기」이다. 이는 바로 작가의 머릿속이 늘 흐린 하늘처럼 뿌옇게 맑지 못했으며, 비가 내리듯이 늘 우울한 기분에 갇혀 있었기 때문일 것이다.

작품 『소년』(1914년)에서 야스키치가 바다를 「적갈색」으로 고집하며 「30년 전의 야스키치의 태도는 30년 후의 야스키치의 태도에 그대로 맞는 태도이다. 적갈색바다를 인정하는 것은 일각도 빠른 것이 아니다」라고 작가 아쿠타가와가 설명을 덧붙이고 있다. 이 말에 주의를 기울여 보면, 아쿠타가와는 어떤 의미에서 자기가 속한 세계와 다른 세계가 존재할 수 있다는 것을 납득 못했거나 혹은 그 경계를 결코 넘어서지 못한 작가라는 생각이 든다.

한편 하늘이 「회색」으로, 바다가 「적갈색」으로 보이는 것에 주력했던 것은 그 광인의 어머니가 늘 입었던 회색빛 옷과 그 어머니의 깡마른 얼굴을 『점귀부』에서 「진흙색」으로 표현하고 있는 것과 연결되어 있지 않나 하는 생각이다. 지울 수 없는 그 연민의 색이 그의 「우울」로 그대로 표출되었다고 볼 수도 있겠다.

이렇듯 지속되는 흥미를 잃어버리는 권태, 자기아집에 빠지는 완벽주의, 생존에 대한 막연한 불안, 자기비하, 피로, 강한 죄책감, 지옥 같은 우울이 계속되는 것은 일시적 침울이 아니라 「우울병」[34]인 것이다. 끝내는 자살만을 생각하게 되고 그쪽으로 지향을 갖는 병인 것이다. 작품에 보이는 아쿠타가와의 정신세계는 그가 『어느 바보의 일생』의 「시대」에서 보여주는 20대부터 나타나기 시작한 만성 우울병 환자의 정신의 풍경, 그대로였다고 해도 과언이 아니다.

4. 「해질 녘」 어둠 속의 외톨이

1) 「해질 녘」의 불안과 죽음의 유혹

지금까지 살펴본 아쿠타가와의 작품에 나오는 「잿빛구름」, 「주먹비, 또는 세찬 비」들은 거의 대부분이 늦가을에서 초겨울에 이르는 해가 질 무렵의 하늘의 상태이다. 늦가을에서 초겨울로 접어드는 시기의 저

녘 무렵의 비오는 풍경은 일본인의 미의식이라 할 수 있는 『마쿠라노소오시枕草子』에서의 「가을은 해질 무렵」이란 운치와는 거리가 멀다. 세이쇼나곤이 말하는 가을 해질 녘은 음영이 깃든 풍경 속에 청아한 벌레소리가 들리는 그런 분위기이다. 아쿠타가와의 그것은 날이 어둑어둑한 땅거미가 내려 더욱 무겁게 드리운 구름이거나 하늘일 뿐이다.

「해질 녘으로 시작되는 이야기」에 주목한 평론가로서는 단 한 사람, 히라오카 도시오平岡敏夫씨가 있다. 그는 『밀감』과 『두자춘』 두 개의 작품을 들어 그것들을 간단히 비교하고 있다. 두 작품의 의미와 아쿠타가와와의 관계를 규명하고 있는 것으로 히라오카씨는 『밀감』과 『두자춘』은 「겨울 해질 녘과 봄날 해질 녘」라는 점에서 대조적이지만, 「해질 녘」의 의미는 두 작품을 관통하고 있다고 설명하고 있다. 그러나 『두자춘』에는 『라쇼몽』의 만추와도 『밀감』에서의 겨울과도 다른 「밝음 상냥함 부드러움」이 있다고 덧붙이고 있다.[35]

히라오카씨가 말하는 『두자춘』에서의 「밝음 상냥함 부드러움」은 의미가 다르다고 생각된다. 그것은 동화 같은 이야기로서 주인공 두자춘이 부자가 되었을 때만 그 곁에 사람이 몰려들어 흥청망청 떠들썩하여 허영과 밝음이 있는 듯 그려진 것뿐이다. 작품 『두자춘』도 제대로 잘 감상하면, 돈이 없어지고 난 후의 인정이 메말라지는 해질 녘의 허무가 더 잘 나타나 있다. 「봄」이라는 낱말은 첫 번 한 줄에만 나오고, 두 번째 줄에는 곧장 경치도 없는 배경 속에 서쪽 문 아래에 「멍하니」그저 하늘만 바라보고 있는 젊은이가 있을 뿐이다. 게다가 「박쥐가 두세 마리 펄럭펄럭」 날고 있다. 그리고 해가 바뀌어 다시 「어느 날 해질 무렵」이다.

『라쇼몽』도 「어느 해질 무렵의 일이다. 한사람의 하인이 라쇼몽 밑에서 비 그치기를 기다리고 있었다」로 시작된다. 「붉은 색을 칠한 기둥에 붙어있던 여치도 어딘가로 가버렸다」거나 「저녁 찬 기운이 드는 교토는 벌써 화로가 그리울 정도의 추위」라고 표현된 것으로 보아, 계절은 늦가을에서 초겨울로 접어드는 시기로 짐작할 수 있다. 비바람 부는 염려가 없는 장소를 골라 라쇼몽 누각으로 올라가 시체의 머리카락을 뽑고 있던 노파와 옥신각신하던 끝에 결국 하인이 노파의 옷을 벗겨 급히 사다리를 내려와 멀리 도망쳤을 때는 이미 바깥은 「동굴 같은 까만 밤」이었다. 여기서 밤夜은 10시부터 12시 사이이므로 하인이 심각한 갈등에서 도둑이 되기까지는 대략 6시간이 걸린, 바람까지 불어대는 늦가을의 「비오는 밤」의 이야기이다.

잘 알려진 바와 같이 『라쇼몽』은 『옛날이야기집今昔物語集』에서 소재를 가져온 것이다. 원전原典인 『옛날이야기집』에는 「날이 아직 밝으므로」 도둑이 라쇼몽 밑에서 사람의 왕래가 뜸할 때까지 숨어 기다리는 것으로 되어 있다. 그러나 아쿠타가와는 처음부터 날이 저물어 컴컴해져가는 상황을 설정해놓고 있는 것이다. 그 어두운 밤에 시체 옆에서 하인은 도둑이 될 것인가 굶어죽을 것인가 하는 생존의 문제로 불안에 휩싸여 있는 것이다. 20대의 작가가 이토록 괴기하고 살벌한 소재를 빌려오려고 마음먹는 것 자체가 조금은 정상이 아니라는 생각이 든다. 많은 문학작품을 접해 보았지만 이러한 끔직스런 이야기는 좀처럼 만나지 못했다.

앞에서 보았던 『광차』도 「어느 해질 녘, 그것은 2월 초순이었다. … 그 후 열흘 쯤 지나고 나서 료헤이는 또 오로지 홀로, 한낮이 지난 공사장에 우두커니 서서 광차가 오는 것을」 바라보고 있은 것은 마찬가지 시간적 배경이다. 해군학교의 영어교사인 호리카와 야스키치가 주인공인 소품 5편이 실려 있는 『야스키치의 수첩』에서도 여전히 「어느 겨울의 해질 무렵」이다.

삶의 불안과 우울로 가득 찬 기분의 주인공들은 늘 해질 무렵 땅거미 지는 어둠 속에서 일을 진행하고 있음을 알 수 있다. 이는 허구虛構의 각각의 주인공들의 「어느 해질 무렵」이 아니라 『어느 바보의 일생』에서의 「그러는 동안에 해는 점점 저물기 시작했다」 「어느 비를 머금은 가을 날 해 저물 녘」「어느 광장 앞은 점점 땅거미가 지고 있었다」「비를 머금은 하늘 밑에」「어느 눈구름으로 흐린 오후」「격자문 밖은 아주 깜깜했다. 그러나 그 어둠 속에 거친 닭 우는 소리도 있었다」는 작가 아쿠타가와의 20살부터 35세까지의 정신의 풍경이었다고 단정할 수 밖에 없다.

2) 『어느 바보의 일생』에서의 홀로 걷는 「나」

인간으로서 어둠 속에 혼자 있기를 좋아하는 사람은 드물 것이다. 「자기는 아무도 필요하지 않다고 진정으로 말하는 사람은 없다. 자립이라는 아메리카식의 기본적 가치지향도 사람의 생활에 다른 사람의 중요성을 부정하게 되면, 여러 가지 모순이나 심각한 문제를 일으키게 되는데 그 으뜸가는 것이 불안감이다」[36]라는 말처럼, 어린아이도 엄마와 분리시키면 강도의 억울증抑鬱症의 징후를 보이며 정신적외상精神的外傷을 크게 입는다고 한다.[37] 역시 아쿠타가와도 모친과의 분리에서 받은 정신적 외상이 컸다고 생각된다.

그러므로 인간은 그러한 두려움에서 벗어나려는 「자기방위」[38]로 어린아이도 부모가 옆에 없으면 곧 크게 울어대거나 짜증을 내고, 어른이 된 사람도 최소한의 신이라도 찾게 되는 것이 아닐까. 종교를 갖는 것도 하나의 불안감을 떨치려는 자기방어일 것이다. 우울한 사람이 자신을 다 내어보이는 것은 아니다. 사람에 따라 더욱 그것을 감추고 또는 벗어나고자, 아쿠타가와의 『고독정신』에서처럼 겉으로는 「하나의 경계에서 또 하나의 경계를 쫓아다니며」 전전하기도 하는 것이다.

아쿠타가와도 만년에 이르르는 신의 사랑을 느껴보려고 애썼던 것으로 짐작이 간다. 그의 자살한 머리맡에 성서가 놓여 있었다는 것은 너무도 유명한 이야기이다. 『톱니바퀴』[39]중에서 「五 낙조赤光」를 읽어

보면, 주인공 「나」는 어느 날 밤 성서회사 다락방에서 홀로 살며 기도와 독서에 정진하고 있는 노인을 찾아간다. 그 노인은 엄마의 발광, 아버지의 사업실패, 「나」의 벌 받는 상황 등의 「비밀」을 알고 있다고 쓰여 있다. 신을 믿으라는 노인의 말에 도저히 「넘을 수 없는 도랑」[40]을 느끼며, 잠자코 있을 수밖에 없었다고 한다. 그리고는 『어느바보의 일생』에서 한탄을 하는 것이다. 「… 신의 사랑을 믿는다는 것은 도저히 그로서는 불가능했다. 저 장 꼭도마저 믿었던 신을!」[41] 이라고 고백하는 아쿠타가와 말은 숨김없는 그의 진심이다. 신앙은 「비적秘跡」이란 용어가 말해주듯이 머리로 아는 지식을 넘어서 가슴과 가슴으로 받아지는 신비로운 은총인 것이다.

아쿠타가와는 정신과 육체가 모두 피폐해져서 가슴이 머리를 넘어서지 못한 것이다. 그리고 인간이 가지고 있는 '사랑'이라는 눈에 보이지 않는 느낌은 제일 처음 엄마의 따뜻한 품을 통해 가슴으로 전해져 받는 것인데, 이를 전혀 받아보지 못한 사람이 어찌 보이지 않는 신의 사랑까지 있다고 믿을 수 있었겠는가? 아쿠타가와의 말대로 「넘을 수 없는 도랑」 앞에 선 비극의 정신으로 「그의 앞에 있는 것은 다만 발광 아니면 자살뿐이었다. 그는 해질녘의 거리를 다만 홀로 걸으며 서서히 그를 멸하기 위해 올 운명을 기다리기로 결심」(『어느 바보의 일생』)[42] 할 수 밖에 없었던 것이라 하겠다.

5. 맺음말

아쿠타가와의 하이쿠 「초겨울 비여/ 호리에의 찻집에/ 손님이 홀로」[43]에서도 고독한 나그네와 어우러진 초겨울 비가 내리고 있었듯이, 그의 작품에 그려져 있는 바깥 풍경은 거의 가 늦가을부터 시작하여 겨울날의 해질 무렵이었다. 그것도 자연에 대한 묘사는 매우 짧아 「검은 구름이 잔뜩 낀 어느 해질 무렵의 일이었다」로 거의 정리할 수 있는 같은 표현의 반복에 불과했다.

아쿠타가와 자신의 체험이거나 잠깐 마주친 사실의 견문인 『밀감』이나 「야스키치이야기들保吉物」들을 제외하고는 거의가 읽은 책에서 또는 들은 이야기에서 힌트를 얻어 쓴 것이 많은 그의 작품에는 다양한 바깥 풍경은 없었다. 오로지 두뇌로 쓴 머릿속의 풍경이 있을 뿐으로 묘사가 있다면 괴이한 동물이나 지옥에 대한 것들이다. 대부분은 부정적인 역설, 불안, 권태, 공포 등과 같은 심리적인 것이다. 이는 「아동기의 불안과 역경은 성인기의 만성적 우울증뿐만 아니라 불안과 혼합된 우울증을 증가시킨다」[44]는 말 그대로의, 작가 아쿠타가와의 내면의 정신상태의 표출이었다고 말할 수 있겠다. 그 정신의 풍경이 어둑어둑한 해저문 날의 회색빛 검은 구름이거나 피할 수 없도록 세차게 내리는 주먹비 또는 해질 녘의 외톨이로 나타내졌다고 생각된다. 이는 작가 아쿠타가와의, 그를 낳은 후 얼마 안 있어 미쳐버린 생모를 10여 년 동안이나 지켜보아야 했으며 또 그 아늑한 사랑을 받지 못하고 일찍 엄마에게서 분리된 정신적 외상이 크게 작용했다고 보여진다. 그 유전에 대한 불안 및 잠재적인 열등감과 그 극복을 위한 과정에서 우울증[45]을 몸소 겪은 자신의 병적인 정신풍경이다.

덧붙여 아쿠타가와가 「어느 옛 친구에게 보내는 수기」에서 자살의 원인을 「적어도 내 경우는 다만 막연한 불안이다」라고 말한 것은 그의 진심으로 받아들여야한다. 심리학에서 말하는 사람이 주관적으로 느끼는 강력한 불안으로서 「이름 모를 공포」라는 것과 바로 같은 원인이었기 때문이다.

* 이 글은 2008년『외국문학연구』(32호)에 발표한「아쿠타가와 작품에 나타난 정신의 풍경」을 수정·보완한 것임.

1 三好行雄「技巧の美学」『芥川竜之介』築摩書房, 1976, pp.151-157 참조.

2 福田恒存「作家論-芥川竜之介-」『福田恒存評論集 3』新潮社, 1966, p.28.

3 『芥川竜之介集』(日本近代文學大系38, 角川書店, 1970)에서나『芥川竜之介』(日本の文学 29, 中央公論社, 1971)에서 모두『羅生門』을 제일 처음에 싣고 있고『續西方の人』을 마지막으로 하고 있다.

4 일본어로는 〈ぼんやり〉이다. 이 낱말이 그의 작품에서 주인공의 시선을 나타내는데 가장 많이 쓰이고 있다.

5 筑摩書房에서 출간한『芥川竜之介全集』이 별책까지 포함하여 9권이지만 그 대부분은 일기, 편지, 시가, 수필, 평론 등으로 실제로 소설부분은 4권 정도이다. 소설이라고 분류되어 있는 것 중에서도 짧은 것은 2~3쪽 되는 것도 있다.

6 大岡昇平「解説」『芥川竜之介』日本の文学 29, 中央公論社, 1971, p.516.

7 遺書「或舊友へ送る手記」『芥川竜之介全集8』筑摩書房, 1976.

8 「그 가냘픈 일신에 보인 혼돈, 세기말의 악귀, 문인 취미, 어릿광대춤, 신시대, 광기의 피와 도덕감, 총명한 지성과 병적인 신경. 그러한 것이 북적거리는 속에 그는 있었다. 그것은 자살을 결의하는 것에 의해서만이 겨우 일종의 평형상태에 도달할 수 있었던 것이며, 그 균형이 그로하여금 더욱더 자살의 미적도취로 선동하기에 이르렀다고도 할 수 있다.」 唐木順三「芥川龍之介の自殺」『臨時増刊文芸·芥川龍之介読本』河出書房, 1954, 12, p.37.

9 宮本顕治「敗北の文学」『芥川龍之介全集 別巻』筑摩書房, 1979, pp.86-`104 참조.

10 萩原朔太郎「芥川龍之介の死」『芥川龍之介全集 別巻』筑摩書房, 1979, p.272.

11 고마샤쿠 키미(駒尺喜美)는 '이것은 병이다. 톱니바퀴가 눈 안에서 도는 것은 편두통의 증상이며, 공포, 불안, 환시, 환청, 강박관념, 피해망상, 심장장애 등의 모든 것은, 신경증의 증상을 말하고도 남는다. 정신의학이 발달하여 노이로제라는 말이 유행될 정도의 현재로서는 신경증도 하나의 병으로서 너도 나도 취급하게 되었으나 당시는 그 고통을 병으로 받아드리지 않고 자기의 책임으로 돌렸던 데에, 아쿠타가와를 궁지에 몰아넣은 것이 있었다고 생각한다.」 駒尺喜美『芥川龍之介の世界』法政大学出版局, 1967, p.16.

12 『芥川龍之介全集 1』筑摩書房, 1979, p.35.

13 위의 책, p.36.

14 「私生兒」라는 설도 있음 吉田精一「芥川龍之介の生涯と芸術」『芥川龍之介全集 別巻』, 筑摩書房, 1979, p.23 참조.

15 『漱石全集』第八卷 岩波書店, 1975, p.428.

16 『芥川龍之介全集 8』筑摩書房, 1979, p.119.

17 『芥川龍之介全集 3』筑摩書房, 1980, p.230.

18 위의 책, p.305.

19 위의 책, p.305.

20 『어느 바보의 일생』에서「광녀들은 모두 하나 같이 쥐색 옷이 입혀져 있었다. …나의 엄마도 십년 전에는 그들과 조금도 다르지 않았다」라는 말에서 추측해 볼 수 있음.

21 원제목은 [トロッ키이다.

22 『芥川龍之介全集 3』筑摩書房, 1980, p.15.

23 마리오마론 지음『애착이론과 심리치료』이민희 옮김, 시그마프레스, 2005, pp.50-57 참조.

24 아쿠타가와는 고등학교에 입학한 19살 무렵부터 발자크, 포오, 오스카 와일드, 스토린드

베리, 니체 등 인생과 작품이 병리적인 음울을 깔고 있는 작가에 기울고 있으며, 요시쓰네
바쇼 등등 동양권에서도 마찬가지 경향을 보임.

25 복도는 오늘도 여전히 감옥 같은 우울이었다. 나는 머리를 숙인 채 계단을 올라갔다 내려
    갔다 하는 동안에 어느새 식당으로 들어갔다. 식당은 의외로 밝았다. 그러나 한 쪽 편에 나
    란히 있던 솥은 몇 개나 불꽃을 흔들고 있었다. 나는 그곳을 빠져나가면서 하얀 모자를 쓴
    요리사들이 차가운 눈으로 나를 보고 있는 것을 느꼈다. 그와 동시에 나는 지옥으로 떨어
    지는 느낌을 받았다. 『톱니바퀴』

26 위의 책, 53쪽.

27 『芥川龍之介全集 2』筑摩書房, 1981, p.17.

28 『芥川龍之介全集 1』筑摩書房, 1979, p.3.

29 위의 책, p.19.

30 위의 책, p.24.

31 「다이도지 신스케가 태어난 곳은 혼죠의 에코잉(回向院)근처였다. 그의 기억에 남아있는
    것으로는 아름다운 마을은 하나도 없었다. 아름다운 집도 하나도 없었다. 특히 그의 집 근
    처에는 목공소랑 싸구려 과자집이랑 고물가게뿐이었다. 그들 집들에 접해 있는 길도 진창
    으로 범벅되지 않은 날이 한 번도 없었다. 더구나 그 길의 막다른 곳은 다케구라의 도랑이
    었다. 말 풀이 떠다니는 큰 도랑은 언제나 악취를 뿜고 있었다. 그는 물론 이런 마을들에
    우울을 느끼지 않을 수 없었다. 그러나 또한 혼죠 이외의 마을들은 더욱 그를 불쾌하게 했
    다… (중략)… 삼십년 후 오늘까지도 때때로 그의 꿈에 나타나는 것은 여전히 그런 것들의
    장소뿐이다. 『芥川龍之介全集 3』筑摩書房, 1980, p.229.

32 『芥川龍之介全集 1』筑摩書房, 1979, pp.19-20.

33 위의 책, p.15.

34 磯部潮『「うつ」かもしれない』光文社, 2007, pp.13-35 참조.

35 平岡敏夫『芥川龍之介抒情の美学』大修館書店, 1994, pp.59-76 참조.

36 Philip K .Bock著『心理人類學』白川琢磨 譯, 東京創元社, 1987, p.143.

37 위의 책, pp.250-253 참조.

38 宮城音彌 編『岩波 心理學小辭典』岩波書店, 1993, p.214.

39 『톱니바퀴』는 1927년 6월에 나온 유고 작이며 여섯 개의 작은 제목으로 되어있다.

40 「아무것도 어려운 것은 없습니다. 다만 하느님을 믿고, 하느님의 아들인 크리스토를 믿고,
    크리스토가 행한 기적을 믿기만 한다면…」,「악마를 믿는 것은 가능합니다만…」
    「그럼 왜 신을 믿지 않습니까? 만약 그림자를 믿는다면, 빛도 믿지 않을 수 없잖아요?」「그
    러나 빛 없는 어둠도 있을 테지요」「빛없는 어둠이란?」나는 잠자코 있을 수밖에 없었다. 그
    도 나처럼 어둠속을 걷고 있었다. 그러나 어둠이 있는 이상은 빛도 있다고 믿고 있었다. 우
    리들의 논리가 다른 것은 바로 이 점 하나였다. 그러나 그것은 적어도 나로서는 넘을 수 없
    는 도랑에 틀림없었다. 『芥川龍之介全集 4』筑摩書房, 1979, p.31.

41 『芥川龍之介全集 4』筑摩書房, 1979, p.66.

42 위의 책, p.66.

43 時雨るるや堀江の茶屋に客一人『芥川龍之介全集 6』筑摩書房, 1979, p.244.

44 마리오마론 지음, 앞의 책, p.91.

45 '울증'이라고도 불리는 이병은 불안하고 비관적이고 절망적이 되어 자신을 쓸모없다고
    여기며, 자살을 꾀하게 된다. 신체가 늘 무력하고 권태로우며, 피로감으로 머리가 무겁고
    식욕 부진으로 몸이 마르고 불면증 현상이 오며, 현기증도 나며, 몸 상태가 안 좋게 느껴진
    다. 그러나 이것이 정신분석학이 발달되어 「병」으로 알게 된 것은 전후의 일이다.
    宮城音彌 編『岩波 心理學小辭典』岩波書店, 1993, p.18.

마사오카 시키 문학에 나타난 이문화[*]

┃손 순 옥

1. 머리말

마사오카 시키(正岡子規, 1867~1902)는 대상을 있는 그대로 포착하는 서양의 리얼리즘을 일본 전통문학인 하이카이(俳諧)에 훌륭하게 적용시킴으로써 근대하이쿠(俳句)를 탄생시킨 사람이다. 서양 문명의 영향으로 물질적인 것만을 추구하고 있던 변혁기의 근대일본에서 시키는 자연의 실경(實景)에 눈을 돌려 일체의 과장과 공상을 배제한 서경시(敍景詩)와 같은 하이쿠를 근대문학의 새로운 장르로 정착시켰다.

시키가 홋쿠(發句)를 독립시켜 '하이쿠'라고 부르며 근대시로 정착시킨 것은 1888년, 하바드 스펜서(Herbert Spencer)의 저작 『문체의 철학(Philosophy of style)』을 읽고 「가장 간단한 문장이 가장 좋은 문장이다」[1]라는 글에 대한 공감을 기초로 하고 있다. 메이지 시대에는 그 존재마저 위태롭게 여겨졌던 하이쿠였으나, 지금은 'HAIKU'라는 이름의 문화적 수출품이 되어 세계적으로 확산되고 있는 현상은, 시키가 아무런 편견 없이 이 문화적인 스펜서의 문체론을 적극적으로 수용한 결과라고 여겨진다.

시키가 태어난 것은 메이지 시대가 시작되는 바로 전 해였다. 그런 까닭에 시키는 메이지와 함께 성장한 사람이라고 할 수 있다. 메이지유신明治維新이라고 하는 것은, 대부분의 사람들이 잘 알고 있듯이 서양의 이문화異文化의 자극을 받은 일본인이 스스로의 봉건적 전통을 돌이켜 보면서 사회의 전반적 제도를 새롭게 개혁하려고 했던 것이다. 시키가 하이쿠 혁신의 기치를 선명히 표명해가는 것도 메이지 20년대 후반부터 30년에 걸친 일이다. 메이지 시대 초기 일본의 신정부를 비롯하여 모두가 국가의 형태를 만들어가기 위해 열중하던 시기가 지나고, 때 마침 인간의 개인적 삶에도 눈을 돌리고 있던 무렵이었다.

시키는 사회의 인습이나 관습 등을 미련 없이 벗어버리고 새로운 삶을 추구해야 한다는 생각이 누구보다 강했다. 예를 들어 『하이카이 대요俳諧大要』(1895) 속에서도 늘 규범에 얽매어 짓던 사람들에게 「하이쿠를 지으려고 하면 생각하는 그대로 읊어야 한다」[2]고 말하고 있다. 시키는 다른 일본인들과는 다르게 자신의 생각을 그대로 자유롭게 발표하거나 있는 그대로 표현하거나 하며, 그것을 바로 하이쿠 혁신이나 사생문寫生文으로 연결시켜갔다. 있는 그대로 대상을 포착하여 표현해내는 것은 서양의 발상이기는 하나, 시키는 그것을 주위에 있던 나카무라 후세쓰中村不折 등의 서양화가들로부터 힌트를 얻어 사생의 방법을 문장의 표현에 적용했던 것이다.

시키가 바라던 새로운 하이쿠는 작가 개인의 서정抒情을 담아 읊는 짧은 시였다. 개인의 감동의 세계를 독자에게 전달하고 그것을 함께 공유하는 것이었다. 시키는 평론 「서사문敍事文」에서 다음과 같이 말하고 있다.

어쨌든 독자로 하여금 작가와 동일한 위치에 있게 하는 효과는 있을 것이다. 작가가 만약 스마須磨에 산다면 독자도 함께 스마에 살고 있는 것처럼 느끼고, 작가가 만약 눈앞에 미인을 보고 있다면 독자도 역시 눈앞에 미인을 보고 있는듯이 느끼는 것은, 이와 같이 사실을 세밀하게 서술한 문장의 장점이 되고, 이 문장의 목적도 역시 독자의 동감을 끌어내는 것이다. [3]

시키에게 있어 창작의 목적은 작가와 동일한 감동을 독자도 똑같이 느끼게 하는 것이었다. 따라서 그것을 달성하기 위해서는 본 그대로, 있는 그대로를 「정직」[4]하게 묘사해야 한다고 주장했다. 그러나 시키도 「취사선택이 필요하다」고 말했던 바와 같이 아무리 자연을 있는 그대로 묘사한다고 해도 예술적 창작인 이상, 무미건조한 객관적인 글이 되지는 않는다. 작가가 대상을 선택하는 순간, 이미 그 대상에는 작가의 주관이 개입되고 작품전체가 언어로 이루어진 인간의 정신작용의 산물이기 때문이다.

시키는 사물을 정직하게 묘사해가는 동안, 자연과 인간의 생명을 동시에 살리는 자신만의 「사생寫生」을 체득하고 훌륭한 업적을 남겼다. 이러한 업적은 또한 시키의 이문화에 관한 사고방식에 의한 것이 많았다. 시키는 「가인에게 보내는 글」에서 일본문학을 견고하게 하기 위해서는 적은 금액으로 살 수 있는 외국의 문학사상 등은 속속 수입해야만 한다고 주장하면서, 어떤 외국어를 사용한다 하더라도 「일본인이 만들어 낸 이상은 일본문학일 수밖에 없다」(일곱 번째 가인에게 보내는 글)고 목소리를 높이고 있다. 시키는 이국異國의 것이라도 유익한 것이라면 주저없이 받아들여야 한다는 생각을 가지고 있었다.

2. 시가에 나타나 있는 이문화

시키는 1898년 2월부터 신문 「일본」에 「가인에게 보내는 글」을 발표하며, 단카 혁신에도 몰두하고 있었다. 시키는 「관습을 따르려 하지 말고 스스로 미美 라고 느끼는 정취를 가능한한 잘 알 수 있도록 나타내는 것이 본래의 주지主旨」(열 번째 가인에게 보내는 글)라며 「어떤 낱말이라도 미의 뜻을 전달할 수 있는 것은 모두 시가의 언어」(일곱 번째 가인에게 보내는 글)라고 해야 마땅하다고 주장하고 있던 것처럼 〈베이스볼〉이라는 외국어를 그대로 사용하여 신선한 시가를 읊고 있다.

○ 베이스볼 하이쿠

사랑모르는/ 고양이를 닮았네/ 야구공 놀이   (1890년)

공을 잘 받는/ 비밀 감춘 바람 속/ 버드나무야   (1893년)

풀이 무성해/ 베이스볼 공놀이/ 판이 하얗네   (1896년)

여름풀이여/ 베이스볼 공놀이/ 사람 저 멀리   (1898년)

사립문 밖의/ 풀 마른 들판이여/ 야구공 놀이   (1899년)

○ 베이스볼 단카

저 먼 나라의/ 아메리카 사람이/ 처음 했다는/
베이스볼 경기는/ 질리지 않는구나

우리 사람과/ 외국사람 나뉘어/ 경쟁을 하는/
베이스볼 경기는/ 볼수록 굉장해라

젊은 사람이/ 한다고 하는 놀이/ 많고 많아도/
베이스볼 경기는/ 따를 수 없을 거야

아홉 사람과/ 다른 아홉 사람이/ 서로 다투며/
오늘의 베이스볼/ 날이 저무는구나

이제 막 지금/ 세 곳의 베이스에/ 만루가 되어/
공연히 안달이 나/ 가슴 콩콩 뛰네

아홉 사람과/ 다른 아홉 사람이/ 구장을 채워/
베이스볼 경기가/ 이제 막 시작되네

잘못 휘둘러/ 공은 여전히 캣처/ 손에 있는데/
베이스로 내달린/ 사람만 허둥대네

드높이 오른/ 공은 멀리 구름 속/ 들어갔다가/
떨어져 내린 것이/ 다른 팀의 손안에

퍽이나 많이/ 때려버린 방망이/ 위험하구나/
풀밭 따라 나르는/ 공이 멈추지 않아

(1898년 5월 24일 신문「일본」에 발표)

이국의 운동경기가 일본의 전통시가 속에서 생생히 그려지고 있다.

아홉 명이 하는 야구경기에 맞추어, 단카 또한 연작으로 십 수首가 아니라 아홉 수로 노래하고 있는 융통성도 보이고 있다. 실제 경기의 한 장면을 보는 것 같은 현장감마저 전해져 온다.

시키는 야구를 매우 좋아했다. 시키는 운동으로서 야구놀이를 하는 것에 그치지 않고 야구에 대한 것을 글로써 많이 남기고 있다. 1888년의 「붓 가는 대로」라는 수필에서는 'base-ball'이라는 제목을 붙여, 활발하고 건장한 남아에게 어울리는 것으로 유쾌하고도 취향이 복잡한 운동은 베이스볼 뿐이라고 논하고 있다. 또 실제의 「전쟁」은 위험할 뿐 아니라 어마어마한 손실을 초래하지만, 야구만큼 유쾌함이 넘치는 「전쟁」은 없다고 단언한다. 「장기나 바둑은 정신을 과도하게 사용하여 운동이 되지 않으므로 유기遊技라고 하기 어렵다」[5]며 동양의 오락과 비교해서 야구의 장점을 말하고도 있다.

여기에도 시키의 이문화에 대한 철학이 잘 나타나 있다. 유기란 단순한 놀이뿐만 아니라 정신적인 활동도 필요하고, 또 게임의 방식도 너무 간단하면 유치하다거나 바둑이나 장기처럼 동양적인 것 또는 스모나 노가쿠能樂 같은 일본적인 것보다는, 여러 가지 장점을 갖추고 있는 야구가 훨씬 일본의 청년들에게 바람직하다고 한 말은 오늘날 생각해 보아도 수긍이 가는 말이다. 정신적인 면과 육체적인 면을 조화롭게 갖추고 있는 야구의 장점을 잘 간파한 시키가 일본의 젊은이들을 위하여 적극 추천하고 있는 글이다.

이렇듯 시키의 이문화에 대한 이해는 명쾌하면서도 간결하다. 오락이나 운동에 대해서도 취사선택하는 안목을 잃지 않으면서 합리적 사고로 이국의 문화를 적극 받아들이려는 것이었다. 다음은 대부분 1900년에 읊어진 단카에 나타난 이문화적 분위기이다.

○ 중국으로 떠나는 사람을 배웅하며

① 필리핀 수도/ 시끌벅적하여도/
   모른 척 그냥/ 지나쳐 중국으로/ 가야만 하는 그대

② 나라보물인/ 시퍼런 칼을 차고/ 중국에 가는/
   그대를 떠나보낸/ 벚꽃 만발한 4월

③ 예스런 나라/ 중국소녀 따르는/ 술잔에 취해/
   양자강에 빠져서/ 흘러가지 말게나

④ 검은머리를/ 땋아서 늘어뜨린/ 중국 사람도/
   똑같이 사람이니/ 돼지라 놀리지 마

⑤ 일본사람이/ 튼튼한 중국사내/ 사기 돋우어/
   러시아 오랑캐들/ 나라 밖에 내몰자

　위의 ②의 단카에서는 1895년 28세의 시키가 중일전쟁이 일어났을
때 종군하면서 지은 「꽃가지 하나/ 이국땅 사람에게/ 보여주고파/ 나의
조국 일본의/ 나라꽃인 벚꽃을」[6] 이라는 단카가 떠오른다. 「메이지유
신의 개혁을 성취한 것은 막부의 노인들이 아니라 스무 살 전후의 시골
의 청년들이었다.」(『병상육척病牀六尺』(37))고 생각하고 있던 시키인 만
큼 애국심만은 누구에게도 뒤지지 않는 사람이었다. 그러나 ③의 예스
런 나라의 소녀もろこしの少女라든가 ④의 「돼지라 놀리지 마」라는 구절에
는 중국에 대해 예의를 갖추고 있는 것이 드러난다. 시키가 사용하는
'지나支那'라는 명칭에는 전혀 멸시하는 기분이 느껴지지 않는다. 소세

키가 「만주와 한국 이곳저곳滿韓ところどころ」(1909)에서 한국인이나 중국인을 바라보던 시선과는 다르다.

시키는 유럽에 십년이나 있다가 돌아온 사람의 이야기를 듣고 「러시아는 위대하다」(「병상육척」(23))고 말했었으나 ⑤에서 나타난 러시아에 대한 태도는 중국에 대한 것과 또 다르다. 한문학의 소양을 바탕으로 한 시키였던 만큼 중국은 동양문화의 중심국으로 높이 인식하고 있었음에 틀림없다.

○ 서양으로 가는 사람을 배웅하며
  프랑스 파리/ 아름다운 소녀는/
  우리 일본의/ 부채 손에 들고서/ 그대 맞아 줄 테지[7]

프랑스의 후기인상파 화가 르노와르(1841~1919)가 그린 〈부채를 든 소녀〉가 생각난다. 19세기 후반, 유럽화단에 한 때 일본 바람이 세차게 불었다. 1881년 르노와르도 자신의 젊은 모델에게 일본의 싸구려 부채를 손에 들려서 한 장의 그림을 그렸는데, 이 때문에 그는 당시 유행에 굴복했다는 소리를 들었다. 그 그림과 시키의 시는 뭔가 상통하는 부분이 있다. 그림에 상당히 정통했던 시키였던 만큼 이 그림을 생각하며 시를 지었던 것인지, 아니면 단지 당시 유럽의 풍류를 의식하고 읊었던 것인지 확실하지는 않지만, 미술과 시가詩歌 양쪽에서 모두 이문화의 교류가 보인다는 점만은 매우 흥미롭다.

○ 일본제국의/ 매춘녀가 있다는/ 싱가포르를/
  그대는 못 들르고/ 지나쳐 가겠구려[8]

위의 단카에서 소세키漱石의 일기에 적혀있는 기록이 떠오른다. 1900년

9월 8일, 요코하마를 출발하여 런던으로 향하던 소세키가 9월 25일 싱가포르에 들러, 여러 곳을 구경하며 「여기 일본 거리처럼 보이는 사창가를 배회하다. 묘한 풍경이다」라고 쓰고 있다. 시키가 이 시를 쓴 것은 1900년 4월이므로 소세키가 싱가포르에 도착하기 이전의 일이다.

싱가포르에 대해서는 일본신문사의 이케베 산잔池辺三山이나 후쿠모토 히미나미福本日南 등 프랑스에 부임했던 사람들로부터 전해들은 것인지는 몰라도 시키는 싱가포르에 관한 소문을 누군가에게서 들은 것 같다. 소세키는 「묘한 풍경이다」라고 대상과의 거리를 둔 것에 비해, 시키는 「지나쳐 가겠구려」라고 아쉽게 표현하고 있다. 현실에 대해 확실히 인식하고 있는 자세이다. 직접 그 땅을 밟은 소세키보다 병상에 있었던 시키가 먼저 싱가포르의 풍정風情을 읊었다는 것은 의미 깊은 일이다. 100년 전의 시키는 이미 글로벌 시대를 예감하고 있었던 것일까? 세계 여러 나라의 장소와 수많은 일들에 대해 매우 흥미를 가지고 있었던 것을 알 수 있다.

○ 테이블이란/ 다리긴 서양탁자/ 둘러앉아서/
  울창한 녹음 아래/ 차를 마시는 여름[9]

서양식 탁자인 테이블을 둘러싸고 많은 가족, 혹은 친구들이 화기애애하게 차를 마시며 담소를 나누고 있는 광경이 눈앞에 펼쳐지는 화목한 풍경이다. 녹음진 그늘 아래로는 상쾌한 바람이 지나갈 것이다. 서양 문물과 동양인의 정서가 잘 조화를 이룬 단카이다.

화和·경敬·청淸·적寂의 차茶의 세계가 다다미 위가 아닌 테이블에 둘러앉은 자리에서 펼쳐지고 있다. 『양귀비꽃虞美人草』(11)에서 서양과자를 「망국의 과자」라고 했던 소세키와는 매우 다른 문명관이다. 소세키는 같은 작품에서 시키를 메이지 시대가 되어서도 「청빈을 부끄러워하지 않는 풍류」[10]를 즐기는 사람으로 높이 평가했다. 가난했던 시키 쪽이 소세키보다도 근대문명에 대해 위화감없이 적절히 받아들였던 것이 아닌가 싶다. 시키는 외할아버지가 그 마을에서 제일가는 유학자인 오하라 간잔大原観山이었고 외삼촌 가토 다쿠센加藤拓川은 프랑스까지 다녀온 외교관이었다. 타고난 가정환경이 소세키와는 달랐던 때문인지 시키는 전통과 새로운 문명을 잘 조화시켜 활용한 것으로 보인다. 시키는 자신의 취향을 넘어서 취사선택을 하였고 소세키는 자신의 취향만으로 사물을 바라본 것으로 생각된다.

3. 수필에 나타난 외국

시키는 1898년 1월 1일 신문 『일본』에 「동양팔경東洋八景」[11]이라는 제목의 기사를 썼는데, 그 글에서 우리는 시키의 아시아 문화에 대한 사고방식을 읽어낼 수 있다. 「동양팔경」에서는 순번대로 후지산, 태평양, 타이완 섬, 압록강, 만리장성, 시베리아, 붓타가야, 예루살렘을 소개하고 있다. 「동양팔경」을 소개하기 전에 먼저 글의 첫머리에 자신의 나라인 「야마토 민족」에 대한 자부심은 물론, 아시아 전반에 걸쳐 상당한 긍지를 가지고 논하고 있다. 종교의 발상지가 아시아에 있다는 것에 역점을 두고 설명하는 한편, 예루살렘은 「하늘의 선택을 받은 영지靈地」라고 말하고 있다. 「하늘의 선택을 받은」이라는 표현은 매우 상징적으로, 시키가 기독교의 교리를 그대로 받아들이고 인정하고 있었던 자세를 엿볼 수 있다.

시키는 1901년의 수필 『묵즙일적墨汁一滴』에서도 「한 시간만이라도 고통 없이 편안하게 엎드릴 수 있다면 얼마나 기쁠까 하는 것이 어제 오늘의 나의 희망이다. …(중략)… 더 이상 바라는 것이 없는, 희망이제로가 될 때 석가는 이를 열반이라 하고 예수는 이를 구원이라고 할 테지」라고 말하고 있다. 시키의 종교에 대한 생각은 매우 개방적으로, 석가나 그리스도를 비롯하여 공자, 마호메트까지 다 같은 차원으로 보고 있는 것이다. 석가의 열반과 그리스도의 구원을 시키처럼 간결하게 설명하고 있는 경우는 매우 드물 것이다. 석가나 그리스도의 가르침을 시키 나름대로 완벽하게 소화하고 있음을 알 수 있다. 아시아에 관한 인식의 폭이 넓었고 이국의 종교에 대한 사고방식에도 편향되어 있지 않다.

이밖에도 시키는 외국에 대한 관심을 나타내는 문장을 많이 남겨놓고 있다. 『묵즙일적』의 머리말 글에서도 시키는 머리맡에 온도계나 등자와 함께 지구의地球儀를 늘어놓았다고 말하며, 다음과 같이 적고 있는 것이다.

직경 3치[12]의 지구를 자세히 눈여겨보니 약간이지만 일본국이 특별히 빨갛게 물들여져 있다. 대만 아래에는 신일본이라고 표시되어 있다. 조선, 만주, 길림, 흑룡강 등은 보라색 안에 있지만 북경이라고도 천진이라고도 쓰여 있지 않은 것은 매우 불안한 기분이 들게 한다. 이십 세기 말의 지구의는 이 빨간색과 보라색이 어떻게 바뀌어 있을까. 그것은 20세기 초의 지구의가 알지 못한다. 어쨌든 봉투 상자 위에 나란히 놓여 있는 온도계와 등자와 지구의가 이 내 병실의 신년축하 장식이다. (1월 16일)

대개의 일본 근대문학자가 영국, 독일, 러시아까지 유학한 경험을 가지고 있으면서도 세계를 보는 눈이 그다지 상식적이지 못했음에도 불구하고, 시키는 만년에 침상에서 일어나지 못하는 환자가 되어 병상의 고통을 견디어가면서도 중국의 자립을 염려하고 있다. 「북경이라고도 천진이라고도 쓰여 있지 않은 것은 매우 불안한 기분이 들게 한다」고

적고 있는 것은 한 나라의 독립을 걱정하고 있던 심정이며 상식적인 입장을 유지하고 있는 자세이다.

시키가 궁금해하고 있던 「보라색」의 「조선」은 1910년 다쿠보쿠啄木가 「세계지도위/ 이웃나라 조선국/ 검디검도록/ 색을 칠해가면서/ 가을바람 듣는다.」[13]라고 노래했던 것처럼, 20세기 말도 되기 전에 이미 색깔이 변하게 되고 말았다.

시키는 또 4월 15일에 다음과 같이 쓰고 있다.

> 유리항아리 속에 금붕어 열 마리가량 넣어 책상 위에 놓아두었다. 나는 아픔을 참으면서 병상에서 찬찬히 들여다보고 있다. 아픈 것도 아픈 것이지만 예쁜 것도 예쁜 것이다　　　　　　　　　　　　（「묵즙일적」1901년 4월 15일 ）

위의 문장은 시키가 쓴 사생문 중에서도 가장 걸작으로 꼽히는 글이 아닐까 생각될 정도로 깊은 감동을 준다. 누가 읽어 보아도 병자가 가지기 쉬운 편협한 사고방식은 전혀 보이지 않고 순수하고 맑은 마음이 전해져 온다. 병상에서 이국적인 「유리항아리」 속의 「금붕어」를 보면서 「아픈 것도 아픈 것이지만 예쁜 것도 예쁜 것이다」라고 선禪과 같은 깨달음을 얻고 있는 시키가 보이는 듯하다. 시키는 또 런던에 유학하고 있던 친구 소세키가 선진국의 문화에 압도당하고 있을 모습을 유머러스하게 그리고 있다.

> 소세끼가 런던의 변두리 하숙집에 웅크리고 앉아 있으면 하숙집 안주인이 자네 터널이라는 글자를 알고 있는가 라든지 스트로라는 글자의 의미를 알고 있는가 라고 물어서 그 대단한 도쿄대 문학사도 대답에 궁하다고 한다. 이 무렵 베를린의 관불회에서 당당하게 독일어로 연설한 문학사 등에 비교하면 런던의 일본인은 불경기처럼 보인다.　　（「묵즙일적」1901년 5월 23일）

도쿄대학을 졸업한 그토록 대단하다는 문학자도 문화의 차이로 아직 「터널」이나 「스트로」라는 일상적인 단어에 쩔쩔매는 모습을 재미있게 쓰고 있다.

4. 『앙와만록』에 보이는 한국

시키가 1901년 9월부터 이듬해 이승과 작별하기 직전까지 하이쿠와 수채화 등도 그려 넣으면서 적나라하게 기록한, 드물게 보는 병상일록인 『앙와만록仰臥漫錄』에 보이는 한국에 대한 시선은 따뜻하고 긍정적이다. 1898년 「동양팔경」에서 후지산에 대해서는 더 이상 없을 정도로 자랑스럽게 설명하면서도 압록강에 대해서는 지나칠 정도의 국수주의적 사고를 드러냈던 것과는 매우 다르다. 공적으로 발표할 의사가 없었던 일기였기 때문인지, 혹은 「사사로움」을 버리고 무심의 경지에서 볼 수 있는 객관적 사생이 좀 더 순수해졌기 때문인지, 시키의 한국에 대한 생각은 매우 진지하다.

> 9월 3일 아침 비, 오전 11시경 갬, 그 후 흐렸다 맑았다 불규칙
> 구가씨陸氏가 보낸 조선의 사진을 수십 장 건네받다
>
> 9월 5일 비, 저녁 무렵 멀리서 우레 소리
> 오전에 구가씨 부인이 도모애양과 오시마군을 데리고 왔다. 구가씨가 가지고 온 조선 소녀의 옷을 도모애양에게 입혀 보여 주려는 것이다. 옷은 훌륭하다. 일본도 유우젠友禪따위 그만 두고 이 같은 것으로 하고 싶다.
> ○ 연꽃보다도/ 나팔꽃잎보다도/ 아름다워라

9월 25일 갬

미나미 시나가와에 사는 나카무라 모씨某氏로부터 조선의 짚신이라는 것을
선물받았다

10월 1일 갬

밤에 구가옹陸翁이 오다. 지나支那와 조선 이야기를 듣다. 말하기를 지나의 부
자는 사치스럽다. 말하기를 북경北京과 같은 어떠한 속박도 없는 곳에 살고
싶다. 말하기를 조선에서는 하얀 옷을 산자락의 풀 위에 말린다고 했다. 지토
천황持統天皇의 노래와 같은 정취이다. 일본인은 그 옛날 조선으로부터 온 것
인가 하는 기분이 든다.

그 시대의 대표적 언론인이었던 신문 「일본」의 사장 겸 주필인 구가
가쓰난陸羯南씨가 「북경과 같은 어떠한 속박도 없는 곳에 살고 싶다」고
토로한 것이나, 산자락의 풀 위에 옷을 말리는 한국의 풍습을 전해 듣
고 「일본인은 그 옛날 조선으로부터 온 것인가」하는 시키의 발상은 모
두 그냥 지나칠 수 있는 예사로운 생각들이 아니다. 또 시키에게 자신
의 조상에 대하여 생각하게 만든 「지토천황」의 와카는 일본인이라면
누구라도 즐겨 애송하는 「봄날 지나고/ 여름이 왔나보다/ 새하얀 옷을/
널어놓아 말리네/ 카구야마 산자락」,[14]이라는 『만요슈万葉集』의 노래임
에 틀림없다.

9월 5일에는 위에 인용한 기록 외에도 소녀가 입고 있던 「조선 소녀
의 옷」을 그려놓고, 특히 옷의 색깔에 대해 자세히 기술하고 있다. 「치
마허리띠 흰색」, 「치마 보라색」, 「가운데 속바지 노랑」, 「속치마도 노란
색으로 짧다」고 쓰여 있다. 정식으로 그린 수채화라기보다는 옷과 색
채를 설명하기 위한 삽화의 성격을 띠고 있다

시키는『문학미술평론』속의 「사생과 회화」라는 회화론에서 「사람이 천지간의 사물을 보는 데는 색이 제일 중요한 것이다」[15]라고 말했던 것처럼, 색깔에 대한 정감이 각별했다. 소녀가 입고 온 어린이 한복은 시키가 참으로 좋아했던 맨드라미의 붉은 색을 저고리에, 나팔꽃의 보라색을 치마에, 그리고 나뭇잎의 초록색을 조끼에 사용한 것처럼 보이는 색상의 구성을 갖추고 있었던 것이다.

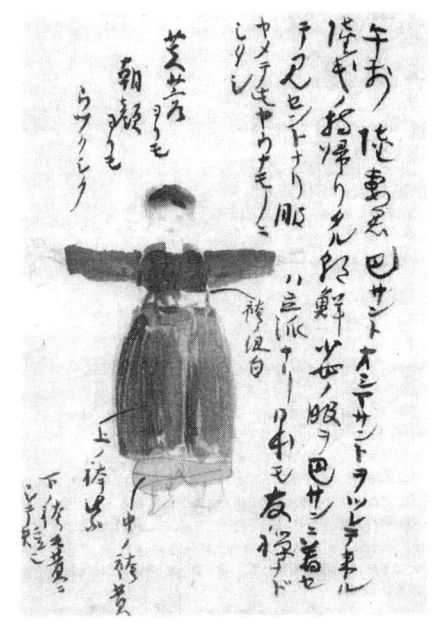

목숨처럼 애틋하게 보고 있던 나팔꽃, 「이맘때이면/ 나팔꽃의 보라색/ 짙게 물드네」라고도 읊었던 그 색깔을 소녀의 치마에서 발견한 기쁨이 컸을 것이다. 게다가 저고리는 은은한 빨강, 조끼는 녹색, 너무나 훌륭한 조화였다. 거기에 속바지와 속치마의 색깔까지 노란색이었던 까닭에 마치 붉은 꽃 속의 노란 수술과 같은 색의 조화를 시키는 보고 있었던 것이 아닐까. 자연의 색의 조화를 그대로 옷에 옮겨 놓은 듯한 치마저고리 색깔의 아름다움에 시키는 감탄하여 사생하기에 이르렀다고 추측된다.

아픈 몸을 일으켜 그림으로까지 남겨놓은 그 열정은 말할 것도 없고, 소녀그림 위에 쓰여 있는 「연꽃보다도/ 나팔꽃잎보다도/ 아름다워라」라는 하이쿠는 시키로서는 최고의 찬사를 나타낸 것이다. 「연꽃보다도」는 저고리의 색을, 「나팔꽃잎보다도」는 치마의 색을 상징적으로 읊으면서 전체적으로는 한복의 아름다움에 대한 최고의 감동이다. 이 시기의 하이쿠에서는 좀처럼 볼 수 없었던 '아름답다'라는 감상적인 언어를 사용하면서 자신의 감정을 아낌없이 표출하고 있다. 「옷은 훌륭하다. 일본도 유우젠 따위 그만 두고 이같은 것으로 하고 싶다」는 것은 좀 더 적극적이다.

또한 이름을 분명히 밝히지 않고, 9월 25일에 나카무라 모씨로부터 선물받았다고 「조선의 짚신 같은 것」에 대해서도 그림으로 그릴 정도로 흥미를 나타내고 있다. 그림으로 그렸을 뿐만 아니라 「일본의 짚신 같이 짜인 것이지만 원료 불명」이라고도 첨부하여 써 놓았다. 이 문화에 대한 관심이 세세한 데에까지 미치고 있다. 시키가 그 원료까지 궁금하게 생각하며 그렸던 짚신은 당시 한국의 신분이 높은 사람들이 신었던 「미투리」라는 것으로 한지종이로 만들어진 것이다.

시키가 한국의 문물에 보이고 있는 시선은 상당히 우호적이다. 그것은 정치 감각과는 달리 그 당시의 일본 엘리트들의 일반적인 문화감각이었을까. 21세기에 들어와 더욱 글로벌 시대가 되어가고 있는 요즘 젊은이들의 호기심이나 폭넓은 사고방식과 별로 차이가 없는 듯이 느껴진다.

5. 맺음말

시키는 한문학의 지식을 바탕으로 하면서도 동서고금으로 폭넓게 시선을 뻗치고 있었다고 생각한다. 자국에 대한 자긍심도 남달리 강하고 전통에 대한 애정도 가지고 있으면서 타자인 외국의 이질성에도 깊은 이해를 나타내고 있다. 전통적인 시가에 적극적으로 외국의 지명이나 문물 등을 넣어서 읊고 있었고, 외래어를 적절히 섞어가며 시도 짓고 있었다. 그리고 아픈 중에도 종교에 매달리는 태도를 보이지 않던 시키였으나, 여러 종교에 대한 이해는 물론이고 그것이 하나의 진리에 맞닿아 있는 것을 깨닫고 있는 합리적 사고가 돋보인다. 또한 〈베이스볼의 시가〉에서도 알 수 있듯이 과거를 표현하는 것이 아니라 생생하게 살아있는 현재를 표현하는 작가였다.

그는 정신적으로나 육체적으로나 극한 고통 속에 있으면서도 외부 세계에 눈을 뜨고 많은 관심과 호기심을 잃지 않고 있다. 16살에 도쿄로 올라와 그 이듬해부터 쓰기 시작한 수필 「붓 가는대로」에서 일찍이 「'세계문명의 극도'라고 하면 세계 여러 국가가 서로 합하여 동일한 나라가 된다. 인간의 여러 종족이 서로 화합하여 동일 종種이 될 때가 있을 것이다. 그러나 더 한층 극점에 달하면 나라가 무엇인지 인종이 무엇인지 모르게 되는 것에 이를 것이다」[16]라고 말했던 것처럼 당시로서는 좀처럼 찾아볼 수 없는 넓은 세계관이다.

메이지유신 이후, 시간이 지남에 따라 더욱 자국 중심이 되었던 일본의 문학자 중에 시키는 평형감각을 유지하고 있었던 것으로 생각된다. 특히 시키의 수필에서 보이는 한국에 대한 관심과 시각은 객관적이고 호의적이었다. 시키는 자국의 문화와 이국의 문화를 적절히 조절하는 능력을 가지고 있었던 한편 미래를 향하여 국수주의와 진보주의와의 조화를 예견한 시인이었던 것으로 생각된다. 글로벌 시대를 살고 있는 우리에게 많은 시사를 던져주고 있다.

요즘에도 '한류韓流'라거나 '일류日流'라는 말이 있지만, 세계가 더불어 발전하기 위해서는 서로의 다른 문화를 취사선택하면서 장점을 받아들이고 활용하는 것이 바람직할 것이다.

---

* 이 글은 2009년『韓流百年の日本語文学』에 발표한 「子規と異文化」를 한국어로 옮겨 수정·보완한 것임.
1 正岡子規「スペンサー氏文体論」『子規全集』第十巻, 講談社, 1975年, p.378.

이하 시키의 인용은 이 전집에 의한다.

2   『子規全集』第十卷, p.349.

3   『子規全集』第十四卷, p.243.

4   『子規全集』第七卷, p.33.

5   『子規全集』第十卷, P.48.

6   一枝はから国人に見せてましわが日のもとの花の桜を.
    土屋文明 編 『正岡子規全歌集 竹乃里歌』 岩波書店, 1976, p.95.

7   『子規全集』第六卷, p.296.

8   상동.

9   위의 책, p.258.

10 夏目漱石 「虞美人草」 『漱石全集』 第3卷, 岩波書店, 1966, p.201.

11 『子規全集』第十二卷, p.188.

12 약10센치미터.

13 地図の上朝鮮国にくるぐると墨をぬりつつ秋風を聞く

14 春過ぎて夏來るらし白たへの衣干したり天の香具山

15 『子規全集』第十四卷, pp.220-221.

16 正岡子規 「文明の極度」 『子規全集』 第十卷, p.17.

마사오카 시키의 회화와 하이쿠[*]
－사생을 중심으로－

I손 순 옥

1. 머리말

시키子規가 회화에 대하여 깊은 애착을 가지고 있었던 것은 『묵즙일적墨汁一滴』『병상육척病牀六尺』『앙와만록仰臥漫錄』과 같은 그의 만년의 수필집을 읽은 적이 있는 사람이라면 누구라도 알 수 있다. 군데군데 그려져 있는 시키 자신의 그림과 함께 회화론까지 이어지는 문장은 놀라울 정도로 많다.

그 중 시키가 회화에 대한 관심을 나타내고 있는 「병상섬어病牀譫語」에는 「문학자가 될까, 화가가 될까, 나는 화가를 택할 것이다」라고 말하면서 다음과 같은 설명을 덧붙이고 있다.

문학은 문자와 연緣이 있으므로 멋없는 논쟁을 일삼는다. 논쟁은 한 때를 기분 좋게 하여도 물러나 조용히 생각하면 결국 아이들 장난이다. 화화는 논쟁할 필요가 없다. 화가 나도 그리고, 기뻐도 그리고, 슬퍼도 그리고, 편안치 못해도 그린다. 즐거움이 묵묵한 중에 있다. 다만 내가 그림에 서툴고 화가가 될 수 없음을 통탄한다. 만약 스스로 즐기려한다면 그림이 서툰 것을 근심하지 않는다. 그러나 입에 풀칠할 수 없다.[1]

「즐거움이 묵묵한 중에 있다」는 구절에서, 훗날 거의 죽음이 임박할 할 때까지 그림을 그리고 있었던 시키의 마음이 어디에 있었는지를 우리는 읽어낼 수 있을 것 같다.

뮤샤노코오지 사네아쓰武者小路實篤가 「그림과 문학」에서 「가라앉은 기분, 여유있는 기분, 무심한 경지, 언어가 태어나야 할 필요가 없는 생명의 세계, 그러한 것은 문학과는 인연이 멀고 그림과는 연이 가깝다」[2]고 말하고 있듯이 문학은 두뇌를 써서 해야 하는 의식적인 작업이다. 그것에 비하여 많은 여백을 남겨두는 문인화 文人畵 정도라면 언어가 필요치 않은 세계, 무언의 시임에 틀림없다.

인간의 머리를 써서 문자로 창작해야하는 문학이 자칫하면 과장된 위선과 거짓에 빠져들 우려가 있음을 일찍이 간파한 것일까? 시키는 문학 중에서는 가장 무심에 가깝다고 할 만한 하이쿠와 더불어 만년에는 수채화를 즐겼다. 예술의 대상으로서는 「천연」, 그것을 나타내는 수단으로서는 「정직」을 주창하고 있던 시키였던 만큼 사생화야말로 그의 성격에 잘 어울리는 작업이었을 것이다.

여기서는 그림을 주로 하이쿠와 같이 다루면서 시키의 예술적 지향인 「사생」을 구체적으로 파악해보기로 한다. 시키는 그림과 덧붙여서는 늘 하이쿠를 읊고 있으며 마지막 절필 또한 하이쿠로 끝내고 있기 때문이다.

2. 시키의 그림과 사생

어릴 때부터 그림그리기를 좋아했던 시키가 좀 더 본격적으로 회화의 세계에 눈을 뜨게 되는 것은 무엇보다도 서양화가인 나카무라 후세쓰中村不折와의 만남이 있었기 때문이다. 신문 「일본」에 삽화를 그리게 된 후세쓰와 만나 시키는 그의 회화론에서 많은 시사를 받았다. 그 중에서도 후세쓰의 영향으로 자연을 새롭게 관찰하게 되었다. 후세쓰가 쓴 『화계만어畵界漫語』의 「회화수양 주의점 繪畵修養主意点」이라는 항목에는 특히 「전문가가 되는 데는 천연을 연구하지 않으면 도저히 좋은 작품을 만들어낼 수 없다. 천연물에 의하는 것 외에는 달리 방법이 없는 것이다. 천연물에 의하는 것이 수단이다」[3]라고 천연을 연구할 것을 힘주어 강조하고 있다.

이러한 후세쓰의 「천연론」은 시키의 「천연을 연구하여 깊어진 사람이 심사숙려한 구」라는 시가론에 이어지고 있는 것을 발견할 수 있다. 마찬가지로 「사생이라는 것은 천연을 옮기는 것이므로 천연의 정취가 변화하고 있는 만큼, 사생문·사생화의 정취도 변화할 수 있는 것이다」라고 주장하는 시키의 사생설에도 후세쓰의 이론은 깊이 영향을 끼치고 있는 것이다. 이리하여 이지적 추상으로서 관념적으로 자연을 바라보았던 옛 사람들과는 달리 시키는 자신의 눈으로 직접 천연을 관찰하면서 그 변화를, 또 그 양상을 있는 그대로 하이쿠에 옮겨 읊게 된 것이다. 시키는 드디어 회화론에도 시가론에도 사생·사실이라는 낱말을 사용하면서 이론을 넓혀 나가는 한편, 1899년 32살 가을이 되어 처음으로 채색의 수채화를 그리기 시작한다.

그 동기에 대하여 시키는 「이 즈음 채색의 묘미를 깨달았으므로 채색화를 그리고 싶다고 장난삼아 말했더니 후세쓰가 서둘러 그림물감을 가져다 주었는데, 그것을 선반위에 올려놓은 채 잊고 지내다가 그 이듬해 가을, 병도 조금씩 나아져 기분이 좋아졌던 어느 날 갑자기 그림물감을 꺼내어 연습용 한지 종이를 펼쳐놓고 추해당秋海棠을 사생하였다」[4]고 회상하고 있다. 또 후세쓰는 시키와는 조금 다르게 그 동기를 이야기하고 있다.

> 어느 때 내가 간다神田에서 바나나를 사기고 병문안 간 적이 있다. … (중략)…시키는 한도 없이 그 바나나를 먹다가 "이것을 그림으로 그리면 먹는 것보다 훨씬 재미있을 테지" 하며 나에게 그림 그리는 방법을 가르쳐 달라고 하였다. 그래서 내가 사용하던 그림물감을 가져다 주었는데 그 이후 시키는 병상에서 열심히 사생을 시작했다. 지금 세상에 진귀해진 그의 그림이 이러한 동기에서 그려지게 된 것을 생각하면 조금은 기이하지 않을 수 없다.[5]

위의 글로써 알 수 있듯이 시키의 사생화도 역시 후세쓰로부터 받은 낡은 그림물감으로 그려낸 것임에는 틀림없다. 척추염의 고름이 상처에서 흘러넘쳐, 거의 죽은 몸이나 다름없이 쇠약해버린 시키가 "그림으로 그리면 먹는 것보다 훨씬 재미있을 테지"라고 말하고 있는 것에서 우리는 그가 얼마나 그림을 좋아했는가를 상상해볼 수 있다.

그해 가을부터 시키는 병상에서 후세쓰의 말처럼 「열심히 사생을 시작」했던 것이다. 그런데 여기서 주의해야 할 것은 후세쓰도 말하듯이 시키는 「사생」을 한 것으로 「스케치」를 한 것이 아니다. 사생은 색채를 사용하여 물체를 사실적으로 표현하는 것이며 스케치는 기본적인 명암으로 형태를 그리는 것이다. 스케치의 경우, 작가에 따라서는 주관이 상당히 들어가기 쉽다. 시키도 후세쓰도 「스케치」라는 단어를 사용하고 있지 않는데도 불구하고 대부분의 연구자들이 후세쓰와의 관계에서 「그 스케치론에 계발되어」 혹은 「회화의 스케치를 나카무라 후세쓰를 통해 배워」라고 말하고 있다. 선행연구자의 말을 그대로 답습하기 때문이라고 생각된다. 이것은 「후세쓰의 천연론에 계발되어」라거나 또는 「후세쓰가 강조한 천연의 연구에 힌트를 얻어 새로운 감각으로 자연을 읊어내게 되었다」고 말해야 옳을 것이다.

시키의 수채화는 그림을 그리기 시작한 다음해 1900년부터 이승을 작별하는 마지막 해인 1902년까지 계속 많이 그려졌다. 그 중에서도 가장 많은 수채화를 남긴 해는 1902년이다. 6월 27일부터 8월 6일에 걸쳐서는 『과물첩菓物帖』을, 8월 1일부터 8월 20일에 걸쳐서는 『화초첩花草帖』을 완성하고 있다. 8월 20일 오후 마지막으로 그려져 있는 것은 〈나팔꽃〉이다. 그 『화초첩』에는 「병든 시키, 울며 말한다 "사생은 모두 베개에 머리를 댄 채로 그린 것으로 생각해주고, 사생은 대부분 모르핀을 마시고 난 후 그린 것으로 알아주게"」라고 쓰여 있다. 「사생」은 모르핀을 복용하고 난 후의, 보통사람으로서는 할 수 없는 정성을 다한 시키의 화초에 대한 애정표현이었으며 삶에 대한 의욕이었다.

병상을 떠날 수 없었던 시키의 사생화의 소재는 주로 화초와 과일이었다. 시키는 그 소재가 갖고 있는 고유한 자태와 색채를 유감없이 나타내 보이고 있다. 대부분의 그림은 눈에 보이는 그대로를 충실히 그리면서도 그 사물이 지닌 특징을 잘 살려내고 있다. 꾸미지 않는 자연스러움이 그의 「사생」을 잘 구현하는 압권이라 할 만하다. 또 빨간색 계통의 색을 넉넉히 사용하고 있어 그림은 밝고 생생하다.

1900년의 『화초첩』의 그림 〈맨드라미〉는 줄기에 돋아난 털까지도 생생히 나타내면서 약간 고개를 기울이고 있어 한층 천연에 가깝게 그려져 있다. 이에 비해, 1년 뒤에 그린 9월 12일자 『앙와만록』의 〈맨드라미〉는 화분의 색깔도 생략되어 있고 꽃은 하나같이 반듯이 서있다. 시키가 「서사문敍事文」 속에서 「사생이라고도 하고 사실이라고도 하는 것은 실제 있는 그대로를 옮기는 것임에는 틀림없겠으나 원래 다소의 취사선택을 요한다」고 말하고 있듯이 회화에 있어서도 강조와 생략을 과

감하게 행하고 있다.

　1년 후에 그린 〈맨드라미〉인데 그 주제는 묘하게도 1900년의 〈맨드라미〉 하이쿠 「맨드라미꽃/ 열네다섯 송이도/ 피어있겠지」에도 읊어져 있는 열네 송이 정도의 맨드라미이다. 그림의 오른 쪽에 「어제 꽃가게에서 보내온 분재」라고는 쓰여 있지만 어쩌면 함께 하이쿠를 짓고 있던 동인同人의 숫자를 나타낸 것은 아닐까하고 추측해본다. 「피어있겠지」라고 번역했으나, 일본어 원문은 「아리누베시ありぬべし」이므로 직역하면 「살아있겠지」 또는 「존재하겠지」의 뜻이 된다. 이 시어詩語에서, 생명을 소중히 한 사생구寫生句의 백미를 맛볼 수 있지 않나 하는 생각이 든다.

　키가 크고 날씬한 그림 속의 맨드라미는 길가나 정원에 핀 억세고 투박해 보이는 꽃송이가 아니라 청렴하고 꼿꼿한 선비를 보는 듯하며 색채 또한 맑고 담백하다. 일기의 성격을 띤 『앙와만록』속에 그려진 것이므로 더욱 작가의 심상心象이 작용했는지도 모른다. 와병기의 그의 시가詩歌가 갈수록 「공상」과 「천연」을 조화시켜 작가의 서정을 읊은 것과 같이 그림에서도 객관과 주관이 함께 어울린 예술세계로 가고 있다.

1902년 7월 27일『과물첩』에 그려져 있는 〈오이〉를 감상해보면, 해외에서 돌아온 화단畵壇의 제일가는 화가 아사히 츄淺井忠가 그것을 보고 「이렇게 가운데를 절반으로 자른 오이를 그려보려는 생각조차 전문 화가에게는 일어나지 않는다. 그리고 그 절단면의 물기어린 싱싱한 맛깔을, 이렇게까지 노력하여 나타내고자하는 기분도 갖지 않는다. 이것은 전문가로 하여금 깊이 생각하게 만드는 데가 있다」[6]고 감탄했듯이 약간 특이한 취향을 보이고 있다.

큰 호박을 가로로 자르고 작은 오이를 세로로 자른 그림은, 그 소재도 새로울 뿐만 아니라 절단한 형태를 그림으로 그린 발상이 매우 신선하다. 판에 박힌 관념과 인습을 타파하기를 좋아한 혁신가다운 시키의 사고방식이 잘 나타나 있는 것이라 하겠다. 한편으로는 병상의 육체적인 외모보다 시키 자신의 건강한 영적세계를 아울러 보여주고자 하는

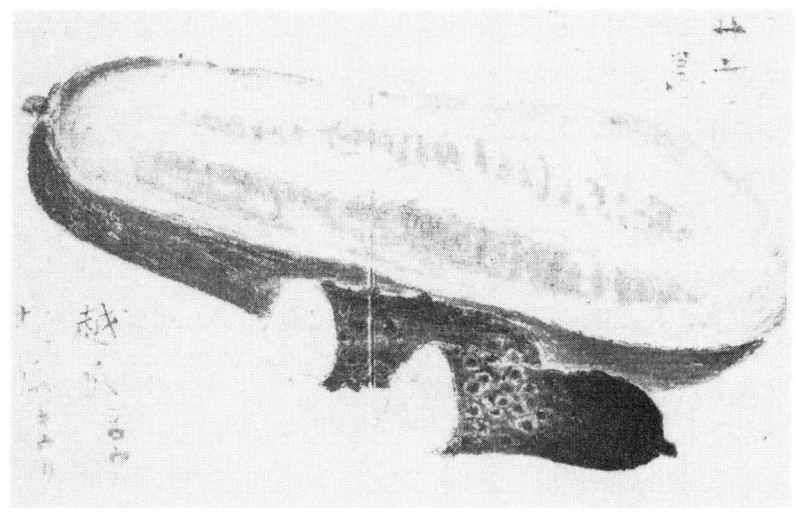

의식의 표출이 아니었을까하고 감상되기도 한다. 똑같은 소재를 그린 체험이 있는 모키치茂吉도 시키의 그림 수준을 「스스로 즐기는 경지」라고 높이 평가하고 있다.

예술가에게 있어서는 표현하려는 재주도 중요하지만 같은 사물이라도 남다르게 볼 수 있는 시각이 중요할 것이다. 시키는 참으로 사물을 바라보는 눈이 예사롭지 않았다고 하겠다. 그의 그림은 하이쿠와 단카를 짓고 난 다음의 여기로서가 아니라 시간과 노력을 아끼지 않은 공들인 작품이다. 그림에 대한 열정과 성실함이 사물을 보는 데 있어서도 남다른 안목을 가져다주었다고 생각한다.

시키가 그린 〈오이〉 그림은 모키치의 〈오이〉 그림보다 입체적이고 싱싱한 존재감을 우리에게 보여주고 있다. 가토加藤淘綾가 「모키치 선생의 그림에 대하여」라는 문장에서 「재주의 느낌」을 기준으로 모키치의 그림을 「시키보다 나은 것이 아닐까」[7]라고 평가하고 있는 것은 상당히 무리한 견해라고 하지 않을 수 없다. 가토가 유일하게 좋은 그림을 판단하는 기준으로 삼은 「재才」로써 두 사람에게 내린 평가는 오히려 반대의 경우가 되지 않을까 생각한다. 재주 이상의 것이 느껴지는 것은 오히려 시키의 그림이다. 늘 시키를 존경해 왔던 모키치가 그림 또한 시키의 흉내를 내는 데서부터 시작하지 않았을까 생각된다. 시키가 다루던 소재를 즐겨 그리며, 건강했던 그는 시키와는 달리 산수화도 남기고 있으나 시키의 그림보다 낫다고 평하는 것은 조금 무리이다.

시키의 그림에는 또 〈자화상自畵像〉이 있다. 그것은 선을 중심으로 담백하게 그린 동양적 분위기이다. 두꺼운 입술과 검정색으로 선명하게 칠해져 있으나 먼 곳을 바라보는 꺼벙한 눈매, 한 쪽으로 올라간 어깨 등을 통하여 우리는 유명한 시인을 만나기보다는 왠지 자신감이 없고 위축되어 보이는 소박한 시골 소년을 만난다. 그 인상을 통해 우리는 시키의 내면세계인 그의 청빈한 정신을 느껴볼 수 있다.

시키가 그린 〈사치오상〉에서도 그의 인품을 그대로 표현하고자 한 노력이 역력하다. 시키의 그림에서는 물질적인 것보다도 정신적인 것, 영적인 것이 한층 많이 느껴진다.

서양화가 후세쓰를 만나기 이전에도 시키는 「나는 전에 남화南畵를 사랑했다. 그 고상한 운치를」이라고 말했듯이 시키에게는 이 남화가 그림의 원형으로서 자리잡고 있었던 것 같다. 〈자화상〉은 밑선이 보이게 그린 수묵담채화에 가깝다. 다른 그림과 마찬가지로 여백을 많이 둔 것이라든지 붓 자국으로 볼 때 동양화 붓으로 그렸음을 알 수 있다. 「한 지종이를 펼쳐놓고」라고 말하고 있듯이 바탕이 되는 종이도 화선지였던 것이 분명하다. 「사생」이란 낱말을 서양화가에서 빌렸으나 그의 시가 향토적이며 담백했던 것과 마찬가지로 그의 그림도 물감을 빌려 대상 자체를 주시한 것은 서양적이지만 표현된 분위기는 맑으며 선禪적인 동양풍이다.

다음으로 『화초첩』에는 들어있지 않으나 시키가 구마모토에 있는 소세키에게 그려 보낸 것으로 유명한 〈아즈마 국화〉를 감상하기로 한다. 이 그림은 소세키가 1910년 「시키의 그림」이라는 제목을 붙여 간단한 수필을 썼기 때문에 더욱 잘 알려진 것이다. 소세키는 그 수필 속에서, 서투름이라고는 좀처럼 발견할 수 없던 친구 시키에 대해 일부러 그려 보내준 〈아즈마 국화〉에서 「서투름拙」을 발견하므로 쓴웃음 짓는다고 얘기하고 있다. 또한 그림이 「무척 쓸쓸하다」고 평하고 있다.[8] 역시 이 그림도 기법적인 면보다 정신적인 면이 잘 나타나 있다. 물체에 대한 직관력이 뛰어나 소박한 꽃의 성질이 잘 표현되어 있다. 화병 안에 있는 것까지 그려낸 것은 객관적인 「사생」만이 가져다줄 수 있는 묘미이다.

색채는 바탕색과 어울리는 녹색 남색 노랑의 세 가지만을 썼으나 물로 명암을 잘 조절하여 청아한 분위기다. 소세키가 「쓸쓸하다」고 말한 것은 약간 시들어 늘어져 있는 잎사귀와 더불어 바로 이러한 색감에서 오는 것이다. 친구를 기다리는 마음을 나타내는 것으로는 소재나 색의 배합이 적절하다고 생각된다. 꽃의 때 묻지 않은 청초함과 비치는 것까지도 그려낸 시키의 올곧은 성격이 반영된 작품으로 학자적 문인화文人畵에 가까운 것이다.

3. 그림 〈나팔꽃〉의 상징과 하이쿠

『화초첩』에 정식으로 그린 것으로서는 1902년 8월 20일의 마지막 그림인 〈나팔꽃〉을 하이쿠와 함께 고찰해 보기로 한다. 『화초첩』의 최후의 소재인 나팔꽃은 1901년 9월 13일의 『앙와만록』속에도 하이쿠와 함께 그려져 있다. 『화초첩』의 마지막 그림은 시키 초기의 그림과는 달리 기교적인 면에서나 정신적인 면으로도 시키의 예술세계를 이해하는 데 좀 더 의의가 있을 것이다. 이 〈나팔꽃〉의 사생에 대해서는 『병상육척』에 자세히 설명되어 있다.

> 지금 하나만 더 그리면 화초첩을 완결할 수 있음으로 뭔가 의미 있는 것을 그리고 싶었다. 그러기에는 나팔꽃이 좋을 것이라고 생각했는데, 공교롭게도 올해는 나팔꽃을 정원에 심지 않았다고 해서 하는 수 없어 이웃집의 나팔꽃 분재를 빌리러 보냈다. 그러나 뭐가 잘못되었는지 나팔꽃이 두 개 찢겨진 것을 받아 왔다. 그래서는 아무짝에도 쓸 수 없음으로 혼자 화가 나 있는데 이웃집 주인이 오셨다. 오랜만에 찾아오신 것이므로 나는 마취제를 복용하고 나서 여러 가지 이야기를 나누었다. 정오쯤에 주인은 돌아가셨으나, 그 명령인 듯, 어린 딸들이 나팔꽃 분재를 가져다주었다.[9]

오랜만에 찾아오신 이웃집 주인은 시키를 끝까지 보살펴준 신문 「일본」의 주필 겸 사장인 구가 가쓰난陸羯南이다. 가쓰난과 여러 가지 이야기를 나누는 사이에 시키는 나팔꽃에 관한 것도 말했던 것 같다. 그 댁의 어린 딸들이 가져다 준 나팔꽃 화분을 모델로 한 사생이다. 자신의 집에도 없는 것을 빌려가며 일부러 그리려 했던 데에는 나팔꽃에 대한 각별한 애정이 있었기 때문일 것이다. 마지막을 장식하는 데에 「뭔가 의미 있는 것을 그리고 싶었다」고 생각하여 선택된 그림 〈나팔꽃〉이 갖는 상징은 무엇이었을까 심도 있게 감상하여 보기로 한다.

　나팔꽃은 맨드라미나 수세미와 마찬가지로 시키 이전의 하이진에서는 좀처럼 찾아보기 어려운 소재이다. 가장 많이 알려진 것으로는 시키가 「과장법과 의인법을 사용한 것이 결점」이라고 예시한 치요조千代女의 「나팔꽃 감긴/ 두레박 놓아두고/ 얻어 마신 물」이다. 그 외에 『분류하이쿠전집分類俳句全集』에 있는 바쇼芭蕉의 구와 부송蕪村의 구를 보면, 먼저 바쇼의 「나팔꽃 필 때/ 아침밥 먹고 있는/ 사내로구나」, 「나팔꽃이여/ 빗장 내린 한 낮의/ 울타리 안에」라는 두 수로, 나팔꽃은 「때時」를 나타내는 것으로서 표현되고 있다. 여기에 비해 한 수 있는 부송의 구에서는 「나팔꽃이여/ 남빛 짙은 한 송이/ 연못에 어려」와 같이 나팔꽃은 계어季語이므로 물론 「때」를 나타냄과 동시에 부송은 그 색채에 대한 미를 읊고 있다. 그럼 여기서 시키의 나팔꽃에 관한 하이쿠를 『시키구집子規句集』(高濱虛子選)에서 찾아보겠다.

　시키의 나팔꽃 하이쿠가 처음 등장하는 것은 1890년에 지은 「나팔꽃 보며/ 별 탈 없이 지내는/ 아침이구나」이다. 누가 보아도 첫 출혈이 있은 후의 시키의 불안한 마음을 알 수 있다. 그 후 1892년 ① 「아침 나팔꽃/ 해 그늘 드리워져/ 애처롭구나」를 비롯하여 1893년 소세키의 졸업을 축하하며 읊은 ② 「나팔꽃이여/ 그대 위풍당당한/ 동대 문학사」와 ③ 「나팔꽃 피고/ 오늘 아침 늦잠 잔/ 주인아저씨」에 이어 1894년에

④「나팔꽃 넝쿨/ 뜯어버린 줄기에/ 봉오리인가」로 한 수 나타난다. 대체로 나팔꽃에 시키의 마음을 담고 있다.

나팔꽃은 다른 꽃과는 달리 햇볕이 강하게 내리쬐면 곧 시들어버리는 꽃으로 맑고 청순한 느낌의 꽃이다. 그러므로 아침나절 잠시만 핀다. ②와 ③은 나팔꽃이 「때」를 나타내는 계어로서만 쓰여 역시 관념을 읊은 것에 비하여 ①과 ④는 나팔꽃 자체의 미와 생명에 주목하고 있다. 그러나 ①의 구에서는 「애처롭구나」라는 정감어를 쓰고 있는데 반하여, 1894년 가을 하이쿠인 ④에서는 나팔꽃이 처한 정경만을 담담히 읊고 있다. 후세쓰와 만난 가을의 객관 묘사를 하는 수법임을 확인할 수 있다.

햇살이 강한 한낮에는 곧 시들어버리는 애처로움 ①과 가을바람에 시들어 말라버린 넝쿨이 보기 싫어, 뜯어내버린 줄기에 피지 못한 꽃봉오리의 애처로움 ④를 시키는 읊고 있다. 단명短命을 예상한 시키가 아니고서는 내던져진 넝쿨에 달려있는 꽃봉오리가 눈에 가슴에 와 닿을 리가 없다. 50살 까지 살았던 시인 바쇼나 67살까지 살았던 부송과는 달리 〈나팔꽃〉을 읊게 되는 시인 시키의 마음이 잘 살펴지는 하이쿠이다.

그 후도 조금씩 읊어지고 있으나, 1898년 단카혁신에 새로운 정열을 기울이던 해에 이르러 〈나팔꽃〉은 다시 많이 읊어지고 있다. 그 중에서도 「여린 나팔꽃/ 여전히 살아있네/ 한 나절 빗속朝顔の花猶存す午の雨」이라는 구가 특별히 주목된다. '여전히 피어있네'로 표현한 것이 아니라 '여전히 살아있다'는 뜻으로 「존재한다存す」는 시어를 사용하고 있는 것을 지나쳐볼 수 없다. 나팔꽃의 생명, 즉 실존實存의 미에 대한 찬미임을 뚜렷이 음미할 수 있다. 정오의 한나절 햇살이었으면 벌써 시들었어야 할 꽃이 비가 내리므로 여전히 피어있는 사실에 감동된 작가를 만난다. 시키의 마음에 떠나지 않았던 것은 나팔꽃으로 상징되고 있는 짧은 생명

이었다고 추측된다. 존재 자체에 대한 기쁨이 얼마나 귀하고 소중했던 가를 알 수 있다.

『앙와만록』의 그림〈나팔꽃〉을 그 려놓고 그 그림 주위에「나팔꽃이여/ 그림 그리는 동안/ 시들어버려」라는 구를 포함하여 4개의 하이쿠가 쓰여 있다. 여전히 나팔꽃의 짧은 생명을 아쉬워하는 것들이다. 그러나 그림 에 있는 나팔꽃은 전혀 시들어 있지 않다. 나팔꽃의 꽃 색깔은 주홍에 가 까우며 잎사귀의 색깔은 가을 날 볼 수 있는 빛바랜 초록이다. 꽃은 가운 데로 갈수록 색을 짙게 하여 입체감 이 날뿐만 아니라 잎에 비해 크게 그

려 선명히 돋보이게 하고 있다. 하이쿠 내용으로서의 단명과 그림의 활 짝 핀 나팔꽃이 모순인 것 같으면서도 건강히 살고 싶은 작가의 내면세 계를 나타낸 것이다.

지금까지 살펴본 것처럼, 시키가 그림의 마지막 소재로서〈나팔꽃〉 을 선택한 것은 나팔꽃의 생명에 자기 자신의 생명도 함께 가탁시켜 보 고 있었기 때문이라는 것을 알 수 있다. 그럼 이제 마지막〈나팔꽃〉그 림을 구체적으로 살펴보자. 우선 전체적으로 볼 때 주제主題인 나팔꽃 이 잘 표현되어 있다. 부제副題인 잎사귀들도 다양한 형태와 더불어 새 가 나는 듯한 율동감마저 부여하여 그림 전체의 분위기를 살리는 데 크 게 한 몫을 하고 있다. 율동감이 있는 잎사귀와는 대조적으로 선이 곧 은 대나무를 중심에 두어 작품의 공간을 선택한 것은 시키의 예술적 시 각을 잘 말해준다. 화분은 생략되어 있고「보라색 꽃이 하나 시들지도

않은 채 남아있다」고 수필집 『병상육척』에도 쓰여 있듯이 나팔꽃은 대나무의 직선과 어울리게 줄기에서부터 45도 각도로 하늘을 향해 피어 있다. 그 위를 하나의 타원형의 대나무가 나팔꽃의 원형을 조형상造型上으로 받아주어 리듬감을 느끼게 한다. 두 줄기 투박하지 않은 대나무, 하늘에 의지하고 싶은, 신과 통하고 싶은 시키의 의지를 나타내듯이 길고 곧게 그려져 있다.

그리고 그림 〈나팔꽃〉의 색채는 크게 나누어 나팔꽃의 남보라색과 잎사귀의 초록으로 두 가지 색이다. 대나무의 줄기는 연초록으로 초록과 같은 계열에 속한다. 후세쓰에게 「채색의 묘미를 깨달았으므로 그림을 그리고 싶다」고 했던 시키의 말처럼 그 채색의 묘미가 한껏 발휘되고 세련되어 있다. 꽃의 색깔은 1898년의 하이쿠 「이맘때이면/ 나팔꽃 남보라빛/ 짙게 물드네」에서의 남보라색이다. 천연의 색을 내보려고 노력한 흔적이 역력하다. 그림 〈나팔꽃〉은 모양과 색채 배치 등이 전체와 조화를 이루어 시가에서와 마찬가지로 극히 자연스럽고 청빈한 이미지를 전하고 있다.

4. 맺음말

죽음과 같은 고통 속에서 하루하루를 살아야 했던 자신의 삶과 그 생명의 모습이 닮아 있음에 깊은 애정을 느낀 시키가 마지막 회화 작품으

로 그린 〈나팔꽃〉은 그의 자화상이며 무언의 시였다. 이 〈나팔꽃〉 그림보다 보름가량 후인 1902년 9월 3일에 읊은 「나팔꽃이여/ 사생을 하고 싶은/ 내 마음 있네朝顔や我に寫生の心あり」는 나팔꽃을 대상으로 한 하이쿠로서 마지막이다.

「사생」이란 낱말이 시키의 시가 작품 속에 들어있는 것으로는 유일한 것이면서 그의 예술세계를 가장 함축성 있게 표출한 가장 짧은 언어예술이 아닌가 생각된다. 그 나팔꽃을 보며 「나에게 사생의 마음이 있다」고 하는 것은 바로 나팔꽃의 생명을 그림으로 그리고 싶다는 마음인 동시에 자신의 생명까지도 그리고 싶다는 표현이다. 이 하이쿠에는 그림 그리는 작가 시키와 시를 짓는 작가 시키, 꺼질듯 꺼질듯 목숨을 이어가는 작가 시키의 삶이 함께 숨을 쉬고 있는 것이다. 또한 자연과 인간의 생명을 함께 살리고 싶은 마음이 담겨져 있는 예술가 시키의 전부를 이야기하고 있다. 이와 같이 시키에게 있어서 문학과 회화는 끊을래야 끊을 수 없는 깊은 관계였다. 그것은 하나같이 「사생」을 통하여 생명의 표현으로 완숙되어가는 현재의 삶이었다.

「병상 육척, 이것이 나의 세계이다. 그럼에도 이 여섯 자의 병상이 나에게는 너무 넓다. …」고 기술하고 있는 시키의 「병상육척」의 세계는 그림을 그리며 시를 지으며 글을 쓰는 「즐기는 경지」였다. 밝은 생명감에 넘쳐있던 시키의 청빈한 삶과 사고방식이 「체념」 이상의 것을 즐기며 나타낸 것이 그의 시들지 않은 〈나팔꽃〉 그림이었고 「여린 나팔꽃/ 여전히 살아있네/ 한 나절 빗속」과 같은 하이쿠였다.

짧았던 목숨이었기에 「사생」의 개념을 제대로 정리하지 못하고 「사생이란 천연을 그려내는 것」이라는 정도로 간단히 설명하고 있는 시키의 사생설은 하이쿠와 회화에서 살펴본 것처럼 〈사생은 우주의 생명을 그려내는 것이기도 하다〉는 메시지를 전하고 있다.

* 이 글은 2002년 『子規の現在』(子規選集 13)에 발표한 「子規の絵画と俳句 — 写生を中心に」를 수정·보완한 것임.

1 正岡子規 「病牀譫語」 『子規全集』第十二巻, 講談社, 1975, pp.279-280.

2 武者小路實篤 「畵と文学」 『人生論·愛愛にづて』 新潮社, 1982, p.301.

3 中村不折 「繪畵修養主意点」 『畵界漫語』 東京腹部書店, 1906, p147.

4 正岡子規 「畵」 『子規全集』第十二巻, 講談社, 1975, pp.436-437.

5 中村不折 「子規と私及稚感」 『子規全集』五巻 附録, 改造社, 1930, p.5.

6 山上次郎 『子規の書畵』 二玄社, 1981, p.251, 재인용.

7 加藤淘綾 「茂吉先生の畵について」 『斎藤茂吉全畵集』 中央公論美術出版, 1973, p.10.

8 夏目漱石 「子規の畵」 『子規全集』別巻二, 講談社, 1975, p.637.

9 正岡子規 「病牀六尺」 『子規全集』第十一巻, 講談社, 1975, p.357.

사이세이 시에 나타난 서정의 이중성[*]
─『서정소곡집』을 중심으로 ─

┃손 순 옥

1. 머리말

　무로 사이세이(室生犀星. 1889~1962 ; 이하 사이세이라 칭함)는 1910년대 후반을 대표하는 일본 서정시인의 한 사람이다. 그는 하이쿠俳句[1]를 비롯하여 단카短歌, 시, 소설, 수필, 평론 등 거의 모든 문학 장르에 관계를 가진 오랜 문학생활 속에서 방대한 양의 작품을 남기고 있다. 그러나 무엇보다도 사이세이는 문어상징시에서 구어자유시로 변천해가는 시단에서 가장 뚜렷한 발자취를 남겼다고 평가된다.

　그의 서정시는 자신의 모습을 찾는 「기도와 같은 감정을 자연의 사물과 일체화시켜 표현하는 것으로 평이하면서도 밀도가 높고, 상징성을 잃지 않는 시적 이미지를 창조한」[2]것으로 아사이 기요시淺井淸 등에 의해 평가되고 있다. 그러면서도 기존의 시에서 중요시되어온 수사적 기교보다는 삶의 이상과 현실을 직시하는 것에서 발생되는 고독과 애상의 진솔한 감정표현이 두드러진다. 그러한 사이세이의 서정시의 배후에는 사생아와 같은 존재로 태어난 출생과 성장과정의 특수성이 곧잘 지적되고 있다.

사이세이는 어린 시절 따뜻한 가정생활을 누리지 못하고 1910년, 그의 나이 21살 때는 출생지인 가나자와金沢에서 도쿄東京로 올라와 방탕한 생활에 빠지게 된다. 결국 도시의 방랑생활에 지쳐서 큰 상처를 입고 다시 가나자와로 돌아가게 되지만 고향에서의 생활은 어둡고 그의 마음은 채워지지 않는다. 그래서 사이세이는 고향에서도 안주할 수 없는 자신을 발견한 후 수년간 귀향과 상경을 반복하는 불안정한 생활을 계속하게 되는 것이다. 이러한 과정이 후에 그의 작품 속에서 특별한 고향의식과 더불어 서정성과 현실적 감각이 절묘하게 얽혀져 있는 형태로 표현되고 있다.

사이세이의 대표작으로 일컬어지고 있는 『서정소곡집抒情小曲集』에 수록된 「소경이정小景異情」 그 두 번째의 고향을 노래한 시에서도 「머나먼 도시로 돌아가야지」라고 읊은 대목에서, 그 「도시」가 가나자와를 가리키는 것인지 도쿄를 뜻하는 것인지가 감상하는 사람에 따라 해석이 다르다. 사이세이와 교류가 돈독했던 하기와라 사쿠타로萩原朔太郎는 「도쿄 땅에서 고향 가나자와를 떠올리며 그 결별을 노래한 것」[3]이라는 〈도쿄설〉을 주장하는 반면, 요시다 세이이치吉田精一는 「고향 가나자와에서 고향에 대한 애정과 증오가 뒤섞인 심정을 노래한 것」[4]이라는 〈가나자와설〉을 주장하고 있는 것이 대표적이라고 할 수 있다. 그것은 작가의 독특한 출생과 성장환경에 따른 것으로 이미 사이세이의 감성에 이중성이 복합적으로 내포되어 있었던 것은 아닐까 생각된다. 이점에 주목하여 사이세이의 서정에 있어 애매모호한 이중성의 문제를 밝혀보고자 하는 데 이 논문의 주안점을 두었다.

사이세이에 대한 연구는 서지면書誌面에서는 충실히 갖추어져 있으나 작품론에서는 미개척인 분야가 많이 남아있다. 「일상과 시대상황과의 호응, 시와 소설과의 관계, 희곡 및 문체 등 탐구할 과제가 많다」[5]고 설명되어 있는 것 외에도 하이쿠와 시의 관련도 구체적으로 알아볼 가치가 있다고 생각된다. 시에 있어서도 단편적으로 가장 많이 언급되고 있는 것은 앞에서도 예를 든 〈「소경이정」 그 둘〉에서 「고향」에 관한 것일 뿐이다. 이중성의 문제[6]에 대해서도 구체적으로 밝혀진 선행연구를 찾기는 어렵다.

사이세이는 그의 생애에 걸쳐 약 20개의 시집을 남겨 놓았으나, 그의 시 세계를 알아보는 데 빼놓을 수 없는 것은 1918년 간행된 『서정소곡집』이다. 이 시집은 사이세이의 대표작인 동시에 그의 시 세계를 나타내는 결정판과 같은 것이기 때문이다. 이에 사이세이의 서정의 본질을 이해하기 위한 단초로서 우선 『서정소곡집』을 중심으로 하여 살펴보고자 한다.

2. 탄생의 비극과 두 개의 내면

사이세이의 시와 소설에는 고향 가나자와의 환경과 그곳에서 보낸 자신의 유년시절의 체험이 자주 나타나는 것을 볼 수 있는데, 외로운 유년시절을 보낸 소년의 혼을 서정적으로 이끌어준 것은 태어난 고향이었다고 하겠다. 사이세이의 고향 가나자와는 지금은 이시가와현石川県의 현청이 있는 도시이지만 옛 가가번加賀藩의 「백만석의 부富」를 자랑하며 일찍부터 학문이 번성하던 에도시대의 문화도시였다.

마쓰오 바쇼松尾芭蕉의 뒤를 이은 문하생들이 이세하이단伊勢俳壇의 중심인물이 되었고, 그 줄기에서 에도시대 제일가는 여류하이진 치요조

千代女가 태어나 활동하던 무대이기도 하였다. 그러한 전통의 도시 가나자와는 근대시인 사이세이에게도 일찍부터 문학적 미의식과 시적 소양을 배양시켜 주었던 것으로 생각된다.

사이세이의 아버지 고바타케小畠는 가가번의 무사로, 부인을 잃은 후 하녀 가운데 「하루」라고 불린 사람과의 사이에서 사이세이를 낳았다. 그런 까닭에 사이세이는 생후 일주일 정도에 다시 낯모르는 이웃의 「하츠」라는 여인에게 맡겨지게 된다. 성姓도 갖추지 못한 채로 하츠의 사생아로 입적되었다가 하츠가 우보원雨宝院 주지인 무로신죠室生真乗와 내연관계에 있었던 탓에, 사이세이는 그곳에서 자라 1896년 만 7살이 되어서야 겨우 「무로室生」라는 성을 받게 된다.

사이세이는 양가養家로 보내졌으나 그 곳이 생가에서 멀지 않았으므로 양모의 눈을 피해 생가를 오가는 이중적 생활을 하게 된다. 생가에 다녀오고서도 다녀오지 않았다고 늘 거짓말을 하게 되는 그의 어린 시절은 어쩔 수 없이 그를 반항아·개구쟁이로 만들어 그는 항상 선생님에게 꾸지람을 듣고 교실에 남아 벌을 서야만 했다. 이러한 어린 시절의 일들은 그의 작품 『유년시대幼年時代』[7]에 자세히 그려져 있다

그러는 사이에 10세 때 친아버지 고바타케가 죽고, 그날 밤 친어머니도 집을 나가 행방이 묘연해졌다고 한다. 사이세이는 하츠의 눈을 피해 양가에서 조금 떨어진 생가에 자주 놀러 갔었는데 그 이후는 다시 생가에 가지 않았다. 태어나 10년 동안 생모를 그리며 늘 두 어머니를 오락가락하며 살아야 했던 사이세이의 내면은 「안정」이란 낱말과는 거리가 멀 수밖에 없어 난폭함과 유약함을 함께 지닌 성격으로 성장하게 되었을 것이다. 『유년시대』에서 사이세이가 「난잡하고 끊임없이 복수심에 불타는 강한 일면은, 많은 학우로부터 위험하게 보였을 뿐만 아니라 매우 공포스럽기까지 하여 친한 친구가 없었다. 나는 혼자 있을 때, 외부로부터 나를 건드리는 것이 없을 때 나는 약한 감정적인 소년

이 되어 늘 누나에게 달라붙어 떨어지지 않았다」[8]고 회고하는 것으로
도 짐작할 수 있다.

이러한 작가의 성격이 훗날에도 두 도시 가나자와와 도쿄를 오가며
뿌리를 내리지 못하고 방황했던 그의 생활과 무관하지 않은 것으로 볼
수 있다. 유년시절의 정서가 얼마나 미래의 운명에도 깊이 관여되고 있
는지를 알 수 있으며 두 명의 어머니를 갖고 있던 성장배경이 사이세이
의 문학적 원점을 형성하는 토대가 되고 있음을 엿볼 수 있는 것이다.

하녀의 자식으로 태어난 운명은 생모라 하여도 늘 그리움의 존재만
은 아니었다. 「친구여, 오히려 슬픈 나를 낳은/ 그 엄마의 이마에 일곱
번 돌을 던진다 해도/ 슬픈 나의 출산은 변하지 않는구나」[9]라고 슬프게
살아야했던 그 원인을 생모에게 돌려, 자식으로 못할 짓인 「돌」을 던져
보아도 나아지는 것이 없는 이승의 생활에 대한 서글픔을 노래하고 있
기도 하다. 역시 문학은 실제로는 할 수 없는 행동을 작품을 빌려 토로
하고 있으므로 때로는 나날의 일기보다도 한 작가의 내면을 들여다보
기에는 더욱 적절한 것임을 알 수 있다. 그러나 피로 맺어진 모자母子간
의 동물적 자아는 언제나 미움의 대상이 될 수만은 없는 것도 『유년시
대』에 쓰인 다음의 문장으로 알 수 있다.

나는 자주 생가에 놀러갔다. 생가는 바로 뒷마을 안쪽의 넓은 과수원으로 둘
러싸인 자그마하고 아담한 집이었다. … (중략) … 아버지는 이미 60을 넘은
나이였고 엄마는 미간에 젊은 날의 고뇌가 있어 보이는 40대의 얼굴이 하얀
사람이었다. 나는 거실에 뛰어 들어가서는 '뭐 좀 주세요'라며 곧잘 과자를
달라고 졸랐다. 또 왔니. 이제 막 돌아갔으면서 라며 찻장에서 과자를 접시에
꺼내서 손님에게라도 내놓듯이 자주 양갱이랑 좋은 것들을 담아내어 주었
다. 엄마는 어느 때라도 과자를 그릇에 담고, 늘 특별한 손님이라도 대하듯이
차와 함께 주었던 것이다. 차선반이나 장지문은 모두 깨끗이 닦여 있었다. 나

는 긴 화로를 가운데 두고 마주앉아 이야기하는 것을 좋아했다. 엄마는 작고 단정한 몸매로 얼굴색은 하얗기보다는 조금 창백한 편이었다. 나는 양모養母 보다 생모生母가 여전히 엄격하긴 했으나, 편한 기분으로 말을 주고받을 수 있었다.[10]

생모는 엄격하면서도 사이세이를 마음으로 친절히 해주었던 것을 알 수 있다. 그렇기 때문에 「막 돌아갔으면서」도 곧장 다시 생가에 뛰어 들어갈 수 있었던 것이다. 생모의 모습과 주변에 대한 것들이 깨끗하고 단정하게 표현되어 있다. 「편한 기분으로 말을 주고받을 수 있었다」는 것은, 감성으로는 어쩔 수 없이 친근함을 느꼈다는 것이다. 슬프게 된 운명의 계기를 이성적으로 생각하여 돌을 던져보는 시를 짓던 기분과는 다르다. 실제상황에서는 만나보면 왠지 기분이 잘 맞고 즐거워지는 것은 어쩔 수 없는 모자관계에서 비롯되는 것은 아닐까 생각된다.

양모 하츠의 내연의 남편인 우보원의 주지 스님 신죠의 양자가 되어 그 성姓을 받게 됨과 동시에 절에 살게 되었을 때도, 사이세이의 속마음은 남몰래 생모를 위해 부처님께 기도[11]드릴 수 있게 된 것을 기쁘게 생각했다. 생모에 대한 그리움은 떠나지 않아 「사람이 없는 곳이나 거리에서 나직한 목소리로 엄마의 이름을 불러보기도 했다. 영원히 만나볼 수 없는 엄마 이름」을 살그머니 소리내어 불러보기도 했던 사이세이의 애절함을 알 수 있다.

생모에 대한 그리움으로 양모를 차갑게 대하면서도, 또 한편으로는 그러한 마음을 미안하게 생각했다[12] 양모인 하츠는 「오늘도 엄마에게 꾸중 들어/ 자두나무 아래에 가서 쉬었네」라고 이유 없이 아이를 체벌하는 것으로 노래되거나, 생모와는 반대로 낮부터 술을 마시는 등의 흐트러진 모습으로 그려져 있다. 두 어머니 모두에게 「엄마母」라는 단어를 쓰고 있으나 그 둘의 존재는 사이세이에게 서로 다른 두 개의 내면

을 갖게 만들었다고 할 수 있다. 더욱이 아버지도 아닌 어머니란 존재
는 개인의 인격의 내면에 깊이 관여하여 그 정신세계의 토대를 마련한
다는 것은 아무도 부인 못할 사실인 것이다.

3. 목가적 서정과 도회적 서정

사이세이는 1909년에 재판소를 퇴직하고 다음해에는 도쿄로 상경
하여 소위 말하는 방랑기에 접어든다. 생존자체까지 위협받는 곤궁함
을 맛보고 고향으로 돌아갔을 때 거기에서도 안주할 수 없는 자신을 발
견한다. 그것은 성장과정과 관련된 자기 확인이었다고 해도 과언이 아
니다. 그 때 처음으로 다른 종류의 애상哀傷이 표현되는데, 그 기법도 기
존의 상징주의적인 간접표현이 아니라 솔직한 직접적인 표현으로 나
타난다. 아사이 기요시가 지적하고 있는 것과 같이 바로 이 시기가
「사이세이의 시인으로서의 확립」[13]이었다.

이렇게 해서 발을 들인 시적 도정의 최초의 성과가 서정소곡抒情小曲
이었다. 사이세이의 서정소곡은 『서정소곡집』『파란 물고기를 낚는 사
람』『조작집鳥雀集』의 순으로 간행되었지만, 이들 시집 3권은 모두 동시
대의 작품이다. 대체로 22세부터 26세 때까지의 시기로 청춘의 애환이
이 세 시집에 흘러들어 있다. 『서정소곡집』의 서언序言에서 하기와라 사
쿠타로는 다음과 같이 평하고 있다.

> 그가 과거에 발표한 모든 시편 중에서 이런 서정시만큼 정직한 감정에 가득
> 차 있는 것은 없다.…(중략)…그 리듬은 과거에 나타났던 일본어의 서정시의
> 무엇에서도 발견할 수 없는 진귀한 섬세함을 갖고 있다. 그리고 이 시집은
> 기타하라의 『추억』 이후의 일본 유일의 아름다운 서정소곡집이다.[14]

사이세이와 깊은 교우가 있었던 하기와라 사쿠타로였으므로 높은 평가를 내린다는 것은 당연한 것일 수도 있겠으나, 이러한 서언은 『서정소곡집』의 본질을 가장 잘 나타낸 것이라 하겠다. 이 서언에서 눈에 띄는 것 하나는 이 시집이 기타하라 하쿠슈의 『추억』이후의 단 하나의 훌륭한 시집이라는 그 관계이다.

다시 기타하라 하쿠슈의 『추억』과의 관계를 살펴보면 1911년 간행된 『추억』에서부터 1918년 간행된 『서정소곡집』까지는 8년의 세월이 있다. 이 사이에도 서정소곡은 많은 시인에 의해서 지어졌고 이 후에는 더욱 많은 작품이 발표되었다. 그러나 이토 신키치伊藤信吉는 그 세월을 통해 근대시의 훌륭한 성과라고 할 만한 시집은 『추억』과 『서정소곡집』 두 편밖에 없었다고 말하며 서정소곡의 시인으로서 사이세이는 거의 절대적인 존재였다고 설명하고 있다. 그러한 사이세이의 『서정소곡집』의 공간적 배경은 가나자와와 도쿄이다.

1) 가나자와와 도쿄

① 하얀 눈의 가나자와

사이세이가 태어난 가나자와는 일본중부의 서해안을 따라 형성된 호쿠리쿠北陸 지방의 하나인 이시카와 현의 중심도시이다. 이웃하는 도야마富山 현과 경계를 이루는 학산白山지역에서 북서쪽으로 흘러 「일본해」로 빠져나가는 사이 강犀川이 가나자와 시가지를 통과하고 있기도 하다. 특히 호쿠리쿠 지방은 늦가을에서 초겨울에 걸쳐 '시구레時雨'라 하여 오락가락하는 비가 많이 내리며 겨울에는 눈이 많이 내리는 곳이다. 『서정소곡집』의 「자서自序」에서도 사이세이는 다음과 같이 회고하고 있다.

나는 눈이 깊은 북쪽 지방에서 자랐다. 11월 초순의 오다 말다 하는 초겨울 비는 날이 감에 따라 진눈깨비가 되고, 아름다운 눈이 되어 산과 들과 거리와 집집을 둘러쌌다. 마을 사람들은 집집마다 북쪽으로 난 창문과 출입구를 짚이나 멍석으로 덮었다. 길의 양쪽에 쌓인 눈은 지붕과 비슷한 높이까지 쌓여서, 밤에는 눈 덮인 창문이나 출입구의 문사이로 등불이 새어나오고 있었다. 아이였던 우리는 언제나 방에 앉아 있거나 난로를 쬐거나 하며 무서운 눈보라의 밤을 보내고 있었다[15]

　매서운 눈보라의 밤을 지냈다고는 하지만, 사이세이의 시나 소설에서 눈은 무서움이나 겨울의 혹독함보다는 쓸쓸하면서도 정결한 분위기를 떠올리게 하는 배경으로서 자리하고 있는 편이다. 사이세이의 자서전이기도 한『유년시대』에서도 친아버지가 돌아가시던 날도「아침부터 내려쌓이기 시작한」많은 눈이 그려져 있고 장례식날도 눈이 흩날리다가 점점「심해져서 행렬이 늦어질 뻔하였다」고 말하고 있다.「밤에는 눈 덮인 창문이나 출입구의 문사이로 등불이 새어나오고 있었다」는 표현 또한 짧은 서정시를 방불케 한다. 다음은『서정소곡집』에 실려 있는 눈을 소재로 한 시이다.

　　얼어서 아픈 듯이/ 끝없이 마음은 반짝이어/ 마른나무 위에 흔들리며 울린다/ 나의 그대와 헤어져 걷노라면/ 나타날듯이 사라질듯이/ 내려 쌓이는 내손의 하얀 눈을/ 아, 그대는 쓸어주네　　　　　　　　　　〈눈 오기 전〉

　흩날리는 흰 눈은 얼어붙은 마음이나 헤어져 슬픈 마음을 내리는 비처럼 무겁지만은 않게「나타날듯이 사라질듯이」가볍게 처리해주는 듯하다. 현실적인 아픈 마음을 흩날리는 눈에 가탁하여 환상적으로 읊고 있다. 외롭고 불우했던 유년을 보낸 사이세이였지만 가나자와의 천연의 환경이 그의 감성을 다정다감하게 만들어 준 것에 틀림없다. 아무래도 하얀 눈은 신비스럽고 그 색깔이 주는 이미지가 늘 보는 사람으로 하여금 설레게 하고 깨끗한 세계를 동경하게 만들어준다. 불우한 소년의 마음을 치유하는 데 알게 모르게 작용했다고 생각된다. 「마음은 반짝인다」는 표현은 눈 내리는 고장에 살아온 사람의 정서와 어울리면서도 밝다. 다음의 〈3월〉이란 시에서도 또 다른 느낌의 눈에 관한 서정을 맛볼 수 있다.

> 옅으므로 더욱 신선한 은색으로/ 벚꽃도 붉게 핀 물결 위에/ 3월의 가루눈이 하염없이 내린다/ 눈을 긁어모아 손에 쥐어보면/ 손에 쥔 틈으로 사라져버린다/ 무엇을 애달프다 말할 수 있나/ 너의 붉은 장갑에 흰 눈도 옅게 녹아내린다
>
> 〈3월〉

이 시는 아직 눈이 녹지 않은 북쪽 지방의 이른 봄날 흐릿한 날씨 속에 가랑눈이 내리는 3월. 그것은 겨울도 봄도 아니고, 두 개의 계절 사이에 끼워진 미묘한 시간의 감상적 표현이라고 할 수 있다. 눈 내리는 3월은 봄으로 느껴야 할지 아직 겨울로 느껴야 할지, 애매모호한 이중적 정서에 감싸이게 만들고 있다. 벚꽃은 이미 피어 있어 현실적 감각을 자극하는데 흩날리는 가루눈은 금세 녹아내려 다시금 무상無常의 환상을 자아내고 있다. 「붉은 장갑」은 청춘의 상징성을 내포하고 있는 것일까. 그만 청춘의 뜨거움에 흰 눈은 어느새 녹아내리고 있다. 「붉은 장갑」은 연애시의 미美의 정감으로 노래되어진 것이라고 생각된다.

② 사이 강과 과일나무

목가적인 정서를 길러준 것은 눈만이 아니다. 가나자와 시가지를 흐르고 있는 유명한 사이 강은 사이세이의 정신적 풍토에 빼놓을 수 없는

요소라 하겠다. 사이세이가 양자로 자란 우보원은 사이 강을 가로지르는 다리 근처에 있었기에 더욱 그러하기도 하였다고 생각된다.

> 아름다운 강은 흐르고 있었네/ 그 근처에 나는 살았었지/ 봄은 봄, 여름은 여름대로의/ 꽃을 피우고 있던 강둑에 앉아/ 책속의 인정과 사랑을 알아버렸지/ 지금도 그 강물은 흐르고/ 아름다운 미풍과 함께/ 푸른 물결 가득 출렁 거리네
> 〈 사이 강 〉

고향의 자연인 사이 강을 수식하는 언어에 「아름다운」이라는 형용사를 쓰고 있다. 그 강물 위를 부는 바람에 대해서도 「아름다운 미풍」으로 표현하고 있는 것으로 보아 특별히 사이 강의 물결과 그 흐름에 마음의 위안을 받았던 것으로 추측이 된다. 「성에 눈 뜰 무렵」에 그려진 사이 강은 지금과는 달리, 강물은 찻물로 쓰일 만큼이나 깨끗했으며 맑은 물이 계속 흘러 「몇 번이고 다시 푸기도 하였다」는 것으로 보아 사이세이가 무척 사이 강을 사랑했음을 느낄 수 있다. 그의 시가 감상적感傷的이면서도 깔끔한 것은 절이나 맑은 강가에서 자랐던 환경과 무관하지 않을 것이다.

가나자와에는 또 집집마다 과일나무가 많았던 것으로 보인다.[16] 『서정소곡집』에 수록된 「소경이정」의 연작 중 마지막은 「살구나무」를 소재로 한 것으로, 사이 강 대교 부근의 시비詩碑에 새겨질 만큼 유명하다

> 살구나무여
> 꽃 달아라
> 땅이여 어서 빛나라
> 살구나무여 꽃 달아라

살구나무여 타올라라

아 살구나무여 꽃 달아라[17]   〈 「소경이정」 그 여섯 〉

「살구」는 훗날 사이세이의 장편 자서전적 소설로 유명한 「살구아이
杏っ子」[18]에서도 알 수 있듯이 시인 자신을 가리키는 말로, 당시의 경제
적으로 어렵던 환경 속에서 떠돌아다니며 생활하던 시인의 격한 심정
이 표출되어 있다. 이 시가 발표된 시기는 사이세이가 사쿠타로와 친교
를 맺기 시작했던 무렵으로 그 때까지 무명시인이던 그의 미래의 삶에
대한 강한 열정과 의지가 표출되어 있다.

작가의 환경을 모른다 하더라도 이 작품은 여성성과 남성성이 절묘
하게 어우러진 느낌이다. 부드러운 이미지의 살구나무를 타이르듯 하
면서도 강하게 꽃을 달아라고 몰아붙이는 명령형의 리듬감은 매우 남
성적이다. 「살구나무여」, 「꽃 달아라」는 처음 다른 행으로 자리 되어 있
었으나 반복되는 사이에 한행이 되어가며 여인에게 매달리는 듯한 애
절함도 더해간다. 더욱이 「꽃을 피워라」가 아니라 「꽃 달아라」라는 표
현은 '꽃을'에서 조사 '을'도 생략한 작가의 강렬한 의지가 전해온다.

「땅이여 어서 빛나라」고 외치고 있는 것은, 다른 지방보다 겨울이 길
어 봄이 늦게 찾아오는 호쿠리쿠 지방의 특색과 어려운 삶이 끝나고 인
생의 봄이 빨리 오기를 기다리는 작가의 심정이 맞물려 표현되고 있다.
그러나 이 시집에는 담백하고 여린 목가적인 서정만이 담겨있지는 않다.

③ 도회적 서정으로서의 도쿄

사이세이는 1910년 5월에 처음으로 도쿄로 올라가 잠시 체류하면서
기타하라 하쿠슈 등을 만난다.[19] 그 이듬해 7월경, 도쿄에서의 생활에
피폐해져 귀향하지만 3개월 뒤인 10월 다시 상경한다. 그러나 고향을
떠난 타지他地에서의 생활은 빈곤과 더불어 방종한 하루하루의 연속이

었다. 어린 시절부터 불우한 환경에서 거칠어져 있던 그의 야성野性이 더욱 밖으로 분출되기 시작한 탓도 있었던 것으로 생각된다. 안정된 삶과는 거리가 멀어져가며, 그 이후 줄곧 가나자와와 도쿄를 빈번히 오가는 떠돌이 생활[20]을 하게 된다. 쓸쓸한 고독을 품은 채 도쿄의 뒷골목을 방황하는 모습은 다음의 시에서도 살펴볼 수 있다.

> 술집에 가면 달이 뜬다
> 개처럼 슬픈 듯이 짖으며 마신다
> 술집에 가면 달이 뜬다
> 술에 빠져 타락해 영혼도 굴러 나온다.
> 술집에 가면 달이 뜬다
> 신경쇠약의 달이 뜬다 〈술집〉

위의 작품은 싸구려 술집에서의 만취를 노래한 유명한 시로 역시 『서정소곡집』에 실려 있다. 어두움에 빠져있는 생활이지만 그 마음에 감추어져 있는 감정은 하늘에 높이 떠 있는 달처럼 밝고 고상하고 싶은 것이다. 요시다 세이치가 「주색탐닉 생활에 의해 사이세이의 순정은 결코 거칠어지지 않았다. 아니, 한편에서 그의 육체가 점차 거칠어지고 퇴폐해지고 감각이 난폭해져 가는 반면, 그의 정신은 상반된 것을 요구하여 지순한 것, 깨끗하고 고결한 것에 대한 동경을 더욱 강하게 원했다.」[21]고 말하고 있는 것은 그의 시의 바탕을 잘 관찰한 지적이라고 생각된다. 술에 취하여야만 현실의 어두움을 벗어던지고 정신이 그리는 이상과 동경憧憬의 세계로 훨훨 날 수 있었던 것이리라. 그러한 감정을 사이세이는 「술집에 가면 달이 뜬다」고 거의 상징에 가깝게 표현하고 있는 것이 아닐까. 「개처럼 슬픈 듯이」, 토로하던 감정을 「달이 뜬다」라는 시어를 반복함으로써 그 서정은 깔끔하게 처리되고 있다. 그러나 도회의 정서는 「술집·신경쇠약」 등이 차지한 슬픈 「개」와 같은 이미지로 그려져 있는 것 또한 간과할 수 없다.

『서정소곡집』과 함께 제 1기에 속하는『파란 물고기를 낚는 사람』에 실려 있는 〈스사키 바다洲崎の海〉에는 사이세이의 도회적 서정이 더욱 잘 나타나 있다.

1

빨간 태양 아래 나가지 마라.
그 창백한 이마는 햇빛에 아플 것이다.

2

자네의 잠들어 있는 얼굴은 유황硫黃과 같다.
깊이 잘 아는 이마이지만 죽음 같구나.

3

황량한 겨울철 스사키 바다, 나 홀로 잠깨어 슬프게
더듬어 만져본 건 차가운 살갗이다.

4

여관을 쫓겨나, 돌아갈 집도 없다.
슬픈 마지막 전차 속에 이마를 떨구고
그대와 함께 밤늦도록 듣는 바다의 겨울

5

동틀 녘에 오고 있는 전차에
어디로 돌아가려고 하는 나인지도 도저히 모른다.
그 창백한 하늘에 멀리 기러기 건너간다.

6

애달프구나, 떠오르는 것은 스사키 바다
그 남자는 도시에서 무엇을 하고 있을까   〈 스사키 바다 〉

도시의 서정은 「죽음 같은 이마」 「차가운 살갗」 등으로 지치고 쇠약해진 생기 없는 육체이다. 시적 화자話者는 「여관에서 쫓겨나」 어디로 가야할지 계획도 세우지 못한 채 「마지막 전차」를 타고 있다. 5연에서의 장면은 영화처럼 갑자기 바뀌어 「창백한 하늘에 멀리」 기러기가 지나간다고 묘사되고 있다. 이는 계절을 따라 오고가는 철새인 「기러기」에 작가의 자화상을 이입시키고 있다 하겠다.

전차에 정처 없이 몸을 부리고, 머리로는 어느새 기러기가 되어 멀리 고향으로 날아가고 싶은 것일까. 아니면 마지막 전차에 이마를 떨구고 「그대와 함께 밤늦도록 듣는 겨울 바다」는 시인 사이세이가 술에 취해 꿈결에서도 어머니를 그리며 고향바다의 물결 소리를 함께 듣고 싶은 그 마음이 잠재적으로 그려진 것인지도 모른다. 「마지막 전차」와 「겨울바다」는 지상과 하늘을 잇는 너무도 생소한 이중구조이기 때문이다.

4연의 「그대와 함께」에서의 「그대」를 거리의 여자로 볼 수도 있겠으나, 이 시에서의 「그」는 지친 몸으로 전차에 혼자 타고 있는 것으로 상상하는 쪽이 어울린다. 「그대」는 마음에 떠나지 않는 엄마라고 해석해 볼 수도 있을 것이다. 사이세이가 타지에서 외로우면 외로울수록 그리웠던 것은 행방을 모르는 생모가 아니었을까. 그는 여전히 마음 한구석에 생모를 찾고 있었는지도 모른다. 「그 남자는 도시에서 무엇을 하고 있을까」라고 스스로 자문하고 있는 마지막 구절은 여러 가지로 음미할 만하다. 작가 사이세이에게 있어 '서정시인'이란 것은 또 하나의, 생모를 찾고 구하고 표출하는 작업이었다고 생각되기 때문이다.

2) 고향과 타향의 혼재된 이중구조

무명의 젊은 시인으로서 「도쿄」라는 도회지의 끝없는 깊이는 어떤 의미로는 아무도 모르는 고요함 속에 머물 수 있는 차원이기도 하지만 또 한편으로는 고독 그 자체였을 것이다. 작가의 정신은 전차 속에서도 「기러기」가 되어 이곳저곳을 떠돌고 있다. 사이세이의 도회에서의 떠도는 정서가 「기러기」로 표출되어 있다면, 가나자와에서도 그의 마음은 바닷가를 떠도는 「갈매기」로 그려져 있다.

> 갈매기 하얀 갈매기/ 멀어져가는 갈매기/ 이렇게도 슬프게 흥얼거리며/ 물가 따라 하염없이 날아서가네/ 갈매기 하얀 갈매기/ 노을 저편으로 물들어가며/ 한 방울 우는 것은 하얀 갈매기/ 애달프게도 도시를 벗어나와/ 바닷가 물결 따라 멀어져가네
>
> 〈 갈매기 〉

도쿄에서의 생활을 견딜 수 없을 때마다 다시 가나자와로 돌아왔던 반복된 방랑생활 중, 어느 날 가나이와金石를 방문하고 그 해안에서 부른 노래이다. 이 시는 제1연 4행, 제2연 5행의 짧은 문장으로, 저녁 무렵의 해변을 파도에 흠뻑 젖으려는듯이 날아다니는 갈매기에게 작가는 자신의 감정을 이입시키고 있다. 제1연의 「이렇게도 슬프게 흥얼거리며/ 물결 따라 하염없이 날아서가네」는 다시 제2연의 「애달프게도 도시를 벗어나와/ 바닷가 물결 따라 멀어져가네」로 이어진다.

여기서도 「갈매기」에 가탁된 작가의 마음은 바다 위 하늘을 맴돌기보다는 도시를 벗어나 물결 따라 저 멀리 또 날아만 가고 있는 것이다. 도쿄의 스사키 바다 위를 저 멀리 건너는 「기러기」나, 물결 따라 날아가고 있는 가나이와의 「갈매기」는 모두 정착을 하지 못하고, 돌아온 곳에서 다시 떠나온 곳을 그리며 오가는 방랑의 표징일 뿐이다. 그런 마음이 실려 있는 시는 한두 편이 아니다. 우리는 그 안에 두 개의 도시가, 또 두 개의 다른 정서가 함께 뒤섞여 노래되고 있는 것을 놓칠 수 없다.

그리운 도쿄 아사쿠사 밤의 불빛

아침부터 밥도 먹지 않고

파리한 얼굴을 하고 내가 부르는

나의 노래 소리가 사라져 가면

노래하다 지쳐 죽은 것

오늘은 바닷가에도 옅게 구름지고

갈매기가 울어 댄다   〈 도시로 〉

　7행의 짧은 시 속에서도 공간적 배경은 둘이라고 할 수 있다. 그리고
몸이 있는 도시와 마음이 그리는 도시는 둘로 따로 있는 것 같으면서도
함께하고 있다. 마음 따라 장소를 바꿔 몸이 머물면, 또 마음은 그곳에
있지 않고 멀리 떠나버리고 있다. 다시 말해 이중의 공간적 배경 속에
정신 또한 이중으로 겹쳐있는 것이다. 다시 찾은 고향의 바닷가에서 사
이세이는 또 「도쿄 아사쿠사 밤의 불빛」을 그리워하며 지쳐죽을 때까
지 노래하는 시인으로 살고 싶은 마음이 드러나 있다.
　이러한 고향 가나자와와 도쿄의 혼재된 이중구조는 다음의 시에서
도 더욱 뚜렷이 살펴볼 수 있다.

덜커덩 덜커덩 기차는 출발한다

기차는 또 하나씩 하나씩 도착한다

불빛 켜질 무렵

저 북쪽 지방의 눈을 쌓고서는

지쳐서 뜨거운 숨을 몰아쉬는 기차다

도시와 거리마다

저 머나먼 설국의 마음을 옮겨놓는다

나는 건널목의 다리 위에서

하얀 눈 냄새를 맡고 있다

아사쿠사의 불빛도 보이는 다리 위   〈 우에노 역 〉

사이세이는 어두운 밤 도쿄의 우에노 역에서 기차를 바라보고 있다. 몸이 있는 곳에서도 언제나 마음은 둘이었듯이 우에노의 기차를 보면서도 작가의 마음처럼 또 하나의 설국雪國 가나자와를 보고 있다. 「북쪽 지방의 눈을 쌓고」라는 표현이나 「지쳐서 뜨거운 숨을 몰아쉰다」는 표현으로 알 수 있다. 기차의 출발과 함께 우에노 역에는 불빛이 켜지기 시작하고 그와 동시에 사이세이는 자신의 고향인 가나자와를 떠올리고 있는 것이다. 또한 「덜커덩 덜커덩」거리는 기차의 건조한 출발 소리를 들으며 「하얀 눈 냄새를 맡고 있다」는 감정에는 도회적 정서와 목가적 정서가 함께 공존하고 있는 것이다.

날아다니는 새뿐만 아니라 지상의 기차에서도, 그것이 오고가는 것이라면 어떤 것이었든 간에 시인의 마음을 가탁시켜 읊고 있다. 두 도시를 오갔던 사이세이의 떠돌이 생활은 그의 시선이나 감정이 안으로 매몰되는 것을 차단하는 동시에 늘 밖으로 뻗치게 하는 작용도 하고 있다. 현실 속의 사이세이는 우에노 역에서 아사쿠사의 불빛을 바라보고 있지만 상상속의 그는 자신의 고향인 가나자와의 건널목을 지나는 눈 덮인 기차를 느끼고 있는 것이다. 즉, 가나자와와 도쿄의 두 도시가 한 작품에 혼재되어 이중의 정서를 띠고 있다.

이러한 특색이 가장 두드러지는 것으로는 그의 대표작으로 일컬어지는 〈「소경이정」 그 둘〉을 들 수 있다.

고향은 멀리 있어 그리워하는 것

그래서 더욱 슬프게 노래하는 것

설령

영락하여 타향의 거지가 된다 하더라도

돌아갈(올) 곳은 아니리

홀로 도시의 해질 녘에

고향 생각에 눈물짓는

그 마음 다잡고

머나먼 도시로 돌아가야지

머나먼 도시로 돌아가야지   〈「소경이정」그 둘〉

　이 시는 자신을 백안시했던 고향과 고향 사람들에 대한 현실적 반항감과 함께 이율배반적인 고향을 향한 애절한 사모의 정이 혼재되어 묻어나오는 것으로, 시가 쓰여진 장소를 두고 해석이 엇갈린다. 제6행의「도시都」와 마지막 두 행에 반복된「도시みゃこ」가 어디인가에 대한 것이다. 「도시」를 서로 다르게 표기한 것에서도 해석의 논란을 가져오는 한 요인이 되기에 충분하다고 생각된다. 결국 이와 같은 일종의 표현상의 애매함은 이 시가 무엇보다 기존의 서정시에서 흔히 나타나는 비유의 묘사와 같은 언어적 장식보다는 감정의 기복을 우러나오는 대로 표현한 것에서도 비롯되었다고 할 수 있다.

　사이세이의 시 세계를 대표하는 위의「고향」에 대한 시는 도쿄에서 가나자와를 떠올리며 지었다는 사쿠타로의 설이나 가나자와에서 도쿄를 떠올리며 지은 것이라는 요시다의 주장 모두 타당하면서도 또한 타당하지 않다고도 볼 수 있다. 지금까지 다른 시에서도 맛보았던 것처럼 그의 시의 공간에는 도쿄와 가나자와가 혼재되어 있기 때문이다. 굳이 해석하자면 시인 사이세이가 가나자와에 돌아와서 다시 도쿄를 떠올리며 도쿄로 돌아가고 싶은 마음을 읊었다고 감상된다. 돌아와서 느끼는 탄생지 가나자와는 이미 그리움의 대상과는 거리가 멀었고 타향과

마찬가지로 차갑게 느껴졌을 것이기 때문이다. 애정은 증오로 바뀌어 작가는 다시 아사쿠사의 불빛이 보이는 도쿄를 고향처럼 느껴보고 싶고 거기서 대리만족을 구하고 싶은 욕구도 강했을 것이다. '천애고아'와 같은 작가의 존재감은 어느 곳이나 타향이었으므로, 그의 작품 속에는 한결같은 모습으로의 고향은 없다는 것을 지금까지의 시에서 발견할 수 있었다. 한자 「歸える」로 표현한 시구를 「돌아올 곳은 아니리」라고 읊는다면 그 의미는 더욱 선명해진다.

4. 정신적 이중성의 명과 암

사이세이의 서정시는 「단순 애련의 정을 모티브로 하는 영탄의 노래에 머무르는 것이 아니라 생활성・인격성이라는 내용을 품고 있다」[22]는 이토 신키치의 지적은 매우 적절하다. 내부적인 확대를 통한 다양한 표현의 폭을 갖고 있는 것이다. 다음은 〈「소경이정」 그 하나〉이다.

> 흰 생선은 빈약하다/ 그 검은 눈동자는 어쩌면/ 어쩌면 그토록 가련한가/ 밖에서 점심을 먹는/ 나의 서먹함과/ 슬픔과/ 들으려 안 해도/ 참새가 자주 울어댄다 　　　　　　　　　　　　　　　　　　　〈「소경이정」 그 하나〉

위의 시는 가난한 것에 대한 감상이지만 그 안에는 생활적인 것이 뚜렷이 투영되어 있다. 「밖에서 점심을 먹는」에서의 「밖」은 빈약한 음식점이나 작은 식당일 것이다. 이런 곳에서 늘 먹어야 하는 식사는 얼마나 공허한가를 흰 생선의 검은 눈동자의 가련함에 가탁하며 표현하고 있다. 단란한 가정에서 정성이 담긴 음식을 먹지 못하는 사람의 서글픔이 잘 배어나오는 시이다. 「생선」 「점심」 등의 생활용어를 시어로 사용하고 있어 현실적인 감각을 맛보면서도 「참새가 자주 울어댄다」는 구절로 시는 불쑥 반전되고 만다. 사이세이의 서정이 다른 서정 시인들과 구별되는 것은 바로 이런 것이 아닐까 생각된다. 어두움이 밝음으로 반전되거나 밝음이 어두움으로 시적변화를 일으키는 곳에 그의 서정의 특색이 있다 하겠다.

「참새」는 일반 서민이라 할 수도 있다. 그러나 작가는 「참새」라는 용어를 끌어들임으로 해서 인간적인 현실로만 매몰되려는 감상을 슬쩍 풍경 속으로 날려 보내고 있다. 하이쿠의 정조情調에 어떤 일상성이나 생활을 접목시킨 것과 같은 시적형태라 할 수 있을 것이다. 1929년 봄에 간행된 『교민도홋구집魚眠洞発句集』[23]의 「서문」에서 사이세이가 「늘 고풍스러워야하는 시적정신을 배울 수 있었던 것은 내 생애 중에 이 홋쿠発句의 길을 제외하고는 찾을 수 없다」고 말하고 있는 것처럼 자연시에 가까운 서경상징시인 홋구, 즉 하이쿠의 섬세한 감각적 표현과 풍경이 그의 시에 맞물려 있는 영향도 한 원인이라 하겠다.

작가 사이세이가 『서정소곡집』「각서」 중의 「암흑시대」에서 「홍고本鄕의 골짜기인 네즈根津의 습윤한 여인숙에서 매미 철에 우는 매미의 맴-하는 소리를 들으며, 여러 차례 실패와 질 나쁜 술과 방탕한 여름을 맞았었지 … (중략) … 어떤 날은 학산白山신사의 소나무에 쓰르라미의 울음소리를 듣다가, 우에노上野의 새벽 종소리를 듣고서야 돌아왔다」는 것처럼 그의 정신세계는 밤의 「쓰르라미 울음소리」와 현실의 새벽 「우에노의 종소리」가 함께 공존하고 있다.

이러한 사이세이 서정시의 성격은 예술파적 시인 군상 가운데 가장 괄목할 만한 활약을 보이며 일본 시단을 주도하게 되는, 같은 하쿠슈의 문하생이며 사이세이와 교류가 돈독했던 사쿠타로朔太郎의 시세계와 비교 검토해 봄으로써 더욱 그 특색을 보다 명확히 이해할 수 있다.

여행길에 나서면

후련스레 마음 기쁜 것

여행길에 나서면

도시의 피로, 떨쳐지겠지 하고

신록을 응시하듯 오직 믿으리

설령 쫓기어 떠나는 마음일지라도

이름 모를 지상에 새겨지는

새로운 초목과 꿈이라고 오직 믿으리

신과 짐승과

인간의 길이 끝없으므로

오직 굳게 믿고 서둘러 가리라   〈 여행길 〉

위 시의 초출은 1914년 4월 『산달래ｱﾗﾗ』에 발표된 것이다. 사쿠
타로의 1913년 5월 『왕귤나무朱欒』에 게재된 〈여행길〉과 비교하여 감상
하기에 안성맞춤이다. 또한 위의 시는 「1914년 2월 사쿠타로를 찾아
처음으로 마에바시를 방문했을 때 지어진 것」[24]이라는 지적을 염두에
둘 때, 사쿠타로의 작품을 의식하며 쓴 것으로 추측할 수 있다. 성립 배
경이야 어찌되었든 '여행'이라는 낭만적 소재에 대한 두 시인의 각기
다른 심경이 여실히 드러나고 있다는 점에 주목해볼 수 있다. 사쿠타로
에 비해 사이세이의 〈여행길〉은 인생의 무게를 진지하게 현실적 태도
로 직시하려는 자세가 엿보인다. 사쿠타로처럼 프랑스에 대한 동경과
미지의 세계를 향한, 어떻게 보면 즉흥적이고 가벼운 여정이 아니다.

「도회지의 피로」나 현실적 삶의 어려움 속에서도 이에 굴하지 않고
경건한 자세로 그 파고波高를 헤쳐 나가려는 건실한 삶의 의지가 후반
부 4행에 잘 드러나 있다. 오직 현실이라는 무게를 직시하고 그 무게를
자신의 시적 열정으로 극복하려는 강인한 의지 표현의 대상이었던 것

이다. 이러한 시풍의 차이는 다음의 시에서 보다 명확히 나타난다.

> 언덕을 내려가려는 것은 은제의 걸인이라
>
> 걸인의 손에 온통 이끼가 피어나
>
> 걸인의 손에 영혼은 춤춘다
>
> 걸인의 눈에 닿는 사과
>
> 파인애플 종류
>
> 혹은 카스테라 · 와플 종류
>
> 그것들 모두 미각을 잃고
>
> 와플 같은 것은 참으로 초췌하구나
>
> 걸인은 기도하고
>
> 걸인은 구하며
>
> 멀리 저 멀리로 사라진다   〈 은제의 걸인銀製の乞食 〉

위의 시도 『서정소곡집』에 수록되어 있는 것으로, 무엇보다 먼저 시선을 끄는 것은 〈은제의 걸인〉이라는 특이하고 흥미로운 제목이다. 이와 같은 세련되고 감각적인 어휘구사는 사쿠타로의 『순정소곡집』에 있는 〈양은접시〉와 같은 작품을 떠올리게 되고, 제2행의 「걸인의 손에 온통 이끼가 피어나」와 같은 특이한 묘사는 사쿠타로의 시집 『우울한 고양이靑猫』에서의 〈대나무〉를 연상하게 만든다.

위의 시에서 〈은제의 걸인〉이란 사이세이 자신을 나타낸 말로 「정신의 고귀성으로는 귀족이면서 생활의 빈곤한 처지로는 걸인임을 뜻하는 제목」[25]이라는 지적은 누구에게나 동감이 될 것이다.

걸인은 손에 온통 이끼가 낄 정도로 가난하지만, 그의 「영혼은 춤추고」 「사과」 「파인애플」과 같은 배고픔을 달래줄 수 있는 양식 또한 고고한 정신을 지닌 걸인에게는 모두 「미각을 상실」한 채 초췌해 있다는 것이다. 그보다는 더 나아가 무엇인가를 위해 기도하고 무엇인가를 끊임없이 추구하며 저 먼 곳으로 사라져 가는 걸인의 모습을 노래함으로써 정신세계를 표현하고 있다.

위의 시에 나타난 우의적寓意的 의미로서의 걸인의 존재는 사쿠타로의 대표적인 시 〈우울한 고양이〉에 나오는 「거지乞食」와는 다르다. 〈우울한 고양이〉에서의 「거지」는 같은 걸인이라도 도시에서의 생활에 지쳐 뒷골목 어딘가에 웅크리고 있는 창백하고 외로운 존재다. 사이세이의 걸인이 기도하며 언덕 아래로 걸어가고 있는 것에 비하여 사쿠타로의 걸인은 벽에 기대어 있는 탓인지 정신적인 강인함이나 의지 등은 느껴지지 않는다. 사이세이의 걸인은 겉모습의 어두움과는 달리 정신적인 밝음이 뚜렷이 존재하고 있다.

이처럼 사이세이의 초기 서정시는 고독한 현실의 어두움을 표현하고 있으면서도 정신의 이상세계로 향한 밝음이 절묘하게 조화된 상태로 나타나 있다. 이는 사이세이가 자라온 고향 가나자와의 목가적 풍토와 도쿄의 도회적 현실 정서가 함께한 것에서 비롯된 것이라 할 수 있다. 특히 절寺이라는 종교적 환경에서 지냈던 어린 시절은, 눈이 많이 내리는 가나자와의 환경과 함께 늘 정신의 청결함을 샘솟게 만들고 구하게 하여 〈은제의 걸인〉을 탄생시킨 것이 아닌가 생각된다.

5. 맺음말

사이세이의 시세계는 순박함과 강인함, 애정과 증오를 동시에 보이는 양면성을 보이고 있다. 어린 시절 아주 가까이서 생모와 양모, 두 사람의 어머니 사이를 남몰래 오가야 했던 성장배경이 내면적으로는 서로 다른 두 자아를 갖게 했다고 생각된다. 사생아와 같은 처지는 출생해서부터 성장한 가나자와라는 도시를 여느 사람이 느끼는 안락함보다는 타향과 같은 불안을 느끼게 하여, 철이 들고 나서는 늘 그를 외지外地인 도쿄로 내몰았다. 그러나 정을 붙일 수 없었던 도쿄의 생활 또한 그를 다시 가나자와로 돌아가게 만들어 언제나 방랑의 떠돌이 생활을 하지 않을 수 없었다.

그러므로 그의 시 속에는 두 도시 가나자와와 도쿄의 풍경이 공간적 배경으로서 존재하는 것은 물론, 때로는 그것들이 하나의 시 속에 함께 그려져 있기도 하였다. 두 도시의 풍토적 요소와 왕복을 되풀이한 고단한 생활은 명과 암이 혼재하는 이중구조의 성격을 띠게 하고 있을 뿐만 아니라, 시인의 시선이나 감정이 한곳에 매몰되는 것을 차단하고 있었다. 안으로 향했던 시선을 늘 밖으로 뻗치게 하는 작용도 하고 있었다.

그러나 외적인 공간뿐만 아니라 한곳에 정착하지 못하는 정신적 방황이야말로 「술집」이나 「갈매기」 또는 「기차·전차」 등의 시어詩語를 통해 내면의 이중성을 보이고 있었다. 그의 서정이 덧없고 애절한 감상에만 젖어 있는 것이 아니라 한 가닥의 심지 같은 것이 관통되어 있는 강인함에서도 또 다른 면의 이중성을 맛볼 수 있었다. 밝음이 어두움으로 반전되거나 어두움이 밝음으로 시적변화를 일으키는 것도 그의 서정의 하나였다.

이처럼 그의 시가 감상적이면서도 권태에 빠지지 않고 깔끔한 것은 눈이 많은 가나자와의 기후와 맑은 강가에서 자랐던 목가적 환경과 무관하지 않을 것이라 생각된다. 또한 시와 더불어 규격에 짜맞추는 하이쿠를 함께 지었던 것도 그의 서정시의 특색과 관련이 있을 것이다.

마지막으로, 가장 많이 읊어지고 사랑받고 있으면서도 「고향이 어디인가」하는 문제로 유명한 〈「소경이정」 그 둘〉의 노래에서, 사이세이의 고향을 어느 한 도시로 규정하려는 것은 의미가 없다고 생각한다. 다른 시에서도 살펴보았듯이 도쿄와 가나자와가 혼재되어 있어, 한쪽 도시로만 한결같은 마음으로 치우치는 고향은 없었다고 하는 것이 타당할 것이기 때문이다. 사이세이의 『서정소곡집』에 면면히 흐르고 있는 명과 암, 그리고 두 도시가 혼재된 이중성이야말로 그의 서정시의 특색이라 할 수 있다.

---

* 이 글은 2007년 『일본연구』(제34호, 한국외국어대학교)에 발표한 「사이세이 시에 나타난 서정의 이중성」을 수정·보완한 것임.

1 사이세이는 만 15살 때부터 부터 하이쿠를 짓기 시작하여 죽을 때까지 58년간 1747句를 남긴 하이진이기도 하다. 그는 「하이쿠로 시작하여 하이쿠로 끝난 사람」이라고도 평해진다. 『室生犀星句集 魚眠洞全句』北國出版社, 1979, 참조.

2 浅井清(他)編『研究資料現代日本文学』第7巻 詩, 明治書院, 1980, p.111.

3 萩原朔太郎「室生犀星の詩」『萩原朔太郎全集』第7巻 創元社, 1951, pp.205-206.

4 吉田精一『日本近代詩鑑賞(大正編)』創拓社, 1990, p.87.

5 原子朗編『近代詩現代詩必携』學燈社, 1993, p.51.

6 인터넷상에서 '무로 사이세이'를 검색하면 「첩의 자식이라고 놀림 받은 사이세이는 생모에 대한 ダブルバインド(二重束縛)을 짊어지고 있었다」라고 설명되어 있으나, 이는 최근의 정신병리학적 용어인 「이중속박」을 빌려 누군가가 올려놓은 것으로 생각된다. 문헌으로는 눈에 띄지 않는다. 「이중속박」이라는 것은 가족 간의 의사소통의 갈등과 모순이 정신분열에 미치는 영향에서 기인하는 언어로 무로 사이세이의 경우와는 좀 다르다고 생각된다.

7 1919년 8월 「中央公論」에 게재한 작품으로 사이세이의 소설가로서의 처녀작이다. 피가 다른 누나와 생모가 주인공 「나(私)」의 마음을 차지하여온 인물로 그려져 있다. 결국은 누나도 생모를 대신하는 인물이므로 이 소설은 행방불명이 된 쫓겨난 생모를 줄곧 그리며 13살까지 성장해온 사이세이의 소년시절의 이야기가 주 내용이다.

8 室生犀星「幼年時代」『佐藤春夫·室生犀星集』日本近代文学大系39, 角川書店, 1973, p.305.

9 「友よ、むしろ哀しきわれを産める/ その母のひたひに七たび石を加ふるとも/ かなしきわが出産はかへらざるべし。」(「滞郷異信」: 1919년 3월 『感情』에 연재)

10 室生犀星「幼年時代」앞의 책, p.280.

11 「만약 엄마가 살아있다면 행복하시기를」하고 기도했다. 텅 빈 본당 한구석에 마치 개미처럼 작게 주저앉아 합장하고 있었다.
위의 책, p.324.

12 나는 「그렇다. 인간은 결코 두 사람의 엄마를 가질 이유는 없다.」고 생각하고 있었다. 그럴 때는, 현재의 엄마를 차갑게 미워했다. 나는 한편으로는 미안하게 생각하면서도 그런 상념에 사로잡힐 때는 이유 없이 엄마에게 차가운 눈초리를 보냈던 것이다.
위의 책, p.311.

13 浅井清(他)編, 앞의 책, p.113

14 室生犀星, 앞의 책, pp.210-211

---

15 위의 책, pp.213-214.

16 「시가지 뒷골목거리의 어떤 작은집 마당이라도 과실이 열리는 나무가 있었다. 청매가 익을 무렵이 되면 계란색의 둥근 열매가 가지 가득히 늘어질 정도로 매달려 있거나, 아름다운 새빨간 수유나무 열매가 담벼락 밖으로 뻗어 나와 늘어져 있는 것이랑, 푸른빛이지만 단맛이 도는 사과, 살구, 눈 많은 지방특유의 자두, 탐스런 복숭아 등이 열렸다」고 회상하고 있다.

17 〈「小景異情」その六〉 あんずよ/ 花着け// 地ぞ早やに輝やけ// あんずよ花着け// あんずよ 燃えよ// ああ あんずよ花着け//

18 1956년 11월 19일부터 다음해인 1957년 8월 18일까지 『東京新聞』에 연재.

19 1910년 5월 5일 가나자와역 오후 9시 29분 발 야행열차로 상경, 도쿄에 가서 시인이 되겠다는 달콤한 꿈을 가지고 출발했으나, 꿈을 이루지 못하고 이내 귀향하고 만다. 정해놓은 직장도 없었고, 있을 곳도 없어 이리저리 전전했다. 처음 상경했을 때의 신바시(新橋)역에는 어린 날 고향친구였던 요시다(吉田) 다나베(田辺) 등이 마중 나와 주었다.
    『犀星』室生犀星記念館, 2003, pp.26-28.

20 1914년부터 1917년경까지 고향과 도쿄를 왕복하는 일이 약 8회나 되었다.
    伊藤信吉『詩のふるさと』新潮社, 1966, p.173

21 吉田精一, 앞의 책, pp.105-106 참조.

22 伊藤信吉「室生犀星集解説」『佐藤春夫・室生犀星集』, 앞의 책, p.38.

23 『魚眠洞発句集』은 사이세이의 첫 번째 하이쿠집이다. 참고로 魚眠洞는 사이세이의 하이쿠 필명이다.

24 『佐藤春夫・室生犀星集』, 앞의 책, p.418.

25 伊藤信吉(他)編「室生犀星」『日本の詩歌』15, 中央公論社, 1975, p.65.

이부세 마스지 문학과 태평양전쟁[*]
─『꽃의 거리』와 『요배대장』을 중심으로 ─

┃손 순 옥

1. 머리말

　오래 전부터 인류는 정복과 피정복의 대립관계를 되풀이해 왔으며 지금도 세계 도처에서는 끊임없이 전쟁 소식이 전해지고 있다. 이러한 전쟁은 예전부터 지배계층의 정치 사회 경제적인 이해관계에 따라 계획되고 발발되어 왔다. 일본이라는 나라도 예로부터 수많은 국내 전쟁을 치러 왔을 뿐만 아니라 19세기 후반부터는 국외적으로도 전쟁의 소용돌이의 주역으로서 등장하게 된다. 20세기에 들어와서도 여전히 「15년 전쟁」[1]을 통해 아시아 대륙에서의 세력 확장과, 나아가서는 서구세력에 대한 '아시아 해방'이라는 명분아래 전쟁을 주도하였다.

　그러나 이러한 전쟁들은 일본의 야심을 관철하기 위한 무모한 행동으로 주변 국가의 반발과 엄청난 희생을 초래한 것은 누구나 잘 아는 일이다. 일본 국내에서도 서민들이 1945년 세계 제2차대전이 끝날 때까지 「국민」이라는 이름으로 생활과 정신이 온통 전쟁 쪽으로 선동되어 수많은 희생을 감수해야만 했다. 전쟁이 진행됨에 따라 여러 분야에서의 참여가 확대되어 갔고, 문학자들도 종군기자, 선전반원 등의 임무로 징용되어 전쟁에 동원되었다. 그들은 국가의 요구에 따라 「황국사상」의 고취와 전쟁의 당위성을 주장하기 위한 역할을 담당하게 된다.

그 시기에 다른 문학자들과 함께 이부세 마스지(井伏鱒二, 1898~1993, 이하 이부세라 칭함)[2] 도 적지 않은 나이에 징용되어 전쟁 체험을 하게 된다. 와세다 대학 불문과를 중도에 그만두고 몹시 우울한 시기를 보내다가 1929년 31살 때『유폐幽閉』를 가필한『도롱뇽山椒魚』을 발표함으로써 본격적인 작가활동을 하고 있던 이부세였다.

그는 태평양전쟁이 발발하기 직전인 1941년 11월, 43세에 육군징용원으로서 입대하여, 타이 상륙, 싱가포르에 체제하며 현지신문『쇼난타임즈昭南タイムズ』에 근무하기도 하고 「쇼난昭南일본학원」에서 일본어를 가르치기도 하였다. 만 1년만에 징용이 해제되어 45년 7월 폭격을 피해 히로시마 고향에 돌아와 다시 피난 생활을 한다.

이부세는 거의 70년간을 쉬지 않고 창작생활을 해오는 동안 「신흥예술파」라든가 「전후작가」라고 불리기도 하나, 그는 어느 시류에도 휩쓸리지 않고 초연하게 자기나름의 느긋한 자세로 글을 써 왔다고 할 수 있다. 그러나 학생시절의 우울했던 기분을 나타낸 그의 초기 작품보다는 1945년 8월15일의 패전을 겪고 난 후의 만년의 작품이 무엇보다도 거침없이 자유롭게 그의 작품세계를 결정짓는 역할을 하고 있다.

같은 시기의 가와바타 야스나리(1899~1972)가 패전의 상황과는 동떨어지게 일본의 미의 전통을 잇는 글을 쓰고 있었다면, 이부세는 자조적인 필치로 사회비평을 내포한 서민의 삶을 심도있게 그리고 있었다. 초기의 작풍을 벗어나 이러한 현실적 리얼리즘을 창출하게 된 데에는 그의 전쟁체험이 빼놓을 수 없는 계기가 되었을 것이다.

전쟁 종식 후 60년이 지난 21세기 오늘날에도 지구의 한편에서는 전쟁이 끊임없이 이어지고 있으며 일본 또한 여전히 무력적인 욕망을 버리지 않고 있다. 최근에도 전범들의 위령신사인 야스쿠니靖國신사 참배나 유사법제하의 자위대 재무장 등으로 여전히 이웃나라와의 갈등을 빚고 있는 것이다. 이러한 시점에서 태평양전쟁을 점령지에서 직접 체험하고 그것을 작품으로 표현한 이부세의 작품『꽃의 거리』와『요배대장』을 분석하고 감상해보는 것은 의미가 있을 것으로 생각된다.

태평양전쟁은 역사상 미증유의 최대전쟁이었고, 전쟁이 끝난 1945년 8월 15일은 일본으로서도 사람들은 죽음으로부터의 해방이었고, 사회의 모든 것을 일변시키는 순간이었다. 그러므로 이를 계기로 문학에서도 전전戰前과 전후戰後로 나누고 있다.

『꽃의 거리』는 태평양전쟁이 한창이던 때에 점령지 싱가포르에서 쓰여진 작품으로, 당시 특수한 상황으로 볼 때 검열을 염두에 둘 수밖에 없었던 가운데 창작되어 본국으로 보내진 작품이다. 이 작품의 연재 직전까지 쇼난[3]일본학원에서 강의했던 그 무렵의 실제 체험을 근거로 한『꽃의 거리』는 일본군 선전반의 사람들과 쇼난일본학원의 우등생 벤 리욘 일가와의 교류를 그린 작품이다.

다음 작품인『요배대장』은 패전 후 5년이 지나서 발표된 것으로, 이 작품 역시 이부세의 징용 생활을 통해 겪은 여러 사건과 인물이 반영되고 있다. 그러나『꽃의 거리』와는 달리 표현의 자유로움 속에서 창작된 작품이므로 작가의 사상이 작가가 의도하는 대로 직접적으로 표출될 수 있었다고 말할 수 있겠다.

두 작품 모두 태평양전쟁 중에 일어난 일이 사건의 실마리가 되고 있으나 발표된 것은 8년의 시간차를 두고 있다. 전시와 전후라는 상반된 상황 하에서 창작되어진 두 작품을 감상해 보면서, 두 작품의 차이는 무엇이며 작가 이부세가 태평양전쟁을 어떠한 시각으로 어떻게 그리고 있는지를 살펴보고자 한다.

2. 태평양전쟁과 이부세 마스지의 징용체험

근대에 들어와 많은 서민의 피흘린 희생으로 승리를 거둔 러일전쟁 이후, 일본은 그들의 「천황」을 정점으로 하는 군부 관료 대자본가 지주 등의 특권계급에는 번영을 가져와 더욱 크게 「국위를 선양」하게 되었다고 자부심을 갖게 된다. 「'부국강병富國强兵'이라는 네 글자만큼 군국의 의도를 단적으로 잘 표명한 것은 없다」[4]는 말처럼 일본의 군국체제는 1931년의 만주사변, 1937년의 중일전쟁을 거치면서 더욱 급속히 가속화되었다.

히틀러의 나치스독일과 무소리니가 주도하는 이탈리아의 미친 듯한 무력침략정책에 의해 유럽에 세계대전의 위기가 다가옴에 따라, 이에 발맞추어 일본도 국민정신총동원, 신체제운동이라는 이름하에 국가총동원법이 발령되고 있었다. 나치스를 모방한 대정익찬회大政翼贊會[5] 등이 조직되어 위로부터의 언론 사상 예술 출판에 대한 통제가 한층 엄격하게 된다.

일반 민중은 전쟁에 내몰리는 것을 싫어했으며 점차로 자유스럽지 못한 생활에 불평을 갖게 되고, 일본의 앞날에 불안을 느끼면서도 한편으로는 천황중심의 국가체재에 대해 긍지를 갖기도 한다. 일본은 패하지 않는다는 신념과 지도자들의 선전에 의해 중국이나 남방으로 진출하는 것만이 일본의 살 길이라고 믿는다. 그런 가운데서도 일본의 군국주의화, 파쇼화에는 비판적이고 반대했던 문학자들마저 1941년 12월 8일의 미국과 영국을 상대로 한 선전포고에 의해 단번에 열렬한 애국

주의자, 민족주의자로 변모해 갔다.[6]

문학자들은 국가적 비상시에 민족의 운명에 직접 관계가 없는 문학을 쓰는 것에 자신감을 잃어 점차 겁쟁이가 되어갔고, 끝내는 스스로 국책에 순응하게 되어갔다고 오쿠노 다케오奧野健男씨는 설명하면서 다음과 같이 덧붙이고 있다.

> 자신을 문학자, 지식인 등으로 특별한 인간인듯이 생각해 온 것은 부질없고, 일본 국민의 한 사람에 지나지 않는다는 반성에 휩싸였기 때문이며, 또한 반대로 말하면 문학자의 특권이나 생활을 유지하기 위해, 국책에 적극적으로 협력했다고도 할 수 있습니다.[7]

바로 이 무렵, 자유시의 스케일이 컸고, 일본 휴머니즘 시인의 고봉高峰이라고까지 기대되던 시인 다카무라 고타로高村光太郎나 「돌아가시는 어머니」를 59수의 단카로 지어 애도함으로써 서민의 사랑을 한몸에 받았던 가인 사이토 모키치齋藤茂吉 등도 모두 「아시아 해방의 장거에 나선」,[8] 일본의 이상理想과 비장미悲壯美를 노래하며 국가권력에 협조하기에 급급했던 것이다. 이때는 마음의 께름직함과 불안을 지우기 위해서도 민족의 감격이나 결의를 표현한 시나 노래가 국민에게 열광적으로 읽혀졌는지도 모른다.

이처럼 많은 문학자들이 한쪽에서는 민족주의에 마음이 움직이게 되고 애국주의자가 되었지만, 일면에서는 군부관료의 문학통제에 반발하여 자신의 문학의의를 다시 한 번 새로이 자각하여 지키려하는 모순된 미묘한 정신상황이 나타나기도 하였다. 아무튼 중일전쟁 개시부터 1941년 12월 8일에 시작된 태평양전쟁에 걸쳐, 일본제국주의의 운명을 결정하는 전쟁의 국면이 무제한으로 번져감에 따라 문학자들도 자의든 타의든 간에 「성전聖戰」 찬가를 표방하는 일이 급증했다는 것을 잘 알 수 있다.

　　그러한 상황속에서도 〈낙하산〉〈후지산〉〈전쟁〉 등을 지어 노골적으로 반전反戰을 노래한 시인 가네코 미쓰하루(金子光晴, 1895~1975)가 있었듯이, 이부세 또한 만주사변 이후 개성적인 작품[9]을 발표하는 일이 늘어났다. 「군국주의적인 입장에 동조하는 일 없이 항상 서민의 눈과 마음을 계속 지니고 있었다」[10]고 평가받고 있는 것처럼, 그는 자연이나 운명에 몸을 맡기면서도 연약하고 불쌍한 인간들이 그들 나름대로 힘껏 살아가는 모습을 그리고 있었다.

　　그러나 중일전쟁이 막바지에 이르던 1941년, 이부세도 국가총동원법에 기초한 국민징용령에 따라 징용되기에 이른다. 그 해 11월, 고후甲府시에 체재하고 있었던 이부세는 동경으로부터 갑자기 날라온 전보로 육군 징용영장이 도착된 것을 알게 된다. 11월 22일 몹시 추운날 오사카 연대에 수용되어 임지도 임무도 알지 못한 채 1만톤급의 배에 실려 남방으로 끌려갔다.[11]

　　이 때 함께 징용된 작가, 화가, 편집자, 기자, 사진사 등은 선전부대의 요인으로 남방작전의 전개와 영미英美와의 결전에 앞서 편성되어, 전지戰地의 정보 선전활동과 점령지의 문화공작을 위해 동원되어 말레이시아, 버마, 필리핀 등의 남방 각지에 보내졌던 것이다.[12] 이부세는 12월 8일, 홍콩 앞 바다 150리를 남항 중이던 수송선에서 태평양전쟁 발발을 알게 되고, 사이공, 말레이시아반도, 싱고라를 거쳐 싱가포르에는 일본군이 점령했던 다음날인 1942년 2월 16일 입성하게 된다. 영국의 식민지였던 싱가포르는 영국군이 일본에 항복함으로써 다시 일본군의 점령하에 놓여져 바로 군정軍政에 들어갔고 이름도 쇼난昭南특별시로 바뀌어진다.

　　이부세는 일본군이 접수한 영자신문 「쇼난타임즈」의 편집 겸 발행인으로 근무하다가 후에는 작가 진보 고타로神保光太郎가 원장으로 있는 쇼난일본학원에서 근무하며 현지인에게 일본역사를 강의하게 된다. 몇 달 후 소설 집필 요청이 대본영에서 직접 하달되어, 이부세는 1942년 8월 17일부터 10월 7일까지 50회에 걸쳐 현지에서 집필한 「꽃의 거리花の街」를 「도쿄일일東京日日」 신문과 「오사카매일大阪毎日」 신문에 연재하게 되는 것이다.

3. 전시 하에서의 『꽃의 거리』에 나타난 점령지

『꽃의 거리』는 국가의 주문에 의해 점령지에서 쓰지 않으면 안 되는 상황에 처하여 탄생된 이부세의 작품이다. 군부의 명령에 의하여 쓰여진 것이므로 참혹한 전쟁을 사실 그대로 고발하고 있지 못하고 점령지는 매우 평화롭게 통치되고 있는 듯이 그려져 있다. 소설의 내용은 작가의 징용지였던 싱가포르를 무대로 하여 일본군 선전부 자료반의 사람들과 쇼난일본학원 학생 벤 리용 일가와의 한가로운 교류를 다루고 있다. 특히 일본어의 표기문제에 대한 시비와 함께 골동품 주인과 그 주변인물인 벤 리용일가와의 관계, 또 그 골동품에 관심을 갖는 선전반원의 이야기가 대부분이다. 거기에 멋진 일본 장교에 대한 벤 리용 어머니의 애틋한 마음이 조금 덧붙여 그려져 있다.

군부 당국의 집필명령에 의한 것이니만큼, 점령군에게 적개심 따위를 보이지 않는 사람들만 등장시키고 있어 전시중이라는 현장감을 좀처럼 느낄 수 없게 만들고 있다. 그러나 실제로는 폭탄의 흔적이 남아 있는 점령지에서 횡포가 심한 일본군의 모습을 여러 곳에서 목격하고 있었음은 자명한 일이다. 이부세는 사령부와 함께 이동하는 선전부자료반에 소속되어 있었던 까닭에 전사자를 내는 일은 없었으나 「다른 반에서는 전사하는 사람이 있었다. 자살하는 사람도 한 사람 있었다.

아군의 헌병에 사살되는 사람도 한 사람 있었다」[13]고 훗날 쓰고 있다. 아군의 병사조차 전쟁을 견디지 못하고 자살하는 사람이 여전히 있었던 당시의 싱가포르 상황을 다음의 글에서 알아보기로 한다.

싱가포르는 1942년 2월에 영국군이 항복하여, 일본군의 점령하에 놓여졌다. 싱가포르 인구의 대부분은 중국인으로, 그네들은 본국에서의 저항에 깊이 공감하여 지원을 계속하고 있었으므로, 일본군은 중국인에 대한 잔혹한 보복행위로 나섰다. "일본인은 중국인을 증오하고, 학대했다. 싱가포르 중국인 중에 그네들에게 저항하는 사람은 모두 처형당했다. 수만의 중국인이 트럭으로 실려갔다. 대부분이 장기해안이나 다른 동해안으로 끌려가, 그룹지어 묶이었다. 그들은 몽둥이로 맞았고, 그래도 죽지 않은 사람은 총검으로 찔려 죽임을 당했다."[14]

위와 같은 현실이 이부세의 눈에 들어오지 않았을 리가 없다. 하지만 작품에서는 점령지의 현실이 전쟁전의 평화로운 풍경과 다름없이 보일 정도로 무사평온한 장소로 그려져 있다. 지루할 정도로 일본어의 표기문제인 가타카나 사용법에 대한 것으로 시종 옥신각신하는 모양만을 두드러지게 나타내 보이고 있을 뿐이다.

이 작품이 1942년 8월 17일 연재되기에 앞서 8월 13일자 「오사카매일신문」에 실린 기사를 읽어 보면 「작년 말, 대동아전쟁이 발발하자 이부세씨는 즉시 육군보도반원으로서 말레이시아 전선에 종군했습니다만, 이 역사적 일대 변혁 속에서 포착한 창작에 대한 치열한 정열은, 군복무의 여가를 틈내어, 마침내 이 '꽃의 거리'라는 대작을 결실시킨 것입니다. '꽃의 거리'는 전쟁의 와중에서도 밝은 희망을 안고 일어서는 쇼난시의 한 시민의 사소한 생활면을 주요한 소재로 하여, 그 배경에 팽배하게 넘치는 아시아 민족 융성의 모습을 남김없이 그려낸 종군 작가 최초의 거탄」[15]이라고 선전되고 있다.

이부세가 징용이 아니라 스스로 출정하여 종군소설을 쓰고 있는 것처럼 과대 선전되고 있는 처지에서, 또한 군인의 일거수 일투족이 그대로 자신의 목숨과 직결되는 상황에서 작가는 더욱 자신의 생각을 감추어 표현할 수밖에 없었으리라 생각된다.

1) 일본어 교육에 대한 무관심의 표명

『꽃의 거리』의 등장인물 중에는 이부세 자신을 포함하여 징용으로 끌려간 세 사람의 문학자가 선전반원의 모델이 되고 있다. 현지의 일본어 학교였던 쇼난일본학원이 주요무대가 되어 있고, 그 곳의 원장도 간다 고타로神田幸太郎로서 실제 쇼난일본학원의 원장을 하고 있었던 진보 고타로神保光太郎를 모델로 하여 이름도 비슷하게 쓰고 있다. 또 「키가 크지 않은 살찐 마루센 나리로, 지독한 근시 안경을 쓰고 40이상으로 보이는」 싯카롤이라는 별명을 가진 골동품 애호가로 그려진 기야마 기요조木山喜代三는 이부세 자신이라 할 수 있다. 작품을 썼던 당시의 작가는 44세의 나이에 안경을 쓰고 있었으며 골동품 애호가였던 할아버지의 영향으로 어린 시절부터 골동품을 좋아하는 취미를 가지고 있었다. 그리고 졸업식에서 영어로 연설을 하게 되어 있는 쓰키지 벤지로築地弁二郎는 평론가 나카지마 겐조中島健蔵가 모델이라고 지적되고 있다.[16]

모델이 된 세 사람은 작품 속에서 각각의 역할을 담당하고 있다. 간다 고타로와 기야마 기요조 두 사람은 같은 시공간時空間에서 제각기 다른 생각을 하곤 한다. 다 같이 기분이 좋을 때에도 한 사람은 자신이 가르쳤던 가타카나가 실생활에 도움이 된다는 생각으로 흐뭇해하는가 하면, 다른 한 사람은 진귀한 물건이 있어 보이는 골동품가게를 발견한 것에 기뻐하고 있다.

간다원장이 잘못된 가타카나 사용법을 시정하기 위해 자세하고 장황하게 설명하고 있는 상황에 이르면 기야마는 미간을 찌푸리며 단숨에 고쳐 써주는 편이 나을 것이라는 생각에 답답해한다. 기야마는 「가나 사용법 등 문제가 아니고 앞서 본 골동품 가게에서 우연히 진귀한 물건을 손에 넣을 때의 기분은 매우 각별할 것이라」는 상상을 하며 기분 좋아하는 것이다. 작품의 첫 부분부터 마지막까지 시종 골동품에 대한 관심을 놓치지 않고 있는 기야마에게 우리는 유의할 필요가 있다.

간다원장이 점령지의 현지민에게 일본어교육을 단단히 시켜 군국에 협조하고 있는 당시의 전형적인 지배층의 모습이라면, 작가는 기야마를 통해 그보다는 더 소중하다고 생각하는 일반 서민의 취미생활을 부각시키고자 하는 의도가 엿보이기 때문이다. 다음은 골동품에 관심을 보이고 있는 기야마와 바른 일본어 보급에만 열을 올리고 있는 간다원장과의 대화 부분이다. 줄곧 서로 다른 화제를 입에 담고 있다.

"이봐, 간다씨, 다른 얘기인데, 아까 골동품가게 이야기인데 말이야. 그 벤 리용이라는 소년이 말했는데, 그 골동품가게는 가게 선반에 당나라 때의 백자와 아카에赤繪로 장식한다더군. 그리고 쪽 빛의 당초문양의 자기를 진열한다고 하더군. 위조품이 아니라면, 도난품일까. 그렇지 않으면 출토품이겠지. 이곳에서 물려 내려오는 것은 없을 꺼야."

"그러나 말이야. 벤 리용이, コット, ウ를 コット—라고 쓴 것은 그래도 용서할 만한 점이 있어. …(중략)… 내가 본 것이 요전 주의 일요일로, 내가 그 의사에게 면회를 요청하여 주의를 주었지. 「ガンカセンモン(안과전문)」이라 쓰라고 딱 부러지게 주의를 주었어. 그런데 그 다음날 월요일에 보니 「ガンカメノイシャセンモン(안과 눈의사 전문)」이라 쓰여 있더군. 그래서 또 면회를 요구했으나, 마침 환자가 와 있었어. 안과 전문의라지만, 체온계를 환자 입 안에 넣고 있더군."

다른 얘기지만, 백자나 아카에赤繪 등은, 출토품 쪽이 물려 내려온 것보다 잘 분간할 수 있어. 초보자도 비교적 알아보기 쉽지. 최근 많이 발굴되어 일본 국내에도 들어오게 되었지만 대개는 출토품이야. 주로 인도 타이 인도네시아의 세레베스섬에서 출토된 것들이지. 그러나 그 이외 토지에도 많이 묻혀 있을꺼야. …(중략)… 남방의 토지에서 많이 출토된다고 하니 마치 꿈같은 얘기가 아닌가.”

“그것도 그럴지 모르지만, 내가 면회를 청했던 안과의사는, <u>간판의 글자를 반드시 바르게 고쳐 쓰겠다고 나에게 약속했지. 그 다음날 그 안과의사의 간판을 보니 완전히 말레이시아어 글자로 고쳐 쓰여 있었어.</u> 아잣도라는 곱슬머리를 흩뜨려 놓은 것 같은 고풍스런 글씨였어. 내가 귀찮게 구니까 화가 났는지도 모르겠지만 이것이 점령 당시의 일이였다면, 의사 쪽에서도 조금은 조심했을꺼야.” (밑줄: 필자)

간다원장은 골동품 이야기에는 전혀 귀 기울이지 않고 오로지 현지 주민들에게 바른 일본어와 글자를 보급시키고자 하는 생각을 얘기하고 있으며, 기야마 역시도 자신의 관심사인 골동품에 대한 이야기만 하고 있다. 같은 인력거에 합승하여 나누는 대화라고 하기에는 납득하기 어려울 정도로 제멋대로이고 뒤죽박죽이다. 그것은 점령지의 상황이나 일본어 교육에는 무관심한 기야마의 태도에서 비롯되었다고 볼 수 있다. 작품에서 이부세는 자신을 모델로 하고 있는 기야마라는 선전반원을 통해 전쟁과는 동떨어지게 딴청을 부리고 있는 인물을 그리고 있는 것이다.

여기서 작가의 생각을 구체적으로 더듬어 볼 수 있다. 간다교장은 끈질길 정도로 일본어 표기나 발음에 집착하고 있다. 실제로 당시에 현지민에게 점령군으로서 그렇게 강요하였는지는 알 수 없으나, 작가는 이를 부각시킴으로써 지배자의 위세와 그에 고통받는 현지민의 마음을 그리려 한 것이 아닌가 생각된다. 앞에 필자가 밑줄을 그어놓은 부분에서 알 수 있듯이 바른 일본어 표기를 강요하고 있는 간다원장의 말에 안과원장은 고치겠다고 철썩같이 약속을 한다. 그리고 다음날, 태연히 자국문자인 말레이시아어로 써 놓게 만든 창작의도에서 현지민의 마음속에 깔려 있는 저항은 물론, 작가의 노골적으로 드러내놓을 수 없었던 소극적 저항을 읽을 수 있기 때문이다.

검열을 염두에 두고 쓴 내용 속에서도 희미하게 전쟁에 대한 이부세의 반감이 군데군데 표출되고 있다. 선전반 건물을 「바보스럽도록 크다」거나 현지민이 선전반원 표시만 달고 있으면 아무나 보고 대감을 부르는 호칭인 「나리」라고 부르며 굽신거리는 태도를 은연중에 풍자하고 있는 것이다. 그리고 징용에 끌려나간 자신의 나라 일본 병사들의 모습을 「의식儀式이 있는 날에는 긴 칼을 차고 긴 구두를 신고 하나같이 두발頭髮을 아무렇게나 늘어뜨리고 있다. ……이전의, 이 거리에서는 어떠한 가난한 실업자라도 그런 볼품없는 쑥대머리는 안 했던 것」이라고 안쓰럽게 보고 있다.

점령지인 쇼난시에서 「마루센 나리」로 통하는 일본 선전반원들의 사회적 지위는 현지민의 입장에서 볼 때에 높은 위치에 있었음에도 불구하고, 전쟁 전의 가난한 실업자에도 못 미치는 매무새를 지적하고 있는 것이다. 글로 더 이상 쓰고 있지는 않으나 그 까닭이 전쟁에 있다는 것을 암시한 것이라 하겠다.

또 작품을 의뢰한 측에 주의를 하면서도, 작가 이부세는 당국의 일본어교육으로 현지민의 정신을 말살하려는 태도에 크게 부응하지 않고 있다고 생각된다. 그는 현지 주민들이 일본어의 가나사용법에 대해 표면적으로는 열성적이고 적극적인 태도를 보이는 것 같으나, 실제적인 성과는 대단치 않음을 그리고 있다. 예를 들어 쇼난일본학원의 원장인간다 고타로가 일어교육에 대한 자신의 업적을 자랑하고 증거하고자 찾아간 학교에서, 간판마저 엉뚱한 글자로 되어 있음을 알게 된다. 아동들에게 일본어를 가르치는 신분인 교장에게조차도 일본어 가나사용의 학습이 제대로 안 되고 있는 현지의 실태를 부각시키고 있다.

올바른 가타카나 사용법 논쟁에 대한 끈질긴 설명을 질리도록 문장에 표현하고 있는 것과는 대조적으로 앞서의 안과 의사나 현지민의 교장이 전혀 엉뚱한 행동을 하고 있는 듯이 소설에서 묘사하고 있는 것은 바로 작가의 의도라고 할 수 있다. 일본 군당국의 철저한 현지교육정책을 나타내기 위해, 언어의 꼬투리를 물고 늘어지는 상황을 지루하도록 묘사하고 있는 반면에, 그것을 비아냥이라도 하듯 현실과는 전혀 걸맞지 않는 기야마의 골동품취미라든가 벤 리용가를 제외한 현지민의 돌발 행동을 그리고 있다. 군부의 식민지교육 정책에 아랑곳하지 않고 무관심한 작가의 생각을 드러내는 것이라 생각된다. 게다가 우등생이라 칭찬받는 벤 리용이 가엾도록 안타깝게 바른 일본어 사용에 몰두하고 있는 모습을 그리고 있는 것도 은연 중의 작가의 저항이라고도 볼 수 있다. 아버지 없는 벤 리용의 저자세일 수밖에 없다.

2) 「평화」와 「꽃」으로 표현한 역설적 저항

일본어교육과는 별도로, 이 작품에서 소설의 발단 혹은 사건이라고 할만한 것은 쇼난일본학원의 졸업생인 벤 리용이라는 15살의 화교계華僑系 소년과 그 가족이 겪는 이야기이다. 리용의 어머니인 리용 아찬은 14살에 결혼하여 17살에 남편을 잃은 미망인이다. 아들 벤과 딸 도미를 두고 있는데, 아들 리용은 누구보다 인내심을 갖고 일본어를 잘 배우려는 모범생으로 그려져 있고 그녀는 말레이시아남자 우센에게 봉으로 잡혀 시달리고 있는 처지이다. 우센은 의지할 곳 없는 리용 일가를 이용하여 자신이 보호해주는 댓가로 돈을 갖다 바치라고 요구하기도 한다. 이 사실을 「마루센 나리」인 기야마에게 상담하는 것으로 내용은 깊이를 더해간다.

결코 그 가족이 행복하고 평화롭다고는 할 수 없다. 아버지가 없는 가족이 행복할 리가 없다. 그것도 위험한 전시중에는 더욱 그럴 것이다. 리용의 아버지의 죽음에 대하여 작가는 아무것도 그 이유를 쓰고 있지 않다. 가와무라川村湊씨가 이에 대해 「리용은 작가가 쇼난 타임즈사의 책임자로 있을 때 사환으로서 데리고 있던 16살의 소년을 모델로 한 것으로서 그 사환의 아버지가 일본 헌병의 손으로 처형되었던 것처럼 작품속의 리용소년의 아버지도 그와 같았다면 결코 그 사인死因을 확실히 쓸 수 없었다」[17]고 말한다. 리용의 아버지도 스파이나 반일행위의 죄목으로 몇 천명 또는 몇 만명으로 전하여지는 싱가포르 화교 학살 때에 처형되었을 것이다.

이부세가 진정 작품에서 쓰고 싶었던 것은 싱가포르 대학살에서 죽어간 많은 이의 목숨이며 가슴 아픈 참상이었을지 모른다. 허구인 소설에서조차 작가는 리용의 아버지가 병으로 죽었다거나 사고로 죽었다고도 꾸며대지 않기 때문이다. 오히려 연재에 앞서 쓴 당시의 「작자의 말」(8월 13일)에서 다음과 같이 평화를 강조하고 있다.

쇼난시는 지금 매우 평화롭다. 매우 잘 다스려지고 있다. 거짓말이 아닌가 하고 생각될 정도로 평화롭다. (이래서는 과분할 정도 평화로운 게 아닌가) 마을을 걷고 있어도, 숙사에 있어도, 내 머리에서 떠나지 않는 것은 이 한 가지 사실이다. 그러나 이 평화스런 거리에도 불행한 사람도 있고, 또 행복을 느끼는 사람도 있을 것이다. 그것은 말할 것도 없는 일이다.

나는 이 시내에 있는 어떤 연립주택의 어느 일가족의 상황을 정성껏 묘사하여, 의심없이 이 마을의 평화를 믿는 시민이 있다는 것을 아는 하나의 자료

로 삼고 싶은 것이다.[18] (밑줄 : 필자)

정녕 의심없이 「평화를 믿는 사람이 있다」는 것을 자료로 삼고 싶다는 이부세의 독백은, 그 자체가 전쟁에 대한 항거가 아닐까? 전쟁이란 악마적 행동에는 결코 평화가 있을 수 없고, 더욱이 점령을 당한 피지배인의 상황은 정신적으로나 물질적으로 곤혹하기가 이루 말할 수 없었을 것이다. 그럼에도 불구하고 표면적으로는 잘 순종하고 있는 애처러운 서민의 가정을 그려냄으로써 오히려 전쟁에 대한 역설의 효과를 나타내고자 한 것이라 생각된다. 작품에 들어가기에 앞서 쓴 당시의 징용병이었던 인간 이부세의 말과는 달리 작품에서 우리는 그리 평화로운 분위기를 느낄 수 없기 때문이다. 그보다는 작가로서의 이부세는 당시 현지민의 어려워진 경제활동을 더 많이 그리고 있다.

구하기 어려워진 생활필수품, 일자리가 나빠진 환경, 전쟁 전에는 현지시간으로 10시경에 문을 닫았던 가게들이 전후에는 도쿄시간으로 6시경에 문을 닫는다는 것 등을 묘사하고 있다. 즉 현지시간으로 5시면 아직 해가 다 지지 않은 이른 시간임에도 불구하고 점령국인 일본나라의 사정에 맞춰 일찍 가게 문을 닫게 강요받음으로써 나빠진 싱가포르 현지의 경제활동 등을 알리고 있다.

어려워진 생활환경과 더불어 참혹한 전쟁을 치루어 여기저기 전쟁이 지나간 흔적이 남아 있는 쇼난시를 그리고 있는 것을 빼놓지 않고 있다. 폭탄의 흔적으로 지면엔 커다란 구멍이 뚫려 있고 선전반 전용으로 사용하고 있는 자동차에도 탄환 자국이 있는 것 등을 세밀하게 쓰고 있다. 그러면서도 소설의 제목을 「꽃의 거리」라고 한 것은 「화교華僑, 화인華人의 거리」[19]를 말하는 것으로, 중국인의 거리라는 뜻으로 풀이할 수도 있겠으나, 그 보다는 작가가 부득이 꽃 '화花'를 사용한 것에는 숨은 뜻이 따로 있을 것이다. 결코 아름답진 않았을 거리를, 아름다움의 상징인 「꽃」이라는 단어로 대치하고 있으며 줄거리에서도 「꽃」은 등장하고 있기 때문이다.

포석과 돌담의 토대 사이에 작은 틈새가 생겨, 그 곳에 자귀나무 잎을 닮은 작은 잎과 작은 꽃을 가진 풀이 나 있는 것을 설명하고 있으며, 포탄으로 뚫어진 구덩이 속에 던져진 차파카꽃에서 「달콤하고 강렬한 꽃향기」가 난다고 작가는 다음과 같이 쓰고 있다.

> 아찬은 맥빠진 듯한 모습으로 서 있었지만, 그러한 모습채로, 어스름한 속으로 청초한 뒷모습을 보이고 걸어가 그네 옆의 커다랗게 지면에 뚫어진 구멍 옆에 멈춰 섰다.
>
> "오오, 분가 차파카 그 냄새..."
>
> 그녀는 기야마 일행 쪽을 돌아보고, 오히려 즐거운 듯한 목소리로 말했다.
>
> "나의 집의 도미는 이 꽃향기를 좋아합니다. 나는 이 꽃가지를 꺾어 돌아가 겠습니다. 오오 뭔가 태평스러운 듯한, 천진난만한 느낌의 향기입니다."
>
> 그녀는 지면에 뚫려진 구멍에 한 쪽발을 들여 놓았다. 기야마도 중사도 그 구멍 옆으로 다가가서 기야마는 그녀에게 물었다.
>
> "이 구멍은 무엇인가. 아마, 아이들의 모래장난 하는 장소이겠지."
>
> 그러자 그녀는 꺾어든 꽃가지를 기야마의 코끝으로 가까이 하고 대답했다.
>
> "이 꽃냄새... 그리고 이 지면의 구멍은, 폭탄의 흔적입니다. 일본군이 2월 4일에 부끼테마로부터 가세이 빌딩을 쏘았습니다. 그러나 오늘은 누군가 이 구멍에 이 차파카꽃을 던져 넣은 것입니다."
>
> 구멍 안에는 바닥 쪽으로 고인 물이 보이고, 나뭇가지를 잔뜩 던져 넣었다. 달콤하고 강렬한 꽃향기가 난다. 밤나무 잎 같은 모양의 잎 부근에, 뱅어 같은 꽃잎을 가진 꽃이 피어 있다. 그것이 여러 개가 희끄무레하게 보였다.
>
> (밑줄 : 필자)

광장의 웅덩이는 전쟁으로 인한 「폭탄의 흔적」임에 틀림없다. 소문대로라면 그 웅덩이는 엄중처벌된 수많은 화교들이 던져져 매장됨으로써 일본 군인의 손에 목숨을 빼앗긴 아픈 역사의 현장이다. 또 그렇지 않다 하더라도 포탄이 떨어진 순간에 전쟁수행을 위한 희생이 많았으리라는 것은 짐작이 가는 일이다. 그러나 작가 이부세는 화교의 목숨이 던져진 사실과는 달리 여인 아찬의 입을 빌려 「오늘은 누군가 이 구덩이에 이 차파카꽃을 던져넣은 것」이라고 말하고 있다. 또한 여인으로 하여금 그의 딸인 도미가 그 「꽃향기를 좋아한다」고 설명하게 만들고 있다.

보기에 따라서는 이 작품을 「군부당국의 기대에 가장 부합되는 종군소설」[20]이라고 평하는가 하면, 전지에서 집필된 것임에도 불구하고 전쟁과는 상관없는 「전쟁에 대한 훌륭한 부재증명」[21]이었다고 평가받고 있는 것은 이와 같은 내용 때문이라고 생각된다. 훗날 『꽃의 거리』집필 동기에 대해서 「징용으로 외지에 와 있었으므로 내지에서 걱정하고 있을 가족에게 태평히 지내고 있는 것을 알리고 싶었다」[22]고 말하고 있는 것처럼 역시 의도적으로 평화로운 풍경을 그리고 있었음을 알 수 있다.

이것이야 말로 작가가 이 소설에서 말하고자 한 주제의 백미가 아닌가 생각된다. 점령군이 저지른 혹독한 참상를 그대로 쓸 수 없었던 아픔을, 그러한 현장에 작가의 목숨도 있다는 것을 사실적으로 알려 가족을 걱정시키기보다는 그 반대로 그려, 전쟁을 극복하고자 하는 심리를 나타낸 것이라 보면 지나친 비약일까? 참상의 증거를 뚜렷이 남겨놓으려고 폭탄으로 생겨난 웅덩이는 작품 속에 그리고 있으면서도, 던져진 인간의 생명 대신 작가가 「꽃」을 던지고 있는 것은 전쟁에 대한 진실을 도회적으로 표현한 것이다. 그와 동시에 목숨에 대한 작가의 휴머니티를 「꽃」으로써 대변하고 있는 것이라 볼 수 있다.

리용의 아버지도 그 곳에 던져졌을지 모르므로 작가는 그의 딸이 그 꽃향기를 좋아하는 것으로, 그 아내는 던져진 꽃가지를 다시 조금 꺾어서 가지고 돌아가 그 냄새를 맡도록 설정하고 있는 것이다. 「꽃」은 바꿔 말하면 참형당한 중국인이며, 또한 작가의 애도를 표하는 것으로 이중적 효과를 지니고 있다 하겠다. 그러므로 제목으로 사용한 「꽃의 거리」는 은유적 표현으로 바로 전쟁을 고발하고 있는 것이라 할 수 있다.

아찬이 연모했던 멋있는 일본인 병사가 차파카꽃을 손수건에 싸들고 와 물수반에 서너잎을 띄우고 「역시 향기가 나는군요」라고 말하며 기야마와 함께 번갈아 꽃의 향기를 맡고 있는 장면은 바로 작가 이부세의 감추어진 마음과 애도를 표현한 것이라 할 수 있다. 게다가 그 꽃향기를 「강렬하고 달콤」하다거나 「뭔가 태평스러운 듯한, 천진난만한 느낌의 향기」라고까지 표현하고 있는 것이야 말로 「전쟁」과 「평화」를 대조시킨 작가의 저항이라 하겠다. 「작가의 말」에서 「평화」가 강조되었듯이 심지어 폭탄으로 인해 황폐해진 곳에서도 침략자가 다 빼앗을 수 없는 「차파카꽃」으로 상징되는 그들만의 것들은 여전히 건재하다는 역설적 저항이었다고 생각된다.

이 작품을 두고 「점령군과 현지민과의 우호관계에 어디까지나 매달려 있다. 서민 중심적 묘사라는 측면에서는 지금까지의 이부세의 존재가 확인되는 작품이지만, 점령지의 상황이나 현지민의 진정한 목소리가 거의 파악되지 않았던 점이 한계」[23]라고 지적한 글도 있으나 꼭 그렇지만은 않다. 지금까지 살펴본 것처럼 강제적으로 징용당해 강제적으로 쓰여진 작품이란 것을 염두에 두어야 한다. 군국이라는 당시의 상황은 지금으로서는 도저히 상상을 할 수 없는 악독한 체제였다. 작가의 목숨을 저당잡히고까지 쓸만한 환경이 아니었다. 군당국의 바람과는 달리 그 시류에 영합하지 않고 딴청을 부리는 것만으로, 숨은그림찾기처럼 감추어 기록하고 드러내는 것만으로도 최선이었던 것이다.

그러므로 같은 태평양전쟁을, 같은 징용경험을 토대로 하여 쓰여진 전후의『요배대장』에서는 어느 작가보다도 이념적으로 군국을 노골적으로 비판할 수 있었던 것이다. 태평양전쟁으로 빚어진 사건과 그때의 후유증을 작가는 살아남은 자로서 유감없이 파헤치고 있다. 다음에서 구체적으로 살펴보기로 한다.

4. 전후의『요배대장』에서의 군국비판

『요배대장遙拜隊長』은 1950년 겨울에 발표된 단편으로, 말레이시아 전선戰線에서 부상당하여 전쟁이 끝나기 전에 고향으로 돌아오게 된 육군중위의 비극을 그린 것이다.『꽃의 거리』보다는 분량이 적다. 패전 후도 전쟁이 아직 끝나지 않았다고 착각하고 있는 미치광이인 전직 장교 때문에, 작가 고향에 가까운 어느 농촌에서 때때로 소동이 일어난다고 하는 이야기이다.「거기에 등장하는 인물은 거의 모두 상징에 이르는 뚜렷하고 단순한 윤곽으로 그려져 있으며, 이 이름 없는 농촌의 상황이야말로 전후 일본의 축소판 같은 인상을 주고 있다」[24]는 나카무라 미쓰오中村光夫의 말 그대로이다.

1) 광인「유이치」에 투영된 군국주의

『요배대장』또한 작가 이부세가 징용생활을 통해 만나게 된 사람들과 보고 들은 이야기와 정경 등의 실제 체험을 근거로 하고 있다.『꽃의 거리』에서와 같은 체험이 이제 전후의 작품에서는 어떻게 반영되고 묘사되었는지 감상해보자.

「요배대장」의 주인공인 오카자키 유이치岡崎悠一는 수송선 지휘관인 구리타栗田중좌中佐가 그 모델이다. 그와는 이부세가 징용되어 오사카

연대에 수용된 1941년 11월 22일에 만나게 된다. 입대한 첫 날 저녁 「수송지휘관인 구리타중좌가 단상에 나와 군인정신에 관해서 훈화를 하자, 인쇄 관계반의 한 사람이 기절했을 정도였다. 군인정신의 엄격함을 새기게 되어 지나치게 긴장했기 때문일 것」[25]이라고 쓰고 있다.

그 다음날 저녁 선서식이 거행되는 자리에서도 수송지휘관의 훈화가 있었는데, 초두에 갑자기 「너희들의 목숨은 지금부터 내가 맡는다」라고 호령하여 사람들이 동요의 기색을 보이자 「투덜거리는 사람은 사정없이 베겠다」[26]는 등이었다. 이제 하루밖에 안 지난 불안하고 익숙지 않은 징용생활의 시작과 함께 이러한 무자비한 어조의 훈시는 징용원들에게는 당황스럽고 심한 공포감마저 느끼기에 충분하였으리라 짐작된다.

출항하여 목적지로 남항하던 중에 태평양전쟁이 발발하자 이 수송지휘관은 갑판에서 「궁성요배식」을 거행하는 등, 기회가 있을 때마다 수차례에 걸친 요배의식을 하게 하여 「요배대장」이라는 별명을 얻게 된다. 이부세는 이러한 상황을 인상 깊게 기억하여 훗날 그의 자전인 『반생기半生記』에서 「나중에, 나는 이 수송지휘관의 단순한 일면을 빌어 『요배대장』이라는 작품을 썼다」라고 기술하고 있다. 당황스럽기 짝이 없는 이부세의 징용생활의 시작은 훗날까지 잊을 수 없는 선명한 기억으로 남아 주인공 「유이치」를 탄생시키게 되는 것이다.

오카자키 유이치(32살)는 정신이 돌아 있다. 보통 때는 비교적 얌전하게 있으나 그래도, 지금도 여전히 전쟁이 계속되고 있다고 착각하여, 자신은 이전과 같이 군인이라고 알고 있다. 하는 일마다 어떤 점에서는 전쟁 중의 군인과 다를 바가 없다. 식사를 할 때, 밥상을 앞에 두고 갑자기 옷깃을 단정히 여미는가 하면 느닷없이 '첫째, 군인은 충성을 다하고…' 등의 다섯 가지 조항을 외우기 시작하는 것이다. 엄마가 담배를 사서 갖다주면, 천황이 하사하신

거라며 감개무량한 나머지 동쪽을 향하여 요배의 예를 올리기도 한다. 길을 걷다가도 갑자기 '보조를 맞춰'라고 소리치며 호령를 내리는 것이다.

위와 같은 행동들은 당시 일본군인들에게는 몸에 밴 것들일 것이다. 부하에게는 물론 자신에게도 항상 엄숙하고 절도있는 행동을 강요했을 것이다. 유이치는 한 번 발작을 일으키면 타인을 자기부하처럼 착각하여 지나가는 사람들에게 갑자기 호령을 하기도 한다. 발작을 일으키지 않을 때는 내지근무로, 발작을 일으킬 때는 전쟁터에서 근무 중으로 착각하고 있는 것이다. 노약자와 부녀자에게는 행패를 부리지 않고 청장년을 대상으로 그것도 사사야마笹山부락에 거주하고 있는 안면있는 사람에 한한다. 그러던 것이 어느 날은 그 마을을 지나가는 낯모르는 청년에게 "이 새끼 적군 앞이다. 엎드려"라고 호령하므로 당황한 청년은 "무슨 잠꼬대같은 소리야 군대놀이는 혼자서 해, 바보 같은 자식, 침략주의자 얼간이"라고 크게 소리치며 유이치의 멱살을 잡는다. 군복입은 청년의 서슬이 대단했다. 마을 사람들이 달려나와 절름발이며 힘도 없는 유이치를 청년으로부터 떼어놓아 겨우 위기를 모면한다.

정신이 돌아버린 유이치의 입에서 나오는 말들은 주로 단편적으로 '멸사봉공滅私奉公' '목숨은 나에게 바쳐' '반군사상反軍思想' '투덜투덜 불평하는 놈은 베어 버릴거야' 등이다. 그러한 말들은 이미 작가 이부세가 징용으로 끌려가던 수송선 안에서도 듣던 말 그대로였을 것이다. 그러나 이야기의 전반부에서는 주인공 유이치가 전쟁에서 어째서 다쳤는지는 아무도 모른다. 후반부에 가서 이부세는 이 짧은 단편 안에 넣은 동요로 인해 주인공 유이치의 과거를 알 수 있는 계기를 만들어 놓고 있다.

갈 테야 갈 테야

빈 바구니 들고서 나는 갈 테야

핫타비라에 와 보았으나

여치가 우는 벌거숭이 들판

풀 따러 풀 따러 와 보았지만

거둔 것은 적어서 바구니 틈새로 새어버렸네

빈 바구니 들고서 나는 갈 테야

마을 어린이들이 풀잎을 하나씩 따면서 부르던 전래동요를, 전쟁에 앞장서 사고당하기 전의 소대장인 유이치는 수송선 안에서 부대의 아마추어 연예대회마다 이 노래를 불러, 병사들도 자연스레 이 동요를 익히게 되었다. 그 부대의 전 상사였던 우에다上田와 옆 좌석에 앉게 된 사사야마부락 출신인 귀환병 요주与+와의 만남에서, 이 동요에 대한 것이 실마리가 되어 유이치가 큰 부상을 입었던 이야기와 정신이 이상해진 전말까지 발전해 나간다. 분위기와는 연결하기 힘든 동요를 곧잘 불렀던 일들은, 「황군의 장교」로서 「전쟁의 화신」이 되어 있는 유이치의 전쟁 이전의 일상과 성품을 상상할 수 있게 한다.

일본 칼을 찬 군복차림으로 마을길을 거닐면서 「힘차게 걸어가」, 「어이 힘차게 걸어가자」 「정신 똑바로 차려」라는 말을 빠뜨리지 않는 미치광이 유이치이지만, 그도 한때는 일상의 평범한 서민이었음을 작가는 강조한 것이라 생각된다. 작품 속에서 다른 이에게 폐를 끼치는 가해자로서 그려진 주인공 유이치는 일본 군국이 가져온 또 하나의 피해자일 뿐이다. 유이치도 처음부터 고약한 성격의 인물이 아니었을 것이다. 문화가 뒤떨어진 고즈넉한 산골 마을에서 성장한 곧이곧대로의 순직한 청년이었기 때문에, 어떤 면에서 나라 일에도 자의식 없이 충성하느라고 하나의 인간 무기가 되어갈 수 있었을지도 모른다. 작가는 이 점에 유의하여 주기를 바라여 유이치로 하여금 전래동요를 부르게 하고 있었을 것이다.

시베리아에서 돌아온 요주를 비롯하여 청년 네사람이 마을의 공동 묘지에서 참배하고 있을 때에 갑자기 나타난 유이치의 광기어린 행동 은 군국에 대한 미움을 넘어 연민을 자아내게 만드는 광경이다. 만두를 하나 손에 받아 든 유이치가 하나밖에 없는 「은사恩賜의 과자」라고 말하 면서 다시 네 사람에게 「동방예배東方禮拜」를 강요한 다음 크게 입을 벌 리게 하고, 네 조각으로 나누어 억지로 입안에 넣어주는 장면에는 처참 한 리얼리티와 혹독한 풍자가 담겨져 있다 하겠다.

묘지로부터 소매없는 옷을 입은 채 어머니에게 끌려가는 유이치를 보고 요주가 「가공할만한 해골이다」라든가, 차에서 만난 우에다조장 이 「유이치가 지겹다. 전에는 무섭다는 생각으로 보고 있었으나, 지금 은 부글부글 끓어오르는 증오의 기분」이라고 말하는 것은 바로 작가 의 「군국」에 대한 감정의 토로와 다름없다. 태평양전쟁 중에는 작가의 말대로 무서워서 감추어 표현한 것이 『꽃의 거리』라면, 전후의 『요배 대장』에서는 군국을 극대화시킨 「요배대장」을 통해 그 때 쏟아놓지 못 했던 말들을 마음껏 토하면서 조롱하고 있다. 그러면서도 면밀히 읽어 보면 그러한 「요배대장」을 만든 책임이 일본인 모두에게 있음을 주인 공 유이치의 어머니의 모습에 가탁하여 상징적으로 표현하고 있는 것 또한 지나쳐 볼 수 없다.

2) 「어머니」에 상징된 일본의 정체

「요배대장」이라 불리는 주인공 유이치의 어머니는 여관에서 종업원 생활을 하면서 아들을 키웠다. 그녀의 남편은 데릴사위로 들어와 유이 치가 국민학교에 입학할 무렵 패혈증과 과로로 인한 영양부족으로 사망했기 때문이다. 유이치의 어머니는 갖은 고생을 다하여 유이치가 「소학교 고등과」를 졸업할 무렵에는 「안채도 헛간도 기와지붕으로 개조」한다. 「대지 둘레에 삼나무 울타리를 만들고 마당 입구에 콘크리트 구조의 방대한 문기둥을 세웠다. 삼나무 울타리나 사방의 풍경과는 전혀 조화롭지 않는 풍물이지만 문기둥에까지 상당한 재력을 쏟아부은 에미의 의욕에는, 이웃 사람들도 경의를 표하지 않을 수 없었고 자연히 이 일가에 관록이 붙었다」고 작가는 쓰고 있다.

작가는 짧은 줄거리 속에서 「콘크리트 대문」을 여덟 번이나 들먹이고 있다. 빈곤한 가정에서 자란 소년인 유이치가 국민학교 교장으로부터 추천을 받는 것도 주위와는 어울리지 않는 「콘크리트 대문」 덕택으로, 공동묘지에서 날뛰는 미치광이 아들을 데리고 들어갈 때도 작가는 「콘크리트 대문」을 부각시키고 있다.

그러나 무엇보다 유이치를 「군국주의 망령」이라고 부르고 있는 작가는 그 「유이치의 정체」는 「콘크리트 대문」을 보아야 알 수 있으며 그 「문기둥 꼭대기에 색유리 조각을 붙여놓은 것은 유이치의 에미의 고안考案」이라고 요주의 입을 빌려 말하고 있는 것이다. 매우 의미심장한 말이다. 일찍이 나쓰메 소세키가 그의 작품 『그리고 나서』에서 일본의 개화현상을 「안채를 허물고 일등국인 체하는 대문만 넓혀버렸다」고 비아냥거리던 것과 통하는 표현이다.

집을 개조하여 입구에 「콘크리트 대문」을 세우는 등 악착같은 사람으로 그려진 유이치의 어머니는 바로 일본이라는 국가를 상징한 것으로 보인다. 그리고 또 「전쟁은 사치」라고 말해 요배대장 유이치에게 뺨을 맞고 트럭에서 떨어져 죽은 병사나 「저걸 봐, 말레이시아사람이 난 부러워. 국가가 없다는 것만으로, 전쟁 따위 남의 일이잖아, 태평스럽게 무궁화나무를 제거하고 있어」라고 말하는 병사들의 한숨을 그려내고 있는 것은, 그 모든 것이 일본이라는 국가에 기인하는 것임을 작가 이부세가 암암리에 나타내고 있는 것이라 하겠다.

유이치가 발작을 일으켜 가출하여 산중턱에 있는 공동묘지에서 묘비 사이를 날뛰면서 「따귀를 맞아라. 네 놈도 맞아, 네 놈도 맞아라. 따귀를 맞아라, 네 놈도 맞아라」하며 묘비 하나하나를 벨트로 때리면서 걷는 장면이 있다. 이는 단순히 병졸을 때리는 것이 아니라 자기 자신을 때리는 자학의 모습이며, 타자인 국가에 대한 잠재적 보복을 그리고 있다고 할 수 있다.

또한 유이치의 어머니를 태평양전쟁 당시의 일본의 정체라고 볼 수 있는 것은 작품 『요배대장』의 마지막 부분이다. 유이치가 어머니에 끌려서 집으로 터벅터벅 돌아간 후, 참배를 마친 네 사람도 마을길로 나와 유이치의 집 앞을 지날 때, 그 어머니가 삼나무 울타리 그늘에서 두레박으로 우물에서 물을 긷고 있는 장면이다. 작가는 그 두레박 밧줄이 쇠사슬로 되어 있고, 역시 유이치의 어머니가 안채를 개축하여 콘크리트 문기둥을 세웠을 때, 동시에 개조한 것이라고 쓰고 있다. 그 철 두레박 밧줄을 끌어당기는 소리는 날카롭게 온 부락에 울려 퍼진다. 그러나 마을 촌장도 소학교 교장도 모두 유이치의 어머니 앞에서는 「그 소리를 칭찬했다」고 작가는 말한다. 이는 「어머니」로 상징된 군국일본이라는 국가 앞에서 마음과는 달리 아첨을 떨고 함께 했던 일본인 모두를 작가는 냉소하고 있는 것이라 하겠다.

작품은 「유이치의 에미는, 당시, 온 근처에 쇠두레박 소리가 들리도록, 필요 이상으로 물을 퍼올리고 있었던 것이다」라고 끝맺는다. 일본이 힘을 과시하려고 무모하게 태평양전쟁에 뛰어든 것을 작가 이부세는 꼬집고 있는 것이라 하겠다. 물을 퍼 올리기 위해 두레박에 매어놓은 쇠사슬은 그 당시의 수많은 일본 병사들을 말하는 것인지도 모른다. 아니, 일본군인뿐만 아니라 강제로 징용당해 멀리 사할린까지 끌려갔던 한국인까지도 포함되어져야 한다. 그 쇠두레박을 「필요 이상으로」퍼 올렸던 것은 다름 아닌 유이치의 어머니로서, 군국일본을 상징하고 있는 것이다.

5. 맺음말

　태평양전쟁 때의 징용체험을 바탕으로 하고 있는 이부세 마스지의 『꽃의 거리』와 『요배대장』을 살펴보았다. 작가 이부세는 싱가포르에 끌려가 쇼난학원昭南學園에서 일본역사를 가르치고 있었다. 세 사람의 문학자를 모델로 한 『꽃의 거리』에서 일본어 교육에 광적인 간다원장과는 달리, 이부세는 자신을 모델로 한 기야마를 통해 작가의 본래 취미였던 골동품에만 관심이 있는 것으로 그리고 있었다. 징용지에서의 실제의 역할과는 달리 일본어 교육에 대한 무관심을 표명함으로써 군부정책에 휘말리지 않고 있다는 이부세의 의지를 간접적으로 표현하고 있었다고 생각된다.

　또한 점령지의 처참했던 상황은 그려져 있지 않고, 군데군데 폭탄으로 생겨난 웅덩이에는 차파카 꽃이 던져져 향기로운 꽃냄새가 가득하듯이 그리고 있다. 이는 징용으로 끌려간 종군소설가로서 그 임무에 충실했다고도 볼 수 있으나, 그것보다는 실제로 그 웅덩이에 던져졌던 수많은 중국인들을 애도하는 차원에서 그려진 역설적 표현이었다고 생각된다. 작가 이부세는 역사의 진실을 그대로 쓸 수 없었던 처지에서, 폭탄의 웅덩이에 초점을 두는 것만으로도 그 현장을 작품 속에 새겨두리라 한 것으로 감상된다. 전쟁과는 전혀 대조적인 「꽃」으로 평화를 갈망하는 이부세의 역설적 저항이었다고 하겠다.

　이부세는 이와 같이 자국自國이나 타국他國의 서민생활의 황폐와 그 전쟁에 대한 인식을 전시戰時중에는 감추어 표현할 수밖에 없었으나,

전후에는 노골적으로 극대화시켜 표출하고 있다. 징용지로 끌려가던 수송선에서 만난, 군국에 맹렬이던 단순한 중좌 구리다를 모델로 하여 그린 작품『요배대장』에서, 이부세는 주인공 유이치에게「요배대장」이라는 별명을 붙여놓고 마음껏 조롱하고 있다.「군국의 화신」「얼간이 침략자」등으로 몰아붙이거나 태평양전쟁을「모든 미치광이들의 연극」이라고 저주하고 있다.

한편, 일본의 정체를「콘크리트 대문」을 만들어 놓고「쇠두레박」으로 물을 푸며 악착스럽게 살아, 아들을 전쟁에 나갈 수 있도록 추천받게 만든 그 어머니로 상징하고 있었다. 주인공의 어머니와 그 주변 인물들을 통해 미치광이「요배대장」을 만든 책임이 일본과 그 군국을 추종한 일본인 모두에게 있음을 암시하고 있었다.

작품『요배대장』은 태평양전쟁으로 인한 일본 군국주의 휴유증을 고발하는 대표적인 교과서 같은 소설이었다. 이 한권의 단편소설을 다시 한번 읽고 새김으로써, 일본은 더 이상의 전쟁이나 침략을 꿈꾸지 말아야 할 것으로 생각한다. 일본의 비평가들은 이부세 문학을 곧잘「유머의 문학」이라고 말하지만 절대 웃기기 위한 그 유머가 아니다. 되돌아보는 자학에 가까운 쓴 웃음이라 하겠다. 인간의 무한한 어리석음을 희화화하고 있을 뿐이다.

---

* 이 글은 2005년『외국문학연구』(제21호)에 발표한「이부세 마스지문학과 태평양전쟁」을 수정·보완한 것임.
1 15년 전쟁: 1931년의 만주사변부터 1937년 중일 전쟁, 1945년 제2차 세계대전의 항복까지 일본이 15년에 걸쳐서 행한 일련의 전쟁을 말한다. 즉 만주사변·중일 전쟁·태평양 전쟁의 총칭이다.
2 이부세는 히로시마의 작은 마을에서 대대로 지주로 살아온 집안의 차남으로 태어나, 5살 때 아버지를 여의고 서화와 골동품을 좋아하시던 할아버지와 어머니의 각별한 사랑을 받으며 자란다. 소년시절에는 화가가 되기를 꿈꾸었으나 순조롭지 못하여, 형의 권유로 19살 때 와세다대학 예과에 편입학하여 21살에 와세다대학 문학부 불문학과에 들어간다. 이

즈음 일본미술학교 별격과에도 입학하여 적을 둔다. 23살 가을, 가타가미 노부루(片上 伸) 교수와의 알력으로 와세다대학을 휴학하게 되어 이듬해 5월, 끝내는 대학을 중퇴한다.

3 쇼난(昭南); 일본이 태평양전쟁 때 점령한 싱가포르를 부르던 이름이다. 국가의 이름마저 없애려한 의도를 엿 볼 수 있다.

4 伊藤信吉, 「近代における戦争と詩人について」, 『日本反戦詩集』太平出版社, 1969, p.253.

5 大政翼贊会 : 1940년 10월 제2차 고노에(近衛)내각하에서 신체제운동의 결과 결성된 국민통제조직. 각 정당은 해체되고 또 산업보국회·익찬장년단·대일본부인회를 통합하여 부락과 마을 및 반 조직 등으로 점차 말단까지 조직화하여 部落會·町內會·隣組 등으로 불렸다. 1945년 5월 해산된 후 국민의용대에 흡수되어 패전을 맞아 자취를 감췄다.

6 奧野健男『日本文学史』中央公論社, 1985, p.175 참조.

7 위의 책, p.177.

8 일본 정치가들은 태평양전쟁을 아시아인의 해방을 위한 대장정의 거사라고 위와 같은 말로 선전하였음.

9 「川」를 비롯하여 「集金旅行」「ジョン万次郎漂流記」「さざなみ軍記」「多甚古村」 등이 이 시기에 간행된다.

10 稲賀敬二 外 監修『カラー版新国語便覧』第一学習社, 1990, p.213.

11 『新潮日本文學アルバム井伏鱒二』新潮社, 1995, p.30 참조.

12 都築久義『花の町』『國文學 解釋과 鑑賞』第52券 4号, p.64 참조.

13 『新潮日本文學アルバム井伏鱒二』, 앞의 책, 1995, p.54.

14 『新日本史史料集成』第一學習社, 1991, p.421.

15 川村 湊「井伏鱒二と戰爭」『國文學解釋と鑑賞』別冊, 1992, p.111 재인용.

16 위의 책, p.113.

17 川村湊, 앞의 책, pp.115-117 참조.

18 都築久義, 앞의 책 p.65 재인용.

19 川村湊, 앞의 책, p.117.

20 都築久義, 앞의 책, p.67.

21 東鄕克美 「戰爭下の井伏鱒二」『井伏鱒二·深澤七郎 日本文學研究資料叢書』 有精堂, 1977, p.203.

22 伴俊彦「井伏さんから聞いたこと·その四」『井伏鱒二全集』第10券·月報6, 筑摩書房, 1997.

23 신현태「井伏鱒二と戰爭文學」『日語日文學研究』第52輯, 한국일어일문학회, 2005, p.131.

24 中村光夫『中村光夫作家論集四』講談社, 1968, p.286.

25 井伏鱒二「半生記」『作家の自伝94 井伏鱒二』日本圖書センタ, 1999, p.187.

26 위의 책, p.188.

1960년대 일본시의 래디컬리즘[*]

┃손 순 옥

　일본에는 「60년대의 시」 또는 「60년대 시인」이라는 호칭이 있다. 이
는 일본 시단詩壇의 저널리즘 상에서 유통되어온 것들이다. 「60년대 시
인」이란 1960년대에 20대에서 30대의 성숙기를 맞았던 한 무리의 시
인들을 일컫는다. 이들은 주로 도쿄대학과 와세다대학 출신들이 동인
이 되어 있던 시 잡지 『바리케이트凶区』와 게이오계의 『도라무깡』에 의
거한 시인들이다. 대표적으로 『바리케이트』에 속하는 아마자와 다이
지로天沢退二郎, 와타나베 다케노부渡辺武信, 스즈키 시로야스鈴木志郎康와
『도라무깡』에 속하는 오카다 다카히코岡田隆彦, 요시마스 고조吉増剛造들
을 가리키는 호칭이다.

1. 60년대의 시대적 풍경

시적 경향이라는 것도 태어날 만한 환경이 있어서 태어나는 것으로 거기에는 시대적인 필연성이 함께 할 수밖에 없다. 「60년대 시」라는 호칭이 유통되어온 이유도 대체로 세 가지 원인이 있다고 할 수 있다. 그 첫 번째는 세대로서 교통정리하기 쉬운 일정수의 신인이 60년대 초에 등장한 것이다. 1935년생의 스즈키, 36년생의 아마자와, 38년생의 와타나베, 39년생의 요시마스 등 모두 1930년대 후반에 태어나, 1960년을 20대 전반에 보낸 사람들이 앞에 거론한 동인지를 무대로 왕성한 활동을 개시했던 것이다. 두 번째로 「~의 시대」라고 한데 묶기 쉬운 세대적 체험이 60년대 초두에서부터 생겨났던 것이다. 그것은 정치적 체험으로서 외교수준에서의 이른바 미일美日 신안전보장조약이 1960년 1월 19일에 워싱턴에서 조인되어 6월 23일 도쿄에서의 비준서 교환에 따라 발효되는 과정에서 겪었던 일이다.

자민당이 5월 20일 미일안보조약을 단독으로 강행 체결함으로써 안보반대의 대중운동이 거세어간다. 안보투쟁의 절정은 6월 15일이었다. 이날 이루어진 안보개정저지 제2차 실력행사에는 전국에서 580만 명이 참가한다. 전학련全學連 주류파는 국회구내에서 항의집회를 열었고, 이에 경관대警官隊가 최루탄을 발사하였는데 끝내 도쿄대학생인 간바미치코樺美知子가 압사하는 사건까지 일어났다. 60년대 시인들이 현대의 시를 의식하여 실제로 쓰기 시작한 것은 안보투쟁에 패배한 1년 후 쯤의 시기였다.

안보투쟁의 중심의 하나였던 전학련은 이후에도 1965년 한일 기본조약의 체결, 베트남전쟁 반전운동 등으로 첨예한 행동을 보였다. 기회만 있으면 과민한 가두활동을 전개하면서 헬멧을 쓰고 강철 파이프 등을 들고 경찰과의 충돌을 되풀이하는 나날이었다. 대부분의 학생은 점차 변질되어가는 정치성을 띤 데모에는 깊은 관심을 갖지 않았으나 학내문제에는 많은 불만이 쌓여가고 있었다.

생활에 여유가 생겨 진학률이 높아짐과 동시에 대학은 많은 학생들로 넘쳐나게 되었다. 그런 반면에 학교 측은 오랜 관념대로 밀어붙이기 관리체제만을 고집하며 학비인상으로 경영의 편안함을 꾀하려는 의도만이 더욱 강도가 심해지는 경향이었다. 이에 대해 학생들 사이에서는 「이것이 최고학부로서의 교육인가」 또는 「우리들의 청춘이 이런 대학에서 무모하게 허비되어도 좋은가」하는 불만이 높아갔다.

1965년 게이오의숙慶応義塾대학에서 「학비인상반대」의 전 학년 데모가 일어난 것을 계기로, 분쟁은 와세다대학·메이지대학·니혼대학·호세이대학 등으로 번져갔다. 이 분쟁의 확대와 더불어 전국적 공동투쟁조직인 「전공투全共鬪」가 결성되기에 이른다. 대학자체의 문제해결을 겨냥한 학생운동이 그 절정을 맞는 것은 1968년에 시작된 도쿄대학투쟁과 니혼대학투쟁이었다. 투쟁은 1년이나 계속되었고 도쿄대학 야스다安田강당을 점거하고 봉쇄했던 학생들은 경시청 기동대에 의해 실력 배제되었다. 이처럼 1960년대는 바리케이트와 돌, 최루탄과 화염병이 난무하는 데모로 시작하여 데모로 끝났다고 해도 과언이 아니었다. 60년대의 시인들은 이 시기를 청춘으로 함께 공유했던 것이다.

세 번째로, 그들은 육성肉聲의 시를 기본 축으로 내세운 오카 마코토大岡信를 위시한 소위 제3의 시인들보다도 한 세대 아래의 젊은이들로 많은 점에서 전후시의 흐름과는 단절된 시적공간을 형성하고 있었다. 결코 좋은 의미만은 아니다. 전후 다시 한국전쟁의 특수로 숨을 돌려 쉬게 된 일본 경제가 해마다 성장률을 높여 60년대 시인의 중심적인 동인지 『바리케이트』가 창간된 1964년에는 도쿄올림픽까지 개최할 수 있게 된다. 올림픽에 앞서 도쿄에서는 신간선新幹線이 개통되었고, 고속도로와 고층빌딩이 건설된 것과 더불어 이 해는 흑백 테레비 보급률도

91·2%에 달했다고 한다. 이러한 풍요로움 속에서 시단 저널리즘마저 상업생산의 규모로까지 확장되었던 시대의 젊은이들이었으며, 적어도 그러한 특징을 일관되게 짊어지지 않을 수 없었다.

2. 60년대의 시인과 동인지

시에 있어서의 60년대를 묻기 위해서는 동인지를 중심으로 하나의 선을 그어보지 않을 수 없다. 선이라는 것은 『아카몽시인赤門詩人』→『폭주暴走』『가위표(×)』→『바리케이트凶区』의 계보로서 이 시대 가장 급진적 공간이었다. 이 시기의 대표적 인물로서, 도쿄대학 불문과에 다니던 아마자와는 도쿄대학 공학부에 재학 중이던 와타나베와 함께 1958년 『아카몽시인』을 창간한 바가 있었다. 잡지명이 잘 나타내듯이 『아카몽시인』은 도쿄대학의 학생들에 의해서 창간되었다. 창간 당시에 동호인은 5명이었고 발행은 아마자와가 맡았다. 그러나 60년대에 들어 데모가 심해지자 원고가 제대로 모이지 않았다. 몇 번인가 마감을 연기했지만 아마자와와 와타나베 이외에는 시를 써오지 않았다. 「전체가 정체되어 있는 때에는 달릴 수 있는 자가 규칙위반을 인지하고 '폭주'하는 것은, 마치 당시 전학련의 데모가 그랬었듯이 정당하다」는 기분이 두 사람에게 생겨 『폭주』를 창간하기로 했다. 이때 와세다대학 불문과에 다니던 스즈키[1]도 합세한다. 60년 6월이라는 계절은 아마자와와 와타나베를 60년대를 상징하는 장소에 내몰았다. 실제로 시인 와타나베는 1960년 「4월에서 6월까지 계속해서 데모에 나갔다」(『현대시수첩7』 2003)고 회상하고 있다.

아마자와는 이어 다시 이들과 함께 61년의 『×』[2]를 발간한다. 그 후 이들 두 잡지의 동인이 모여, 또 다시 『바리케이트』를 창간한다. 『아카몽시인』이 등장한 것은 1958년 8월부터 60년 12월까지이다. 『폭주』는 60년 8월부터 64년 1월까지 『×』는 61년 6월부터 64년 2월까지 『바리케이트』는 64년 4월부터 71년 3월까지이다. 『폭주』와 『×』는 간행시기가 거의 겹치는 가운데 이들 동인지가 60년대 전체를 덮고 있는 것이 된다. 그 중에서도 60년대의 중심잡지가 되었던 『바리케이트凶区』[3]는 와타나베가 착상한 이름이다. 와타나베는 「흉凶」자를 옆으로 누이면 「구区」가 되는 것을 착상했고, 시각적 효과를 고려해서 다른 멤버들도 찬성한다. 모두 56쪽의 창간호가 간행되었던 것은 4월이었다. 와타나베가 잡지의 이름에 대하여 「이것은 세계의 불안한 모습으로의 바리게이트이며, 그리고 동시에 태동하고 생동하려고 하는 두개의 ×의 결합이고 자유롭게 헤매어 나가려하는 에너지를 의지와 욕망으로 막는 벽이고, 열려야만 하는 문인 것」으로 설명하고 있는 데서 우리는 이를 「흉구」라고 지칭하기 보다는 형상문학으로서의 『바리케이트』라고 옮기는 것이 그 의미에 있어 적절할 것 같다. 시대를 상징하는 착상이라 하겠다.

또 한편 도쿄태생으로 게이오대학 국문과를 졸업한 시인 요시마스를 이야기하지 않을 수 없다. 요시마스는 재학 중에 오카다 다카히코[4] 등과 함께 『미타시인三田詩人』을 복간하여 왕성한 시작활동을 전개한다. 그러나 요시마스의 시가 주목받기 시작하는 것은 1962년 7월 동인들과 함께 창간한 『도라무깡』에 의해서였다. 게이오대학 문과생들의 『도라무깡』 역시 가장 크게 굴절되어 있었던 일본의 60년대를 상징하는 동인지였다.

그러나 무엇보다도 『바리케이트』는 이 시대를 대표하는 잡지로서 격동하는 60년대의 사회적 사건뿐만 아니라 동시대의 새로운 풍속이나 문화에 대해서 빠짐없이 기록하고 있으며, 그들이 얼마나 그것을 즐겼는가를 나타내고 있다. 64년 창간호에서 71년 폐간호에 이르기까지

매호 그 성과라고 할만한 것으로, 동인에 의한 영화평 혹은 연극평, 때로는 재즈평, 무도회평, 미술평 등을 게재한 것이었다. 최성기에는 동인지로서는 파격적인 발행부수 1000부를 넘기는 인기를 끌었다. 특히 권말 「바리케이트일록凶区日錄」에 기술된 동인들의 일거수 일 투족에 당시 젊은이들의 이목이 집중되었다고 한다. 동인 중에서도 영화광으로 유명했던 아마자와는 시적 래디컬리즘의 기수로 가장 주목받았다. 이들 동인은 60년대의 개성과 다양성을 만끽한 대표적 주자들이었다고 해도 과언이 아니다.

3. 60년대 시적 언어의 특질

1960년을 경계로 하여 시의 불모와 그 정체를 외치는 소리가 여전히 얼마동안 계속된다. 60년 안보를 둘러싼 투쟁은 민주 세력 측의 패배로 끝나고 고양되었던 정치의 계절이 지나자, 시대는 다시 무거운 폐색상태로 돌아갔다. 전후시사戰後詩史의 제1기에 왕성했던 사상시思想詩나 사회시社會詩는 더 이상 유행하지 않았다. 종래의 시의 의지처가 되었던 것의 허망함을 시인들은 피부깊이 느끼게 된다. 경제의 고도성장은 촉진되고 「월급배증」이라는 것을 슬로건으로 내세운 평화무드는 시인이 저항할 만한 대상을 점차 잃어가게 만들었다. 노래해야 할 주제의 상실, 허무주의의 팽창, 그러한 상황 속에서 시인들은 시를 근원적으로 밑바탕에서부터 성립시킬 수 있는 것은 무엇일까 하는 것을 다시 한번 되묻게 되었다. 시를 시답게 하는 것은 무엇일까 하고 궁리한 끝에 그들이 도출해낸 것이 바로 '언어'였다.

시라는 것을 시적 언어의 가장 적절한 자기표현으로서 자립시키는 일, 이것이 소위 60년대의 시인들이 담당한 하나의 역사적 역할이었다고 말할 수 있다. 그것은 어떤 주제를 표현하기 위하여 쓰는 시, 라는 문학적 공리설을 거부하고, 언어 그 자체가 주제인 동시에 그 전적인 표현이며 언어의 왕국으로서의 시라는 개념을 작품 그것에 의해 새로이 제출하였다. 그런 의미에서 1960년대의 시는, 언어에 의해 작자의 사상 관념 혹은 감수성 등을 표현하려고 했던 그 이전 시대의 시의 존재에 대하여 안티테제로서 모습을 드러냈다. 여기서 당시의 아마자와 다이지로와 스즈키 시로야스의 시에 대한 견해를 들어 보자.

> 내가 시를 쓸 때 나는 시인이 아니다. 내가 읊을 때, 나는 우주에 떠서 시어를 발하고 있는 읊는 입술, 인격을 갖고 있지 않는 하나의 입이며, 그 입은 단순히 그 낱말을 발하기 위한 것 뿐으로, 그 밖의 모든 것은 시에 바쳐진 죽어가는 꽃들이 되어 하늘을 덮는다. 시를 쓰는 일의 동시존재로서는 시인은 존재하지 않는 것이다. 그리고 시는 존재한다거나 존재하지 않는다거나 하는 것이 아니다. 주제에 봉사하는 정신들로서는 파악할 수 없는 진정한 시는 저편에 있어, 도달하려고 하여도 도저히 도달할 수 없는 것, 다가오는 것, 일어나는 것, 기습적이고 율동적인 우발적사건이다.
>
> (아마자와 다이지로 「나의 현재 시점(詩点)」 1967년)

시작(詩作)의 작위에 있어, 나는 시를 의식한 적이 그다지 없다. 분명히 나는 시의 방법에 대하여 생각하지 않은 것은 아니었다. 그것을 늘 끊임없이 계속 생각하고 있었다. 그러나 그것을 바깥쪽에서 규정적으로 생각하고 있었던 것이 아니라, 낱말에 관련하여 가장 생생히 언어와 사귈 수 있는 방법으로써 생각하고 있었다. 아니, 그보다는 구하고 있었다. …(중략)… 인간 생명의 연소가 이루어지기 위해서는 절대적으로 그 무엇이 필요한 것이다. 그 무엇으로서, 거의 무진장으로 존재하고 있지 않은가 하는 착각을 일으키게 하는 언어가 나에게는 있다. 내가 책을 산다고 해도 좋고, 사진을 찍는다 해도 좋고,

실은 이 무진장이 관계하고 있다. 그리고 더욱 나를 시로 향하게 하는 것은 참으로 낱말의 무진장 그 자체라고까지 할 수 있겠다. 나는 생명이 있는 한 말을 계속 쓰고 싶다.　　　(스즈키 시로야스 「極私的分析的覺書」 1967)

이것으로 충분할 것 같다. 참으로 말·말·말이다. 언어의 외측에 있는 주제를 인정하지 않고, 언어의 우위성과 그 자립성 안에서 '시'를 본다고 하는 이런 종류의 시관詩觀은 위에 인용한 것 외에도 이 시기에 활약한 주요한 시인들의 시를 논한 문장에서 얼마든지 찾을 수 있다. 이전에는 어떤 것이든지 시는 만들어졌다고 할 수 있다. 60년대의 시는 더 이상 시를 짓고 있는 것이 아니라 그들의 생활 모두를 언어로 하고 있는 것이다. 거기에는 말이 뿜어 나오는 것 외에 테마라는 것은 없다.

4. 60년대 래디컬리즘의 시세계

60년대의 언어 시에 있어서 가장 주목받는 사람은 아마자와 다이지로와 요시마스 고조라고 할 수 있다. 이 시인들에 의해 그 언어주의적 자세는 한층 철저한 급진주의로 치달아갔기 때문이다. 두 사람은 이 시기에 새로이 등장하여 오늘날까지 확고한 시적 위치를 확립하고 있기도 하다. 처음부터 이들은 언어 이외에는 아무것도 의지할 것을 갖지 않은 데서부터 출발했다. 따라서 언어주의 내지는 언어지상주의의 기운을 양성해 가면서, 감동의 질이나 내용, 또 그 감동을 만들어내기 위한 시작詩作의 방법 등은 모두 시인 한사람 한사람의 자유에 완전히 맡겨지도록 하였다. 사회성이나 사상성이 없으면 그 시는 잘못되었다고 하는 일종의 금기는 이들의 단계에서 소멸하고 만다.

무엇보다도 먼저/ 그 소녀에게는 입이 없었다/ 소녀의 목을 가위질하고 있는 두개의 막대기에는/ 기묘한 얼룩과 많은 매듭이 있었다/ 크게 열려진 딱딱한 눈동자 가득히/ 축축한 벽이 가라앉아 있었다/ 그 벽 저편에서 죽은 소녀의 눈빛이 다가왔다

소녀의 목에서부터 밑을 바다가 씻겼을 테지/ 파도에 조각난 창자와 여러 가지 내장은/ 닦이고 반짝이며 떠돌다 사방의 해안에 닿아/ 제각각 검은 항구마을에서 성장해 갔을 테지/ 수족만은 해파리보다 부드럽게 미끌거리며/ 언제까지나 목 아래서 계속 흔들릴 테지 …〈중략〉… 우리들은 검은 항구마을의 폐허를 다만 돌아다닌다

위의 시는 1960년 9월에 발표된 아마자와의 〈눈과 현재〉이다. 부제로서 「6월의 사자死者를 구하여」라고 써놓고 있다. 아마자와는 안보투쟁 자체에 거리를 두려고 했다. 『폭주』 제3호의 「후기後記」에 그는 「전학련 투사와 지지자」에 둘러싸이면서도 「문학은 정치문제에 대해서 전적으로 이질적인 본질을 갖는다는 입장을 유지한다」고 명기하고 있다. 그럼에도 불구하고 〈눈과 현재〉에는 왜 「6월의 사자를 구하여」라는 부제가 붙여진 것일까 하는 의구심이 생긴다. 그것은 이 시에서 「소녀」의 「창자와 여러가지 내장」은 떠돌아다니는 「검은 항구마을」에서의 성장이며 「우리는 검은 항구도시의 폐허를 단지 돌아다닌다」는 내용과 와다 히로부미和田博文의 「시에 형상화된 소녀로부터 안보투쟁에서 죽은 간바 미치코를 상기할 필요가 없으며, 아마자와에게 있어서 '6월의 사자'라는 것은 고유명사로 환원해야 하는 존재가 아니라, 구하면서도 도달할 수 없는 절대성의 비유」라고 설명하고 있는 데서 대답을 구할 수 있다. 또한 아마자와의 『폭주』의 「휴간의 말」에 쓰인 다음의 글로도 이해를 도울 수 있을 것이다.

우리들의 '폭주'는 우선, 전학련의 정치적 래디컬리즘을 그 본질면에서, 시 의식의 차원에 있어서 전체적으로 획득하여 발전시키려고 하는 시도였다. 본래 '래디컬'이라는 것은, 보다 어원에 준해서 말하자면 '근본적' '본질적'이라고 하는 의미였던 것은 아닐까. 시詩라는 것은 '시'의 철저한 탐구이며, 그것은 필연적으로 '시'에 대한 도전으로서의 급진적인 가속을 야기시킬 테지만, 그 래디컬리즘은 존재와 생의 전체성과의 관계에 있어서 정치적 급진주의와 깊이 연결되어 있다.

위의 내용을 다시 정리하여 보면 문학과 정치는 분리된다. 그러나 양자는 급진주의에 있어서 대응하고 있다는 것이다. 「6월의 사자」의 환영은 양자의 급진주의가 지향하는 저편에 함께 한다는 뜻으로 생각된다.

> 밤이 여러 겹의 층이 되어 사막으로 쓰러져
> 법랑 상여의 깃발이 여기저기서 펄럭이고
> 그 주변으로 강이 거무스름하게 빛나기 시작한다
> 바람에 풍화된 사당을 배부른 임부들이 흘러나온다
>   …(중략)…
> 그녀들은 금세 입술을 얇게 벗겨내
> 복사뼈 가시로 남자의 등을 무참히 짓밟으며
> 온몸은 흙투성이 머리카락이 되어 뒤쫓는 거다
> 결국에는 차디찬 붉은 풀의 구토가 모락모락 피어오른다
> 차갑게 식어버린 벽에는 드문드문 나병의 반점이 피고
> 밤의 잔재는 메마른 회오리바람을 자아내
> 드물게 피가 섞인 양수가 사내의 남루하고 좁은 목구멍을 적신다
> 버림받은 거리거리의 모래에는
> 마침내 남자들의 잿빛 우산이 전염병처럼 기다랗게 늘어설 테지

시큼한 오후의 포장도로에도

무너진 나무의 강바닥에도 눈을 딱 깔고

사내들은 또 한번 축제를 꿈꾼다

그러나 끝내 배부른 임부는 돌아오지 않고

말보다도 메마른 개암나무 빛깔의 처녀들

머나먼 한낮의 운하를

오로지 멀어져만 가고 있을 테지   (〈아침의 강〉 『아침의 강』 1961)

　위의 〈아침의 강〉(제2시집 『아침의 강』의 대표작)에서도 매우 과격
한 성적 언어가 사용되고 있는 것을 알 수 있다. 이 시에 어울리는 독해
매뉴얼은 없다. 메타포의 의미성이 어떠한가라고 해도, 이 시는 처음부
터 그러한 것을 부정하고 해체하는 방향으로 쓰인 것이다. 「밤이 여러
겹의 층이 되어 사막으로 쓰러졌다」라고 하면 그 문장 그대로 머릿속
에 이미지를 연결하도록 애쓸 수밖에 없고 「밤이 쓰러진다」고 하는 건
무슨 뜻인가 하고 일일이 생각한다면 순식간에 이 시의 서법에 뒤처지
고 만다. 그런 이미지와 순간적으로 맞부딪히는 스피드, 그것이 중요
하다고 할 수 있다. 그 스피드를 타고 일종의 시적 언어의 쾌락으로 끝
까지 읽어내면 족하다. 제목이 〈아침의 강〉이니까 어떤 신선한 것을 바
랄 수도 있을 테지만, 시행詩行은 비극적 결말이나 낙태 혹은 그 사후 세
계 같은 의미 자체로 일관하고 있다. 실제 「사당을 배부른 임부들이 흘
러나온다」라는 기묘한 언어 관계가 이후 일련의 어둡고 그로테스크한
이미지를 끌어내는 일종의 방아쇠가 되고 있을 뿐이다.

　'뛰어넘어라 저 무능한 강은'

파렴치하게 햇살이 반짝이고

손가락을 올리는 재채기의 지평선이여

우리들은 일렬 일만 오천 명
콧날을 가지런히 강기슭에 늘어서서
넋을 잃고 종소리를 듣는다
허벅다리 사이에서 운석이 그림자를
조금씩 넓혀나간다 (제1연)

피로 물든 얼음조각이 날아오르는 환시
우리들의 반투명한 살은 제멋대로 엉켜
가는 곳마다의 길모퉁이에서 폭발을
차례차례 일으키고는 새의 구멍을 꽃 피운다
잘려 나가는 비탈길의 생생함
뜨거운 액체가 강을 밀쳐내고
우리들은 일렬 일만 오천 명
온몸이 녹아 합쳐진 채로
얽매였던 말(馬)을 벗어던지고 걷기 시작한다 (제4연)

우리들은 뜨거운 비의 거리라는 걸 알아차린다
'뛰어넘어라 저 무능한 강은'
저 고함의 행렬을 새롭게 등 뒤로 듣는다
우리들의 잔혹한 아이들의 목소리를   (〈반동서부극〉『시간착오』 1966)

앞서 〈아침의 강〉이 과격한 60년대 시의 출발을 알리는 작품이라고
한다면, 제4시집 『시간착오』에 실린 이 〈반동서부극〉은 그 마지막에 위
치하는 걸작이다. 〈아침의 강〉에 비하면 단어의 연결은 다소 평범해졌
고 이미지의 불연속성도 그다지 두드러지지는 않는다. 그만큼 읽기 쉽
다는 뜻이며 특히 첫머리의 몇 행은 어딘가 B급 서부영화의 한 장면을

방불케 하는 데가 있다. 「콧날을 가지런히 강기슭에 늘어서서」 결투라
도 하려는 것 같으나 「우리들은 일렬 일만 오천 명」이라는 건 역시 예
사롭지 않다. 제4연은 그 구체적인 이미지의 연쇄로, 이 시 속에서 가장
60년대의 아마자와 시다운 부분이라고 할 수 있겠다. 「새의 구멍을 꽃
피운다」는 그로테스크한 표현에서부터 「얽매였던 말을 벗어던지고」
라는 부조리함을 거쳐 마지막 연의 「우리들은 뜨거운 비의 거리라는
걸 알아차린다」는 한 행에 도착한다. 「비」도 「거리」도 아마자와의 시
의 세계에서는 지극히 익숙한 소재이기는 하나 그 서법은 괴이하다고
할 수 밖에 없다. 역시 〈아침의 강〉과 마찬가지로 엄청난 시다.

> 지나 로로 부리지다와 결혼하는 꿈은 사라졌다
> 그녀는 임포를 싫어할 테지
> 메마른 하늘
> 초록바다에 통나무를 띄우고
> G·I 부르스를 부르는 사내
> 쇼팽하우엘의 누런 논두렁길에
> 그 옛날 잇규一休 스님의 고독한 그림자를 보는 사내
> 찰랑찰랑 울리고 있는 도쿄의 쓰레기통이여
> 빨강과 흰색의 당구공 속에서 지갑을 보는 초록색 옷의 남자들이여
> 피아노 피아노 피아노 피아노
> 잡초처럼 거대한 인간의 음향이여
> 잡초처럼 미소한 인간의 모습이여
> 너는 두개골이 거대한 인간
> 너는 불구자
> 미끈미끈한 지구
> 그런 구체球体위에서

너는 썩은 담배

은하계 우주의 변소 속에서

너는 부패하고 있다

....

(〈출발〉『출발』1964)

위의 시는 요시마스 고조의 처녀시집『출발』의 첫 페이지를 장식하는 그야말로 〈출발〉이다. 그러나 현재에도 출간되고 있는 요시마스의 시 세계를 보여주는 그 소재나 방법은 이미 여기에서 찾아볼 수 있다.「우주」라는 현실과 비현실을 넘나드는 공간, 피아노 피아노라고 반복되는 언어를 통한 내부욕망의 연소 등이다. 그리고 거침없는 언어로써 존재 그 자체, 행위 그 자체, 생각 그 자체를 무한한 시적 우주로 짜맞추고 있기 때문이다.

이상으로 가장 급진적이라고 할 수 있는 아마자와와 요시마스의 시를 조금 감상해 보았다. 이들의 시는 완결된 의미를 갖지도 않고, 일상적 공간과 반 일상적 공간과의 사이를 격렬하게 때로는 급속히 왕복하는 언어의 자동적 운동으로 각자의 시적 생존의 의미를 구하고 있었다. 시는 주체의 에너지와 그 역동성에 의해 성립된다고 하겠다. 이들의 언어의식은 너무나도 첨예하여 일정한 형태나 작품으로서의 구조적인 완결성을 거부하며, 때로는 자의적이라고 할 정도로 언어를 격렬하게 쓰면서 폭력적으로 발성하려는 듯하다. 마치 세계1차 대전 중에 혼란한 사회현상에서 정치적 무정부주의나 사상적 니힐리즘과 연결되어 발생했던 철저한 부정정신의 다다 시적인 경향이 현저하다.

그들은 외적이거나 내적인 주제를 언어로 표현하려고 하지 않았다. 의식내부의 풍경을 언어의 다양함으로 매력적인 발현 내지 창출을 목적으로 한 작품이다. 그러한 언어의 발현형태, 그 자체가 작품이라고 불릴 수 있는 시, 이러한 시가 60년대 시인들이 거의 공통으로 지향한 것이었다. 그러므로 그네들의 시에서 현실적이고 사상적인 주제를 찾고자 하는 것은 무의미한 일이며 각각의 작품의 독자적 언어의 자립성이 중시되게 된 것이다.

70년대에 들어와 이들의 경향에 대해 「시적 도덕성의 결핍」 또는 「언어에 대한 과신」 「말의 중독」 등을 비판하는 소리가 높았다. 비판은 주로 아마자와에게 집중되었는데, 그것은 아마자와가 60년대 시의 이론적 챔피온으로서 주목받았던 점과 그 반면에 이론에 비해 작품의 매력이 덜했기 때문이다. 거기에는 지나친 자극에 의한 상품성을 노리는 의도와 느낌이나 언어의 표층감각에만 의지하려고 하는 시대의 안이한 비시적非詩的 정신이 함께 한 탓도 있었으리라고 생각된다.

이와 같이 60년대는 모든 예술의 전위적인 실험이 절정을 맞이하고 있던 때에 아마자와를 비롯한 60년대 시인들은 시의 작위성에 그 의미를 둔 것이 아니라, 충격이나 희열 등을 느끼는 바로 그 순간에 몰두하여 저절로 발해지는 언어 그 자체에서 예술성을 찾고 있었던 것이다.

---

* 이 글은 2006년 『미네르바』(여름호)에 발표한 「1960년대 일본시의 래디컬리즘」을 수정·보완한 것임.
1 스즈키 시로야스(鈴木志郎康) : 도쿄태생으로 와세다대학 불문과에 입학하여 동인잡지 『청악(靑鰐)』 창간. 1961년 대학을 졸업하고나서는 NHK에 테레비 카메라맨으로서 입사. 시집 『신생도시』를 간행하여 당시의 생활의 단층과 초조함을 그리고 있다. 64년부터 69년까지 동인잡지 『凶区』에 참가하여 외설적이고 조잡한 성적언어를 특색으로 하고 있다.
2 「×는 무기를 갖지 않은 인간에게 무한의 힘을 주는 부적」으로, 「우리들」도 「무한의 ×표시를 만들어낼 수 있다」라고 설명한다. 범람하는 ×의 이미지는 폭주의 이미지와 영향을 같이하고 있다.
3 와타나베의 「이동축제일제5회」(『현대시수첩』 1974년 2월)에 의하면 1963년 봄부터 여름까지 『폭주』 『×』 두 잡지의 동인들이 교류가 깊어져 가을이 되자 합병이야기도 나오게 되었다고 한다. 새로운 잡지의 청사진이 만들어진 것은 12월로써 「①시와 시론을 중심으로 하지만, 다른 예술 분야의 발언도 포함한다. ②평론은 장기적 전망아래 이치에 맞는 연

재를 환영한다. ③동인 이외의 기고를 적극적으로 의뢰한다」 등을 결정하여 1964년 1월
에는 시집 이름도 정해진다.
4   오카다 다카히코(岡田隆彦) 1939년 도쿄태생으로 1959년 게이오대 문학부에 입학, 『미다
    시인』 복간에 참여하였다가 다시 1962년에는 이노우에 데루오, 요시마스 등과 함께 동
    인잡지 『도라무깡』을 창간하여 일종의 외설적이고 조잡한 표현과 유연한 상상력으로 시
    를 왕성하게 발표함으로써 신세대를 대표하는 시인이 된다.

제2부

자아에 대한 갈망

미야자와 겐지의『은하철도의 밤』[*]
─우유의 이미지를 중심으로─

▌김 경 민

1. 머리말

미야자와 겐지宮沢賢治[1]의 임종까지 머리맡에 놓여있던 「은하철도의 밤」은 미완성의 작품으로 1차부터 4차에 이르는 추고가 이루어졌다. 『은하철도의 밤』은 이공간異空間인 4차원의 은하세계를 배경으로, 꿈의 형식을 취하며 작품의 군데군데 작가 겐지의 생사관과 종교관, 우주관의 사상이 집약되어 있는 것과 더불어, 다른 동화의 모티브를 잉태하고 있으므로 겐지 문학의 최고봉으로 평가되어 오고 있다.

대표적인 연구로는 꿈이라는 공간의 특수성에 착안하여 단테의『신곡神曲』과 그 우주관에 관련한 니쿠라 도시카즈新倉俊─ 의 연구가 있다. 또 존 번연의『천로역정天路歷程』을 투영한 우치다 아사오內田朝雄, 의 연구와『요한계시록』과 대비해서 연구한 사토 야스마사佐藤泰正 등의 종교적 관점에서의 연구도 두드러진다.

또 죠반니와 캄파넬라의 관계에서 겐지와 도시코의 대비를 읽어낸 관점은『은하철도의 밤』연구의 고전적 테마라고 할 수 있는데, 사토 토마사佐藤通雅는 나아가 죠반니와 캄파넬라의 이별을 통해 정신적 혹은 윤리적으로 회생하는 죠반니를 찾아내기도 했다. 이에 반해 스가하라 치에코菅原千恵子, 가마이 요시로蒲井芳郞 등은 캄파넬라와의 이별을 도시코가 아니라, 친구 호사카 가나이保阪喜內와의 이별로 해석하는 작가론적인 입장의 연구가 거듭되고 있다.

한편 연극인 베츠야쿠 미노루別役實는 소년이 성장하며 겪는 통과의례의 드라마로 분석하는 신선한 관점을 제시하였다. 하라 시原子朗는 이 드라마의 주인공을 캄파넬라로 상정하여 사자死者의 세계를 축으로 한 전생담의 구조로 파악하였다. 과학적 접근을 시도한 사이토 분이치斎藤文一와 오쓰카 쓰네키大塚常樹의 종교관과 우주관의 접목은 겐지 문학의 영역을 확대해준 연구 성과라 할 수 있다. 또 시인이며 불문학자인 아마사와 타이지로는 시인 겐지의 면모와 시적 생성론生成論에 착안하여 시를 위한 동화 읽기를 제시하였다.

선행 연구가 종교적 측면과 과학적 접근 및 겐지 개인사, 혹은 성장소설의 방향에서 조명되어왔으나, 필자는『은하철도의 밤』의 주조를 이루고 있는 은하수Milky way와 우유Milk의 의미에 주목하고 있다. 동화의 플롯은 액자의 형식을 취하고 있는데, 외부 액자는 죠반니가 아픈 어머니에게 우유를 가져다 드리는 구조이고, 내부의 구조는 천기륜天氣輪 기둥 아래 잠든 죠반니가 꿈속에 은하철도를 따라 북십자성으로부터 남십자성에 이르는 은하 여행의 형태로 이뤄져 있다. 이 두 이야기는 우유라는 동일 원소로 연결되어 있고, 이 우유가 내포하는 의미를 규명해가는 것은『은하철도의 밤』의 주제를 파악하는 열쇠가 되고 있다.

왜냐하면 동화의 첫 장면에 은하수가 언급되는데, 그것을 우유가 흘러간 자리라고 표현하고 있다. 그리고 죠반니가 어머니의 배달되지 않은 우유를 찾으러 나섰다가 은하여행을 하게 되며, 은하의 축제날에 일어나는 사건들이 은하와 우유에 관련된 것이므로 이 의미의 깊은 이해가 요구된다. 따라서 본문에서는 『은하철도의 밤』의 우유의 의미를 고찰함으로써 겐지가 의도한 바가 무엇인지 고찰하고자 한다.

2. 어머니와 우유

주인공 죠반니[2]는 가난한데가 소극적이며 의기소침한 인물이다. 아버지는 있지만 지금 행방이 묘연한 상태고, 어머니는 병상에 누워있다. 가계의 어려움은 죠반니가 아침 일찍 신문을 배달하거나 방과 후 인쇄소 아르바이트를 겸한 어린 초등학생이라는 점에서 명확히 알 수 있다. 초기 형에서는 아픈 어머니가 밭 일 등으로 무리하게 노동하고 있다고 표현했으나, 최종 형에는 마을 끝자락의 작은 집 문간방에서 하얀 이불을 덮고 누워있는 병상의 어머니로 그려져 있다.

> 죠반니가 힘차게 돌아온 곳은, 어느 뒷골목에 있는 조그만 집이었습니다. 집 문 앞에는 보라색 케일과 아스파라거스를 심은 상자 화분이 놓여있습니다. 집 문과 나란히 나있는 조그만 창문 두개에는 아직도 커튼이 무겁게 드리워져 있습니다. (중략) 죠반니가 현관으로 올라서자, 현관 바로 옆방에 하얀 이불을 덮고 누워있던 어머니가 말했습니다.[3]

어머니는 가사를 담당할 기력조차 없기 때문에 누이가 대신 가사를 돕고, 죠반니 역시 학교생활과 아르바이트를 병행하여 겨우 생활해 가는 형편이다. 생활이 넉넉지 못하므로 영양공급이 수월하지 못한 죠반니의 어머니에게 우유는 최소한의 영양을 공급해 주는 생명수[4]다. 때문에 우유가게에 우유를 가지러 갔을 때도 「어머니가 편찮으시기 때문에 오늘 밤이 아니면 곤란합니다」라고 난색을 나타낸다.

요시모토 다카아키씨가 이미 「『은하철도의 밤』의 작품적 특징은 화자가 말하고 있는 것보다 훨씬 넓은 의미의 것이 이야기되고 있음을 독자들에게 연상시키는 점에 있다」[5]고 한 언급처럼 본문의 죠반니 어머니의 우유도 우유 이상의 의미를 갖고 있을 것이다. 어머니에게 꼭 필요한 牛乳는 초기형의 우유가게 하녀와 죠반니의 대화에서 히라가나 치치ちち로 표기하고 있다. 우유의 乳만 분리하여 치치로 읽을 수 있겠지만, 겐지는 우유의 치치乳에서 아버지의 치치父를 연상시키려고 의도[6]하고 있음을 알 수 있다. 왜냐하면 일본어에서의 치치는 우유와 아버지를 의미하는 동음이의어이기 때문이다.

즉, 죠반니 가문의 가난한 원인이 바로 아버지에게서 비롯되므로 아버지의 부재를 대신하기 위해 남매는 힘겹게 일하고 있고, 그 때문에 죠반니는 학교생활에 흥미도 없어지고 친구들과 어울릴 시간적 정신적 여유를 모두 빼앗겨 버렸다. 설상가상으로 아버지에 대한 나쁜 소문은 죠반니를 친구들로부터 완전히 분리시켰다. 죠반니는 소문을 믿으려하지 않지만, 쟈네리의 집요한 조롱에 한마디 댓구도 못한 데에는, 죠반니 스스로도 아버지에 대한 나쁜 소문이 사실일지도 모른다는 불안이 있을 것이다. 최종형에서는 삭제되었지만 초기형에는 죠반니의 아버지가 수감되어 있다고 상세하게 설명된 것으로 미루어 볼 때, 겐지는 아버지의 투옥을 설정하고 있는 것 같다.

죠반니의 아버지는 그런 해달이나 해표를 잡는, 그것도 밀렵선을 타서, 게다가 누군가를 다치게 했기 때문에 멀리 쓸쓸한 해협 마을의 감옥에 들어갔다

는 것이다.[7]

결과적으로 어머니에게 물리적으로 필요한 것은 영양분을 보충해줄 우유지만, 어머니와 죠반니네 가족에게는 우유 이전에 아버지의 존재가 채워져야만 하는 상태다.

캄파넬라의 집에 놀러가서 함께 은하 사진을 보거나 할 수 있었던 것은 캄파넬라와 죠반니의 아버지가 절친한 사이이고, 죠반니가 아버지와 늘 동행했기 때문에 가능했다. 그러나 지금은 아버지의 부재로 죠반니와 캄파넬라 관계가 소원해졌고, 지난날의 추억을 공유하고 있지만 추억을 함께 나눌 만큼 가깝지는 않다. 그러므로 죠반니가 의기소침하고 친구관계에 소극적이며 피해의식에 쌓이게 되는 것은 아버지의 부재가 가져온 결과라 할 수 있다. 따라서 죠반니는 초기형에 다음과 같이 캄파넬라를 부러워하는 모습으로 그려져 있다.

> 캄파넬라는 정말로 좋겠다. 오늘도 은화 2장을 퉁기고 있었다. 난 왜 캄파넬라처럼 태어나지 않았을까. (중략) 하지만 아아! 어머니는 지금 집에서 나를 기다리고 있다. 빨리 돌아가서 내게 우유는 없지만 어머니에게 키스를 하고 그 시계점의 올빼미 장식에 대해 말씀해 드려야지.[8]

겐지 父子는 어린 시절 친밀했다. 그러나 고등 농학교 시절부터 전공을 살려 직업을 구하고자 한 겐지와 가업인 전당포와 의류점을 경영해주길 원한 아버지와의 갈등이 시작된다. 또 1차 세계대전으로 청년들이 전쟁터로 나갈 즈음 겐지도 종군하길 원했으나 아버지는 반대했고 오히려 재력과 권력을 이용해 종군을 피할 길을 모색하였다.[9] 이와 같은 성장배경을 볼 때 부친에 대한 억압된 감정이 존재하고 있다고 볼 수 있다. 기득권을 가진 부친의 그림자에 가려져, 그 아버지를 뛰어넘으려고 하는 아들이 갖게 되는 오이디푸스 콤플렉스처럼 겐지에게 아버지는 동성의 친밀감보다는 적대감의 대상으로 자주 등장한다. 특히 아버지에 대한 심한 적대감은 『가정제도家長制度』의 난폭한 가장과 『조개불』의 아버지 토끼, 『빛의 맨발』에 등장하는 역광을 받아 까맣고 얼굴이 보이지 않는 아버지에서 절정[10]을 이룬다. 『은하철도의 밤』의 죠반니의 아버지는 겐지가 아버지에게 느끼는 거리감의 반영이다.

위 인용문에서 죠반니는 집에서 자신을 기다리고 있을 어머니를 떠올리며 "우유는 없지만"이라고 한다. 즉 우유(아버지)가 없어서 상대적으로 더욱 빈곤한 죠반니의 처지를 묘사하고 있다. 그러므로 죠반니네의 가난과 친구들에게서 외면당하는 이유가 아버지의 부재에 의한 것임을 작가는 의도하고 있으며, 아버지의 부재가 죠반니에게 절실한 문제임을 표현하기 위해, 어머니가 병중이기 때문에 우유가 절대적으로 필요하다고 설정하고 있다.

결론적으로 죠반니 어머니의 우유는 부재중인 아버지의 존재를 상징하고 있다. 은하의 축제날인 오늘 우유가 배달되지 않았기 때문에 우유를 가지러 가는 것은, 은하Milky way여행을 통해 우유Milk 다시말해 아버지를 찾으러 간다는 플롯에 의한 것이다. 작가 겐지는 『은하철도의 밤』에서 수업시간을 통해 은하수銀河水를 강조하고 죠반니 어머니의 우유가 배달되지 않았음을 통해 우유를 강조하며, 은하의 축제날인 오늘 우유를 찾으러가는 구조를 빌어 심리적으로 아버지를 찾는 은하여행을 구성하고 있다.

3. 은하수와 우유

수업을 마치면서 선생님이 「오늘은 은하축제일[11]이니까 여러분은 밖으로 나가서 하늘을 잘 보세요」라고 말한다. 은하는 젖이 흘러간 흔적으로서 제1장에서 살펴본 바와 같이 우유는 아버지를 의미한다. 오늘이 은하 축제일이란 의미는 아버지를 찾는 날이라는 의미도 포함한다. 그러므로 매일 배달되던 죠반니 어머니의 우유가 오늘 배달되지 않았고 그것을 찾으러 우유가게에 가는 죠반니는 은하철도를 타고 은하여행을 하게 되는 것이다. 그리고 은하철도 여행의 목적은 동화의 외부플롯에서 우유를 찾으러가는 것처럼 내부플롯에서는 아버지 찾기의여정을 그리고 있다.

1) 은하의 입구

현실세계의 죠반니가 마음속의 아버지를 찾아가기 위해서는 서로다른 차원의 세계를 통과해야만 한다. 때문에 과학자며 작가인 겐지는차원을 이동할 수 있는 장치를 마련하는데 그것이 바로 천기륜 기둥[12]이다.

하눌타리를 들고 켄타우르 축제를 즐기러가는 친구들에게 놀림당하고 도망치듯 마을을 빠져나온 죠반니가 찾아간 곳은 천기륜 기둥 아래풀밭이다. 오쓰카 쓰네키씨는 「천기륜이 밀교의 오륜탑과 비슷한 기능을 한다.」[13]고 설명한다. 오륜탑은 우주에 존재하는 모든 존재의 근본요소의 상징인데, 인간은 오륜탑을 통해 우주라는 만다라曼茶羅에 통한다고 해석한다. 즉, 죠반니가 천기륜 아래 누웠을 때 한 개인이 우주라는매크로 코스모스에 접하게 되며 구체적 표현으로는 죠반니가 가진 어디라도 갈 수 있는 차표를 지적하면서 천기륜은 이세계異世界와의 통신을 가능케 하는 통신탑이라고 주장한다.

그러므로 천기륜 기둥은 현실 세계로부터 꿈의 세계로 들어가는 출입구에 배치하여 두 세계가 단절된 무관계의 세계가 아닌 연장선상의 세계임을 표현한 겐지의 구상에 의한 산물이다. 천기륜의 본연의 기능이 소원을 기원하는 것이듯 죠반니가 천기륜 기둥 아래 누웠을 때는 자신의 소원이 이뤄지도록 기도했을 것임은 상상하기 어렵지 않다.

2) 은하철도의 여정

은하여행의 여정은 북십자성의 백조좌에서 남십자성에 이르는 성좌로서 백조 - 해오라기 - 방패 - 전갈 - 사수 - 제단 - 켄타우르스 - 남십자로 이루어져 있다. 실제 성좌에 겐지의 상상이 빚어낸 장면들을 삽입한 것으로 주요 장면이나 에피소드가 상기하는 바가 있다. 죠반니가 정신을 차렸을 때 발견한 캄파넬라는 물에 젖은 것 같은 새카만 윗도리를 입었고, 안색이 창백하고 어딘가 아픈 표정으로 묘사하여 익사한 캄파넬라를 간접적으로 그리고 있다. 즉, 은하열차는 죽은 사람들이 타는 기차이며 여행지도 죽은 사람이 가는 곳이다.

공간이 축을 이룬 3차원의 현실 세계와 달리 시간의 축으로 이루어진 4차원의 은하는 시간을 초월하여 여행하는 것이 가능한데, 캄파넬라와 죠반니는 이 시간의 벽을 넘어 사자死者가 타는 은하열차에 오른 것이다. 그러나 현실에서 살아있는 죠반니가 왜 은하열차를 타게 되었을까에 대한 의문이 남는다. 제1장에서도 언급한 바와 같이 꿈을 통한 은하여행은 고독한 죠반니의 필연적인 선택이다. 오늘밤 어머니에게 우유가 절박한 것처럼 아버지의 부재로 생활고와 심리적 고립감을 맛보게 된 죠반니에게는 아버지의 존재가 절박하기 때문이다. 그러므로 오늘밤 어머니의 우유를 찾아나선 것처럼 죠반니는 마음 속의 아버지를 찾아야 하는 것이다. 친구들이 은하수를 즐기고 있을 때, 죠반니는 아버지를 찾기 위해 사자가 탈 수 있는 은하열차를 타는데 그에게는 차표가 있기 때문에 이 여행이 가능하게 된다. 다음의 에피소드는 이 여

행의 목적이 심리적으로 아버지를 찾아가는 여행임을 암시하고 있다

① 보스ボス

죠반니가 우유를 가지러 집을 나서면서 시작된 이 여행에서 보스를 발견한 것은 매우 의미가 있다. 우유를 생산하기 위해서는 소가 있어야 하고 현재 캄파넬라와 죠반니는 소의 조상인 보스를 찾았다. 시간을 초월한 4차원의 여행이므로 보스가 소의 몇 년 전 모습인지는 정확히 알 수 없으나, 보스를 발견했다는 사실 자체는 죠반니가 아버지를 찾게 될 단서를 제공한다.

그러므로 기차에서 내리기 전에 슬픈 감정을 한가득 품고 있던 죠반니는 보스를 발견하고 기차로 돌아올 때 숨도차지 않고 무릎도 아프지 않게 바람처럼 달리면서 "이런 기분으로 달린다면 온 세계 어디라도 달릴 수 있겠다"고 생각한다. 죠반니가 의식하든 하지 않든 보스를 보고 난 후에 상쾌하게 돌아올 수 있었던 것은 보스가 소의 조상이며, 소는 우유를 연상시키고 결국 우유가 상징하는 아버지를 연상시키고 있다. 작가는 이 부분에서 죠반니가 아버지를 찾을 지도 모른다는 희망을 복선하고 있다.

② 새잡이 사나이

하늘 강가에서 해오라기·학·기러기 등을 잡아서 팔고 있는 새잡이 사나이는 볼품없는 외모 탓인지 죠반니 일행에게는 의심스럽기만 하다. 그러나 죠반니가 3차원 세계에서 가져온 어디든 갈 수 있는 차표를 보고 부러워하는 사나이를 보면서 이유없이 새잡이에게 연민을 느낀다.

죠반니는 이전에 한번도 만난 적이 없는 그 아저씨를 위해서라면 먹을 것이

든 갖고 있는 것이든 무엇이든 다 주고 싶은 생각이 들었습니다.[14]

　쬬반니가 새잡는 사나이에게 갖는 연민과 동정은 아버지에 대한 그
것과 오버랩 된다. 너덜한 외투에 수염은 빨갛고 등이 굽은 새잡이는
거칠지만 상냥한 목소리를 지난 사람이다. 강가에서 새를 잡고 있던 그
가 쬬반니와 캄파넬라 옆자리에 돌아왔을 때 쬬반니는 그의 목소리를
「왠지 귀에 익은 목소리」라고 느끼고 있다. 자신도 모르는 사이에 아버
지의 이미지와 오버랩하여 연상하고 있다. 특히, 새잡이 사나이가 떠난
뒤 쬬반니에게는 그것이 아버지에 대한 감정이었음을 암시하는 다음
과 같은 부분이 있다.

　　난 그 아저씨를 귀찮아했어. 그래서 지금 괴로워. 쬬반니는 이런 이상한 기분
　　을 느껴보기는 정말 처음이고 이런 말도 이전에는 한 적이 없다고 생각했습
　　니다.[15]

　이 동화는 부친과의 갈등으로 괴로워하던 작가 개인의 문제가 밑그
림으로 그려진 것 같다. 겐지는 부친을 이해하지 못한 만큼 심리적으로
아버지를 멀리하고 있었다. 그러나 『은하철도의 밤』의 새잡는 사나이
를 통해 그가 행복해질 수 있다면 무엇이든 다 주고 싶다는 동정을 느
끼면서 아버지 미야자와 마사지로宮沢政次郎를 동정하고 있다. 겐지의
구상화된 아버지상像이 새잡이 사나이를 통해 그려지고 있다고 볼 수
있겠다.
　환언하자면 겐지의 병상을 마지막까지 함께했던 『은하철도의 밤』
원고는 줄곧 대립해오던 미야자와 부자父子의 화해를 그린 작품으로 볼
수 있다. 겐지가 계승해야하는 가업은 경멸의 대상이고 도피하고 싶은
것이었다. 가난한 농민들을 착취하는 가업과 그에 대한 무시는 새잡이

사나이를 만났을 때, 그의 직업이 새를 잡아 파는 사람이란 이야기를 듣고, 그를 무시하는 부분의 묘사로 나타난다. 그러나 겐지의 신앙심으로 상징되는 죠반니의 차표사건 이후 왠지 그런 새잡이가 측은하게 느껴지고 무엇이든 해주고 싶은 사랑의 대상으로 바뀌게 된다. 그것은 겐지가 부친에 대해 갖고 있던 경멸과 심리적 저항벽이 어느 사이 허물어지고 그런 아버지를 인간으로서 동정하고 사랑하게 되는 사건이기도 하다.

③ 난파선의 청년과 남매

물에 젖은 듯한 모습으로 기차 안에 들어서는 청년과 남매는 고향으로 돌아가던 중 빙산에 부딪혀 난파되고 다른 사람의 목숨을 구하기 위해 자기 생명을 포기한 사람들이다. 이 사건의 배경은 실제 1912년 세계를 놀라게 한 타이타닉 호 침몰사건[16]이다. 겐지도 이 사건을 인상 깊게 받아들였는지, 동화 『은하철도의 밤』외에 시 「오늘도 역시 어쩔 수 없구나」의 모티브로 취하고 있다. 죠반니는 청년의 이야기를 전해 들으면서 다음과 같은 생각에 빠진다.

> 아아, 그 넓은 바다는 퍼시픽이란 바다가 아니었을까? 빙산이 흐르는 저 북쪽 끝에 있는 바다에서 조그만 배를 타고 바람과 얼어붙은 바닷물을 매서운 추위와 싸우면서 누군가가 열심히 일하고 있다. 그 사람이 정말 불쌍하고, 그리고 미안한 기분이 든다. 나는 그 사람의 행복을 위하여 도대체 어떻게 하면 좋을까?[17]

그것은 북쪽 바다에서 고기를 잡는 죠반니의 아버지에 대한 연민으로 간주해도 지나치지 않을 것이다. 자신의 생명을 희생하면서까지 다른 사람을 살리고자 했던 청년일행의 이야기를 들으면서 죠반니는 아버지에 대한 마음이 달라지고 있다.

④ 전갈의 불

대화에서 소외된 죠반니는 외롭고 우울하기만 한데, 그때 듣게 되는
전갈의 불 일화는 그동안 묶여있던 마음이 풀리는 계기가 된다. 가난한
죠반니는 캄파넬라를 보면서 부러움과 동시에 자신의 처지를 비관했
었다. 그러나 족제비를 위해 어차피 죽게된 자신을 희생하지 못한 전갈
의 후회와 결국은 새빨간 불이 되어 어두운 밤을 비치게 되었다는 일화
를 듣고 죠반니의 마음 속에 아버지에 대한 원망과 가난한 삶으로 인해
느껴오던 패배감을 떨치게 된다. 이 장면은 가슴에서 밀어냈으나 사실
은 간절히 원했던 아버지를 되찾는 순간일 것이다.

이와 같이 은하축제일에 은하여행을 구성한데에는 아버지를 모티브
로 한 작가의 의도가 엿보인다. 동화의 외부구조에서 우유를 찾으러 나
선 죠반니가 소의 조상인 보스를 만나는 것은 우유를 생산하는 소와의
만남을 의미한다. 그래서 우유를 찾을 수 있었을 것이다. 이 우유를 앞
서 언급한 아버지와 동일시한다면 이 사건은 아버지를 만날 실마리가
된 것이다.

또 새잡이 사나이에게서 느끼는 동정심과 그의 외모를 통해 아버지
를 떠올리는 죠반니에게, 우유를 찾기 위한 여행은 아버지를 찾아가는
여행으로 바뀌고 있다. 그러나 난파선의 가정교사와 오누이를 만난 후,
아직은 가난과 외로움을 남긴 아버지에 대한 원망 때문인지 소극적인
동정을 보이지만, 전갈의 불 일화를 듣고 난 후에는 아버지를 용서하고
긍정하며, 적극적으로 동정하게 되었다. 따라서 은하여행의 여정은 성
좌에 따른 은하여행과 동시에, 각 에피소드가 아버지 찾기와 연관시켜
구성되었음을 알 수 있다.

4. 은하여행과 아버지의 귀환

죠반니의 기차 여행 중 가장 당혹스러운 장면은 열차의 차표를 확인하는 장면일 것이다. 천기륜 기둥 아래 잠든 죠반니가 꿈을 통해 은하열차에 타게 되었으므로 처음부터 차표가 존재할 리 없기 때문이다. 죠반니에게 손을 내밀고 있는 차장 앞에서 죠반니는 당황해 할 뿐이다. 그러나 어떻게 된 영문인지 죠반니의 품 속에는 이상한 십자모양이 잔뜩 그려진 차표가 있다. 게다가 그 차표는 다른 승객들과 달리 어디든 마음대로 갈 수 있는 특별한 차표이다.

니시다 요시코西田良子씨는 죠반니의 어디든 갈 수 있는 차표에서 겐지의 신앙을 읽어내고 있다.「까만 당초무늬 속에 이상한 십자+字모양만 인쇄된」차표는 보고 있으면 그 속으로 빨려들 것 같은 기분이 든다고 하고 있다. 십자의 변형인 만다라(卍)는 이상한 십자모양으로 표현되었고, 만다라가 가득 그려진 죠반니의 차표는 겐지의 돈독한 신앙을 상징하고 있다. 겐지는 진언밀교真言密教에서 신앙의 구극으로 삼는 만다라를 지니고 있었는데, 국주회国柱会 시절 그가 항상 품고 다니던 만다라가「까만 당초무늬 속에 卍字가 새겨진」것이었다. 그것이 이 장면의 모티브가 된 것이다.

1918년 모리오카 고농高農의 졸업 무렵 진로와 징병 문제로 부친과 갈등이 심했던 겐지는 1920년 동경으로 가출해서 국주회에 가입한 후 화해를 시도하였다. 당시 겐지가 심취했던 국주회 활동 이후 아버지를 대하는 태도를 바꾸게 한 것은 분명하다. 동화『은하철도의 밤』에서는 아버지와의 관계를 극복하는 신앙을 차표로 암시하고 있다. 즉, 어디든 자유롭게 갈 수 있는 죠반니의 능력은 차표를 손에 쥐게 된 이후 가능해진 것이고, 이것은 겐지가 일연교에 경도되어 신앙으로 무장된 후 아버지를 마음으로 받아들이는 과정이 극화되었다고 볼 수 있다.

꿈에서 깬 죠반니는 은하여행 전에는 받을 수 없었던 우유를 받아들고 마을로 돌아와서 곧 캄파넬라가 익사하였음을 알게 된다. 그러나 죠반니가 위로라도 하려고 다가가자 캄파넬라의 아버지는 「이제 틀렸어. 물에 빠진지 45분이나 지났으니까」라고 체념한다. 이 부분에서도 작가 겐지의 개성은 시간표현에 드러나는데, 캄파넬라의 아버지가 아들의 생환을 포기할 수밖에 없는 45분은 시간 이상의 의미를 나타낸다. 四와 五 는 동음이의어로서 死와 後로도 바꿀 수 있다. 다시 말해 45분은 캄파넬라의 死後를 의미하는 것이다. 따라서 캄파넬라의 아버지가 "이젠 틀렸다"고 체념하는 것이다.

한편 죠반니는 체념에 잠겨있을 캄파넬라의 아버지로부터 오늘쯤 죠반니의 아버지가 돌아오실 것이라는 반가운 소식을 전해듣는다. 어린 시절 죠반니와 캄파넬라가 함께 한 배경에는 그들의 아버지가 가까운 사이였기에 가능했다. 아버지들이 교류했을 당시에는 죠반니도 자신의 아버지와 친밀한 관계에 있다. 그래서 캄파넬라와의 다정한 시간도 존재할 수 있었을 것이다. 그들이 함께 나누어보던 은하는 「우유가 흘러간 자리」로서 우유가 아버지를 상징하는 점에서 알 수 있듯이 아버지의 그림자를 보고 있는 것이다.

그러나 아버지의 행방을 알 수 없어진 지금은 캄파넬라의 아버지와도 연락두절이고, 캄파넬라와 죠반니의 관계도 그다지 가깝지 않다. 따라서 학교생활에서도 의기소침하고 생활의 피로가 어린 죠반니의 어깨를 누르고 있다. 하지만 무엇보다도 힘겨운 것은 아버지가 없다는 사실이다. 그런 상황에서 어디든 갈 수 있는 차표를 품에 넣은 죠반니는 은하여행을 하고, 프리오신 해안에서 만난 보스[18], 새잡이 사나이와 빙산이 흐르는 북쪽 바다의 어부들에게 느끼는 연민[19], 전갈의 불[20] 일화가 가르쳐준 사랑을 통해 서서히 아버지를 찾고 마음으로 받아들이게 된다.

또 은하여행 전에는 받지 못했던 우유를 들고 마을로 돌아온 죠반니에게, 아버지가 돌아오실 것이라는 사실을 알려주는 이는 캄파넬라의 아버지이다. 이 사실은 죠반니와 캄파넬라의 아버지들이 서로 소통하게 되었음을 의미하며, 캄파넬라의 아버지와 죠반니의 아버지가 친밀한 관계로 돌아왔음은 다시 죠반니와 그의 아버지의 관계가 회복되었음을 의미한다.

나아가 은하가 수업시간, 죠반니와 캄파넬라의 추억, 죠반니의 은하여행 등으로 강조되는 이유는 그것이 아버지를 의미하기 때문이다. 사건의 시간적 배경이 된 오늘은 은하의 축제날이고, 수업에서 다루어지는 은하에 대한 질문에 뻔히 알면서도 대답하지 못하는 이유는 죠반니에게 지금 아버지 부재의 문제가 있기 때문이다. 또 캄파넬라 집에서 은하의 사진을 보던 추억 속에는 그들의 아버지가 친밀한 사이였던 배경을 갖고 있으며 그 때 보고 있던 은하의 사진은 아버지의 그림자를 보고 있다고 해석할 수 있다. 죠반니가 꿈속에서 떠난 은하여행은 어디든 갈 수 있는 차표 즉 무엇이든 수용할 수 있는 신앙을 소유하게 되었기 때문이고, 그 여행의 목적은 아버지를 찾기 위한 것이었다.

당연히 동화의 외부 플롯에서 우유를 다시 찾아올 수 있었던 것은 죠반니가 아버지를 찾았음을 뜻하며, 그 결정적 순간이 바로 캄파넬라의 아버지로부터 아버지의 귀환을 듣는 순간일 것이다. 죠반니와 캄파넬라의 아버지의 관계회복은 동시에 죠반니와 그의 아버지의 관계회복을 의미하기 때문이다. 그러므로 죠반니 아버지의 귀환을 알려주는 사람이 캄파넬라의 아버지임은 무척 의미가 있다.

5. 맺음말

　가족에게 가난과 외로움을 남긴 부재의 아버지에 대한 죠반니의 원망이 「아버지의 행복을 위해 어떤 일을 할 수 있을까」로 변화했다.

　수업이 이뤄지는 교실의 오후에서부터 「은하의 축제」가 있는 밤에 발생한 이 동화는, 은하를 묻는 선생님의 질문에 곤란해 하는 죠반니를 통해 아버지의 부재가 문제의 원인임을 암시했다. 그러나 부재의 아버지를 찾기엔 너무 짧은 시간을 작가는 꿈의 장치로 대신하는데, 이는 현실세계에서 불가능하거나 능력이상의 사건이 시간과 공간이 확장된 꿈의 세계에서 설명되고 해결될 수 있기 때문이었다.

　특별히 겐지는 우유와 아버지의 동일시를 시도한 것으로 보인다. 아버지의 부재로 가난하고 외로운 죠반니 집에 환자인 어머니가 있는데, 그녀의 영양 공급을 위해서는 반드시 우유가 필요하다. 그런데 이상하게도 은하의 축제일에 우유가 배달되지 않았고, 죠반니의 어머니에게 필요한 우유를 찾으러 나선 길은 은하여행으로 통하게 된다. 어머니에게 필요한 것은 우유와 동시에 우유(치치)와 동음이의어에 해당하는 아버지(치치)의 존재였던 것이다. 이 점에 착안하여 겐지가 아버지의 치치와 우유의 치치를 의도적으로 연상시킨 흔적이 보인다. 아울러 병상의 어머니에게 우유가 생명수이듯이 죠반니에게 아버지의 존재가 절실함을 대비한 것이다.

　아버지의 부재와 그 때문에 친구들과 어울릴 수 없는 외로움에 갇힌 죠반니는 여행 중에 보스를 만나는데, 보스는 120만 년 전의 소의 조상으로 우유 즉, 아버지를 찾아 나선 죠반니에게 아버지 찾기의 가능성을 제시하는 희망의 상징 역할을 담당한다. 그리고 낯선 새잡이에게 느끼는 연민과 난파선의 가정교사와 오누이가 보여준 자기희생의 정신 및 전갈의 불 일화를 통해 아버지를 가슴으로 수용하지 못했던 자신을 되돌아보고, 자기희생의 사랑만이 생명을 살린다는 사실을 깨닫는 그 순간 아버지를 진정으로 가슴에 새기게 된다고 볼 수 있었다.

　동화의 플롯이 액자의 형식을 취하는데 꿈으로 엮어진 내부 구조에서 은하여행을 하면서 아버지를 수용하게 되는 것처럼, 외부구조에서는 배달되지 않았던 우유를 받아들고 돌아온다. 그러나 꿈에서 깨어나 친구 캄파넬라를 잃었다는 사실을 알았을 때도 그 슬픔보다는 멀리 북방의 감옥에 갇혀계셨던 아버지의 귀환에 기뻐하는 것은 이 동화의 무게가 캄파넬라와의 이별이 아니라 죠반니 아버지의 귀환에 있음을 증거 하는 것으로 보인다. 역시 그 순간 우유를 찾아오는 것도 아버지를 찾은 죠반니의 심상을 스케치한 것으로 해석할 수 있겠다. 이와 같이 치치로 발음되는 우유의 의미는 어머니에게 생명수임과 동시에, 아버지의 존재로 상징되었음을 알 수 있었다. 그러므로 은하여행에 나선 아들 죠반니의 여행은 아버지를 찾아 나선 여행이었다고 볼 수 있었다.

---

*　이 글은 2003년 『일본문화연구』(제9집, 동아시아일본학회)에 발표한 것을 수정·보완한 것임.
1　미야자와 겐지(宮澤賢治, 1896~1933) : 이와테현 하나마키시 출생. 이하 겐지.
　　詩集 『봄과 수라(春と修羅)』와 『주문 많은 요리점(注文の多い料理店)』등 100여 편의 동화가 있다.
2　이탈리아의 고대 도시국가 피렌체 등 유럽에서 널리 행해져온 수호신 聖세례요한의 이탈리아식 命名(죠반니)에서 비롯된 듯하다.
3　宮沢賢治 「銀河鉄道の夜」 『宮沢賢治全集』 第十卷, 筑摩書房, 1986, p.127.
4　일본에서 우유가 飮用되기 시작한 것은 에도시대 말엽이나 전국적으로 이용된 것은 메이지(明治)시대 후반에 이르러서다. 그러나 그 이용은 거의 환자의 영양공급을 위한 것으로 오늘날과 같은 음료의 역할은 근래에 들어서이다. 『은하철도의 밤』에서도 겐지는 환자인 죠반니 어머니의 영양공급원으로 그리고 있다.
5　吉本隆明 「ジョバンニの父とはなにか」 『宮沢賢治 『銀河鉄道の夜』作品論集』 クレス出版, 2001年. p159.
6　이와 같은 겐지의 圖像學的 글쓰기는 초기 童話集 『주문이 많은 요리점』으로 부터 즐겨쓰는 방법이다. 『산 사나이의 4월』의 산 사나이가 상자에 갇힌 모습을 상징하는 四月과 『도토리와 들고양이』의 도토리→다람쥐→들고양이의 관계를 나타낸 漢字등에서 켄지의 圖像學的 취향은 드러나고 있다.

7 『宮沢賢治全集』第九卷, p.366.

8 상동

9 『年表 宮沢賢治』山内修 編著. 河出書房新社. p15, 52 참조.

10 『빛의 맨발』에서는「父は憤り、家族は悲しむ」와 같이 아버지에 대한 적대감을 표현하며, 歌稿노트에는 겐지 자신의 아버지를 대상으로「父よ父よなどて舍監の前にしてかのとき 銀の時計を巻きし」로 읊기도 했다.

11 별들의 축제로서 켄타우르스 축제(본문에는 켄타우르祭)라고도 표현하고 있다. 『은하철도의 밤』의 初期形에는「七星祭」또는「星曜祭」로 쓰기도 한다.

12 地蔵車, 念仏車, 菩提車, 血縁車 라고도 한다. 동북지방의 풍습으로 절이나 묘지·사당등에 기둥을 세우고 한 해 농사가 무사하도록 좋은 날씨를 기원하고, 죽은 사람들의 명복을 빌 때 사용한다. 돌로 된 기둥의 손이 닿는 부분을 둘러 파내고 둥그런 쇠고리를 끼 워넣은 것. 기도하면서 그 쇠고리를 좌우로 돌린다고한다.
   『新 宮沢賢治語彙辞典』原子朗著, 東京書籍, pp.492-493 참조.

13 오륜탑은 우주의 5개 물질인 地火水風空 이며 사각·원·삼각·반월·여의주 모양의 다섯 돌을 겹쳐쌓은 모양으로 密敎에서는 신체의 하반신을 地, 배는 水, 가슴은 火, 얼굴은 風 머리는 空으로 여겨, 五子嚴身觀하면 우주라는 만다라에 융합한다고 해석한다.
   『銀河鐵道の夜』論 大塚常樹『宮沢賢治『銀河鐵道の夜』作品論集』クレス出版, p.296.

14 『宮沢賢治全集』第十卷, p.150.

15 위의 책, p.151.

16 1912년 4월 14일 밤 당시 세계에서 가장 크고 호화로운 여객선인 타이타닉호는 뉴펀들랜드 해역에서 빙산과 충돌하여 침몰하였다. 승선 인원 2208명중에 1513명이 목숨을 잃은 세계 최대의 해양사고.

17 『宮沢賢治全集』第十卷, p.154.

18 소의 120만년 전 조상이다. 우유를 얻기 위해서는 소가 필요하고 시간을 축으로 한 4차원의 세계에서 과거 소의 조상 보스를 만났으므로, 우유를 찾을 수 있다는 실마리를 만난 셈이다. 예컨대 우유가 아버지를 의미하므로 아버지를 만날 수 있다는 희망의 복선적 표현이다.

19 새잡이와 뱃사람에게 同情을 느끼면서 그들이 진정 행복해질 수 만 있다면 무엇이든 할 수 있다는 연민이 싹튼다. 이것은 거친 바다와 싸우는 아버지에 대한 연민과 오버랩된다.

20 일화를 들으면서 진정한 사랑은 모두의 진정한 행복을 위해 제 몸을 희생하는 것임을 깨닫고 자신의 아버지를 사랑할 수 있게 되는 순간인 듯하다.

나쓰메 소세키 텍스트에 나타난 근대비판[*]
－자본주의 및 제국주의와 관련하여 －

┃김 난 희

1. 머리말

　나쓰메 소세키夏目漱石는 좌국사한左國史漢[1]으로 표상되는 동양 문사文士의 교양을 체득한 사람이다. 처음 문학에 뜻을 두었으나 「문학은 남자가 일생을 걸 직업이 아니라 취미에 불과하다」는 큰형의 충고로 문학에 대한 꿈을 접었다가 큰형이 작고한 이후 친구 요네야마米山의 권유로 영문학과에 입학하게 된다. 이 경위는 「나의 처녀작 추회담」[2]에 잘 나타나 있다.

　또 같은 글에서 「영문과를 지망학과로 정했다.…(중략)…영어영문에 통달해서 외국어로 위대한 문학상의 저술을 해서 서양인을 놀라게 해주려는 희망을 품고 있었다」라고 말한다.

　위의 말 속에는 강대국의 언어를 배워 문명文名을 날리는 것이 '국가를 위한 것'이라는 시대이념이 함의되어 있다. 그러나 장구한 서구 기독교문명권과 동양의 유교문명권은 쉽사리 소통될 수 있는 것은 아니었다. 동양의 가치관과 서양의 가치관은 축적된 역사만큼 차이가 있기 때문이다. 동양과 서양의 문화적 차이에서 오는 이화감과 갈등은 이후 소세키 문학의 모티프가 되어 싹을 틔우고 뿌리를 내리게 된다. 많은 연구자가 언급하는 소세키의 '문명 비평'의 주제는 문화적 이질감이라는 맥락에서 이해해야 할 요소가 있다. 이것이 차츰 메이지 근대화에 대한 비판이라는 양상을 보이고 있음을 본다.

유교문명권은 선비의 청빈을 덕목으로 보고 치부致富를 수치로 여기는 경향이 있다. 반면 근대 서구문명권은 산업혁명과 종교개혁을 거치면서 치부는 개인의 노력의 대가로서 윤리적으로 정당한 것이라는 인식전환을 하게 되었으며 자본주의 제도가 정착하는 토대를 마련했다.

막스 베버는 「개신교윤리와 자본주의 정신」이라는 논문에서 근대자본주의가 중국과 중동 등 그 당시 고도문명권에 비해 후진성을 면치 못하던 16-7세기 서유럽에서 발생하게 되었는가를 면밀하게 분석하고 있다.[3]

이 상충되는 동서의 가치관의 틈새에서 소세키는 혼자 고군분투하다가 '자기본위自己本位'의 사상을 수립하게 되었다는 것은 주지의 사실이다. 메이지 시대의 자본주의는 아직 미숙했으며 많은 모순을 드러냈다.

본 연구는 이를 메이지 근대화에 대한 소세키의 비판이라는 시각에서 바라보고자 한다. 소세키 작품에 나오는 실업가에 대한 희화화, 정경유착에 대한 시선, 새로운 계급인 화족에 대한 풍자는 다름 아닌 근대의 제도인 자본주의와 관련되어 있으며 이에 대한 비판으로 보이기 때문이다.

하지만 소세키는 근대와 불가분의 관계에 있는 제국주의에 대해서는 초기에는 비판하다가 나중에는 침묵하고 있다. 따라서 소세키의 근대비판에는 명明과 암暗이 있다고 말할 수 있다.

2. 메이지 시대와 근대화

1) 자본주의 제도 도입

소세키의 근대비판을 알아보기 위해서는 메이지 시대의 근대화 추진 양상을 전체적으로 조감할 필요가 있다. 일본의 근대화는 메이지유신을 성공적으로 치루고 난 후 서구의 선진문물과 제도를 속속 도입함으로써 급속하게 이루어진다. 서구열강과 어깨를 나란히 할 수 있도록 주력한다. 그 수순으로서 정치면에서는 서구의 의회 제도를 받아들이고 경제면에서는 자본주의 제도를 추진시킨다. 문화면에서는 전시대에는 볼 수 없었던 '자아自我'에 대한 각성을 고취시킨다.

메이지 신정부는 부국강병을 이루기 위해서는 우선 기업을 일으켜 산업을 장려해야 한다는 식산흥업殖産興業에 대한 인식을 함께 했으며 국가의 지원 하에 많은 신흥 실업가들을 배출시켰다.

급기야 러일전쟁 이후에는 일본에도 금융자본주의가 정착되기에 이르는데 그 부작용으로 금권주의가 만연하게 되며 배금사상을 배태시키게 된다. 이 시점이 바로 소세키가 작가로 출발한 시기[4]이기에 주목할 필요가 있다. 자본주의 제도는 이윤추구의 정당성을 공공연하게 해서 개인의 부를 증진시켰다. 하지만 성숙하지 못한 단계에서는 천민자본주의에 머무르게 된다. 소세키의 실업가와 화족에 대한 비판은 바로 메이지기 일본의 미숙한 자본주의의 행태를 비판한 것이다. 이를 문명비평의 관점에서 고찰한 문헌으로는 에토 준江藤淳의 논문 「문명개화와 문명비평」[5]과 오치 하루오越智治雄의 『소세키와 문명』[6] 등이 있다.

소세키는 20세기 벽두인 1900년에 근대문명도시 런던에 왔다. 런던 도착해서 얼마 안 되어 아내에게 보낸 편지를 보자.

······이곳에서는 돈이 없는 것과 병에 걸리는 것이 가장 불안하오. 병은 귀국할 때까지 사절할 셈이지만 돈이 없는 데는 질렸소. 일본의 오십 전은 이곳에서는 거의 십전에서 이십 전 정도 가치밖에 안 되오. 십 원 정도는 순식간에 연기가 되어 사라지오.···(중략) ···런던의 번창은 보지 않으면 알 수 없소. 마차 철도 전철 지하철 등 거미줄을 쳐놓은 것 같아 익숙하지 않은 사람은 종종 길을 잃어 엉뚱한 곳으로 데려가 버린다오.   (메이지 33년 12월 26일)

지금의 문화는 돈으로 살 수 있는 문화이다. 돈으로 살 수 있는 문화가 가장 좋은 문화일까. 그렇지 않다면 일본이 모든 일에 있어서 서양을 숭배하는 것은 어리석은 일이다.   (메이지 34년 노트)

소세키가 체험한 영국의 심장부 런던은 일찍이 산업혁명을 거쳐 자본주의가 무르익은 근대도시였다. 교통체계가 복잡하여 어리둥절해했음을 알 수 있다. 또 런던의 물가가 비싸서 고국에서 보내주는 유학비가 모자람을 하소연하고 있다. 무엇보다 그는 책을 사보기 위해 더럽지만 저렴한 하숙에 살면서 의식을 절약해야만 했음을 호소하고 있다.
소세키는 「문학론」서문에서 런던유학 중 만난 일본유학생들과 자신을 비교하며 말한다.

그들은 신상紳商의 자제들로서 품격과 지위를 지닌 젠틀맨들이다. 그들은 젠틀맨 자격을 유지하기 위해 일 년에 수천 금을 소비하고 있다. 내가 정부로부터 받는 학자금은 1년에 천팔백 엔에 지나지 않는다. 이 금액으로는 모든 것이 금력으로 지배되는 땅에서 그들과 동등하게 행동한다는 것은 생각도

할 수 없다.[7]

　위에서 보듯이 런던에서의 생활은 돈이 매우 중요했음을 시사한다. 게다가 하늘은 공장에서 뿜어 나오는 연기로 자욱했으며 사람들은 앞만 보면서 걸어가고 여유가 없다. 모든 것이 바쁘게 돌아가서 숨이 막혔다. 위의 글은 동양인 소세키가 문명화된 근대도시를 관찰하는 대목이며 다분히 비판적이다. 소세키가 목도한 자본주의 사회 영국은 결코 선망의 대상이 아님을 알 수 있다. 그런데 귀국해보니 일본이 바로 그 길을 가고자 서두르고 있다. 이는 귀국 후에 쓴 초기작품인 『태풍野分』에도 투영되고 있다. 규슈의 어느 중학교에 부임하게 된 도야道也는 공업도시 규슈를 보면서 「탄광의 연기를 뒤 집어 쓰고 시커먼 숨을 내쉬지 않는 자는 인간의 자격이 없다(1장)」라며 산업화를 서두르는 메이지 시대의 한 단면을 비판적으로 응시하고 있다.

　또 근대는 시간에 대한 각성을 촉구한다. 산업화된 사회는 능률을 중시해서 한정된 시간 속에서 보다 많은 일을 처리하는 사람을 대우한다. 유능한 사람은 그렇지 못한 사람 보다 많은 보수를 받을 수 있으며, 그 돈으로 모든 것을 살 수 있다. 그래서 자본주의 제도 하의 인간은 돈을 벌기 위해 앞만 보며 달릴 수밖에 없다는 인식이 있다.

　『산시로三四郎』의 히로타広田 선생도 지나치게 서두르는 사람들의 모습을 보며 「20세기이기 때문이다」라고 촌평한다. 여기서 20세기는 근대를 표상한다. 근대는 속도와 관련이 있다. 하지만 히로타 선생과 같은 관찰자 입장을 견지하는 사람은 현실로부터 적정 거리를 유지하고 있다. 그래야 잘 볼 수 있기 때문이다. 그래서 소세키 텍스트의 문명비평가들인 히로타선생, 다이스케代助, 메이테이迷亭는 결혼을 않고 독신을 고수한다. 독신의 의미는 가족으로 표상되는 일상의 번잡함으로부터 거리를 지녔음을 말한다. 간혹 결혼을 했다 해도 『마음』의 선생처럼 자식이 없어야 하며 일상과 격리된 채 고립을 자처하도록 설정한다.

2) 화족 계급의 탄생

메이지 신정부는 사士·농農·공工·상商 즉 사민四民에 대한 평등을 기치로 내걸어 근대화를 추진해 나갔다. 그러나 1869년에 사족士族위에 있는 황족들에게 화족이라는 특수신분을 둔다. 처음에는 황족皇族과 다이묘大名 신분에 국한된 호칭이었으나 1884년 화족령華族令에 의해 국가에 공훈이 있는 신하와 실업가에게도 화족이라는 호칭을 부여하게 된다. 화족은 일반국민의 상위자로서 작위爵位를 지녔으며 세습되었다. 귀족원의원의 선거권과 피선거권이 부여되어 천황제유지의 기반이 되었다. 화족에게는 등급에 따라 공公·후侯·백伯·자子·남男의 다섯 작위가 수여되었으며 특권을 지닌 사회적 신분이 된다. 이는 1947년 신헌법新憲法이 시행되기까지 지속되었다.

서구의 귀족계급이 5등급으로 되어있는 것을 본 따서 다섯 개로 차등화한 것이다. 나중에는 돈으로 작위를 사는 사람도 생겨날 정도였다. 이는 결국 사민평등이라는 것이 허구라는 것을 입증한다. 신흥귀족으로 행세하는 화족들에 대한 풍자는 『나는 고양이다』와 『태풍二百十日』[8] 등에 잘 나타나 있다.

『고양이』3장에서 메이테이가 자신의 백부伯父 되는 사람이 마키야마牧山 남작이라고 말하자 좀 전까지 오만했던 하나코鼻子의 태도가 갑자기 정중해지면서 잘 아는 체하는 대목이 나온다. 작위의 남발과 의태에 대한 풍자로 볼 수 있다. 또 『태풍二百十日』에는 시종일관하여 화족과 부자에 대해 매도한다. 게이圭さん와 친구인 로쿠碌さん는 구마모토 여행을 하고 있는데 그곳 명소인 아소阿蘇의 분화구를 보기로 한다.

학창시절의 친구로 보이는 두 사람은 여행을 하면서 서로의 이력에 대해 알게 된다. 작품은 '게이' 쪽에 비중이 실려 있으며 '로쿠'가 관찰한 모습을 독자에게 보여준다. '게이'는 가난한 두부장수의 아들이다. 당시 서민의 대표적 직업이라 할 수 있는 두부장수 아들인 셈이다. 이 '게이'가 문명을 비평하는 지식인의 길에 들었는데, 이 대목은 메이지 시대는 열린 시대라는 것을 시사하고 있다. 이에 대해 '로쿠'는 「도대체 두부장수 아들이 어떻게 이런 사람이 되었는가?」라며 의아해 한다. 대부분의 상인은 미천한 신분으로서 당연한 듯이 자기 부모의 직업을 가업으로 계승했기 때문에 '게이'처럼 가업을 잇지 않고 지식인의 길을 지향한 것이 의아하다는 것으로 이해 할 수 있다. 그러나 메이지 시대 같은 과도기에는 교육을 받지 않아도 외적인 신분을 상승시킬 수 있는 기회가 있었다. 즉 돈으로 신분을 상승시킬 수 있는 것이다. 그래서 게이는 화족과 부자들을 원래의 위치로 되돌려 놓아야 한다고 말한다. 그것이 「불공평한 세상을 공평하게 만드는 것」이라는 것이다. 「화족이나 부자들은 지금도 두부장수를 하고 있다. 그 두부장수들이 마차를 타고 별장을 짓고는 자기만의 세상인 듯한 얼굴을 하므로 틀렸다」고 말한다. 즉 근본은 천한 출신이면서 겉모습만 번드르르하게 꾸미고는 마치 훌륭한 인간인양 활개 치는 모습이 부당하다는 것으로 이해된다. 이런 화족과 부자들이 세상풍속을 해치고 있다고 파악한 것이다. 반면 게이는 여관에서 심부름하는 무지한 시골 하녀에게 호감을 보인다. 무식하지만 꾸밈이 없는 그 모습이 강건하다는 것이다. '게이'는 '로쿠'에게 다음과 같이 말한다.

저 하녀는 단순해서 마음에 든다. 화족과 부자들보다는 존경할만한 자격이 있다 …(중략)… 우리들이 세상에서 사는 제일의 목적은 이러한 문명의 괴수를 말살하고 돈도 힘도 없는 평민들에게 다소라도 위안을 가져다주는 것이다. (『태풍二百十日』)

근대라는 시대의 물결 속에 생겨난 새로운 계급을 작가는 '문명의 괴수怪獸'라고 호칭하고 있다. 그들을 서민의 적으로 규정하며 교육을 받은 지식인은 이들을 원위치로 돌려놓아야할 사명을 띠었다고 말한다. 시간이 걸리고 힘이 들더라도 모든 것을 제자리에 돌려놓는 것이 교육받은 사람의 역할이라고 누차 강조하고 있다. 그리고 「시골정신에 문명의 교육을 베풀면 훌륭한 인물이 만들어질 것」이라며 아쉬워한다. 또 화족은 말쑥한 얼굴을 하고 있지만 천박한 짓만 하는 표리부동한 인간으로 규정함으로써 화족에 대한 혐오를 노골적으로 드러내고 있다. 다음은 '게이'와 '로쿠'의 대화이다. 먼저 '게이'가 말한다.

> "걸주桀紂라고 말하면 옛날부터 악인惡人의 대명사인데, 20세기는 걸주가 넘쳐나고 있네. 게다가 문명의 껍질을 두껍게 뒤집어쓰고 있으니까 얄밉지"
> "껍데기뿐으로 알맹이가 없다고 말해야 좋을 작자들인가. 역시 돈이 너무 많아서 지루하면 저런 짓을 하고 싶어지는 모양이지. 너무 돈이 많게 되면 대개 걸주가 되고 싶어지나 봐. 나처럼 유덕한 군자는 가난뱅이이고 저들처럼 우둔한 자들은 남을 괴롭히기 위해 돈을 쓰고 있으니 딱한 세상이지. 어때 차라리 저 날다람쥐들을 한 꾸러미에 꿰어 아소산 분화구 지옥 속에 거꾸로 빠뜨려버리는 것이" (『태풍二百十日』)

위의 글은 감정이 이성을 압도하여 냉정을 잃고 있다. 독자로서 수긍하기 어려운 궤변이라 말할 수 있다. 교육을 받고 수양을 한 사람은 겉과 속이 일치한다. 즉 제대로 된 문명은 이런 것이다. 그들은 돈을 가볍게 여기기에 가난하고, 우둔한 사람은 수양이 안 되었기에 돈을 추구한다. 겉모습은 문명을 흉내 내서 그럴듯하지만 내면은 조잡하기에 그 돈으로 남을 괴롭히는데 쓴다는 것이다. 이것이야말로 잘못된 문명이라는 시각이다. 소세키는 근대문명 자체를 거부하고 있지는 않다. 사람을 내부로부터 계몽하고 도야시키는 것이 진정한 문명이라는 인식을 엿볼 수 있다. 그런데 메이지기 일본은 참된 문명과 거짓 문명이 전도되어 힘을 잘못 발휘하고 있기에 부조리하다는 논리다. 그러니 세상을 타락시키는 속물들인 화족과 실업가를 제거시켜야 한다는 것이며 이를 수행할 임무를 띤 사람이 지식인이라는 것이다.

위의 인용은 메이지 시대의 배금주의의 한 단면을 과장한 것이라고는 볼 수 있겠으나 이 안에는 소세키의 굴절된 경제관념이 들어있으며, 신흥 상층계급으로 급부상한 화족에 대한 소세키 개인의 생리적인 혐오임을 알 수 있다.

3. 자본주의 비판의 양상

1) 배금주의 혐오

소세키의 작품에는 정부가 추진하는 자본주의 제도 아래서 인간의 탐욕이 자아내는 추태가 적나라하게 묘사된다. 특히 신흥졸부와 실업가 그리고 화족 및 정치가들에 대한 묘사는 신랄하다. 이들을 패러디하기 위해서 소세키는 '금전'이라는 소재를 즐겨 사용하고 있다. 일본의 작가 중 소세키만큼 금전에 대해 자주 언급하는 작가는 없다고 말 할만하다. 그래서 소세키 작품에 나타난 금전표현에 관련한 연구는 많이 이루어져 있다. 소세키와 금전에 대해 다룬 기본 문헌으로는 아라 마사토荒正人의 「소세키 문학의 물질적 기초」와 나카무라 미쓰오中村光夫의 「금전과 정신」이 있다. 국내논문으로는 조영석의 『소세키 문학에 나타난 금전관 연구』 등이 있다.

소세키는 작품의 도처에 금전을 모티프로 사용하여 메이지 자본주의의 한 단면을 드러내 보여주고 있다. 금전에 얽힌 예를 열거하자면 끝도 없다. 좀 길지만 작품의 실례를 들어보기로 한다.

『고양이』에서 실업가 가네다金田가 재력으로 박사학위 있는 사위를 얻으려 동분서주한다. 『도련님』에서는 급여를 올려주는 조건으로 빨간 셔츠赤シャツ가 검은 거래를 획책한다. 『마음』에서는 사람을 악인으로 만드는 것은 돈과 사랑이라고 설정한다.

『그 후それから』에서 다이스케代助의 동창생 히라오카平岡는 공금을 횡령하여 곤경에 처한다. 『노방초道草』에서는 양부 시마다島田가 어렸을 때 겐조健三를 양육해 준 대가로 겐조에게 돈을 달라고 조르고 있다.

『태풍野分』은 작품 전체가 인격과 금전의 대결을 기저로 하고 있다. 그리고 마지막 장인 12장에는 시라이 도야白井道也가 자신의 저서『인격론』을 제자인 다카야나기 슈사쿠高柳周作한테 백원百圓에 양도함으로써 자신의 채무를 변제한다. 또 다카야나기의 아버지는 우체국 관리였는데 공금을 횡령하여 투옥되어 수감 중에 죽는다는 설정이다.

소설작품 외에도 1915년 학습원 보인회學習院 輔仁會에서 행해진 「나의 개인주의私の個人主義」[9]라는 강연을 들 수 있는데, 소세키는 미래사회의 지도층이 될 학습원 학생들을 대상으로 금력金力에 수반되는 책임에 대해 목소리를 높여 설파한다.

위의 사례를 통해 볼 때 소세키는 '금전'이 위력을 지닌 자본주의 시대를 체감했음을 알 수 있다. 그는 메이지 근대 자본주의의 성격을 잘 꿰뚫어 보았다. 그래서 작품 속에 금전에 얽힌 에피소드를 무수히 넣었으며 금전이 이야기를 전개하는데 중요한 역할을 하도록 장치를 할 수 있었다. 소세키가 금전을 모티프로 여러 사건을 텍스트 안에 끌어들이는 것은 메이지 정부가 도입한 자본주의 제도 하에서 인간들의 삶의 양식 또한 바뀌고 있는 것을 말하기 위함이다. 소세키는 도의道義는 전근대적 가치이고 금력은 근대적 가치라는 것을 직시하고 있다.

앞에서 『태풍二百十日』의 인용문을 통해 화족과 부자에 대한 소세키의 인식을 언급했다. 이 작품은 메이지 시대 배금주의가 만든 추태에 대한 풍자라고 말할 수 있으며 소세키의 배금주의 비판을 알 수 있는 중요한 텍스트이다.

2) 실업가 비판

『고양이』4장에서는 돈으로 모든 것을 해결하려는 실업가 가네다金田가 나온다. 등장인물 가네다와 그 부인 하나코鼻子는 사람을 사람으로 보지 않고 돈을 내세워 행동을 하는 유형적 인물이다. 이에 대해 구샤미苦沙彌는 다음과 같이 혐오를 드러낸다.

> "나는 실업가를 학창시절부터 아주 싫어했다, 돈만 되면 뭐든지 한다. 옛날 같으면 별 볼일 없는 상인이다." "돈을 만드는 데는 삼각술이 필요하다고 한다. (중략) 의리가 없을 것, 인정이 없을 것, 수치를 없앨 것, 이러면 삼각형이 된다고 한다." (『나는 고양이다』4장)

생활인 소세키의 자화상인 구샤미의 입을 통해 작가는 실업가에 대한 비판을 한다. 옛날 같으면 사농공상 네 개의 신분 중 가장 낮은 것이 상인이다. 그런데 시대가 바뀌자 실업가로서 활개를 치고 다니고 있다. 구샤미의 학창시절의 동료인 스즈키 도주로鈴木藤十郎는 바야흐로 자본주의 시대를 살아가는데 적합한 실리를 추구하는 인물로 표상되고 있다. 그는 불필요한 저항은 되도록 삼가는 것을 생활상의 신조로 삼는다. 소세키는 실제 미쓰비시三菱 재벌의 창업자인 이와사키 야타로岩崎彌太郎[10]에 대해서 거부감을 느꼈으며 이에 대해 언급한 바 있다. 실업가 이와사키가 스즈키한테 투영되어 있음을 알 수 있다. 스즈키는 다음과 같이 말한다.

"인간은 모가 있으면 이 세상을 굴러가는데 힘들다. 둥근 것은 데굴데굴 어디든지 잘 굴러가지만 네모난 것은 구르는데 힘이 들뿐이다"

(『나는 고양이다』 8장)

소세키는 스즈키라는 철저하게 실리적인 인물유형을 창출해 냈다. 스즈키는 메이지 실업가를 표상하는 하나의 전형이라고 말할 수 있다. 소세키는 메이지 근대화의 진면목을 냉철하게 응시하고 있는데, 그 중 하나가 새롭게 등장한 자본주의 제도이다. 근대 자본주의 제도 속에서 성공적으로 살아가려면 봉건적 윤리로부터 단절되어야 한다고 인식한다. 「새 술은 새 포대에」라는 성경구절처럼 옛 가치관을 버리고 새로운 가치관을 획득해야한다. 봉건사회에서 근대사회로의 이행은 기존의 모습을 환골탈태해야만 가능하다. 스즈키는 이런 자기변신에 성공한 인물이다. 스즈키는 메이지 근대 자본주의 제도 하에서 탄생한 새로운 인물유형이라고 말할 수 있다. 메이지 시대가 만들어낸 철저하게 실리적인 인간유형과, 그들이 유포시키고 있는 새로운 가치관이 소설 『고양이』안에 잘 나타나 있다. 그들은 의리와 인정이라는 봉건적 윤리의 굴레를 과감하게 버림으로써 출세한 사람들이다. 그들은 금력이 세상을 지배한다는 배금주의 사상을 지니고 있다.

또 『태풍野分』의 중학교 영어교사인 시라이 도야白井道也는 이름이 표상하듯 '도道'를 표방한다. 시골 중학교 교사를 세 번했는데 세 번 모두 자신의 고매한 신념과 부조리한 현실이 맞지 않아서 뛰쳐나온다. 학교에 정나미가 떨어진 그는 잘못된 사회를 교정하기 위해 필력에 의존하기로 결심한다. 그래서 도쿄로 나와서 〈인격론人格論〉을 집필하고 있다. 그는 인격의 수양을 강조하는데 「학문을 하는 자의 이상은 무엇이 든

간에 돈이 아닌 것은 확실하다(11장)」고 말하고 또 「학자는 돈이 없는 대신에 사물의 이치를 알며 상인은 사물의 이치를 모르는 대신 돈을 번다(11장)」면서 학문은 돈과 인연이 멀며 학자와 상인은 대극에 있음을 설파한다.

> 사람들은 수고勞力와 돈의 관계에 대해 큰 오류를 품고 있다. 그들은 학문을 하면 그에 상응하는 돈을 취할 수 있다고 생각한다. 그런 이치는 성립않는다. 학문은 돈에서 멀어지는 기계이다. 돈을 원한다면 돈을 목적으로 하는 실업가와 장사꾼이 되는 게 좋다. 학자와 상인은 다른 세계의 사람이어서 학자가 돈을 기대해 학문을 한다는 것은 상인이 학문을 목적으로 점원으로 입주하는 것과 같다. (『태풍野分』 11장)

도야는 인륜적 가치를 중시하는 사람으로 근대화 이전의 덕목들을 숭상하는 인물이다. 그래서 그는 금전만능주의를 내세우는 메이지 시대 속에서 살아가기에는 적합하지 않다. 도야는 새롭게 대두된 배금주의적 가치관에 대해 격분하고 있다. 도야가 〈인격론〉에서 설파한 것은 다름 아닌 작가 소세키의 전근대에 대한 향수라고 말할 수 있다. 소세키는 도야에게 문학자의 이상을 구현할 셈이었지만 평론가 가라타니 고진柄谷行人은 『태풍』의 시라이 도야에 대해 「도야 안에는 자기를 절대화하려는 추악한 자의식이 '의義'로 둔갑하고 있다. 그런데 그것을 알아차리지 못하므로 우리를 불쾌하게 만든다」[11]라고 말한다.

소세키는 윤리성을 매우 중시한 작가로서 교육을 통한 인격함양을 강조하고 '스노비즘'을 혐오했다. 그러나 근대문명은 갈수록 세속화되고 있어서 그에 대한 불편한 심기를 여과 없이 드러내고 있음을 본다.

그리고 메이지 44년 8월 오사카大阪에서 행한 강연 '문예와 도덕'에서는 도덕과 문예는 불가분의 관계에 있다고 말하며, 문예는 사회가 요구하는 도덕적 요인을 담아 넣음으로써 타락하는 근대의 방부제가 되어야한다는 것을 시사하고 있다.

> 우리들이 인간으로 이 세상에 존재하는 이상 아무리 발버둥 쳐도 도덕을 떠난 윤리영역 밖에서 초연하게 숨 쉬고 살 수 없다.[12]

위 글에서 인간이 영위하는 일은 도덕이 수반되어야 한다는 소세키의 육성을 들을 수 있다. 하지만 근대사회에서 소신과 도덕을 동시에 관철시키는 것이 어렵다는 것을 잘 알고 있다. 그래서 도야같은 인물은 근대사회에서 낙오자가 될 운명에 처하게 된다.

『그 후』에서는 근대 자본주의 제도를 좇으려 광분했으나 편승하지 못해 밀려난 낙오자의 모습을 히라오카 한테 투영시키고 있다. 소세키는 나름대로 근대자본주의를 통찰하고 있었다. 근대는 돈이 위력을 발휘하고 있지만 거기에는 함정이 있다고 주장함으로써 근대 물질문명의 허상을 폭로하고 있다.

3) 정경유착 직시

『그 후』에는 정경유착政經癒着, 오직汚職 사건 등이 신문의 사회면이라는 장치를 통해 나온다. 주인공 다이스케는 실업가인 아버지와 형의 도움으로 무위도식하며 사는 인물이다. '닐·아드미러리nil adminari'가 그가 표방하는 삶의 태도이다. 닐·아드미러리는 어떤 것에도 감동을 받지 않는 무감동의 생활자를 말한다. 소세키는 이러한 다이스케의 성격을 '신경의 퇴화'라고 말한다. 근대는 신경을 마모시키기 때문에 조그만 자극에도 쉬이 피로하게 되어 결국 퇴화한다는 것이다. 그가 하고 있는 일은 현실에서 일정거리를 둔 채 모든 현상을 관찰하는 문명비평가의 역할이다. 하지만 부친의 사업이 어렵게 되자 아버지와 형으로부터 정략결혼을 하라는 압박을 받는다. '일본제당 오직사건日糖濱職事件'이라는 정경유착 사건은 다이스케의 아버지와도 관련이 있음을 암시적으로 다룬다. 소세키는 정경유착에 의해 축적된 부정한 돈에 기식해 살아가는 지식인을 함께 보여줌으로써 비판자인 지식인이 처해 있는 자기모순을 보여준다.

메이지 정부가 추진한 근대 자본주의 제도의 이면을 파헤쳐 보면 정치가와 실업가가 서로 결탁하여 부적절한 공생관계를 맺는 경우가 많다. 실업가들 중 일부는 나중에 정치에 발을 들여놓거나 권력을 이용해 부를 축적하는 경우를 종종 본다. 이 작품은 실제 있었던 '일본제당 오직사건'을 에피소드로 넣고 있다. 이 사건은 일본제당 주식회사 중역이 정치가를 매수한 정경유착의 전형적인 부정부패 사건이었다. 다이스케가 직업도 없이 여유롭게 교양인으로 세상을 비판할 수 있었던 것은 경제적으로 뒷받침해준 부친과 형이 있었기 때문이다. 그가 누린 호사는 부정한 돈에 의한 것이라는 것이 나중에 판명된다. 그래서 다이스케가 여유로운 생활을 지속하려면 자신의 의지에 반하는 정략결혼을 해야만 하는 딜레마에 처한다. 작품은 고답적인 문명비평가인 다이스케가 비평했던 속물들이 결국은 자기의 물질적 토대가 되어준 자라는 아이러니를 보여준다.

근대는 유아독존적인 고고한 삶을 허용 않는다. 개개인은 무수한 관계 속에 편성되어 있으며, 문명생활은 물질적 토대 위에서 유지되고 있다. 작가는 실타래처럼 얽혀있는 구도를 보여줌으로써 독자들이 문제를 직시하고 판단하도록 과제를 부여하고 있다.

『그 후』의 히라오카는 공금을 횡령한 것이 탄로나서 실직한다. 그 결과 아내인 미치요三千代로 하여금 옛 연인에게 돈을 빌려오게 만든다. 이는 메이지 시대의 근대화라는 화려한 기치 뒤에는 왜곡된 자본주의의 산물로서 한탕주의를 꿈꾸다 실패한 낙오자들도 있음을 시사한다. 여기에 작가의 비평안이 번득이고 있다. 근대라는 '일루미네이션'의 화려함 뒤에는 정경유착과 공금횡령 등의 비리가 공공연하게 횡횡하고 있으며 또 한편에서는 근대화에 낙오된 존재들이 숨을 헐떡거리며 힘겹게 살아가는 모습을 적나라하게 보여주고 있는 것이다.

4. 제국주의에 대한 시선

1) 『만한 여기저기』

소세키는 학창시절 친구이자 나중에 만철滿鐵총재로 취임한 나카무라 제코中村是公의 초청을 받아 1909년 9월 만주와 한국을 여행하게 된다. 이를 쓴 기행문이 『만한滿韓 여기저기』이다. 이 작품에는 소세키의 주변국에 대한 인식과 제국주의에 대한 무의식을 엿볼 수 있다. 재팬 오리엔탈리즘이라고 말할 수 있는 소세키의 우월의식이 이 여행기 안에는 들어 있다. 오리엔탈리즘은 서양인들이 멀리 떨어져 있는 동양이라는 이문화異文化를 인식하기 위한 유럽적 이미지이다. 후진성·관능성·수동성을 그 특징으로 한다. 그럼으로써 서양의 우월을 수립하고 동양을 지배하는 명분을 찾는다.[13]

재팬 오리엔탈리즘은 일본이 서양의 오리엔탈리즘을 답습해서 아시아 주변국을 지배할 명분을 찾는 것과 관련이 있다. 46일간의 여행에서 소세키는 일본에 대한 우월감과 중국에 대한 멸시를 노골적으로 드러내고 있다. 다음은 잡역부인 쿨리苦力들에 대한 묘사이다.

한 사람만 보아도 더러운데 둘이 모여 있으면 더욱 더럽다. 이렇게 많이 뭉쳐있으면 목불인견이다. (중략) 배는 유유히 부두 노동자의 무리 앞에 닿는다. 배가 멈추자마자 잡역부들은 화난 벌집모양으로 갑자기 웅성대기 시작했다.

(『만한 여기저기』 4장)

노동자들의 누추한 모습을 그로테스크하게 표현하고 있다. 이밖에도 마차와 인력거가 일본에 비해서 무척 더럽다는 것이 강조되고 있으며, 왜 이렇게 더러운지 그 유래를 러일 전쟁 때 '로스케露助'[14]들이 일본에 그냥 넘기기가 아까워서 땅에 파묻어 놓았기 때문이라고 해학적으로 설명한다. 소세키는 귀빈용 마차를 타고 눈앞에 펼쳐지는 광경과 그 인상印象을 쓰고 있다. 마부가 「지나인」이거나 「조선인」일 때는 결코 방심해서는 안 된다면서, 거칠게 인력거를 몰고 가는 「조선인의 머리를 꽉 붙들어 매놓고 싶다」는 등의 무지한 감상도 내뱉고 있다. 참으로 「민족의 역사적 모순이 얼마나 개인의 상상력을 좀 먹고 지배하였는가를 잘 알 수 있다」[15]는 말 그대로이다. 잡역부의 고된 삶에서 식민지 백성의 설움이라는 성찰은 없다.

청일전쟁과 러일전쟁에서 승리한 일본은 풍부한 원료 시장을 기반으로 한 기계·제철·조선·제사·방적업 등으로 근대산업을 팽창시키고 있었다. 소세키는 이러한 일본의 활약상에 대한 긍지를 보인다. 만철 즉 남만주철도주식회사는 러일전쟁에서 승리한 일본이 1905년에 사할린의 남쪽을 챙기고 대륙에서 제국주의 정책을 실현하기 위해 차린 다각경영을 하는 회사이다.[16]

1907년에는 만철조사부가 발족하여 경제개발계획 등을 입안했는데 소세키가 여행을 할 즈음에는 혁혁한 활동을 할 때였다. 그러니 소세키가 자국의 활동에 도취되어 경박할 정도로 조야한 언설을 쏟아낸 것이다.

이 기행문은 중국인에 대한 편견과 우월감으로 점철되어 있으며 이를 통해 작가의 제국주의에 대한 무의식을 읽어낼 수 있다. 깨끗한 일본인을 강조하고 더러운 중국인과 시간관념이 없는 중국인을 대비시키고 있는데, 여기에는 문명국인 일본이 미개국인 중국을 지배해야 한다는 제국주의 논리가 함의되어 있다. 이 기행문은 성공한 일본 제국주의에 대한 찬양이다. 따라서 '국민작가'라는 소세키의 호칭은 일본 국내에서 통용될지언정 일본의 지배를 당한 아시아 주변국의 시각으로 볼 때는 결코 존경할만한 인물이 아님을 입증하는 자료이다.

후지오 겐고藤尾健剛는 논문 「소세키와 내셔널리즘」에서 「『도련님』에서는 러일전쟁이 해외에서의 권익을 취하기 위한 야심이 들어 있다고 신랄하게 비판한 소세키였지만 이 기행문에는 만주를 비판적으로 보는 시각이 결여되어 있」고 말하며 또 이어서 「소세키는 여러 전쟁의 승리에 들떠서 「종군행從軍行」같은 공허한 글을 지었다」고 덧붙이고 있다.[17]

이와 비슷한 경우의 일례로서 우치무라 간조內村鑑三가 있다. 비전론자非戰論者로서 사해동포주의를 외친 인도주의자였던 그 역시 러일전쟁에서 일본이 승리했다는 소식을 듣고 만세를 외쳤다는 일화를 남기고 있기 때문이다. 숭고한 신념이 국가주의를 뛰어넘는다는 것은 매우 어려운 일인가 보다. 일본의 국가주의와 제국주의를 통찰할 수 있는 예리한 비판자였던 소세키였지만 이 기행문에서는 일본의 왜곡된 침략정책에 동조하는 이중성을 보이고 있다. 소세키의 이중성에 대해 고찰한 것으로는 유상희의 논문[18]이 있다.

러일전쟁의 격전지인 여순旅順을 둘러보는 대목에서는 러시아 장군 스텟셀의 저택은 호화로운 반면 일본장군의 거처는 초라한 움막이라는 안내인의 설명을 듣고 자국민의 임전태도에 무한한 감동을 표한다. 일신의 안위보다는 나라를 위해 순국하는 일본인의 정신은 외양을 뽐내는 러시아를 이길 수밖에 없다며 일본정신에 대한 긍지를 표출하는데 이는 내셔널리즘의 전형이다. 이런 소세키에게서 천황제 제국주의 하의 일본 신민의 우국충정은 느낄 수 있으나 세계를 향해 열린 작가 혼은 찾아볼 수 없다.

소세키가 바라본 중국과 한국은 일본의 영토로 편입되어야 할 대상으로서의 동양이다. 미개한 동양을 식민지화하는 일본의 행위는 정당하다는 논리가 깔려있음을 알 수 있다.

2) 대륙낭인 묘사

『추분 지날 때까지彼岸過迄』에는 일본에서 출세 길이 막히자 대륙으로 진출하게 된 일본사회의 낙오자들이 나온다. 소세키가 설정한 작품구도 속에는 일본을 떠나 한국, 중국, 동남아시아로 진출하는 일군의 청년들이 등장한다. 이들의 출현을 제국주의와 관련하여 고찰할 필요가 있다. 이 작품에는 대학을 갓 졸업한 게이타로敬太郎가 취직자리를 찾지 못해 헤매고 있는 모습이 나온다. 표면상으로는 평범을 싫어하는 그의 로맨틱한 성격 탓을 들고 있다. 그는 남양南洋에서의 문어 잡이를 상상한다.

남양의 문어 잡이는 제아무리 게이타로이지만 좀 기발해서 진지하게 결행할 용기는 나지 않았지만, 싱가포르의 고무 숲 재배 등은 학창시절 이미 꿈꿔본 적이 있다. 당시 게이타로는 끝없는 광야를 메울 기세로 몇 백만 그루나 되는 고무나무가 우거진 숲속에, 방갈로 한 채를 준비해 그 속에 재배감독관 신분으로 자신이 아침저녁으로 기거하는 모습을 상상했다. 그는 방갈로 바닥에 아무것도 놓지 않고 그 위에 커다란 호피를 깔아둘 생각이었다. 벽에는 물소그림을 그려놓고 거기에 철포를 걸어 그 밑에 비단주머니에 넣은 채 일본도를 둘 작정이었다. 그리고 자신은 새하얀 터번을 머리에 두르고 넓은 베란다에 설치한 등나무 의자에 누워 강한 향기를 품는 하바나 담배를 뻐끔뻐끔 느긋하게 피울 셈이었다. 그뿐인가 그의 발밑에는 수마투라 산 검은 고양이가 있다. 빌로드 같은 부드러운 털을 지니고 자신의 키보다 더 긴 꼬리를 지닌 야릇한 고양이가 등을 산처럼 높이 해서 웅크리고 있어야 했다.

(『추분 지날 때까지』 4장)

위의 인용은 게이타로의 상상 속의 세계이다. 하지만 그 안에는 제국주의 수탈자의 모습이 들어있다. 백인들은 아시아·아프리카에 식민지를 확보하고 플란테이션[19] 농장을 경영했다. 그들은 농장의 감독이 되어 노동력을 현지에서 차출했다. 게이타로가 상상하는 세계는 지배자가 피지배자를 착취함으로써 누릴 수 있는 꿈의 세계이다. 표면에 드러난 것처럼 단순한 로망의 세계가 아니다. 이 작품의 행간에는 고무 숲에서 고된 노동을 하고 착취당하는 식민지인의 모습이 들어있음을 간과해서는 안 된다. 또 『추분 지날 때까지』 12장에는 게이타로가 호기심에 펼쳐든 편지 글이 나오는데 갑자기 사라졌던 지인 모리모토森本로부터 온 편지이다.

고백하자면 실은 하숙비가 밀렸는데 이야기를 하면 하숙집 부부가 귀찮게 할 것 같아서 일부러 말하지 않고 자유행동을 취했습니다. …(중략)… 모리모토는 다음에 자신이 지금 대련大連에서 전기공원 오락담당으로 일하고 있다는 경위를 쓰고 내년 봄에는 활동사진 매입용무를 띄고 꼭 출경할 테니 그때는 그곳에서 오랜만에 뵐 수 있기를 지금부터 고대한다고 덧붙였다. 그리고 다음에 자신이 여행한 만주지방의 정경을 매우 재미있는 듯 한마디씩 떠벌렸다.

(『추분 지날 때까지』 11장)

위의 글은 일본 내에서 하숙비도 내지 못할 정도로 궁색한 자가 빚을 진 채 몰래 도망치듯 중국 대련까지 건너가 일하고 있는 내용으로 모리 모토는 대륙 방랑자이다. 일본 내에서 불안정한 삶을 사는 자들이 식민 지에 가서 모험하는 모습으로 나와 있지만 여기서 현지인을 밀어내고 이권을 챙기는 일본인이 연상된다. 『문門』의 야스이安井도 교토의 대학 을 중퇴하고 만주로 건너간 대륙방랑자로 나온다. 이처럼 소세키 작품 에는 종종 대륙에 건너간 젊은이들이 등장하는데 여기서 소세키의 식 민지에 대한 무의식을 엿볼 수 있다. 식민지는 제국주의의 산물이다. 소세키의 텍스트에는 약육강식의 논리로 다른 나라를 침탈하는 행위 에 대한 비판은 보이지 않으며 식민지를 그들의 낭만적 유희의 장소쯤 으로 여기는 듯이 그려져 있다.

5. 맺음말

소세키는 사람들의 정신구조가 청빈을 더 이상 자랑거리로 삼을 수 없는 가치의 전환기에 살았다. 소세키가 살았던 메이지 시대는 근대 여 러 제도 중 하나로서 자본주의가 유입되어 정착되어가던 시기이다. 그 가 작가로 출발한 시기는 러일전쟁 이후이다. 일본의 자본주의가 급속 도로 발전해 가던 때이다. 신흥졸부가 생겨나는가 하면 세금을 많이 냄 으로써 신분이 상승하는 자도 생겨났다. 돈이라는 윤활유에 의해 사회 가 돌아가는 것 같았다. 또 그가 조금 앞서 체험한 런던의 유학생활시 기도 산업혁명을 거친 후 자본주의가 무르익었던 빅토리아조 사회였 기 때문에 돈이 매우 유용하다는 것을 실감했다.

영국유학생활에서 돈의 위력을 체험한 소세키이기에 금전은 소세키 한테 절실하게 와 닿았던 주제였다고 말할 수 있다. 그래서 소세키의 작품에는 다른 작가와 비교할 수 없을 만큼 금전에 대한 묘사가 생동감 넘친 이유라고 본다.

메이지 시대는 그가 심취했던 '좌국사한左國史漢'의 세계와는 동떨어졌으며 돈이 인간의 삶의 궤적을 바꾸어 놓는 시기였다. 여러 제도의 정비로 일본인의 물질적 풍요를 증대시켰지만 그것만이 능사가 될 수는 없다는 인식을 소세키는 보여주고 있다. 자본주의 제도를 정착시키는 것을 시대의 사명으로 간주하고 혈안이 되어 있을 시기에 이를 비판하고 문제의식으로 삼은 것은 매우 이례적이라 할 수 있다. 물질의 풍요는 과연 정신의 풍요와도 함수관계에 있을까라는 문제의식을 메이지라는 시대 속에서 제기한 것은 독보적이라는 생각이 든다.

메이지 시대는 문명, 발전, 부국강병을 슬로건으로 하여 사람들이 동분서주했으며 정신적 여유를 잃고 허둥대고 있었다. 소세키는 이를 표상하기 위해 신경증·노이로제·소화불량·위장병과 같은 다양한 기호를 사용하고 있다. 그가 통찰한 자본주의 제도의 부작용은 인간성의 타락·배금주의·정경유착·물질만능주의로 나타난다. 그는 인간과 사회를 근본에서 통찰함으로써 우리로 하여금 삶의 지향점을 돌아보게 한다. 소세키는 근대 자본주의 제도가 정당화한 물질에 대한 인간의 욕망을 근원에서 해부한 작가이다. 소세키의 주제는 오늘날의 문제이기도 하다. 이러한 요소 때문에 소세키의 텍스트는 오늘날까지도 현대성을 잃지 않는 것이라고 생각된다.

그러나 소세키가 작품에서 사회적 낙오자들을 처리하는 방식은 제국주의와 밀접하다. 그들은 일본이라는 자본주의 사회에서 발을 붙이는데 실패한 사람들이다. 그래서 그들은 멀리 만주나 「조선」 땅으로 나가서 한탕주의를 노린다. 다시 말해서 식민지 사람들을 착취하여 재기할 기회를 엿보고 있었던 것이다. 이런 작품 설정에서 소세키 심층에 내재한 제국주의적 인식을 엿볼 수 있었다. 일본 내에서 낙오된 자들이 식민지로 가서 재기를 꿈꾼다는 설정은 현시점에서 볼 때 다분히 논쟁거리다. 적어도 한국과 중국을 비롯한 일본의 식민지 체험을 지닌 아시아 여러 나라의 독자들은 소세키를 인류의 사표師表라고 생각할 수 없다.

급속도로 이루어진 「외발적 개화外發的開化」[19]로 인해 일본 국민이 장차 겪을 후유증에 대해서는 비범한 통찰을 보였으나, 일본의 근대화 정책이 다른 나라 백성을 핍박하고 그들에게 고통을 주는 식민지 개척사업과도 관련이 있다는 것은 외면하고 있다. 소세키에게서 일본의 제국주의를 당연시하는 무의식을 엿볼 수 있다. 한 시대의 지성으로서 자국의 팽창정책에 대한 비판적 성찰은 전무하다. 『도련님』에서 어렴풋하게 내비치다가 『만한 여기저기』에서는 태도가 완전히 바뀌고 있음을 본다.

근대는 제국주의를 수반했기 때문에 소세키의 문명비판은 철저하지 못하다. 따라서 소세키는 제국주의를 표방한 메이지 시대 국가주의 이념에 매몰된 인물이라 말할 수 있다.

---

* 이 글은 2010년 『일본문화연구』(제34집, 동아시아 일본학회)에 발표한 것을 수정·보완한 것임.

1 中國史書를 대표하는 『春秋左氏傳』『國語』『史記』『漢書』를 말한다. 일본에서는 平安시대 이래로 文章家의 필독서가 되었다.

2 『漱石全集』第二十卷 1929, p.507.

3 베버는 「종교발생의 심리적 사회적 동인」에서 중국의 유교는 문예교육을 받은 현세적 합리주의 봉록계층의 신분윤리이며, 중동의 이슬람교는 세계 정복적 전사들의 종교로서 성적 금욕주의를 취하지 않는다고 말한다. 또 인도의 불교는 방랑하는 탁발 승려에 의해 전파되는 현세거부적인 종교인 데에 비해 기독교는 유랑하는 수공업제들의 교리로 출발해서 나중에는 도시적 시민적이 된 종교라고 고찰하고 있다. 도시 수공업자와 상인들은 농민들과 달리 경제생활에 있어서 자연의 예속에서 덜 지배를 당하므로 주술성에서 벗어나 합리적 자세를 유지할 수 있었다는 것이다. 근대자본주의 특유의 노동윤리, 기업가윤리, 생활태도의 형성에는 개신교 윤리(칼뱅교의 금욕주의와 소명 윤리)가 중요한 역할을 했다. 특히 개신교의 적극적이며 행동지향적인 윤리가 근대 자본주의 형성의 기틀이 되었다는 것이다.(막스 베버 2002: 131-167)

4 나쓰메 소세키는 1900년부터 1902년까지 런던에서 유학하고 귀국한다. 東大강사를 하면

서 처녀작인 『나는 고양이다』를 쓴 것이 1905년으로 러일전쟁이 끝난 직후이다.

5 江藤淳「文明開化と文明批評」『夏目漱石』講談社, 1979.

6 越智治雄『漱石と文明』砂子屋書房, 1985.

7 夏目漱石「文学論」『漱石全集』第九卷, 岩波書店, 1966. p.6.

8 『二百十日』『野分』 모두 한국어로는 태풍이다. 그래서 작품의 혼동을 피하기 위해 한글과 한자를 병기하기로 한다. 『二百十日』 본문 238쪽에 "오늘은 9월 2일이다. 어쩌면 이백십일 태풍인지도 몰라"라는 대목이 있다.

9 1914(大正 3년)11월 25일 학습원 보인회(輔仁會)에서 강연을 하는데 그 내용은 『輔仁會雜誌』에 실린다. 소세키는 앞으로 '개성' '금력' '권력'을 지닐 학습원 학생들에게, 자신이 학생시절부터 마쓰야마(松山), 구마모토(熊本), 런던 생활을 거치면서 늘 불안을 느낀 일, 불쾌한 남의 옷을 벗고 자기본위를 정립하기까지의 과정에 대해 말한다. 마침내 나의 평안을 찾을 수 있었던 것은 나의 개성의 발전과 함께 타인의 개성의 존중, 금력에 수반되는 책임, 권력에 부수되는 의무 이 세 가지가 인격의 통제를 받아야하는 것을 발견했을 때이다. 이것을 실천하려면 이면에 남들이 모르는 적막감을 감수해야한다. 소세키는 사회 속에서 도덕적으로 살아가는 것이 얼마나 험난한가를 통찰하고 있다.

10 이와사키 야타로(1834-1885)는 메이지 초기의 실업가로서 미쓰비시(三菱) 재벌의 창업자이다. 도사번(土佐藩)의 통상담당관으로 발탁되어 일을 하게 된다. 나중에 운수업자로 독립해 미쓰비시상회(三菱商会)를 일으켜 미쓰이(三井)와 함께 메이지 이후 재계를 양분한다.

11 柄谷行人『畏怖する人間』講談社, 2001, p.22.

12 夏目漱石「文藝と道德」『夏目漱石集10』筑摩書房, 2002, pp.585.

13 川口喬一 外 編『文學批評用語辭典』2000, p.43.

14 러시아인을 경멸하여 부르는 호칭임.

15 손 순옥『마사오카 시키의 시가와 회화』중앙대학교 출판부, 1995, p.120.

16 『日本史事典』平凡社 輯部 ,1991, p.407.

17 藤尾健剛 外「漱石とナショナリズム」『国文学』3月 学燈社, 2006, pp.135-136.

18 유상희『夏目漱石研究 - 二重的 意識構造를 중심으로 -』(1997, 중앙대학교 박사논문)

19 플랜테이션(plantation)은 열대·아열대지역에서 식민지 제도하에 비롯된 단일작물 대규모농업이다. 선주민과 흑인 노예들의 값싼 노동력에 의존했는데, 주로 면화, 사탕수수, 고무, 커피 등을 재배했다.

20 소세키는 『現代日本の開化』에서 "西洋開化(即ち一般の開化)は内発的であって、日本の現代の開化は外発的である"라고 말한다.

엔도 슈사쿠 『백인』론[*]
─〈추한 세계〉의 대극에 선 두 자아 ─

김은영

1. 머리말

엔도 슈사쿠遠藤周作의 『백인白い人』은 1955년 제 33회 아쿠타가와芥川 상을 수상한 작품이다. 전후戰後 14번째, 전전戰前까지 합쳐 35번째로 아 쿠타가와 상을 수상한 이 작품을 통해 엔도는 작가로서의 본격적인 행 보를 걷게 된다.

하지만 비록 수상이 결정되었다고는 하나 『백인』은 수상 직후부터 여러 가지 비판에 시달려야 했다. 이를테면 작품이 수상작으로 결정된 직후 「매일신문每日新聞」 논설란에는 이름을 밝히지 않은 논자의 「아쿠 타가와상으로 선출되는데 있어서 아무것도 문제시되지 않았기 때문에 아쿠타가와상 수상작으로서는 힘이 부족하다」라는 다소 무책임한 비 판이 실린 적도 있으며, 이와 같은 작품을 쓰는 작가 엔도는 「소박한 외

엔도 슈사쿠 『백인』론 **307**

국숭배심의 포로가 되어 있는 것 같다」는 의견에서부터 『백인』은 '이 상성욕'의 문제, '인종문제'를 다루고 있다고 하는 다소 황당무계한 비평에 이르기까지 실로 다양한 의견들이 쏟아져 나왔다.[1] 심지어는 당시 이 작품을 수상작으로 선정했던 아쿠타가와상 선별작가들조차 『백인』에 대해 「전후 프랑스 문학에 유형이 있는 것은 아닐까.」(이시카와 다쓰죠)하는 의구심과 함께 「나는 이 작품이 다루고 있는 가톨릭 신앙의 문제가 나와 친근한 문제가 아니었기에 이 작품의 평가에 다소 당혹감을 느꼈다.」(이노우에 야스시). 「『백인』은 나쁘지는 않지만 아카데믹한 형식주의나 번역 소설과 비슷해서 통조림 음식을 먹는 것 같은 맛이라고 생각했다.」(다키이 고사쿠). 「『백인』을 추천하기에 나는 자신감을 상실하고 있었다. 외국을 무대로 외국인을 그리고 있기 때문이다. 또 이와 같은 작품이 현재 유럽에 많이 있을 것 같기 때문이다.」(가와바타 야스나리)라고 언급되고 있을 정도였다.[2] 이러한 일본 문학계 인사들의 반응이야말로 이 작품이 지닌 독특함이 어느 정도였는지를 용이하게 가늠할 수 있게 한다. 달리 말하자면 이 모든 비평들은 모두 『백인』이 그 당시 일본 문단에서는 유례를 볼 수 없었던 독특한 성격의 소설이었음을 역설적으로 말해주는 방증인 것이다. 그리고 이 모든 비평을 가능하게 했던 것은 작품이 다루고 있는 주제, 바로 종교와 신, 그리고 선악과 같은 형이상학적인 테마에 있었다. 이에 본고에서는 초기 대표작인 『백인』에 나타난 '악'의 문제를, 작품의 저류에 흐르고 있는 〈추醜한 세계〉와의 상관관계를 통해 살펴보고자 한다.

2. 추한 외모의 등장인물들

『백인』에는 화자인 '나'와 '나'의 적수인 자크 몽쥬, 그리고 그의 사촌인 마리테레즈, 이렇게 세 명의 주인공이 등장한다. 그리고 그 밖의 주요 등장인물들로는 마리테레즈의 친구인 모니크, 리옹이 나치스에 점령당한 후에 등장하는 독일인 중위와 그의 하수인들인 알렉산드르 루비치와 앙드레 캬반느 그리고 유년시절의 회상 속에서 등장하는 주인공 '나'의 아버지와 어머니, 그리고 하녀 이본느와 리옹대학의 교수 마데니에가 있다. 그런데 이들 중 어머니[3]와 「당세풍」의 아가씨인 모니크, 그리고 리옹대학 철학과 교수인 마데니에를 제외한 모든 인물들에게는 공통된 패턴이 있다. 그것은 바로 이들의 외모가 모두 평균 이하인 외모의 소유자라는 것이다.

작품에서 비교적 중요한 비중을 차지하지 않는 주변인물들인 중위와 그의 하수인들, 그리고 아버지의 외모를 살펴보면, 먼저 게슈타포를 하기에는 어울리지 않는 용모로 묘사되어 있는 독일인 중위는 뚱뚱한 중년 남성으로 늘어진 피부가 인상적인 인물이다. 일을 할 때의 그의 눈은 「게슴츠레」하고 언제나 「탁하게 젖어 있어 알코올 중독이 의심」되며 '나'는 이런 중위의 눈에서 「썩은 물고기의 눈」과 함께 죽은 아버지를 연상한다. 또 주인공과 함께 게슈타포의 협력자 노릇을 하고 있는 알렉산드르와 캬반느를 보면, 체코슬로바키아인인 알렉산드르는 「볼이 홀쭉하게 빠져 길쭉한 얼굴에 눈만이 반짝이고 있는」 결핵환자이며, 프랑스인 캬반느는 「속이 비쳐 보일만큼 하얗고」, 「창백한 얼굴」 — 고문할 때면 그의 얼굴은 때때로 퍼렇게 변하기도 한다. — 에 충혈된 눈, 이마에는 밤색머리를 드리운 야윈 얼굴의 사나이이다.

다음으로 주인공이 떠올리는 아버지의 이미지는 「18세기의 비속한 방탕아의 초상화」이거나 혹은 「음란 잡지와 함께 팔고 있는 조잡한 춘화의 주인공」을 상기시키는 외모의 소유자로 「살집이 좋고, 키가 작은, 퉁퉁한 몸매의 남자」이다. 「희고 퉁퉁한 육체」에 「여자처럼 작은 손」을 가진 그는 눈물샘이 발달해 있는 탓인지 그 눈은 「언제나 눈물로 젖어」 있다.

하지만 이들의 외모는 주인공들의 외모와 비교하면 그래도 나은 편이다. 작품을 이끌어가는 중심인물인 마리테레즈와 '나' 자크의 외모는 한 마디로 정의하자면 그것은 '추하다醜い'라는 단어로 집약시킬 수 있다. 좀 더 구체적으로 작품 속에 나타난 이들의 외모를 살펴보면, 먼저 '나'와 자크 사이에서 갈등의 중심에 있는 마리테레즈의 경우, 그녀는 밤색 머리에 열 네 다섯 살 소녀처럼 비쩍 마른 몸을 지닌 여성이다. 탄력 있어 보이는 흰 가슴과 허리를 지닌 친구 모니크와 비교할 때, 마리테레즈의 외모는 풋내기같이 빈약하고 추하며 「인사치레로도 예쁘다고는 말할 수 없는」 마치 「피에로」[4] 같은 여성이다.

> 우스꽝스럽게도 점투성이 얼굴에 하얀 분을 바르고, 입술에는 립스틱까지 바른 이 피에로 같은 얼굴을 본다면 자크조차도 얼굴을 피하겠지. …(중략)… 여자가 케이프를 벗자 쇄골이 醜할 정도로 확실히 보였다. 가슴은 일곱 여덟 살 소녀처럼 평평했다. (밑줄 : 필자, 이하 같음)[5]

당연히 마리테레즈는 '내'가 그녀를 무도회에 함께 가자고 청할 때까지 어떤 남성에게도 관심어린 시선을 받은 적이 없었다. 또 그녀 스스로도 아무에게도 사랑받은 적이 없었다고 고백하고 있다. 하지만 주근깨투성이의 얼굴을 가진 이 아가씨를 유혹하는 '나' 또한 정상적인 외모는 아니다.

나는 얼굴이 <u>못생긴 아이</u>였다. 뿐만 아니라 선천적인 사팔뜨기였다. …(중략)… 자신의 쾌락밖에 돌아볼 줄 모르는 이 남자는 말라빠진 사팔뜨기 아들에게 전혀 애정을 가지고 있지 않았다. 지금도 내가 잊을 수 없는 처사가 있다. 어느 날 그는 손가락을 내 눈앞에 움직여 보이면서 말했다. "오른쪽을 보라고 했잖니. 오른쪽을……."그리고 그는 일부러 크게 한숨을 쉬며 "평생 여자들에게 인기가 없을 거야. 넌." <u>내 얼굴이 못생겼다는 것</u>을 확실히 깨닫게 된 것은 이때부터였다. 나는 그것을 잔혹하게 선언한 아버지를 증오했다. 거울을 보는 것도 괴로웠고, 거리에서 소녀들과 스쳐지나갈 때나, 새로 들어온 식모와 처음으로 인사를 나눌 때도 고통스러웠다. (10)

이처럼 작가는 주인공들의 외모를 묘사함에 있어서 '추하다'는 단어를 키워드로 삼아 반복적으로 사용하고 있는데 그중에서도 주인공과 대립하는 자크의 외모는 단연 압도적이라 할 수 있다.

뒤 창문으로부터 쏟아져 내리는 석양 햇살을 정통으로 얼굴에 받아, 안경이 반짝 반짝 빛나고 있다. 이마가 땀에 젖어 있는 것이 보인다. 몹시 마른 사나이라 움직일 때 마다 조악한 수도복이 건조한, 기묘한 소리를 냈다. …(중략)… 그의 땀이 스민 이마는 벗겨져서 머리 위에는 가련한 붉은 털이 남아 있었다. 이 사나이는 사팔뜨기인 나보다도, 언청이 사내보다도 <u>추했다</u>. (26-27)

여기서 언청이 사나이란 작품 속에서 '내'가 떠올리고 있는 인물로, 언청이인 탓으로 어떤 여자에게서도 사랑받지 못하고 결국에는 자신을 모욕한 창부를 죽이고 마는 영화 속의 주인공이다. 그런데 '나'는 자크의 첫인상을 사팔뜨기인 자신보다도, 심지어는 외모에 대한 콤플렉스 때문에 살인까지 불사했던 언청이 사내보다도 더 추한 외모의 소유자로 인식하고 있다. 이처럼 '추'한 외모의 백인들을 등장시킴으로서

작가는 마치 황색인으로서 프랑스 유학을 하면서 느꼈던 외모 콤플렉스를 해소하고 있는 것처럼 여겨진다.[6]

그런데 여기서 한 가지 짚고 넘어갈 것은 작가가 추한 외모의 세계를 한 걸음 더 나아가 등장인물들만이 아닌, 그들이 속한 세계에도 반영하고 있다는 점이다. 지금 주인공들이 살아 숨 쉬는 세계는 「바보스러울 정도로 한가로웠던」 예전의 평화로운 프랑스가 아닌 제2차 세계대전이라는 전시체제하이다.

그런데 작가는 제2차 세계대전을 바탕으로 고문과 처형, 학살과 살육이 난무하는 비정상적인 세계, 인간의 추악한 본성을 아무런 가감 없이 노정한 〈추한 세계〉를 작품의 시대적 현실로 삼고 그 위에 〈추한 외모〉의 인물들을 배치함으로써 하나의 포석을 깔고 있는 것처럼 보인다. 작가의 작의는 「모든 것이 그대로」인 정상적인 외모의 인물들과는 달리 선천적으로 비틀리고 비정상적인 외모의 인물들을 등장시킴으로서 그들의 추한 외모에 시대가 처한 추악한 현실을 중첩시키는 것에 있었다고 볼 수 있다.[7] 그리고 그것은 작품에서 두 남자 주인공들이 스스로의 추한 외모를 인식하고 받아들이며, 나아가서는 추악한 시대적 현실을 누구보다도 더 민감하게 의식하고 있는 인식자로서의 역할을 담당하고 있는 것을 보면 더욱 분명해진다.

3. 〈추한 세계〉의 대극에 선 두 자아

"신문에 따르면 오늘도 유대인들이 나치에 의해 살해당했어. 악은 유럽 전체에 충만하고 있지. 전쟁은 언제 일어날지도 알 수 없고. 그런데도 학생들은 저렇게 노래나 부르고 있지."(자크의 말, 32)

처형 고문 학살의 날이 다가오고 있다. 인간 세계가 문명이나 진보의 가면을
벗고 진실의 면모를 드러낼 날이 다가온다. 이본느와 늙은 개의 세계, 아덴의
아라비아 소녀와 소년의 세계, 움직이지 않는 흰 태양 아래 말라비틀어진 갈
색의 초원과 암석이 본래의 모습을 되찾을 날이 다가온다. 나는 알고 있었다.
('나'의 글, 54)

마리테레즈라는 여인을 사이에 두고 하나부터 열까지 대립하고 있
는 '나'와 자크. 하지만 앞에서도 지적했듯이 그들은 〈추한 세계〉의 현
실에 대해 그것이 공감의 형태이든 반발의 형태이든 늘 깨인 정신으로
의식하고 있다는 점에선 다른 어느 누구보다도 큰 공감대를 가지고 있
다.[8] 그리고 작품은 그들에게 공통의 조건, 즉 '추한 외모'라는 공통분
모를 부여함으로서 이러한 인식을 가능케 하고 있다.

'나'와 자크의 만남은 첫 조우 장면부터 상징적이다. 자크를 「얼굴이
못생겨서 구혼할 용기도 없어 신학교에 갔을」 거라고 조소하는 모니크
의 말을 몰래 엿들은 뒤 '내'가 취한 최초의 행동은 저도 모를 충동에
휩싸여 그녀가 벗어놓은 속옷을 잡아 찢는 것이었다. 이 때 주인공의
뇌리를 울리는 것은 자크의 추한 외모를 조롱하던 모니크의 목소리였
다. 그런데 '나'의 행동은 마치 자신을 조롱한 모니크에 대한 분노의 표
출로도 보인다. 하필이면 본인도 아닌, 더군다나 아직 만나 본 적도 없
는 자크를 조소하고 있을 뿐인 모니크의 말에 주인공은 어째서 이처럼
민감하게 반응하게 된 것일까? 결론부터 말하자면 어쩌면 이것은 주인
공의 충동적인 행위가 자크와 마찬가지로 평생 여학생들의 인기를 얻
을 수 없는 자신의 외모와 자크의 추한 외모를 동일시한데서 기인하고
있지는 않았을까. 더군다나 이런 '나'의 추잡한 행위를 목격하고 만 것
또한 다름 아닌 화제에 오르고 있던 자크 본인으로, 그는 비록 사건 당
일에는 '나'를 향해 「육욕 중에서도 가장 추잡한」 행위를 하는 「돼지」

엔도 슈사쿠 「백인」론 313

라고 규탄하고 있었지만, 후에 '나'의 행동에 대해 이해와 공감 그리고 연민의 정을 나타내 보이는 것이다.

> <u>"나는 추해. 어릴 때부터 못생겼었지. 그래서 알았어. 사팔뜨기인 자네가 왜</u>
> <u>그런 짓을 했는지. 나는 내 안에도 그와 같은 질투심이 있음을 알고 있어."</u>
> '나는 질투로 여자의 옷을 찢었던 것인가?'하고 나는 생각했다. '아니야. 질
> 투만은 아니야. 분명 질투심만은 아니야' "추한 건 괴롭지." 자크는 신음하고
> 있었다. "괴로워. 어릴 때 나는 어머니나 누이조차 내 얼굴에서 눈을 피하는
> 것을 느꼈어. 하지만 14살 때 나는 내 얼굴이 십자가인 것을 깨달았어. 그리
> 스도가 십자가를 짊어졌던 것처럼 어린 나도 그것을 짊어지지 않으면 안 된
> 다는 것을 깨달은 거야."(중략)그의 이마에는 다시 땀이 고였다. 벗겨진 두개
> 골 위로 혈관이 굵고 푸르게 부풀어 있었다. 뿐만 아니라 안경 속의 눈동자
> 는 썩은 물고기의 눈처럼 젖어들고 있었다. 혐오감을 느끼고 나는 그의 우는
> 얼굴을 보지 않으려고 했다. 하지만 그때 지리학 교실의 둥근 기둥과 기둥사
> 이에 비쳐드는 약한 가을 햇볕 속에서, 역시 하얀 살결에 퉁퉁 부어올라 있
> 던 아버지의 손이 떠올랐다. '오른 쪽을 보라고 말하는데도, 오른쪽을. 너는
> 평생 여자들한테 인기 얻기는 글렀어.'(31-32)

이처럼 자크는 '나'의 행동을 자신의 내면에 있는 '질투심'과 동질의 것으로 이해한다. 하지만 같은 아픔을 가진 자로서 이해와 동정을 보이는 자크에 반해, 주인공은 자크의 고통을 자신의 것으로 느끼면서도 — 그리기에 주인공은 자크의 외모를 묘사하는 모니크의 조롱을 듣고 속옷을 찢었음에도 — 그런 자신의 감정을 인정하지 않으려고 외면한다. 자신보다 못하다고 여기고 있었던 자크의 「연민만큼 스스로를 상처 주는 것은 없었기」 때문이다. 여기까지 볼 때 '나'와 '자크'는 같은 콤플렉스를 가지고 있다는 점에서는 서로 쌍생아와 같은 존재들이라고 해도

과언은 아닐 것이다.

> "14살 때 십자가는 변했어. 나는 그리스도처럼 내 얼굴만이 아니라 이 세상의 얼굴을, 추한 얼굴을 짊어질 작정이야." …(중략)… "자네가"하고 나는 말했다. "아무리 십자가를 짊어져도 인간은 변하지 않아, 악은 변하지 않는다고." "하지만 나 외에 자네가 십자가를 짊어져 준다면, 적어도 자네가 자네의 사팔뜨기로서의 슬픔만이라도 짊어져 준다면, 그런 사람이 늘어간다면…….
> "하며 그는 양손으로 얼굴을 감쌌다. …(중략)… "나는 자네처럼 스스로의 추한 얼굴에 취해 있지 않아. 십자가니 뭐니 떠들지 않아."(33-34)

이들의 대립은 제2차 세계대전이라는 추한 시대적 배경을 바탕으로 극한까지 치닫게 된다. 추한 외모조차도 긍정하는 마음으로 '그리스도를 모방'[9]하여 그리스도처럼 자신의 얼굴만이 아니라 이 세상의 얼굴을, 이 추한 세상을 짊어지고자 하는 자크와 달리 '나'는 인간의 본성을 '악'으로 규정하고 이것을 절대불변의 진리, 신에 맞설 수 있는 유일한 논리와 같은 것으로 여기고 있었기 때문이다. '나'의 눈에 비친 기독교인은 「스스로에게도 아무렇지도 않게 거짓말을 하는 인간」이며, 인간은 원죄에 의해 비뚤어져 있는 「아무리 발버둥질 쳐도 결국에는 악의 심연에 떨어지고」 말 뿐인 존재인 것이다. 그럼에도 불구하고 자크가 경건한 구도자가 됨으로서 현실을 부정하고자 한다면 '나'는 그러한 자크를 근본적으로 부정하는 마음으로, 그가 지닌 영웅주의를 철저히 분쇄하지 않으면 안됐다.

> "종교인은 증오심 때문에 싸우지 않아……. 정의를 위해……"나는 신음했다. 정의를 위해? 자크는 또 다시 교실에서 나에게 설교하고 무릎을 꿇고 기도하던 남자의 면모를 찾기 시작했다. …(중략)… '그래, 자크를 고문하는 건 알

렉산드르나 캬반느로는 안 돼. 바로 내가 아니면 안 되는 거야.' …(중략)… 자크는 작고 검은 눈을 내 쪽으로 향했다. 그리고 "자네야말로 나를 미워하고 있었군."하고 말했다. "음, 나는 자네를 미워하고 있어. 그것을 너는 대학 시절부터 알고 있었을 텐데." "왜야, 왜, 내가"하고 그는 신음했다. "내가 미운가." "네가 현대의 영웅이 되고 싶어 하기 때문이지."나는 담배에 천천히 불을 붙이고 생각에 잠겼다. "네가 만일 우리의 고문도구에도 입을 열지 않는다면 그건 영웅주의에 대한 동경, 자기희생에의 도취에 의한 것이 아닌가? 도취된다. 공포를 극복하기 위해 무언가에 취한다. 죽음을 극복하기 위해 주의主義에 도취된다. 프랑스 게릴라군도 너희들 기독교 신자들도 마찬가지야. 인류의 죄를 한 몸에 짊어진다. 프롤레타리아를 위해 목숨을 희생한다. 내 한 몸, 나 한 사람이라고 하는 눈물겨운 희생정신이 너를 취하게 하고 있는 것이 아닌가? 나치의 협력자, 배반자인 내가 네 육체를 어떻게 가지고 놀든 너는 유다처럼 혼을 팔지는 않으리라, 그렇게 생각하고 있겠지. 그렇게 믿어 의심치 않겠지. 하지만 그렇게 엿장수 맘대로는 안 되지."(70-72)

　자크가 자신의 추한 얼굴과 더 나아가서는 세계의 추한 얼굴까지 십자가로 상징되는 종교의 힘을 빌어 승화시키고자 노력하는 쪽으로 인생을 걸었다면, 반대로 '나'는 자크의 심리를 단순한 「영웅감상」의 발로로서밖에 이해하려 하지 않는다. 자크가 자신의 콤플렉스와 아픔을 종교적인 차원으로 승화시키기 위해 「신학과 포교밖에 머리에 없는」 「음울하고 광신적인」 금욕주의자가 되어 있었다면, '나'는 진실·아름다움, 정의, 혹은 이상 등 일반적으로 옳다고 여겨지는 모든 주의主義와 사상·신앙·선·덕 '이성의 우위' '역사적 전개' 등을 정면에서 부정하고 분쇄하고자 하는 극단적인 인물이 되어 있었다. 그리고 이제 '나'와 자크의 대결은 단순히 서로에게 상처를 주고받는 개인적 차원의 다툼이 아닌, 보편적 차원의 영역, 즉 서로가 대변하고 있는 '신'과 '악마'의 대결로까지 그 영역을 확대시켜 간다.

"하지만 자네도" 자크는 돌연 쥐어짜는 소리로 외쳤다. "자네도 역시 악에
도취되어 있지 않은가. 믿고 있지 않은가." "악은 변하지 않아." 자크의 손은
찢어진 수도복 사이를 더듬고 있었다. "변하는 부분은 없어"하고 나는 큰 소
리로 외쳤다. 가늘고 하얀 그의 손 사이로 나는 은색의 금속이 반짝 반짝 빛
나는 것을 보았다. 그것은 십자가였다. 수도복의 안쪽 띠에 붙여진 로사리오
끝에 달린 십자가였다. "네가 고문을 견딜 수 있었던 것은 내가 있었기 때문
이 아니라 그 십자가를 쥐고 있었기 때문이로군."나는 몸이 부들부들 떨리는
것을 느꼈다. "십자가를 이쪽으로 건네." "싫다."하고 그는 외쳤다. 피와 땀
으로 끈적끈적해진 얼굴을 이쪽으로 향했다. "십자가가 너에게 도취를 가르
쳐주는 거야."나는 손바닥으로 후려쳤다. 자크는 십자가를 굳게 쥐며 왼손으
로 얼굴을 감쌌다. 나는 이번에는 호스를 휘둘렀다. 그의 육체에 호스가 부딪
칠 때 내 손바닥은 타는 듯한 뜨거움을 느꼈다. …(중략)… 내가 밟고 때리고
저주하고 복수하고 있는 것은 그 소년과 자크 뿐은 아니었다. 그것은 모든
인간, 환영을 가지고 태어나 환영을 가지고 죽는 인간들에 대해서였다. 그는
마루 위를 박가시나방의 유충처럼 이리저리 뒹굴었다. 뒹굴 때마다 속옷이
찢겼다. "악마!"하고 그는 외쳤다. "악마!" 녀석의 하얀 피부는 내 정욕을 부
채질했다. (74)

악에 도취되어 악마의 대변인이 된 '내'가 손에 쥐고 있는 것이 자크
를 고문하기 위한 호스였다면, 자크가 또한 '나'의 고문을 견딜 수 있었
던 것은 그의 손에 로사리오가 쥐어져 있기 때문이다. 즉 주인공의 입
장에서 볼 때 자크는 십자가로 상징되는 선의 논리와 신에 도취되어 있
었던 것이 된다. 이처럼 작가는 두 주인공을 〈추한 세계〉의 대극에 두고
이들의 관계를 상호 극단적일만큼 대극적인 요소를 가지고 있는 탓으

로 서로가 서로를 의식할 수밖에 없는, 또한 그럼으로 인해 더욱더 반발할 수 없는 관계로 빚어내고 있었다. 하지만 이들의 대립은 한 인간의 안에 혼재된 양면성을 분유分有 받아 조형된 인물들처럼 지나치게 이항 대립적二項對立的으로, 또한 극단적일 정도로 도식적으로 그려지고 있기 때문에, 이들의 대립은 마치 지킬박사와 하이드처럼 표리가 부동한 한 인물이거나 혹은 자아가 분열된 한 인간의 내면의 다툼으로조차 보인다.

4. 〈백의 세계〉에서의 이탈과 반격

다케다 도모주는 엔도의 초기 작품군을 가리켜 〈백白의 세계〉 즉 백인의 세계의 전통이 길러온 이상, 가치의 보편성에 대한 불신감은 특히 초기소설에 보이는 눈에 띄는 경향이라고 지적하고 있다.[10] 다케다의 지적처럼 『백인』에서도 작가는 〈백의 세계〉를 순결의 세계로 묘사하고 있지만 흰색에 대한 작가의 시선은 결코 호의적이지 않다. 오히려 작품 『백인』에는 〈백의 세계〉가 갖는 모든 가치관이나 모럴을 철저하게 불신하고 불식시키고자 악의 세계에 뛰어드는 주인공의 반골정신만이 두드러지게 나타나고 있다.

작품에서 '나'의 악행은 대략 세 가지로 정리할 수 있는데, 첫 번째는 이본느의 늙고 병든 개 학대사건(악의 자각). 두 번째는 동서양의 중간에 위치한 예멘의 아덴에서 있었던 아라비아 소년 학대사건(악의 실천). 세 번째는 자크고문사건(악의 확산)이다. 그리고 이처럼 '내'가 악에 눈뜨게 되는 결정적인 전환점마다 주인공을 촉발시키는 것은 언제나 흰색이다. 주인공이 악을 자각하게 되는 최초의 계기가 된 이본느의 개 학대사건에서 주인공을 자극시키는 것은 하녀 이본느의 새하얀 허벅지였으며 본격적으로 악을 실천해보게 되는 아덴에서 주인공을 자극시킨 것 역시 작열하는 하얀 태양이다. 고문을 당할 때 주인공의 눈에 비친 자크의 하얀 피부는 '나'의 정욕을 더욱 부채질하며 마지막으로 주인공이 자크를 고문하기 위해 데려온 마리테레즈를 강간하게 된 계기도 역시 마리테레즈의 하얀 허벅지였다.

> 나는 지금까지 이 아가씨의 야윈, 주근깨투성이의 얼굴밖에 몰랐다. 그녀가 이처럼 모양이 좋은 아기 사슴처럼 쭉 뻗은 다리를 가지고 있으리라고는 생각한 적이 없었다. 뿐만 아니라 걷어 올려진 스커트와 회색 양말 사이로 <u>눈이 부실 정도로 새하얀 허벅지</u>가 똑똑히 들여다보였다. …(중략)… <u>그녀의 허벅지 일부분은 아침에 막 입을 댄 젖처럼 순백으로 부끄러워 보였다.</u> 자신의 거친 숨소리를 들었다. 내가 충동적이 되는 것은 단순히 정욕 때문만은 아니다. 단지 <u>나는 이 주근깨투성이 아가씨가 비록 육체라고는 하나 이처럼 티 없이 맑은 순백을 가지고 있는 것에 격렬한 질투를 느꼈다. 그것은 분명 내가 태어나면서부터 가질 수 없었던 것, 신에게 빼앗긴 것이었다.</u> 날개를 펼친 박쥐처럼 내 그림자가 난로에서 문가로 다가갔다. …(중략)… 이를 악문 내 눈동자 깊숙한 곳에서는 이미 마리테레즈는 존재하지 않았다. 내가, 지금, 능욕하고, 더럽히는 것은 모든 처녀, <u>그 처녀의 순백, 무구의 환영이었다. 남성은 순결의 환영을 파괴하기 위해 존재하는 것이다. 순결의 환영 속에는 자크의 십자가상이 숨겨져 있었다. 기독교신자, 혁명가, 마데니에와 같은 인간의 미래에, 역사에 대해 품는 어리석고 졸렬한 몽상, 도취가 숨겨져 있었다.</u>
> (78-83)

순백에 대한 강렬한 감정. 그것을 '나'는 동경과 찬탄이 아닌 「격렬한 질투심」을 가지고 바라보고 있다. 그런데 이미 나치의 앞잡이가 되기 전부터 칸트의 순수이성 비판과 플라톤의 이데아를 논하는 마데니에 교수의 세계를 뚜렷한 이론이나 사색이 있는 것도 아니면서 경멸감을 가지고 경청하며, 자크와 마데니에의 세계에 속하지 못하고 홀로 동떨어져 살아가고 있는 자신에게 「말할 수 없는 노여움과 정떨어짐」을 느끼고 있었던 주인공에게서는 프랑스인 아버지와 독일인 어머니의 사이에서 태어났기에 프랑스와 독일 어디에도 녹아들 수 없었던 어느 쪽에도 속할 수 없었던 편자庶子[11]로서의 의식이 느껴진다.

같은 백인 임에도 불구하고 주인공이 볼 때 백인의 세계에 사는 사람들은 모두 「환영을 가지고 태어나서 환영을 가지고 죽는」 경멸스런 인간이다. 또한 백색은 주인공에게 정욕을 불러일으키고 가학적 성향에 눈뜨게 하는 악을 촉발시키는 색이자, 〈백의 세계〉는 파괴하지 않으면 안 되는 '환영'의 세계이다. 하지만 다른 한편으로는 〈백의 세계〉는 주인공이 질투심과 동경심을 품고 있는 세계로, 내가 아무리 속하길 원해도 결코 속할 수 없다는 절망감만을 불러일으키는 세계이기도 했다. 이렇게 볼 때 흰색은 주인공에게 이율배반적인 감정을 불러일으키는 동인動因이 되고 있다.

한편 이쯤해서 등장인물인 '나'를 비롯한 백인들의 외모가 천편일률적으로 추하고 못난 것을 다시 한 번 주목할 필요가 있는데, 우선 지적할 수 있는 것은 작품 『백인』은 이처럼 백인의 세계를 무대로 하고 있음에도 불구하고, 엔도는 그 속에서 살아 움직이는 인물들을 공통하여 추한 외모의 인물들로 설정함으로써 일차적으로는 백인에 대해 황색인이 품고 있는 선망과 동경의 시선을 철저하게 분쇄시키고 있다는 것이다.[12]

하지만 다음으로 보다 주목하고 싶은 것은 작품에서 주인공인 '나'에게만 유일하게 부여되어 있는 조건에 대한 것이다. 엔도는 '나'를 혼혈이라는 조건 외에도 그를 '사팔뜨기'라고 하는 선천적인 기형을 가진 인물로 설정하고 있는데, 바로 여기에도 한 가지 작가의 작의作意가

개입하고 있었던 것으로 여겨진다. 결론부터 말하자면 엔도가 주인공을 「사팔뜨기」로 설정한 것은 '내'가 남들과는 다른 시각의 소유자이라는 것을 나타내기 위한 상징은 아니었을까. 어쩌면 엔도는 '나'를 다른 백인과 같은 정상적인 눈을 갖게 하는 것은 〈백의 세계〉를 객관화할 힘을, 더 나아가 〈백의 세계〉가 내포하고 있는 모순과 문제점을 꼬집어내는 힘을 부여하기에는 미흡하다고 여겼을지도 모른다. 다시 말하자면 주인공이 다른 등장인물들과 마찬가지로 백인임에도 불구하고, 유독 그만이 〈백의 세계〉를 적대적으로 바라볼 수 있었던 가장 큰 차이점은 '나'에게 '사팔뜨기'라고 하는 「불량품」의 굴레가 씌워져 있었기 때문이었다.

> 인간의 선과 덕, 인간의 정신적 진보, 인간의 역사적 성숙이라는 말을 나는 귓전에서 환청이라도 울리고 있는 것처럼 우스꽝스럽게 여기며 듣고 있었다. …(중략)… <u>왜 나만 이것을 이상하게 여겼던 것일까</u>. 물론 이쪽은 그런 모럴리스트의 신념을 뒤집을만한 이론도 사색도 있을 리가 없다. <u>단지 나는 내가 사팔뜨기 청년인 것</u>, 열두 살 때 등나무꽃이 지는 창가에서 본 이본느와 늙은 개의 광경을 알고 있었고, 아덴의 미로에서 소년의 머리위에 올라 미친 듯이 춤추던 갈색 여자아이의 나상裸像을 기억하고 있는 것, 그리고 하얗게 불타던 둥근 태양 밑에서 열풍에 말라비틀어진 마른 풀과 바위 밑에서……, <u>그것을 떠올리는 것만으로도 충분했다</u>……(21)

〈백의 세계〉 내부의 모순과 부조리를 고발하기 위해서 엔도는 주인공을 백인의 세계에 속해 있으면서도 속해 있지 않은 다소 특수한 존재로 만들어야만 했다. 딱히 어떠한 '이론'도 '사색'도 가지고 있지 않은 '나'지만, 그럼에도 불구하고 누구보다 〈백의 세계〉를 비판적으로 바라볼 수 있었던 이유. 그것은 '내'가 「사팔뜨기 청년」이었기 때문이었다.

남들과는 다른 시각을 가진 탓으로 '나'는 이본느가 늙고 병든 개를 학대하던 모습을 볼 수 있었으며, 예멘에서 아라비아 소년과 곡예를 펼치던 소녀의 얼굴에서 가학의 기쁨을 읽어낼 수 있었다. 뿐만 아니라 '내'자신이 아라비아 소년에게 가학적인 행동을 하던 때 작열하던 하얀 태양을 「떠올리는 것만으로도」 '나'는 충분히 〈백의 세계〉가 만들어 낸 「인간의 선과 덕, 인간의 정신적 진보, 인간의 역사적 성숙」이라는 논리 속에 숨어있는 모순을 간파해 낼 수 있었다. 그리고 이제 사팔뜨기인 탓으로 우월한 〈백의 세계〉 속에서 이탈되어 버린 열등한 존재였던 '나'는 바로 그 이유로 인해 누구보다도 적극적으로 〈백의 세계〉가 관념화되고 이념화 되는 것을 타파한다. 즉 '신앙' '선' '덕' '이성의 우위' '역사적 전개' 등과 같은 "환영"을 불식시키고 모순을 분쇄시키고자 철저하게 반격하게 된다.

이와 같이 볼 때 작가는 주인공을 '혼혈아'이자 '사팔뜨기'로 설정하는 것으로 '나'의 존재를 다른 등장인물들과 확연히 구별하고 있을 뿐만 아니라, 더 나아가서는 흔히 주류로 여겨지는 서양문화에 대한 통렬한 비판도 가하고 있었음을 지적할 수 있다.

5. 자크의 자살과 주인공의 글쓰기가 갖는 의미

한편 고문자가 된 '내'가 자크에게서 동지를 배반하게끔 하는 가장 효과적인 방법으로 선택한 것은 마리테레즈를 잡아와 그녀를 능욕하는 것이었다. 이러한 '나'의 계략은 보기 좋게 성공하여 어떤 고문과 회유에도 「신음 소리 하나 내지 않고」 참아 내던 자크도 결국 무너져버리고 만다. 마리테레즈가 지닌 순백의 세계를 능욕하고 파괴하기 위해 그녀를 강간하던 「몇 세기나 죽은 것」 같았던 시간이 지나고 주인공이 정신을 차렸을 때 옆방에서 고문당하고 있던 자크는 혀를 깨물고 자살했다.

> 비애라고도 적막이라고도 할 수 없는 것이 가슴을 죄기 시작했다. 일찍이 호텔 라모에서 마리테레즈를 굴복시킨 순간 나는 이와 같은 슬픔을 맛보았다. 슬픔이라기보다 매우 깊은 피로와 흡사했다. 메워야 할 공간을 메운 뒤에 이제 무엇을 해야 좋을지 나는 알 수 없었다. '어머니를 여위었을 때 나는 결코 이런 감정을 맛보지 못했다.' 마치 내가 자크를 오랫동안 사랑해 오다가, 그 사랑에 배반당하고, 사랑을 잃은 것 같은 느낌이었다. 그렇군. 혀를 깨물었단 말인가. 정말 나는 그것을 예상하지 못했다. 자살은 가톨릭 교인들에게는 절대로 해서는 안 되는 대죄였기 때문이었다. '너는 신학생이 아니냐! 그런데도 너는 이 영원한 형벌을 받게 될 자살을 택한 것이다.' 비애로 가득한 회색 바다 위에서 조용한 분노가 차츰 거칠어지기 시작했다. '의미가 없다. 의미가 없단 말이야.'하고 나는 중얼거렸다. '너는 자살로써 내게서 벗어날 작정이었겠지. 동지를 배반해야 할 운명이나 마리테레즈의 생사를 좌우하는 운명에서도 벗어났다고 생각할 게다. 나치도 나도 이제는 마리테레즈를 너 때문에 이용할 수 없어. 하지만 그게 뭐 어떻다는 말이냐. 내가 가령 악 바로 그것이라면 너의 자살에도 불구하고 악은 계속 존재한다. 나를 파괴하지 않는 한 너의 죽음은 의미가 없다. 의미가 없어.' (82-84)

그런데 자크의 자살은 누구보다도 죽은 자크에게 있어서 그 자신이 일생을 통해 관철해 왔던 신조와 신앙을 정면에서 뒤집어 버리는 결과였던 것은 두말할 여지가 없다. 「교회법」을 논문테마로 삼을 만큼 교회법에 능통했던 자크가, 교회와 교회가 정한 계율을 엄격하게 지키고자 하는 강경한 신앙인이었던 그가 가톨릭 신자에게 있어서 자살이 갖는 의미를 등한시 했을 리는 만무하다. 허나 정말 아이러니한 것은 자크의 죽음에 대해 갖는 주인공의 당혹감에 있다. 주인공은 가톨릭 신자에게 있어서 「절대로 해서는 안 되는 대죄」인 자살을 자크가 자행하리라고는 꿈에도 예상하지 못하고 있었음을 당혹함과 함께 드러내고 있는데, 이러한 주인공의 고백은 반대로 주인공이 마음속 깊은 곳에서는 누구보다도 강하게 신의 존재를 믿고 있었다는 것을 노정시키는 효과를 빚어내고 있다. 다시 말해 '자살'을 '대죄'로 인식하는 주인공의 생각 자체가, 이미 주인공이 마음속 근저에서는 절대적, 초월적인 존재로서의 신을 의식하고 있었다는 점을 밝히는 역설적인 구조를 이루고 있는 것이다. '나'의 고백은 스스로가 신은 거부했지만 신의 존재만큼은 결코 부정할 수는 없었음을 상징적으로 나타내고 있었다.[13]

또한 자크는 자살을 선택함으로써 주의主義, 사상, 신앙, 선과 덕, 이성, 종교 등 〈백의 세계〉가 만들어 놓은 모든 이론상의 한계를 드러내고 있지만, 이러한 결말은 반대로 자크와 맞서 대극의 축을 이루고 있던 주인공에게도 영향을 미쳐 악행을 일삼던 주인공에게서 〈백의 세계〉를 파괴하겠다고 불타던 투지와 전의戰意를 빼앗고 마는 구조를 이루고 있다. 이제 대적할 맞수를 잃은 '내'가 느끼는 감정은 승리의 환희도 기쁨도 아닌, 비애와 깊은 피로뿐이다. 심지어 그는 자신을 세상에서 가장 아껴주던 어머니가 죽었을 때조차 느끼지 못했던, 마치 오랫동안 아끼고 사랑하던 대상을 잃었을 때와 같은 깊은 슬픔을 맛보고 있다. 슬픔은 자크에 대한 실망감으로 변하여, 스스로가 내세우던 악의 원리와 자신과 같은 악인을 자크가 분쇄시키지 못하고 자살해 버린 것에 대해 누구보다도 크게 좌절하고 있고 있는 것 또한 다름 아닌 '나'였다. 이렇게 볼 때 자크의 자살은 주인공이 자신도 모르게 은근히 품고 있던 〈백의 세계〉에의 회귀원망回歸願望을 자각시키는 순간이자, 회귀에의 기회가 이제 상실되게 되었음을 자각시키는 순간이라고 볼 수 있으리라.

〈표 1〉 작품 속의 사건의 진행순서와 제2차 세계대전 주요 연표 대조[14]

연도 및 시기		작품 속의 사건	제2차 세계대전 주요 연표
1937년		앙리 4세 중학시절 -대학입시 자격시험 준비 (주인공의 나이 17, 18세로 추정됨)	9월 25일 히틀러/무솔리니 정상회담
1938년	여름	아버지 사망	전쟁발발 1년 전 11월 9일 독일, 유태인 학살 본격화
	가을	대학입시 자격시험에 합격	
	8월 하순	리옹 법과대학에서 마리테레즈와 모니크, 자크 와 조우 (속옷 사건 발생)	
	10월 2일	대학 입학식	
	10월 5일	강의 시작됨 (자크, 주인공을 감화시키기 위한 포교활동 시작)	
1939년	6월 말	주인공, 자크에게 복수하기 위해 마리테레즈에게 접근할 것을 결심(무도회 사건) (자크, 전년 10월부터 약 8개월에 걸쳐 포교활동)	
	여름 방학	어머니와 사보아의 피서지에서 지냄	
	8월 31일		독일, 폴란드 진격 명령(통조림 작전)
	9월 1일 미명	독일, 폴란드 침입개시 (제2차 세계대전 발발)	백색작전(9월 1일 오전 4시 45분)
	9월 3일		영국과 프랑스 독일에 선전포고
	9월 27일		독일, 바르샤바 함락
	10월 1일	대학으로 돌아옴	
	12월 7일		이탈리아, 참전결정
1940년	2월	어머니 사망	독일, 프랑스령 리모슈 공습
	봄	성 베네딕트 수도원으로 마리와 자크를 찾아감	
	4월 9일		독일, 덴마크/노르웨이 침공개시
	5월 10일	독일, 홀란드(네덜란드)와 벨기에의 국경 돌파 (마지노 방어선 함락)	독일, 베네룩스 3국침공(황색작전)

연도 및 시기		작품 속의 사건	제2차 세계대전 주요 연표
1940년	6월 14일		독일, 파리 함락
	6월 22일		프랑스, 독일에 항복, 휴정 협정 체결
	6월 25일	파리 함락	24일, 이탈리아/프랑스 휴전 조약 체결
	7월 초	나치, 리옹 입성 (점령시대의 시작)	2일, 프랑스 정부 비쉬로 이전 (비쉬정부시대)
	8월	나치, 리옹 시민 무차별 검거 (5인 처형)	2일, 비쉬정부 드골에 사형 선고
	9월 27일		일본, 이탈리아, 독일과 3국 추축동맹
	10월 상순	주인공인 〈나〉, 게슈타포의 일원이 됨	18일, 비쉬정부 반유태인법 발표
1941년	1-2월 이후	자크 몽쥬 체포되어 사망	
	4월 9일		영국공군, 베를린 중심부 폭격
	4월 17일		유고슬라비아, 독일에 무조건 항복
	4월 23일	(이후 작품에서 구체적인 역사상의 사건들과 작품속의 사건과의 날짜가 일치되지 않게 됨)	그리스, 이탈리아에 항복
	4월 27일		독일, 아테네에 입성
	6월 22일		독일, 소련 공습(바바롯사 작전)
	11월 25일		독일/이탈리아/일본, 3국협정 연장
	12월 8일		일본, 진주만 기습
1942년	1월 1일		연합국 26개국, 워싱턴에서 국제연합 창설 선언에 서명
	1월 20일		독일, 반제회담에서 유대인을 멸종하기로 결정(히틀러가 승인)
	1월 28일	주인공의 글 쓰는 시점	
	1월 30일	나치군 퇴각, 리옹 해방	
	8월 12일		미/영/소 모스크바에서 3국 회담개최

연도 및 시기		작품 속의 사건	제2차 세계대전 주요 연표
1943년	1월 30일		비쉬정권, 레지스탕스 소탕을 위해 '밀리스' 결성
	4월 18일		야마모토 이소로쿠 제독 전사
	7월 25일		무솔리니 체포당함
	9월 3일		이탈리아, 연합국에 항복
	11월 22~26일		제1차 카이로 회담. 한국 독립 결의
	12월 4~7일		제2차 카이로 회담
1944년	2월 1일		레지스탕스 프랑스국내군으로 통합
	5월 15일		미, 영국에 노르망디 상륙작전 제시
	8월 21~25일		자유 프랑스군 파리로 진격, 나치군 퇴각, 파리 해방, 드골 입성
	9월 9일		샤를르 드골, 파리에 임시정부 수립
1945년	4월 30일		히틀러 자살
	5월 8일		독일 무조건 항복, 유럽전 승리의 날(VE데이) 기념행사

위의 표는 작품속의 사건들과 제2차 세계대전 당시 실제로 일어났던 역사상 사건의 흐름을 대조해 본 도표이다. 이것을 보면 자크는 1942년 2월 이후의 어느 겨울날 자살한 것으로 되어 있다. 또한 작품 모두冒頭에서 주인공이 적고 있는 수기는 자크가 죽은 지 약 1여년이 지난 1942년 1월 28일로 되어 있다. 특기할 것은 자크의 자살이전까지 작품상의 사건들과 실제 역사상 사건들이 대부분 일치하고 있는 것에 비해, 자크의 자살이후 구체적인 역사상의 사건들과 작품 속의 사건들이 일치하지 않고 있다는 점이다.[15] 실제로 연합군이 프랑스를 해방시킨 것

은 1944년 8월인데 비해 작가는 그 시기를 무려 2년 7개월이나 앞당긴 시점으로 설정해두고 있다. 더군다나 엔도가 재현한 작품상의 사건의 흐름을 보면 자크의 죽음 이후 1년이 채 안된 현재의 시점에서 주인공은 이제 내일이나 모레가 되면 리옹시가 연합군에 의해 해방될 지도 모르는 극한의 상황인데도 불구하고, 탈출하기는커녕 포성이 울리는 방 한구석에서 수기를 기록하고 있다.

> 만일 모레에 일어날 리옹의 운명에서 나와 관계되는 것이 있다면 그것은 내가 게슈타포에게 협력한 배반자로서 규탄된다는 것뿐이다. 프랑스 게릴라군과 그 아군들을 재판하고, 고문하고, 학대한 저 「퐁도텔」사건의 일당으로서 동포?로부터 복수를 당하게 되겠지. 물론 달아날 작정이다. 나는 살아야만 한다. 무엇보다 역사가 나를, 아니 내 마음속에 있는 고문자를 지상에서 절대 소멸시킬 수는 없는 것이다. 그 사실을 나는 이 기록에 적어 두고 싶은 것이다. (16)

이상과 같이 자크의 죽음 이후에도 '나'는 나치에 변함없이 협력하고 있었다. 그런데 여기서 한 가지 유추할 수 있는 점은 엔도가 역사상의 사건과 작품상의 사건 사이에 시간상의 간극을 설정한 것은 다분히 의도적인 것이라는 점이다. 아마도 엔도가 생각하기에 자크의 자살로 충격을 받은 주인공의 내면의 변화가 일어나는 과정으로 3년이라는 기간은 지나치게 긴 감이 들었음에 틀림없다. 상대의 죽음으로 대립구도가 무너지고 이제 자신의 내면에 잠재해 있던 회귀원망, 즉 재생의 의지를 깨닫게 된 주인공이 그럼에도 불구하고 여전히 게슈타포의 앞잡이로서 변함없이 악행을 저지르는 인물이라는 것은 엔도의 의도에 적합한 효과적인 결말은 아니었으리라. 그렇기에 엔도는 굳이 역사상의 사건과 작품속의 시간의 흐름을 일치시키지 않더라도 사건을 단기간에 마무리 지을 필요가 있었던 것이다.

어찌되었든 자크의 죽음에도 불구하고 여전히 나치의 끄나풀로서의 삶을 살았음을 증명하는 주인공의 수기는 죽음으로 변하는 것은 아무것도 없다는 '나'의 선언이 그대로 들어맞고 있음을 보여주는 증거이지만, 다른 한편으로 아버지 쪽 혈통인 프랑스인들로부터 언제 보복을 당하고 죽을지도 모르는 극한 상황에서도 글쓰기를 계속하는 '나'의 행위는 흡사 본인의 각오와는 달리 죽기를 각오하고 남기는 유서로도, 혹은 가톨릭의 측면에서 보자면 신자들이 행하는 '고해성사'에서의 성찰, 혹은 고백[16]과 같은 역할로도 보인다.

이렇게 볼 때 일견 〈백의 세계〉의 한계와 패배를 의미하는 것 같았던 자크의 자살은 '나'의 글쓰기와 잘 조응하고 있는데, 주인공은 글쓰기를 통해 자신이 그토록 증오하던 〈백의 세계〉를 대표하는 종교인 가톨릭에서의 고해성사와 같은 행위를 함으로써 스스로의 존재를 역사에 새기고자 하며, 이러한 주인공의 행위는 스스로가 믿어 의심치 않던 악의 원리를 스스로가 포기하는 것을 의미한다는 점에 있어서 자크의 자살과 마찬가지로 스스로의 한계와 패배를 자인하는 행위와 다름 아닌 것이다. 다시 말하자면 자크의 죽음으로 자포자기가 된 주인공에게 이제 남겨진 것은 죽음을 각오한 글쓰기를 통해 자기 안의 고문자를 되돌아보고 이를 후세에 알림, 즉 고백함으로써 스스로를 정화시키고자 하는 의지만이 남았을 뿐임을 드러내고 있는 것이다.

6. 맺음말

이상으로 초기 엔도의 대표작 『백인』에 대해 살펴보았다. 처녀작 『아덴까지アデンまで』와 『백인』의 차기작이자, 연작으로서의 성격을 지닌『황색인黃色い人』을 통해 엔도는 황색인의 세계를 「그림자도 빛도 없는, 둔하고 쇠약한 황탁한 색」의 세계, 「역사도 시간도 신도 선도 악도 없」는 세계로 규정하고 있는데, 반대로『백인』에서는 백인의 세계를 신이 있음으로 해서 악이 생겨나는 세계, 선과 악의 대립이 선명하게 드러나는 세계로 상정하고 본격적으로 신과 악마를 대신하여 대립하고 있는 두 명의 백인을 등장시키고 있었다. 이에 대한 고찰을 통해 두 명의 백인이 서로 〈추한 세계〉의 대극에서 위치하여 상호 대립하고 있는 '표리 관계'의 인물이었으며, 또한 주인공인 '내'가 〈백의 세계〉가 정한 사회의 질서와 정의에 강한 거부감을 가지고 부정하는 원인을 〈백의 세계〉에서 추방된 자로서의 인식에서 기인하고 있었다고 정리해 보았다. 마지막으로 자크의 자살과 주인공의 글쓰기의 의미에 초점을 맞추어 각각 자크의 경우 자살은 〈백의 세계〉가 정한 이상주의의 한계를 노정하는 반면, 언뜻 보면 「백」의 패배로 비치는 자크의 죽음이 오히려 〈백의 세계〉로의 회귀를 꿈꾸고 있던 주인공의 심리를 드러내는 역설적인 구조를 이루고 있었음을 살펴보았다. 또한 자신과 대극에 서 있던 또 하나의 자아, 즉 자크 몽쥬를 잃은 후 주인공은 '고해성사'적인 글쓰기를 통해 악의 원리를 포기하고 스스로를 정화시키고자 하고 있었음을 규명해 보았다. 그런데 선과 악의 세계, 즉 인간본성의 문제를 백인에 투영하여 냉철하게 그려내고 있는 이 작품은 문학창작활동 후기에 작가가 다시금 관심을 보이게 되는 주제, 즉 '악惡'의 테마가 이미 초기작부터 나타나고 있었다는 점에서 무엇보다 주목할 가치가 있다. 그러나 지면관계상 초기 작품과 후기작품에 드러난 악의 문제에 과연 어떤 변화가 나타나고 있는지를 접목시켜 보는 것은 금후의 과제로 삼고자 한다.

* 이 글은 2008년 『日本文化研究』(제28집, 동아시아일본학회)에 발표한 것을 수정·보완한 것임.

1 笠井秋生 「『白い人』―人間を越えた存在との相克の劇」『遠藤周作論』双文社出版, 1987.

2 선평(選評)에 관해서는 인터넷 사이트 우라아오조라 문고의 (http://uraaozora.jpn.org)의 근현대일본문학사연표 아쿠타가와상 부분을 참조했다.

3 어머니의 경우, 아버지와 함께 '나'의 악행에 결정적인 계기를 부여하고 있음에도 불구하고 아버지와는 달리 어머니의 외모에 대한 묘사가 전무하다는 점은 특기할 만한 점이다. 작품 중에서 어머니의 외모와 관계된 표현은 뇌일혈로 쓰러진 후 열에 들떠 「공허해진 눈」과 「땀에 젖어 흙빛이 된」 얼굴이라는 표현이 전부일 뿐이다.

4 주인공인 '나'는 마리테레즈의 역할을 예수를 배반한 '유다'로 규정하고 있지만, 피에로가 엔도 문학에 있어서 예수를 상징하는 대표적인 메타파라는 것을 고려할 때 마리테레즈가 유다의 역할만을 하는 것이 아님은 분명하다.

5 遠藤周作, 『白い人・黃色い人』, 新潮文庫, 1955, pp.42-44. (이하 같은 작품에서의 인용인 경우 인용문의 뒤에 페이지만을 표기하기로 한다.)

6 가와시마 히데가즈는 『아덴까지』에서 "작품의 전체를 지배하는 것은 백인에 대한 깊은 회의와 증오, 그리고 자신과의 위화감으로 인한 격렬한 열등감의 표명"이라고 지적하고 있다.(川島秀一, 『遠藤周作愛の同伴者』, 和泉書院, 1993) 그의 말대로 처녀작 「아덴까지(アデンまで)」는 동양인임으로 해서 느끼는 열등감이 너무나도 선열하게 묘사되고 있었기 때문에 당시 문단에서는 이례(異例)의 작품으로 혹독한 악평을 받기도 했다. 그런데 이번에는 무대가 「백인」으로 옮겨졌음에도 불구하고 등장인물인 백인들의 외모가 이렇듯 천편일률적으로 추하고 못난 것은 흥미롭다고 할 수밖에 없다. 그의 말대로라면 엔도의 열등감은 백인에 대한 깊은 회의가 되어 『백인』에서는 백인들의 추한 외모라는 역설적인 형태로 표출된 것이리라.

7 엔도의 오랜 친구인 미우라 슈몬(三浦朱門)은 『백인』을 가리켜 「엔도의 유학의 결론」이라고 말하고 있는데, 그의 말처럼 『백인』에는 엔도 자신의 유학체험이 짙게 배어나오고 있다. 유학당시의 기록인 『루안의 언덕(ルアンの丘)』(1998, PHP研究所)을 보면 엔도는 일본인을 「도덕적으로도, 인간적으로도 최하위의 인간으로 간주」하는 프랑스인들의 인종적 편견에 굴욕감을 맛보고 있었음을 알 수 있다. 그런데 귀국 후 연구자의 길을 포기하고 작가가 된 엔도가 『백인』에서 작품의 배경을 「처형과 고문, 학살」이 난무하는 프랑스로 설정하고 있는 것은 흥미 깊다. 어떤 의미에서는 일본인을 「야만, 잔혹, 열광」적인 인종으로 여기던 프랑스 사회에 대한 엔도 나름의 반격으로도 읽혀지기 때문이다. 이밖에도 엔도의 유학시절의 콤플렉스에 대해서는 拙論인 「遠藤周作の四つの転換期 - 異文化体験および受容の問題を中心として」(『言葉と文化』, 名古屋大学大学院国際言語文化研究科, 2003)에서 구체적으로 언급하고 있기 때문에 본고에서는 생략하기로 한다.

8 이밖에도 '나'와 자크에게는 여러 가지 공통점이 보이는데 그 중 하나는 두 사람이 모두 '법'과 관련이 깊다는 것이다. '나'의 대학에서의 전공은 바로 법학이며, 논문을 준비하는 자크의 테마는 '교회법'이라는 설정으로 되어 있다. 또 두 사람은 모두 육친에 의해 스스로의 추함을 자각하는 것으로 설정되어 있는데 이 또한 두 사람을 하나로 묶어주는 공통분모 중의 하나라고 할 수 있을 것이다.

9 여기서 '그리스도의 모방'이란 '그리스도를 모범으로 삼아, 이와 같이 되고자 하는 요구'이며, 이때 가장 중요한 것은 '수난이나 고통을 겪음에 있어서 그리스도와 합치'되는 것, 즉 '예수 그리스도의 지상에서의 고난을 배우고' 따르는 것이다. (渡邊学 「個体化過程と<キリ

ストのまねび＞」, 『人間学紀要』25, 上智人間学会, 1994)

10 武田友寿「最初の小説『白い人』『黄色い人』の世界」, 『遠藤周作の文学』, 聖文社, 1975

11 편자(片子)란 일본의 설화에 나오는 귀신(鬼)와 인간여성의 사이에서 태어난 반귀반인 (半鬼半人)의 존재로 인간도 귀신도 될 수 없어 자살하고 마는 불행한 존재이다. 평소 엔도는 편자(片子)에 많은 관심을 보이며, 스스로를 동양인이면서 서양의 종교와 문학을 공부한 자로서, 동서양의 협곡에 놓여 어느 쪽도 선택할 수 없는 괴로움을 맛본 자라 말하고 있었다. 마찬가지로 주인공인 '나' 역시 어떤 의미에서는 독일인 어머니와 프랑스인 아버지에서 태어난 시대의 편자로서 전쟁이라는 극한 상황에서도 어느 한 쪽이 절대적으로 옳다고 단정 지을 수만은 없음을 자각하고 있었다고도 볼 수 있으리라. (遠藤周作・河合隼雄 「昔, 老人は神の言葉を話した」『心の海を探る』角川文庫, 1990)

12 미야사카 사토루(宮坂覚)는 처녀작인 『아덴까지』가 백의 세계에 기류(寄留)하고 있던 '황색인'의 시점에서 쓰여진 것이라면, 『백인』은 『아덴까지』의 주인공이 열등의식을 가지고 바라본 "백색인종"의 세계 속에도 존재하는 '죄'와 '악'의 문제를 '백인'의 시점에서 다룬 작품이라는 점에서 『백인』은 『아덴까지』에서 제기된 "인간은 모두 마찬가지"라는 "백인의 로고스"가 부정적인 의미로 반전되어 쓰여진 작품이라고 평가하고 있다.(宮坂覚「『アデンまで』『黄色い人・白い人』」, 『遠藤周作 ―その文学世界』, 国研出版, 1997)

13 이에 대해 김승철은 주인공이 "자크의 죽음을 예견치 못했다고 느끼는 사실"자체가 역으로 "무신론자임을 자처하는 주인공에게 있어서 신의 존재와 신에 대한 의식이 남김없이 사라진 것은 아님을 가리켜주는 틈"이라고 지적하고 있다. (김승철 『엔도 슈사꾸의 문학과 기독교―어머니되시는 신을 찾아서―』, 신지서원, 1998)

14 이대영 『(알기 쉬운) 세계 제2차대전사』1~6, 멀티미디어 호비스트, 1999

15 下野孝文「『白い人』論 ―その背景と現実感」, 『作品論 遠藤周作』, 双文社出版, 2000, p.34

16 고해성사를 받기위해 필요한 조건은 5가지가 있다. 참회자의 성찰(省察), 통회(痛悔), 정개(定改), 고백(告白) 및 사제의 보속(補贖)이다. 참회자는 먼저 양심적으로 성찰을 하여 지은 죄를 생각해 내고, 그 죄를 깊이 뉘우치는 통회와 다시는 이와 같은 죄에 빠지지 않기로 결심하는 정개(定改)를 거친 후 비로서 신부 앞에 나아가 죄의 고백을 한다. 그러면 고해신부는 사죄를 하고 보속을 정해 주고, 후에 참회자가 받은 보속을 실천하는 것으로 고해성사는 끝나는 것인데, 그렇다면 여기서 주인공인 '나'의 글쓰기는 고해성사의 모든 요소를 만족시키고 있지는 못하다고 하더라도 성찰과 고백의 행위를 의미하고 있는 것만큼은 부정할 수 없다.

아쿠타가와 류노스케의 하이쿠*

┃김 정 숙

1. 머리말

아쿠타가와는 소설가로서의 출발과도 거의 시기를 같이하는 1916년경부터 하이쿠를 짓기 시작한다. 『나의 하이카이 수업 わが俳諧修業』을 보면, 초등학교 4학년 때 처음으로 「낙엽 불태워/ 잎사귀 수호신 본/ 밤이로구나.」¹라는 구를 지었다고 말하고 있다. 실제로 아쿠타가와의 처녀작이라고 할 수 있는 이 하이쿠에는 이미 신비스럽도록 번뜩이는 예리함이 담겨져 있다. 낙엽 태우는 빨간 불꽃에서 초록 잎사귀를 지켜주던 귀신들이 도망가고 있다고 상상하는 발상이 예사롭지가 않다.

한편 마음이 심약한 소년이어서 잎사귀에도 귀신이 붙어 있다고 생각한 것인지도 모르겠으나, 낙엽을 태우는 시각도 가을날 석양이 뉘엿뉘엿 저물어 가는 저녁나절이 아니라 빨간 불꽃이 선명하게 보일 것 같은 까만 「밤」인 것은, 훗날 그의 작품세계와 자살 등과 무관하지 않게 느껴진다.

　소년시절을 지나 고등학교와 대학 때에는 하이쿠보다도 단카나 시에 친숙하여져, 당시의 서간 속에도 많은 흔적을 남기고 있다. 하이쿠는 소일거리로 몇 수 짓는 것에 불과하던 것이, 1916년 동경제국대학 영문과를 졸업하고, 그 이듬해 2월 9일 쓰네토 教恒藤恭 앞으로 「나는 요즘 17자를 짓는 버릇이 생겼다」[2]고 쓰고 있을 정도로 여러 사람에게 보내는 편지에 하이쿠를 첨부하는 일이 많아진다. 급기야 1918년 5월에는 사생 하이쿠의 거장인 다카하마 교시高浜虚子에게 직접 사사師事를 받으며, 때때로 하이쿠 잡지 『호토토기스』에 그의 하이쿠를 발표하기도 한다. 그의 선배이자 스승인 소세키가 「하이쿠 17자는 가장 간편한 시형으로서 손쉽게 시인이 될 수 있다」[3]고 얘기하고 있는 것처럼 힘들지 않게 시인이 될 수 있었던 것 같다.

　아쿠타가와는 스스로 「여기余技로 홋쿠 외에는 아무 것도 없다」고 말함과 동시에, 하이쿠에 대한 자신의 감상을 적어 『홋쿠 사견[発句私見]』(1926. 4. 23)[4]으로도 발표하고 있는 것으로 보아, 단카나 시보다도 하이쿠를 상당히 자부하고 있었음을 알 수 있다. 다만 여기서 주목할 것은 하이카이 시대의 「홋쿠」가 30년 전에 마사오카 시키에 의하여 「하이쿠」라는 이름으로 완전히 독립[5]하였는데도 불구하고 여전히 아쿠타가와는 「홋쿠」로 부르고 있는 점이다. 소세키가 이미 그의 작품 『풀 베개草枕』에서 하이쿠俳句라는 낱말을 사용하고 있는 것에 반하여 아쿠타가와 쪽이 훨씬 고집이 세고 자신의 아집에 갇혀 있었다고 생각된다.

　『홋쿠 사견』에 나타난 아쿠타가와의 하이쿠관은 먼저 「홋쿠는 17음을 원칙」[6]으로 한다는 것과 홋쿠를 홋쿠답게 하는 것은 역시 홋쿠라는 시형식인 17자의 음수율에 있음을 강조하고 있다. 이어 홋쿠는 계절어季語 — 계절을 나타내는 시어 — 를 반드시 필요로 하지 않는다고 주장하고 있다.

> 오늘날 계절어라고 불려지는 것은 양파, 은하수, 크리스마스, 장미, 개구리,
> 그네, 땀 — 여러가지 것을 포함하고 있다. 따라서 계절어가 없는 홋쿠를 만
> 드는 일은 사실상 오히려 쉬운 것이 아니다. 그러나 쉬운 것이 아니라고 해
> 도 삼라만상을 계절어로 하지 않는 이상 계절어가 없는 홋쿠도 가능할 것이
> 다.[7]

「홋쿠는 반드시 계절어를 필요로 하지 않는다」고 말하면서, 계절어
는 사용하지 않아도 되지만 조상으로부터 전해진 아름다운 어감을 가
진 시어詩語는 필요하다고 역설하고 있다. 하이쿠를 「홋쿠」라고 칭할 정
도로 옛 것을 고집하는 아쿠타가와가 왜 무계어無季語를 주장했는지는
의문이다. 그의 주장과는 달리 계절어가 없는 하이쿠를 읊은 것은 찻속
車中이라는 머리말이 붙은 「새벽 동틀녁/ 매연 뿜는 거리여/ 시모노세
키」[8] 뿐이다. 이것은 계절어를 넣지 않고 짓는다는 것이 오히려 쉽지
않다는 이야기 일 수도 있다.

이렇듯 하이쿠에 대한 이론까지 나름대로 정리하였던 아쿠타가와가
생애에 남긴 하이쿠의 수는 600남짓한 구句에 이른다. 600여 구의 하이
쿠 가운데 그는 1926년 10월에 『신조사新潮社』에서 발간한 『매화·말·꾀
꼬리』에 「홋쿠」라고 제목을 붙여 1917년부터 1926년 사이에 읊은 74
구를 아쿠타가와 스스로 엄선하여 싣고 있다. 그가 죽은 후에 발표된
『징강당구집澄江堂句集』(1927. 7)은 이 「홋쿠」에 3구를 더하여 77수를 실
은 구집句集을 말한다. 「홋쿠」는 계절이나 시기별로 나누고 있지 않다.
그렇다고 주제별로 나누고 있지도 않고, 가락의 특색이나 내용으로 나
누고 있는 것도 아니다. 무엇을 기준으로 뽑았는지는 알 수 없으나, 계
절별로 분류하여 보면, 봄에 관한 구가 16구, 여름 23구, 가을 14구, 겨

울 20구이며, 계절어가 들어있지 않는 것은 앞에서도 말했듯이 단 하나뿐이다.

일반적으로 하이쿠에는 옛부터 봄과 가을을 읊은 것들이 많고 그 중에 명구名句가 들어 있는 것이 특색인데, 아쿠타가와가 엄선한 자신의 하이쿠에는 여름과 겨울구가 많은 것이 두드러져, 이는 작가가 여느 시인과는 달리 강렬한 계절을 선호하였다는 것을 알 수 있다. 또한 아쿠타가와는 『홋쿠 사견』에서 「홋쿠는 반드시 계절어를 필요로 하지 않는다」는 무계어無季語론을 주장하고 있었으나, 실제로 그가 뽑은 구들은 사계절을 다양하고 풍부하게 계절어를 넣어 표현한 것들이었다. 여기서는 아쿠타가와가 직접 뽑은 「홋쿠」에서 74구를 중심으로 그 서정의 의미를 알아보기 위하여 하이쿠 내용의 특색으로 분류하여 감상하여 보기로 한다.

2. 자연풍경을 읊은 것

1) 봄날의 풍경

① 마당 잔디밭/ 샛길 주변 곱게 핀/ 진달래인가

庭芝に小みちまはりぬ花つつじ   (春 ; 花つつじ)

② 백도 한그루/ 꽃봉오리 부풀어/ 가지 휘었네

白桃や蕾うるめる枝の反り   (春 ; 白桃)

③ 엷게 흐린날/ 물결도 꼼짝않는/ 미나리 밭 속

薄曇る水動かずよ芹の中   (春 ; 芹)

④ 낡은 초가집/ 기둥의 반절쯤에/ 봄볕이런가

草の家の柱半ばに春日かな   (春 ; 春日)

⑤ 아지랑이야/ 용마루 내려앉은/ 새이엉 지붕

かげろふや棟も落ちたる茅の屋根　　　　　　　(春 ; かげろふ)

　봄날 하이쿠의 특징으로는 위와 같이 대부분 모두 자신의 눈으로 관찰한 풍경을 그대로 읊고 있는 것들이 많다. 자신의 관념을 불어넣지 않고 봄날의 풍경만을 그림처럼 있는 그대로 그려내고 있다. 일본 전통 시가의 주제를 관념의 장에서 생활과 풍경의 장으로 옮겨 근대 하이쿠를 탄생시킨 시키의 회화적 사생구 그대로이다. 이는 시키를 이어받은 호토토기스파의 다카하마 교시에게서 사사받은 영향이 크다고 하겠다.

　『바쇼잡기』에서 「동양의 시가는 그림과 같은 정취를 생명으로 하는데, 이 회화적 취향을 나타내는데 자유자재의 수완을 갖고 있는 것」[9]도 바쇼 하이카이의 뺄 수 없는 특색이라고 말하고 있었던 것처럼, 한 폭의 동양화와 같은 구를 아쿠타가와 역시 지향하고 있었음을 알 수 있다. 그러나 인물이 없는 순수한 풍경화들 속에 나타나 있는 것은 작은 샛길이거나, 용마루도 내려앉은 초가집이었다.

　아지랑이가 끼었거나, 때때로 흐린 날 고인 물 속에 가녀린 미나리마저 흔들리고 있을 것 같지 않은 정적이 감돌고 있다. 봄날의 새기운을 알리며 일어나는 흙먼지의 산란함도 없는 고요함 속에 ①의 분홍 「진달래」나 ②의 「하얀 복숭아」 꽃이 피어있어 소박하면서도 평화로운 농가의 정경이 있을 뿐이다. ④의 봄날 햇살은 뜨락 가득히 내리쬐는 충만한 것이 아니라, 처마도 겨우 지탱하고 있는 부실한 기둥의 절반 정도를 비치고 있는 것이다. 그래서 오히려 쓸쓸한 그림자를 드리우고 있을 것 같은 한가로운 농가가 상상되는 풍경이다. 아쿠타가와가 느낀 봄날의 서정은 고풍스러운 한적한 분위기 속의 자그마하고 평화로운 소박한 것들이다. 시어 또한 아지랑이 봄볕 등 전통적인 것에서 취하고 있다.

2) 여름날의 풍경

① 보리먼지를/ 뒤집어 쓴 어린이/ 잠들고 있네

　　麦ぼこりかかる童子の眠りかな　　　　　　　　(夏 ; 麦ぼこり)

② 찌는 무더위/ 올라가 남아있는/ 키 먼지인가

　　炎天にあがりて消えぬ箕のほこり　　　　　　　(夏 ; 炎天)

③ 崇福寺 절간/ 돌돌 말려진 파초/ 통통하구나

　　唐寺の玉巻芭蕉肥りけり　　　　　　　　　　　(夏 ; 芭蕉)

④ 여름 장마비/ 푸른 잡목 쌓아논/ 처마끝 아래

　　さみだれや青柴積める軒の下　　　　　　　　　(夏 ; さみだれ)

　　여름에 관한 하이쿠는 21구로 사계절 중에서 가장 많은 부분을 차지
하고 있다. 그 중에는 위의 하이쿠처럼 풍경을 읊은 것도 있지만 관념
으로 된 홋쿠들도 있다. 위의 ①~④까지의 구는 역시 봄의 구에서 보
아온 것처럼 모두 회화적이고 객관적 사생구들이다. ①의 구는 앞 마당
이나 밭 한가운데서 보리 탈곡하는 그 옆에서 먼지를 뒤짚어 쓰면서도
자고 있는 어린 아이의 모습을 그리고 있다. 점경 인물을 덧붙인 풍경
화이다. ②의 구 역시 무더운 여름날, 농가 앞마당에서 키 먼지를 일으
켜서 수확하는 풍경이 저절로 떠오르는 한폭의 동양화 그대로이다. ③
의 가라데라唐寺는 나가사키에 있는 중국풍 건축의 숭덕사의 속칭으로
서, 이곳에 놀러갔을 때의 풍경을 하이쿠로 지어 남기고 있다. 「돌돌 말
려진 파초」라는 전통 시어[10]를 여전히 골라 쓰고 있다.

　　④의 「여름장마」 또한, 옛 시인들이 자주 읊던, 여름을 나타내는 대
표적인 풍경이다. 그 정경(情景)의 스케일은 바쇼芭蕉가 「여름 장마비/

모아서 빠르구나/ 모가미 강물」[11]을 읊어 장마비가 쏟아져 물이 많아진 강물의 물살과 부송無村이 「여름 장마여/ 큰 강을 앞에 두고/ 작은 집 두 채」[12]라고 읊은 것들에 비해 작다. 세 사람 모두 장마비로 인한 그 위험을 노래하고 있으나, 그 위험 수위는 아쿠타가와의 것이 바로 「처마 끝 아래」에 까지 와있어 더욱 긴박하다. 가락 또한 아쿠타가와의 것이 부드럽고 밝은 음을 나타내는 6개의 /a/음을 빼고는 11개가 모두 딱딱하고 무거운 음들이다. 그런 중에도 결구(結句)의 다섯 음은 /o/음과 /i/음의 반복으로 더욱 긴장감이 감돌게 하는 가락이다. 『홋쿠 사견』에서 특히 구의 음률에 대해 언급한 후, 「시키거사는 뛰어난 재능에 의해 아주 힘찬 가락을 즐겼다. 그러나 그 여폐(余弊)는 시키거사 이외의 홋쿠 가락을 조잡하게 만들었다」[13]고 말하고 있듯이, 아쿠타가와가 가락을 얼마나 소중히 생각했는가를 알 수 있다.

3) 가을날의 풍경

① 가을볕이여/ 팽나무 가지 한편 / 간들거리며

　秋の日や榎の梢の片なびき　　　　　　　　　　(秋 ; 秋の日)

② 찔레나무에/ 칭칭 휘감긴 싸리/ 한창이구나

　野茨にからまる萩のさかりかな　　　　　　　　(秋 ; 萩)

③ 나팔꽃이여/ 땅바닥 기어가는/ 기다란 넝쿨

　朝顔や土にはひたる蔓のたけ　　　　　　　　　(秋 ; 朝顔)

①과 ②는 모두 계절어가 둘씩 들어 있다. 계절어가 반드시 필요한 것은 아니라고 주장했던 아쿠타가와이면서도, 실제의 작품에서는 두 개 이상의 계절어를 함께 쓰고 있는 것이 자주 눈에 뜨인다. ①의 가을 볕은 초가집 기둥을 절반쯤 비추던 봄볕보다는 더욱 가늘어져 나무가

지 끝 한편을 비추고 있다. 매우 가늘고 예민한 것을 좋아한 아쿠타가와의 정서가 다시금 돋보이는 하이쿠다. ②의 싸리에서와 마찬가지로 ③의 나팔꽃도 때時를 나타내고 있을 뿐만 아니라, 그 자체가 하이쿠의 주제로 노래되고 있다. ②에서는 가을이 되어 한창 풍성하게 많은 꽃을 피운 싸리 자체의 충만한 생명감을, ③에서는 감아 오르던 나팔꽃이 늦가을이 되어 땅바닥으로 쳐져가는 생명을 표현하고 있다. 대상 자체의 생명에 주목한 사생하이쿠이다.

> ④ 대나무 숲아/ 가을 찬바람 밤길/ 오른쪽 왼쪽
>
> 　　竹林や夜寒のみちの右ひだり　　　　　　　　(秋 ; 夜寒)
>
> ⑤ 가을햇살아/ 조릿대 열매 처진/ 울타리 밖에
>
> 　　秋の日や竹の実垂るる垣の外　　　　　　　　(秋 ; 秋の日)

④와 ⑤의 구는 「대나무」에 관한 구이다. ④의 구는 찬바람이 부는 가을 밤길을 서둘러 가는 길 양쪽에 대나무가 있어 그 추위를 더욱 느끼게 하는 구라고 생각된다. 대나무는 아쿠타가와의 하이쿠와 단카[14]에 많이 등장하는 소재이며, 일반적으로 대나무가 갖는 이미지는 마디를 가지면서도 곧으며 사계절을 통하여 녹색을 유지하는 것이 특색이다. 그러면서도 나뭇잎은 경쾌한 느낌을 줄 정도로 시원시원하게 뻗어 있다. 눈 내리고 서리 내리는 때에도 변치 않고 녹음을 유지하며 직립하는 성질이어서 불변과 불굴의 절조를 사랑하는 문인들이 옛부터 자신의 지조를 대나무에 빗대어 표현하는 경우가 많았던 것은 잘 알려진 사실이다.

아쿠타가와의 「홋쿠」에는 ④와 ⑤의 가을의 풍경 외에도 겨울을 나타내는 정경 속에도 대나무는 소재로 다루어지고 있다. 「눈 내리누나/ 대나무가 무성한/ 도시의 하늘」[15]과 「햇살난 겨울/ 부엉이 울음 그친/

대나무 가지」[16]가 있다. 아쿠타가와가 살았을 무렵의 다바타田端에는 대나무가 많이 있었다고 한다. 그런 영향으로 대나무를 즐겨 읊었을 수도 있겠으나, 앞서 말한 대나무가 갖고 있는 특성을 아쿠타가와 역시 의식했을 것이다. 특히 ⑤의 구에서는 대나무의 낭창낭창한 성질 또한 놓치지 않고 있다.

　그리고 「가을볕이여」와 같이 ③④⑤의 구는 모두 상구를 「や」로 끊고 있는 것이 특징인데, 「や」는 가락을 조절하는 조사로 쓰인다. 가락을 중시하는 아쿠타가와 구의 특징으로 볼 수 있다. 전체 74구중 27구가 모두 상구를 「や」로 끊고 있다.

4) 겨울날 풍경

　　① 겨울 바람아/ 햇살 비치는 곳은 / 동경 어디에
　　　　木がらしや東京の日のありどころ　　　　　　　(冬 ; 木がらし)
　　② 겨울 바람아/ 정어리에 남아 있는/ 푸른 바닷빛
　　　　木がらしや目刺にのこる海のいろ　　　　　　　(冬 ; 木がらし)
　　③ 황색매화여/ 가지 듬성듬성한/ 겨울비 하늘
　　　　臘梅や枝まばらなる時雨ぞら　　　　　　　　　(冬 ; 臘梅)
　　④ 초겨울 비여/ 호리에의 찻집에/ 손님이 홀로
　　　　しぐるるや堀江の茶屋に客ひとり　　　　　　　(冬 ; しぐる)
　　⑤ 노란 감귤은/ 잎위로 나왔구나/ 서리 온 아침
　　　　金柑は葉越しにたかし今朝の霜　　　　　　　　(冬 ; 霜)
　　⑥ 서리 녹은 잎/ 드리우고 있구나/ 팔손이 나무
　　　　霜どけの葉を垂らしたり大八つ手　　　　　　　(冬 ; 霜)

　겨울에 관한 구는 모두 20구로 여름 다음으로 많이 읊고 있다. 주제

로는 초겨울 바람과 초겨울 비, 그리고 서리를 즐겨 읊고 있다. 특이한
것은 ③의 겨울철 황매화이다. 황매화는 1, 2월경 향기 좋은 꽃을 피운
다고 하는데 아쿠타가와가 즐겨하던 소재의 하나다. 잎보다도 꽃이 먼
저 피기 때문에 「가지 듬성듬성한」이라고 읊은 것이다. 황매화의 「가
지 드문드문한」과 ④의 구 초겨울 비 내리는 찻집에 「손님이 홀로」라
고 읊음으로써 겨울의 황량함과 쓸쓸함을 더욱 부추기고 있다.

　②의 구는 초겨울 바람이 부는 계절은 새로운 정어리가 나오기 시작
할 무렵이다. 정어리 피부의 새파란 것이 차가운 공기와 어울려 마치
물방울이 뚝뚝 떨어지듯 신선하다. 17자의 고전적 단시형에 「정어리에
남은 바닷 빛」이라는 작가의 예리한 근대적 감각이 잘 살려진 수작秀作
이라고 생각된다. 이 구는 작가 자찬自讚의 구로 「나가사키에서 정어리
를 보내준 사람에게」라는 서언이 붙어있다.

　서리 내린 아침에 노란색의 감귤이 돋보이는 모습을 선명히 그려내
고자 노력한 ⑤의 구와 커다란 팔손이 잎에 서리가 가득 내려앉아 무거
워진 이파리가, 해가 비치기 시작하여 녹아내리는 서리 때문에, 점점
아래로 드리워지는 모양을 읊고 있는 ⑥의 구 역시 천연天然을 잘 관찰
하여 있는 그대로를 매우 정직하게 표현한 시각적 사생구들이다. 이러
한 하이쿠는 시키 이래로 호토토기스파에 이어져오는 근대의 객관적
사생의 영향을 잘 드러내고 있는 구들이다.

3. 강렬한 관념을 읊은 것

① 나뭇가지가/ 기왓장에 맞닿은/ 더위로구나

　　木の枝の瓦にさはる暑さかな　　　　　　　　(夏 ; 暑さ)

② 솔 그림자에/ 닭이 배깔고 누운/ 더위로구나

松かげに鶏はらばへる暑さかな　　　　　　　　（夏 ; 暑さ）

③ 바구니 가득/ 무더위 내리쬐네/ 자두나무에

　　　ひと藍の暑さ照りけり巴旦杏　　　　　　　　（夏 ; 暑さ）

④ 여름 산이여/ 산도 하늘이 되는/ 저녁 어스름

　　　夏山や山も空なる夕明り　　　　　　　　　　（夏 ; 夏山）

⑤ 가을 바람아/ 등딱지를 남기는/ 밥상 위의 게

　　　秋風や甲羅をあます膳の蟹　　　　　　　　　（秋 ; 秋風）

⑥ 이끼가 끼인/ 붉은 백일홍이여/ 가을 가까와

　　　苔づける百日紅や秋どなり　　　　　　　　　（秋 ; 百日紅）

⑦ 초가을 날에/ 메뚜기 잡아보니/ 부드럽구나

　　　初秋の蝗つかめば柔かき　　　　　　　　　　（秋 ; 初秋）

　아쿠타가와의 관념을 읊은 구들은 자연의 실경을 읊은 것들에 비해
서는 많지 않으나 여름 날의 무더위를 표현한 것에서 더러 맛볼 수 있
다. ①에서 나무 가지가 길게 늘어지다 보니 기와장에도 닿을 수 있다는
표현은, 사람처럼 더위를 느껴 축 늘어진 것으로 읊은 작가 아쿠타가와
의 생각이다. 「더위」라는 자체도 눈으로 볼 수 있는 것은 아니므로 사물
로서 대상이 될 수 없고 주관적 느낌일 뿐이다. ②의 구 역시 가느다란
소나무 그림자에라도 의지하여 더위를 피해보자는, 닭이 솔 그림자에라
도 더위를 식히고 있다는, 지독한 더위에 대한 강렬한 주관적 생각이다.
　이렇게 「더위」에 관한 강렬한 관념을 읊은 것은 몸이 아픈 아쿠타가
와가 더위를 아주 힘들어 한 것에서 비롯된 것이 아닐까 추측된다. ④
의 산도 하늘이 된다거나 ⑦의 메뚜기가 부드럽다는 것은 가을 바람이
불어 힘이 빠진 메뚜기를 상상하여 읊은 것으로 밖에 볼 수 없다. 꺼슬
꺼슬한 메뚜기가 부드럽다는 것은 작가의 머리 속에서 나온 이지적 추
론이다.

4. 기발하고 괴이한 것

① 나비 혓바닥/ 튀는 용수철 닮은/ 무더위인가

　　蝶の舌ゼンマイに似る暑さかな　　　　　　　　(夏 ; 暑さ)

② 청개구리여/ 너 또한 페인트를/ 갓 칠했구나

　　青蛙おのれもペンキ塗り立てか　　　　　　　　(夏 ; 青蛙)

③ 콧물 방울이/ 코끝에만 어스레/ 걸려있구나

　　水洟や鼻の先だけ暮れ残る　　　　　　　　　　(冬 ; 水洟)

④ 정월 초하루/ 손을 깨끗이 씻는/ 해질녘 마음

　　元日や手を洗ひをる夕ごころ　　　　　　　　　(冬 ; 元日)

⑤ 흰토끼도/ 한쪽 귀 늘어뜨린/ 무더위인가[17]

　　兎も片耳たるる大暑かな　　　　　　　　　　　(夏 ; 大暑)

　　①의 구는 1918년에 지은 것으로 밝혀진 것으로서, 역시 여름날 무
더위에 대한 주관을 나타내고 있으나, 좀처럼 근대 하이쿠에서는 보기
드문 기발하고 괴이한 구라 할 수 있다. 이다 다코츠(飯田蛇笏, 1885~1962)[18]
는 기지와 유머가 있는「무명의 하이진俳人에 의해 지어진 일품逸品」[19]이
라고 평하고 있으나, 기지나 유머라고 하기에는「나비 혓바닥」이 지나
친 비약이다. 너무 더워서 혓바닥을 낼름 내민다는 것은 어떤 의미에서
유머러스한 분위기를 자아낼 수 있겠지만, 그것이 나비의 혓바닥이므
로 괴이한 상상이라는 느낌을 떨치기는 어렵다.

　　그 이듬해 지어진 ②의 하이쿠도 청개구리를 페인트와 배합하고 있
는 것은 새로운 발상이라 할 수 있겠으나 해학치고는 자연스럽지가 못
하고 관념을 억지로 짜내고 있는 느낌이다. 깊이 생각하고 나서 맛볼
수 있는 해학이 아닐까.「개구리」라면 일본 시가에 가장 많이 등장하는
것으로서, 전통적 이미지를 갖고 있는 개구리마저, 근대에 들어와 서양

의 영향을 받아 페인트를 뒤집어쓰게 되었다고 풍자하는 것으로 이해하는 데는 조금 시간이 걸려 곧 웃음이 튀어나오지는 않는다. 근대적 감각을 가진 하이쿠라는 점에서는 높이 살 만하다. ③은 자조自嘲라는 설명이 붙어 있는 구로, 추위에 콧물을 흘리고 있는 자신의 얼굴을 희화戲画화하고 있다. 실제로는 1919~20년 사이에 지어진 구로 추정이 되나, 이것을 자살 직전 단책短冊에 써서 자신의 주치의였던 시타지마 이사오下島勳에게 전해준 것으로 사세辭世의 구로 보는 논[20]도 있다. 「콧물」은 감기·기침·재채기 등과 함께 겨울날의 새로운 주제로 읊어진 것이다. 특히 겨울의 코는 추위를 느끼는 일에 예민하다고 할 수 있겠다. 콧물이 나와 코끝에만 어스레 걸려있다는 의식은 자신을 바보 취급하고 있는 자조 그 자체로 볼 수 있다. 작가의 쓸쓸하고 고독한 내면을 읊고있는 주관적인 구다. 자화상이라고 하기에는 지나치리 만큼 엄격하면서도 기발하다.

④의 구도 손을 씻는 것이 설날 새 아침이 아니라, 저녁나절이라는 점에서 역시 평범하지가 않다. 해가 바뀌었는 데도 뭔가 새로운 활기가 아니라 오히려 황혼녘의 쓸쓸함과 적막감이 배어나는 하이쿠이다. 미묘한 음영이 엇갈리는 구이다. 아쿠타가와가 말한 「미묘한 것」이란 바로 이 같은 구에서 우러나오는 분위기로서 단순하거나 평면적이 아닌 복합된 음영을 띤 것들이라 할 수 있겠다.

⑤의 구는 「홋쿠」의 대미를 장식한 것으로 좀처럼 발견할 수 없었던 유머가 돋보이는 구이다. 상당한 주관을 읊은 구이기는 하나, 토끼의 한쪽 귀가 늘어져 있는 것을 더위 탓으로 보고 있는 것이 매우 특이하다. 그리고 「파조破調」라는 설명을 붙이고 있는데 상구上句가 「우사기모」로 음수율이 하나 부족한 구이다. 아쿠타가와 유일의 파조 구로는 「기리시단 언덕길을/ 내려오는/ 추위로구나」[21]을 들 수 있다. 8·4·5음으로 구성된 파조구破調句였으나 전체적으로는 17음이다. 그 첫 구를 8음으

로 길게 함으로써 추위 때문에 언덕길이 얼마나 길게 느껴졌는가 하는 것을 잘 살리고 있는 효과도 있다. 그러나 아쿠타가와의 하이쿠에서 이와 같은 파조破調는 보기 힘들고 모두 5·7·5의 전통적 음률을 잘 지키고 있는 것이 특징이다. 그러면서도 위의 구들처럼 그 내용은 괴이하고 기발한 것들로 채워져 있다.

5. 맺음말

이상으로 아쿠타가와의 하이쿠관과 그의 하이쿠에 나타나 서정을 살펴보았다. 『홋쿠사견』에 나타난 아쿠타가와의 하이쿠관은 먼저 「홋쿠는 17음을 원칙」으로 한다는 것과 계절어季語는 사용하지 않아도 되지만 조상으로부터 전해진 아름다운 어감을 가진 시어(詩語)는 필요하다고 역설하고 있다. 무계어無季語론을 주장하고 있었으나, 실제로 그가 읊은 구들은 사계절을 다양하고 풍부하게 계절어를 넣어 표현한 것들이었다. 하이쿠를 「홋쿠」라고 칭할 정도로 옛 것을 고집하는 아쿠타가와 모습을 읽을 수 있다. 또한 아쿠타가와는 그의 시가관에서 동양과 서양이 조화를 이루면서도 뭔가 「미묘한 것」을 갈망하고 있었는데, 뭔가 「미묘한 것」이란 영혼 깊숙이 사람을 감동시키는 예술의 생명을 의미한 것이다. 독자의 마음과 마음을 움직일 수 있는 감동이란 다른 나라의 정서로 느껴질 수 있는 것이 아니라, 자신의 나라에 뿌리를 내리고 있는 향토적인 것과 근본적으로 연결되어 있는 세계였다. 아쿠타가와의 하이쿠에 나타난 서정은 화려하거나 요염한 것보다는 소박한 정취가 풍기는 가운데 예민한 것들을 즐기고 있었다. 매우 섬세하고 예민한 것을 좋아하는 아쿠타가와의 정서는 다름 아닌 작은 것이라도 예리하게 포착하여 놓치지 않고 표현해내는 시인의 자질을 말해주는 것이기도 하다. 주제는 절대적으로 천연의 자연풍경을 읊고 있는 것들이 많았고, 그것들은 매우 정직하게 그림처럼 표현되어 있었다. 이러한 하이쿠는 마사오카 시키正岡子規이래로 호토토기스파에 이어져 오는 근대의 객관적 사생의 영향을 받은 것으로 보인다. 아쿠타가와의 하이쿠에서는 일본의 전통적인 정취에다가 기발하고 괴이한 것들마저 절묘하게 어울려 복합된 음영을 띠는 것이었다. 그런 중에도 「가을바람아/ 정어리에 남겨진/ 바다 물색깔」처럼 신선한 근대적 감각이 살아있는 것들이거나 소세키의 「까탈스러운/ 시어머니 건강해/ 해 바뀌는데」[22]와 같이 세상을 바로 잡으려는 풍자나 해학은 아니더라도, 때때로 자조나 유머를 포함하는 매우 주관적이며 기발한 것이어야 했다. 1917년 말부터 편지의 서명이나 하이쿠에 사용하였던 아쿠타가와의 아귀我鬼라는 필명은 새삼 많은 것을 생각하게 만드는 낱말이다.

---

*   이 글은 2002년 「아쿠타가와 류노스케 문학에 나타난 서정」 박사학위논문에 수록한 것을 수정·보완한 것임.

1   『芥川龍之介全集』第12卷 岩波書店, p.241.

2   『芥川龍之介全集』第18卷 岩波書店, p.87.

3   「시인이란 자신의 시체를 스스로 해부하여 그 병상을 천하에 발표할 의무를 갖고 있다. 그 방법은 여러 가지가 있는데, 가장 손쉬운 것은 무엇이나 닥치는대로 17자로 정리해 보는 것이 가장 좋다. 17자는 시형으로서 가장 간편하기 때문에 얼굴을 씻을 때에도 화장실에 있을 때에도 전차를 탔을 때에도 쉽게 할 수 있다. 17자가 쉽게 될수 있다는 의미는 쉽게 시인이 될 수 있다는 의미로 시인이 된다는 것은 일종의 깨달음이기 때문에 간편하다고 해서 경멸할 필요는 없다. 간편하면 간편한 만큼 장점이 되기 때문에 오히려 존중해야 할 것이라고 생각한다」
    夏目漱石『草枕』新潮社, 1950, pp.36-37.

4   「発句私見」『芥川龍之介全集』第13卷 岩波書店, 1996, pp.214-217.

5   孫順玉『正岡子規의詩歌와繪畵』중앙대학교 출판부, 1995, p.35.

6   「発句私見」, 앞의 책, p. 214.

7   위의 책, p. 215.

8   「しののめの煤ふる中や下の関」, (1925, 無季語).
    「発句」, 『芥川龍之介全集』第13卷, p.275.

9   「芭蕉雜記」『芥川龍之介全集』第13卷, 岩波書店, 1996, pp.214-217.

10 玉卷芭蕉 : 여름 5월의 파초 잎이 아직 펴지기 전의 모습을 나타내는 계절어로쓰임. 山本

健吉,『最新俳句歳時記』(夏), 1977, p.186.

11 「五月雨を集めて早し最上川」井本農一編,『松尾芭蕉集』小学館, 1972, p.369.

12 「さみだれや大河を前に二軒」麻生磯次編『俳句大観』明治書院, 1980, p.257.

13 「発句私見」『芥川龍之介全集13巻』岩波書店, 1996, p.217.

14 『梅・馬・鶯』에 수록된 「단카」25수중에서 대나무를 읊은 구는 다음 5수이다.

① 「햇볕 든 창가/ 작은 숲 대나무 밭/ 처마 근처에/ 수세미 달린 숙소/ 츄베 머무른 여관」
   (窓のへにいささむら竹軒のへに糸瓜ある宿は忠兵衛が宿)

② 「가을이 깊어/ 낮 어슴프레 하고/ 보라 나팔꽃/ 활짝 피어났구나/ 가녀린 대 뒷편에」
   (秋ふくる昼ほのぼのと朝顔は花ひらきたりなよ竹のうらに)

③ 「아침 나팔꽃/ 한 개 피어있구나/ 대나무 옆에/ 불 밝혀진 것은/ 나의 목숨이련가」
   (朝顔のひとつはさける竹のうらともしきものは命なるかも)

④ 「도싱이 그린/ 대나무 그림 보러/ 놀러 오세요/ 설차를 다리면서/ 나 기다리네 편히」
   (冬心の竹の画見に來ひさかたの雪茶を煮つつわが待つらくに)

⑤ 「나뭇잎 모아/ 바람에 나부끼네/ 먹물 대나무/ 누군가 그렸겠지/ 먹물 대나무」
   (葉をこぞり風になびける墨の竹誰か描きけむこの墨の竹)

15 「お降りや竹深ぶかと町のそら」「発句私見」, 앞의 책, p.269.

16 「小春日や木兎をとめたる竹のえだ」「発句私見」, 앞의 책, p.273.

17 「하얀 토끼도」라고 5음으로 번역할 수 있겠으나, 원문 「우사기모」라고 4음으로, 1음이 모자라는 일본시가의 「지타라즈(글자 수가 모자람)」이므로, 그것에 맞추어 4음인 「흰 토끼도」라고 번역하였음.

18 飯田蛇笏 : 아쿠타가와는 소세키 만년 목요회에서 아카코우헤이(赤木桁平)로부터 다코츠의 이름을 들었다고 한다. 다코츠의 영향하「死病得て瓜美しき火桶かな」의 句境을 표절한「痨咳の頬美しや冬帽子」을 창작하고 있다. 그 후 편지도 교환하는 사이가 되었다.

19 菊地 弘, 久保田芳太郎, 関口安義編『芥川龍之介事典』明治書院, 1985, p.56.
   飯田蛇笏에 관한 해설에서 참조.

20 아쿠타가와는 자살한 해(1927) 7월 24일 오전 1시, 2시경 백모(伯母)의 머리맡에 와서, 단책(短冊)을 건네주면서 이것을 다음날 아침 시타지마(下島)씨에게 전해 주라고 말하고, 그는 수면제를 먹고 자살을 했다. 단책에는 「自嘲」라는 머리말이 붙어 있었다. 이 구가 지어진 정확한 날짜는 알 수 없지만, 호리다츠오(堀辰雄)에 따르면 1919·20년 무렵 작이라고 한다. 그는 죽음을 앞두고 이 구를 생각해 내는 일이 많았고, 가끔 단책 등에 썼다고 한다. 이러한 까닭으로 이 구를 사세(辞世)의 구로 보는 논이 많다.

21 「切支丹坂を下り來く寒さかな」「発句私見」, 앞의 책, p.273.

22 「やかましき姑健なり年の春」坪内稔典編『漱石俳句集』岩波書店, 1990, p.102.

아리시마 다케오, 사랑의 인식[*]

─ H·베르그송과 W·휘트먼의 영향을 중심으로 ─

┃김 철

1. 머리말

아리시마 다케오(有島武郞;1878~1923 이하 아리시마라고 칭함)에게 있어서 독특한 점이라고 한다면, 일찍이 애타적愛他的 자기희생과 헌신적이며 방사적이었던 사랑의 본질이 기독교 이탈로 다가감에 따라서 역전되어 오히려 자기중심의 확충적이며 흡인적인 것으로 바뀌어 갔다는 것이라 하겠다.

야스카와 사다오安川定男도 아리시마가 「자기 확충적이며 흡인적인 사랑의 힘을 자신의 영靈과 육肉의 이원적인 갈등을 통합시키는 본능적 충동과 동일시하게 되고, 마침내 외계를 자신의 안으로 끌어들여 개성을 확충해 나간다는 본능적 충동의 사랑」[1]으로 인식해 갔다는 점을 지적하고 있다. 이처럼 아리시마의 '본능적 충동의 사랑'의 형태는 현상적으로는 타인에게 주어지는 움직임같이 보이더라도, 본질적으로는 外界의 모든 것을 자기의 인식 안으로 빼앗아 들이는 흡인적인 형태로 섭취하여 자기중심의 개성으로 성장시켜 나가려는 것이라 할 수 있다.

아리시마는 1917년 「성서의 권위」에서 자신을 「강하게 감동시키는 것은 예술이지만, 그러나 성서의 내용은 모든 예술 이상으로 자신을 움직이고 있음」[2]을 고백하면서 성서를 하나의 예술로만 볼 수 없는 자신의 태도가 잘못된 것인가라고 자문하고 있다.

성서의 가르침은 크게 사랑愛과 의義로 이루어졌다. 본능을 토대로 하는 예술과는 다른 형이상학적인 내용임에도 불구하고 아리시마는 성서와 예술을 같은 선상에서 사고하려는 태도를 보이고 있다. 이런 아리시마의 태도를 통해서 아리시마가 성서로부터 배운 박愛의 사랑에 아리시마 자신의 주관적인 사랑의 인식을 덧붙여 갔음을 알 수 있겠다.

방사적이며 애타적 사랑인 그리스도의 사랑까지도 아리시마는 『아낌없이 사랑은 빼앗는다』의 선상에서 '흡인적吸引的'[3]인 것으로 생각하고 있다. 이러한 아리시마의 인식은 사랑을 희생과 헌신을 미덕으로 여기고 있는 '지적생활'로부터 해방시키고 자신을 사랑하는 자기애自己愛의 본능과 결합시킨 '본능적 생활'의 지향점으로 설정해 간 것임을 알 수 있겠다.

아리시마는 점차 자기 확충적이며, 흡인적인 사랑의 힘을 자신의 '성서와 성욕'의 이원적인 갈등을 통합시키는 본능적 충동으로 동일시해 나가게 된다. 아리시마는 이런 인식 위에서 外界를 자신의 안으로 끌어들여서 개성을 확충해 나간다는 '본능적 생활론'에 이르게 된다 하겠다.

아리시마의 이런 인식의 방법에 있어서는 H·베르그송(Henri Louis Bergson;1859~1941 이하 베르그송이라 칭함)의 철학관의 영향이 컸으며, 특히 인식의 근저에 있어서는 W·휘트먼Walter Whitman;1819~1892 이하 휘트먼으로

칭함)의 성격적으로 강인함과 역동적인 힘과 의지로부터의 영향이 매우
컸었는데. 여기서 그 영향과 인식의 과정을 구체적으로 고찰해 보
겠다.

2. 「두개의 길」에 나타난 상징적 의미

1906년 9월 미국의 유학생활을 마치고 유럽으로 여행을 떠난 아리
시마는, 영국 런던에서 크로포드킨(Pyotr A. Kropotkin;1842~1921)을 만나
는 등 유럽의 근대문명과 문화를 체험한다. 1907년 4월 귀국하여 모교
인 토호쿠제국대학東北帝國大學 농과대학(札幌農学校의 개편)의 영어 교
수로 부임한다. 1909년, 31살의 아리시마는 야스코神尾安子와 평범한 중
매결혼을 했다. 이듬해인 1910년 4월 동생인 아리시마 이쿠마(有島生
馬:1882~1974)와 사토미 톤(里見弴:1888~1983)과 더불어 「시라카바白樺」[4]
동인으로 참가하여 문학 활동을 펼친다. 5월 마침내 삿포로독립교회札
幌独立協会를 탈퇴하고 기독교 신앙을 버린다..

아리시마는 「시라카바」에 참가해서 작가로 활동하기 시작한 1910년
잡지 『시라카바』 5월호에 평론인 「두개의 길」을 발표하고 그 시점에
있어서의 자신이 갖고 있는 이원적인 사념을 상징적으로 밝히고 있다.

아리시마는 「사람은 상대계相對界에서 방황하는 동물이다. 절대의 경
계는 잃어버린 낙원이다. 사람이 하나를 생각하는 그 순간에 안티세시
스가 일어난다」[5]고 전제하면서 사람들은 하나를 여러 가지 명칭으로
이원적이며 상대적으로 표현하고 있지만, 이런 반리反理의 관념은 「사
고하는 순간, 행위 하는 순간에 나타난 명확한 현상이고 사람의 힘으로
는 도저히 무시할 수 없는 심오하고 잔혹한 실재」[6]임을 역설하고 있다.
즉 어떤 대상에 몰입해서 한 길을 살아가려고 하는 사람의 마음에는 또

다른 냉정한 자기가 작용하여 그 이치에 반대하려고 하는 안티세시스 反理가 끝까지 되풀이 되어 결착에 이를 수가 없음을 말하고 있는 것이다.

아리시마가 기독교의 절대적인 신념을 버린 것은 자기 자신으로의 회귀를 위한 것이라 하겠다. 그러나 아리시마에게 있어서 작가로서의 출발을 상징하는 「두개의 길」은 '영과 육'의 이원적인 것을 지양하는 것이 아니라, 오히려 이원적인 모순에 부딪히고 방황하는 고뇌를 통해서 인간 삶의 모습存在을 발견하려는 의지를 강하게 표현하고 있다고 보아도 좋을 것이다. 아리시마는 자기비판이라고 여겨지는 근대인의 고뇌를 의식적인 자기와 무의식적인 자기의 양면을 받아들여서 그 모순의 고뇌로부터 인간의 모습과 인생의 묘미를 발견하려고 시도했던 것이라고 말 할 수 있겠다.

아리시마는 작가적 출발에 있어서 기본방향의 제시라고 볼 수 있는 「두개의 길」에 이어 동년 잡지 『시라카바』 8월호에 「다시 한 번 두개의 길에 대하여」를 발표한다. 이 글을 통해서 아리시마는 우리들 생활에 「모순이 없는 인생이라는 것이 있다면, 자신은 그 인생의 근저를 의심하지 않을 수 없다」[7]고 전제하고 모순을 포용한 인간 전체로서의 활동, 자기의 건설과 확립, 이것이 우리들이 노력해야 할 눈앞의 사업이라고 구체적으로 자신의 의지를 밝히고 있다. 이렇게 인생에 대해 끊임없는 모순을 느끼고 그 모순의 극복과 통일을 희구했던 것이 아리시마의 독특한 성향이었고 이것은 그의 실천적이며 관념지향적인 자질과 함께 어우러져 순수하게 하나로 통합된 생활을 원하는 강한 욕구로 발전해나간 것이라 볼 수 있겠다.

아리시마는 기독교 배교 후의 관념적 혼돈으로부터 점차 자신의 사념을 논리화하기 위하여 험난한 자기의 길을 찾아 해매이기 시작했다. 아리시마는 '영과 육'의 이원적인 사고에 따른 고뇌와 방황에 의해서 진실 된 인간의 모습을 체득할 수 있다고 생각했다. 1912년 5월 아리시마는 H·베르그송의 '생명의 순수지속'의 철학관을 통해서 이원적인 思考의 모순을 해결할 수 있는 방법론으로서의 가능성을 발견하게 된다. 아리시마는 베르그송의 철학으로부터 좋은 사고방법을 배웠다고 설문[8]을 통해서 밝히고 있다.

3. H·베르그송의 '순수자아'의 영향

아리시마는 베르그송의 『시간과 자유』를 읽고 「사람의 순수자아는 의식의 깊은 속에서 지속적으로 흐르고 있다」는 베르그송의 철학관을 통해서 자신의 자아를 되돌릴 수가 있다고 생각했다. 더욱이 아리시마는 「순수자아, 그것이 내부생명이고, 사람은 의식하는 자아에 의해서 존재함을 인식하며 자신의 존재는 영도 육도 아닌 내부생명에 자리 잡고 있는 한 인간으로서의 실재」[9]라고 생각했던 것으로 보인다.

『시간과 자유』를 통해서 베르그송은 「객관화되어진 표면적인 외적 자아에 대해서 시간 속에 생성되어 흐르고 움직이는 깊은 의식의 상태인 순수지속의 자아를 해명하고 거기에 참된 자유가 있다」[10]는 것을 역설하고 있다. 즉 베르그송은 심적 상태를 공간적인 것, 공간화된 시간과는 구별되어져야 하며 자유를 속성으로 하는 의식은 지속을 그 본질로 하여 과거와 현재를 통하여 미래로 끊임없이 향하는 속성을 갖고 있음과 함께 기억과 정신, 그리고 생명도 모두 의식과 마찬가지로 지속되는 것을 실재로 사유하고 있다. 특히 창조적 진화의 원동력이 '생의 약동'임을 강조하고 있다.

아리시마는 베르그송의 이런 순수자아, 즉 심층자아深層自我의 관점을 통해서 휘트먼으로부터 배운 선악미추善惡美醜의 개념을 초월한 자유로운 삶의 방식에 대한 철학적이며 이론적인 근거를 발견하고 있다고 하겠다. 아리시마는 더욱이 베르그송의 『창조적 진화』를 통해서 「생명의 부단한 창조와 자유로운 활동은 약진의 연속이고 이 생명의 약진에 의해 이루어진 창조적 생명의 인식에 관해서 지성은 무력하고, 본능이 갖는 감응력과 직관력에 의해서 비로소 생명의 가장 심오한 비밀이 파악될 수 있다」[11]는 것에서 시사를 얻고 있는 것이다.

이런 베르그송의 생명관은 지적생활, 도덕적 생활보다도 본능적 생활을 우위에 두는 아리시마의 독특한 '본능적 생활론'의 토대를 마련하는 전기轉機가 되고 있음을 알 수 있겠다. 베르그송의 「본능이 갖는 감응력과 직관력」에 의한 사유방법은 독특한 아리시마 사랑의 관념과 결합해 아리시마의 인생론이라고 말할 수 있는 『아낌없이 사랑은 빼앗는다』로 성립되고 있음을 알 수 있다.

그러나 아리시마의 이런 관념은 베르그송의 정밀한 철학적 사유를 토대로 한 이론에 비하면 사고에 있어서 논리적인 취약함을 갖고 있다고 지적되고 있다. 그것은 베르그송이 지성과 본능의 기능을 상호보완적으로 사고하는데 대하여 아리시마는 자기 확충적인 사고의 관점에서 '본능적 생활'을 일방적으로 '지적 생활'의 우위에 두고 그것을 거의 절대화하고 있기 때문일 것이다.

이 점에 있어서 아리시마는 아전인수라는 비난을 모면할 수는 없다고 평자들은 비판하고 있기도 하다. 그러나 야스카와 사다오는 「양자에 있어서 공통되는 점도 많고 아리시마가 베르그송의 철학으로부터의 시사를 얻어서 불안정하지만 본능적, 창조적 생활론을 자신의 사념으로 체계화」[12]할 수 있었던 것으로 평가하고 있기도 하다.

이듬해인 1913년 아리시마의 관심은 온통 휘트먼으로 기울어졌다. 베르그송에 의해서 자아에 눈뜨게 된 아리시마에게 휘트먼의 존재는 '魂'을 가진, 생명의 시인으로서 선명하게 다가오게 된다. 아리시마는

6월에 「월트·휘트먼의 한 단면ワルト·ホヰットマンの一断面」을, 7월에는 휘트먼의 시집인 『Leaves of Grass』 가운데 자신이 애호하는 시詩들을 중심으로 자신의 '순수지속'에 대한 생각을 덧붙여 표명한 「풀잎草の葉 ─ (휘트먼에 관한 고찰)」」을 잇달아 발표하며 생명의 작가로서의 출발을 예고한다.

아리시마는 「월트·휘트먼의 한 단면」을 통해서 처음으로 「나의 내부에 소리聲 ─ 습속習俗에 의해서 양성된 나로부터 물러나서 베르그송의 소위, 〈순수지속〉 가운데 투입된 나의 소리」[13]라는 개념을 제시한다. 잇달아 발표된 휘트먼 론인 「풀잎 ─ 휘트먼에 관한 고찰 ─ 」에서는 휘트먼에게 가탁된 광신적인 아리시마의 내부 고백을 통하여 '내부의 소리를 진정한 나의 주인인 혼魂'[14]으로 표현하고 있다.

4. W·휘트먼의 '혼'의 영향과 사랑의 의미

아리시마는 1914년 7월에 행한 강연인 「내부생활의 현상」에서 다음과 같이 자신의 사념을 드러내고 있다.

> 이제부터 나라고 하는 것은 나의 내부입니다. 개성이라던가, 자기라던가, 양심이나, 영혼이라던가, 여러 가지로 불리어지고 있는 것 같습니다만, 나는 그것들에 붙어 있는 불순한 의미가 있는 것을 혐오하니까, 임시로 나는 그것을 혼魂이라고 부르겠습니다. 혼은 나에게 이렇게 말합니다.
> 나는 혼이다. 나는 너의 혼이다. 나는 육肉을 벗어난 하나의 개념의 유령이 아니다. 또한 영靈을 벗어난 하나의 육의 움직임도 아니다. 너의 외부와 내부를 서로 융합한 하나의 전체 위에 네가 존재하고 있듯이 나도 또한, 전체 가운데서 냉엄하게 작용하는 힘의 결말이다. ─ 너에게 있어서 나만큼 완전한

것은 없다는 사실을 충분히 깨닫지 않으면 안 된다. 또한 너의 근원이 되고 초석礎石이 되는 것은 나 뿐 이라는 사실을 확실히 납득하지 않으면 안 된다. 그래서 마지막으로 너는 나와 하나의 것으로 되기까지 발전해가지 않으면 안 된다.[15]

위의 글에서 아리시마는 인간 존재의 근저를 '순수자아'라고 할 수 있는 '혼'의 개념 위에 두고 있음을 잘 보여주고 있다 하겠다. 또한 아리시마는 이원적二元的 자아인 '자기'와 '혼'은 어떤 관계인가에 대해 친구인 아스케 소이치足助素一에게 보낸 서신을 통해 베르그송의 철학관 위에서 다음과 같이 밝히고 있다.

혼과 자기와의 관계는, 베르그송의 의지의 자유와 부자유의 관계와 같다고 나는 믿는다. 자유로운 의지는 순수한 시간 가운데에서만 존재하듯이 혼은 절대 경계, 순주관의 세계에만 존재하고, 속박된 의지라는 것은 공간에 흩어진 산만한 의지를 지칭하듯이 자기는 혼의 전부분, 또는 부분에서 생겨나는 것으로 볼 수 있다고 믿는다.[16]

아리시마는 「풀잎 ― 휘트먼에 관한 고찰 ― 」에서 '자신의 혼을 통해서 사람과 자연을 바라보고 싶다'[17]는 의지를 표명하고 있다. 위의 글에서 아리시마는 혼과 자기와의 관계를 베르그송의 '의지의 자유와 부자유'의 선상에서 생각하고 있고, 이것을 베르그송의 용어로 바꾼다면 '본능과 지성'이라고 할 수 있겠다.

휘트먼의 '혼'의 개념은 생득적인 의식 보다는 무의식의 본능이며, 내재된 시간과 정신의 흐름에서 끊임없이 순수하게 지속되며 진화해 나가는 의지의 자유를 나타내고 있는 것이라 하겠다. 반면에 '자기'의 개념은 공간적인 양量으로서 인식하는 '지성'으로 의식적인 시간의 흐름에 자유롭지 못함을 알 수 있겠다.

베르그송은 『창조적 진화』를 통해서 생명의 원동력으로서의 '본능과 직관'을 중시하면서도 '지성知性'과 상보적인 관계 속에서 생명의 진화가 이루어져 갔음을 논하고 있다. 더욱이 베르그송은 이원적인 존재질서를 철학의 기본개념으로 사유하고 있다. 이런 베르그송의 존재질서는 '시간과 공간, 질적 다양성과 양적 다양성, 이질성과 동질성, 내면성과 외면성, 진정한 지속과 병렬성竝列性, 자유와 필연, 정신과 육체, 생명과 물질'[18]등의 이원적인 개념으로 대립되고 있어서 아리시마의 이원적인 인식방법과 유사함을 갖고 있음을 알 수 있다.

당시의 베르그송의 『창조적 진화』의 내적 자아, 심층 자아와 내적 지속에 대한 이론은 '문학으로 하여금 자기내부의 무의식의 세계로 그 시선'[19]을 향하게 했고, 특히 직관주의에 큰 영향을 끼친 것은 주지의 사실이라 하겠다.

이와 관련해서 마츠시타 미나코松下美那子도 논문 「아리시마 다케오의 사상구조와 그 문제성」에서 아리시마의 '자기와 혼'의 관계는 「표층적 자아表層的 自我와 심층적 자아深層的 自我로 바꾸어 놓을 수 있는 관계에 있다」[20]고 전제하면서 아리시마의 순수자아에 대한 속성의 하나로서 그 이면에 함께 내재된 공격성을 갖는 자아에 대하여 다음과 같이 지적하고 있다.

> 아리시마의 자기와 혼은 표층적 자아와 심층적 자아로 바꾸어 놓을 수 있는 관계에 있다. 아리시마는 1913년 시점에서 그 사상의 기저 부분을 분명하게 확립하고, 인간의 내면 깊숙한 곳에 존재하는 순수자아의 전적인 해방이야말로, 다름 아닌 모든 인간성의 해방으로 보고 있다. 또한 그 순수자아라는 것은 기성의 사회제도 일체, 습속, 도덕 등은 단순히 사회의 무사함을 요구하기 위하여 만들어진 것에 지나지 않는다고 부정한다. 또한 억압기관이라고

여겨지는 인식을 필연적으로 동반하는 극히 공격적인 성질을 갖고 있는 자아였다. [21]

위의 글을 통해서 마츠시타 미나코는 아리시마의 '순수자아'에는 사회의 제도와 도덕 등에 대한 부정과 함께, 이를 인식을 통해서 필연적으로 파괴하려는 공격성을 갖는 자아가 내재되어 있음을 지적하고 있다.

아리시마는 순수자아라고 할 수 있는 '혼'을 '썩어 문드러진 혼' 또는 '추악한 것'이라고 부르고 굳이 추醜한 면을 강조하면서 그것을 더욱 인간적인 것으로 여기고 있음에 주목해야겠다. 특히 「썩고 문드러진 혼은 그대로 건전한 극極에 존재 한다」[22]라는 아리시마의 인식에서 자아自我가 행복을 향하거나, 완전한 자아를 꿈꾸거나 한 것만은 아니었던 것을 알 수 있겠다. 이것은 바로 아리시마가 혼의 인식에 의해서 「근대인의 상처 입은 자아를 딛고 출발하려고 하는 강한 의지」[23]를 드러내 보이고 있는 것이라 할 수 있겠다. 아리시마는 개별적인 혼을 기저에 두고 보편에 도달하는 길을 모색함에 의해서 자신의 내부를 해방시키고 자유로운 의지 속에서 만인万人의 마음을 발견하려고 노력해 나갔다는 것을 알 수 있다.

아리시마의 자아는 타자의 존재를 자신의 안에서 인식하고 나아가서는 사회적 연대를 향하여 확대해 나가려고 했는데, 이것이야말로 기독교 입신 이래 계속된 의문이기도 했던 인간의 삶을 어떻게 살아가야만 하는가라는 사상의 방황 끝에 확립된 아리시마의 자기 발견이며 윤리적 원칙이기도 했던 것이다. 또한 이것은 휘트먼의 영향에 의한 사념의 근간이기도 했다. 아리시마는 공격적이며 추악한 성질을 갖고 있기도 한 순수자아인 '혼'을 자신이 그토록 괴롭게 고뇌해 온 영과 육, 이성과 감정 등 모든 상대적인 二元을 하나의 개념으로 통합시켜 갈 수 있다는 인식에 이르고 있는 것이다.

이렇게 '혼'에 대한 인식은 휘트먼을 통해서 기성의 선악미추善惡美醜 개념을 초월한 참된 생명력으로 충만 된 '자유인' 즉 로퍼Loafer의 모습으로 아리시마에게 나타났던 것이라 하겠다. 이런 '혼'에 대한 인식에 의해서 『아낌없이 사랑은 빼앗는다』의 일원적인 본능적 생활론을, 다시 말하면, 자기중심적 사랑의 본능에 근거한 아리시마의 '개성 확충'을 위한 희구希求가 구체적으로 전개되고 있다고 볼 수 있는 것이다. 아리시마는 이렇게 휘트먼과 베르그송의 철학관을 통해서 진정한 자유로움과 창조적인 삶의 방식을 발견해 나가게 된다 하겠다. 또한 예술의 모태도 그것에 있다는 확신에 이르게 된다.

그러나 아리시마의 인식은 앞서 언급했듯이 베르그송이 지성과 본능의 기능을 상호보완적으로 사고하고 있는데 대하여, 아리시마는 본능적 생활을 일방적으로 지적 생활의 우위에 두고, 그것을 거의 절대화한 점은 아리시마 사고의 논리적인 결함과 문제점으로 남게 된다 하겠다. 아리시마는 인간의 내면 깊숙한 곳에 존재하는 「순수자아의 전적인 해방이야말로 인간성의 해방」이라고 강조한다. 일찍이 아리시마가 기독교 신앙을 위하여 말살해 버렸던 강렬하게 억압된 성욕性慾에 대한 자기의 실체에 대한 의문으로부터 이원에 대한 인식이 비롯된 것임을 알 수 있었다.

인간의 성욕은 식욕에 수반되는 강력한 본능으로서 내면에 공격적인 충동과 강한 힘으로 존재하고 있는 것인데도 불구하고 아리시마의 사념思念에 내재된 기독교 신앙에 의한 죄의식은 아리시마의 심리 속에서 강한 초자아超自我로서 형성되어 갔고 이로 이해 아리시마는 성욕을 은유적인 표현으로 '순수자아' 또는 '혼'이라는 추상적인 개념으로 표현하고 있는 것이라 볼 수 있다.

더구나 근대사회에 있어서 성욕의 표현을 외설적인 것으로 금기시하고 있었던 것을 상기하면 바로 이해할 수가 있겠다. 휘트먼의『풀잎 Leaves of Grass』은 미국에서조차 외설적 표현이 문제가 되어 발간되자 마자 판매금지가 된 적도 있다. 아리시마보다 7년 후에 영국에서 출생 하고 휘트먼을 존경하던 D·H·로렌스David Herbert Lawrence 1885~1930도 남녀의 성적결합姦通을 소재로 인간관계의 부활을 강조하면서 1929년 파리에서『채털리 부인의 사랑』을 출판했다. 그러나 당시로서는 대담 한 성묘사가 문제가 되어 영국에서는 판매금지가 되고 D·H·로렌스가 죽은 뒤인 1932년 공인 삭제판의 형태로 어렵게 출판된 일도 있었다. 이런 점을 고려하면 근대 일본사회에 있어서 아리시마의 이러한 사념 의 표출은 상당히 파격적인 것이었다.

인간에게 내재된 성욕의 표현인 사랑愛에 대하여 아리시마는『아낌 없이 사랑은 빼앗는다』를 통해서 일원적인 본능적 생활을 이끄는 충동 의 순수한 작용이 바로 사랑이라고 밝히고 있다. 이것은「외계를 움직 이고 외계를 자기의 속으로 탈취하고 섭취하는 사랑의 작용에 의해서 개성의 참된 확충, 신장, 포만飽滿이 실현되고, 자유가 성취 된다」[24]는 아리시마 특유의 사고방식이라고 하겠다. 아리시마는 지적 생활로부 터는 이미「사회의 평안 때문에 건설적 파기인 진보와 창조의 기대는 할 수 없다」[25]고 강조하고 있다. 또한 개성의 재창조로부터 더 발전된 재창조로 비약할 수 있는 있는 것은 사랑의 작용, 즉 본능적 생활에 의 해서만 가능하고 평안을 추구하는「지적생활의 동향은 언제라도 이 창 조적인 본능을 타락시킨다」[26]고 지적하고 있다. 결국 아리시마는 참된 자유는 이런 지적 생활로부터 사랑과 본능의 해방이라는 결론에 이르 고 있는 것으로 보아야 하겠다.

아리시마는 이렇게 '지적 생활'에 대한 '본능적 생활'의 우위를 강조 하면서 이 본능적 생활에 의한 자유로운「창조의 세계는 지적 생활 같 이 노력을 필요로 하지 않기 때문에 유희遊戱의 세계이고 의무를 필요로 하지 않기 때문에 취미의 세계이며, 생활 그것은 목적에 도달하는 수단이 아니기 때문에 목적이 없는 세계」[27]임을 밝히면서 그 자유로움을 피력하고 있다. 아리시마는 '참된 자유는 사랑과 본능의 해방'이라고 강조하면서 창조적인 생활의 영위를 모든 사랑의 발현으로 인정하고 있는 셈이다. 특히 사랑의 순수한 표현인 예술의 주제로 연애戀愛가 어찌하여 자주 다루어지고 있는가 라고 스스로 반문하며 아리시마는 다음과 같이 답하고 있다.

> 예술은 사랑의 온갖 순수한 표현이라고 할 수 있다. 그리고 연애는 인간의 다른 행위 보다 월등히 집약적이고, 전체적인 작용이기 때문이다[28]

이런 답변을 통해서 아리시마가 도달한 사상이 연애지상주의로 기울어져 있던 것을 분명히 알 수 있겠다. 아리시마는 또한 성욕이 승화되어 발현된 것도 '본능적 생활'의 양상의 하나로서 인정하고 있다. 그러나 아리시마가 강조하고 있는 것은 「정욕의 직접적인 만족을 동반한 망아적忘我的인 환희의 정점까지 이르는 포옹」[29]이고 영靈과 육肉, 이원二元의 대립이 없는 인간 본능의 전체적인 만족으로서의 연애였던 것이라 하겠다.

5. 맺음말

아리시마는 청년기 이래의 '지적 생활'이었던 성서와 윤리적 도덕적인 고뇌로 해결할 수 없었던 성욕의 갈등을 일원적인 '본능적 생활'에 의해 관념적으로 논리적인 해결을 모색해 나갔던 것임을 알 수 있었다. 일본 근대사회에 있어서 아리시마의 이런 의지의 표명은 용이한 것이 아니었을 것이다. 무사 집안의 장남이고 교양 있는 대학교수라는 환경적인 요인에 의해서 아리시마는 자신의 관념에 대한 표현이 자유로울 수는 없었을 것이다. 이를 뒷받침 해 주는 것이 부친과 처의 이어진 사망과 그 후의 아리시마의 왕성한 행적을 통해서 알 수가 있겠다.

1916년 아리시마는 아내 야스코安子와 부친인 다케시武를 잃게 된다. 두 사람 가족의 죽음을 계기로 아리시마는 현실적인 압박과 억압으로부터 해방되어 자아 중심의 생활을 할 수 있게 된다. 39세의 아리시마에게 있어서 아내 야스코의 죽음은 가정의 굴레로부터 해방을 의미하는 것이라 할 수 있겠고, 이어진 부친의 죽음을 계기로 전통적인 집안의 장남으로서의 책임의식과 억압에서 벗어날 수 있었던 셈이다. 이런 환경의 변화에 의해 아리시마는 소년기 이래의 유일한 욕구였던 예술 세계의 창조 작업에 전념할 수 있는 '자유인'으로서의 생활을 개시할 수가 있었을 것이다.

이 시기 아리시마의 창작활동은 마치 봇물이 터진 듯이 왕성하게 이루어지고 있다. 「시라카바」에 참가한 이래 5년간 아리시마는 『선언宣言』 『삼손과 데릴라』 『대홍수가 오기 전』 『인생의 출발』 등 소수의 작품을 발표하고 있지만 처와 부친의 죽음 이듬해인 1917년에는 아내의 죽음을 다루고 있는 희곡 『죽음과 그 전후』 『평범한 사람의 인의 편지』 대표작인 『카인의 후예』를 비롯하여 『클라라의 출가』 『실험실』 『개선凱旋』 『기적의 저주』 『미로迷路』 등 9편에 이르는 작품을 발표하고 있다. 그밖에도 평론 등의 발표가 12편에 이르고 있는 등, 아리시마는 왕성하고 정력적인 활동상을 보이고 있다. 아리시마의 저작은 다음해에도 왕성하게 이어져 1918년 1월 『새벽의 어둠曉闇』 『움직이지 않는 시계』 3월 『죽음을 두려워하지 않는 남자』 『생겨나는 고뇌』 4월 『돌에 짓눌린 잡초』 등이 발표된다. 이듬해인 1919년 3월에도 명작으로 평가되는 『어떤 여자』의 「전편」과 6월에는 「후편」이 발표되고 있다.

아리시마는 이렇듯 2년간에 걸쳐 화려한 활약을 한 이후의 저작 경향은 소설보다는 평론 쪽으로 기울어져, 그의 생활과 내면의 관념의 실천의 의지를 드러내기 시작한다. 1920년에 들어서 작품은 동화 『한 송이 포도』와 단편 『비겁자卑怯者』등에 머무르고 있지만, 평론으로는 「내부생활의 현상」 「입센연구」 등 많은 글을 쉬지 않고 맹렬히 발표한다. 특히 6월에는 『아낌없이 사랑은 빼앗는다』 등을 발표하여 자신의 내면 깊은 곳에 내재된 충동과 본능을 토대로 한 그의 주관적인 사념의 실체를 한껏 드러내는 것이다.

아리시마는 사랑의 내면에는 본능으로서의 성욕이 강한 힘과 함께, 때로는 순수하고. 때로는 추하며 공격적인 면을 지니고 있지만, 이것이 진정한 인간의 모습인 것임을 밝히고 있다. 이것과 관련해 자신의 지론인 본능으로서의 성욕에 대한 실체를 과학적으로 뒷받침하는 계기를 갖게 된다. 인간의 생태학적인 측면을 향한 아리시마의 관심과 탐구의 의지는 H·H·엘리스(Henry Havelock Ellis; 1859-1939)의 성심리학과의 만남을 통해서 자연인으로서의 인간이 지닌 본능적 행동에 대한 깊은 이해와 함께 자연스럽게 아리시마의 성의식으로 정립되어져 갔던 것이다.

---

* 이 글은 2006년 『대학 논문집』(제34집, 경남정보대학교)에 발표한 것을 수정·보완한 것임.
1 安川定男 『有島武郎論』 明治書院, 1978, p.431.
2 有島武郎 「聖書の権威」 『全集』 第5巻, 新潮社, 1929, p.242.
3 有島武郎 『惜みなく愛は奪う』 『全集』 第6巻, p.205.
4) 「시라카바(白樺)」(1910-1923) : 文学美術雑誌 同人의 모임으로, 学習院 학생의 문학모임으로 출발, 人間愛, 人間尊重을 주창했다. 同人으로는 武者小路実篤·志賀直哉·有島武郎·木下利玄·里見弴·有島生馬·柳宗悦·長興善郎·高村光太郎 등이 있다.
5 有島武郎 「二つの道」 『全集』 第5巻, pp.112-113.
6 有島武郎 「二つの道」 『全集』 第5巻, p.114.
7 有島武郎 「もう一度「二つの道」に就て」 『全集』 第5巻. p.124.
8 有島武郎 「作家の愛読書と影響された書籍」 『全集』 第7巻. p.552.
9 福田清人·高原二郎 『有島武郎-人と作品-』 清水書院, 1972, p.78.
10 베르그송 서정철 역 『創造的 進化』 을유문화사, 1983, p.11.

11 베르그송 『創造的 進化』 을유문화사, 1983, p.152.

12 安川定男 『有島武郎論』 明治書院, 1978, p.435.

13 有島武郎 「ワルト·ホヰットマンの一断面」 『全集』 第5巻, p.169.

14 有島武郎 「草の葉」(ホヰットマンに関する考察) 『全集』 第5巻, p.195.

15 有島武郎 「内部生活の現象」 『全集』 第5巻, p.215.

16 有島武郎 『書簡集』 『全集』 第8巻, p.144.

17 有島武郎 「草の葉」(ホヰットマンに関する考察) 『全集』 第5巻, p.188.

18 베르그송 『創造的 進化』(을유문화사, 1983) 책 pp.16-17.
    以上의 두질서는 주로 「意識의 直接與件에 대한 試論」과 「物質과 記憶」에 나타난 것이고,
    『創造的 進化』에서는 生命體와 無機體의 구별을 비롯, 전자의 非延長線과 上昇的 緊張에
    대하여 후자의 延長性과 下降的 弛緩의 對照, 그리고 「道德과 宗敎의 二源泉」에서는 開
    放的인 社會와 道德, 動的 宗敎에 대비되는 閉鎖的인 社會와 道德, 靜的 宗敎를 分類하고
    있다.

19 베르그송 『創造的 進化』 을유문화사, 1983, p.17

20 松下美那子 「有島武郎の思想構造とその問題性」 『白樺派文学』 有精堂, 1986, p.148.

21 위의 책, p.148.

22 有島武郎 「草の葉」(ホヰットマンに関する考察) 『全集』 第5巻, p.188.

23 松下美那子 「有島武郎の思想構造とその問題性」 『白樺派文学』 有精堂, 1986, p.148.

24 安川定男 『有島武郎論』 明治書院, 1978, p.366.

25 有島武郎 『惜みなく愛は奪ふ』 『全集』 第6巻, p.196.

26 위의 책, p.219.

27 위의 책, p.205.

28 위의 책, p.231.

29 有島武郎 『惜みなく愛は奪ふ』 『全集』 第6巻, p.205

데라야마 슈지 문학에 나타난 재일한국인과 전후 일본*

박 지 영

1. 머리말

언어의 연금술사, 미디어의 총아, 절후의 선동가. 데라야마 슈지(寺山修司,1935–1983)를 일컫는 수식어이다. 국내에는 아직 그 이름이 생소하지만,[1] 데라야마는 1954년 가인歌人으로 문단에 등장한 이래 하이쿠俳句, 시, 소설, 평론, 희곡, 시나리오, 연극연출, 영화감독, 대중가요 작사, 배우, 사진가 등, 길지 않은 생애를 전방위적으로 활동한 작가이다.

그의 작품 활동을 전후기로 나눌 수 있다면 전기는 단카短歌와 시, 후기는 연극실험단체인 덴죠사지키天井桟敷를 설립하여 언더그라운드 문화의 중심에서 활약한 점에 방점을 찍을 수 있을 것이다. 특히 그가 이끈 전위적인 실험극은 미국, 독일, 프랑스 등에서 먼저 인정을 받았다. 하지만 전 분야에 걸친 방대한 작품량에 비해 데라야마의 연구는 아직 출발단계로서, 연보를 비롯한 기초연구의 정비가 당면과제로 촉구되고 있는 상태이다.[2] 사후 10주년과 20주년을 기점으로 많은 관심이 환기되면서 2006년 국제 데라야마 슈지 학회가 설립된 후 매년 성과가 발표되고 있으나, 연극 활동을 대상으로 한 연구가 중심을 이루고 있다. 그러나 그의 문학, 특히 단카는 데라야마 작품세계의 원점이라고 할 수 있는 것이다. 다양한 장르에 걸친 그의 작품세계를 심도 있게 논의하기 위해서는 단카를 비롯한 초기의 시가 속에 배태된 모티브들에 대한 충분한 분석이 선결과제로서 요구된다.

이 글의 목적은 우선 국내에 데라야마의 문학세계를 소개하고자 하는 데 있다. 그 출발로서, 그의 작품 곳곳에서 발견되는 한국인에 대한 언급을 총체적으로 조망하여 그가 그리고 있는 한국인의 모습이 의미하는 것이 무엇인지를 살펴보고자 한다. 데라야마는 해방 전이나 해방 후나 한국을 한 번도 방문한 적이 없는 작가이다. 그럼에도 불구하고 그의 작품은 전후 일본 사회 속에서 직접 또는 간접적으로 접한 재일한국인의 삶을 비중 있게 다루고 있다. 그런데 일본 학계의 데라야마 연구에 있어서 재일한국인 문제는 거의 언급되지 않고 있다. 이는 그의 시가문학에 대한 연구가 충분히 진행되지 못한 탓도 있겠지만, 전후 일본사회에 있어서 재일한국인이 그들이 애써 외면해온 과거의 역사를 상기시키는 존재라는 점과 무관하지 않다고 생각된다. 따라서 그의 재일한국인관이 어디에서 비롯되었으며, 그것이 그의 작품 속에서 어떤 의미망을 지니는지 순차적으로 살펴보고, 재일한국인 문제를 그의 문학세계를 이해하는 중요한 키워드로 자리매김해보고자 한다.

「일본 문학자가 본 조선」 또는 「조선인」에 대한 고찰은 국내의 일본문학 연구자들에게는 매력적인 테마로서 다양한 작가를 대상으로 연구가 축적되어 왔다. 그러나 대부분의 연구가 식민지기에 창작된 작품들을 대상으로 한 것이며 패전 이후 일본인의 한국과 재일한국인에 대한 인식을 문학작품을 통하여 살펴본 연구는 미진한 상황이다.[3] 그러나 연구의 연속성에 있어서 식민지기의 「조선인관」이 해방 이후 변모해가는 양상을 통시적으로 고찰할 필요가 있다. 나아가 국교 단절기간 동안 이루어진 일본인의 「조선인관」을 연구하는 것은 전후 민주주의 국가 건설 이후의 행보에 있어서 그들이 봉인한 전쟁과 식민지배의 기억이 어떻게 내면화되어갔는지를 들여다보는 길이 될 것이다. 일제의 한국 식민지배의 소산으로 불행한 과거사를 증명하는 존재인 재일한국인이 전후의 일본사회를 어떻게 표상해가는지 살피는 작업은 또한 미래의 한일관계를 생각하는 하나의 지표가 될 수 있으리라 기대한다.

2. 「조선인」 이미지의 원천

현재 확인할 수 있는 데라야마의 저작물 가운데, 조선인[4]과 관련된 언급이 이루어진 가장 대표적인 것은 '조선', '조선인', '한인韓人'을 가어歌語로 쓰고 있는 단카 7수를 들 수 있다. 이는 데라야마의 전체 단카 중 약 1%에 해당하는 수이다. 이 외에 한국인을 주인공으로 한 장편 서사시 「이경순李庚順」(1961)을 중요하게 거론할 수 있으며, 자전적 에세이 「누가 고향을 그리워하지 않으리誰か故郷を想はざる」(1968)와 「지우개消ゴム」(1978) 속에도 한국인에 관한 기억을 회고한 기록이 3건 보인다. 경마를 테마로 한 에세이 「도주의 일대기 키스톤逃亡一代キーストン」(1976)에서는 한국인 이李가 친우로 등장하며, 가요 「롱 굿바이ロング・グッドバイ」(1968)의 가사[5]는 가스 자살한 한국인의 실화를 바탕으로 한 것으로 알려져 있다. 실제 사건에 대한 언급은 1958년 한국인 고교생 이진우에 의해 일본의 여고생이 살해당한 고마쓰가와小松川 사건에 관한 짤막한 소회가 있으며, 자필연보에도 네프로제로 입원했을 당시 동병실의 한

국인에게 도박과 경마를 배웠다는 기록이 남아있다.

위의 내용 중 실제 사건을 언급한 것은 단 1건으로, 그 이외의 기록을 뒷받침할 수 있는 전기적 자료는 아직 확인된 바가 없다. 그렇다면 그가 빈번히 언급한 「조선인」 이미지가 어디에서 비롯되었는지, 창작 연도가 가장 앞서는 단카를 먼저 살펴보자.

① 작문시간에/ '아버지를 돌려줘' 라고 써놓던/

　조선인 그 아이는/ 감자를 좋아했지

② 지하실에서/ 나뒹굴며 싹트는/

　감자와 한인/ 동지를 그 이후로/ 다시는 찾지 못해

③ 벽 하나 사이/ 옆방에 사는 한인/ 키우는 개가/

　추운 겨울 밤 깨어/ 물을 마시는 소리

④ 잘들 있거라,/ 여름의 햇살이여,/ 내나라 조선이여,/

　지붕에 올라서도/ 바다 보이지 않네

⑤ 모래밭 위에/ 새겼던 조선 애가/

　봄의 물결이/ 다 지우고 가도록/ 바라보고 있었네

⑥ 낡은 아파트/ 이층의 조선인이/ 버린 오래된/

　엽서 지금 내 창을/ 지나쳐 떨어지네

⑦ 짙은 어둠속/ 조선해협의 거친/ 풍파 여전히/

　그치지 않고 잠든 후/ … 목이 마르다[6]

위의 단카들은 모두 첫 번째 가집 『하늘에는 책空には本』(1958)과 제 2 가집 『피와 보리血と麦』(1962)에 수록된 것이다. 데라야마 단카의 작품 경향을 전 후기로 나눌 때 그 중 전기에 속하는 부분에 해당한다. 여기에 등장하는 「한인」 또는 「조선인」은 해방 후 귀국하지 못한 재일교포 1세대라 할 수 있을 것이다. 해방을 맞이한 재일한국인은 스스로 배를

마련하여 귀국하기도 했고, 외지의 일본인 송환 및 재일한국인의 귀국을 담당한 배편이 운행되었으나 한반도 정국의 혼란으로 귀국 행렬은 점차 둔화되었다.[7] 이후 한국전쟁과 분단으로 인해 결국 고향을 찾지 못하고 일본에 잔류하게 된 한국인이 바로 그들이다. 위의 단카에서 바다 건너 조국을 목말라하는 모습으로 형상화된 한국인들은 그러한 상황에 대한 이해가 바탕에 깔려있는 것이라고 할 수 있다.

여기서 한국인 이미지를 형성하는 가어들로 〈지하실〉 〈동지〉 〈낡은 아파트〉 등이 채택된 점에 주목하자. 특히 ①은 데뷔작인 「체홉제チエホフ祭」(1954.11)에 실린 단카로, 앞뒤 작품이 프롤레타리아 문학풍으로 그려진 것[8]이다. 그러나 그의 나이 18세, 『단카연구短歌研究』의 제 2회 50수 모집에 응모하기 위해 서둘러 창작된 이 작품을 사회주의 사상에 대한 직접적 체험이나 깊이 있는 이해가 배경이 된 것으로 보기는 어렵다. 따라서 〈붉은 깃발〉 〈코뮤니스트〉 등과 함께 쓰인 〈조선인〉이라는 가어가 사회주의 운동가들과 특별한 관련이 있는 것은 아닐 것이다. 하지만 위의 ②-⑦ 역시 각각 수록된 가군 속에서 〈혁명〉 〈고향상실〉 〈패배자〉 〈형무소〉와 같은 가어들과 연동하고 있고 「도주의 일대기 키스톤」에 등장하는 한국인 또한 조국 정부의 파시즘과 싸우는 정치적 도망자로 그려져 있다.[9]

이러한 한국인 이미지에서 해방 후 곧바로 분단으로 이어진 한국의 정치상황과 관련된 재일한국인들의 참담한 환경을 데라야마가 이해하고 있었음을 알 수 있다. 하지만 이는 한국인과의 직접적 교류에서 비롯된 것이라고 보기는 어려울 것 같다. 그의 자전 속에 등장하는 한국인 관련 기술은 직접 체험이라고 단정하기에 무리가 있기 때문이다. 다카토리高取英에 의하면 심지어 한국인에게 도박과 경마를 배웠다는 자필연보도 사실이 아니다. 그는 데라야마 모자가 가와구치川口시에 거주했을 때 이웃에 가까이 지낸 한국인이 있었다는 데라야마의 모친 하츠의 증언을 듣고, 그의 작품에 「조선」 또는 「한국」을 테마로 한 것이 많은 것은 그 체험의 반영일 것이라고 추측했다.[10] 그러나 데라야마가 가와구치시에 거주한 것은 1954년 4월 와세다稻田대학에 입학한 이후이고, 같은 해 혼합성신장염이 발병하여 입원하게 되므로 실제 거주기간이 얼마 되지 않는다. 특히 『단카연구』 11월호에 발표된 그의 데뷔작은 같은 해 여름방학 중에 응모한 것이므로 하츠의 증언에 등장하는 한국인과의 교류체험으로 보기는 어렵다.

따라서 이 글에서는 데라야마의 한국인 이미지의 단서를 그가 '쇼와昭和의 다쿠보쿠'가 되고자 꿈꾸었다는 사실[11]에서 찾아보고자 한다. 일찍이 요시모토吉本隆明는 그가 이시카와 다쿠보쿠石川啄木의 계보를 잇는 것으로 작품 활동을 시작했다고 단언한 바 있다.[12] 이러한 평가가 아니라도, 다쿠보쿠를 직접 가어로 등장시키거나 그 작품을 콜라주[13]한 다수의 단카, 대표적 가론으로 손꼽히는 2개의 다쿠보쿠론 등을 통해 그의 작품세계에 미친 다쿠보쿠의 영향은 충분히 짐작할 수 있다. 알려진 바와 같이 다쿠보쿠는 사회주의와 무정부주의에 공감하고 있었고, 그 사상은 만년의 작품 『호루라기와 휘파람呼子と口笛』 「9월 밤의 불평九月の夜の不平」 등에 응축되어 있다. 특히 다쿠보쿠 사상의 정점이라 할 수 있는 대역사건에 대한 비판적 인식과 같은 맥락에서 한국합병을 암울한 비전으로 그려낸 단카 「세계지도 위/ 이웃의 조선나라/ 검디검도록/ 먹칠하여 가면서/ 가을바람 듣는다」[14]는 너무나도 유명하다. 나아가 「나는 안다, 테러리스트의 슬픈 마음을」[15]과 같이 노래한 시편들 또한 당시의 데라야마는 잘 알고 있었을 것이다. 따라서 인용한 단카들에 나타난 프롤레타리아적 문학 경향 및 그와 관련된 한국인 이미지는 다쿠보쿠에 깊이 경도되어있었던 결과로 이해할 수 있다.

하지만 그의 단카를 단순한 다쿠보쿠의 수용으로 이해하기에는 그가 다쿠보쿠 단카에 등장하는 수많은 '조역'에 주목하고 있다는 점이

의미심장하다. 그에 의하면 다쿠보쿠 단카가 그려내는 술에 취해 아내에게 칼을 휘두르는 시골 교사, 형무소에 간 동급생, 딸을 판 돈으로 술을 마시는 부친, 미친 동사무소 서기 등과 같은 조역들은 모두 근대주의와의 내전에서 패배한 자로서 중앙집권국가에 의해 소외된 농촌의 암흑면을 보여주는 것이다.[16] 이러한 계보를 이어받아 쇼와의 다쿠보쿠로서 그가 그려내고자 한 것은 전후 일본의 어두운 시대를 살아가는 피폐한 군상이었다고 생각된다.

사회학 용어에서 말하는 전후파는 1945년, 패전의 해에 12세에서 26세인 세대를 가리키므로 당시 9세였던 데라야마는 해당되지 않는다. 그럼에도 불구하고 다음과 같은 작품은 데라야마만큼 전후파의 상흔의 모습을 지닌 작가도 없다는 평가[17]를 자아내게 만드는 것들이다.

마약중독자/ 중혼자와 부랑자/ 불법소지자/ 도박판의 주사위/
모두 나의 블루스[18]

앞의 단카 ④, ⑤와 함께 『피와 보리』의 권두작품 〈비소와 블루스〉에 수록된 것이다. 특히 ④의 바로 앞에 놓인 작품으로 〈중혼〉이라는 가어가 재일한국인 문제를 연상시킨다.[19] 하지만 위의 단카에 열거된 갖가지 범법자들은 사회에서 소외되고 낙오된 무리로서, 마치 부랑자와 전쟁고아로 언제나 북적였다고 하는 전후 우에노上野역 지하도의 풍경[20]을 보여주는 듯하다. 이 작품이 쓰여진 것은 1957년 21세의 그가 네프로제로 사회보험 중앙병원에 2년째 입원하고 있던 때이다. 생활보호법의 적용을 받아 입원한 병실에서 그가 함께한 환자들은 모두 경제적으로 불우한 하층민들이었을 것이다. 데라야마는 그들의 고단한 삶을 흐느끼는 블루스 선율로 노래하고 있는 것이다. 다쿠보쿠가 당대의 사회상을 비판하기 위해 다양한 조역들을 등장시켰듯이 앞의 단카들에 등장하는 이들은 전후의 눈부신 재건에서 소외된 계층을 대변하기 위한 존재들이다. 그 중에서도 재일한국인은 그들의 비참한 생활환경을 가장 드라마틱하게 보여주는 배역으로 선택되었다고 할 수 있다.

3. 식민지적 상실의 동질감

데라야마의 『피와 보리』는 전쟁고아의 노래, 즉 전후 소년의 눈에 비친 쇼와 20년대론을 의도한 것[21]이라고 평가된다. 앞 장에서 재일한국인을 통해 그것을 더욱 극적으로 드러내고 있다는 점을 살펴보았다. 하지만 왜 하필 한국인인가하는 의문이 여전히 남는다. 더욱이 한국인을 동지 또는 이웃으로 그리는 동질의식까지는 다쿠보쿠의 영향으로 설명하기 어려운 부분이다. 앞의 단카 ④, ⑤, ⑦에서는 한국인이 화자로 설정되어 있으며, 특히 ①의 경우 아버지를 돌려달라는 조선인 소년의 요구는 작자의 감정이 그대로 이입된 것이라 해도 과언이 아니다. 데라야마의 부친 역시 그가 5세 때 징병되어 결국 돌아오지 못했다.[22] 「체홉제」의 원제목이 「아버지를 돌려줘父還せ」였다는 점에서 알 수 있듯이, 부친의 죽음은 초기 작품 속에서 큰 비중을 차지한다. 따라서 그의 문학 속에서 한국인이 지니는 의미망을 추적하기 위해 이 시기와 관련된 근원적인 체험을 살펴볼 필요가 있을 것이다. 다음은 그가 유년기를 이야기하는 자전적 에세이 속에서 고향 아오모리현青森県에 대해 서술한 부분이다.

시모키타下北 반도는 도끼모양을 하고있다. 오마 마치大間村에서 홋카이 미사키北海岬에 걸친 능선이 그 날 부분이다. 도끼는 쓰가루津軽 일대를 향해 휘둘러져있고 '지금 막 머리를 내리치려하고 있는' 듯 보이는 것이 아오모리현의

지도이다. 참극은 지금부터 시작되려는 것이 아니다.

이미 닷피자키龍飛崎에서 하나구리자키鼻繰崎에 걸쳐 동쓰가루는 일격을 당해 갈라진 후인 것이다.

날의 가장 날카로운 부분(야키야마자키燒山崎에서 다코다蛸田로 선을 그어, 거기에서 45도 정도 각도로 우시노쿠비 미사키牛の首岬를 지나 가키자키蠣崎로 연결되는 도끼의 끝)은 노파의 머리에 일격을 가해 크게 함몰시킨 후 두 번째 공격을 가하려고 번쩍 쳐든 형태를 연상시킨다.

이 정수리의 중심부에 있는 것이 아오모리시이자, 내가 태어난 토지이다.

소년시대 도스토예프스키의『죄와 벌』을 읽었을 때, 나는 '이것이 아오모리현 지도의 유래인가'라고 생각하지 않을 수 없었다. …(중략)…

'당치도 않은 곳에서 태어났다'고 나는 생각했다. 지도에는 어디에도 라스콜리니코프의 도끼를 쥔 손이 보이지 않았으나, 혼슈本州 전체를 도끼를 쥔 라스콜리니코프의 오른팔로 볼 수 없는 것도 아니었다. …(중략)… 가해자의 도끼와, 피해자인 노파가 같은 땅으로 잇닿아있는 것이 마음에 걸리기 시작했다. 라스콜리니코프의 도끼도, 얻어맞은 노파의 피투성이의 정수리도, 계절이 다가오면 같은 색의 푸른 보리가 익어가는 토지로 변하리라. 그리고 그 양자는 함께 나의 고향인 것이다.[23]

아오모리현을 가해와 피해가 공존하는 공간으로 묘사하며 그 지도를『죄와 벌』의 한 장면으로 풀어내고 있다. 이 기묘한 비유는 표면적으로는 시모키타 반도의 도끼날과 그 공격을 받은 쓰가루 일대, 즉 아오모리현 내부의 문제를 말하는 듯하지만 혼슈 전체를 도끼를 쥔 손으로 보고 있는 점에서 참극의 진상을 짐작할 수 있다. 아오모리현은 예로부터 척박한 기후와 풍토로 대기근이 잦은 토지였고 근대화 이후에도 고질적인 기아와 빈곤 문제는 좀처럼 호전되지 않았다. 특히 세이난西南지방 출신자들에 의해 주도된 메이지明治유신에서 도호쿠東北지방의 근대화는 상대적으로 뒤처진 가운데, 메이지 정부의 입장에서는 의지대로 통치되지 않는 난치현의 하나였다.[24] 이런 맥락에서 볼 때 그의 고향을 피투성이로 만든 첫 번째 공격은 메이지유신 이후 중앙집권적 근대국가체제의 형성기에 이루어진 지방 소외 현상과, 근대화라는 명목하에 자행된 대자본의 토지매수를 의미한다고 할 수 있다. 좀 더 확대해서 말하자면 근대국가 일본은 판적봉환을 거쳐 「천황」의 정부가 각 지방을 포섭하고 동일화함으로써 성립된 것이다. 내부로의 포섭과 동일화라는 원리는 한국의 식민지화에도 그대로 적용되었다고 할 수 있다. 이러한 식민주의적 근대화 과정에서 터전을 잃고 고향에서 내쫓긴 실향민들의 삶을 데라야마는 다쿠보쿠의 단카에서 발견했으리라. 그와 같은 희생 위에 일본의 근대가 치달은 길은 다쿠보쿠가 정확히 간파했듯이 또 다른 참극으로 이어졌다. 그렇다면 그의 고향이 직면한 두 번째 참극은 구체적으로 무엇을 의미하는 것일까. 아래 인용은 소년 데라야마의 눈에 비친 패전 직후 고향마을의 모습이다.

> 각각의 병사들은 역 앞 광장에 모여 자신의 짐에 걸터앉자, 거리를 향해 입을 모아 소리치기 시작했다.
> 헤이 마이 프렌드!
> 왓스 매러?
> 캄 히어 마이 프렌드!
> 그러나 후루마기古間木 사람들은 닫아건 문틈으로 '또 하나의 세계'를 조심조심 엿볼 뿐, 누구 한 사람 나가는 자가 없었던 것이다. (중략)
> 갑자기 한 병사가 주머니에서 한 움큼의 초콜릿을 꺼내어 인디안스의 밥 페라 투수와 같은 커다란 모션과 함께 한길을 향해 던지고는 외쳤다. "프렌드 포 유!" 숨을 죽이고 그것을 숨어서 지켜보고 있던 사촌 코지로가 "아, 초콜릿이다"라고 하며 몸을 일으키려는 것을 요시토가 저지하며 낮은 목소리로

말했다. "모략이다. 폭탄일지도 몰라."

그러나 그 던져진 초콜릿 커브에 의해 후루마기 공동방위전선은 맥없이 무너지고 말았다. 역전 식당의 우사기가 붙잡는 모친의 손을 뿌리치고 뛰쳐나간 것이다. 모두 일제히 숨을 죽였다. 우사기가, 당하리라고 생각하고 눈을 감은 자도 있었다. 노상에서 폭파되어 공중제비를 돌듯 튕겨져나가 죽을 가없은 소학생 우사기! 그것은 익숙한 전쟁영화의 한 장면이었다.

하지만 뜻밖에도 우사기는 아무 일도 없었다. 흩어진 초콜릿을 전부 주머니에 집어넣고 그 중 하나를 종이 채 베어물자, 그것을 던진 떡갈나무같은 흑인병사가 낮은 목소리로, "헤이, 마이 프렌드"라고 말했다. (중략)

'떡갈나무'는 만면에 웃음을 띠우고 우사기에게 손을 내밀었다. 그리고 두 사람은 악수했다. 그러자 '떡갈나무'는 그 맞잡은 손을 높이 들어 역 앞 큰 길의 '숨어있는 사람들'을 향해 "마이 프렌드! 마이 프렌드! 마이 프렌드!"라고 외쳤다. 그 말에 봇물이 터지듯 다른 아메리카 병사들도 일제히 껌이나 캔디, 초콜릿을 꺼내 춘분날 콩 던지기를 하듯, 유명 스타가 스테이지에서 객석으로 사인볼을 던지듯 던지기 시작했다.

죽어있던 후루마기 거리는 순식간에 되살아나 닫혔던 상점가의 문이 열리고 앞다투어 마이 프렌드들이 초콜릿과 캔디를 주우러 뛰쳐나갔다. 처음에는 호의의 표현이었던 아메리카 병사들도 그것을 주우러와 서로 빼앗으며 초콜릿이나 껌을 줍고 있는 '굶주린 일본인'들을 보고 있는 동안 또 다른 쾌감이 솟아오르는 것 같았다. 껌이나 캔디가 떨어지자 담배를 던지거나, 칫솔(사용하여 낡은 것)을 던지거나 볼펜을 던지거나 했다.[25]

후루마기는 미자와三沢시의 옛 명칭으로, 일본 제국군의 해군 항공대 기지가 있던 곳이다. 이곳은 패전으로 미군에게 접수되어 남쪽의 오키나와沖縄에 대해 미군 항공기지의 북쪽거점이 되었다. 1941년 부친이 징병된 후 아오모리시에 기거했던 데라야마 모자는 1945년 7월의 대

공습으로 큰 피해를 입었고, 종전 당시에는 미자와에서 식당을 경영한 백부 요시토義人에게 의탁하고 있었다. 위의 인용은 기지의 주둔군이 도착하는 광경을 회상한 것으로, 물론 이와 같은 극적인 장면이 실제 연출되었는지는 의문이다. 그의 자전은 저작집 속에 「자서전답지 않게」라는 제목으로 정리된 점에서도 짐작할 수 있듯이 허실이 뒤섞여 융합되어 있다. 그러나 그가 만들어낸 허구는 현실과 엄밀히 대응한다는 지적[26] 또한 간과할 수 없다. 인용한 에피소드도 허구에 의한 과장이 상당부분 인정되지만 점령군에 대한 주민들의 공포심, 그리고 그것을 지켜보는 소년의 굴욕감과 혼란이 드라마틱하게 드러나 있다. 그의 고향은 기지를 중심으로 한 상권 등, 마을 경제의 기반을 미군에게 의지하게 되었을 것이다. 「초콜릿 커브에 맥없이 무너지는 마을 공동방위전선」은 단순히 기지 설치의 문제가 아닌 마을 전체의 식민화를 상징하는 것이라고 할 수 있다. 따라서 '굶주린 일본인'의 모습은 패전국의 참상이자 식민지의 풍경과 다르지 않다.

이 회상은 소년 데라야마가 담배라도 하나 주워오라는 모친에게 등 떠밀려 문을 나서는 것으로 끝을 맺는다. 그리고 그의 심정은 「주우러가는 것도 창피했으나, 그런 일을 내게 시키는 엄마의 마음이 훨씬 부끄러웠다. 아마 나의 어린 영혼은 눈부신 태양빛 아래서 죽을테지.」[27]라고 묘사되어 있다. 그의 모친은 이후 미군 기지의 메이드로 취직하는데, 이윽고 미군을 상대로 한 매춘을 시작하여 규슈九州의 기지로 옮기게 된다. 홀로 아오모리시의 친척에게 맡겨진 데라야마는 잦은 전학과 모친의 직업에 관련된 소문 등으로 늘 따돌림 당하는 외로운 소년이었다. 이 시기를 그는 「땅 끝 북쪽 토지에서 아비를 잃고 어미에게 버림받은 소년시대의 나는 스스로의 증오의 행방을 잃어버린 채 '도쿄에 가자'하는 유행가를 읊조리고 있었던 것이다.」[28]라고 회상했다.

따라서 위의 인용문들은 그가 증오해야할 대상이 누구인지를 끊임없이 묻고 있는 것으로 읽을 수 있다. 과연 그를 전쟁고아와 다름없이 버림받게 한 주체는 그의 모친인가, 아니면 미국인가, 그도 아니면 일본인가. 한국인에 대한 데라야마의 동질의식은 고향과 유년시절에 대한 이러한 불행한 인식에서 기인한다고 할 수 있을 것이다. 위의 질문은 재일한국인에게도 해당되기 때문이다. 그들을 귀국하지 못하고 일본 땅에서 차별과 가난을 감내하게 한 것은 오로지 개인적 문제인가, 아니면 일본인가, 그들의 조국인가. 데라야마의 작품 중 가장 널리 알려진 다음 단카는 이러한 심정을 집약하여 제시한다.

> 성냥불 긋는/ 한 순간의 바닷가/ 안개 짙어라/
> 한 몸 바쳐도 좋을/ 조국이란 있는가[29]

첫 번째 가집 『하늘에는 책』에 수록된 연작 〈조국상실祖国喪失〉의 모두가冒頭歌로서, 이 단카는 그의 자전과 에세이에도 콜라주되었다. 특히 서사시 〈이경순〉에서는 전쟁에서 일본을 위해 싸우다 죽은 재일한국인, 〈도주의 일대기 키스톤〉에서는 정치적 사상범의 심정을 그리는 단카로 인용되고 있다. 또한 〈바다〉, 〈조국〉의 모티브는 앞에서 살펴본 단카 ④, ⑤, ⑦에서 조국을 그리워하는 재일한국인들의 마음으로 변주되고 있다.

그런데 이 작품을 단순히 재일조선인의 삶을 대변하거나 그들에 대한 데라야마 개인의 동질의식을 나타내는 것만으로 볼 수는 없다. 사사로운 감정이 철저히 배제되고, 마치 영화의 한 장면을 보는 듯한 서사성을 지닌 이 단카는 대중성을 획득하는 데 성공하여 일본 고등학교 교과서에도 수록되었다. 특히 '안개속의 바다'라는 이미지를 암시적이고 불특정한 화면에 담아냄으로써 정치의 계절이었던 1960년대 전후 청년들의 깊은 공명을 이끌어냈다.[30] 뿐만 아니라 스기야마杉山正樹의 취재에 의하면, 이 작품의 가비가 있는 미자와시에 전 일본군의 해군 항공대기지 기념비가 세워졌을 때 제막식에 참석했던 노병들이 이 단카를 두고 '우리들의 마음'이라고 술회했다고 한다.[31]

근대 한일관계 속에서 한국의 식민지화는 한국인에게는 말 그대로 '상실'이지만, 이 '조국상실'의 감정을 제국 군인을 비롯한 전후의 일본인이 공감한다는 것은 무엇을 의미하는 것일까. 그것은 가해와 피해라는 이항대립적 관계로 도식화되어온 근대 한국과 일본의 아이덴티티를 분리해서 이야기할 수 없다는 의미로 받아들여진다. 아오모리현의 두 번의 참극과 연결시켜 생각할 때, 한국침탈은 일본인들에게 제국 일본의 환영을 강요하며 패망으로 치달은 제국주의 강권의 첫출발이었다고 할 수 있다. 위의 단카는 그 환영 속에 은폐된 소외와 상실의 감각을 예리하게 간파해내고 있는 것이다. 따라서 한국인에 대한 데라야마의 동질의식은 그의 개인적 체험을 넘어서 한일 근대사의 질곡을 식민지적 상실과 소외의 공감대로 연결해서 보여주는 것으로 이해할 수 있다.

4. 타락의 논리와 재일한국인

단카를 비롯한 여러 작품에서 데라야마가 보여주는 한국인 이미지와 동질의식은 피해자로서의 일본을 강조하는 것으로 비춰지기도 한다. 따라서 그의 한국인관이 가장 집약되어 나타난 작품인 장편 서사시 〈이경순〉을 통해 전후 일본 사회와 재일한국인의 관계를 좀 더 추적해 보기로 한다.

〈이경순〉은 가집 『피와 보리』의 서사시화라고도 평가[32]될 만큼, 초기 단카를 직접 인용하거나 단카의 이미지를 몽타주식으로 재구성하고 있어 한국인 이미지가 한층 선명하게 드러난 것이다. 「'이경순'을 위한 칼럼」, 「프롤로그 어느 일가족의 역사」에 이어 12개의 장에 걸쳐 『현대시』에 연재된 이 작품은 「북국의 신문 한쪽 구석에 실린 북조선 소년의 모친 살해 기사를 서사시화 한 것」[33]이라고 스스로 창작 동기를 언급한 바 있다. 범죄자로서 조선인을 다루고 있다는 점에서 일견, 당시 일본 사회의 재일한국인에 대한 부정적 인식이 반영되어있는 듯하다. 윤건차에 의하면 1950년대 후반 텔레비전 뉴스 등에서는 매일 저녁마다 재일한국인의 범죄가 보도되어 그들이 일본인에게 얼마나 위험한 존재인가가 뇌리에 깊이 새겨졌다고 한다.[34] 그러나 데라야마의 재일한국인 이미지는 이러한 당시의 인식과는 명백한 차이가 있다. 재일교포 2세 이경순을 주인공으로 그려지는 전쟁·고향·가출·모친 살해 등의 키워드는 그의 문학 전체에 있어서 중요한 테마를 구성하는 것이며,[35] 무엇보다 자전적 요소가 강하게 드러나기 때문이다.

「프롤로그 어느 일가족의 역사」에서 이경순의 모친 요시의 출생기록은 데라야마의 모친 하츠의 그것과 유사하다. 사생아로서 친부의 이름이 시게타로繁太郎인 것, 친부의 동생에게 양육된 것, 남편의 전사, 미군캠프의 메이드로 취직, 매춘을 하게 된 것 등, 모친의 감추고 싶은 어두운 과거를 거의 폭로하고 있다고 할 정도이다. 다른 점이라면 남편이 한국인이라는 것이다. 데라야마의 모친이 그러했듯 요시는 외아들 경순이 장성하자 일을 그만두고 아들과 단란한 삶을 꿈꾸지만 경순은 모친에게서 벗어나 복서가 되고자 한다. 이러한 지극히 개인적인 기록이 무엇을 의미하는 것인지 그녀의 외롭고 불행한 삶의 독백을 들어보자.

그러자 구깃구깃한 와이셔츠 차림으로 한사람의
초라한 조선인 유령이 물 항아리 속에서 나온 듯 어렴풋이 느껴졌다.
그것은 마치 사자가 자신의 가족에게 무언가

구걸이라도 하러온 듯한 모습이었다

조선인인데도 말레이반도까지 일본을 위해 싸우러나가 죽은 이청성의 혼령이다

(중략)

그것은 지나간 시대를 위한 한편의 시이다.

(전쟁 중에는 인생 어떻게 죽어야하는가를 생각하고 있었지)라고 요시는 생각했다.

그럴싸한 죽음의 방식을 선택한 이는 성공자였어

내 남편같은 이도 잘 해낸 거지

남편 청성이 죽었을 때에는 나도 죽으려고

풀 베는 낫으로 손목을 그었던 것을 기억해

하지만 정신을 차리니 내 눈 속에

붕대가 가득 드리워져있었어

붕대마다 옅게 피가 스며

붕대가 가득 드리워져있던 병원에서는 피 묻은 붕대가 한없이 한없이 드리워져있어 하늘은 보이지 않고

뭔지 정체를 알 수 없는 악취 속에서 전쟁은 끝나버려 있었던 거야

그리고 이번에는 (어떻게 살아야하나)라고 문제를 바꾸지 않으면 안 되었을 때

내게는 더 이상 붕대를 정리하고 하늘을 찾을 기력이 없어져있었던 거야

어차피 나는 일본인이 아니야

그러니까 대신 나는 외아들 경순을 사랑해야지

경순이 전부야

전부가 경순인거야 아들아

어느새 혼령은 돌아가 버렸다

그리고 파리 한 마리가 변함없이 어두운 물 항아리 주위를 날아다니고 있었다.[36]

패전 후 잿더미 속에서 남편의 전사공보를 받고 자살기도를 할 정도로 절망 속에 처한 전쟁미망인들은 셀 수 없이 많았을 것이다. 하늘이 보이지 않게 드리워진 피 묻은 붕대는 그들이 처한 막막한 절망의 표현이라도 해도 좋다. 어떻게 살아야 하는가하는 문제에 직면하여 더 이상 기력이 남아있지 않다는 것 또한, 패전과 함께 모든 가치관과 규범이 전도된 상황에서 기인하는 허탈감 탓이리라. 팔굉일우로 신풍의 가호를 받는 「황국의 신민」으로서 나라를 위해 싸우는 것만이 삶의 가치였던 시대는 하루아침에 「정체를 알 수 없는 악취」 속에서 끝나버린 것이다. 이러한 전후 일본인의 충격에 대해 시의 화자 요시는 「어차피 나는 일본인이 아니야」라는 말로 스스로를 납득시키려 한다. 비록 남편이 재일조선인이지만 요시 본인은 일본인이다. 그런데도 스스로 그것을 부정하는 것은 국가로부터 보호받지 못하고 나아가 기만당한 부조리한 현실을 설명할 방법이 없었기 때문일 것이다.

요시는 절망 속에서 오로지 아들 경순이 전부라고 절규하지만, 이 서사시의 결말은 경순이 가스밸브를 열어 잠든 모친을 살해한 후 도쿄행 화물열차를 타고 떠나는 장면에서 막을 내린다. 모친 살해의 테마는 유년 시절을 버림받았다는 상처 속에서 보낸 데서 기인되었다고 할 수 있으나, 데라야마의 작품 활동 전체를 통해 다양한 의미증식을 보여주는 것이다. 앞 장에서 살펴본 그의 고향 아오모리현의 첫 번째 참극이 라스콜리니코프가 도끼로 노파를 살해하는 것에 빗대어 묘사되었듯이, 농본적 일본봉건제가 와해되는 과정에서 집과 토지를 지킬 수 없게 되었음에도 불구하고 가계를 이어야하는 아들들의 암담한 심정을 상징하기도 하고, 60년대 이후의 평론에서는 청년들의 진정한 자립을 위한 '가출론'으로 주장되기도 한다. 이러한 논리를 〈이경순〉이 그리고 있는 전후라는 시간적 배경 속에서 보다 공적인 것으로 확대한다면, 제국주의와 전쟁으로 얼룩진 모친 세대의 어두운 역사로부터의 탈출을 원망하는 광기 어린 표현이라 해석할 수 있을 것이다. 그것은 또한 철저한 현실파괴나 자기인식의 통로를 요구하는 것이기도 하다. 시의 도입부인 「'이경순'을 위한 칼럼」의 일부분을 보자.

나는 제럴드 허드의 「타락론」을 읽고 있었다. 그것은 '개인적 구제'가 불가능해져버린 시대를 고발하는 책이자, 개인이 더더욱 타락함으로써 병든 본성에 침투하든가, …… 또는 상처 입은 적이 없는 타인의 손을 빌리지 않으면 '다시 일어설 수 없다'는 점에 대해 쓰고 있는 것이었다.

나는 이 시를 1960년, 다카다노바바高田馬場의 좁고 지저분한 아파트에서 썼다. 나로서는 '상처 입은 적이 없는 타인의 손'이라는 것 따위 믿기지 않았다. 나는 말 왈드론Mal Waldron이나 델로니어스 몽크Thelonious Monk의 재즈 레코드를 끊임없이 틀어놓은 채 그 광조 속에서 이 '이경순'을 하염없이 써나가고 있었다.

이것은 말하자면, '또 하나의 나'를 위한 애드립이다.[37]

제럴드 허드의 「타락론」의 원제는 「Is God in History?」(1950)로서, 창조론의 관점에서 인간 영혼의 추락과 그리스도에 의한 구원을 다룬 책이다.[38] 이것이 '타락론'으로 일본에서 번역된 내막을 확인하기는 어렵지만 사카구치 안고坂口安吾의 「타락론堕落論」(1946)의 영향을 짐작할 수 있다. 전후 일본인의 정신세계에 큰 반향을 일으켰던 「인간은 살고, 인간은 타락한다. 그것 이외에 인간을 구제할 편리한 지름길은 없다」[39]라는 안고의 주장은 위의 인용에서 병든 본성에 침투하기 위해 타락해야 한다는 논리와 같은 의미로 볼 수 있다. 알려진 바와 같이 안고의 「타락론」은 정치적, 종교적 신념이나 가치로 포장된 종래의 모랄을 부정하고 인간 본연의 모습으로 되돌아가는 것만이 구제받을 길이라고 설파한 것이다. 같은 맥락에서 「상처 입은 적이 없는 타인의 손」을 믿을 수 없다고 잘라말하는 데라야마는 또 다른 환영을 만들어내는 전후의 진보주의 사상을 부인하고 있는 것이라고 생각된다. 일본의 경제백서는 1956년에 「이미 전후가 아니다」라고 선언했다. 그러나 1960년, 좁고 지저분한 아파트에서 써내려간 데라야마의 〈이경순〉은 책임을 외면한 채 여전히 '광조' 속을 헤매고 있는 일본 사회의 엄습함을 고발하고 있다고 할 것이다.

전후 일본의 매스미디어는 재일한국인 문제가 본질적으로 일본사회의 내부문제임에도 불구하고 항상 분단한국과의 관계에서 정치적으로 파악하려고 했다. 또한 재일한국인사회를 민족주의, 이기주의의 대표라도 되는 것처럼 표상하였으며 일본 내부의 문제를 은폐하려는 경향을 가졌다. 과거의 침략사를 봉인한 전후의 일본이 자신들의 아이덴티티를 유지하기 위해 재일한국인을 억압[40]하게 된 것은 당연한 귀결일 것이다. 그러나 데라야마가 불구적 존재인 이경순을 「또 하나의 나」라고 단언한 것처럼, 이경순 가족사의 불행은 전쟁의 트라우마를 이어받고 살아가는 전후 일본인 모두의 문제이다. 타락의 논리를 재일한국인을 주인공으로 그려낸 데라야마의 의도가 바로 여기에 있는 것이 아닐까. 재일한국인은 근대 일본의 모순을 가장 비참하게 보여주는 존재로서, 전후의 일본인들이 끝까지 타락하여 병든 본성을 치유하기 위해 직시해야할 그들 내부의 자화상인 것이다.

5. 맺음말

2010년은 한일 강제병합 100주년을 맞이하여 과거사에 대한 재조명이 활발히 이루어진 한해였다. 1910년 당시의 정치외교사적 문제와 식민지기 일본인의 한국인관을 재고하는 일도 중요하겠지만, 미래의 한

일 관계를 위해서는 국교단절 기간에 일본인의 한국에 대한 인식이 어떻게 재구성되어갔는지를 살피는 작업 또한 간과할 수 없다. 나아가 해방 후 일본에 잔류한 재일한국인 문제가 전후의 일본 사회에서 어떤 의미망을 지니는지 규명해가야 한다고 생각한다. 이 글은 재일한국인의 삶을 주요 테마로 다룬 데라야마 슈지를 대상으로, 그의 작품 곳곳에서 발견되는 한국인 이미지의 원천과 그 의미를 총체적으로 파악하고자 한 것이다.

초기의 단카에 나타난 한국인 이미지는 이시카와 다쿠보쿠의 영향으로 이해할 수 있었다. 그가 다쿠보쿠의 계보를 잇는 가인이라는 점에서 볼 때, 한국인을 통해 그가 그려내고자 한 것은 재일한국인 자체가 아닌 전후 일본의 어두운 시대를 살아가는 피폐한 군상이었다고 생각된다. 즉 전후의 눈부신 재건에서 소외된 계층을 가장 드라마틱하게 보여주는 것이 재일한국인인 것이다. 하지만 재일한국인의 삶을 단순한 소재로 활용한 것이라고 보기에는 데라야마의 어법이 한국인에 대한 깊은 동질감을 드러내고 있다는 점에 주목할 수 있었다. 그 원인은 자전적 에세이에 그려진 그의 고향과 유년시절의 불행한 인식 속에서 찾을 수 있었다. 일본의 식민주의적 근대화 과정과 패전으로 인한 미군점령의 기억은 재일한국인에게서 상실과 소외의 공감대를 발견하게 한 것이다. 나아가 장편서사시 〈이경순〉에서는 전후 타락의 논리를 재일조선인을 주인공으로 그려내고 있다는 점이 주목되었다. 자신의 내부에 있는 '또 하나의 나'로 형상화된 이경순의 불행은 과거의 역사를 봉인한 일본 사회의 엄습함을 고발한 것으로 이해할 수 있다. 데라야마에게 있어서 재일한국인이라는 테마는 전쟁의 트라우마를 이어받고 살아가는 전후 일본인 모두의 문제인 동시에 끝까지 타락하여 병든 본성을 치유하기 위해 직시해야할 그들 내부의 자화상이었던 것이다.

이상과 같은 데라야마의 재일한국인관은 전후 일본인들의 일반적

인식과는 큰 차이가 있다. 일본의 패전, 한국의 해방에 의해 양국의 관계성은 잠시 단절되었지만, 탈식민지화가 이루어졌다고 해도 역사적으로 각인된 폭력이나 그것에 기인하는 의식 또는 정념은 그 후 다양한 형태로 재생산되었기 때문이다. 근대 이후 일본의 아이덴티티를 구성하는 한 축이 되었던 한국멸시관은 전후의 일본 사회에서 그들의 눈앞에 존재하는 재일한국인을 대상으로 더더욱 잔혹하게 표출되었는지도 모른다. 이러한 사회구조 속에서 근대 일본의 불행을 재일한국인을 통해 그려내고자 한 데라야마의 인식은 평가할 만하다고 할 것이다. 그의 문학 속에 그려진 재일한국인과 전후 사회에 대한 비판적 인식이 연극이나 영화, 대중문화 평론 등, 다양한 장르 속에서 어떻게 변용되며 새로운 의미를 생산해갔는가 하는 문제는 향후의 과제로 삼는다.

---

* 이 글은 2010년 『세계문학비교연구』(제33집, 세계문학비교학회)에 발표한 것을 수정·보완한 것임.
1 국내에 번역된 데라야마의 작품은 에세이 『책을 버리고 거리로 나가자(書を捨てよ、町へ出よう)』(김성기 옮김, 이마고, 2005)와 희곡 「노비훈(奴婢訓)」(김경원 옮김, 『현대일본희곡10선 2』, 예니, 1995)가 전부이다. 연구 논문으로는 학위논문 「데라야마 슈지의 미세모노극(見世物劇) 연구」(김현옥, 중앙대학교 대학원 연극학과 연극학전공 석사, 2006)가 유일하다.
2 小管麻起子 「寺山修司『年譜』をめぐる問題点」 『寺山修司研究1』 博文社, 2007, p.211.
3 최근 한일 공동기획으로 간행된 『한류 백년의 일본어문학』에 정리된 작품연표에 의하면, 1882년 이래 1945년까지의 목록에서는 '조선'을 테마로 한 일본 작가들의 작품들이 다수를 차지하고 있는데 반해 1945년 이후의 목록은 거의 재일한국인 작가의 작품으로 채워져 있다. 木村一信·崔在喆 編 『韓流百年の日本語文学』 人文書院, 2009, pp.314-330 참조.
4 데라야마의 작품에 등장하는 한국인은 기본적으로 재일교포 1세대와 2세대에 해당하지만 데라야마는 '재일조선인'이라는 용어를 사용한 적이 없다. 오늘날과 같은 개념의 '재일조선인' 또는 '재일한국인', '자이니치(在日)'와 같은 용어는 1970년대 이후에 널리 보급된 것이다. 특히 재일교포 1세대에 대한 일본인의 인식은 해방 이전과 이후를 분리해서 생각하기 어려운 면이 있다. 이 글에서는 데라야마의 표현이거나 인용문에서는 '조선인'을 사용하되, 필자의 입장에서는 한국 또는 재일한국인으로 표기한다.
5 아사카와 마키(浅川マキ)가 부른 노래로 알려져 있다. 1968년 초연되었으나, 내용이 조선인 실명이 등장하는 논픽션인 탓에 당시 공연 실황 녹음시 편집되었고, 현재 시와 곡, 악보 모두 남아있지 않다. 드물게 마키의 공연에서 연주되는 일이 있었으나, 2010년 1월 그녀가

급서함에 따라 잊혀질 운명에 처했다.

6 　데라야마 슈지의 연구 텍스트로서 전집이 아직 발간되지 않았다. 최근 『寺山修司著作集』
(全5券, 쿠인테센스出版, 2009)이 마련되었으나, 중요한 작품이 누락된 것도 눈에 띈
다. 따라서 자전, 에세이, 평론 등 산문은 본 저작집을, 시가 및 시가론은 『寺山修司歌集』
(現代歌人文庫3, 国文社, 1983)과 『寺山修司詩集』(現代詩人文庫52, 思潮社, 1992)를 각
각 텍스트로 삼았다. 작품 인용시 말미에 권수 및 쪽수를 약기하기로 한다.
① 作文에 「父を還せ」と綴りたる鮮人の子は馬鈴薯が好き(『チエホフ祭』 『歌集』 p.26)
② 地下室にころげて芽ぐむ馬鈴薯と韓人の同志をそれきり訪わず(『直角な空に』 p.30)
③ 壁へだて棲む韓人に飼われたる犬が寒夜の水をのむ音(『祖国喪失』 p.45)
④ さらば夏の光よ、祖国朝鮮よ、屋根にのぼりても海見えず(『砒素とブルース』 p.52)
⑤ 砂に書きし朝鮮哀歌春の波が消し終るまでみつめていたり(『砒素とブルース』 p.54)
⑥ アパートの二階の朝鮮人が捨てし古葉書いまわが窓を過ぐ(『ボクシング』 p.129)
⑦ 暗闇に朝鮮海峡荒れやまず眠りたるのち‥喉かわき(『ボクシング』 p.129)

7 　귀국선은 관부(關釜)연락선으로 취항하고 있던 고안마루(興安丸) 등이 하카타(博多), 센
자키(仙崎), 마이즈루(舞鶴)와 부산 사이를 왕복했다. 고안마루의 운항은 1947년 4월까지
였고, 이후에도 수용소 등에서 생활하며 귀국 배편을 기다리는 조선인들이 많았으나 1950
년 연말 통계에 의하면 약 55만 명이 잔류했다는 것을 알 수 있다. 朴在一 『在日朝鮮人に關
する總合研究』 新紀元社, 1979, p.37. 윤건차/박진우 외 옮김 『교착된 사상의 현대사: 1945
년 이후의 한국, 일본, 재일조선인』 창비, 2009, p.168.
　데라야마의 고향인 아오모리현(青森県)의 조선인은 주로 전시하 현내 군사시설의 증강이
나 군수산업의 기반정비 공사에 강제 징용된 이들이다. 특히 시모키타(下北) 반도의 오오
마(大間) 철도 부설과 가바야마(樺山) 비행장 건설에 사역되었다. 이들 조선인 노동자
3725명이 해방 직후 해군특설 수송함 우키시마마루(浮島丸)에 승선하여 부산항으로 출
항하였으나 마이즈루에 기항 중 의문의 폭발로 침몰, 549명(정부 발표)이 사망한 사건이
특기할 만하다. 長谷川成一 外 『青森県の歴史』 山川出版, 2000, p.303 참조.

8 　다음과 같은 단카들이다.
アカハタ売るわれを夏蝶越えゆけり母は故郷の田を持ちていむ
むせぶごとく萌ゆる雑木の林にて友よ多喜二の詩を口づさめ
巨いなる地主の赤き南瓜など蹴りてなぐさむ少年コミニスト(『チエホフ祭』 『歌集』 p.26)

9 　『著作集4』 pp.127-128.

10 　실제 데라야마에게 경마를 가르친 이는 테레비맨 유니온의 프로듀서인 하기모토 하루히
코(萩元晴彦) 등이다. 高取英 『寺山修司 過激なる疾走』 平凡社, 2006, p.73.

11 　데라야마는 『단카연구』에 작품을 응모한 후, 고교 동창이자 청년시절 문학적 라이벌이었
던 교부 히사요시(京武久美)에게 '쇼와의 다쿠보쿠'가 되었다고 자부했다고 한다. 高取英
위의 책, p.53 참조.

12 　吉本隆明 「物語性の中のメタファー」 『寺山修司の世界』 情況出版, 1993, p.42.

13 　데라야마는 『단카연구』의 제2회 50수 모집 공모에 특선으로 당선되면서 화려하게 데뷔
했으나 발표 직후 표절시비에 휘말렸다. 자신의 하이쿠나 단카, 또는 타 작가의 작품에서
이미지나 가어를 차용한 것들이 비난의 대상이 된 것이다. 그러나 이러한 기법은 와카(和
歌)의 전통적 창작기법에서도 볼 수 있는 것으로, 오늘날에는 어떤 유파에도 속하지 않는
그의 획기적인 가풍에 대한 기성 문단의 질시였다고 여겨지고 있다. 그의 콜라주 기법은
전 작품 활동을 통해 다양한 장르를 넘나들며 새로운 의미를 재생산하는 중요한 창작기법
의 하나이다.

14 地図の上朝鮮国に黒々と墨をぬりつつ秋風を聞く
   石川啄木『石川啄木全集1』筑摩書房, 1979, p.183.
15 石川啄木「ココアのひと匙」『石川啄木全集2』, 筑摩書房, 1979, p.416.
16 寺山修司「歌と望郷—石川啄木」『寺山修司歌集』国文社, 1983, p.142.
17 斎藤慎爾「寺山節考」『寺山修司著作集4』クインテッセンス出版, 2009, p.529.
18 麻薬中毒重婚浮浪不法所持サイコロ賭博われのブルース(「砒素とブルース」『歌集』p.51)
19 중혼이란 이중 혼인을 말하는 것으로, 일부일처제를 시행하는 국가에서는 법률에 의해 금
   지되어 있다. 법적 혼인의 효력은 혼인신고와 호적입적 등의 절차를 거쳐 발생되는 것이
   므로 서류상 중복 혼인은 사실상 불가능 하다. 그러나 재일조선인의 경우 귀국하지 못하
   고 일본에 잔류하게 되면서 다시 결혼한 사례가 드물지 않다. 그런데 역사적 질곡 속에서
   벌어진 재일조선인의 중혼 문제를 일본 사회에서는 의도적 범죄로 보는 인식이 강하다.
   일본의 패전 이후 일본국적을 상실한 재일조선인들이 본토에서 조선국적을 획득하고, 또
   귀화하거나 하는 과정에서 발생한 이중국적 문제와, 본명을 두고 일본식 통명을 쓰는 것
   등과 관련하여 당시 GHQ가 시행한 식량배급을 이중으로 받기 위한 수단으로 보거나, 오
   늘날까지 탈세나 범죄에 이용하고 있다는 시각이다.
   但馬オサム「知られざる帰化在日特権「重婚」」『民主党政権崩壊へ—日本の混迷, 没落を許
   す国民に未来はあるのか?』(OAK MOOK 338 撃論ムック) オークラ出版, 2010, pp.124-125
   참조.
20 福島泰樹「寺山修司短歌論集 解題」『寺山修司短歌論集』国文社, 2009, p.182.
21 富士田元彦「作品論 寺山修司歌集『血と麦』」『国文学 解析と教材の研究』学燈社, 1976.1,
   p.141.
22 경찰이었던 부친 데라야마 하치로(寺山八郎)는 1941년 징병되어 남세레베스섬에서 아메
   바 이질로 전병사했다. 패전 직후인 9월 전사공보가 도착했을 때 데라야마의 모친 하츠는
   자살기도를 했다고 한다.
23 『著作集4』pp.93-94.
24 메이지 4년(1871) 성립된 아오모리현의 역사는 대개 남부(南部)와 쓰가루의 항쟁으로 기
   억된다. 중앙부의 오우(奥羽)산맥에 위치한 핫코다(八甲田)산지를 경계로 나눠지는 두 지
   역은 기후풍토의 차이가 크고 그에 따른 사람들의 기질도 크게 달라 하나의 현으로 통합된
   후에도 정쟁이 많았다고 한다. 長谷川成一 外『青森県の歴史』山川出版, 2000, pp.2-4 참
   조.
25 『著作集4』pp.30-31.
26 松崎悟「寺山修司の母殺しについて」『寺山修司研究 2』博文社, 2008, p.55.
27 『著作集4』p.32.
28 『著作集4』p.94.
29 マッチ擦るつかのま海に霧ふかし見捨るほどの祖国はありや(「祖国喪失」『歌集』p.43)
30 本林勝夫「評釈 寺山修司の短歌20首」『国文学 解析と教材の研究』学燈社, 1994.2, p.21.
31 杉山正樹『寺山修司 遊戯の人』新潮社, 2000, p.63.
32 分銅惇作「地獄篇」『国文学 解析と教材の研究』学燈社, 1994.2, p.146.
33 『著作集4』p.36.
34 이 부분에 대해서는 재일조선인이 범죄자로서 보도되는 기사의 작성법 혹은 매스미디어
   의 문제도 거론되었다. 윤건차/박진우 외 옮김, 앞의 책, pp.181-182 참조.
   또한 전후 재일조선인의 범죄 내용을 종목별로 분석한 박재일의 조사에 의하면, 열악한
   생활환경에서 비롯된 절도나 장물죄와 같은 생계형 범죄가 주를 이루며, 공무집행 방해

등 정치적 탄압에 의해 '만들어진' 범죄가 증가한 특징이 있다고 한다.
朴在一『在日朝鮮人に關する總合研究』新紀元社, 1979, p.121 참조.

35 이 외에도 복싱, 기차, 혁명, 범죄적 상상력 등, 「이경순」은 데라야마 문학의 중요한 테마들
이 제시된 작품이다. 이후 그의 자전적 에세이에도 부분적으로 재인용되는 등, 연구 대상
으로서 중요한 위치에 있다. 그런데 2009년 정리된『寺山修司著作集』에는 이 작품이 수록
되지 않았다. 본 연구는 이 작품의 가치 및 재일조선인 문제가 그의 문학을 해독하는 중요
한 키워드의 하나라는 점을 강조하고 싶다.

36 『詩集』pp.37-39.

37 『詩集』p.29.

38 제럴드 허드(Gerald Heard;1889-1971)는 교육자이자 역사가, 과학철학자로, 인간 인식
의 발달 연구 분야에서 1950년대 이후 서구사상에 큰 영향을 미쳤으나 국내에는 거의 알
려진 바가 없다. http://www.geraldheard.com/index.htm 참조.

39 坂口安吾『堕落論』角川書店, 2000, p.101.

40 윤건차/이지원 옮김『한일 근대사상의 교착』문화과학사, 2003, pp.329-331 참조.

다카무라 고타로의 전쟁시*
—『기록』에 나타난 인도주의의 명암—

▌손 혜 경

1. 머리말

다카무라 고타로(高村光太郎. 이하 고타로라 칭함)는 본업이 조각가임에도 불구하고 시인으로 더 많이 기억되고 있다. 거기에는 그가 세상을 떠난 지 50년이 다되는 오늘날까지 독자들로부터 꾸준한 사랑을 받고 있는 시집『지에코초智惠子抄』(현재 83회 출판)에서 기인한 것이기도 하다. 그런 연유로 고타로가 연애시인의 대명사로 자리하고 있는 반면에, 그 이면에는 태평양전쟁에 젊은이들이 나가도록 독려하는 시를 150여 편이나 발표하여 가장 적극적으로 앞장섰던 전쟁시인이기도 하다.

정신병을 앓고 있던 부인을 소재로 애절한 시를 쓰고 인도주의적 입장에서 동물원에 갇혀 있는 맹수시리즈를 쓰고, 로망롤랑의 반전주의에 동감하여 '로망롤랑 동호회'까지 결성하였던 그가 호전적인 입장에서서 시를 썼던 것은 어떤 심리적 변화로 인한 것이었을까?

『기록記錄』이라는 이름으로 출판한 일련의 전쟁협력시들은 '인도주의 시인' '구도자적인 예술인'이라는 이미지의 고타로를 전면적으로 부정하게 만든 결정적인 요소들이다.

본고에서는 메이지·다이쇼·쇼와 3대에 걸쳐 굴곡의 역사를 살다간 고타로에게 그가 누린 명성 이상으로 전쟁협력시인이라는 오명을 얻게 된 암흑기의 행적을 그린 시를 중심으로 정신사의 일면을 살펴보고자 한다.

2. 전쟁에 협력하게된 동기와 과정

1) 전쟁에 협력하게된 동기

휴머니즘에 입각하여 테마 있는 조각을 하고 사랑하는 사람을 위하여 시를 쓰고, 자기의 예술세계를 지키기 위하여 기성의 예술협회와는 거리를 두고 살아왔던 고타로가 돌연 문학보국회 시부문 회장이 되어 사회활동에 적극성을 띠게 된 것은 무엇 때문이었을까? 그 당시의 주변 정세와 고타로 신변의 변화를 근거로 몇 가지 원인을 찾아보았다.

그 첫 번째 이유로 어린 시절 아버지·어머니·할아버지가 신봉하던 천황의 존재가 고타로 의식 속에서 전혀 거부감 없이 살아있는 신으로 존재하게 되었다는 점을 들 수 있다. 메이지천황의 와병 중에 쓰여진 「눈물」(1912)에서 감지할 수 있듯이 고타로는 많은 동서양의 책을 섭렵하여 천황이 현인신이 아니라는 것쯤은 익히 알고 있었다. 그래서 밤마다 갈등하면서 두 종류의 시를 써야 했다. 고타로는「그럴 때 울리는 사이렌은/ 곧장 나를 궁성 쪽으로 향하게 하였다/ 본능처럼 그 힘은 강하였다」〈로망 롤랑〉고 고백하고 있다. 즉, 정신적 공백상태에서 유년기에 형성된 가치관이 자신도 모르는 사이에 강한 마력으로 그를 잡아끈 것이었다고 생각한다.

두 번째 이유로는 미지상주의美至上主義 노선을 걸었던 고타로에게 국가의 개념이 새롭게 인식되었다는 점을 들 수 있다. 개인의 자유로운 사상과 표현의 자유를 억압하는 일본사회에 대하여 강하게 반발하였지만, 일단 전쟁이 시작되자 어떤 명목으로 시작되었든 주권을 잃게되면 그것마저도 누릴 수 없게 된다는 위기의식이 작용하였다고 본다. 전쟁에서의 패배는 곧 국가와 사회는 물론 예술가에게 창작의 자유까지 제한할 수 있다는 사실을 잘 알고 있었기 때문이다. 그러므로 미지상주의자인 고타로가 자유로운 창작활동을 보장받기 위하여 국가의 안위를 훨씬 우위의 개념으로 생각하게 된 것은 당연한 결과라고 생각한다. 이를 입증하는 일련의 행위 가운데 고타로는 중앙협력회의에 참석하여 「국보, 특별보호건조물의 방공시설」을 제안한 적이 있다. 예술가가 뼈를 깎는 고통으로 창조해낸 작품을 전쟁의 화마로부터 보호하고자 하는 열정은 이해할 수 있지만, 그 시기가 국민의 생명을 담보로 하는 전시상황이고 보면 미지상주의자가 아니고 도저히 제안할 수 없는 발상이었다고 생각한다.

세 번째 이유로는 고타로의 내면에서 서양에 대한 인식이 선망의 대상에서 급선회하여 물질만능주의와 패권주의로 팽배한 지양해야할 문명으로 바뀌어 있었다는 점이다. 일찍이 그는 영국인 친구 버나드 리치에게 주는 시에서 「내가 경애하는 앵글로색슨의 혈족인 친구여/ 섹스피어를 낳고, 브레이크를 낳고/ 뉴톤을 낳고, 다윈을 낳고…」[1](「기쁨을 고하다」)라고 경의를 표하였으나, 전쟁이 시작되면서 쓰여진 시에 「기억하라, 12월 8일/ 이 날 세계의 역사는 새로 시작된다/ 앵글로색슨의 주권은/ 이 날 동아의 육지와 바다에 의해 부정된다」〈12월 8일〉고 하였고, 또 시 〈싱가포르의 함락〉에서는 「오만한 앵글로색슨을 드디어 구축하였다」며 확연한 입장차이를 보여주고 있다.

그리고 고타로가 전쟁에 협력하게 된 네 번째 이유로 시대적 상황이 고타로가 앞장서서 이끌어주기를 강력하게 요구하고 있었다는 점을 들 수 있다. 아버지는 미술학교 교수로 재직하면서 황실기예원직을 맡아 조각계의 대부로 군림하고 있었기에 가업을 이어 조각을 하는 장남이라는 사실만으로도 고타로는 출세하기 유리한 조건을 갖춘 셈이었다. 게다가 미국·영국·프랑스를 유학하고 돌아온 장래가 촉망되는 조각가였기 때문에 일찍부터 신문기자들의 관심을 끌고 있었다.

그 후로도 기성 예술계에 반목함으로써 더욱 더 세인의 관심을 끌었고, 치에코와의 일상생활을 그린 『치에코초』가 베스트셀러가 되자 조각가·시인으로서 대중적인 사랑을 받는 거목이 되어 있었다. 특히 사람의 마음을 움직일 수 있는 시를 썼던 시인이었기에 고타로의 입을 통하여 전쟁의 당위성을 이해시킬 영향력 있는 인물로 지목되었을 것이다. 그리하여 당시 대정익찬회大政翼贊會의 문화부 부장으로 있었던 기시다 구니오岸田國士의 권유로 중앙협력회의와의 인연은 시작되었다고 생각한다.

2) 전쟁에 협력해 가는 과정

『시와 시론詩と詩論』[2]에서 활동하던 모더니스트나 『사계四季』[3]파의 서정시인 ― 물론 프롤레타리아 시인이나 현실주의적 시인들을 제외하고 ― 들은 시가 지나치게 현실성을 반영해서는 안된다는 입장이었으나, 태평양전쟁이 시작되자 일본의 승리로 이끌기 위하여 국민들의 적극적인 참여를 호소하는 문인들이 출현하였다. 그런 사람 중의 하나였던 고타로는 기시다 구니오의 권유로 미요시 다쓰지三好達治, 안자이 후유에安西冬衛, 호리쿠치 다이가쿠堀口大學, 기타하라 하쿠슈北原白秋, 마루야마 가오루丸山薰 등과 함께 중앙협력회의[4]의 의원이 되었다.

일본문학사상 태평양전쟁이 치러졌던 4년 동안, 이처럼 시가 사회적 현실에 깊이 간여한 때는 찾아보기 어려울 것이다. 그런 부류의 문인 가운데 작품의 편수나 호소력의 강도 및 표현의 원숙도로 보아 독자들의 마음을 움직일 수 있었던 작가는 바로 다카무라 고타로였다.

그의 전쟁협력시는 정확하게 말하자면 치에코가 세상을 떠난 뒤가 아니라 병원에 입원하여 치에코를 만날 수 없게 된 시기부터 시작되었다고 볼 수 있다. 만주사변이 일어났던 1937년에 국민의식의 앙양과 전쟁의식을 북돋우기 위하여 〈추풍시〉와 1938년의 〈지리책〉을 필두로 그의 대전환은 시작되었다. 자연의 일부인 일본이라는 국가가 흘러가는 대로 물결치는 대로 몸을 맡기게 된 것이다.

구체적으로 전쟁에 협력해 가는 과정을 살펴보면, 일본이 독일·이탈리아와 함께 동맹국이 된 1940년에 기시다 구니오의 권유로 야마모토 유조山本有三·고이즈미 신조小泉信三 등과 함께 중앙협력회의 의원이 되어 〈호국신사〉와 〈행진곡〉을 발표하였다. 고타로는 치에코와 함께 동북지방의 온천을 돌아보는 여행 중 치에코의 고향에 들렀던 기억을 토대로 쓰여진 시에서 「둘로 갈라져 기우는 반다이산의 뒷산은／ 8월의 머리 위로 험하게 우뚝 솟아있고 …／ 그 불가항력적인 예감／ —난 이제 곧 미치게 될 거예요 …／ 이런 아내를 되돌릴 방도가 이 세상에는 없다」〈산기슭의 두 사람〉고 표현하였다. 이 시에서 고타로는 자신의 아내가 의식이 있는 세계와 의식이 없는 세계를 오가며 괴로워하지만 손을 쓸 방도가 없어 바라보기만 하는 자신의 무능력함을 탄식하였다. 거역할 수 없는 자연의 위력 앞에 굴복해야만 하는 약한 존재임을 인정할 수밖에 없었던 경험이 있었던 그였다. 이제 그는 일본이라는 거대한 조직 속에서 거부할 수 없는 힘에 밀려 표류하는 존재가 되어가고 있다. 시뿐만 아니라 조각에 있어서도 서커스단에서 혹독한 훈련에 시달리는 어린 소녀를 테마로 제작하는 등 인도주의에 입각하여 작품활동을 하는 예술가로 거론되던 고타로가 자국의 이익을 위해서는 살생도 문제삼지 않는다는 생각을 하기에 이른 것 같다.

글을 쓰고 조각을 하는 의미도 찾지 못했거니와 의욕마저 잃고 방황하던 고타로는 몰두할 수 있는 대용물을 발견한 것일까? 그는 현실에 대해 적극적으로 참여하는데 외로움과 허탈감을 잊기 위해 「문학자 보국대회」(1940. 12. 24)에 출석하여 시낭독을 하는 행위로 이어진다. 이전의 생활이 진정한 예술세계에 눈뜨지 못한 이들이 기득권을 가졌다는 이유로 득세하는 모습을 혐오하여 의도적으로 외면했었다면, 이번에는 고립된 생활에서 벗어나기 위하여 고타로 스스로 그 집단에 합류하게 된 것이다. 인간은 혼자서는 살아갈 수 없는 동물이다. 마치 숨바꼭질처럼 들킬세라 꼭꼭 숨어 있다가도 막상 술래가 찾아내지 못하면 포기하고 모두 돌아가 버릴까봐 불안해지는 것과 같은 이치일 것이다. 고타로의 활동상에서 외형뿐만 아니라 내면세계에도 많은 변화가 있었음을 짐작하게 한다. 시마오카 신嶋岡晨은 고타로의 심리변화를 다음과 같이 풀이하고 있다.

> 일찍이 그가 동경했던 서양의 근대 문명은 '비속문명'이 되고, 그가 멸시했던 '좁쌀나라'의 문화는 '인류가 가진 문명 가운데 한 차원 더 높은 심원하고 품위 있는 문화'가 된다. 이런 가치의 역전은 단순한 서양 콤플렉스가 아니다. 여기에 독특한 종교적 이념 – 사생관이 작용하고 있었다. 미의식이 그대로 윤리의식이 되고, 시가 비가 되고, 근대적 자아가 곧장 반근대적 자아가 되는 이상한 정신적 트릭 – 초논리가 있었다. [5]

이처럼 논리적으로 설명할 수 없는 그 무엇이 고타로의 내부에서 그를 변화시키고 있다는 견해를 보여주고 있다. 폐쇄적이고 비인간적이라 비관했던 일본문화가 갑자기 세계를 정화시키고 열강들의 핍박에 헐떡이는 피지배국민을 구원하는 유일한 대안으로 떠오른 것이다.

거기에는 종교적 이념이 관여했다지만 실제로 고타로는 어떤 종교에도 심취하지 못하였다. 「카톨릭에 인연이 있었더라면 분명히 예수에게 매달렸을 것이다」[6]라고 고백한 것으로 보아 기독교에 대한 믿음도 없었고, 불교 역시 종교로까지는 생각하지 않았던지 일본에서 보편적으로 행해지는 불교의식에 따른 장례식도 유언에 따라 그에게는 적용되지 않아 무종교식으로 거행되었다. 그러나 평생을 두고 애독하였던 책 가운데 성서와 불경이 들어있었다는 사실에서도 알 수 있듯이 시마오카의 견해처럼 최고의 아름다움을 추구하던 미의식에서 승리자는 아름답다는 윤리의식으로 전이되는 복잡한 정신적 변화가 있었던 것만은 분명하다고 생각한다.

그리하여 고타로는 1941년 12월 8일, 중앙협력회의에 참석하여 미국과 영국을 상대로 전쟁을 선포했다는 사실을 알게 된다. 이미 진주만을 폭격하여 혁혁한 성과를 올린 뒤의 일이었다. 치에코가 세상을 떠나고 3년 후 태평양전쟁 즉, 일본이 말하는 대동아전쟁이 발발한 것이다. 그것은 치에코가 정신분열증으로 고통스러워하던 시기에 찾아갔던 반다이산의 형세처럼 둘로 나뉘어 싸워야 한다는 것을 의미하였다. 거역할 수 없는 자연의 위력 앞에서 약한 존재임을 경험한 고타로는 어느 쪽인가 결정해야하는 시점에서 일본을 선택하였다. 유학시절에도 예술의 깊이를 더하기 위해서는 프랑스에 체류하는 것이 마땅하겠지만 내면을 지배하고 있는 일본적 정서에 이끌려 서둘러 귀국했던 것처럼 그는 자신의 뿌리인 일본에 대하여 강한 애착을 가진 사람이었다.

3) 고타로에게 천황의 의미

　　일본의 경우 지구상에 몇 안되는 왕족국가의 형태를 유지하고 있다. 그러나 영국도 일본도 왕은 존재할 뿐이지 통치권을 갖고 있지는 않다. 그저 상징적인 의미일 뿐이다. 특이한 점이라면 일본에서는 하나의 신앙으로 자리하고 있다는 사실이다. 다신교를 신봉하는 국가답게 왕까지도 신격화하여 신앙의 대상으로 삼고 있는 것이다. 그렇게 형성된 신도神道는 태평양전쟁에서 무서운 힘으로 작용하였다.

　　일본의 선제공격으로 시작된 태평양전쟁은 천황의 명으로 치러지는 성전聖戰이라는 명분을 가지고 있었다. 그 전쟁에 협력하는 발언을 봇물 터진 듯 쏟아낸 고타로의 행적을 이해하는데는 천황에 대한 인식의 변화를 살펴보는 것이 선결과제라고 생각한다.

　　먼저 천황을 소재로 쓰여진 시인 〈집家〉시리즈를 보자. 〈집〉 시리즈는 원래 시집 『전형典型』에 실려있는 6장 20편으로 구성된 〈암우소전暗愚小伝〉의 일부이다. 패전 후 이와테현의 산 속에 들어가 독거생활을 하면서 시의 형식을 빌어 어리석었던 자신의 과거를 고백한 자서전적인 작품이다. 제작시기로 보아 다음 장에서 다루어야 마땅하지만 전개의 필요에 의하여 7편만을 여기서 살펴보기로 한다. 수록된 순서에 따라 어린 시절 할아버지와 관련된 시로 〈무릎꿇고 조아림〉을 먼저 감상해 본다.

> 누군가는 나를 업은 채/ 인파를 비집고 무리하여 맨 앞으로 나갔다./ 나는 땅에 내려졌다./ 모두 무릎을 꿇고 조아리는 것이다./ …/ 사람 형상이 둘 보였다./ 내 머리는 그 때/ 누군가의 손에 의해 세게 눌렸다./ 눈에 젖은 자갈냄새가 났다./ ──눈이 먼단다── 　　　　　　〈 무릎꿇고 조아림土下座 〉[7]

　　「무릎꿇고 조아림」은 일본이 1889년 '대일본제국헌법'을 발포하여 입헌군주제의 국가형태를 취하게되었을 때의 일이 소재로 되어있다. '흠정헌법'이라고도 불리는 이 헌법은 군주의 명에 의하여 모든 것이 결정되는 법으로 주권자인 천황이 헌법발포식장에 모습을 나타내자 모두들 눈 내린 길 위에 무릎을 꿇고 엎드려 조아리는 자세를 취했던 것을 당시 7세였던 고타로는 기억하고 있었다. 여기에서 무리하게 맨 앞으로 나선 것도, 고타로의 고개를 숙이게 한 누군가란 바로 천황의 모습을 볼 수는 없지만 조금이라도 가까이에서 그 존재를 느끼려는 충정심을 가진 할아버지[8]를 가리킨다. 절대권위자요 살아있는 신으로 인식되었던 천황의 행차가 눈앞에서 전개되었지만 금색 깃발만을 보았을 뿐 아무도 천황의 얼굴을 보지 못하였다. 바라보는 것만으로도 눈이 부셔 눈이 멀게 된다는 속설 때문이었다. 고타로 스스로 「나는 할아버지와 아버지 어머니에게 둘러싸여 그 옛날 에도적인 윤리의 연장선상에서 자라났다」고 하였듯이 그렇게 천황에 대하여 절대적으로 복종하는 모습이 그의 뇌리에 저장되어 있다가 태평양전쟁이 도화선이 되어 폭발하듯이 그 정체를 드러낸 것이라 하겠다. 다음은 아버지에 대한 기억의 시이다.

…/ 내일 협회에 천황께서 납시므로/ 어전에서 조각을 하게 되었다고 아버지는 말씀하신다./ 그 연습삼아 판 것이다./ 아버지는 목욕재계하고/ 그 다음날 액막이를 하고 집을 나섰다./ 천자님께서 직접 보시는 거야./ …

〈 어전조각御前彫刻 〉[9]

〈어전조각〉에서도 알 수 있듯이 아버지 고운光雲은 평민신분이면서도 뛰어난 손재주 덕택에 천황을 직접 대면할 수 있는 특별한 위치에 있었다. 궁성 앞 광장에 세워진 '난코楠公동상'과 우에노공원에 있는 '사이고 다카모리西鄕隆盛동상'은 고운의 대표적인 작품이다. 도쿄미술학교에서 35년 이상 재직한 공적으로 종삼위훈이등從三位勳二等이라는 훈장을 받기도 했던 아버지가 황실기예원으로 있었던 시절에 만든 것들을 시의 소재로 삼고 있다.

고타로는 「아버지와의 관계」에서 「천황의 신격화는 아버지의 신앙이고, 메이지천황이 우에노의 전람회에 행차하실 때마다 아버지는 어전에서 조각을 하셨지만 아마 메이지천황의 무릎 위로는 보지 못하셨을 것이다. "똑바로 쳐다보면 눈이 먼단다"고 자주 말씀 하셨으니까,」[10] 라고 회상하고 있다. 그런 사실로 미루어보아 아버지 역시 천황 앞에서 조각을 시연할 기회가 많았지만 신적인 존재를 감히 바라볼 엄두를 내지 못하였고, 얼굴을 바라보면 눈이 멀게 된다는 속설을 믿고 있었던 것으로 보인다.

다음에 예로 드는 작품도 역시 어린 시절에 겪었던 전쟁에 대한 기억으로 전시에는 온 국민이 어떤 마음가짐을 해야 하는지를 엿볼 수 있게 하는 시이다.

> 청일전쟁이 끝났어도/ 전쟁의식은 점점 높아졌다/ 다음 전쟁을 준비하기 위해서/ 군함 만들 비용을 염출하는 것이다/ 폐하께서 앞장서 거액을 내시고/ 관리는 향후 몇 년이라던가/ 봉급이 얼마간 삭감되었다/ …/ ―그러니 고타로도 낭비하지 마라/ 알았니? ― 〈 군함비軍艦費 〉[11]

메이지 시대의 전쟁을 모두 경험한 고타로는 〈군함비〉에서 청일전쟁(1893~1894)이 승리로 끝나자 그 여세를 몰아 러일전쟁(1904~1905)을 준비하는 과정을 소재로 삼고 있다. 12·3세의 어린 나이에 전쟁에 대한 기억이 얼마나 또렷하게 남아 있었는지는 알 수 없지만 국민적 정서를 자극하여 대동 단결해야 한다는 의식이 팽배해 있었다는 사실을 전하고 있다. 전쟁비용을 마련하기 위해 모금을 하고 봉급이 삭감되었지만 아무런 저항없이 아니, 오히려 물자를 절약하는 것으로 협조하라는 훈계를 받을 정도로 천황과 정부에서 하는 일에 절대적으로 찬동해야 하는 풍토에서 고타로는 자라났다.

이상의 〈집〉시리즈에서 살펴본 바와 같이 천황이라는 존재는 어린 시절 절대적인 존재로 인식되어 있었기에 「천황이 위험하다/ 단지 이 한 마디가/ 나의 모든 것을 결정하였다/ 어린 시절의 할아버지가/ 아버지가/ 어머니가 거기에 있었다/ …몸을 바칠 수밖에 없다/ 폐하를 지키자」〈진주만의 날〉[12]는 의식으로 충만한 그는 몸을 던져 천황을 지키기 위하여 전쟁에 협력하는 시를 기꺼이 쓰게 되었다고 생각한다.

청년기에 쓰여진 〈눈물〉에서는 메이지천황의 병세가 악화되었다는 소문에 수많은 사람들이 궁성 가까이에 있는 히비야 공원에 모여 안타까움의 눈물을 보일 때에는 냉소적인 태도를 보였던 고타로였다. 자신들의 당면한 문제로 마음 아파할 뿐 천황의 건강을 걱정하여 눈물을 보이는 일반시민들과 스스로 차별하여 질적으로 다른 종류의 인간임을 자부했던 그가 천황이 위태롭다는 말 한 마디에 천황을 위하여 목숨을 바칠 각오를 하는 존재로 바뀌었다. 할아버지와 아버지가 그랬던 것처럼 보통 일본인이라면 누구나 가지고 있었던 보편적인 내셔널리즘에서 결국 고타로도 빠져나오지 못했던 것이다.

〈암우소전〉의 첫 장을 장식하는 동시에 가장 큰 비중을 차지하는 〈집〉 시리즈는 작자의 인격형성에 집안의 환경이 얼마나 큰 영향을 미쳤는지를 보여준다. 결국 어리석고 어두운 과거를 가지게 되는 한 인간을 생산하는 밑거름이 되었음을 소년기의 회상을 통하여 읽어낼 수 있다.

3. 전시에서 예술가의 역할

1) 전쟁을 위한 행진곡

1941년 12월 8일, 일본은 미국과 영국을 상대로 도전장을 냈다. 선전 포고를 낭독했던 현장인 중앙협력회의장에 참석했던 고타로는 그 때의 감격을 다음과 같이 써내려갔다.

> 역사적인 시간은 초침소리도 없이/ 오전 11시 45분/ 라디오는 선전포고를 하였다./ … / 선언결의문을 기다릴 때/ 회의장은 갑자기 열기로 가득하여 기운이 넘쳐났다/ 나는 지체없이 이 기념비적인 자리에 앉아 이 시를 쓴다.
>
> 〈조칙발포〉[13]

> 기억하라, 12월 8일/ 이 날 세계의 역사는 새로 시작된다/ 앵글로색슨의 주권은/ 이 날 동아의 육지와 바다에 의해 부정된다/ … 〈12월 8일〉[14]

이렇게 천황의 이름을 걸고 시작된 선제공격에 감격하여 〈12월 8일〉을 비롯한 많은 시들을 적어 발표한 것이 나중에 고타로의 『위대한 날에』와 『기록』으로 엮어졌다. 철저한 기록광이기도 한 그의 노트에 의하면 〈조칙발포〉(1941. 12. 8) 〈12월 8일〉(12. 9) 〈선명한 겨울〉(12. 11) 〈그들을 공격하다〉(12.15) 〈새날에〉(12.19) 〈신처럼 행동하라〉(12.19) 등 벅차오르는 감동을 역동적으로 써내려 가고 있다.

특히 〈그들을 공격하다〉는 대정익찬회가 주최하는 문학보국자대회에서 스스로 시를 낭독할 정도로 적극성을 띠게 되었다. 〈보라, 일억 국민들의 얼굴이 빛나고 마음은 춤춘다〉는 표현은 바로 자신의 주체할 수 없는 감동을 나타낸 것으로 천황의 이름을 걸고 시작된 전쟁놀음에 무척 흥분되어 있음을 짐작하게 하는 구절이다.

〈12월 8일〉과 〈그들을 공격하다〉라는 시는 모두 일본의 군국주의자들이 서양열강의 침략에 대항하여 동아시아가 단결함으로써 대동아공영권을 건설하자는 선전으로 아시아침략을 정당화하려 했던 것과 똑같은 발상으로 읊어지고 있다. 침략이라고 보기는커녕 서양열강으로부터 이웃나라 국민들을 구하는 것이 인도주의적인 처사라고 착각하고 있었는지도 모를 일이다.

고타로의 전쟁협력시 가운데 비교적 초기에 발표된 〈행진곡步く歌〉(1940)은 라디오를 통하여 자주 들을 수 있었는데 당시 일본에서 등하교 때는 물론이거니와 체조시간이며 소풍날까지 불러야 했던 국민가요였다고 한다. 일찍이 고타로는 「내 앞에 길은 없다/ 내 뒤에 길은 생긴다」는 〈도정〉이라는 시로 구태의연한 사회적 통념과 고정관념에서 벗어나 자기의 길을 개척하려는 젊은이들에게 선구자적 역할을 했던 사람이었다. 그러나 26년이 지난 후 그는 가시덤불이 무성한 길, 죽음이 기다리는 전쟁터로 젊은이들을 인도하고 있었던 것이다.

일본의 구습을 전통이라 생각하여 소중히 여기고 천황을 살아있는 신으로 받드는 아버지에게 반발하여 진정한 예술가로서의 길을 가고자 갈망했던 고타로가 돌연 NHK에서 주관하는 국민가요를 지어 전쟁의 당위성을 주장하고 국민들의 생각을 반전 혹은 무관심에서 적극적인 지지로 이끈 이유는 무엇이었을까?

'걸어라 걸어 걸어라 걸어'/ 남으로 북으로 '걸어라 걸어'/ 동으로 서로 '걸어라 걸어'/ 길이 있으면 '걸어라 걸어'/ 길이 없어도 '걸어라 걸어' … 15

〈걸어라〉는 전진 명령과 함께 동서남북으로 튀어나가는 광경이 영화의 한 장면처럼 그려진다. 그 길은 잘 닦여진 탄탄대로일 수도 있고 가

시덤불이 무성한 험한 길일 수도 있다. 대륙으로의 진출이라는 대의명분을 내세웠던 당시 일본으로서는 그 길이 곧 한국을 지나 중국으로 향하는 길을 의미하였고, 현지 지리에 어두운 그들로서는 상부의 명령에 따라 앞으로 전진할 뿐인 길이었다. 안개가 자욱히 내려 한치 앞을 내다볼 수 없는 그 길은 곧 폭격으로 이어지고 분진과 검은 연기로 변한다. 나무는 뿌리째 뽑혀지고 얽히고 설킨 그 나무뿌리에 걸려 넘어진다. 일어서고 또 넘어지기를 반복하면서 앞으로 나아간다. 그것은 국가의 운명을 건 싸움이었기에 승리해야 한다는 절실함과 함께, 신과 동격으로 인식되었던 「천황의 이름을 걸고 거행되는 성전」이었기에 젊은 이들은 아무런 자각도 없이 마냥 자신감에 찬 행진이기도 하였을 것이다.

고타로 또한 멍한 의식상태에서 일본이 진주만을 공격하여 승전보를 울리자 감격하여 군악대의 행진곡에 미끄러지듯 휘말려들었다. 그러는 사이에 어느덧 지휘자가 되어 선봉에 서있었고, 그의 손에 쥐어진 지휘봉은 무서운 기세로 다가오는 「황군」을 위하여 쉴새없이 행진곡을 연주하고야 말았다고 고타로 자신은 변명할 수도 있을 것 같다.

2) 전시에서 예술가의 역할

고타로가 전쟁에 심취되었다는 사실은 다방면의 사람들을 향하여 독려하는 글에서도 입증된다. 그 중에서도 「전시하의 예술가」는 고타로가 어떤 마음자세로 전쟁에 협력하였는지를 알려주는 중요한 단서를 담고 있는 글이라 하겠다. 고타로는 전시체제 하에서 예술가가 해야할 일을 제시하고 있다.

오늘날 국가의 유사시에 미술가는 한 송이의 국화꽃을 그리고, 한 마리를 매미를 새기는 일에 겁내서는 안된다. 그 본래의 미는 반드시 사람의 힘이 되고, 더 나아가서 국가의 힘이 된다.

이 확신을 가질 수 없는 자는 기꺼이 예술가임을 단념하는 것이 좋다. 확신이 없는 곳에 힘은 없다. 힘이 없는 것을 만들어내는 자는 오늘날에는 식충이이다 … 가장 직접적인 봉공奉公으로는 이미 많은 유능한 미술가가 그렇듯이, 붓 대신 칼을 들고 부름에 응하여 군에 복종하는 것이다...... 일본 전국의 공장에 진정한 미를 범람시켜라. 그것은 반드시 어떤 긴박함과 곤란할 때라도 사람의 마음을 건강하게 지키고, 오랜 긴장에 충분히 견딜 수 있게 할 것이다. 전쟁 때 미술가에게는 그런 봉공의 길도 있는 것이다.[16]

이 글에서는 두 가지 메시지를 전하고 있다. 그 하나는 직접적인 봉사로써 나라를 위하여 기꺼이 부름에 응하라고 권유하고 있다. 국방의 의무에 대하여 부정적인 견해로 소동을 일으켰던 청년기의 고타로와는 완전히 다른 견해를 보여주고 있다. 다른 하나는 간접적인 충성으로 미술가의 능력을 발휘하여 황폐해지기 쉬운 민심을 구제하라는 권유이다. 그것을 실천하기 위한 방법으로 전국의 군수공장에 벽화나 조각품 또는 삭막한 공장내부를 장식할 국화꽃 한 송이라도 그려 제공하라는 제안을 하고 있는 것이다. 그 중에서도 '국화꽃'은 천황가를 상징하므로 천황의 사진이나 일장기를 벽에 걸어두는 것과 동일한 효과를 얻을 수 있다. 즉, 국화꽃은 민심의 황폐화를 막는 동시에 천황가에 충성을 맹세하는 수단으로 활용할 의도였으리라 생각된다.

그렇다면 선동하는 입장에 섰던 고타로의 실제 생활은 어떠했을까? 전시에는 누구나가 그렇듯이 고타로의 예술활동에도 많은 제약을 받았다. 전력을 다하여 전쟁을 수행하던 시기에는 군수용품의 생산이 우선시 되었기 때문에 작업을 위한 재료는 물론 생필품의 부족은 피할 수 없는 일이었다. 더욱이 고타로는 모범을 보여야 하는 입장이었기 때문에 자진하여 물자절약에 협조하였다. 전쟁의 취지에서 벗어난 글의 인쇄는 자제하여 「나는 두 가지 색의 시를 썼다/ 한 가지 색은 인쇄되고/ 한 가지 색은 인쇄되지 않았다」〈로망롤랑〉고 한다. 그것은 시국에 위배되는 서적의 출판을 금지하는 압력에 의한 결정이기도 하였지만 청일전쟁 때 「그러니까 이제부터 너도 낭비하지 마라. 알았니」라는 아버지로부터의 교육이 몸에 배어 자발적으로 참여한 것이라고도 볼 수 있다.

다음 글도 역시 예술가를 대상으로 호소하고 있는데, 승리에 대한 자신감과 함께 정신무장의 중요성을 강조하고 있다. 고타로는 그 예로써 미야모토 무사시宮本武藏의 일화를 들어 설명하고 있다.

> 미야모토 무사시는 상대가 빨래대 길이의 장도를 가지고 있을 때, 그에 맞설 수 있는 목검이 몸을 재빠르게 만든다는 순리를 신중하게 고려하는 동시에 이를 넘어선 필승불패의 정신에 입각하여, 우선 설도로 상대에게 일말의 패배의식을 갖게 하여 일격에 강적을 넘어뜨렸다. 이것은 순리만으로 이룰 수 없는 인간의 문제이다. 우리는 최후에는 기필코 미국과 영국을 멸망시킬 필승의 기운으로 가득 차 있다. 성업은 반드시 이루고야 만다. 우리 예술에 종사하고 있는 사람은 국민의 한 사람으로서 이 결전에 참가할 수 있는 전력을 다함과 동시에 승리를 전제로 하여 이 성대에 빛나는 미를 먼 후손에게 물려준다는 마음가짐을 잊어서는 안된다. 결국 그것은 미의 최고 걸작품을 만들어 내는데 있다.[17]

고타로는 이 일화를 통하여 강자가 약자를 지배한다는 힘의 논리에 도전장을 내고 정신적으로 강력하게 무장되어 있으면 어떤 강대국과의 결전에서도 승리할 수 있다는 의지를 보여주고 있다. 여기에는 예술가도 예외는 아니며, 미의 최고 걸작품을 만든다면 정신적인 면에서 강력한 에너지원으로 활용할 수 있다는 생각을 한 것이다. 예술의 힘을 이용하여 전쟁에 협력하려는 의지는 「12월 8일의 기록」에도 구체적으로 제시되어 있다.

> 의안 '전국의 공장시설에 미술가를 동원하라'
> 제안이유 '국민의 사기앙양에 관하여 전국에 넘쳐나는 공장 종업원의 정신적 건강의 유무는 매우 중대하다. 국민 사기의 원천은 건강한 정신생활에 있는 것. 건강한 정신생활은 일상 신변의 건강한 미의 힘에 의해 배양된다는 사실을 간과해서는 안된다. 이 미가 결여될 때 인심은 황폐해진다'
> 건설안 '모든 큰 공장의 식당, 휴게실, 합숙소, 병원 등의 설계에 합리적인 미를 부여하기 위하여 각각 적당한 미술가를 동원시켜 벽면조각, 벽화, 일용집기, 전단 등의 도안 및 제작에 종사하게 하는 길을 열어줄 것'[18]

이와 같이 후방에서 예술가가 전쟁에 협력해야 할 이유로 군수공장에서 간접적으로 전쟁에 참여하고 있는 공원들의 정신건강을 들고 있다. 전쟁에 승리하기 위하여 먹어야 하고, 전쟁에 승리하기 위하여 건강을 유지해야 하는 긴장된 상황에서는 마음의 여유를 갖게 하는 역할을 예술가들이 맡아야 한다는 주장이다. 국가의 운명은 곧 개인의 행복을 의미하였기 때문에 전쟁에 승리해야 한다는 생각으로 필사적인 국민들에게, 좋게 생각하면 기본적인 인간성만은 잃지 않게 하기 위한 조치였다고 볼 수 있다.

위 글은 중앙협력회의 의원으로 활동할 때 제안했던 것으로 정식명칭은 '대정익찬회大政翼贊會·중앙협력회의中央協力會議'였다. 통칭 '중앙협력회의'가 발족된 것은 1940년으로 정치·경제·문화 등 각계의 대표자를 모아 정치를 보좌하는 협력기관이라는 명분으로 시작되었다. 그 위세는 대단한 것이어서 군부는 의회보다도 협력회의에 중점을 두었을 정도였다. 그 기관에 고타로가 미술계를 대표하여 의원이 되었던 것이다. 그때의 심경을 읊은 것이 〈협력회의協力會議〉이다.

> 협력회의라는 것이 생겨서/ 민의를 상달한다고 한다./ 일찍이 존경하던 사람
> 이 와서/ 어느 날 밤 국정의 비리를 자세히 말하며/ 내게 위원이 되라고 한
> 다./ … 결국 나는 의원이 되었다./ 일단 돌기 시작하면/ 싫어도 톱니바퀴는
> 통째로 돌아간다./ …[19]

존경하던 사람이란 기시다 구니오를 가리키며, 처음에 권유를 받았
을 때는 민의를 전달하는 역할이라고 들었기에 수락하였다. 그리고 3
번 참석하였는데 그 때마다 미술계를 대표하여 3번의 제안[20]을 하였
다. 물론 이 기구는 형식적인 활동으로 민의가 상달되기보다는 위정자
의 뜻이 하달되는 기관으로 전락하고 말았다. 즉, 전쟁을 진두 지휘하
는 참모진의 눈에 국민들을 대상으로 전쟁을 합리화시키고 선동하는
영향력 있는 인물로 지목되어 이용당한 셈이었다. 그러나 이미 거대한
일본이라는 기계의 일개 부품이었던 고타로는 「싫어도 톱니바퀴는 통
째로 돌아가서」 부품으로서의 역할에 최선을 다한 것이라고도 보인다.
한편으로는 예술가의 본분을 잊지 않고 미를 활용하여 국민들의
정신적 피폐를 막아보려는 시도와 함께 고타로도 역시 자신의 예술
세계를 지켜내기 위하여 안간힘을 썼다. 전쟁으로 인하여 아직도 조
각부분의 작업이 이루어지지 못해서인지, 아니면 당시 진행형인 시
작들이 진정한 예술이 아님을 인정해서인지 쉬지 않고 발표해내는
시속에서 예술가임을 잊지 않으려는 노력의 흔적이 역력하다. 〈결전
의 해에 의지를 논하다〉라는 시를 예로 들어보겠다.

> 문자 그대로 국민 모두 병사가 되는 날이 왔다/ 남녀노소 할 것 없이 거국적
> 으로 지금 전선에 있다./ …/ 올해 61의 늙은이지만/ 선뜻 환갑이라고 말할

생각이 들지 않는다./ 오히려 숫자를 거꾸로 하여/ 16부터 시작하고 싶다./ …/ 나는 미를 지키면서/ 이 생활의 일체를 걸고 그들을 공격하리라./ 이 생활의 일체를 걸고 그들을 공격하면서/ 엄숙히 미의 세계를 지켜내리라.[21]

이 시는 전쟁이 한참 무르익어 가던 때에 쓰여진 것으로 1943년 1월 2일 신년의 각오를 새로이 하자는 의미에서 「도쿄신문東京新聞」에 발표된 작품이다. 고타로는 전시에는 전후방이 따로 없이 전 국민이 전투태세를 취해야 하므로 각자의 위치에서 전쟁을 승리로 이끌기 위하여 최선을 다해야 한다는 사실을 끊임없이 호소하였다. 그 대상은 때로는 어린 학생들이기도 하였고, 때로는 여성의 무한한 가능성을 예찬하면서 아녀자들의 적극적인 참여를 유도하였다. 고타로의 나이 벌써 환갑을 맞았지만 16세의 나이로 돌아가 학도병으로 출전하고 싶다는 의지를 보여주고 있다. 그런 한편으로는 예술에 대한 갈증을 이기지 못하여 몇 줄 적고 있다. 「이 생활의 일체를 걸고 그들을 공격하면서/ 엄숙히 미의 세계를 지켜내리라」라고.

또한 전쟁이 무르익어 승전국으로서의 자신감이 붙었을 무렵 「예술에 의한 국위선양」이라는 글을 통하여 다음과 같이 제안하고 있다.

일본은 러일전쟁 이후 이미 세계의 일등국으로 인정받아 최대강국의 하나로 오늘날 국제간에 중요한 위치를 차지하고 있지만, 세계 모든 민족들이 가지고 있는 일본에 대한 인식은 우리 일본인으로서 유감스러운 점이 적지 않다. 그들은 확실히 일본의 힘을 인정하지만 그들이 인정하는 힘이라는 것은 일본의 무력, 정치력, 열광적 국민성 같은 힘으로, 그 힘의 깊은 곳에 존재하는 정신력, 윤리성이라는 근본적인 힘에 대해서는 매우 특수한 것으로밖에 인식되어 있지 않다.[22]

고타로는 일본이 강대국으로 부상하고 있는 것은 사실이지만 유감스럽게도 긍적적인 이미지가 아니라 무력으로 상대를 제압하는 야만적인 나라로 인식되어 있다고 보았다. 전쟁에 협력하는 시를 발표하는 일에 적극성을 띠면서도 아름다움을 창조하여 세상이 황폐화되는 것을 막으려 노력하였고, 승전국으로서 좋은 이미지보다는 부정적인 인식이 더 강한 것에 우려를 표명하였다. 그런 일본의 이미지를 불식시키기 위해서는 미술이나 선각자들의 저서 등 정신문화의 우월성을 널리 홍보함으로써 가능한 일이라고 제안했던 것이다. 특히 예술은 눈과 귀를 통하여 호소하기 때문에 직접적인 감동을 줄 수 있어 「황국 일본」을 이해시키는데 더욱 효과적인 방법이라고 보았다.

이렇게 고타로는 평상시와 비상시를 불문하고 미를 창조하는 예술가의 본분을 잊어본 적이 없는 미지상주의자였다. 다른 점이 있다면 평상시에는 예술 그 자체를 위한 고뇌였고, 전시에는 예술의 무한한 힘을 전쟁을 승리로 이끄는데 활용하고자 한 것이었다. 어느 쪽도 그 중심에는 아름다움을 추구하는 예술의 힘으로 인심의 황폐화를 염려하는 인도주의가 자리하고 있었으나, 전쟁을 승리로 이끌기 위한 방편으로 사용함으로써 진정한 인도주의의 본질을 망각하고 말았다. 고타로의 인도주의는 잘못된 방향으로 치닫고 있었던 것이다. 그러나 고타로의 주변에는 그의 비도非道를 지적해줄 사람이 아무도 없었다.

4. 〈공목찬가〉에 나타난 광적인 적극성

1) 학도병과 여성을 선동하는 시

지금까지 고타로가 국민들을 대상으로 전쟁을 합리화시키고 선동할 수 있는 인물로 지목되어 중앙협력회의 의원이 되어 활동하였다는 사실과, 천황을 절대적으로 신봉했던 유년시절의 부모님의 망령에 사로잡혀 가는 과정을 확인하였다. 고타로는 그 후로 신들린 사람처럼 다양한 대상을 향하여 전쟁협력시를 써서 호소하는 주체적인 입장으로 바뀌어갔다. 여기에서는 태평양전쟁이 치러졌던 약 4년 동안에 140여 편에 이르는 시를 발표하였는데 그것들이 어떤 내용을 담고 있는지 알아보기로 한다. 먼저 어린 학도병에게 주는 시 「전학도 일어서다」이다.

> 선택되어 면학에 힘쓰고/ 국운의 미래를 그 손에 쥐고/ 바로 다음 세대의 희망에 눈을 부릅뜬 학도/ 다음 세대는 이미 여기에 있고,/ 지금 황송하게도 부름을 받아/ 그들은 전쟁을 향하여 일어섰다/ … 23

고타로는 어린 학생들을 향하여 전쟁터로 향할 것을 종용하고 있다. 공부할 수 있는 환경에 있는 것만으로도 선택받은 신분이므로 감사해야 하며, 공부하는 목표가 미래를 위한 준비였다면 학생들의 힘을 필요로 하는 기회가 왔으니 황송한 마음으로 달려나가라는 것이다. 전쟁에 협력하는 시 가운데 특히 『아저씨의 시』에 실려있는 많은 시들이 어린이를 대상으로 쓰여졌다. 때로는 직접 어린이가 되어 전쟁영웅담이 전해질 때마다 빨리 자라서 용사들의 뜻을 이어가겠다고 다짐하였는데, 그가 학도병으로 자원하기를 권유한 학생의 나이는 놀랍게도 14세였다. 〈소년 비행병少年飛行兵〉이라는 시에 잘 나타나 있다.

> 누가 '소년 비행병은 강하다'고 한다./ 나도 그렇게 생각한다./ …/ 이를 정해진 훈련을 통하여 마치면/ 과연 훌륭한 비행병이 된다./ 게다가 신경반응의 속도는/ 14세에 가장 민감하다고 한다./ 반응시의 속도는 승패의 열쇠가 된다./ 항공전에 어른을 능가하는/ 소년 비행병이 있는 것은 당연하다./ 순수한

것은 여기서도 무적이다.[24]

　이렇게 어린 나이의 소년들이 전투에 참여했다는 사실에 놀라기는
커녕 오히려 당연시하고 있다. 오로지 전쟁에서 승리해야 한다는 사실
에 사로잡혀 있는 고타로는 어른들과는 달리 단순하기 때문에 한눈 팔
지 않고 목표를 향하여 돌진하는 특성을 가진 소년들을 부추겨 희생양
으로 삼고 있다. 설령 14세라는 나이가 가장 민첩하게 반응한다는 과학
적인 근거가 있다 하더라도 여기에서는 정부측에 유리하게 해석하고
있다는 인상을 감추기 어렵다. 가미카제神風특공대에 14세의 어린 소년
들이 포함되어 있었다는 사실이 폭로되었기 때문이다. 그는 점점 전쟁
을 진두지휘하는 군 수뇌부들과 같은 생각으로 달려가고 있는 것을 볼
수 있다. 전 국민이 전후방에서 전쟁에 적극적으로 참여해야 한다는 의
식을 고취시키려는 의지는 여성도 예외는 아니어서 전투태세로 변모
하기를 호소하는 시를 발표한다.

　　여성은 변모한다. / 여성은 어제의 아름다움을 버렸다. / … / 오빠를 보내고,
　　남편을 보낸 일본여성에게 / 불가사의한 변모가 천천히 온다. / 여성의 눈동자
　　에 지혜가 숨쉬고, / 여성의 팔에 힘이 깃들고, / 그리하여 여성의 마음 속에, /
　　상대를 정화시키는 진정한 사랑이 하늘에서 내려왔다. / …

　　　　　　　　　　　　　　　　　　　　　　　　　〈변모하는 여성〉[25]

　전투태세에 돌입한 여성을 찬양하면서 동시에 아직 변모하지 못한
여성들의 각성을 촉구하는 시이다. 고타로는 세상에는 다양한 미의식
이 있지만 「숨넘어가는 듯한 것의 미에 특별히 애착을 가지는 마음에
서 약한 것은 아름답다느니, 덧없는 것은 아름답다는 식의 관념까지 생
겨났지만 결국 그것은 미의 변질이라고 보아야 한다」[26]고 믿으며 건강

한 미美에서 진정한 아름다움을 추구하였던 예술가였다.

고타로는 자신의 지론에 따라 미의 기준이 변하였으므로 여성들에게 보호본능을 자극하는 나약한 미의 환상에서 벗어나 강인한 체력을 유지할 것과 전쟁터에 나간 남자들을 대신하여 생계를 꾸려나가고 군수공장에 나가 밤낮으로 봉사할 수 있는 건강미가 진정한 아름다움이라고 현혹하고 있다. 그것은 당면한 현실을 비관적으로 생각하여 사기가 떨어짐으로써 전쟁에 저해요소로 작용하리라는 우려에서 나왔다고 생각한다. 강인한 아름다움을 합리화시키고, 비관론을 원천봉쇄라도 하듯이 〈근로보국〉에서 「기쁘기 그지없다/ 다행히도 사는 보람이 있는 세상에 태어나/ 그야말로 천재일우의 천지에 섰다.」[27]고 강한 자부심으로 국가에 충성할 수 있는 기회가 주어진 사실을 감사하라고 다그쳤던 것이다.

여성을 노래한 시 가운데는 전사한 아들을 둔 어머니를 영웅으로 추대하는 작품도 있다. 〈산길의 아주머니〉가 그것이다.

> …/ 가난에도 아랑곳하지 않고,/ 불행을 불행이라고도 생각하지 않고,/ 아들 둘을 훌륭하게 키워내,/ 힘겹게 길러낸 두 아들을 전지로 보내,/ 한 사람은 야스쿠니 신에게 바치고,/ 더욱 엄연하게 국가를 위하여 육신을 아끼지 않는,/ 이 평범한 아주머니야말로/ 천만의 어머니 중의 어머니일 것이다./ 활달한 성격의 어머니는 서둘러/ 죽은 아들의 유품을 펼쳐/ 수첩과 나이프와 맥주병 따개를/ 줄곧 만지작거리고 있다./ 온 마을의 인기가 저절로 아주머니에게 집중되고/ …/ 가장 낮은 자야말로 가장 높다./ 아주머니는 아무것도 모르고 그냥 움직인다./ 오직 나라를 위하여 그저 움직인다./… [28]

이 시는 실존인물인 이노우에 구마井上くま[29]를 '일본의 어머니'로 표창하기 위하여 문학보국회와 요미우리讀賣신문사의 위촉을 받아 야마

나시山梨를 방문하여 쓴 작품이다. 산골마을에 사는 주인공은 그야말로 평범한 시골 아낙이었다. 특별하다고 보자면 아들의 유품을 들고 간 고타로 일행을 의연하게 맞이하여 늘 하던 대로 우동까지 대접했다는 점이었다. 「오직 나라를 위하여 그저 움직이는」 강한 여성을 추앙받아 마땅한 일본의 어머니로 노래하고 있는 것이다.

고타로에게 여성을 우상화시키고 흠모하는 것은 그리 새삼스러운 일이 아니었다. 모나리자로 지칭되는 여자를 비롯하여 부인인 치에코·어머니·누이 등 보는 시각에 따라서는 페미니스트라 불릴 정도로 여성에 대하여 긍정적이고 우호적인 입장을 취했던 인물이었다. 그런 의미에서 이 시는 자식의 죽음 앞에서도 의연한 태도를 보인 여인으로부터 진한 감동을 받았을 것이다. 고타로로서는 자연스런 감정의 호소였다고 보이지만 이런 영웅만들기 과정을 통하여 전쟁터에 나가 장렬하게 전사하는 것을 두려워하지 않는 분위기를 조성하고, 그것을 일본의 승리로 이끄는 원동력으로 이용하려는 의도가 숨어있었다고 생각한다.

시뿐만 아니라 '주부의 친구主婦之友'에 발표한「황국 일본의 어머니」라는 제목으로 자식을 생각하는 부모의 마음을 꿩과 학에 비유하여[30] 「황국 어머니 사랑의 아름다움은 그 본능적인 사랑을 안으로 뜨겁게 품기 때문에 인류지고의 절대적인 사랑에 녹아드는 무사무욕 무념무상無私無慾 無念無想의 황홀한 마음에 있다 …(중략)… 목숨을 바치라고 가르치는 황국의 어머니 사랑의 심연은 세계에 비할 바가 없는 미의 극치,」[31]라고 예찬하였다. 인간은 물론 일개 미물도 자식에 대한 보호본능은 지극하다는데 이를 극복하고 한 차원 높은 초인적이고 대국적인 일본 어머니들의 특별한 사랑의 실천을 찬양하면서 역시 이기적인 사랑을 뛰어넘은 결단을 촉구하고 있는 글이다. 이 시는 제3장에서 살펴본 베르하렌의 시 〈장례식〉[32]과 흡사한 분위기를 연출하고 있다. 두 편의 시를 비교해 보면 다음과 같다.

구분	장례식(베르하렌)	산길의 아주머니(고타로)	비고
소재	전쟁터에서 죽은 세 아들	야스쿠니신사에 바친 두 아들	유사
배경	장례식	유골전달식	유사
시적승화	몸은 약해졌어도 마음은 숭고해진 어머니	일본의 일천만 어머니 중의 어머니	유사
가치관	엄숙한 아름다움에 대한 경배	공을 위해 사를 희생하는 미덕	유사
메세지	죽음을 초연하게 받아들이는 달관자	국가에 대한 충성심	상이

위와 같이 상당히 많은 유사성을 보이는 두 시에서 다른 점이 있다면, 전자는 전쟁으로 희생된 죽음에 대하여 달관의 경지를 보여주는 반면에 후자는 성스러운 전쟁에 협력하는 어머니의 충성심을 노래하고 있다는 점이다. 베르하렌의 〈장례식〉으로부터 모티브를 얻어 시를 전개하였지만 전쟁에 심취한 고타로는 결국 사람들을 전쟁터로 내달리게 하는 행진곡을 양산하고 만다.

2) 무생물과 중국인을 선동하는 시

고타로가 예찬형식을 빌어 선동한 대상은 사람에게 한정되지 않고 무생물에게도 협조를 요청하였다. 죽은 나무와 점토에 생명력을 불어넣은 조각가답게 무생물까지도 의인화하여 교묘하게 본인의 뜻을 전달하는데 이용하고 있다. 그런 예로 배를 만드는데 필요한 나무를 공출하기 위하여 〈공목찬가〉를 쓰기도 하였다.

지금 이 나무에게 도끼질을 하여 자릅니다./ 사려 깊은 옛 선인들의 혼도 굽어살피소서./ 국가 비상사태에 이르러,/ 바다의 나라 일본에는 한 척이라도 많은 배가 필요합니다/ 배, 배, 배가 없으면 1억이 질식합니다./ 바다라는 바다에 무수한 배를 띄워/ 지금 종횡무진 싸워야 합니다./ 그 배의 용골이 되고, 돛대가 되고/ 그 배의 선항이 되고, 판자가 되는 나무가/ 무엇보다도 시급하게 필요합니다./ …/ 벤 자리에는 반드시 차세대의 묘목을 멋지게 길러내어/ 고귀한 마음을 대대로 이어갑니다./ …/ 나무도 천황을 위하여 엄연히 싸웁니다.[33]

당시 태평양전쟁은 해전과 공중전이 주를 이루었기 때문에 그에 필요한 비행기나 배를 많이 확보하는 것은 전투력 못지 않게 승패를 좌우하는 요소로 작용하고 있었다. 고타로의 다급한 마음은 배를 공급하지 못하면 전쟁에서 지게 되고, 그것은 결국 1억의 일본인이 질식하고 말 것이라고 호소하고 있다. 배를 만들기 위하여 나무를 공출하라는 명령을 수행하는데 있어서도 단순한 나무가 아님을 강조하고 있다. 「사려 깊은 옛 선인들」에 의하여 심어져서 오늘처럼 고귀한 용도로 쓰일 날을 기다려온 성스러운 나무를 가리킨다. 나아가서 천황으로 대표되는 신의 뜻에 따라 이루어지는 전쟁을 합리화시키는 일은 일회성으로 그치지 않고 대를 이어 거룩한 성전으로 기록되기를 바라는 염원은 의인화된 나무를 통하여 교묘하게 전하고 있다. 과연 무생물인 언어에 생명력을 불어넣는 시인다운 발상이다.

다음은 일본의 전쟁에 커다란 장애물이 되고 있었던 중국을 향하여 쓴 시이다. 장개석 총통과 중국 국민들의 각성을 촉구하는 시 2편을 살펴보기로 한다. 먼저 〈심사숙고하라 장선생이여〉를 보자.

선생의 부하이자 아끼는 청년장교로부터/ 나도 일찍이 선생의 행적을 들었다./ 선생은 온몸으로 새로운 생활의 모범을 보여,/ 사람들은 모두 선생을 따른다고 한다./ 나 또한 장선생을 위대하다고 생각하지만/ 그런 선생에게 과실이 하나 있다./ 항일이라는 집념을 선생은 어디에서 얻었는가./ …(중략)…/ 선생은 항일 하나로 민심을 이끌었다./ 항일사상이 있는 한/ 동아에 평화는 오지 않는다./ …(중략)…/ 우리 일본은 선생의 나라를 멸망시키려는 것이 아니라,/ 단지 항일사상을 깨려는 것뿐이다./ 항일에 집착하면 선생도 역시 망한다. [34]

이 시는 항일운동을 이끌었던 중국의 장개석에게 보낸 글이다. 동아시아를 잠식하여 식민지로 삼은 서양열강들을 축출하기 위해서는 중국을 비롯한 아시아권 국가들이 대동단결해야 하므로 항일운동에 대하여 심사숙고하라고 권유하는 내용을 66행에 걸쳐 쓰고 있다.

장개석에 대한 정보는 공개적인 루트를 통하기도 하였지만 「선생의 부하이자 아끼는 청년장교로부터/ 나도 일찍이 선생의 행적을 들었다」고 밝히고 있다. 그 사람은 바로 중국의 황영黃瀛으로 일본에서 유학하던 시절에 고타로를 만나 조각상의 모델이 되기도 했던 시인을 가리킨다. 문학도로서 친분을 갖고 있었던 황영이 전쟁이 발발하자 본국으로 돌아가 장교가 된 인연을 갖고 있었기에 더욱 친근감과 가지고 있었다. 그런 장개석에게 항일운동을 중단하고 함께 손을 잡고 미영연합군과 싸워 동아의 평화를 되찾자고 제안한 것이다. 물론 그 길은 「우리 일본은 선생의 나라를 멸망시키려는 것이 아니라/ 단지 항일사상을 깨려는 것뿐」이라고 믿고 있었다. 또한 중국 국민들에게 주는 시 〈중국 국민과 병사에게 고함〉이 있다.

노구교사건은 하늘의 뜻이었다./ 이제야 세계는 그 의미를 알았다./ 진보하는 역사의 엄연함에/ 일본도 놀라고 있다/ …(중략)…/ 중경의 요인들은 사재를 외국에 억류당하여/ 어쩔 수 없이 매국의 고전에 허덕인다./ 억류된 토착 장병들이여!/ 지금이야말로 창을 거꾸로 쥐고 중경으로 돌진하라./ 원교근공의 환상을 버려라./ 노구교에서 발생한 하늘의 뜻을 너희 손으로 완수해라. [35]

중일전쟁의 발단이 된 것은 1937년 7월 7일 '노구교사건'으로 지극히 사소한 일에서 시작되었다. 당시 일본군은 노구교 왼쪽에 있는 소도시인 루거우차오에 일부 군대가 주둔하고 있었다. 일본군이 야간연습을 하고 있던 중 몇 발의 총소리가 났고 사병 한 명이 행방불명되었다. 사병은 용변 중이어서 20분 후에 대열에 복귀하였으나 일본군은 중국군의 사격을 받았다는 핑계로 중국을 공격하였고 이 사건을 계기로 국민의 항일 여론이 거세져 결국 전쟁으로 이어진 것이 중일전쟁이다. 이 전쟁을 두고 일본은 계획적인 침략이 아니라 노구교사건으로 인해 우연히 일어난 전쟁이라고 주장하지만 중국측의 양보로 현지협정을 맺어 해결된 사건임에도 불구하고 일본측에서 계속 강경한 태도를 보이면서 베이징과 톈진을 공격한 것은 침략행위가 분명하다.

이렇게 사소한 사건이 전쟁으로 비화된 사실을 놓고 고타로는 신의 뜻이었다고 고집하고 있다. 오히려 잘못된 것은 국민당과 공산당의 알력으로 인하여 나라가 위기에 빠져있으니 정부요원들이 밀집해 있는 중경重慶을 향하여 총구를 겨누라고 충고하고 있다. 그리고 원교근공遠交近攻의 환상 즉, 먼 나라인 미국·영국과는 친교를 맺으면서 가까운 일본과 대치하는 것은 바람직하지 않으므로 환상에서 깨어나라고 촉구하고 있다. 무엇이 하늘의 뜻인지 분명하게 명시하지 않았지만 고타로는 절대적인 권위자로 인식되어 있는 천황의 망령에 사로잡혀 모든 일을 하늘의 뜻으로 돌리고 있다.

고타로의 전쟁협력시는 그의 진심에서 우러난 시라고 볼 수밖에 없다. 일본이 1941년 12월 8일 미국과 영국을 상대로 선전포고를 한 이래 1945년 8월 15일 항복을 선언하기까지 쓰여진 시는 총 142편의 시 가운데 단 3편[36]만이 전쟁과 무관한 시였던 것을 보면 전쟁에 심취하여 글을 썼던 것이 분명하다. 내용면에서도 자신의 감격을 적어 발표한 시는 물론이거니와 일본국민을 대상으로 호소하는 것과 청년들을 부추기고 여성들의 동참을 호소하며 전몰용사 및 전쟁영웅들의 순직을 애도하는 마음을 읊고 있다. 학도병을 예찬하며 심지어는 중화민국 국민과 병사들을 설득하거나 중국의 지도자였던 장개석의 무지를 지적하여 충고하는 것들도 있다.

5. 맺음말

이상에서 살펴본 바와 같이 전쟁에 협력하는 시를 쓴 사실을 두고 전쟁이 끝난 후 본인의 표현을 빌리자면 '시가 아닌 시'를 썼다느니 전시하에 강요에 의한 행동이었다고 해석하는 것은 설득력이 약하다. 시집 『기록』의 서문에서 「대동아전쟁의 진전에 따라서 일어나는 한 인간의 주체할 수 없는 감동의 기록」이라고 고백했듯이 전쟁협력시는 부인할 수 없는 국가주의에 입각한 마음을 표출한 것이었다.

고타로는 언제나 진지하게 현실을 받아들이고 자신이 옳다고 생각하는 일에 최선을 다하는 사람이고 또한 항상 솔직하게 대상을 표현하는 예술가였다. 일상의 모든 것을 소재로 삼아 있는 그대로 그림을 그리고 조각하였듯이 시를 썼다. 부친의 즉물주의 영향을 받아서인지 의뢰를 받아 흉상을 제작할 때도 사진만으로는 불가하다고 보는 입장이었으므로 반드시 당사자가 모델로 존재할 때만 착수하는 고집스러움을 보였었다. 그러한 고타로였기에 전시체제에서 전쟁이 소재가 되는 것은 당연한 일이었다고 생각한다.

다만 그것이 인도주의자답게 반전을 호소하는 입장에서 전쟁에 관련된 시를 썼거나, 조각을 할 수 없는 조건에서는 공백기를 가졌던 것처럼 차라리 침묵했더라면 좋았을 것이다.

그러나 고타로는 전쟁터로 나길 것을 종용하는 〈행진곡〉을 비롯하여

14세의 어린 병사를 찬양하는 〈소년 비행병〉이나, 전쟁터에서 희생된 두 아들의 유해를 의연한 자세로 맞이한 어머니를 '일본의 어머니'로 추대한 〈산길의 아주머니〉 등을 감상해 볼 때, 전쟁에 매우 적극적이었다는 것을 부인할 수 없다. 심지어 해전에서의 승패를 좌우하는 배를 확보하기 위하여 무생물인 나무에게까지 찬사를 아끼지 않은 〈공목찬가〉 등에서도 광적으로 흥분된 상태에서 전쟁에 협력한 빗나간 인도주의가 역력하게 보이기 때문이다.

---

*　이 글은 2006년 『일본학보』(제66집, 한국일본학회)에 발표한 것을 수정·보완한 것임.

1　高村光太郎「よろこびを告ぐ」『高村光太郎全集』1권, 筑摩書房, 1998, p.217

2　『詩と詩論』: 1928년에 창간된 초현실파의 잡지. 대표적인 시인으로 春山行夫·北川冬彦·三好達治 등이 있다.

3　『四季』: 1934년에 창간된 四季派의 잡지. 지성편중의 경향에 대항하여 음악성을 부활시켰으며, 丸山薫·中原中也·立原道造 등이 활약하였다.

4　중앙협력회의(中央協力会議) : 정식명칭은 '대정익찬회·중앙협력회의(大政翼賛会·中央協力会議)'였다. 통칭 '중앙협력회의'가 발족된 것은 1940년으로 정치·경제·문화 등 각계의 대표자를 모아 정치를 보좌하는 협력기관이라는 명분으로 시작되었다.

5　島岡晨『高村光太郎』レグルス文庫, 1976, p.135.

6　전집3 p.291.

7　전집3 pp. 276-277.

8　中島兼吉 : 고타로의 할아버지. 가계도에 의하면 증조할아버지인 中島富五郎는 창을 잘하였다고 전해진다. 그런데 누군가의 시기를 사 독을 마시게 되어 목소리를 잃고 몸도 자유롭게 쓰지 못하게 되었다. 이런 연유로 집안에서는 창이 금지되어 고타로는 기미가요(君が代. 애국가)도 제대로 부르지 못하였다고 한다. 증조부는 다행히 손재주가 좋아 완구를 만들어 파는 것으로 생계를 연명하였고 그 손재주는 대대로 이어져 아버지는 목조가인 다카무라 도운(高村東雲)에게 사사를 받았다. 그것이 인연이 되어 스승의 배려로 성과 이름을 이어받아 다카무라 고운(高村光雲←中島幸吉)이라 개명하였다.

9　전집3 pp.281-282.

10　전집10「父との関係」p.230.

11　전집3 pp.282-283.

12　전집3 p.298.

13　전집3 pp.3-4.

14　전집3 pp.4-5.

15　전집2 pp.303-304.

16　전집6「戦時下の藝術家」pp.304-308.

17　전집5「とびとびの感想」-美の鍛冶- p.250.

18   高村光太郎 『某月某日』 竜星閣, 1943, p.13.

19   전집3 pp.295-296.

20   임시회의에서 「예술정책의 중심」 「국보, 특별보호건조물의 방공시설」을, 제1회 회의에
     서 「예술에 의한 국위선양」을, 제2회 회의에서 「공장시설에의 미술가 동원」을 제안하
     였다.

21   전집3 pp.70-71.

22   高村光太郎 『某月某日』 앞의 책, 1943 p.107.

23   전집3 p.126.

24   전집3 pp.140-141.

25   전집3 pp.18-19.

26   전집5 「美の健康性」, p.208

27   전집3 p.114.

28   전집3 p.47.

29   井上くま: 마을에서 떨어져 후지산 아래서 살고 있던 이 아주머니는 나그네들의 편의를 돌
     봐주었기 때문에 '산길의 아주머니'로 통하던 사람이었다. 그런 여인이 전쟁에서 두 아들
     을 잃었지만 의연한 자세를 보여주어 칭송이 자자해졌고, 고타로는 이 여인을 일본이 본
     받아야 할 모범적인 어머니로 묘사하였다.

30   '焼け野の雉子 夜の鶴' 둥지가 있는 들판에 불이 나자 자신을 돌보지 않고 새끼를 구하는
     어미꿩과, 학이 추운 겨울밤에 깃으로 새끼를 따뜻하게 보호한다는 뜻으로 자식을 생각하
     는 부모의 마음을 비유한 속담.

31   전집20 p.139.

32   전집18 pp.421-422.
     그녀에게는 세 명의 아들이 있었다. 세 명 모두 본세르에서 살해되었다./ 해다 저문다. 나
     는 그녀가 말하는 다정한 소리를 듣는다./ 너무나 붉은 태양이 아직 숲 속에서 반짝인다./
     그렇지만 해질 무렵의 정적이 그녀 의 주위에 감돈다.
     때라고 하는 때가 아아, 그녀에게는 슬픈 때임에도/ 그녀는 이 불행을 무턱대고 피하려고
     하지 않는다./ 그 때문에 몸은 쇠약해져도 그로 인하여 마음은 고상해지고/ 그 아름다운
     광명은 그녀의 눈물 속에서 사라지지 않는다.
     또 나는 본다, 멀리서 그녀가 그 느긋한 손으로,/ 세 명의 죽은 아들을 위하여 길에서 세 송
     이의 꽃을 꺾는 것을./ 내 영혼은 나도 모르는 기쁨으로 가득해진다./ 이 자애로 가득한 장
     례식이 땅위에서 진행되는 것을 보고.

33   전집3 p.81.

34   전집3 pp.13-15.

35   위의 책, pp.39-40.

36   「獨居自炊」, 「與謝野夫人晶子先生を弔ふ」, 「美しき落葉」.

37   전집3 pp.133-134.

38   위의 책, pp.130-131.

하기와라 사쿠타로와 한국[*]

┃양 동 국

1. 머리말

　일본 근대시가 낳은 최고의 시인 하기와라 사쿠타로萩原朔太郎는 구어 자유시의 확립이라는 커다란 반향을 불러일으키며 근대시사에 확고한 위치를 점하고 있다. 현대시의 태동에도 많은 자극을 안긴 사쿠타로는 일본의 시문학을 한 단계 성숙시킨 주요 시인으로 기억되고 있지만 당시 새로운 시문학을 모색하고 있던 한국 근대 시단에도 적지 않은 영향을 안겨 주었다.

　본고에서는 일본근대시와 한국과의 상호관련성이라는 커다란 주제 위에 먼저 사쿠타로가 그린 한국인의 인상을 들어 예술성을 지향하는 그의 문학에서 그다지 다뤄지지 않았던 사회 사상성에 대해 논의해본다. 더불어 한국 근대시단에서의 하기와라 사쿠타로의 수용과 영향에 관해 천착해보려 한다. 구체적으로 일본근대시의 중개와 매개체의 역할을 한 유학생과 그들이 출판한 문예지를 중심으로 언제 어떻게 사쿠타로가 한국에 소개되었는지를 살핀다. 한편 도회의 시인으로 알려져 있는 사쿠타로와 그로부터 적지 않은 영향을 받았다고 알려져 있는 고월 이장희의 시를 들어 〈영향〉과 함께 〈대조 비교〉 문학적인 관점에서 그들의 시상을 들추어본다. 특히 근대 도시 문명을 동경하고 지향하는 시를 중심으로 그 내면에 시적 주체의 투영이라는 레토릭에 주안점을 두어 근대시적인 특질을 음미해보려 한다.

한국 근대시에 안겨 준 영향과 대조 비교 연구는 사쿠타로의 문학성을 보다 선명하게 부각시킴과 동시에 한·일 근대시의 밀접한 관련 양상을 더듬어 보는 시 문학 논고가 될 것이다. 나아가 사쿠타로와 1920년대의 이장희 시의 비교는 한일 근대시의 단면을 내보이며 앞으로 좀더 심층적으로 연구되어야 할 한·일 근현대문학의 비교 연구에 적지 않게 기여하리라고 믿는다.

2. 하기와라 사쿠타로와 관동대지진 속의 한국인

처녀 시집 『달에 짖는다』(1917년)에 이어 1923년 1월 『푸른 고양이』를 상재한 하기와라 사쿠타로는 연이은 호평으로 일본 근대시단의 중견시인으로 확고히 자리 잡았다. 그런데 1923년 작품 중에 한국인을 그린 무척 특이한 시가 한 편 있다.

조선인 수 없이 살해당해/ 그 피 백리나 이어지고/ 난 분노해 바라보니 이 무슨 참혹함이던가.//[1]   〈 근일소감近日所感 〉

시의 내용에서 쉽게 이해할 수 있듯이 1923년 관동 대지진 때에 수 많은 한국인이 무고하게 살해되었다는 사실적 내용을 담은 〈근일소감 近日所感〉이라는 시이다. 사쿠타로는 시 문학 속에 관념을 배제한 예술 지향의 시인이었다는 것을 생각해 보면 이 짧은 〈근일소감〉은 현실적 소재를 여과 없이 토로한 무척 특이한 시이다. 당시 한국인 참살 사건 은 일본 정부를 향한 흉흉한 여론을 진정시키기 위해 군과 관의 조작 및 방조로「조선인 내습」혹은「우물에 극독물 살포」라는 의도적인 유 언비어 유포로 인해 자행된 무지한 대중의 만행이었다. 이소다 고이치 礒田光—에 의하면 사쿠타로가 그린 이 시는 9월 2일부터 3일까지 동경을 위시하여 수천 명에 달하는「조선인」에 대한 일단의 참극이 끝난 후인 9월 5일 마에바시시의 서남부에 있는 후쿠오카 경찰서에서 일어난 살 육이 직접적인 창작의 모티브이자 배경이었다고 추정한다.[2] 일명「후 쿠오카 사건」이라고 일컫는 이 끔찍한 살육은 학살을 피해 경찰서에 보호를 요청한 한국인들을 서장의 출타를 틈타 자경단 200여 명이 습 격해 17명이 참살당한 사건이다. 이 참극은 마에바시가 속한 군마현의 주민들에게 커다란 충격을 안기었는데 사쿠타로의 분노에 찬 심정은 〈근일소감〉의 직설적 표현에서도 충분히 알 수 있다. 당시의 일본 문인 들이 관동 대지진을 문학 제재로 삼은 것은 적지 않았다고 생각되나 공 권력의 의도된 날조와 방조에 의한 극악무도한 인류 범죄인 한국인 학 살 사건에 관해 냉철히 그린 이는 거의 없었다. 그나마 널리 알려진 것 은 다케히사 유메지竹久夢二 정도이다.[3]

"만군, 네 얼굴을 아무리 봐도 일본인이 아니야" 두부 집 아이인 만군을 붙잡 고 한 어린이가 그렇게 말한다. 교외의 어린이들이 자경단 놀이를 시작했던 것이다. "만군을 적으로 하자" "싫어 나, 정말 그렇게 하면 죽창으로 찌를 거 지" 만군은 꽁무니를 뺀다. "그런 짓 할 리가 없어. 우리들은 그저 흉내만 내는 거야" 그렇게 말해도 만군이 응낙하지 않으므로 꼬마대장이 나서 "만군! 적이 되지 않으면 때려 죽일 거야" …(중략)… "어린이들이여 막대기를 가지고 자경단 놀이를 하는 것은 이제 그만 둡시다"[4]

다케히사 유메지는 관동대지진의 참사 속에서 근대 문명이 파괴되고 인간미를 잃어가는 안타까움을 담아 「재난화신災難画信」이라는 판화와 여기에 약간의 사실적인 문장을 덧붙여 「도신문都新聞」에 연재했다. 인용문은 「재난화신」속에서 관동 대지진 당시 한국인 학살 문제를 들어 「자경단 놀이自警団遊び」[5]라는 제목으로 6명의 어린이를 등장시킨 그림에 덧붙인 동화풍의 필치로 당시의 정황을 풍자하고 있다. 일본인의 집단 심리와 야만성을 어린이들의 놀이문화에 전이시켜 날카롭게 풍자하며 비판하는 것에서 느낄 수 있는 사회성은 유메지가 단순한 화가와 연애 시인의 영역을 넘어서고 있음을 보여 준 획기적인 문제작이라고 할 수 있다. 말할 것도 없이 그 내면에는 본연의 인간적 모습의 회복 혹은 인간미에 대한 이해와 갈구가 존재한다.[6]

사쿠타로에게 있어서도 관동 대지진 때의 조선인 학살 사건은 그저 일회성의 사회적 의식으로만 머무르지 않았다. 시 〈근일소감〉을 발표한 직후에 사쿠타로는 「어느 야전 병원에서의 일ある野戦病院に於ての出来事」이라는 아포리즘을 발표한다.

전쟁터에서 '명예로운 희생자'등은 그의 빈사해가는 침대를 둘러싸고 저 충전된 특수한 기분 …(중략)… 그의 혼은 고무되고 마치 무대에서의 영웅처럼, 비장한 연극의 고조에 의해 절규한다. "마지막으로 말한다. 황제 폐하 만세!"라고.[7]

사쿠타로는 전장에서 부상을 입은 상이 병사들이 주위 사람들의 격려로 인해 고무되고 그 분위기에 편승하듯 「황제 폐하 만세」를 외치지 않을 수 없는 작태에 대해 야전 병원의 비극이라고 한탄한다. 개인의 의사를 무시하며 집단 심리로 이끌어가는 강제된 행위라는 것을 간파하고 이를 「국가적 간계」라며 강하게 비판하면서 시인의 내면에 꿈틀거리던 현실 사회 인식을 직접적으로 토로한 것이다. 당시 사회적으로 무척 예민했던 상이용사의 문제를 다룬 것으로 인해 이를 기고한 잡지 『신흥新興』은 발매금지 처분을 받지만 그 심연에는 근대천황제라는 무소불위의 권력과 국민국가 건설로 인한 자아의 억압, 나아가 집단적 심리에 대한 분노가 가득했음을 유추할 수 있다.[8]

1923년 9월 이후에 발표된 시작품과 아포리즘을 간추려 보면 이는 더욱 더 명확해진다. 「어느 야전 병원에서의 일」을 비롯하여 인간의 야수성을 유인원에 비유한 「원숭이猿」,[9] 그리고 전쟁은 민중의 의지와는 관계없이 관료 및 정부, 군벌과 재벌에 의한 「타산적 결행」이라고 정의해 후의 시대를 앞서는 사쿠타로의 전쟁관을 엿볼 수 있는 「전쟁에서의 정부와 민중」,[10] 등이 그 좋은 예일 것이다. 관동대지진으로 인한 한국인의 대학살 사건에서 촉발된 현실 인식이 사쿠타로에게 강한 사회성을 안겼음을 가늠할 수 있다.

사쿠타로가 시문학에 표출한 한국인 상은 횟수로는 단 1회에 불과하지만 「한국인 참살」이라는 비극적인 사건으로 인한 사상성의 분출은 그의 강한 지성으로 형상화되었다고 하겠다.

3. 한국의 초기 문예지 속의 하기와라 사쿠타로

1910년대 중후반부터 일본 근대시에서 확고한 위치를 점했던 하기하라 사쿠타로에 대해 한국근대시단은 이를 어떻게 수용하였을까? 이를 알아보기 위해서는 먼저 유학생과 근대 문예지에 초점을 맞추지 않으면 안 된다. 1919년 3·1 독립 운동으로 일본의 식민지 정책은 커다란 변화를 가져온다. 식민 정책의 전환은 소위 「문화정책」이라 불렸는데 가장 두드러진 변화는 총독부의 검열 하에 출판이 허용되었다는 점이다. 이로써 출판문화가 더디었던 한국에 새로운 변화의 꽃봉오리가 싹트기 시작했다. 1920년을 전후해 30여 종의 문예 전문지가 우후죽순처럼 쏟아져 나온 것은 새로운 형식의 문학에 대한 동경의 표출이자 더불어 근대 문예에 얼마나 목말라 있었던가를 단편적으로 보여 준다.

문예지의 창간에 있어 제1세대의 관비유학생과는 달리 일본 유학 제2세대의 활약은 실로 눈부셨다. 그들은 유학 중 쌓은 일본 근대문단의 흐름을 적극적으로 소개하며 내용과 편집에서 출판 수준을 한 단계 끌어올렸다. 일본 유학 제2세대의 기수라고 할 수 있는 주요한은 최초의 동인지라고 할 수 있는 『창조』의 창간호와 제2호에 연달아 「일본근대시초」를 싣는다. 「일본 근대시초」는 메이지기와 다이쇼기의 일본 근대시단의 흐름과 대표 시인의 시를 번역해 싣고 있다. 신체시서부터 시마자키 도오손 그리고 기타하라 하쿠슈와 미키 로후 등을 면밀히 살피고 있는 「일본근대시초」는 일본 근대시단의 양상을 해외에 소개한 최초의 시 문학사라고 해도 지나치지 않다.

> 白秋氏와 同時에 처음에는 情緒的으로 優秀한 詩句를 가지고 詩壇에나아와 一種幽玄한 샘볼리즘을연이는 三木露風氏다. 近來에와서 그의「幻影의 田園」은 一時文壇의 標的이되엇스나, 公平한눈으로볼때는 그의 거러온 길은 決코 意味업는거시아닌줄안다.[11]

인용문은 「일본근대시초」(2)의 마지막 부분으로 낭만적 상징주의에 대해 해설하고 있다. 일본에서 진정한 상징주의가 존재했는가의 논의는 여전히 계속되고 있는데 요한은 이를 낭만적 상징주의라고 정의했다는 점에서 그가 일본 근대시단의 흐름에 무척 정통했음을 가늠할 수 있다. 이는 『현대시가』를 출판하던 「서광시사」동인으로 활약한 주요한이 일본의 중앙문단에서 직접 시작품을 발표하며 체득한 문학적 교유의 결과라고 보아도 무방하다. 그런데 「일본근대시초」에는 구어자유시의 확립이라는 새로운 장을 연 하기와라 사쿠타로에 대해서는 전혀 언급되어 있지 않다. 하지만 「『幻影의 田園』은 一時文壇의 標的이되엇스나」라는 문장에서 사쿠타로가 발표한 「미키로후 일파의 시를 추방하라」[12]라는 평론을 떠올리지 않을 수 없다. 오히려 이 부분은 주요한이 사쿠타로를 포함해 당시의 일본 시단을 세세히 조망하고 있었음을 의미한다고 해도 좋을 것이다.

한편 김억, 주요한과 함께 제 2세대 일본 유학생의 선두에서 새로이 근대시를 모색하려 했던 황석우가 「일본시단의 2대 경향」을 『폐허』창간호에 발표한 것은 1920년 7월이었다.

「일본 시단의 2대 경향」은 주요한의 「일본근대시초」보다 새로운 조류에 초점을 맞춰 일본 시단을 소개하며 나아가 상징주의 해설과 시론까지 들고 있다. 「일본시단의 2대 경향」은 매우 중요한 시사적 의미를 내포하고 있는데 그것은 한일 근대시의 교류에서 빼놓을 수 없는 시인인 하기와라 사쿠타로를 본격적으로 한국에 소개했다는 점이다.

> 萩原朔太郎은 三木露風氏의 攻擊者로 一時日本詩壇에 勇名을 떨치던 人이니 氏의 作에는「달을짓는다」라는 시집과 「시의 원리」와 三木露風攻擊論文等이 잇다. 氏는 一時三木露風氏派의 藝術을 猛烈히 攻擊하엿섯다. 當時 野口米次郎, 室生犀星等으로하여곰말케하면 氏를 或은 日本의 大天才라고 하엿슬는지모르겟다. 그러나 그 當時氏의 詩想과 感覺이 比較的새롭고, 銳儁하엿달뿐이요 그 詩境이라던지 技巧는 露風氏에게 數百層이나 떠러저잇섯다.[13]

간략하지만 비교적 자세한 해설이라고 할 수 있다. 사쿠타로가 「미키로후 일파의 시를 추방하라」를 발표한 것은 제3차『미래』의 출판과 때를 같이 하는 1917년 6월호의『문장세계』에서였다. 인용문에서 사쿠타로의 평가에 관해 약간 미흡하다는 인상을 떨칠 수 없는 것은 황석우에게 있어 스승과도 같았던 미키로후를 공격한 것에 대한 반발이기도 하였다. 그러나 사쿠타로에 대한 부정적인 평가에도 불구하고 황석우 자신을 비롯해 사쿠타로의 커다란 그림자는 한국 근대시단에 결코 감출 수 없는 모습으로 투영되기 시작하였다.

4. 이장희와 하기와라 사쿠타로

관동 대지진과 관련지어 하기와라 사쿠타로의 인간적 시상과 사상성에 대해 이미 언급한 바 있다. 그런데 관동대지진은 일본만이 아니라 한국 근대시단에도 적지 않은 영향을 안겨주었다. 1923년 여름방학을 맞이하여 일시 귀국해 있던 일단의 재일 유학생들이 대지진으로 돌아가지 못하고 유학생활에서 습득한 문예적 지식과 각자의 전공을 살리며 유학생으로의 복귀를 기다리고 있었다. 그 중 와세다 대학교 문학부에 학적을 두고 있던 몇 명의 유학생에 의해 한국 문학사에 길이 빛날 새로운 문예지가 탄생되었다. 다름 아닌 근대 문예지 중 최초의 시 전문 동인잡지『금성』이 창간되었는데 이는 당시 빈약했던 한국 시단에 신선한 활력을 불러일으킨 기념비적인 사건이었다. 그리고『금성』제3호에 시 5편을 발표하며 혜성처럼 등장한 이장희는 한국 문학에 새로운 문학 제재와 시적 기법을 선 보였다. 이를 살펴보기 위해 하나하나 시를 감상해 보지 않으면 안 되지만 논지의 편의 상 이장희의 자살과 추도문부터 들춰 보자.

1929년 11월 5일 국내 주요 신문의 사회면 구석에 시인 이장희의 쥐약에 의한 음독자살 소식이 짧게 보도되었다. 며칠 후, 한국 최초의 전문 시 문예지 『금성』의 동인이자 절친한 친우였던 무애 양주동은 조선일보에 「『落月哀想』－李章熙君에게 哭함－」이라는 제명으로 고월 이장희의 고고한 삶을 일주일간에 걸쳐 그리며 요절 시인을 기린다.

> 나는 군이 파초芭蕉와 무촌蕪村 등의 배구俳句에 많이 영향되었음을 알고 또한 당대唐代의 시인 그 중에도 특히 왕유王維의 오언단시五言短時를 애독하였던 줄을 안다. 근대의 일본 시인으로 산촌모오山村暮烏와 적원삭태랑荻原朔太郎 양인의 예술에 경도하였을 뿐이다.(써 그의 시관詩觀이 얼마나 높고 편벽됨을 알 만하다.) 전자에게는 그 유적幽寂한 심경을 공명하였고, 후자로부터는 그 착각적 정서를 가져 왔던 것이다.
>
> (군의 시편 중「고양이의 꿈」, 「청천의 유방」등은 확실히 후자의 영향이다.)[14]

추도문 형식을 빌린 당시로서는 너무나도 파격적인 이 평론은 우리 근대시 형성에 있어 서구시와 일본 근대시의 영향을 포괄적으로 지적한 비교문학적 성격을 띤 논문이라 할 수 있다. 여기에서 주목해야 할 점은 다름 아닌 사쿠타로朔太郎로부터의 영향이다. 우선 양주동이 추도문에서 언급한 「고양이의 꿈」을 들어 구체적인 영향의 한 단면을 살펴보자.

> 시내우에 돌다리, / 달아래 버드나무. / 봄안개 어리인 시내ㅅ가에, 푸른 고양이/ 곱다랏케 단장하고 빗겨잇소, 울고잇소, / 기름진 꼬리를 치들고// 밝은 애닯은 노래를 부르지요. / 푸른 고양이는/ 물올은 버드나무에 스르를 올나가/ 버들가지를 나고 버들가지를 흔들며/ 또 목노아 웁니다, 노래를 불읍니다.// 멀니서 검은 그림자가 움즉이고, / 칼날이 銀가티 번쩍이더니, / 푸른 고양이

도 볼수업고, / 꼿다운 소리도 들을수업고,/ 그저 쓸쓸한 모래우에 鮮血이 흘
러잇소.//[15]   〈 고양이의 꿈 〉

　〈고양이의 꿈〉에 그려진 비극적 요소는 시적 자아가 환시하는 환상
의 공간이 그를 둘러싼 현실에 의해 무참해 밟혀졌음을 의미한다. 삶의
의욕을 잃고 자신의 내면에 그리고 있던 환상세계마저도 잃어버린 허
무의 상태를 그린 것이다. 이장희의 〈고양이의 꿈〉은 사쿠타로의 제 2
시집 『푸른 고양이靑猫』에 의해 촉발되었다는 것은 그리 어렵지 않게 짐
작할 수 있다. 〈푸른 고양이〉라는 시어는 사쿠타로의 조어로, 서구문명
과 도회의 향수에 의해 촉발되어 후에 환시하는 도회로부터 시인의
「희망 없음」「우울함」「피로하다」라는 감정이입에 의해 〈우울한 고양
이〉로서 형상화되어 갔음을 시인 스스로 밝힌 바 있다.

　　본서의 표제 「푸른 고양이靑猫」의 의미에 대해, 자주 사람들로부터 질문을
　　들으므로, 이 계제에 여기에 해설해두려 한다. 저자가 표상한 어의에 의하면,
　　「靑猫」의 「靑」는 영어의 Blue를 의미하는 것이다. 즉 「희망 없음」「우울함」
　　「피로함」 등의 어의를 포함한 말로서 사용했다. 이 뜻을 확실히 하기 위해,
　　이 정본 판의 표지에는, 특히 영어로 The Blue Cats 라고 인쇄해 두었다. 즉
　　「우울한 고양이」라는 의미이다. 또 하나 다른 의미는, 시집중의 시 「靑猫」에
　　도 나타나 있듯이, 도회지의 하늘에 비치는 전선은 푸르스레한 스파크를, 커
　　다란 푸른 고양이의 이미지로 보아서, 당시 시골에 있으며 시를 썼던 내가,
　　도회로의 애절한 향수를 표상하고 있다.[16]

　이와 더불어 〈고양이의 꿈〉과 관련해서는 사쿠타로의 『靑猫』의 「쓸
쓸한 푸른 고양이さびしい靑猫」 장의 속표지에서 직접적인 시적 모티브를
구할 수 있다. 「쓸쓸한 푸른 고양이」장의 시적 정서라고 할 수 있는 「여

기에는 한 마리의 푸른 고양이가 있다. 그리고 버드나무는 바람에 휘날리고 묘지에는 달이 떠 있다.」[17]라는 삽입구가 〈고양이의 꿈〉의 시적 배경이기 때문이다. 그러나 이 시를 사쿠타로의 모방 혹은 표절이라고는 할 수 없을 것이다. 〈고양이의 꿈〉은 낭독 시 율동적인 유려한 리듬과 빠른 템포로 흐르는 속도감 속에 애달픈 심경이 다양한 이미지 속에 교묘히 조화되어 있어, 우리 근대시에서 쉽게 볼 수 없는 명시 중 하나이기 때문이다.

한편 이장희는 또 하나의 〈푸른 고양이〉의 이미지를 그리고 있어 시상 속에 일관된 정서를 추구하고 있음을 암시해준다.

> 室內를떠도는그윽한냄새/ 좀먹은緋緞의쓸쓸한냄새/ 눈물에더럽힌夢幻의寢臺/ 낡은壁을의지한피아노/ 크달은말러버린다리아/ 파랏게숭업게여윈고양이/ 언재든지暮色을띄인숩속에/ 코기리가튼古風의비인집이잇다.[18]
>
> 〈 비인 집 〉

〈비인 집〉은 〈고양이의 꿈〉과 같이 1925년에 발표된 시이다. 〈비인 집〉에서 생물체로 존재하는 것은 「파랏게 숭업게 여윈고양이」 밖에 없으며 이는 아마 시인의 외로운 모습의 비유였을 것이다. 시인의 피곤하고 답답한 심경은 마지막 두 행을 제외하고 행말을 명사형으로 매듭짓는 것과 띄어쓰기를 무시한 문체로 시공간을 채우고 있다. 29세라는 짧은 시인의 생과 결부지어 보면 〈푸른 고양이〉의 이미지가 고독 속에 우울한 삶을 보낸 시인의 등신대의 모습으로 다가오는 것도 무리는 아니다.

고월이 남긴 시는 40여 편에 불과하지만, 사쿠타로에 버금갈 정도의 〈푸른 고양이〉의 이미지를 애용한 시인이며 시재詩材 또한 최고의 수준에 있었다는 것을 이들 시가 넌지시 암시해 준다. 한국 모더니즘의 효시로 일컫는 「봄은 고양이로소이다」라는 이장희의 데뷔작을 떠올린다면 한국 시조사에서 단 한편도 읊은 적이 없었던 〈고양이〉라는 세기말적 문학 제재에 고월이 한없는 향수를 느꼈음을 알 수 있다. 이 점에 착목해 현대시인 박용래는 이장희의 아호 「고월」을 제명으로 시를 헌상하고 있다.

> 유리병 속으로/ 파뿌리 내리듯/ 내리는/봄비./ 고양이와/ 바라보며/ 몇 줄 詩를 위해/ 젊은 날을 앓다가/ 하루는/ 돌 치켜들고/ 돌을 치켜들고/ 원고지 빈칸에/ 갇혀 버렸습니다./古月은.[19]

이장희의 짧은 생애를 추도하고 시인으로서 그의 시작활동을 함축적으로 기리고 있지만 역시 〈고양이〉와 연결 짓고 있다.

한편 이장희는 1924년에 발표한 〈겨울의 모경暮景〉에서 사쿠타로가 그린 또 하나의 〈푸른 고양이〉의 이미지인 전차의 스파크를 형상화 하고 있다.

> 큰 거리는 저 물은 연긔에 저저 動靜이 몽롱하고/ 녹설은 무쇠가튼 鈍重한 냄새가 잠겨 흐른다/ 그러나 가다가는 알는 소리 은은한 電車가 물오른 풀입가튼 뾰족한 神經을 들어내고/ 때 안인 푸른 꽂을 虛空에 날니기도 한다.(-이하 생략-)[20]

〈겨울의 모경〉에서 전철에 대한 이장희의 묘사는 지극히 감각적이다. 전철의 육중한 외모를 「돈중鈍重한 냄새」로 공감각화 한다거나 기적 소리를 「알는 소리」로, 전선의 연결부위를 「풀입가튼 뾰족한 신경神經」이라고 은유적으로 묘사한다. 특히 전철의 스파크를 「때안인 푸른꽂」으로 묘사한 것은 비록 사쿠타로의 〈푸른 고양이〉라는 개성적인 은유에는 미치지 못하지만 모더니즘 시에서나 볼 수 있는 뛰어난 시재의 일면을 유감없이 보여주고 있다. 그가 전철과 〈우울한 고양이〉를 그렸다는 것은 요컨대 사쿠타로의 〈푸른 고양이〉와 관계되는 모든 이미지를 이장희도 거의 같은 정서로 읊고 있음을 의미한다.

원고지에 갇혀 삶을 뒤로 한 이장희는 보들레르의 「고양이35」 등에서 보이는 감각표현과 기타하라 하쿠슈의 「고양이猫」에 그려진 도식적 형상화, 그리고 후쿠시 코지로福士幸次郎 오오테 타쿠지大手拓次 사쿠타로로 이어지는 일련의 〈푸른 고양이〉와 동일한 시적 이미지를 그린 것에 알 수 있듯이 서구와 일본 근대시의 영향을 받으며 기반을 쌓아 올린 1920년대의 한국 시단의 특징을 그대로 보여 주고 있다고 하겠다.[21] 더불어 한 일 양국 시단에서 〈푸른 고양이〉의 시적 승화가 지니는 의의는 시문학의 교류를 통해 근대시다운 문학성을 띠는 그 궤적과 거의 동일하다고 보아도 결코 지나친 말은 아닐 것이다.

한편 이장희의 시는 김소운에 의해 근대 일본의 명 번역 시집 중의 하나라고 평가받는『조선시집』에 수록되어 시문학을 지향하는 일본의 젊은이들에게도 신선한 기운을 불어 넣는다.『조선시집』을 엮을 당시 이장희의 시는 20여 편도 채 수합되지 않았지만 김소운은 이중 7편을 선별해 수록한다. 그리고 이들 시는 일본 시단 내에 잔잔한 감동을 안긴다. 예술과 철학의 대중화에 앞장서며 후에 도쿄대학 예술학부장을 지낸 이마미치 도모노부今道友信는 김소운의 시업을 기린 평론에서 이장희의 몇 편의 시와 모더니즘 경향의 이미지를 구체적으로 들어 스스로 직접적으로 차용할 정도로 적지 않은 영향을 받았다고 회고한다.

> 바다를 그렇게 하는 큰 나무를 바라보고 있으면 「봄의 바다」라는 이장희의 이 시가 떠오른다. 당시 나도 시인이었다. 소수의 그룹으로 전쟁 중 레지스탕스의 시는 육필로 쓰인 채 돌려 읽고 있었다. 나중에 그들이 기억해 준 시 중

하나로 「시나가와의 바다」라는 것이 있는데 광인이 되어 귀환한 병사를 읊은 노래이다. 나는 이 시에 「VOー」라는 기적 소리를 차용하고 있다. 나는 이 장희를 좋아했다.[22]

한일 근대시의 접촉 속에 시문학간의 영향 문제에 대해 일방향성만을 언급하는 것은 그다지 큰 의미를 지닐 수 없으며 그보다도 각각의 영향 문제 혹은 어느 모티브가 한 시인의 문학 세계에 어떻게 작용하며 더불어 문학사적으로 어떻게 형성되고 또 담아내 가야 하는가를 시사해주는 좋은 예를 이장희와 사쿠타로의 시감 교류에서 음미할 수 있다 하겠다.

5. 도회 지향의 시인

주지하는 바와 같이 사쿠타로는 도회 지향의 시인이었다. 사쿠타로에게 적지 않은 영향을 받은 이장희 또한 〈겨울의 모경〉에서 살펴보았듯이 도시를 그린 시인이었다. 여기에서는 그들의 도회 문명을 그린 시를 대조 비교문학적인 관점에서 살펴 시의 내면에 감추어진 하나의 레토릭에 주목해 보자. 이는 그들 시에 스며있는 근대성을 파헤치고 미감의 본질을 살피는 것이기도 하다.

사쿠타로의 도회 지향의 심연에는 음울하고 답답한 시골을 경원하고 두려워하는 모습이 존재한다. 고독이라는 내면세계와 쓸쓸한 풍경을 합치한 〈고독孤獨〉(『감정感情』 1916년 10월호 발표)과 쓸쓸하고 가난하다는 어둡고 부정적인 이미지로 일관하고 있는 〈시골을 두려워한다 田舍を恐る〉(『감정』 1917년 1월호 발표)라는 시에서 이미 그의 심정은 도회지와 근대 문명을 향유하는 군중을 동경하는 모습으로 나타난다. 이처럼 시골을 싫어하고 도회지를 동경하는 배경에는 조그마한 일이라도 사람들의 소문이 되어 인간 개체가 지닌 정신의 자유를 속박하는 전근대적 사고에 대한 강한 반발이 있었다. 그가 〈군중 속을 원하며 걷는다群集の中を求めて歩く〉(『감정』1917년 6월호 발표)라는 시에서 군중 속에 용해하려고 하는 것은 비록 보들레르로부터 강한 영향과 모티브를[23]얻었다고 하지만 근대적 세계라는 이미지를 포함해 도시 시민 생활 속에 내포되고 향유할 수 있는 정신의 자유를 구한 것에 다름 아니었다. 그런데 도회지를 그린 사쿠타로의 시작품 속에 투영된 시적 자아는 중층적인 모습을 띠며 내재된 경우가 적지 않다.

> 자연은 어디서나 나를 괴롭게 한다. / 그리고 인정은 나를 음울하게 한다./ 오히려 나는 번성한 도회의 공원을 거닐다 곤해져/ 어느 한적한 그늘 밑의 의자를 발견하는 것이 좋다./ 아아 도회지의 하늘 멀리 슬프게 흘러가는 매연/ 또 그 건축과 지붕을 넘어 저 멀리 작은 제비가 날아가는 모습을 보는 것을 좋아한다.// 정말로 쓸쓸한 나의 인격이/ 커다란 목소리로 모르는 친구를 부르고 있다./ 나의 비굴하며 이상한 인격이/ 까마귀처럼 초라한 모습을 하고// 인적 없는 말라버린 의자의 한 구석에서 떨고 있다.//[24]

인용시 〈쓸쓸한 인격さびしい人格〉에서도 자연으로 상징되는 시골과 그 속에 전근대적 심리라고 할 수 있는 인정을 경원하며 도회지 삶에 대한 무한한 동경을 그리고 있다. 그런데 마지막 연에 보이는 쓸쓸한 시적 자아의 모습은 무엇을 의미하는 것일까? 도회지의 화려함과는 대조적인 시적자아의 모습에서 근대사회가 필연적으로 가져온 인간 소외, 혹은 문명 속의 고독을 표현하고 있음을 느낄 수 있다. 때문에 마지막 3행에 보이는 초라한 모습으로 떨고 있는 주체의 모습은 시적 자아만이 아닌 근대인의 모습을 비추고 있다 해도 지나치지 않다. 주체와 탈 주체

의 모습이 혼용되어 있다고 할 수 있는데 이는 그의 대표시 「푸른 고양이」에서는 보다 구체적인 모습으로 투영된다.

> 아아 저 커다란 도회지의 밤에 잠들 수 있는 것은/ 오로지 한 마리의 파란 고양이의 그림자// 슬픈 인류의 역사를 말하는 고양이의 그림자/ 내가 바라마지 않던 행복의 파란 그림자다./ 어떠한 그림자를 찾기에/ 진눈깨배 내리는 날에도 나는 도쿄를 그리워하여/ 그 뒷골목의 벽에 차갑게 기대어 있는/ 이 사람처럼 거지는 무슨 꿈을 꾸고 있는 것일까//[25]

전장에서 언급한 것처럼 한국 근대시단에 커다란 영향을 안겨준 〈푸른 고양이〉라는 이미지와 시어를 처음으로 그린 작품으로 사쿠타로의 도회지향을 상징적으로 보여주는 시이다. 전반부에는 아름다운 건축과 상냥한 여성, 그리고 번화한 거리를 그리고 있지만 인용한 후반부에는 〈푸른 고양이〉로 상징되는 전철의 폴에서 흘러나오는 파란 스파크 아래에 엄연히 존재하는 도회의 현실 속에 거지로 비유된 시적 자아의 모습이 함께 투영되어 있다. 그것은 말할 것도 없이 현실적인 도시 안에 인간 소외라는 쓸쓸한 감정을 감추며 하루하루를 보내는 사쿠타로 그리고 근대인의 모습일 것이다. 이러한 이중의 자아, 좀 더 명확히 표현하면 주체이자 동시에 객체의 모습으로 시적 자아의 모습을 의식적으로 투영한 것은 무척 신선한 근대시다운 레토릭이었다.

> 비가 세차게 내리는 가운데/ 도로의 가로등은 흠뻑 젖고/ 너저분한 건축은 언덕으로 기울어 눌러 찌부러지고 뒤틀려 있다./ 한 없이 피어오르는 연무 속을/ 어떤 사람의 운명이 하얗게 헤맨다/ 그 사람은 큰 외투에 몸을 감싸고/ 가난하고 초라한 들치기 같다.//[26]

「비참한 가로등」은『푸른 고양이』의 후기 작품에 해당한다. 전기가 도시 지향으로 대표되는 〈푸른 고양이〉의 이미지라고 한다면 후기는 〈우울한 푸른 고양이〉로 「비참한 가로등」은 「쓸쓸한 푸른 고양이」 장에 수록된 첫 번째 시이다. 그런데 이 시에서 시적자아는 비 오는 시가지를 거닐다가 한 객체에 주목한다. 큰 외투에 몸을 감싼 채 멍하니 헤매는 이 객체는 비록 하나의 대상으로 그리고 있지만 시적자아라는 주체로 언제든지 치환될 수 있으며 더불어 도회에서 삶을 꾸려가는 근대인의 모습이기도 하다. 이를 바라보는 시적화자의 시각 또한 어딘가를 정처 없이 거닐다 어떤 객체에 시선이 멈추고 곧 바로 자아와 동일시된다는 점인데 이는 후술하는 보들레르의 배회자라는 플라넬flâneur이 지니는 영상과 너무나 흡사하다.[27]

한편 사쿠타로로부터 적지 않은 영향을 받았던 이장희의 도회지향은 어떠한 특성을 지니고 있는 걸까? 〈푸른 고양이〉와 관련해서는 이미 지적한 바 있지만 여기에서는 도회 향수 혹은 도회 지향이라는 점에서 〈영향〉관점이 아닌 〈대조 비교〉의 관점에서 살펴보도록 하자. 먼저『조선시집』에도 실려 있는 〈여름 밤〉에는 이장희의 도회를 선망하는 일면이 잘 나타나 있다.

> 여름 밤 저자의 밝은 길이어/ 등불 그리는 나비 같이/ 모여들어 거니는 사람들이어/ 이 길은 아름다운 시내 같고나//[28]

무척 밝고 세련된 표현으로 밤하늘 밑의 가로등과 군중을 그린 이시에서 도회지에 대한 동경이 물씬 묻어나온다. 그런데 밝은 가로등 불의 이면에 고독한 시인의 모습이 숨어 있는 듯 하다. 이장희가 그린 도회에는 죽음의 모습이 그림자를 떨어뜨리고 있거나 쓸쓸한 객체의 모습이 담겨 있는 경우가 적지 않다.

눈 비는 개였으나/ 흰 바람은 보이듯하고/ 싸늘한 등불은 거리에 흘러/ 거리
는 푸르른 琉璃창/ 검은 銳角이 미끄러 간다.// 고드름 매달린/ 저기 저 처마
밑에/ 서울의 亡靈이 떨고 있다./ 풍지같이 떨고 있다.//[29]

〈겨울 밤〉이라는 시이다. 이 시에서도 도시를 배회하며 객체를 취하
는 이, 즉 후술하는 배회자로서의 시적자아가 도시를 거닐며 느끼는 인
상을 감각적으로 담고 있다. 그런데 주의할 점은 「서울의 망령」이라는
시어로 죽음의 그림자를 어렴풋이 내보인다.

창을 닫는 가개는 고요히 늘어섰고/ 서리와함께 달빛은 나리는대/ 닢사귀 지
는 길ㅅ가의 나무밑을/ 내 홀로 거니노라,/ 활동사진관에서/ 앗가 구경한/
피에로의 슮업은 신세를 생각하며// -1926, 서울에서[30]

噴水는 잇기 도든/ 돌우에 빗납니다./ 저긔, 푸른 안개넘어로벤취에 슬어진
사람은 누구임닛가.// -1926[31]

1926년에 발표한 〈가을ㅅ밤〉과 〈녀름ㅅ밤 公園에서〉라는 시이다. 사
쿠타로의 서구문명에 대한 상징물 중 하나인 「활동사진」과 도회에 대
한 동경의 상징이자 인공물인 「벤치」를 그리고 있다는 점이 무척 흥미
롭다. 이 두 시 모두 시적 자아가 도시를 무심코 거닐다가 어떤 상념에
빠지거나 혹은 무언가의 객체에 주목한 시임을 알 수 있다. 특히 이시
에서 「저긔,」라고 강조하고 있는 모습은 〈겨울 밤〉속의 「저기」와 마찬
가지로 환시된 피안의 세계를 담고 있는 듯하다. 그런데 〈녀름ㅅ밤 公
園에서〉의 마지막 행에 그려진 벤치에 쓰러진 사람은 누구일까. 아마
도 시적 자아인 주체(I)이며 동시에 탈주체(non-I)라고 할 수 있는 객
체와의 합치 및 혼재라 할 수 있다.

이처럼 이장희의 시에는 사쿠타로와 마찬가지로 도회와 문명에 대한 선망의 상징물을 소재로 들고 있으며 시적 레토릭 면에 있어서도 매우 유사한 점을 느낄 수 있다. 그러나 이장희의 경우 죽음의 그림자를 시공간에 흘리고 있어 시인의 피안에 대한 동경과도 환치되고 있다는 특성을 음미할 수 있다.

두 시인 모두 도시와 문명 지향이었다고는 하지만 사쿠타로의 경우 전근대적인 인정으로부터 탈피하여 정신적인 자유를 갈구한다고 하는, 현실로부터의 도피라는 측면에서 도회문명이 동경의 대상이었다. 이에 반해 이장희에게 도시 문명은 죽음을 동경하는 배경으로 현세로부터의 도피의 장이라고 할 수 있으며 이는 그의 비극적 자살이라는 전기적 측면에서도 확인할 수 있다.

6. 플라넬―배회하는 근대문명의 투영자

사쿠타로와 이장희의 도회지 지향을 다룬 시들에는 근대문명의 상징이라고 할 상징물들과 함께 자의식이 담긴 레토릭이 그려져 있다. 바꿔 말해 날카로운 시선으로 외부세계를 그리며 거기에 근대문명의 상징이라고 할 수 있는 분수와 벤치를 배치하고 더불어 묵중한 기관차를 상징화하고 있지만 타인의 존재 속에 의식적으로 자신의 등신대를 엮어 놓고 있다. 자신과 타인의 존재가 자유롭게 치환되며 더불어 객관적이고 냉정한 시선으로 바라보고 있는 이 의식적인 레토릭은 근대문학의 새로운 기법이기도 하였다. 그리고 그 근원의 하나로 보들레르를 주목할 수 있는데 다음에 드는 평론은 시사하는 바 크다 할 것이다.

마치 새들에게는 공기가, 그리고 물고기에는 물이 그들을 존재하게 하는 기본적인 요소인 것처럼, 플라넬flâneur은 군중이 기본 요소이다. 그 열정과 임무는 군중과 더불어 일체가 되는 것이다. 완벽한 플라넬 혹은 열정에 넘치는 관찰자에 있어 많은 사람들 중심에 서서 그들이 이루는 물결에 따라 움직이고 또한 끊임없이 변화하는 사람들 속에 있는 것은 하나의 커다란 즐거움이다. 특정한 곳을 벗어나 어디서나 안락함을 느낄 수 있는 것, 이 세상을 관찰하면서 그 중심에 머무르지만, 여전히 세상 속에 모습을 나타내지 않는 것--이와 같은 행위는 반드시 언어로 나타낼 수 없는 그들의 자유와 열정, 그리고 편견 없음이 드러내는 즐거움의 일부이다. 그는 자기 자신으로부터 벗어나려는 무한한 욕망을 지닌 존재이며 매 순간 그 욕망을 항상 변화해 가는 실제의 생활보다도 더욱 생생한 그림으로 표현하고 설명한다.

「현대의 생활을 그리는 화가」[32]

　　플라넬 즉 도회 안에서 상상하고 배회하는 자를 일컫는 말이지만 보들레르는 이를 근대사회를 바라보는 주체로 인식하고 있으며 더불어 그 속에 투영되어 있는 진정한 모습은 탈주체이자 객체이기도 하다고 언급하고 있다. 다시 말해 플라넬이 보여주는 행동은 근대사회 속에서 생활하고 있는 보통 사람들의 모습이자 동시에 인파나 군중으로부터 벗어나 자신의 모습을 인지하는 역설적 존재라는 것이다.

　　보들레르는 『파리의 우울』이라는 산문시집 속에 수록한 〈군중〉이라는 산문시에서 「군중 속에서 걷는다고 하는 것은 누구라도 할 수 있는 일이 아니다. 군중을 즐기는 것은 하나의 예술이다」[33]라고 표현했는데 이 시구처럼 채울 수 없는 호기심을 지닌 채 도시 문명 속에서 다양한 자기 자신과 타인을 치환하는 의식적인 문학적 기법이다. 이렇게 볼 때 이장희와 사쿠타로가 그린 도시 문명 속에 그린 시적 화자의 모습은 보들레르가 언급한 플라넬과 동일하다. 즉 시 속에 도회를 배회하는 시적 화자의 시선이 필요하며 그가 그리는 어느 객체의 모습은 사실 주체(I)

이자 탈주체(non-I)이기도 한 전형적인 근대인의 모습으로 개성과 표현의 신선함을 담고 있다는 점에서 이는 근대시 정신에 다름 아니다.

7. 맺음말

일본 근대시인 중 한국 근대시단에 가장 많은 영향을 끼친 이로 하기와라 사쿠타로를 드는데 이론은 없을 것이다. 이와 같은 평가를 받는 사쿠타로에게 있어 한국은 어떠한 문학적 의의를 지니는 것일까? 관견에서 살펴보면 사쿠타로의 한국관과 관련지을 자료는 거의 전무하지만 그가 그린 한편의 짧은 시는 시인의 사상성과 지성에 커다란 변화를 가져왔다. 즉 관동 대지진에서 무참히 살육당한 한국인을 들어 무지한 대중에 대한 분노를 그린 〈근일소감近日所感〉이라는 짧은 시는 그 후, 사쿠타로에게 있어 집단적 심리와 국가 권력에 대한 강한 의구심과 반발이라는 사상성의 강화를 가져왔다. 이와 같은 사쿠타로의 지성과 사상성에 관해 좀더 관심을 기울이기 위해서는 그가 남긴 수많은 아포리즘을 깊이 천착해야 하는 과제를 남겼다고 할 수 있다.

한편 한국에서의 사쿠타로의 수용에 관해서는 유학생 시인이었던 주요한과 황석우가 관여한 근대 문예지에서 그 편린을 엿볼 수 있다. 이어 고양이의 시인 이장희와는 깊은 영향 관계를 유추해 볼 수 있으며 대조 비교문학적 관점에서 매우 유사한 시상을 엿볼 수 있었다. 이장희의 〈고양이의 꿈〉은 사쿠타로에게 경도된 모습을 확연히 보여준 작품이지만 시의 음악성 회화성에서 특유의 시재를 엿볼 수 있어 영향 속에서도 한국 근대시의 확립과정을 단편적으로 보여주고 있다. 후의 이장희의 〈봄의 바다〉라는 시는 김소운의 번역에 의해 일본 현대시에 은밀한 영향을 안겨 준 것은 그 대표적인 실례라고 하겠다.

한편 사쿠타로와 이장희는 근대 문명을 상징하는「분수」,「벤치」,「전차」를 주요 시적 소재로 삼은 점에서 도시 지향의 시인임을 확인할 수 있다. 하지만 사쿠타로의 경우 실감적인〈현실 도피〉의 시인이었던 것에 비해 이장희의 경우 자신의 시에 죽음의 그림자를 투영시킨〈현세 도피적 시상〉이라는 특질이 있다. 그렇지만 그들이 그린 도회지 속의 시적 자아는 객체와의 혼재와 치환이라는 근대시적인 레토릭을 함유하고 있으며 그것은 근대인을 형상화 한 모습이라 할 수 있을 것이다. 이것은 보들레르가 언급한 플라넬과 거의 흡사한 것으로 이는 사쿠타로와 이장희가 그린 도회지향의 시가 근대시로서 뛰어난 미감을 품고 있는 반증이기도 하다.

＊　이 글은 2009년『일본연구』(제26집, 중앙대학교 일본연구소)에 발표한 것을 수정·보완한 것임.

1　萩原朔太郎「近日所感」『萩原朔太郎全集』(全十五卷) 第三卷 筑摩書房. 1975-1979. p.137. 이하『全集』이라고 표기함.

2　磯田光一『萩原朔太郎』講談社. 1987. p.252. 磯田도「近日所感」에 대해 사쿠타로의 사상성을 강화한 시로 보지만 후에 언급하는「ある野戰病院に於て出来事」는 상이용사의 문제점을 지적한 것으로 보고 천황제 비판에 대해서는 부정하고 있다. 다만 본 논문의 제2절은 이소다의 논지에서 시사 받은 바 크다.

3　이외에도 관동대지진 속의「조선인」학살 사건과 관련된 문학 작품으로는 프롤레타리아 작가 미야지마 스케오(宮島資夫; 1886-1951)의「진위(真偽)」등이 있지만 관견에서 지적하면 사쿠타로 만큼 직설적으로 읊은 작가는 없다.

4　秋山清『郷愁論―竹久夢二の世界―』青林堂. 1971. p.33.

5　위의 책. p35. 여기에 실린 판화는 6명의 어린이 중 3명이 죽창을 들고 그 중 한명을 괴롭히는 모습이 실감 넘친다. 특히 두 소년은 순사모와 비슷한 모자를 쓰고 있다.

6　다케히사 유메지의 사회성의 문제는 만년의 유럽 여행 중 일기에 기록된 나치스의 유대인 박해를 격렬하게 비판한 것에서도 다시금 확인할 수 있다. 그가 연애 시인으로 알려져 있지만 사회 운동에도 적지 않은 관심을 나타낸 것을 알 수 있다.

7　『全集』第四卷 p294. 초출은『新興』1924년 12월호.『虚妄の正義』에 수록 때는「ある野戰病院における美談」으로 개명됨.

8　사쿠타로의 국가권력에 대한 비판은 결국 천황제 문제와 직결된다고 보인다.

9　『全集』第四卷 p323-324.

10　위의 책, p275.

11　주요한『창조』제 2호, 창조사. 1919. p.43.

12　『全集』第六巻 p284.

13　고경상『폐허』창간호, 경성 폐허사. 1920. p.79.

14　김재홍 편저『이장희 전집·평전 봄은 고양이로다』「『落月哀想』－李章熙君에게 哭함－」
　　문학세계사. 1983. p135. 인용 중 산촌모오(山村暮鳥)와 적원삭태랑(荻原朔太郎)은 山村
　　暮鳥, 萩原朔太郎의 오기임. 필자의 오기보다는 편집 시의 실수로 보인다.

15　위의 책. p24. 초출은『生長』5호(1925년 5월). 이 시를 중심으로 사쿠타로와 이장희의 영
　　향관계를 처음으로 언급한 이는 양주동이다. 그 후 백기만의「상화와 고월의 회상」을 거
　　쳐 학술 연구로는 김재홍의『이장희 전집·평전』, 고영자의「李章熙と萩原朔太郎」등이 있
　　다. 한편 한일 근대시의〈푸른 고양이〉이미지 연구는 주 21참조.

16　『全集』第二巻 p140.

17　『全集』第一巻 p168.

18　김재홍 편저, 앞의 책, p29「비인집」

19　박용래「古月」『먼 바다』창비시선 45, 창작과 비평사, 1984, p.154

20　김재홍 편저, 앞의 책, 「겨울의 暮景」p29.

21　〈푸른 고양이〉의 시어 및 이미지에 관해서는 졸고『〈青猫〉의 系譜와 詩趣-鴎外·白秋·竜之
　　介·朔太郎·한국 근대시-』(『일본문화학보』제11집 2001.8)에 상술되어 있다. 「青猫」라는
　　시어는 朔太郎이전에 이미 北原白秋·福士幸次郎·大手拓次 등이 사용하고 있었으며 그
　　후 한국에서는 황석우와 이장희가 시면에 그리고 있다.〈青猫〉는 일본근대시단의 중심 시
　　어로 동시대성을 지닌 이미지라고 할 수 있다.

22　今道友信「わが半生の愛読書　金素雲氏の訳業に寄せて」『空気の手紙』TBSブリタニカ.
　　1983. p.106.

23　주 33 참조.

24　『全集』第一巻 p.71-72.

25　위의 책, p.143-144.「青猫」

26　위의 책, p169.「みじめな街燈」

27　「비참한 가로등(みじめな街燈)」의 원제는「비속을 방황하다(雨中を彷徨する)」로 시 제명
　　에서도 정처 없이 배회한다고 하는 플라넬의 의미가 내포되어 있다.

28　김재홍 편저, 앞의 책, p.49「여름 밤」

29　위의 책. p.25「겨울 밤」

30　위의 책. p.37「가을ㅅ밤」

31　위의 책. p.37「녀름ㅅ밤 公園에서」

32　Charles-Pierre Baudelaire『The Painter of Modern Life』A Da Capo Paperback. 1863.
　　p.9-10. 졸역

33　ボードレール・三好達治訳『巴里の憂鬱』新潮文庫. 1951. p.37.

가와바타 야스나리 문학 속에 나타난 구원의 메커니즘[*]

▌이 재 성

1. 머리말

가와바타 야스나리(川端康成, 1899~1972)의 작품 중에는 작가 자신이 말하는 '고아근성孤兒根性'의 한 단면을 보여주듯 무언가 결락缺落의 그림자를 드리우는 주인공이 자주 등장한다. 「이즈의 무희伊豆の踊子」의 '나私'가 그러하고 「금수禽獸」의 '그彼'나 「설국雪国」의 시마무라島村, 「천 마리 학千羽鶴」의 미타니 기쿠지三谷菊治, 「산울림山の音」의 오가타 신고尾形信吾, 「호수」의 모모이 긴페이桃井銀平, 「잠자는 미녀」의 에구치 요시오江口由夫, 「한쪽 팔片腕」의 '나' 등등이 그러하다. 그들은 하나 같이 채워지지 못한 그 무엇을 찾아 여행을 하거나 여자와 정을 나누거나 미녀의 뒤를 미행하거나 잠들은 소녀의 나신裸身을 더듬으며 회상에 잠기거나, 혹은 추잡한 꿈을 꾸거나 환상에 빠지거나 한다.

그리고 그 한편에서는, 그러한 주인공의 마음의 그늘이나 상처를 씻어주고 해방감을 가져다주는 동경의 대상으로서의 구원자적救援者的 여성이 단골처럼 등장한다.

가와바타의 소설 속에서 이러한 패턴은 하나의 공식처럼 답습되며 지켜지고 있다고 해도 과언이 아닌데, 그렇다면 그는 이를 통해 무엇을 표현하고자 했던 것이며 그 속에는 어떤 의미가 담겨 있는 것일까? 이러한 의문에 초점을 맞추어 그의 몇몇 대표작들을 중심으로 고찰해보기로 한다.

2. 결락缺落의 그림자

가와바타 초기의 대표작으로 꼽히는 「이즈의 무희」(1926)에서는 20세의 구제舊制 고등학생인 '나' 미즈하라水原가 자신의 성질이 '고아근성'으로 일그러져 있다고 심각하게 반성을 거듭하다가 그 숨막힐 듯한 우울을 견디지 못해 이즈반도로 여행을 떠난다. 그러나 그는 길에서 우연히 만난 떠돌이 유랑예인 일행 중 14세의 무희 가오루薫에게 어렴풋한 연정을 느끼게 되고, 그녀 일행의 꾸밈없고 순박한 호의를 접하면서 자신감을 회복하고 고아근성으로부터 벗어날 수 있게 된다고 하는, 일종의 청춘 서정소설이다.

미즈하라는 보통 가정에서 자란 친구들과 달리 자신이 고아라서 남들이 멸시하지는 않을까 하는 굴욕감에 사람들의 시선을 지나치게 의식하고 그로 인해 비뚤어진 성격을 비관하며 자기연민과 자기혐오에 빠져 있었지만, 그는 당시 평판이 높던 제1고등학교 학생이라는 사회적으로 인정받는 신분으로, 유랑예인 일행들을 만나면서 그의 사회적 열등감은 의미를 잃게 된다.

유랑예인 일행들은 사회적으로 냉대 받는 천한 신분이었지만 맑고 아름다운 마음씨를 가진 사람들이었으며, 그 중 북을 치는 소녀 가오루에게 미즈하라는 호감을 느낀다. 그리고 가오루가 다른 일행과 주고받는 다음과 같은 호의에 찬 대화를 우연히 듣게 된다.

> 한동안 나지막한 목소리가 이어지다가 무희가 말하는 것이 들렸다./ "좋은 사람이야."/ "그건 그래, 좋은 사람인 듯해."/ "정말로 좋은 사람이야. 좋은 사람은 좋아."/ 이 말투는 단순하고 탁 트인 어감을 지니고 있었다. 감정의 이끌림을 앳되게 툭 내비쳐 보인 목소리였다. 나 자신도 나를 좋은 사람이라고 순순히 느낄 수가 있었다. 상쾌하게 눈을 들어 훤한 산들을 바라보았다. 눈꺼풀 안쪽이 살짝 찡해 왔다. 스무 살의 나는 내 성질이 고아근성으로 일그러져 있다고 심각하게 반성을 거듭하다가 그 숨막힐 듯한 우울을 참을 수가 없어서 이즈로 여행을 와 있던 것이었다. 세상 보통의 의미에서 내가 좋은 사람으로 보이는 것은 더할 나위 없이 고마웠다.[1]

미즈하라는 무희들이 자신에 대해 타산적인 의심 없이 좋은 사람이라고 생각해주는 것에 대해 고마움을 느끼며 그로 인해 억눌렸던 마음이 정화되고 고아근성으로부터의 해방감마저 느낀다.

일행과 여정을 함께 하는 사이에 미즈하라는 그들이 천대받고 있다는 사실을 알게 되어 안타까워하면서도, 차츰 가오루를 이성으로 의식하며 그녀의 성숙한 아름다움과 순수함에 빠져들기 시작한다. 그리고 가오루 역시 다음의 인용에서 보듯이 미즈하라에게 어렴풋이 연정을 느끼는 눈치다.

> 무희가 아래층에서 차를 날라 왔다. 내 앞에 앉더니 새빨개지며 손을 후들후들 떨어 찻잔이 받침접시에서 떨어질 뻔했고, 떨어뜨리지 않으려고 다다미

위에 놓는 바람에 차를 흘리고 말았다. 너무도 심하게 수줍어하는지라 내가 어안이 벙벙했다./ "에구! 꼴사납게 얘가 색기가 생겼네. 나 원 참……" 하며 40대 여자는 기가 차다는 듯이 미간을 찌푸리고 수건을 던졌다. 무희는 그것을 주워 들고 거북스러운 듯이 다다미를 닦았다. 이 뜻밖의 말에 나는 문득 자신을 되돌아보았다.[2]

여기서 색기가 생겼다는 여자의 말에 문득 자신을 되돌아보았다는 것은, 미처 의식하지 못했던 가오루에 대한 잠재적 욕망을 자각했다는 뜻으로 해석될 수 있다.

이렇게 가오루를 은근히 마음에 두고 있던 미즈하라는, 무희들이 밤 연회 자리에 불려나가자 오늘 밤 그녀가 취객들에 의해 더럽혀지는 것은 아닐까 노심초사하며 신경을 곤두세워 북소리와 발소리에 귀를 기울이기도[3] 하지만, 노천온천에서 일행들과 함께 목욕을 하다가 우연히 가오루의 발가벗은 모습을 보고는, 그녀의 미성숙한 몸과 아이처럼 해맑고 천진난만한 태도에, 이성으로 그녀를 바라보며 안절부절 고민했던 지난밤의 자신의 모습이 우스워지며 마음이 씻은 듯이 가벼워진다.

침침한 욕실의 안쪽에서 갑자기 벌거벗은 여자가 뛰어나왔다 싶더니, 탈의장의 쑥 나온 맨 끝의 냇가 기슭으로 뛰어내릴 듯한 모습으로 서서 양팔을 한껏 펼치고 무언가 소리치고 있다. 수건도 걸치지 않은 맨 알몸이다. 그것은 무희였다. 한창 자라나는 오동나무처럼 다리가 쪽 뻗은 흰 알몸을 바라보면서 나는 마음속에 맑은 샘물이 솟는 듯한 느낌이 들어 휴우 하고 깊이 한숨을 내쉬고는 푸하하하 웃었다. 어린아이인 것이다. 우리들을 발견한 기쁨에 벌거숭이인 채로 햇볕 속으로 뛰쳐나와 발가락 끝으로 한껏 발돋움할 만큼 어린애인 것이다. 나는 쾌활한 기쁨으로 연신 푸하하하 하고 웃어댔다. 머릿속이 씻긴 듯이 맑아져 왔다. 무희의 머리채가 너무 풍성해서 17-8세로 보였던 것이다. 게다가 한창 나이의 처녀처럼 치장을 시켜 놔서 나는 터무니없는 생각을 하고 있었던 것이다.[4]

여기서 미즈하라가 깊은 안도의 한숨을 쉰 것은, 성숙한 여자인줄만 알았던 가오루의 소녀티를 채 벗지 못한 몸매와 어린아이다운 천진스런 태도에서, 그녀가 아직 더럽혀지지 않은 순수한 존재로 남아있음을 확인했기 때문이며, 또한 웃음을 터트린 것은 그러한 어린아이에게 연정을 느끼고 안절부절 못했던 자신의 모습이 너무 우스웠기 때문일 것이다. 그리고 이는 그녀를 성적 존재로 인식함으로써 혼란스럽고 괴로웠던 감정이 일시에 해소되었음을 의미한다고 하겠다.

이러한 가오루 일행과의 만남을 뒤로 하고 미즈하라는 도쿄로 돌아가게 되는데, 가오루 일행은 아무 말 없이 쓸쓸히 그를 배웅하고, 배 갑판에 선 그의 눈에서는 이유 모를 눈물이 주르르 흘러내린다. 울고 있는 것을 남이 보아도 개의치 않았다. 눈물이 나오는 대로 내버려 두었다. 머리가 맑은 물처럼 되어 그것이 주르르 흘러내리고 그 뒤엔 아무 것도 남아있지 않은 듯한 달콤한 상쾌함을 맛본다. 그리고 전과 달리 남이 아무리 친절을 베풀어주어도 그것을 아주 자연스럽게 받아들일 수 있고 또 자연스럽게 베풀어줄 수도 있는 아름답고 허심탄회한 심정이 된다.[5]

다시 말해서, 사회로부터 냉대를 받으면서도 순박함을 잃지 않은 가오루 일행과의 따뜻한 교류와 그녀의 호의에 찬 풋풋한 애정의 세례에 힘입어, 미즈하라는 자신을 괴롭히던 '고아근성'으로부터 벗어나게 된 것이다.

이 작품에서 성숙한 여성과 어린애 사이의 중간에 있는 14세 소녀 가오루는, 한편으로는 여성적인 매력도 발산하면서 또 한편으로는 어린아이의 때 묻지 않은 순수함을 지닌 존재로, 가와바타가 즐겨 추구하는 여성상의 한 전형이라 할 수 있다. 이처럼 처녀성을 간직한 때 묻지 않은 순수한 여성의 따뜻한 호의와 조건 없는 사랑에 힘입어 어두운 그늘과 굴레로부터 벗어나거나, 혹은 그 그늘과 굴레로부터 벗어나고자 하는 바람이 순수한 여성들에 대한 끝없는 동경으로 나타난다고 하는 일종의 공식은, 이후의 가와바타 작품에서 끊임없이 답습되게 된다.

3. 순결과 순수의 정화

『설국雪國』(1935～47)의 형식적인 주인공은 시점인물視點人物인 시마무라島村이지만 실질적인 주인공은 고마코駒子와 요코葉子라고 할 수 있으며 무엇보다도 그녀들은 청결하고 순수하면서 순정적이라는 공통점을 가지고 있다. 이 순수함이야말로 그녀들의 존재의 본질이 아닐까 싶을 정도로, 가와바타는 다음과 같은 반복적인 묘사들을 통해 그녀들의 청결함과 순수함을 강조하고 부각시키려 한다.

여자의 인상은 이상하리만치 청결했다. 발가락 안쪽의 옴폭 들어간 곳까지 청결할 것 같았다.)[6]

하얀 자기에 옅은 핑크색을 입힌 듯한 피부이고, 목 아래 부분도 아직 살이 붙지 않아서 미인이니 뭐니 따지기 이전에 청결했다[7]

백합이나 양파 같은 구근을 새로 벗겨낸 듯한 피부는 목까지 어렴풋이 혈색이 올라 있고 무엇보다 청결했다.[8]

맑고 깨끗한 슬프리만치 아름다운 목소리였다. 어디선가 메아리가 되돌아올

것만 같았다[9]

낮고도 투명하게 맑은 그 요코의 아름다운 부르는 소리가 들렸다[10]

요코의 슬프리만치 아름다운 목소리는 어딘가 눈 덮인 산으로부터 당장이라도 메아리 되어 올 듯이 시마무라의 귓전에 남아 있었다.[11]

기차 바퀴 구르는 소리보다도 요코의 목소리의 여운이 남아 있는 듯했다. 순결한 애정의 메아리가 되돌아올 것만 같았다.[12]

고마코에 대한 묘사가 주로 따뜻하고 청결한 피부 묘사에 집중되면서 그녀의 관능적인 아름다움을 어필하고 있다고 한다면, 요코에 대한 묘사는 슬프도록 맑고 투명한 목소리, 순결한 애정의 메아리, 어딘가 서늘하게 찌르는 듯한 눈, 등의 묘사가 반복적으로 이루어지면서 그녀의 아름다움을 추상적으로 표현하고 있다. 공통적으로 순수하고 순정적인 존재이면서도 고마코의 관능적인 아름다움에 대한 감탄과 요코의 추상적인 아름다움에 대한 동경이 서로 나란히 대비되면서 시마무라의 지치고 탁해진 마음에 청량제와도 같은 안식을 가져다준다.

다시 말해서 「설국」의 배경이 온통 새하얗게 순백의 눈에 뒤덮인 산골 마을인 것처럼, 시마무라의 눈에는 그곳에서 삶을 영위하는 사람들 역시 청결하며 맑고 순수한 존재로 비쳐오고, 그러한 순수의 정화력淨化力에 힘입어 탁하고 지저분한 도회지에서 쌓였던 피로와 권태를 씻어내고 있는 것이다.

「천 마리 학」(1949~51)에서 이나무라 유키코稲村ゆき子가 직접적으로 등장하는 것은 단 두 차례에 지나지 않는다. 그럼에도 불구하고 「분홍색 잔주름 천에 흰 천 마리 학 문양이 들어간 보자기를 지닌 아가씨는

아름다웠다」거나 「아가씨 주위에 하얗고 작은 천 마리 학이 날아올라 춤을 추고 있는 듯이 보였다」 「천 마리 학 문양 보자기를 든 아가씨의 인상은 선명했다」 등의 표현이 여러 차례 반복되고 있다.

이 천 마리 학의 이미지는 그 보자기의 주인 유키코의 청순한 아름다움과 순수한 처녀성의 상징으로 언제까지나 기쿠지의 마음속에 상주하며 그녀의 대명사처럼 부각되는데, 기쿠지가 오타부인이나 후미코와 정情을 통한 후에는 어김없이 그의 머릿속에 떠올랐다가 사라지곤한다.

말하자면 기쿠지는 이나무라 유키코의 청결함과 순수함으로 자신의 죄를 정화하고 있는 셈인데, 이 '순수한 처녀성에 의한 정화와 구제'라는 공식은 후미코와 교정交情한 후의 기쿠지의 감상에서도 여실히 드러나 있다.

> 오랫동안의 어둡고 추한 장막 밖으로, 기쿠지는 나올 수가 있었다./ 후미코의 순결한 아픔이 기쿠지를 구해낸 것일까./ 후미코의 저항은 없었고 순결 그 자체의 저항이 있었을 뿐이었다.[13]

기쿠지가 후미코와의 정을 통해 자신을 괴롭히던 죄의식의 그늘로부터 벗어날 수 있었다고 서술하고 있는 부분인데, 그러한 해방감을 가져다 줄 수 있었던 것은 두 말할 필요도 없이 후미코가 순결한 처녀성을 가지고 있었기 때문이다.

4. 무저항의 처녀성

이 순결하면서도 거부할 줄 모르는, 어찌 보면 모순처럼 느껴지는 모습이야말로, 가와바타가 즐겨 그린 여성상女性像의 한 전형이라고 할 수 있다. 그 무엇에도 거역하지 않고 그것을 있는 그대로 인정하고 순순히 받아들인다고 하는 것은 초기의 「이즈의 무희」 때부터 가와바타의 소설에 등장하는 인물들에게 현저한 특징이었다.

그 극단적인 예를 「지고 말 것을散りぬるを」(1933)[14]에서 찾아볼 수 있는데, 이 소설은 소설가를 지망하여 '내' 밑으로 배우러 와 있던 두 명의 '처녀處女'[15] 지카가와 다쓰코地香河瀧子와 시카노 쓰타코鹿野蔦子가, 같은 방 모기장 안에 침상을 나란히 놓고 함께 자다가 이웃에 세 들어 살던 버스운전수 야마베 사부로山邊三郎에게 아무런 이유도 없이 「단지 장난에 가까운」 동기에 의해 단도 短刀로 가슴을 찔려 어이없이 살해된 사건을 둘러싸고 이야기가 전개된다.

이 살인사건의 경우, 범인과 살해되는 두 처녀 사이에는 살인이 악의 없는 일종의 유희처럼 비쳐지고 있으며, 그녀들은 살해되면서도 공포감 따위는 전혀 느끼지 못한다. 범인과 피해자 사이에는 죄악감도 정욕情欲도 이상심리도 원한도 없으며, 있다고 한다면 육체에 대한 동경뿐이다. 그녀들은 사부로에게 살해될 이유도 없었고, 그저 「사부로씨, 놀래키면 싫어요. 칼 붙이 같은 걸 들고 있어서 손가락이 베였잖아요.」[16] 또는 「사부로씨 놀래키지 말아요. 나 졸리니까 잘래요.」[17]라고 말할 뿐, 달리 소리도 지르지 않고 저항도 하지 않고 선선히 살해되어 갔다.

그녀들은 자매도 아니고 나이도 다르며 「쓰타코는 너무 맑고 아름답다. 다쓰코는 너무 요염하고 아름답다」[18]라는 식으로 각기 다른 타입으로 그려지고 있는데, 이는 『아사쿠사홍단浅草紅団』[19]의 하루코春子와 유미코弓子, 『설국』의 요코와 고마코를 병치해서 그린 것과 유사하며, 가와바타의 전형적인 여성인물 구도라고 할 수 있을 것이다.

너무도 요염한 미美의 소유자 다쓰코와 너무도 청초한 미의 소유자 쓰타코는, 실은 저항할 줄 모르는 여리디 여린 미의 화신이어서, 본질에 있어서는 분신적인 관계[20]라고 할 수 있다. 두 사람의 이름이 '다쓰코'와 '쓰타코'인 것이 그것을 암시하고 있다.

다시 말해서, 이 소설의 실질적 주인공은 두 처녀의 아름다운 육체이며, 살인은 그것을 돋보이게 하는 일종의 장치에 지나지 않는다. 두 사람의 본질은 그 저항을 모르는 아름다운 육체이며, 따라서 다쓰코와 쓰타코는 그 본질에 있어서 쌍둥이와 같은 존재인 것이다.

이 무저항의 이미지는 『설국』의 요코에 대한 묘사에서도 보이는데, 불난 누에고치 창고 이층에서 요코가 떨어질 때, 그녀의 모습은 「경직되어 있던 몸이 공중으로 던져져 부드러워지고, 그렇지만 인형 같은 무저항, 생명이 없는 듯한 자유로움으로, 삶도 죽음도 멈춘 듯한 모습」[21]이었다고 그려지고 있다.

그리고 『천 마리 학』의 인물들도 예외가 아니다. 오타부인은 죽은 애인의 아들인 기쿠지菊治에게 그의 아버지와의 구별이 되지 않는 듯이 아무런 저항도 없이 순순히 '여자'의 모든 것을 주고 떠나고, 기쿠지도 아무런 저항 없이 망부亡父의 애인을 품고는 예전부터 알고 있던 '여자'인 듯한 친밀감을 느낀다. 오타부인의 딸인 후미코文子 역시 앞서의 인용문에서 보듯이, 어머니 사후死後, 아무런 저항도 없이 기쿠지에게 순결한 처녀의 몸을 내맡긴다.

그리고, 수면제에 의해 깊이 잠들어 노인들에게 장난감처럼 내맡겨지는 『잠자는 미녀』의 처녀들은 그야말로 무저항의 아름다움의 화신化身이라고 할만하다. 아니 그녀들은 잠을 자면서도 무저항 정도가 아니라 오히려 꿈결에서도 남자를 유혹하는 교태마저 부리는 듯하다.

> 깨어 있든 자고 있든 간에, 이 아가씨는 스스로 남자를 유혹하고 있었다. 에구치가 이 집의 금칙을 깨뜨린다 해도 아가씨 탓이라고 밖에 생각되지 않을 정도다.[22]

좀 더 가까이 다가가려고 노인은 조용히 몸을 접근시켰다. 아가씨는 그에 응답이라도 하듯이 부드럽게 이쪽으로 돌아누우며 손을 안쪽으로 넣어 에구치를 끌어안듯이 뻗쳤다.[23]

아가씨는 잠들어 있으면서도 자주 움직였다. 하룻밤 사이에 스무 번 서른 번 뒤척이는지도 모른다. 아가씨는 반대편으로 돌아누웠다가 금방 다시 이쪽으로 향했다. 그리고 팔로 에구치를 더듬었다. 에구치는 아가씨의 한쪽 무릎에 손을 걸치고 끌어당겼다./ "으응, 싫어."하고 아가씨는 분명치 않은 목소리로 말한 듯했다./ "일어났어?" 노인은 아가씨가 눈을 뜰까 싶어 더욱 세게 무릎을 당겼다. 아가씨의 무릎은 힘이 빠져 이쪽으로 구부려져 왔다. 에구치는 아가씨의 목 아래로 팔을 넣어 약간 들어 올리듯이 흔들어보았다./ "아아, 나 어디로 가는 거야?" 하고 아가씨는 말했다./ "깨어났군. 눈을 떠봐."/ "싫어, 싫어." 하고 아가씨는 에구치의 어깨 쪽으로 얼굴을 미끄러뜨리듯이 옮겨왔다. 흔들려지는 것을 피하려는 듯했다. 아가씨의 이마는 노인의 목에 닿고, 앞 머리카락은 코를 찔렀다.[24]

에구치는 아가씨를 세게 끌어안고 있던 팔을 늦추어 부드럽게 안고, 아가씨의 맨팔도 다시금 에구치를 끌어안는 모양으로 두자, 아가씨는 정말로 부드럽게 에구치를 안았다. 노인은 그대로 조용히 있었다. 눈을 감았다. 따뜻하고 황홀해져 왔다. 거의 무아지경의 황홀감이었다.[25]

이렇게, 아가씨는 잠을 자면서도 건드리면 반응도 보이고 잠꼬대를 하기도 하며 에구치를 부드럽게 끌어안기도 하는데, 그럼에도 의외로 「순결한」[26] 「숫처녀」[27]인 것에 에구치는 깜짝 놀란다. 이 잠든 소녀는 그저 저항할 줄 모르는 수동적인 여체가 아니라, 자극을 주면 능동적으로 반응할 줄도 알고 잠꼬대도 중얼거릴 줄 알아, 두서는 없지만 대화

비슷한 것도 가능한 여체이며, 게다가 아직 더럽혀지지 않은 숫처녀라는 점에서, 가와바타가 그린 저항할 줄 모르는 여성의 한 단면을 여실히 드러내 보여주고 있다.

이처럼, 저항 없이 받아들이고 희생하고 위안과 안식을 가져다주는 순수하고 순결한 여성상은, 가와바타 문학 속에 등장하는 히로인들의 공통적인 속성으로 무언가 결락되어 있는 남자 주인공들을 위한 구원의 장치였다고 할 수 있다.

5. 아가페적 모성

가와바타의 소설에서 구원자적 여할을 하는 여성들이 공통적으로 가지고 있는 또 하나의 속성으로 모성을 들 수 있다. 그의 소설에서는 겉으로는 에로틱하기만 해 보이는 여성들조차도 그 내면에 있어서는 공통적으로 모성적인 요소를 다분히 내포하고 있는 것이다.

『설국』의 경우를 예로 들면, 기차 안에서 유키오行男를 보살피는 요코葉子의 다음과 같은 장면에서 그녀가 지닌 모성이 잘 드러나 있다.

> 아가씨는 가슴을 약간 기울여 앞에 누운 남자를 정성스레 내려다보고 있었다. 어깨에 힘이 들어가 있고 약간 굳은 표정의 눈도 깜박임 조차 없을 정도로 진지해 보였다. // 거울 속의 남자의 얼굴빛은, 그저 멍하니 아가씨의 가슴 언저리를 바라보며 편안한 듯이 차분했다. 쇠약해진 체력이 약하면서도 감미로운 조화를 이루고 있었다. 목도리를 베개 삼아 깔고, 그것을 코 밑에 걸쳐 입을 꼭 덮고, 그리고 또 위로 드러난 볼을 싸서, 일종의 복면을 두른 듯한 모습인데, 느슨해졌다 코에 덮였다 한다. 남자가 눈을 움직일 듯 말 듯 하는 사이, 아가씨는 상냥한 손놀림으로 그것을 바로잡아 주고 있었다. 보고 있는

시마무라가 짜증이 날 정도로 몇 번이나 그 똑같은 동작을 두 사람은 무심히 되풀이하고 있었다. 또 남자의 발을 덮은 외투 자락이 이따금씩 열려 밑으로 늘어진다. 그것도 아가씨는 금방 알아채고 고쳐주고 있었다. 그러한 동작이 참으로 자연스러웠다. 이렇게 거리라는 것을 잊은 채, 두 사람은 끝없이 먼 곳으로 가는 사람들의 모습처럼 생각될 정도였다.[28]

위의 장면에서 느낄 수 있는 것은, 자상한 어머니가 아픈 자식을 걱정하며 정성껏 돌봐주고 있는 모습을 바라보았을 때와 조금도 다를 것이 없는데, 어떻게 보면 요코의 모습과 행동은 모성 그 자체가 형상화되어 나타난 것이라고도 볼 수 있다.

보고 있는 시마무라가 짜증이 날 정도로 그 똑같은 동작을 무심히 반복했다는 것은, 이때의 시간이 만물이 윤회하며 끝없이 돌고 도는 순환적인 시간이기 때문에 엄격한 시간 구분이 의미를 잃고 무의미해지는 것을 의미한다. 다시 말해서 거리라고 하는 것을 잊은 채 끝없이 먼 곳으로 가는 사람들의 모습처럼 보였고 그것이 아주 자연스럽게 보였다는 것 역시 서로를 구분한다는 것이 무의미할 정도로 때로는 서로의 모습과 위치가 뒤바뀌기도 하고 그랬다가 다시 제자리로 되돌아오기도 하면서 영원히 함께 어울려 유전流轉하는 자연 속의 존재의 모습을 연상하게 한다.

다시 말해서 이 장면은, 만물은 하나같이 모든 것이 윤회한다는 가와바타의 문학적 세계관[29]을 바탕에 깔고, 그 속에서 요코라는 한 인물의 이타적 행위를 통해 모성의 단면을 상징적으로 드러내 보인 것이라고 보아도 좋을 것이다.

가와바타가 그려내는 히로인들은 이처럼 조건 없이 사랑해주고 안식과 위안을 주는 아가페적인 모성을 그 공통적 속성으로 하고 있는데, 그에게 있어서 모성의 실체가 무엇인지는 그의 문학의 에로티시즘의

정수라 할 수 있을 「잠자는 미녀」(1960-61)에서 그 실마리를 찾아볼
수가 있다.

이 작품은 67세의 노인 에구치 유키오江口由夫가 「남자 구실을 못하게
된」[30] 「안심할 수 있는 손님」들을 위해 준비된 여관에서 수면제로 깊
이 잠들여진 나신의 「처녀」 옆에 누워, 과거의 여자들을 떠올리거나 신
혼여행 꿈을 꾸는 등, 지나가 버린 청춘을 그리워하고 여자에 관한 망
상이나 추억에 잠기는 이야기인데, 에구치 노인이 마지막으로 그 여관
을 찾아간 날 밤, 그는 잠든 두 나신의 소녀들 사이에 누워 다음과 같은
생각들을 하게 된다.

> "생애 최후의 여자? 왜 마지막 여자라는 생각 따위를, 적어도……." 하고 에
> 구치 노인은 생각했다./ "그럼 내 최초의 여자는 누구였더라?" 노인의 머리
> 는 나른하다기보다 멍해 있었다./ 최초의 여자는 "어머니지." 하는 생각이 번
> 뜩 들었다. "어머니 밖에 없잖아?" 전혀 생각지도 못했던 대답이 떠올랐다.
> "어머니가 내 여자?" 더구나 67살이나 된 지금, 두 명의 벌거벗은 아가씨들
> 틈에 누워 비로소 그 진실이 문득 가슴 밑바닥 어디서부터인가 솟아나왔다.
> 모독인가, 동경인가.[31]

여기서 "생애 최초의 여자"와 "생애 최후의 여자"가 누구인가 하는
물음은 다시 말하면 여자란 무엇인가, 어머니란 무엇인가 하는 질문과
같다고 할 수 있다. 어머니가 "생애 최초의 여자"라고 하는 발칙한 발
상에서 본다면, 어머니를 포함한 모든 여자는 그에게 있어서 '근원적인
여자의 성性'으로부터 분열되어 나온 존재들[32]이며, 여기서의 잠자는
미녀들 역시 예외가 아닐 것이다.

다시 말해서, 여기 등장하는 여섯 명의 잠자는 미녀들은, 본질적으로
는 성의 근원에서부터 끌어올려진 '여자' 그 자체이며 그런 의미에서

는 서로가 일종의 분신이라 할 수 있다.

　가와바타의 작품들에서 처녀 숭배와 모성숭배가 동일 인물을 대상으로 공존하는 것은 그녀들이 별개의 인격체가 아니라 근원적으로 같은 하나에서 갈라져 나온 분신적인 성격을 갖고 있기 때문이며, 이 역시 가와바타가 작품 속에서 '만물일여萬物一如'의 세계관을 구현하고자 한 결과라 할 수 있을 것이다.

6. 맺음말

　이상에서 고찰한 내용들을 정리해보면 다음과 같이 요약될 수 있다.

　첫째, 가와바타의 소설 중에는 작가 자신이 말하는 '고아근성孤兒根性'의 한 단면을 보여주듯 무언가 결락缺落의 그림자를 드리우는 주인공이 자주 등장하며, 그러한 주인공의 마음의 그늘이나 상처를 씻어주고 해방감을 가져다주는 동경의 대상으로서의 구원자적 여성이 단골처럼 등장한다.

　둘째, 처녀성을 간직한 때 묻지 않은 순수한 여성의 따뜻한 호의와 순정적인 사랑에 힘입어 어두운 그늘과 굴레로부터 벗어나거나, 혹은 그 그늘과 굴레로부터 벗어나고자 하는 바람이 청결하고 순수한 여성들에 대한 끝없는 동경으로 나타난다고 하는 일종의 공식은, 그의 작품들에서 끊임없이 답습되고 있다.

　셋째, 이 '순수한 처녀성에 의한 정화와 구제, 혹은 그에 대한 동경'이라고 하는 공식과 더불어 그의 작품의 히로인들의 두드러진 특징의 하나가 무저항의 아름다움이다. 순결하면서도 거부할 줄 모르는, 어찌 보면 모순처럼 느껴지는 그런 모습이야말로, 가와바타가 즐겨 그린 여성상의 한 전형이라고 할 수 있다.

넷째, 가와바타의 소설에서 구원자적 여할을 하는 여성들이 공통적으로 가지고 있는 또 하나의 속성으로 조건 없이 자신을 희생하며 위안과 안식을 가져다주는 아가페적 모성을 들 수 가 있다. 그의 소설에서는 겉으로는 에로틱하기만 해 보이는 여성들조차도 그 내면에 있어서는 공통적으로 모성적인 요소를 다분히 내포하고 있는 것이다.

다섯째, 가와바타의 작품들에서 종종 처녀숭배와 모성숭배가 동일 인물을 대상으로 공존하는 것은, 그가 그리는 여성들이 저마다 완전한 별개의 인격체가 아니라 본질적으로는 같은 하나의 근원에서 갈라져 나온 분신적인 성격을 갖고 있기 때문이다. 그에게 있어서 모든 여자는 '근원적인 여자의 성'으로부터 분열되어 나온 존재들로, 개별적이고 고유한 인격체가 아니라, 性의 근원에서부터 끌어올려진 '여자' 그 자체인 것이다.

여섯째, 가와바타의 이러한 구원자적 여성상의 배경에는, 만물이 일여—如하며 모든 것이 윤회하고 전생轉生한다는 그의 문학적 세계관이 작용하고 있으며, 그러한 세계관을 작품 속의 인물들을 통해 형상화한 결과라고 할 수 있을 것이다.

---

* 이 글은 2009년 『日本學報』(第78輯, 韓國日本學會)에 발표한 것을 수정·보완한 것임.
1 『川端康成全集』新潮社, 1980.2～1984.5, 第2卷 pp.317-318. 이하, 별도의 언급이 없는 한 가와바타의 텍스트 인용은 모두 이 37卷本 第4次 『川端康成全集』의 각 권을 기준으로 한다.
2 『川端康成全集』第2卷, p.301.
3 위의책, p.303.
4 위의책, pp.304-305.
5 위의책, pp.323-324.
6 『川端康成全集』第10卷, p.19.
7 위의책, p.30.
8 위의책, p.61.
9 위의책, p.47.
10 위의책, p.57.

11 위의책, p.69.

12 위의책, p.96.

13 「二重星」四/『川端康成全集』第12卷, p.149.

14 1933년 11월「散りぬるを」라는 제목으로「改造」에 발표하고, 같은 해 12월「瀧子」라는 제목으로「文学界」에, 1934년 5월「通り魔」라는 제목으로「改造」에 발표.

15 『川端康成全集』第5卷, p.295.

16 瀧子의 臺詞.『川端康成全集』第5卷, p.296.

17 蔦子의 臺詞.『川端康成全集』第5卷, p.297.

18 『川端康成全集』第5卷, p.330.

19 1929년 12월부터 1930년 2월까지「東京朝日新聞夕刊」에 연재하고 1950년 5월호「新潮」「改造」에 수록되었다가 1930년 12월에 단행본『浅草紅団』(先進社)을 出刊.

20 李在聖(2002)「川端康成文学における分身の様相」(『日本研究』17輯, 中央大日本研究所) p.266 참조.

21 『川端康成全集』第10卷, p.139.

22 『川端康成全集』第18卷, p.162.

23 위의책, p.163.

24 위의책, p.168.

25 위의책, p.170.

26 위의책, p.166.

27 위의책, p.165, 166, 167, 168, 169, 173.

28 『川端康成全集』第10卷, pp.12-13.

29 李在聖(2007)「가와바타 야스나리『천 마리 학』고찰」(『日本學報』72輯, 韓國日本學會) p.203 참조.

30 『川端康成全集』第18卷, pp.199-200.

31 위의책, p.222.

32 李在聖(2007) 앞의 책, p.203 참조.

대담으로 본 시바 료타로의 역사인식[*]

▌전 창 환

1. 머리말

논자는 시바 료타로(司馬遼太郎, 1923~1996, 이하 시바로 칭함)의 한국에 대한
인식 연구의 일환으로 한국 관련의 3대 기행문 —『가라노쿠니 기행』
『탐라기행』『이키・쓰시마의 길』— 에 나타난 그의 한국관 및 역사인
식을 분석한 적이 있다.[1] 이 연구를 통하여 시바는 역사소설가로서 한
국에 대한 지대한 관심과 더불어 방대한 지식을 토대로 하여 양극단의
인식을 가지고 있었음을 알 수 있었다.[2] 이를 계기로 좀 더 그의 자국에
대한 역사관이나 세계관도 심도 있게 알아보고 정리해보아야겠다는
연구의 필요성을 더욱 절실히 느끼게 되었다.

잘 아는 바와 같이 시바는 전후 일본의 대표적인 「국민작가」로 조명
받았던 만큼 그의 언설을 살펴본다는 것은 곧 일본과 일본인의 보편적

인식을 알아보는 일에 연결될 것이라고 믿기 때문이다. 시바의 일본에 대한 끊임없는 발언과 관심은 일본인에게 교감을 형성하여 그들 사고 思考의 밑바탕에 한 축을 이루는 데에 막대한 영향을 주었을 것임에 틀림없다. 시바가 남긴 작품을 더듬어 알아보는 방법도 있겠으나 허구를 가미한 작품보다는 그의 대담집을 통하여 살펴보는 것이 더욱 정확하리라 생각된다. 그는 생전에 많은 사람들과 직접적인 대화를 할 기회가 많아 여러 권의 대담집을 남기고 있다. 여기서는 주로 도날드 킨과의 대담집으로 널리 알려진 『일본인과 일본문화』[3]와 『일본인에게 보내는 유언』[4]를 중심으로 알아보는 한편 시바사관을 비판적 견지에서 분석한 나카쓰카 아키라中塚明와 나카무라 마사노리中村政則의 주장을 소개하며 고찰해보기로 한다.

2. 일본문화에 대한 인식

고대 일본문화의 특징을 「대외의식」과 「미니중국」이라고 말하고 있다. 한국의 조선시대가 스스로 「소중화小中華」를 자칭함으로써 언어와 문화의 자주성을 상실해 버린 「미니중국」이라고 비판하던 점 등을 감안하면 구별이 명확하지 못함을 알 수 있는 대목이기도 하다.[5] 시바와 도날드 킨은 일본문화에 있어서 유학과 불교의 영향에 관한 해석에 뚜렷한 의견 차이를 보이고 있다. 유학과 불교를 일본문화의 기반으로 보는 도날드 킨의 견해에 대하여 시바는 부분적으로는 인정하면서도 부정적인 입장을 견지하고 있다. 즉, 일본인은 원리에 둔감하기 때문에 유학과 불교가 중국과 한국에서처럼 정치, 문화의 근본원리가 되지 않았다고 언급하고 있다.

일본인은 원리에 둔감함으로 중국이나 한국처럼 정치나 문화의 원리로 되지 못했으며 …(중략)… 불교는 일본에 건너왔지만 건물은 훌륭히 지어졌으나 그것은 건축미에 그쳤을 뿐, 진정한 종교라든가 철학으로는 되어있지 않다.[6]

덧붙여 불교는 미의 형식인 선禪으로 받아들여졌을 뿐이라고 주장하고 있다 이 점은 시바의 일본문화론과 시바사관의 중요한 요소로서 주목할 필요가 있다고 생각한다.

일본인에게 가장 적합한 종교는, 이것도 진정한 선禪과는 어느 정도 관계가 있는지 어떤지는 별도로 하더라도, 나는 선이라고 생각합니다. 선은 일본인과 서로 맞았다고 느껴집니다.[7]

또 일본문화의 원류는 무로마치기室町期이고 그 중에서도 금각사金閣寺로 대표되는 아시카가 요시미쓰足利義満 보다도 히가시야마東山 문화의 은각사銀閣寺를 세운 아시카가 요시마사足利義政의 시기를 더욱 일본다운 시기로 간주하면서 「개방기의 금」과 「폐쇄기의 은」이라는 구도 속에서 일본사는 반복되고 있다고 논하고 있다. 그리고 화려한 닛코 도쇼구日光東照宮를 비판하면서 에도 초기의 서민문화기를 그리워하고 있다. 전국시대戦国時代의 일본적인 문화를 긍정적으로 평가하면서도 전국시대 말기의 오다 노부나가와 도요토미 히데요시의 화려함에는 이질감을 나타내고 있다.[8]

후대의 연구자들에 의해 붙여진 것으로, 시바역사관을 대표하는 「밝은 메이지, 어두운 쇼와」라는 시대 세분화는 근대사에서만이 아니라 그의 역사인식의 근저에 깔려있는 것을 알 수 있다. 또 시바는 에도시대에는 흥미를 느끼지 못한다고 여러 곳에서 밝히면서 「지루하고 답답한 시대」로 표현하고 있다.

에도시대의 전형적인 미술인 우키요에浮世絵에는 곡선의 아름다움과 색채는 있는 반면 입체성이나 보편성이 없다고 하는 도날드 킨의 지적에 대하여「확실히 에도막부는 대외적으로는 폐쇄, 내부적으로는 통제의 정치였기 때문에 서민은 지루했을지도 모른다.」고 언급하고 있다. 역사소설가로서, 평화로운 시대였던 에도시대는 지루하게 느껴질 수 있을지 모르겠다.「지루하고 답답하다」고 느끼는 것은 역동적인 소재를 얻을 수 없었던 소설가로서의 개인적 취향이라는 생각이 든다. 시바는 그가 많이 다루고 있었던 전쟁소설처럼, 잠재적 내면에 전쟁을 즐기는 성향이 다분히 있었다는 것을 그의 언설에서 감지된다. 평화주의자였다기보다 역사의 변동기와 전쟁을 통하여, 또 그때그때의 주인공들의 이기는 편에 주목하며 글을 써야했던 것이 시바사관司馬史觀에 독선적 요소를 내재하게 했을 가능성을 지적하고 싶다.

그리고 에도시대에 출세했던 사람들은 결국에는 살해당하거나 불행한 결말을 맞는다는 점을 들어서 싫다고 하였고, 덧붙여서 횡적인 사회에는 역사도 기록도 없다고도 하였는데, 이 부분은 그의 역사관을 대변하는 중요한 단서가 된다고 생각한다. 말미에서 일본인은 항상 무엇이 일본적인 것인가에 대하여 걱정하고 신경을 쓴다는 도날스 킨의 의견에 동의하면서 일본적인 것에 지나치게 얽매여서는 안 된다고 경고하기도 한다. 그럼 여기서 그의 전쟁에 관 한 인식도 살펴보겠다.

3. 전쟁에 대한 인식

시바는 전쟁이라는 것은「패전트Pageant」라고 보고 있다.「요건데 전쟁 그 자체는 패전트입니다. 이야기의 줄거리는 전날까지 정해진 것」[9] 라고 말하고 있는 데에서, 전쟁을 드라마성이나 사전공작을 갖춘 가장 행렬 또는 야외극 정도로 생각하고 있는 것을 읽어낼 수 있다. 이것은 일본인, 일본문화를 특징지을 때 자주 일컬어지는 「속마음과 겉모습」의 다름 그 자체이다. 문헌과 자료에 철저했던 시바의 이 같은 지적은, 정치의 내막이나 정치행위 일부로서의 전쟁에 대한 차가운 비유일지도 모르겠으나 정치행위자체의 과정과 결과에 대한 관점은 결여되었다고 생각된다.

한국 관련의 기행에서도 박정희대통령이 「새마을운동」을 일으켜 경제발전에 공헌한 업적은 칭송하고 있었으나 당시 한국의 정치 환경에 대해서는 전혀 언급이 없었다.[10] 어느 신문사로부터 김대중 납치사건에 대하여 투고를 요청받았을 때도 수차례 거절하던 끝에 일부 북한을 비판한 것은 있으나 그밖에는 거의 없다. 도요토미 히데요시豊臣秀吉의 조선침략과 일본군국주의에 의한 한국식민지지 지배에 대해서는 그 부당성을 비판하는 입장을 취하고 있다.

시바는 또 싸움에 임했을 때의 일본인의 충의를 「개의 충성」또는 「개의 충절」로 표현하면서 한국의 조선시대에 종교화된 유학과 불교에서 말하는 충의와는 다르다고 차별화하고 있다. 말하자면 일본의 충의는 정신적인 원리가 아니라 주종관계에 따른 것이라는 논리로 설명하고 있다. 이는 할복자살이 간혹 정신적인 깊은 교류에서 오는 헌신적인 「의복義腹」도 있었으나 대부분이 체면이나 녹봉을 받기위한 수단으로 관습 때문에 어쩔 수 없이 자결했던 것을 잘 간파한 것이라 할 수 있다. 개가 밥을 주는 주인을 고마워하거나 또 밥을 얻어먹기 위한 방법으로 주인을 따라 죽었다는 것과 같은 의미로 「개의 충성」이라고 표현한 것은 대단한 용기라고도 할 수 있겠다. 또한 일본인들이 자랑하는 「일본정신」에 대해서도 다음과 같이 평하고 있다.

대개 「일본정신」등을 운운하며 매우 대단하게 말해지고 있다. 간혹 일본인 자신도 그렇게 느끼는 사람은 모두 어찌되었든 쇼와초년昭和初年에 만들어진 것이지요. 왠지 「일본정신」에 의거하여 뭔가를 말한다거나, 군대교육이 사회에 보급되거나 하는 것은 쇼와시대 초기입니다. 다이쇼大正시대는 그런 것은 없었고, 러일전쟁 당시는 좀 부풀려 있었다고 생각합니다.[11]

일본이 자랑하는 「일본정신」 또는 「무사도」의 대부분은 메이지유신 이후에 의도적으로 만들어져서 전쟁에 이용당했다는 설은 일본국내에서도 현존하는 일설이기도 하지만, 이에 동의하는 시바의 입장은 객관성을 중요시한다는 점에서 긍정적으로 평가해야 할 것이다. 「일본정신」이 쇼와시대(1926-1989) 초기에 만들어졌다는 시바의 의견에 도날드 킨도 다음과 같이 응대하고 있는 것에 귀를 기울여볼 필요가 있겠다.

뭔가 일본적인 매우 어두운 내셔널리즘이 완성되는 것은 쇼와 초기부터로 쇼와 20년까지의 아주 얼마 안 되는 기간이군요. 그것을 전통이라는 둥, 일본 역사 속의 어디에서 끌어낸 것인지, 기묘하군요.[12]

쇼와 초기에 만들어진 「일본정신」이 쇼와 20년(1945년) 태평양 전쟁이 끝날 때까지 오래된 전통의 정신인 것 마냥 사람들의 머리에 각인되었던 것을 알 수 있다. 또 그것은 일제강점기를 지낸 한국인에게도 각인되어 「일본」이라고 하면 무조건 큰 위대한 정신세계라도 갖고 있는 것처럼, 우러러 보던 우리네 어른들도 있었다. 국민을 모두 병사화시키기 위한 군대교육이었을 뿐이다. 그 정신에 얽매어서 많은 젊은이가 목숨을 잃었던 것이라 하겠다. 시바는 아울러 「천황」이라는 칭호도 근대 이전의 일반백성은 사용하지 않았다고 피력하고 있다. 다음 말을 직접 들어보자

실은 일반 세상에서는, 교토사람이라 할지라도 천황이라는 말은 사용하지 않았다. 예를 들면 고쇼御所상, 이라고 불렀었지요?[13]

그리고 중국침략과 태평양전쟁을 고대 왜구들의 침략행위에 비유하여 그 비현실성을 지적하고 있다. 왜구는 중국과 한반도에 다대한 폐해를 끼쳤으나 물질적 강탈 외에는 관심이 없었던 것처럼 태평양전쟁도 현실적인 전쟁 수행능력과 관리역량이 부족했던 집단적 정치발광자의 어리석은 행위였다고 단호히 잘라 말하고 있다.[14]

시바는 2차 대전말기인 1944년 12월, 사평육군전차학교四平陸軍戦車学校를 졸업하고 참전했다가, 그 이듬해 일본 본토 결전 때문에 도치키현사노시栃木県佐野市에서 육군소위로 종전을 맞이한다. 「이유도 알 수 없는 어리석은 태평양전쟁」이라고 비판하면서 「22세의 나 자신에게 편지를 써 보내듯이 소설을 썼다」고 술회한 적이 있다. 도날드 킨과의 대담에서도 태평양 전쟁을 여전히 「어리석은 행위」로 보는 데는 일관성을 유지하고 있다.

4. 자본주의에 대한 인식

『일본인에게 보내는 유언』에서의 대담은 주로 자본주의에 대한 염려로 시작되고 있다. 시바는 특히 토지문제에 대하여 직접적인 의견을 피력하고 있다. 즉 자본주의의 토지문제는 「윤리」로써 해결해야 하며 주체는 일반국민이 되어야 한다고 전제하고 있다.

아무리 자본주의가 좋은 것이라 허여도, 윤리나 규칙이 없다면 대단히 곤란한 것입니다. …(중략)…결국、일본이 얼마 안 되는 평지의 토지를 쌀도 수

확하지 못하고 공장도 짓지 못하고 투기의 대상으로만 만들었다. 너구리가 나뭇잎을 꺼내들고 일만엔一万円이라고 말하면 그렇습니까? 라고 말하는 식이지요[15]

시바는 1964년 이래 대담 당시인 1996년에도 히가시 오사카東大阪에 살고 있었는데 자택의 주위가 논밭으로 개발과 함께 투기의 대상이 되어, 버려져 있는 것을 매우 심각하게 생각하고 있었던 것 같다. 버블경제에 대해서도 「요컨대 버블을 일으킨 것도 누구의 잘못이라고 하기보다도 윤리관이 우리들에게 없었다. 세금으로 이 문제를 처리한다는 것은 커다란 윤리적 시련이 되어 일본경제를 긴축시킬 것」이라고 말하고 있다. 또 버블에 의해 일본경제는 근육질에서 이상한 물주머니가 차서 부풀었는데 그 물을 빼는 것은 우리들 일반 국민이어야 하며, 그것이 선거 쟁점의 도구가 되어서는 안 된다고 주장하고 있다. 심지어는 그러한 인식을 국민이 갖지 않으면 경제악화는 물론이고 「일본이라는 나라는 없어질지도 모른다」고 거칠게 부언설명하고 있다.[16]

시바는 토지문제의 궁극적인 해결방안으로 「토지공유제」[17]를 주장하였고, 이후에 스스로 재산의 사회 환원을 약속하였으며 실천하였다. 그러나 토지문제가 선거의 도구가 되어서는 안 된다는 견해는 좀처럼 이해하기 어렵다. 이는 시바의 비현실적이며 이상적인 현실인식이라고 생각된다. 「토지공유제」라는 제안에 대해서는 긍정적으로 평가해야 한다고 생각한다.

경제 전문가인 오마에 겐이찌大前研—[18]와의 대담에서, 시바는 토지는 원래 하늘의 것이고 쌀은 단순한 상품이 아니라 신성한 것이기 때문에 경제논리가 아닌 철학적인 시각에서 해결책을 찾아야 한다고 형이상학적 논리를 피력하고 있다. 부각된 중요한 부분으로 생각된다. 즉, 시바는 쌀농사는 농민만의 문제가 아니며 토지문제의 해결 없이 일본은 더욱 살기 힘든 나라가 될 것임에 틀림없는데도 토지는 나날이 가해자가 되어갈 뿐 어떤 제한도 없이 오히려 사회의 기술적인 힘만이 변하여 이상한 풍조가 되고 말았다고 분석하고 있다. 그 해결책으로 「토지공탁」을 제안하면서 스스로 실천을 약속하였고 사후에 그의 재산은 사회로 환원되어 「공익재단법인/ 시바 료타로 기념재단」으로 운영되고 있다. 일반적으로 시바의 사상은 광신적인 것, 비논리적인 것, 비합리적인 것, 신비주의, 형이상학적인 것, 전근대적인 것, 극단적이 사상, 제국육군의 사상에 반하는 것으로 일컬어지고 있는데, 재산의 공탁을 제안하고 실천한 것은 실천적 사상가의 측면에서 긍정적으로 평가해야 한다고 생각한다. 일본사회 여러 방면에 걸친 그의 견해는 수없이 많아 지면상 여기서는 간략히 보았다. 다음기회에 좀 더 면밀하게 발표하기로 하고 머리말에서 언급하였듯이 시바사관에 대한 비판론을 소개하는 것으로 시바의 견해를 알아보는데 깊이를 더하고자 한다.

5. 「시바사관」 비판론

「시바사관」 비판론의 선구자로는 나카쓰카 아키라中塚明가 있다. 그는 시바의 역사관에 대한 분석과 비평을 한데 묶어 『시바료타로의 역사관』이라는 책을 최근에 발간하기도 하였다.[19] 그 책 속의 내용은 매우 신랄하고 격하다. 일본의 역사교육에 대해서도 「현재 살아있는 사람들에게 직접 관계되는 새로운 시대의 역사를 경시하는 경향이 메이지 이후 일관되게 있습니다. 지금도 일본의 보통교육·중등교육(고등학교까지)의 역사교육에서 명치이후의 일본근대사, 현대사를 제대로 가르치고 있는 선생이 적은 것은 아닙니까? 또 대학에서도 일반교양으로서 일본근대사에 대하여 계통적으로 가르치고 있는 곳은 거의 없지 않을 까요?」[20]라고 날카롭게 지적하고 있는 것이다. 그럼 여기서는 시바의 대표적 화두이기도 한 「밝은 메이지, 어두운 쇼와」에 대한 언급을 먼저 인용하고 거기에 대한 나카쓰카의 비판을 들어보자 .

쇼와 한 자리 수 에서 20년 패전까지의 10년은 기나 긴 일본사 중에서도 특히 비연속적인 시대였다. 예컨대 전후의 '사회과학 용어'로 사용되었던 '천황제'와 같이 '맵고 얼얼한 ' 단어도 상당 부분 이러한 비연속적인 시대가 가지고 있는 이미지의 핵심이다. "그런 시대는 일본이 아니다."라고 그 부조리함을 재떨이를 집어던지며 외치고 싶은 충동이 나에게는 있다. 일본사의 그 어떤 시대와도 다르기 때문이다.[21]

이에 대하여 나카쓰카는 「한 나라의 역사에 '비연속적 시대' 같은 것은 있을 수가 없다는 것을 시바도 잘 알고 있다. 때문에 "그런 부조리함에 대하여 재떨이를 집어던지고 싶다"고 말하고 있다. 그러나 거기에서 부터 역사를 논해야 한다. 이러한 '이태異胎의 시대'를 만든 것이 누구인가? 그 '이상理想'의 주범은 참모본부였다고 밖에 말하지 않을 수 없다」[22]고 일축하고 있다. 나카쓰카는 「비연속적인 시대」라는 시바의 언급에 대하여 또 다음과 같이 단호히 거부하고 있다.

일본에서 타민족에 대 학살은 그 이전에도 있었습니다. 그것이 확대되어 15년 전쟁이후로 이어지는 것입니다. 비연속은 아니라고 나는 생각합니다. 그 일로 하여금 나타나는 것이 일본의 한국과의 관계입니다.[23]

나카쓰카의 위의 말에서 쇼와로 들어오기 전에 이미 관동대지진 때에 있었던, 그들은 「조선인학살 」이라고 부르는 한국인학살이 자행되고 있었던 것을 떠올리지 않을 수 없다. 시바는 『가라노쿠니 기행』에서

1970년대의 한국의 전근대적인 농촌풍경을 보면서 일본의 원풍경을 보는 것 같다고 하였고, 김해의 미개발 삼각주 농경지를 보고는 일본 같으면 별장지로 개발되었을 것이라고 술회한 적이 있다. 이 책에서 나카쓰카는 우리와 같은 입장에서 시바의 한국에 대한 비현실적 인식을 신랄하게 비판하고 있다.

한편 러일전쟁을 「조국방위전쟁」이었다고 규정한 시바의 주장에 대하여 첫째, 일본이 한국[24]을 세력 하에 두지 않으면 한국은 다른 외국의 지배를 받게 될 것이고 특히, 러일전쟁 당시의 러시아는 한국을 식민지로 하려고 했다는 것이 사실인가 하는 문제, 두 번째로는 러시아가 한국을 지배하지 못 하도록 하기 위해서 선제공격을 하여 일본이 한국을 정복해야했다는 논리의 문제, 두 가지를 들어 「메이지 일본의 한국 정책과 실행의 역사로 거슬러 올라가 전면적인 문제제기를 할 필요가 있다.」고 주장하고 있다.

나카쓰카는 역사관의 기본은 「사실」이 바탕 되어야 한다면서 오늘날의 「한류」를 필두로 하는 문화교류 만으로는 양국의 깊은 골을 메우지 못할 것이고, 사실이 결여된 역사인식으로는 보편성을 말할 수 없다고 못 박고 있다. 그리고 시바가 말하는 「메이지 영광론明治光榮論」은 한국과의 민족적 대립을 유발하며 제국주의 열강과의 대립을 촉발시키고 일본의 정치, 군사 그리고 국민의 사상에 이미 퇴폐가 진행되었다는 세 가지 점을 들어서 그 모순점을 강하게 지적하고 있다.

그러나 또 한사람 나카무라 마사노리中村政則의 지적대로 오늘날의 시바는 「신」로 추앙받고 있고 시바사관 비판론에 대한 일반 국민들의 반향은 미미하다. 아울러 염려되는 후지오카는 보수파 역사교육가단체인 「쓰쿠루카이つくる숲」의 창립 멤버로서 「종군위안부」 문제의 역사교과서 등재에 반대하는 등 극우파 교육자로 알려져 있다. 결국, 시바사관의 위험한 보편성이 극우파에 의하여 악용되고 있다. 이것은 시바사

관이 내재한 숙명적 취약성 때문인 것으로 판단된다. 더불어 염려되는 것은 일본경제의 후퇴, 중국과 한국의 약진 등이 맞물려 일본사회 전체가 복고적인 징후를 보이고 있는 점이다. NHK가 시바의 대작 『언덕위의 구름』의 방영을 결정한 시기도 이런 사회적인 분위기와 무관하지 않다. 나카무라는 시바의 『언덕위의 구름』에 대하여 다음과 같이 말하고 있다.

> 시바의 『언덕 위의 구름』이나 러일전쟁에 대한 문장을 읽고 불만인 것은 이 전쟁과 한국문제와의 불가분의 관계를 심각하게 생각하지 않고 있다는 것에 있다. 그와 동시에 『언덕위의 구름』이란 타이틀이 암시하고 있듯이 러일 전쟁의 승리로 언덕 위를 다 올라간 일본은, 이후, 언덕을 굴러 떨어지듯이 전락해가는 시대이미지가 있다. 그런 까닭에 시바에게는 다이쇼기에 대하여 언급한 문장은 거의 없다. 앞선 두 항목의 대립적 역사관에 속박되어 조사해 볼 기분도 들지 않았을 것이다. 「다이쇼 역사의 결락大正史の欠落」이것이 시바 사관의 또 하나의 특징이었다.[25]

나카무라 마사노리의 말처럼 러일전쟁에서 한국이 없는 것은 지나친 「시대세분화」의 결과일 수도 있지만, 그것보다도 시바의 안중에 한국은 중요한 위치에 있지도 않았고 매우 가볍게 보았기 때문이다. 러일전쟁 때에 종군화가로 참여했던 고스기 미세이도 젊은이의 목숨을 아끼는 동시에 한강, 개성 등을 읊으면서 그 쇠락해가는 모습을 조금이나마 안타까이 여기고 있던 것에 비하여 시바는 한국을 「대륙으로부터 받는 일본열도에 대한 압력을 완충하기위한 안전용 방석」[26] 정도로 위치를 정하고 있었던 것이다. 또한 다이쇼기에 대한 부정과 역사적 의미의 부재는 역시 현실인식의 한계에 의한 결과로 밖에 정리 할 수 없을 것 같다. 있다. 끝으로 나카무라도 역사인식의 기본을 「진실」[27]이라는 단어로 규정하고 있는 데에서 미래의 한일관계는 밝아질 것이라고 기대한다.

6. 맺음말

대담집으로 본 시바의 일본과 일본문화에 관한 전반적이 인식을 간단하게 정리하면서 그에 대한 평가를 가늠해본다.

시바는, 일본문화의 특징은 폐쇄적인 시기에 더욱 일본다운 문화가 만들어 졌으며 그것은 여성적이고 수수하고 「은의 세계」쪽이 가치를 지니고 있다고 말하고 있었다. 또 그가 좋아하는 일본역사의 시기는 고대일본과 전국시대, 그리고 아시카가 요시마사의 히가시야마 문화기, 에도시대 초기와 밝은 메이지기 임을 알 수 있었다. 그러나 메이지기가 과연 밝았는지는 깊이 생각해볼 필요가 있다. 국가를 만들기에 여념이 없었던 위정자들은 나름대로의 밝은 에너지를 쏟아내기도 하였겠으나 피지배자였던 일반 서민은 많은 희생을 강요당해야 했다. 그 어느 때보다 명과 암이 두드러졌던 시기로 보는 것이 타당할 것이라 생각된다.

시바는 또 지식인으로서 실물경제에도 관심을 가지고 나라의 일을 걱정한 나머지 토지공유제를 주장하며 자신이 공개적으로 토지공탁을 하여 「공익재단법인」까지 만들은 것에 대해서는 실천적 사상가의 일면을 볼 수 있었다.

만주국경영의 부당성을 인정하고 있는 한편 태평양전쟁과 메이지의 육군정권에 대해서는 비판적이었으나 해군에 대해서는 긍정적인 평가를 내리고 있다. 러일전쟁, 만주국경영의 명분인 「조국방위전」과 「천황무책임론」에 대한 시바의 입장은 대중적 일반론과 다름없어 객관성의 결여를 보이고 있다는 나카쓰카 아키라와 나카무라 마사노리의 시바사관 비판론은 매우 적절했다.

역사인식의 기본은 「사실」과 「진실」로 부터 보편성은 만들어지며 그 보편성 위에 감동할 수 있는 새로운 시대를 기대할 수 있다고 목소리를 내는 비판론자가 일본 내에도 있다는 것은 참으로 다행이었다.

시바사관은 부분적, 역사적 사실의 무시와 누락에 따른 보편성의 결여라는 치명적 약점을 내재함으로써 자주 우파보수계에 의해서 악용되고 있다. 일본을 대표하는 역사소설가, 사상가로서 전폭적인 지지와 인기를 누리고 있었음에도 불구하고 일본 국내용에 그칠 수밖에 없는 한계를 가지고 있었다. 시바의 현실인식의 문제, 시대세분화, 개인적 성향의 특징을 앞으로도 지속적인 연구과제로 삼고자 한다.

---

*   이 글은 2012년 『일본근대학연구』(제37집, 한국일본근대학회)에 발표한 것을 수정·보완한 것임.

1   全彰煥「『韓のくに紀行』に見る司馬遼太郎の韓国認識」(『九州情報大学研究論集』第13巻, 2011)「『耽羅紀行』に見る司馬遼太郎の韓国認識」(『日本近代学研究』第33輯, 韓国日本近代学会, 2011)「『壱岐·対馬の道』に見る司馬遼太郎の朝鮮観」(『九州情報大学研究論集』第14巻, 2012)

2   시바는 한국을 직접 방문하여 일본의 원형을 찾는 과정에서 고대사에 있어서는 솔직하고 구체적으로 밝히는 면이 있었으나, 패전으로 위축된 일본인의 혼과 자부심을 일깨우는 과정에서 한국문화와 한국인을 의도적으로 폄하하는 면도 적지 않았다.

3   司馬遼太郎·ドナルド·キーン『日本人と日本文化』中央公論社, 1984.
    (처음 간행된 것은 1972년이었으나, 1984년 대담집으로서 재 간행되었음)

4   司馬遼太郎, 対談集『日本人への遺言』中央公論社, 2011 간행.

5   司馬遼太郎·ドナルド·キーン, 앞의 책 pp. 20-22 참조.

6   위의 책 p.51.

7   위의 책 p.57.

8   위의 책, pp.87-88.

9   위의 책, p.95.

10 司馬遼太郎『耽羅紀行』朝日文庫, 1990, pp.261-262 참조.

11 司馬遼太郎·ドナルド·キーン, 앞의 책, p.104.

12 위의 책 p. 105.

13 じつは、世間一般では、京都の人といえども天皇という言葉は使わなかった。たとえば御所さん、でしょうか。
    司馬遼太郎, 対談集『日本人への遺言』中央公論社, 2011, P.162.

14 司馬遼太郎『歴史と視点』新潮社, 1980, pp.20-22 참조.

15 司馬遼太郎, 対談集『日本人への遺言』中央公論社, 2011, P.15.

16 위의 책, P.25.

17 위의 책, P.27.

18 大前研一 : 1943年, 후쿠오카현 태생, 경영 컨설턴트, 와세다 대학 이공학부 졸업.

19 中塚 明『司馬遼太郎の歴史観』高文研, 2009.

20 위의 책, pp.26-27.

21 司馬遼太郎『この国のかたち』文芸春秋, 1990, p.36

22 中塚 明 , 앞의 책, p.34

23 위의 책, pp.41-42.

24 이미 러일전쟁당시의 우리나라 국호는「대한제국」이었음으로 필자는 한국이라 칭함.
    1905년의「한일협약」1910년의「한일합방」임 중국에 대해서는 명나라, 당나라 등으로 구
    별하지 않는 것과 마찬가지로 통칭 한국으로 칭함.

25 中村政則『「坂の上の雲」と司馬史観』岩波書店, 2009, pp.188-189

26 司馬遼太郎『坂の上の雲』(三) 文藝春秋, 1978, p.63.

27 中村政則, 앞의 책, P. 200.

성서가 투영된 시마자키 도손의 시*
-「창세기」 투영을 중심으로 -

▌최 순 육

1. 머리말

　일본의 기독교는 다신적이고 범신적 풍조가 강한 일본의 종교풍토에 뿌리를 내릴 수 있는 가능성은 희박했다. 엄격한 쇄국정책과 기독교인 탄압을 계속해온 도쿠가와 막부가 무너지고 1868년에 메이지 발족되고 일본은 근대적인 통일국가로 나아가기 시작했다. 메이지 신정부는 에도 막부 시대의 신분차별이라는 악습을 깨고 사민평등을 제창하면서 근대 국가의 길에 박차를 가하여 일본을 미국 선진제국과 어깨를 나란히 하는 근대국가 건설을 서둘렀다.

　그러나 천황제의 확립과 국가신도의 제정을 서두르고 사상과 신앙의 자유를 인정하지 않는 메이지 신정부는 근대국가의 이름에는 걸맞지 않는 국가주의 권력의 기치를 높이 쳐들었다. 하지만 이러한 가운데에서도 서구문물과 사상이 유입되면서 서구문화의 교류가 깊어지면서 기독교의 포교활동이 번성하고 많은 청년들이 기독교의 문을 두드리기에 이르렀다. 메이지 초기 시대의 청년들은 당시의 일본인을 지배하고 있던 유교도덕 봉건도덕의 질곡에서 벗어나고 사랑과 평등을 기조로 한 인도주의를 추구하고 있었다. 그러한 의미에서 메이지 시대의 기독교는 시대를 이끄는 하나의 혁신적인 사상이었다. 이 시기에 기독교계의 유력한 지도자가 된 우에무라 마사히사植村正久는 1873년(메이지6년)에 세례를 받고 우치무라 간조内村監三와 닛토베 이나조新渡戸稲造 등은 1877년에 세례를 받았다.

문학 쪽에서는 기타무라 도코쿠北村透谷, 시마자키 도손島崎藤村을 비롯해서 야마지 아이잔山路愛山, 도쿠도미 로카徳富蘆花, 기노시타 나오에木下尚江, 구니키타 돗포国木田独歩, 마사무네 하쿠초正宗白鳥, 아리시마 다케오有島武郎, 시가 나오야志賀直哉 등이 젊은 시절에 기독교를 추구하여 세례를 받았다. 그러나 그들 대부분은 그 신앙을 유지하지 못하고 문예의 길로 진출함과 동시에 교회를 떠나갔다.

그럼에도 불구하고 당시 문예청년들의 최고잡지인 『문학계文學界』의 동인으로 있었던 시마자키 도손(島崎藤村, 1872-1943 ; 이하 도손이라 칭함) 작품에는 기독교의 영향을 많이 보이고 있다. 여기서는 주로 그의 초기 작품에 투영되어 있는 성서와의 관련을 구체적으로 분석하며 감상해보고자 한다.

2. 도손과 기독교와의 관계

도손은 16세에 칼빈주의 장로교 계통의 미션스쿨인 메이지 학원에 입학하여 기독교를 접하게 된다. 1888년 「메이지학원」재학 중 에 다카노와高輪의 다이마치台町교회에서 기무라 구마지木村熊二목사에게 세례를 받았다. 그러나 4년 후인 1892년에는 우에무라 마사히사植村正久 목사의 이치반마치一番町교회로 적을 옮기더니 곧 같은 해 12월에 교회 교적부에서 탈퇴하고서는 방랑의 여행을 떠나 다시는 교회로 돌아오지 않았다.

도손의 「메이지학원」 시절의 신앙생활은 도손의 자전적 소설 『버찌가 익을 무렵』이라는 소설에 자세히 그려져 있다. 그 소설을 읽어보면 도손은 심적 갈등과 고통도 없이 기독교를 떠났음을 알 수 있다. 하지만 여기서 도손의 행보의 위에서 주목하고 싶은 것은 왜 그가 기독교로부터 떠난 후에도 계속해서 기무라 구마지 목사와의 관계를 유지했으며, 기무라 구마지 목사가 창립한 「메이지여학교」에서 교편을 잡고 있었는지에 관한 것이다.

그 뿐만 아니라 도손은 기독교를 떠나서도 기독교 관련 후원자들의 도움을 받으면서 문인들의 든든한 후원자 이와모토 요시하루巖本善治가 편집인으로 있는 『여학잡지』로부터 독립한 『문학계』의 동인으로도 활했다. 당시에 자유민권 운동을 주창하면서 기독교의 세례를 받고 휴머니즘의 입장에서 인간성의 해방을 외쳤던 기타무라 도코쿠와도 친분을 쌓으면서 엄청난 문학적 영향도 받았다. 크리스천으로서의 도코쿠의 신앙적 갈등도 곁에서 지켜보았던 도손이었음에 주목해야 한다. 결국 도코쿠는 생활이 궁핍하고 정신적으로도 피곤해져 25세의 나이에 스스로 목숨을 끊었다. 도손은 도코쿠의 자살에 크게 충격을 받아 친구의 죽음을 애도하는 마음으로 『도코쿠전집』을 발행하고 또 『봄』『버찌가 익을 무렵』이라는 소설에서는 도코쿠와의 친분관계가 깊었음을 자서전적으로 썼다.

도코쿠와는 달리 도손은 수많은 세월을 풍미하면서 낭만적인 시인에서 『파계破戒』를 계기로 자연주의 작가로서 문단에 주목을 받았으며 그 이후에도 반세기에 걸쳐 창작활동을 계속하여 『봄』『집』『신생』
『폭풍』『동트기 전』 등의 작품을 써서 근대일본문예사에 큰 발자취를
남겼다.

　그렇다면 도손에게 있어서 기독교는 어떠한 것이었을까? 도손은 세
례를 받음으로 해서 자신의 내면의 죄를 깊이 깨닫고 그리스도에 의해
서 새로운 생명을 부여받아 새 생명의 삶을 살아가지는 못했다. 도손은
오히려 자신의 내면에서 꿈틀거리고 있는 예술과 관능을 향한 강한 욕
구를 떨쳐버리지 못했던 것이다. 상당히 낭만적인 분위기와 기분에 취
해서 세례를 받은 도손으로서는 예술과 관능이라는 육적인 욕구가 영
적으로 살려는 욕구를 억누르고 있었을 뿐만 아니라 영과 육의 치열한
갈등도 없었던 것으로 생각된다.

　『버찌가 익을 무렵』을 보면 종교와 신앙에 관한 내용이 여러 장면에
서 묘사되어 있으나 대체로 신앙과 청춘의 갈등에 관한 것이며 도손의
정신적 성향은 신의 주위를 맴도는 것에 불과하다. 그에게 있어서 기독
교의 하나님 인식은 기껏해야 시대와 청춘의 낭만적 색채일 뿐이다. 그
러나 도손의 시 안에는 여호와 하나님을 나타내는 구약성서가 투영된
공통된 시어가 많이 보인다. 도손에게 기독교 신앙의 수용과 신앙 형태
에는 여러 가지의 문제점이 있을지 몰라도 성서는 도손에게 평생의 마
음의 반려자였으며 그의 문학에 영향을 준 서적이었다고 하겠다. 교적
에서 탈퇴했을 때도 성서는 버리지 않았다고 한다. 절대자에 대한 믿음
은 깊지 않았으나 입신 초기부터 성서는 그에게 신앙서적으로서의 의
미보다 서양문화의 바탕이 되는 지침서 역할의 것이었다고 생각된다.
주로 구약성서가 관심거리였다.

　도손은 기독교 신앙을 수용하기 보다는 기독교의 문화와 성서의 문
예적 가치를 수용한 것임을 알 수 있다. 도손은 메이지 시기에 유입된
서구의 많은 기독교 문화와 기독교 문예를 섭렵하면서 서구의 시詩 형

식과 일본의 전통적 정서를 융합하여 새로운 가락의 근대시를 창출해 보려는데 힘을 기울였다고 할 수 있다. 이는 도코쿠와 도손이 중심이 되어 1893년에 창간된 잡지 『문학계』가 기독교에 의한 유럽의 사상이나 문예를 흡수하였던 것에서도 알 수 있다. 덧붙여 그들이 근대 일본인의 자아의식을 중시하며 일본문예의 자율을 외치고 있었던 것은 성서에서 중히 여기는 인간보편성과 그 사상을 이어받아 문예에 적극 도입한 것이라 할 수 있다. 도손은 낭만적 감정과 열정을 솔직하게 표현함과 동시에 기독교의 성서에서 시의 새로운 틀을 도입하여 당시대의 신체시를 선보인 것이었다고 할 수 있다. 도손의 시는 대부분이 기독교를 통해서 얻은 서양의 개인주의사상과 자유주의 사상을 기반으로 청춘의 자아를 노래하고 있는 내용들인 것이다.

3. 「창세기 1장」이 투영된 시

도손이 기독교에 접하여 서구문화를 받아들이게 된 것을 앞에서도 살펴본 바와 같이 그는 기독교에도 깊은 관심을 갖는 한편 문예에도 관심을 기울였다. 그 후 22살 때 사토 스게코에 대한 사랑의 아픔으로 인해서 결국 교회의 적을 버리고 신앙에서 멀어져 가지만 이 짧은 기간에 기독교에서 어떤 시적 정서를 체득할 수 있었다고 할 수 있다. 그 옛날 아브라함 시대의 「창세기」를 흠모하며 근대시 출발을 기념하는 자신의 『와카나슈若菜集』의 기상을 마치 신의 천지창조처럼 생각했던 그 기상을 엿볼 수 있다.

창세기 1장의 「천지창조」와 『와카나슈』의 〈새벽 동틀 녘〉을 분석해 보기로 한다. 도손의 『와카나슈』에 나오는 〈샛별明星〉은 1897년 1월 『문학계』 49호에 처음 실린 시이다. 새벽의 샛별을 주제로 하는 새로운 인생을 의미하는 새벽의 찬가라고 할 수 이다. 1900년 4월 창간된 도쿄신시사東京新詩社의 기관지의 이름 『명성明星』전거가 된 것이기 한 새벽녘의 금성을 나타낸다.

무엇보다도 〈새벽 동틀 녘〉 등을 감상하면 구약성서의 창세기에서 많은 시사를 얻고 있다는 것을 알 수 있다. 그 시는 「떠도는 구름들과/ 몸을 이루어/ 아침 저 먼 하늘에/ 떠올라 있는/ 저 별이 없었다면/ 어찌 알겠나/ 새벽별의 햇살이/ 주홍빛임을」이라는 4행을 첫 1연으로 하여 7·5조의 정형 운율을 밟으며 모두 7연으로 되어있다. 그 중의 3연이나 〈새벽 동틀 녘〉의 전체는 천지창조 첫째 날과 둘째 날의 내용에서 발상을 얻고 있는 것이 두드러진다. 먼저 〈샛별〉에서의 3연을 보기로 한다.

무엇이 그리워서 새벽 샛별이	なにかこひしき曉星<small>あかぼし</small>の
텅 빈 그 하늘 문을 열고 나와서	空<small>むなしき</small>き天の戸を出でて
저 깊고도 멀고먼 창공 벗어나	深くも遠きほとりより
사람 사는 세상에 가까이 왔나	人の世近く来るとは　　　（3연）

위의 노래는 창세기 1장 1절에서 3절까지의 천지창조 제1일[1]에 하나님이 텅 비고 어둠이 깊은 우주에 하늘과 땅을 만드신 것처럼 도손 자신이 「아침하늘에 나온 샛별」로서 「하늘 문」을 열고 나와 「텅 빈 창공」과 같은 그 시대에 새로운 시를 짓겠다는 각오를 상징적으로 표현한 것이라 하겠다.

창세기 창조 설화의 첫 장면의 땅은 아직 형태가 없는 허공처럼 암흑으로 가득 찬 심연이었다. 여기서 도손은, 복잡한 인간의 마음의 심상을 그대로 보여줄 수 있는 근대시가 전무했던 당시를, 마치 창세기전 상태로 보았던 것을 알 수 있다. 하나님의 명령으로 하늘과 땅이 만들어진 그 순간 「때」가 시작되었다고 자부심을 가졌던 것이리라.

도손의 「샛별」에 나오는 「텅 빈 하늘」은 구약성서 창세기의 창공太空을 의미하며 창세기의 천지창조의 첫 장면이나 다름없다. 창세기에서 하나님이 첫 번째로 창조한 것이 「빛」이고 그 빛은 하늘에서 땅을 비추며 내려온 것이다. 「샛별」도 하나의 빛이다. 도손은 어두운 세상을 밝히는 새벽별에 자신을 이입시키고 있다는 것을 알 수 있다. 구약성서에서 힌트를 얻으면서도 「하늘 문天の戸」라는 용어를 사용함으로써, 일본 고대신화에 나오는 「하늘의 바위 문天の岩屋の戸」을 연상하게 하고 있다. 일본인에게 낯설지 않은 변용이다. 이러한 천지창조의 연장에서 〈새벽 동틀 녘〉이 등장하는 것이다. 이번에는 구약성서 창세기의 창조 설화의 두 번째 장면이 연상되는데 다음의 시를 분석해 본다.

〈 새벽 동틀 녘 〉

붉게 물든 하늘에 길게 펼쳐진   紅細くたなびける

구름이 되고 싶네 새벽 동틀 녘   雲とならばやあけぼのの.

구름이 되고 싶네   雲とならばや.

어둠 빠져나오면 밝은 빛 있네   やみを出でては光ある.

하늘이 되고 싶네 새벽 동틀 녘   空とならばやあけぼのの.

하늘이 되고 싶네   空とならばや.

봄날 빛나는 햇살 수놓아 주는   春の光を彩れる.

물이 되고 싶어라 새벽 동틀 녘   水とならばやあけぼのの.

물이 되고 싶어라   水とならばや.

비둘기에 밟히는 저 부드러운   鳩に履まれてやわらかき.

풀잎이 되고파라 새벽 동틀 녘   草とならばやあけぼのの.
풀잎이 되고파라   草とならばや.

　창조 설화의 두 번째 이야기는 물이 갈라져서 하늘이 생기고 밤과 낮이 정해지는 장면이다. 심연의 밑바닥에는 물이 있었다. 아니 오히려 공허하여 형체가 없었고 물만 가득 차 있었다. 빛과 어두움이 이 물 가운데서 교차한 것이다.

　〈새벽 동틀 녘〉의 1연에서 「구름」이 되고 싶다는 것은 창조설화의 「어둠」을 의미하는 것과 마찬가지다. 2연에서 「어둠 빠져나오면 밝은 빛있네.」라는 것은 「샛별」과도 통하는 심상이다. 그 빛은 혼돈과 어둠에서 나온 것이다. 「빛이 있으라」는 하나님의 말씀이 떨어지자 빛이 나타났고, 또 「물과 물이 나뉘게 하라」고 말씀하시니 또 물이 나뉘었듯이 이 노래의 3연에서도 「물」이 등장한다. 그 물이 있는 곳에 「풀」이 돋아나는 것은 당연한 일이며 그 곳에서 인류는 삶의 시작하게 되었으리라고 생각된다. 4연에서도 창조설화의 예정된 순서처럼 「풀」이 소재로서 사용되고 있다. 이처럼 도손의 〈새벽 동틀 녘〉은 놀라울 정도로 천지창조의 두 번째 장면을 풍경화 하여 구름·창공·물·풀 등을 소재로 하고 있다. 그러나 객관적 풍경이 아니라 「되고 싶다」는 후렴구를 반복하여 작가의 강한 주관적인 마음을 노래하고 있다. 이 시도 〈샛별〉과 마찬가지로 7·5조의 가락에 맞추어 모두 4연으로 되어 있는데 각 연에는 하나의 후렴구가 들어있다. 1연의 「구름이 되고 싶네」 2연에는 「하늘이 되고 싶네」, 3연에는 「물이 되고 싶어라」, 4연에는 「풀잎이 되고파라」는 반복 표현이 들어 있다.

　또한 이 노래의 4연의 「풀잎이 되고파라」는 구절은 천지창조 설화의 제 3일에 이루어진 일[2] 이며 더 나아가 4연의 1행에 등장하는 「비둘기(鳩)」는 천지창조 설화의 제 5일에 나오는 「하늘을 나는 새」와 관련이 있는 것이다.[3] 세키 료이치関良一는 이 4연의 비둘기와 풀에 대해 「비둘기는 부드러운 평화와 사랑의 상징이고 풀은 앞 연의 '물'과의 관련에서 강가의 초원의 이미지를 밟고 있다」고 해석하고 있다.[4] 그러나 막연한 풍경의 「강가의 초원의 이미지를」 밟고 있기보다는 이 시 전체가 천지창조 설화에 입각하여 쓴 것이 틀림없다고 감상하는 편이 옳을 것이다. 그것은 비둘기에 밟히는 부드러운 풀잎이 되고 싶은 소망이 하필이면 「새벽 동틀 녘」이어야 할 필요가 없기 때문이다. 「동이 틀 무렵」이란 낱말은 바꾸어 말하면 대체로 「새로 시작되려는 때」를 의미한다. 그러므로 이 시의 4연에 고루 빠지지 않고 등장하는 「새벽 동틀 녘」이라는 시어야 말로 〈새벽〉의 주제라고 할 수 있다. 새벽의 전원풍경을 읊은 서정시가 아니다.

「새벽 동틀 녘」은 구약성경으로 말하면 「창세기」인 것이다. 도손은 새로운 시를 짓는 자신의 마음자세를 하느님의 「세상창조」에 버금가는 작업으로 생각한 듯하다. 이 시야말로 시인 도손의 관념을 성경의 「창세기」의 창조설화에 비유한 상징시라고 봐야 할 것이다. 더욱 주목을 끄는 것은 이 시의 형식이다. 서양의 대표적 정형시가 4연으로 구성된 4행 3행 3행의 모두 14행의 소네트 형식이라면, 이 근대시는 7·5조의 가락이 기본이 되고 있으며 1연이 31음의 일본 고유의 탄가체短歌体를 이용하여 4연으로 이루어져 있다. 도손이 새로운 일본 근대시를 창출하기 위하여 여러 가지의 방법을 시도하고 있으면서도 그 바탕이 되고 있는 것은 일본 전통시가의 음수율이라는 점이다.

창세기의 창조설화를 〈새벽 동틀 녘〉이라는 상징시로 재창조한 점은 과연 낭만주의 시인의 면모답다고 할 수 있다. 「상상력이 있는 시인만이 변용과 융합과 통합이 가능한 것이며 공상이 아닌 상상이 수반된 변용은 예술이라」[5]고 콜리지가 말하듯이 현상을 있는 그대로 보는 것이 아니라 상상력으로 현실을 재창조 한다는 것은 시인들의 필수불가결한 시정詩情인 것이다.

4. 「창세기 3장」이 투영된 시

여기서는 『와카나슈』의 〈첫사랑〉을 「창세기」 3장 2절에서 4절에 나오는 내용과 관련하여 분석해 본다. 시 〈첫사랑〉의 배경과 주제가 너무도 잘 알려진 「에덴동산」의 분위기와 닮았다는 것을 지울 수 없다. 함께 감상함으로써 이 시에 투영된 기독교의 그림자를 발견할 수 있을 것이다.

이제 막 틀어 올린 고운 앞머리	まだあげ初めし前髪の
<u>사과나무 아래에 보였을 때에</u>	<u>林檎のもとに見えしとき</u>
앞에다 꽂아 놓은 꽃빗을 보고	前にさしたる花櫛の
꽃다운 당신이라 마음 졸였네	花ある君と思ひけり　　　（1연）

부드럽고 하얀 손 내밀어서는	やさしく白き手をのべて
사과를 이내 손에 건네준 것은	林檎をわれにあたへしは
담홍색 빛깔 고운 가을 열매에	薄紅の秋の実に
그대와의 첫사랑 시작이었네	人こい初めしはじめなり　　　（2연）

덧없이 흩어지는 나의 한숨이	わがこころなきためいきの
님의 머리카락에 닿았을 때에	その髪の毛にかかるとき
<u>감미로운 사랑의 그윽한 잔을</u>	<u>たのしき恋の盃を</u>
<u>당신의 연정으로 마셔버렸네</u>	<u>君が情けに酌みしかな</u>　　　（3연）

488 **제2부 ▌** 자아에 대한 갈망

사과밭 사과나무 사과 아래로	林檎畠の木の下に
어느새 생겨버린 좁은 오솔길	おのづからなる細道は
<u>그 누가 처음 밟아 길을 냈을꼬</u>	<u>誰が踏みそめしかたみぞと</u>
물으시던 말씀도 그리움이네	問ひたまふこそこひしけれ （4연）

　도손의 〈첫사랑〉은 그의 대표적 시 중의 하나로서 당시의 젊은이들의 마음을 크게 사로잡은 작품이다. 이시에 대하여 작가는 자신의 개인적 체험을 회상하여 쓴 것이라고 말하지만 이미 세키 료이치関良一는 「일본 농촌에서 흔히 볼 수 있는 풍경을 노래한 듯이 보이는 이 시의 배경에는 실은 아담과 이브가 사과를 먹고 낙원에서 추방당했다고 하는, 인간의 원죄의 문제가 제기되고 있는 듯하다」[6]고 평하고 있다.

　「이제 막 틀어 올린 고운 앞머리」로 시작되는 이 시는 여인의 모습이 「사과나무 아래에 보였을 때에」 사랑을 느끼기 시작한다는 내용이다. 2연에서 여인은 남자에게 「부드럽고 하얀 손」을 내밀어 사과를 건네고 있다. 이 시에서 각 연이 거듭됨에 따라 시간적 배경이 달라지는 느낌을 받으며 여인의 이미지 또한 바뀌어 가는 인상을 받는다. 처음의 연에서는 부끄러움을 타는 능금 같은 풋풋한 소녀의 이미지였으나 점차 잘 익은 붉은 사과로 변해 저절로 땅에 떨어지지 않았나 하는 생각이 들 정도이다.

　몇 번씩이나 나오는 〈사과〉라는 소재와 여인이 먼저 남자에게 사과를 건네는 장면은 누구라도 쉽게 에덴동산에서의 아담에 대한 이브의 유혹을 떠 올릴 수 있다. 물론 일본의 신화에서도 여신인 「이자나미」가 남신인 「이자나기」에게 먼저 사랑을 고백하는 것으로 되어 있다. 그러나 아무래도 이 노래의 분위기는 서양의 구약성서의 것이지 동양의 메이지 시대 초기 봉건적인 여성의 모습이 아니다.

　3연에서 「한숨」이 새어나오고 4연에서 이의 미련이 담긴 「추억」으로 표현되는 것을 볼 때 두 사람의 사랑은 창세기에서처럼 용서받지 못한 사랑이었다고 생각된다. 잘 알려져 있듯이 창세기 3장에는 생명나무와 인류 최초의 유혹에 관한 이야기가 펼쳐진다. 구약성서의 세계에 의하면 최초의 인간에게 삶의 터전으로 주어진 곳은 에덴동산이었다. 동산에는 보기에 아름답고 먹기에 좋은 나무가 심어져 있었다. 그 중에는 「생명나무」와 「선악을 알게 하는 나무」도 있었다. 동산에는 맑은 강이 발원하여 흙을 적시고 거기서부터 다시 넷으로 갈라져 흘렀다. 최초의 사람과 그 배필은 갖가지 꽃이 핀 곳에 살면서 그 동산을 지켰다. 말 그대로 낙원이다. 그러나 그 낙원에는 하나님이 「동산 한가운데 있는 나무의 열매는 먹지도 말고 만지지도 말라」고 한 금지된 나무가 있었던 것이다.

그러나 여기서 문제는 나무가 아니다. 생명의 나무였든 선악을 알게 하는 나무였든 그것은 별 문제가 아니라고 생각된다. 그 보다는 많은 나무 가운데 겨우 한그루를 금기로 한 하나님의 선택을 「선」으로 받아들이느냐 「악」으로 배척하느냐 하는 인간 남녀의 자유선택의 문제에 있을 것이다. 성서의 이 부분의 기술자는 뛰어난 통찰력과 인간내면을 꿰뚫는 투철한 이해력으로 자유선택이라 불리는 것의 숨은 의미를 완벽하게 기록하고 있다. 4절의 「뱀이 여자에게 말하는」부분은 에덴동산에 뱀의 형태를 가진 악의 힘이 들어와 있었다는 의미를 포함하는데, 여기서 뱀은 하나의 상징일 뿐이다. 아무리 작은 틈새라도, 아무리 높은 곳이라도, 소리도 없이 숨어 들어갈 수 있는 뱀의 특성을 취하여 인간의 「악」을 비유하고 있다고 하겠다. 여기서 도손은 아담과 마찬가지로 정신내면에 살며시 유혹하는 또 하나의 쾌락을 인정하고 자유의지로 「악」을 선택하고 있는 것이다.

도손이 교회를 다니던 1, 2년 동안은 혈기왕성한 청소년으로 가슴 설레는 나날을 보냈다. 마치 고삐 풀린 망아지처럼 자유분방하게 행동하고 지구의 중심이 자신인 양 자신만만한 학교생활을 시작한다. 「메이지학원」은 양가집 자녀들이 많이 다니고 있던 학교라서 도손 자신도 그네들의 생활 풍속을 배우기도 했다. 도손은 개성이 강하여 자신의 생각대로 맞춘 모자를 쓰고 부드러운 모직 외투를 입거나 때로는 반바지를 입고 무릎까지 오는 긴 털양말을 신기도 하였다고 한다. 문학 동아리에 가입하여 젊은 여학생들이 영시를 암송하고 창가를 부르는 것을 듣는 즐거움을 만끽했다고 전해진다. 한 때, 무척 활기에 찼던 젊은 도손으로서는 인간 창조설의 기원보다는 창조된 인간의 감정세계에 더 흥미를 가졌었다는 것을 알 수 있다.

〈첫사랑〉의 시상의 발상과 그 소재가 비슷한 시를 하나 더 발견할 수 있는데 같은 『와카나슈』에 들어 있는 〈처녀 오쓰타〉가 그 예이다.

한 젊은 선교사가 말씀하기를	若き聖ののたまはく
때를 기다려오신 당신이라면	時をし待たむ君ならば
매달린 빨간 감을 따지 마시오	かの柿の実をとるなかれ　　（1연）
… (중략) …	
선교사에게 감을 권하였더니	聖に柿をすすむれば
그 입술에 가만히 살짝 대면서	その口唇にふれたまひ
이렇게 빛깔 좋은 감이었다면	かくも色よき柿ならば
어찌하여 더 일찍 말 안 해줬소	などかは早くわれに告げこぬ　　（2연）

이번에는 같은 죄의식의 상징으로 〈감〉을 사용하여 선교사를 유혹하며 풍자하고 있다. 일본어 원문 「若き聖」는 그 시절의 서양 선교사를 가리키는 말이다. 아직 메이지초기의 혼인관계는 일부일처를 지키는 사람이 상당히 드물었고, 남녀관계도 탐욕과 정욕으로 이루어지는 것이 대부분이었다. 정신적 사랑이 아닌 관능적 사랑을 죄악시하는 것은

도손 등이 받아들인 청교도적 사고방식에서 연유한 것이다. 도손은 서구문화의 이미지인 「사과」라는 언어를 일본인에게 익숙한 「감」이라는 토착화된 언어로 바꾸고 있다. 서구문화 속에서 사과는 전통적으로 「지혜의 나무 열매」로 여겨지고 있으나 성서에는 그 전거典據를 갖고 있지 않다. 아마도 초기 기독교 시대에 미술가가 헤스페리데스의 정원의 황금사과라는 고전 고대의 그림을 차용한 것으로 생각된다. 이러한 원죄의 상징이 된 사과는 성모마리아 상에게 안겨 있는 아기 예수의 손에 들려 있는데 장래의 인류의 구세주로서의 사명을 암시한다. 또한 황금의 사과는 탐욕의 상징이며, 황금의 사과를 주우면서 뛰어가는 그림은 아타란타Atalanta와 히포메네스Hippomenes의 이야기로 처녀 한사람을 두고 청혼을 하는 과제로 달리기를 하도록 되었으나 히포메네스가 사과 3개를 떨어뜨리면서 달리자 아타란스는 주우면서 달리다가 시합에 지게 된다. 이 그림의 사과가 바로 유혹의 상징으로서의 사과이다.

도손은 기독교 학교를 다닐 때 성서를 읽거나 찬송가를 부르면서 금욕적이기 보다는 오히려 시편 등에서와 같이 남녀의 자유로운 연애감정을 나타내는 낭만 쪽에 마음이 많이 쏠려 있었던 것은 아니었나 하는 생각이 든다. 도손 자신의 삶에서나 연애생활에서도 같은 경향을 볼 수 있기 때문이다. 아무튼 성서에서 많은 시사를 얻어 일본적인 정서로 바꾸고 있음을 감상할 수 있었다.

5. 맺음말

일본 근대시의 탄생에 성서나 찬송가가 깊이 관여되어 있다는 것을 이제 많은 연구가들이 지적하듯이 도손의 근대시에 투영된 「창세기」의 영향을 살펴보았다. 그는 성서를 기독교 신앙서적으로 삼기 보다는 문예로 보았기 때문에 자유로운 상상으로 주체와 객체의 변용이 가능했다고 하겠다. 도손은 창세기를 근대시의 새벽을 알리는 의미로 변용하여 신이 천지를 창조하듯이 새로운 일본 문학의 장르가 탄생하는 것을 기뻐하는 모습을 볼 수 있었다. 유혹적인 시가 도손의 첫 시집 『와카나슈』에 많이 수록되어 있는데 이 시들은 「메이지 시대의 청년들의 마음을 흔들어 놓는 유혹의 기술서로 기독청년들의 일탈과 파계를 충동질하는 성질을 지니고 있다」[7]고 가메이 가쓰이치로龜井勝一郞가 지적한 날카로운 비평 그대로이다.

　도손에게 교회는 청교도 정신의 엄숙한 가르침을 배우는 곳이 결코 아니었고, 오히려 남녀의 교제가 공인되는 사교장이었다고 해야 옳을 것이다. 도손이 당시 목사의 설교를 열심히 듣고 진정한 감화를 받았다면 성서와 찬송가를 지극한 남녀사랑의 시의 모티브로 변용하는 일은 없었을 것이다. 실생활 면에서의 기독교보다는 관념적인 인식 속에서의 기독교를 인정하는 것에 그친 것이 분명하다. 그러므로 도손의 경우는 세례를 받음으로서 자신의 〈죄〉를 계속해서 깊이 자각하게 되어 그리스도에 의해서 새로운 삶을 산다는 신생의 길을 가는 것이 불가능했다. 그러나 도손 자신의 내면에 숨어있는 예술과 관능에 대한 강한 욕구에서 성서와 찬송가를 수용하고 변용하여 일본 근대 문예의 새로운 낭만시를 탄생시켰다는 것을 잘 알 수 있었다.

---

*　이 글은 2013년 『일본문화연구』(제 47집))에 발표한 것을 수정·보완한 것임.
1　태초에 하나님이 천지를 창조하셨다. 땅이 혼돈하고 공허하며 어둠이 깊음 위에 있고, 하나님의 영은 물 위에 움직이고 계셨다. 「빛이 생겨라.」하시니, 빛이 생겼다.
2　하나님이 말씀하시기를 "땅은 푸른 움을 돋아나게 하여라. 씨를 맺는 식물과 씨 있는 열매를 맺는 나무가 그 종류대로 땅위에서 돋아나게 하여라" 하시니 그대로 되었다. (창세기 1장 11절)
3　"새들은 땅 위 하늘 창공을 날아다녀라" 하셨다. …(중략)… 저녁이 되고 아침이 되니 닷새 날이 지났다. (창세기 1장 20절, 23절)

4 『藤村詩集』(日本近代文學 大系 15, 角川書店 1971) 補注, p.585.
5 허천택『언덕의 환영, 고적한 영혼들』한국문화사, 1994, p.51.
6 『藤村詩集』(日本近代文學 大系 15, 角川書店 1971) 補注, p.585.
7 龜井勝一郎『島崎藤村論』講談社, 1974, p.25

가네코 미쓰하루의 『상어』에 보이는 반권력[*]

┃홍 지 형

1. 머리말

　가네코 미쓰하루(金子光晴, 1895~1975, 이하 미쓰하루라 칭함)는 일본의 격동기였던 메이지明治시대에 태어나 다이쇼大正시대를 거쳐 쇼와昭和시대에 왕성한 활동을 한 작가이다. 일본의 근대작가들이 대부분 그러하듯 미쓰하루 역시 시대적 격변기에 많은 변화와 갈등을 겪으며 자신의 문학사상을 확립시킨 작가 중 하나이다.

　최근 일본에서 미쓰하루의 작품연구가 활발히 진행되어 가고 있는 것은 그가 반전시인인 만큼 그 존재 가치가 전쟁 후에 더욱 높아져간다는 점에서 자연스럽다고 할 수 있는데 이것은 오오카 마코토(大岡信, 1931~)의 미쓰하루에 대한 평을 보면 자세히 알 수 있다. 미쓰하루의 문학적 위치를 정확하게 단정짓지 못하고 있는 마코토는 그의 문학적 지위를 인정하여 그를 주목해야할 시인으로 간주하고 있다.[1] 현존하는 일본 최고의 문학평론가인 마코토가 연구대상의 시인으로 여기고 있는 만큼 미쓰하루와 그의 시연구는 충분히 가치가 있다고 여겨진다.

근대에 많은 전쟁을 치루면서 오늘날 세계 경제대국으로 발전해 온 일본에서 작가들은 그들의 문학작품을 통해 다양한 소재와 기술로 시대상을 반영해 왔다. 그러나 현재에도 '표현의 자유'와 '사상의 불건전성'의 대립으로 제약을 받고 있는 문학창작활동은 절대군주제가 성립되었던 메이지 말기 이후부터 전쟁이 계속되면서 더욱 압력을 받았다.

사회와 국가에 대하여 글을 통해 부조리를 고발하고 고통과 울분을 간접적으로 호소하는 데에는 다른 어떤 문학 작품보다도 '시'의 역할이 가장 크다고 할 수 있다. 짧고 간결한 언어로 강력하게 메시지를 전달할 수 있는 기능이 있기 때문일 것이다. 특히 당시 일본 사회는 계몽운동으로 시작하여 청일·러일전쟁과 대역사건으로 이어진 어두운 시기였으며 그에 대항하여 발생한 일본 사회주의 주도의 프로레타리아파가 문학적 영향력으로 은밀하고도 강하게 민중들 속으로 파고 들어가고 있었다.

그러나 사회와 국가에 대해 강하게 저항하며 전쟁과 권력에 대항하는 반전시를 써 온 미쓰하루는 프로레타리아를 포함한 어느 시단詩壇에도 속하지 않으며 독자적으로 자신만의 시세계를 구축해 나갔다. 홀로 개인적 문학 세계를 이루어 나가는 것이 어려웠던 시대에 용기있게 세상에 자신의 뜻을 전달하고자 했던 그의 반전시 연구는 충분한 가치가 있다고 생각된다.

본 연구에서는 미쓰하루가 중국과 유럽, 동남아시아를 여행하던 기간 중에 말레이시아와 인도네시아의 여행 중 썼던 그의 대표 시집 『상어鮫』[2]에 나오는 7편의 시 중에서 〈상어〉와 〈물개〉를 중심으로 그의 시세계를 다루고자 한다.

2. 가네코 미쓰하루와 그의 조국 일본

미쓰하루는 1895년 아이치현愛知県에서 술장사를 하는 부모님 사이에서 태어났다. 그가 태어난 해는 전년도에 시작된 청일전쟁이 종전을 한 해이기도 하다. 전쟁 중에 태어난 미쓰하루는 이후에도 전쟁과 계속 깊은 인연을 이어가는데 이것은 평탄치 못했던 그의 어린시절과 맞물려 불우한 청년기를 보내게 되는 원인이라고 볼 수 있다. 겨우 두 살 때 건설업을 하던 양부와 당시 16세 밖에 되지 않은 신경질적인 양모에게 넘겨졌다. 양자로 입양된 이후 미쓰하루는 경제적으로 부유하게 자랄 수 있었지만 전근대적인 가정 분위기와 어린 양모 사이에서 정신적으로는 매우 불안정하고 우울한 청소년기를 보내게 된다. 자서전에서 그는 「어린 시절의 기억은 강렬한 원색으로 칠해져만 있고, 그 색과 색이 앞뒤로 정렬되어 있지 않고 범람한 채, 피와 진흙과 눈물로 뒤범벅되어 있는 듯하다.…(중략)…빛이 닿지 않는 저편의 어두운 동굴이었다」[3] 라고 회고하고 있다. 한마디로 피와 진흙과 눈물로 범벅된 「어두운 동굴」이라고 할 수 있는 미쓰하루의 어린 시절은 이후에 '자기혐오'로까지 발전하여 그의 문학 활동에도 많은 영향을 끼쳤다고 할 수 있다.

나의 어린 시절의 사진을 볼 때마다 나는 자기혐오에 빠져든다. 한 살이나 두 살 때의 사진인데, 발육부진에다 허여멀건한 아이가 말라 비틀어져 있고, 음울하며 아무말없이 냉소적이고 쫙 찢어진 눈이 반짝거리고 있다. O자형 다리를 다다미위에 올리고 가만히 앉아있다. 이 세상에 태어나버린 불안감. 어쩔 수 없이 모처럼 내 것으로 되어버린 이 인생을 받아들이기 어렵다는 듯이 기분 나쁘게 앉아있다. 보고 있으면 화가 치밀어 오르고, 죽여버리고 싶은 생각이 드는 어린아이이다. 손이랑 발바닥이랑 빨판이라도 붙어있는 것 같다.[4]

아버지 사업을 위해 교토京都로 이사를 가게 된 6살 이후, 미쓰하루는 교토의 향락적이고 퇴폐적 분위기에 휩싸여 너무도 이른 나이에 여성에 눈을 뜨게 되고, 상처를 받아 비뚤어진 여성관을 가지기에 이른다.[5] 그러나 미쓰하루는 중학교에 들어서면서 그림과 고전에 취미를 가지게 되고 시인으로서의 교양과 자질을 갖추게 된다. 하지만 어린시절의 방황과 불행으로 인한 비뚤어지고 외골수적인 성격은 그의 인생에 큰 영향을 끼쳐 한 곳에 제대로 안주할 수 없게 되게 만들며 작품세계는 늘 저항으로 점철되어 있도록 만들지 않았나 생각된다. 그러나 미쓰하루는 그가 쓴 전기를 통해 자신의 추하고 어두운 면을 거침없이 토로하고 있으면서도 그 원인을 자신의 개인 성향에 두기보다 국가와 시대적 배경에 의거하고 있는 것이 특징이다.

> 메이지 말기에서 다이쇼 초기에 이르면서 전쟁으로 일류국이 된 일본인의 허영이 감수성 예민한 소년이었던 나를 이상하게 몰아붙이고 제자리에 맴돌게 했다.[6]

> 나는 정신의 피로감, 불안감이 채워지지 않은 채, 자기 억제와 질서의 정렬이 부족한 사람이 되어 있었다. 한마디로 말하면, 정신의 미숙함이라고 할 수 있는데, 그 미숙함에는 '시대'에서 떠넘겨진 것도 있다는 것을 무시할 수 없다고 생각한다. 개인은 항상 시대의 희생양이기 때문이다.[7]

미쓰하루는 스스로를 「정신의 미숙함」에서 오는 「자기억제」가 부족한 사람으로 인정하면서 그 원인을 「시대의 희생양」으로 보고 있음을 알 수 있다. 미쓰하루에게 있어 그의 조국인 일본은 자신을 지탱해주고 성장시켜준 일반적인 안식처의 장소가 아니라 연속되는 전쟁과 변화 과정을 겪게 하는 불모의 황야와 같은 곳이라고 생각했기 때문일 것이다. 그럼 여기서 미쓰하루가 말하는 그 「시대」를 좀 더 구체적으로 들여다 볼 필요가 있을 것이다.

미쓰하루는 일본이 태평양 전쟁에서 패한 1945년 즉 그가 50세가 될 때까지 여러 번의 전쟁을 직간접으로 체험했다. 1904년 러일전쟁(9세), 1914년의 1차 세계대전(19세), 1937년 중일전쟁(42세)에 이어 1941년의 태평양전쟁(47세)까지 일본과 세계의 격변기 속에서 성장하고 살아왔다. 이런 시대를 살아 온 사람들이라면 혐전嫌戰과 반전反戰사상을 품게 되는 것은 매우 당연한 일일 것이다. 그러나 좀처럼 그러한 사상을 표면적으로 내보이는 일본인이 드물었던 상황에 미쓰하루 홀로 그 마음을 대담하게 표현할 수 있었던 것은 그 시대에 흔하지 않았던 해외여행[8]을 통해서 객관적인 시선을 갖추게 된 것도 한 몫을 한 것 같다. 그는 거리를 두고 전시상황을 판단할 수 있었으며, 그것은 곧 제국주의 비판과 반전론으로 연결되었다고 본다. 이것은 그의 시가 전체적으로 반전의식을 나타내고 있다는 것에서 잘 알 수 있다.

그러나 그가 해외로 가게 된 동기는 오로지 일본이라는 나라를 떠나기 위함이었다. 그가 조국을 등지게 된 이유는 아내 미치요三千代의 부정不貞 때문이었으며 그 부정의 원인이 생활고와 가정적이지 못한 자신의 책임에 있었기에 그는 무작정 그녀를 데리고 도망치 듯 조국을 떠난 것이었다. 또한 당시의 시문단은 『시와 시론』을 중심으로 하는 모더니스트 시인들의 모임인 「신시정신新詩精神운동」이 있었으며, 다른 한편으로는 『전기戰旗』와 『나프』를 주류로 하는 프로레타리아 시운동이 번성하고 있었다. 특히 쿠사노 심페이(草野心平, 1903-1988)가 주축이 된 아나키스트들이 저널리즘을 석권하고 있던 시대였다.

이런 문단의 분위기 속에서 미쓰하루는 아나키스트들로부터 '전향'을 의뢰받고 잠시 동요하기도 했으나 「하수구 냄새나는 청춘의 방황을 떠돌게 만드는」시파에는 속하려 하지 않았으며 결국에는 「일본에서의 현실생활은 막다른 곳까지 몰려 스스로 생각해도 매우 위험한 이번 여행에 몸을 맡기게 되어버렸다.」⁹고 고백하고 있다. 이 여행은 그의 시세계를 완성시켜주는 중요한 모티브가 되었다. 여행을 통해 그가 조국인 일본을 다시 보게 되고 깨달은 것이 아니라 처음부터 조국에 대한 반감을 가지고 떠난 도피와 같은 여행이었다고 생각된다.

어렸을 때부터 부모와 사회로부터 혜택을 받지 못하고 자랐다는 생각이 그를 항상 짓누르고 있었으며 아내마저도 자신을 배반하고 자신의 문학세계를 이해해주지 못하는 상황에서 미쓰하루는 일본이라는 나라에 정을 둘 수 없었다고 생각된다. 보통의 일반 사람들과는 달리 전시戰時상황에서 조국에 희생되는 것을 용납치 않았으며 작품을 통해 전쟁의 무모함과 처참함을 알리는 것과 동시에 「비협력」으로 대처하는 미쓰하루의 행동에서 보여지기 때문이다.

1942년 일본에 첫 번째 폭격이 있은 후 아들 겐乾의 소집영장이 도착했을 때, 미쓰하루는 평소 만성 기관지염을 앓고 있던 아들의 병세를 악화시키기 위해 갇힌 방에서 마른 잎을 태워 연기를 마시게 하고, 비오는 곳에서 발가벗겨 몇 시간씩 서 있게 하여 결국 면제를 받는다. 그는 당시 상황을 다음과 같이 말하고 있다.

> 특별히 부모사랑의 에고이즘이라고 한다면 그럴 수 도 있지만, 나는 타인에 비해 그리 자식사랑이 큰 것은 아니다. 내 본심은 이 나라 모든 사람들이 각자의 상황에 맞는 재량으로 군 부정을 표명하여 국민운동으로 확대시켜 나가기를 바랄 뿐이다. 전쟁에 대해서는 단 한 푼도 내고 싶지 않은 것이 나의 솔직한 심정이며, 계속 내 주장을 펼쳐나갈 것이다.¹⁰

평소 늘 떨어져 혼자만의 생활을 즐기며 가정에 소홀했던 아버지가 아들의 군 소집에 민감했던 이유가 「아들에 대한 사랑」이기보다는 국가의 전쟁에 절대 협력하고 싶지 않다는 그의 「비협력」의 아집이 강하게 작용했다고 생각한다. 미쓰하루의 성장환경과 그의 성격으로 미루어 보아 그는 처음부터 조국 일본에 대한 반감을 가지고 시를 쓰기 시작했으며 그것은 평생 자신의 작품에 영향을 미쳐 반전시인으로 거듭나게 한 것이었다.

3. 『상어』에 나타난 비판의식

1) 바다에서의 〈상어〉와 〈물개〉

부인의 연애문제와 시단에서의 부적응으로 도망치듯 떠났던 5년간의 방랑생활에서 미쓰하루는 진정으로 자신의 개성적인 시적 세계를 완성시켜 나갈 수 있었다. 이전의 프랑스 여행에서 영향을 받아 썼던 시집 『풍뎅이』가 프랑스의 상징주의 및 고답파高踏派 시인들의 시법을 주로 사용했던 것에 비해 시집 『상어』는 말레이시아와 인도네시아의 방랑체험을 통해 사실적으로 쓴 것이 특징이다. 즉 서정적이고 애상적 느낌의 시 분위기에서 맹렬한 기세의 비평적 자세로 변하게 된다. 작가의 작풍이 바뀌게 되는 것은 여러 가지 내적, 외적 변화로 인한 자연스러운 현상일 수도 있다고 하겠다. 미쓰하루의 작풍 변화는 『풍뎅이』이후 15년 만의 일이었으며 그 동안 그에게는 가정생활의 불운과 해외방랑 생활에서 겪은 전쟁의 간접적 경험 등으로 자연스럽게 그의 작품 분위기를 바꾸게 되었다고 여겨진다.[11]

『상어』가 간행되던 1937년은 중일전쟁이 발발한 해로서 일본 내의 분위기도 매우 삼엄했으며 출판물의 검열도 엄격했던 시기였다. 미쓰하루는 주위의 도움으로 겉표지의 그림이나 제목 등에 '위장술'을 써

가며 다행히 검열의 눈을 피할 수 있었다. 위험을 무릅쓰면서도 반드시 대중들에게 보이겠다는 그의 의지를 다시 한 번 느낄 수 있는 일이다. 그럼 여기서 그의 작품 「상어」를 감상해 보도록 하겠다.

一 바다 표면에 상어가/ 데굴데굴 구르고 있다.// 상어는 움직이지 않는다.// 게다가 저절로 위치가 바뀌어 가지런해 있거나/ 교차되거나 하며 또는 저 멀리 먼 바다 쪽으로 가볍게/ 기구처럼 떠오르거나 한다.// …(중략)… 상어는 덥석 삼키지 않는다/ 배가 부른 것이다// 녀석들의 뱃속에는 튀어나올 정도로 인간이 가득 차 있는 것이다./ 베인 자리가 곪아터진 한쪽 팔과/ 잔뜩 집어 삼킨 넓적다리와 작은 베개 같은 동체가/ 상어는 이제 '아무것도 필요 없어'라고 눈을 가늘게 뜨고 넋을 놓고 있는 것이다.

二 우리는 크리스트 교도와 향료를 얻기 위해 여기에 왔다.
    바스코 다 가마가 인도에 상륙했을 때 했던 이 말은,
    우리는 노예와 약탈품을 얻기 위해 여기에 왔다./ 라는 말과 다름없다.//
    얀 피터슨 쿤은 바타비아에 요새를 만들었고, 스탠포드 러플스는 싱가폴 관문을 장악하여, 타이, 일본, 중국의 손을 비틀어 그 근거지를 넓혀 갔다.

이 시를 쓰던 1932년 당시에 말레이시아와 인도네시아는 네델란드의 영토였으며 자본주의 국가들의 자원약탈로 몸살을 앓고 있던 때였다.
미쓰하루는 2연에서 인도네시아 수도 자카르타의 식민지 시대 명칭이었던 「바타비아」나 포루투칼의 항해자 「바스코 다 가마」등의 단어들을 등장시키면서 과거와 현재의 열강 제국주의들의 강압적이고 탐욕스러운 침략의욕을 드러내고 있다. 실제로 영국인 스탠포드 러플스는 지역 세력의 지배투쟁으로 폐허가 된 싱가폴을 개척하여 근대도시로 기반을 닦은 인물로서 현재는 싱가폴의 가장 위대한 인물로 존경받고 있는 사람이지만, 작가의 눈에는 과거의 개척자들과 마찬가지로 국토를 장악하려는 야심찬 절대적 권력을 가진 외국인으로 밖에 보이지 않았던 것이다. 일반적 관념을 뛰어넘는 자신만의 개성적 사상이 이 시에서도 잘 나타나 있다고 본다.

　1연의 처음부터 강하고 상징성 두드러진 문체로 작가의 표현의도를 그대로 드러내고 있다. 바다 세계에서 가장 힘이 세고 포악하며, 양육강식의 절대자로 비유되고 있는 동물로 〈상어〉를 소재로 선택하여 세계 제국주의 국가들의 에고이즘과 잔혹함을 그대로 드러내고 있다. 넓은 바다를 휘젓고 다니며 무자비하게 먹이를 먹어댄 뱃 속은 약자들의 시체들로 가득하며, 그 뚱뚱한 배를 가진 상어의 모습은 바다 표면 위로 둥둥 떠오른 채 아무렇지도 않은 듯 또 다른 먹이를 찾는 음흉한 이미지로 그려진다. 미쓰하루의 시에는 바다를 주제로 하고 있는 것이 많다. 일본도 섬나라이며 그가 이 시를 썼던 곳도 바다가 사면으로 접해 있는 섬이었다. 한쪽은 권력자로서 약탈과 침략을 틈틈이 노리고 있고 다른 한 쪽은 힘없이 파멸되어가고 있는 곳이다. 대조적 상황을 바다라는 공통 장소를 빌어 '상어'와 '먹이'의 비유관계로 표현하고 있다. 바다를 끼지 않으면 다른 나라의 침략을 강행할 수 없는 지리적 환경을 지닌 일본에게 있어 '바다'는 생존결투의 장소이자 한편으로는 먹잇감을 얻을 수 있는 생산지로서의 장소였다. 미쓰하루는 바다를 배경으로 절대권력자와 그에 희생되는 약자의 관계를 시를 통해 드러내고 있는 것이다.

　『상어』의 다른 시편인 〈물개ぉっとせい〉에서도 역시 바다생물인 물개를 주제로 하여 민중과 지식인들의 심리를 잘 나타내고 있다.

　　二 녀석들. 속중俗衆아러눈 녀석들. 볼테르[12]를 국외로 쫓아내고, 그로치우스[13]를 감옥으로 가둔 것은/ 녀석들이다./ 바타비아에서 리스본까지, 지구를, 먼지와 지껄임으로/ 혼란을 야기하고 있는 것도 녀석들인 것이다.

…(중략)…

떠밀려진 바다에 진눈깨비 같은 햇살이 내리부어졌다. / 녀석들이 올려보
는 무한한 하늘을 다라 늘 쇠그물이 있었다.// 오늘은 그 녀석들의 결혼
축하일/ 어제는 녀석들의 국경일이었다. / 하루 종일 질퍽거리는 속에서
쇄빙선이 얼음을 깨는 소리를 들었다.//

三 아아, 녀석들은 이 녀석도 저 녀석도 한밤중의 거리보다 어두운, 녀석들을
태운 그 얼음덩이가 금새 소리도 없이 쪼개져 깊은 곳 위를 조용히 미끌
어지기 시작하는 것을, 조금도 알아채지 못하고 있었다. …… 문학 등을
서로 이야기 했다.

이 시에서도 역시 〈상어〉와 마찬가지로 구체적 고유명사들을 예로
들어가면서 제국주의의 횡포를 고발하듯이 표현하고 있다. 역사적 사
건과 인물들을 열거하면서 현재의 상황과 교묘하게 비교하고 있는 형
식은 〈상어〉나 〈물개〉나 비슷하다고 할 수 있겠다. 그러나 소재 면에서
는 전혀 다른 양상을 나타낸다. 상어에 비해 일반적으로 물개는 포악하
거나 잔인한 이미지의 동물이 아니다. 이 시 속에 나타난 물개의 모습
은 1연에서 이미 「냄새나는 것」으로서 「속된 민중들俗衆」이라는 말로
직접적으로 표현되고 있었다. 〈상어〉가 무자비한 권력자를 상징한다면
〈물개〉는 그것에 편승하여 세상을 더욱 혼란스럽게 만드는 민중, 특히
어리석은 지식인들을 가리키고 있다.

2연에서는 영웅들을 인정하지 않고 오히려 추방하는 권력자들의 편
에 서서 정의를 더럽히는 오류를 범하고 있는 물개들의 모습을 그리고
있다. 「국경일」, 「결혼식」등으로 흥겨운 생활에 빠져 살고 있던 그들은
정작 쇄빙선이 자신들의 보금자리인 얼음덩이를 깨고 있는 것도 모르
고 있는 것이다. 3연에서 드디어 침몰 직전에 이르는 긴박한 상황이 연

출되는데 그런 위험한 순간에도 그들은 「문학」을 서로 이야기 할 뿐인 것이다. 여기에서 「문학」이란 매우 강한 의미로 해석 할 수 있을 것이다. 겉으로는 지식인, 문화인인 양 뽐내고 잘난척을 하지만 현실도 직시하지 못하는 일반 민중들과 다름없는 답답하고 어리석은 존재에 불과한 것이다. 작가는 이 시를 통해 떼로 무리지어 다니는 〈물개〉라는 이미지를 빌어 민중의 모습을 그려냈다. 특이하게도 이 시 속에서는 권력자를 드러내는 장면이 없다. 숙명적이라고도 할 수 있는 상황 속에서 시대적 분위기에 편승하는 비열한 인간의 모습이자, 한편으로는 어쩔 수 없이 허망하게 파멸되어가는 그들의 허망하고 약한 존재를 그려내고 있는 것이다.

전쟁이라는 참혹한 현실 속에서 인간이 가질 수 있는 다양한 모습들을 미쓰하루는 '바다'라는 공간을 통해 가해자의 모습으로 나타내기도 하고 피해입고 억압받는 속에서도 살아남으려고 갖은 노력을 마다않는 인간의 본연적 모습을 그리고 있다. 그것이 바로 〈상어〉와 〈물개〉로 이미지화 되고 있다고 볼 수 있다. 같은 시집의 두 개의 시편이 하나의 공간 속에서 각각 다른 이미지와 상징성을 내포하고 있는 것은 작가의 의도된 발상이 아닐까하는 생각이 든다. 미쓰하루에게 있어서 '바다'란 원시적인 약육강식 원칙이 존재하는 곳으로, 권력을 정당하지 못한 방향으로 행사하며 호시탐탐 침략을 일삼는 조국 일본을 포함한 제국주의의 냉혹한 혈투의 장場이자 그 속에서 끊임없이 투쟁하고 힘겹게 살아나가야 하는 외로운 희생양으로서의 민중들의 괴로움의 장이기도 했던 것이다.

2) 〈상어〉로 상징된 강권

앞에서 서술했듯이 『상어』는 작가가 도망가듯 조국을 등지고 방랑

생활 중에 쓰여진 시집이다. 여러 가지 복잡한 상황 속에서 그는 생활고에 시달리며 시와 문학을 멀리할 수 밖에 없었다. 여전히 부인과의 관계도 매끄럽지 못했다. 그러던 그가 말레이시아와 인도네시아 등의 동남아시아 여행을 통해 비로소 새로이 시심詩心이 생겨 작품 활동을 할 수 있었던 것이다. 미쓰하루는 당시의 심정을 다음과 같이 서술하고 있다.

> 말레이시아의 원시적인 자연은 나의 괴로운 마음을 해방시켜준다. 사람들의 생활도 소박했으며, 니파야자의 촉감과 새 울음소리, 야수의 상처에 아파하는 울부짖음을 들으며 날들을 보냈다. 나에게는 고국 이상의 정겨운 날들이 었다. 그 사이에 나의 시가 시작되었다. 이 시들은 결코 세상에 내놓아 평가 받기 위한 시가 아니다. 작은 수첩에 내가 그때그때 적은 것들이다.[14]

즉 그가 다시 시를 짓게 된 계기는 이전의 유럽 여행에서는 느껴보지 못했던 야생의 천연 아름다움과 고향과 같은 애틋함에 이어지는 제국 주의들의 약탈과 침략으로 인한 괴로움과 안타까움, 분노에 기인한다. 이 작품에 나타나는 작가의 의식은 같은 시기에 썼던 기행문 「말레이 인도네시아 기행문」에서도 잘 나타나 있다. 이 기행문에서 미쓰하루는 「나는 몰래 식민지 지배자들이 여러 해에 걸쳐 악을 행하는 것을 보았으며 그 처참한 결과를 보고는 이 나라들이 해방되어야겠다는 것을 통감했다. 강대국들의 지저분한 이해의 쟁탈전이라는 것이 더욱 확실해 졌다」[15]라고 회고하고 있다. 「말레이 인도네시아 기행문」은 1940년도에 간행되었다.

이렇듯 이국의 자연에 시심이 촉발되어 탄생하게 된 시집이지만 미쓰하루는 『상어』의 서문서 「매우 화가 났을 때나 경멸하고 싶을 때, 누군가를 놀려주고 싶을 때 이외에는 이후 시는 짓지 않을 생각입니다」[16]

라고 격렬하게 자신의 감정을 드러내고 있다. 시집이라는 이미지와는 달리 서문에서부터 명확하고 강한 어조로 자신의 확고한 의식을 나타내고 있는 데에는 바로 이때가 1973년으로 일본이 만주사변을 거치면서 단숨에 군국주의 대열에 끼게 된 중일전쟁이 발발했던 시기였다는 것을 염두에 둘 필요가 있다.

　인간을 「시대의 희생양」으로 간주하는 작가의 성향으로 봤을 때, 연속된 전쟁은 당연히 혐오스러운 것이었다. 약육강식의 세계에서 가장 무자비하며 힘있는 강자로 대표되는 '상어'라는 포유류를 선택한 것은 인간사회에서도 비슷한 무리의 성질을 가진 절대강자를 비유하고 있음은 쉽게 알 수 있다. 그렇다면 상어가 상징하는 권력의 대상자는 누구인지를 알아내야 할 필요가 있다. 이 시의 일반적 해석은 「세계 제국주의의 끝없는 에고이즘의 잔혹함을 철저하게 파헤친 작품」[17]으로 알려져 있다. 실제로 이 시에서 '상어'를 비유하는 말들을 살펴보면 〈녀석들·도자기로 된 커다란 목욕통·베개같은 동체·빈 깡통·머리도 꼬리도 없는 묵직한 대포·칼날·물 위에 떠 흐르는 수뢰·냉혹 정치가·벽·바리게이트·패거리·깨진 양철 굴뚝·총탄 구멍 난 철판〉 등 이다. 시의 공간적 배경이 인도와 싱가폴의 태평양 바다이고, 잡아먹히는 피해자로 〈광동아가씨·타이 여자들·석탄 노동자〉가 등장하는 것으로 보아 당시 남당에서 강제노동과 식민지화를 일삼고 있던 영국과 네델란드 등의 해협 식민 제국국가를 가리키고 있는 것은 당연하다고 할 수 있다.

　그러나 당시 일본 역시 서양 열강 국가의 뒤를 이어 제국주의의 길을 걸어가기 시작했던 때였으며 이 시집의 다른 시들이 주로 조국 일본에 대해 냉렬한 비판과 폭로에 가까운 내용이었던 것을 보면, 이 시 역시 대상국으로서 일본을 배제할 수 없을 것이다.[18] 미쓰하루는 전쟁을 빌미로 조국 일본이 국민들을 선동하여 전쟁으로 끌어들이고 이용하려는 의도를 잘 알고 있었으며 이것은 그로 하여금 더욱 반권력을 주장하게 하는 원인이 되어 그의 시에 나타나기 때문이다. 〈상어〉의 다음과 같은 구절에서 우리는 뚜렷하게 읽어낼 수 있다.

> 나를 속이고, 나를 착란시키고, 허둥대게 하는 바다.
> 하지만 나는 알고 있다. "장난치면 곤란합니다." 바다를 희끄무레하게 떠오르는 것. 나락이다. 정체는 상어녀석이다.
> 상어는 가는 마름모꼴의 콧구멍으로/ 내 몸을 슬쩍 물색한다. //
> 녀석들은 그리고 떼거리를 만든다. 그것은 법률이다. 여론이다. 인간 가치다.
> 냄새가 난다. 똥같은 것들. 그래서 우리들은 갈갈이 짖겨지는 것이다.

국가의 권력자들은 겉으로 「우정·평화·사회애」등을 운운하며 거짓과 아첨으로 평화를 외치고 그럴싸한 말로 포장한다. 어수선한 사회 분위기 속에서는 더욱 강하게 파고든다. '국가'라는 절대적인 힘을 앞세워 국민들에게 조국애를 강조하면서 자신의 과오를 덮고 오히려 그것을 이용하여 이기적인 개인, 집단주의를 만들어내고 새로운 권력의 창출을 도모해낸다. 하지만 그들의 모습은 탐욕에 젖은 「냄새나는」것에 불과하다고 작가 미쓰하루는 거칠게 읊고 있다. 초기의 여러 가지 화려한 상징수법을 사용해가며 아름다운 미사어구들을 사용해오던 미쓰하루에게 〈똥〉과 같은 적나라한 단어들이 그의 마음을 가장 잘 표현해주는 시어들로 자리잡고 있다. 미쓰하루는 〈상어〉를 통해서 절대권력자들의 끝없는 욕망과 권력의 탐욕을 적나라하게 지적하고 있으며 「법률·여론·인간가치」와 같은 권위에 대하여 「똥같은 것들」이라고 격한 언어로 반감을 나타내고 있는 것이다. 작가의 이런 반발심은 그의 전기에서도 잘 드러나 있다.

일본 전체주의 사상가들은 국민을 이용하고 있을 뿐이며, 벽에 부딪친 국민들은 다분히 의존적인 생각밖에 지니고 있지 않아서, 일본 군사력이 그 문제를 해결해 주고 삶의 활력을 불러 일으켜 줄 것으로 매우 절실히 기대하고 있다. 내가 아는 사람들은 인텔리건, 아니건 이 전쟁을 매우 엄숙하고 위엄있는 것으로 착각하고 있다.[19]

전쟁이 일어나면 국가는 국민들에게 희생과 충성을 강요하고, 국민들은 국가를 믿고 의지하며 국가만이 유일한 나의 살아갈 길이라고 믿게 되어 협력하게 된다. 미쓰하루는 이것 역시 국가의 국민에 대한 기만이며 속임수라고 보면서, 어리석고 약한 국민들의 모습까지도 가차없이 꼬집고 있는 것이 또한 시집 〈상어〉이다.

세상이 나의 불구된 몸뚱이를 비웃어도, 나는 그것에조차 아첨하고 있다.
얼마나 비참한 유희인가. 어리석은 곁돌기.
그런데도 나의 내장은 바닷물에 너무나 헹구어져서, 너무도 깨끗하고, 아프다.
…(중략)…
왜, 녀석들은 나를 잡아먹지 않는 걸까.
내 마음에는 독이 있는 걸까.
내 살은 맛이 없는 걸까. 썩어있는 걸까
조금 맛을 보고도 요즘은, 금방 나를 뱉어 버린다.
녀석들은 반 장난으로 다만 재미삼아 하는 것이다.
괴로울 정도로 배가 부르다. 그것을 소화시키고 있는 것이다.
녀석들에게, 먹이를 고르는 신경 따위가 있다니, 될 말인가.

작가는 권력자들을 「녀석」이라고 부르며, 먹이를 고르는 신경 따위는 없는 괴로울 정도로 배부른 상어에 비유하고 있다. 그러나 한편으로는 피지배자에 대한 일침도 결코 놓치지 않고 있는 것이다. 핍박을 당해 「불구가 된 몸뚱이」가 되었음에도 불구하고 「그것에 조차 아첨」하는 것을 「비참한 유희」라고 말하고 있다. '아첨'이란 불구가 된 상황에서도 자신과 사회에 대해 타협하고 적당히 묻혀 살아가고자 하는 소극적 삶의 자세를 지적하는 말이라 하겠다. 시 속의 〈나〉는 철없는 서민으로 때로는 달콤한 말에 방황하는 인간의 모습을 풍자하고 있다. 그러나 이미 속되버린 사회는 그렇게 쉽게 불구인 나를 받아주지 않는다. 상어가 〈나〉를 잡아먹지 않는 것은 단순히 배가 불러서거나, 내가 불구자가 되어 있기 때문만은 아니다. 상어의 먹이가 되기에 〈나〉는 어울리지 않는 무엇인가가 있었던 것은 아닐까. 바다의 무법자답게 모든 것을 닥치는 대로 먹어대는 상어가 편식하듯 〈나〉 만큼은 뱉어버리고 먹지 않는 것은 상어가 자신들의 테두리 안으로 포함시키고 싶지 않은 속내를 나타낸다고 할 수 있다. 항상 사회와 국가에 삐딱한 자세로 비평을 가해 온 작가의 모습은 사회의 권력자의 지시에 잘 따르고 순종하는 일반 민중들과는 다를 것이다. 작자는 시를 통해서 자신의 소신과 저항적 태도를 간접적으로나, 때로는 풍자로서 드러내고 있는 것이다. 이런 반항과 저항의 집념은 〈물개〉에서도 잘 표출되고 있다.

얼룩무늬가 기다란 그림자를 끌고, 보이는 건 모두 머리를 나란히 하고, 절을
하고 있는 녀석들 속에서,
온통 모멸에 찬 몸짓으로,/ 다만 혼자서,
반대쪽을 바라보며 시침 떼는 이놈/ 녀석들
물개가 싫어하는 물개/ 그러나 역시 물개는 물개로/ 다만
「저쪽 편이 되어있는/ 물개」

앞에서 보았듯이 물개들은 아무 생각 없이 단지 무리를 쫓아가는 자아와 신념 약한 존재로 그려져 있었다. 그 무리들 속에서 미쓰하루 자신은 당당히 무리를 이탈하여 반대편을 향해 「저쪽 편이 되어있는 물개」로 나아가는 존재로의 의미를 확실히 하고 있다. 미쓰하루를 '저항시인'이나 '반전시인'으로 거듭나게 한 작품의 가장 유명한 구절이라고 할 수 있다. 「저쪽 편이 되어있는 물개」로서 고독감과 애처로움 마저 느끼게 하는데, 이 애처로움은 무리로 살아가야 하는 종족의 본능을 벗어나려고 무던히 애를 쓰며 받아왔던 과거의 고통과 앞으로 나아가야 할 험난하고 외로운 길이 그대로 투영되고 있는데 그 모습은 미쓰하루의 상황을 그대로 그림처럼 그려내고 있는 것이다.

미쓰하루의 이런 독자적 행동은 어지러운 전시상황으로 인한 어용御用작가들의 등장과 발금이 엄격했던 상황에서도 계속 이어져 나갔으며, 이후로도 특정 문학 집단에 속하지 않으며 적극적으로 개인의 주장을 소신 있게 펴가는 반전시인으로서의 영역을 분명히 하게 했다. 이후 그는 자신의 이러한 이탈적 행동에 대하여 「한 나라에서 모두들 전쟁에 취해 있을 때, 적어도 나만큼은 제대로 깨어있다는 것에 나는 매우 자랑스럽게 여긴다. 일본인 중 누구 하나, 일단 자신이 가지고 있는 자아나 인간 존엄을 조용히 되돌아보고자 하는 사람이 없다는 것은 매우 부끄러운 일이다.」[20]라고 자신의 행동에 대해 당당하게 말하고 있다.

4. 맺음말

가네코 미쓰하루는 당시 일본의 어떤 시단에도 속하지 않고 독자적으로 자신만의 시적세계를 구축해 나아가며 시대의 부조리와 권력에 대하여 저항해 나아간 유일한 반전시인이다. 젊은 시절 여러 시단 사이에서 이상의 차이로 갈등하고 힘들어했으나, 그는 결국 집단에서 탈피하여 '나' 자신을 납득시키고 개인의 만족을 위한 시를 쓰기로 노력했다. 그것은 당시 시대와 국가에 맞서서 자신의 사상과 주장을 직접적으로 세상에 내세우기 위한 유일한 방법이기도 했다.

그는 시를 통해 권력자와 지배자들의 횡포와 폭력을 세상에 드러내려고 했으며, 그것은 상대가 조국이라 해도 제외될 수 없었다. 스스로를 「세계주의자」라고 외치며 '전쟁'이라는 상황에서 빚어지는 잔혹함과 비역함, 인간의 이중적 모습을 포유류哺乳類에 빗대어 그려내고 있었다. 특히 〈상어〉에 가탁하여 권력자의 횡포를, 〈물개〉에 가탁하여 어리석은 대중을 표현하고 있는 것이 묘미였다. 그의 시 속에는 지배자와 피지배자의 상하구조, 조국과 개인의 갈등, 인간 본연의 순수하고 약한 감성이 나타나 있다. 그러면서 자연스럽게 권력과 전쟁에 대한 반발심을 불러일으키고 있는 것이다. 비록 그의 '반권력'이 보호받지 못했던 국가와 사회에 대한 증오, 거기에서 파생된 자기혐오와 비뚤어진 성격에서 생긴 오기와 같은 것이라 하더라도, 작품 속에 드러난 그의 의식은 진실된 것이었으며 오로지 하나의 길로 나아가고자 한 일관된 의지를 보여주고 있는 점에서 더욱 그 빛을 발한다.

전쟁의 혼란스러운 사회 분위기 속에서 문학에 대한 검열이 심했던 당시에 검열관의 눈을 피해 하나의 '진실'만을 위해 끝까지 외로운 길을 선택했던 미쓰하루의 열정은 일본인뿐만 아니라 세계인의 사랑을 받아 마땅할 것이다. 미쓰하루와 그의 시는 현재 「일본에서 단 한명, 노벨 수상 시인감이며, 이 세상에서 살아있는 단 한명의 시인, 가네코 미쓰하루」[21]라는 평을 받으며 관심이 모아지고 있다. 조국 일본에 대해 객관적이고 냉철하게 비판을 해 온 작가에게 이와 같은 찬사가 내려지는 것은 시대가 변한 것도 원인이 될 수 있겠으나 비로소 진정한 시인의 재발견이라는 의미로도 해석되어 질 수 있다고 하겠다.

현재 일본은 역사왜곡 문제와 독도문제, 헌법개정 등으로 다시 군국주의 부활의 위험이 야기되면서 한국을 비롯한 세계 여러 나라에 다시 한 번 긴장감을 고조시키고 있다. 이런 때일수록 가네코 미쓰하루와 같은 의식있는 작가의 재조명과 더불어 그 작품의 대중화가 더욱 절실히 요구된다. 미쓰하루의 진실된 의식은 태평양전쟁 속에서 더욱 생생히 드러나고 있는데 그 시기에 쓰여진 시집 『낙하산』을 통해 좀 더 자세한 그의 '반권력'의 시세계를 연구해 가고자 한다.

---

* 이 글은 2006년 『일본언어문화』(제9집, 일본언어문화학회)에 발표한 것을 수정·보완한 것임.

1 「가네코 미쓰하루의 위치는 지금 확실히 결정할 수 없다. 동년배 작가들에 비해 가네코의 현재의 그의 문학적 위치를 결정짓는다는 것은 곤란함과 복잡함을 다분히 가지고 있다」라고 시작되는 마코토의 비평은 같은 글로 1965년과 1969년에 각각 출간되었는데, 1965년도의 책에서 미쓰하루에 대한 비평은 시인들 중 가장 마지막에 등장하는 반면, 1969년도 책에서는 개별적 시인의 소개 중 가장 첫 페이지를 장식하게 된다.
   大岡信 『超現実と抒情』 晶文社, 1965, p.259.
   大岡信 『現代詩人論』 角川書店, 1969, p.41.

2 1928년부터 1932년까지 해외여행 중의 시를 중심으로 쓴 작품으로, 1937년 8월 人民社에서 간행. 「물개(おっとせい)」 「거품(泡)」 「울타리(塀)」 「하수구(どぶ)」 「등대(灯台)」 「무늬(紋)」 「상어(鮫)」의 7편으로 구성되어 있다.

3 『金子光晴 詩人』(이 책은 『金子光晴全集』 第六集 [詩人] 中央公論社, 1976)편을 講談社가 따로 뽑아 한권으로 만든 것임) 講談社, 1994, pp.13-14.

4 金子光晴 『女たちへのいたみうた』 集英社版, 2005, p.227.

5 「방탕은 나를 괴롭혔다. 욕정으로 여자를 안고 있을 때 만큼은 마음의 울적함이 사라졌다. 그 뿐만이 아니라 나는 절름발이나 귀머거리에게 더 마음이 갔다.……게다가 정신상태 건실한 여자는 단 한 명도 없었던 것으로 기억된다」
   『金子光晴 詩人』 講談社, 1994, p.52.

6 위의 책, p.64.

7 위의 책, p.70.

8 1919년 2월에서 1921년 1월 까지 영국, 벨기에, 파리. 1928년 11월에서 1932년 5월 까지 동남아시아, 유럽. 937년 12월에서 1938년 1월 까지 중국 支北.

9 『金子光晴 詩人』 講談社, 1994, p.158.

10 위의 책, p.203.

11 이토 신키치는 미쓰하루의 서정성에서 비평성으로 옮겨가는 이 15년간의 공백기간을 과도기로 보았으며, 이것은 곧 일본시의 '근대시'에서 '현대시'로의 전개과정과 일치한다고 주장했다.

伊藤信吉『現代詩の鑑賞 下』新潮社, 1985, pp.95-111

12 볼테르 [Franois-Marie Arouet, 1694-1778]
    프랑스 작가, 계몽가. 1717년 오를레앙공의 섭정을 비방하는 시를 쓰고 투옥되었으며, 이
    후에도 귀족들과의 갈등으로 여러차례 투옥, 「철학서간」을 통하여 영국을 이상화하고 프
    랑스 사회를 비판했다는 이유로 정부의 노여움을 사고 영국에서 지낸다.

13 그로치우스[Grotius Hugo 1583-1645]
    네델란드 법학자, 국제법, 자연법의 아버지라 불리며 1619년 종교분쟁에 휘말려 종신금
    형을 선고받고 복역. 근대 자연법의 원리에 입각한 국제법의 기초를 확립

14 『金子光晴 詩人』앞의 책, p.173

15 위의 책, p.199

16 『金子光晴』筑摩書房, 1991 p.23

17 『近代作家エピソード辞典』東京堂出版, 1991.

18 「물개(おっとせい)」「거품(泡)」「울타리(塀)」,「하수구(どぶ)」「등대(灯台)」「무늬(紋)」「상
    어(鮫)」의 7편은 모두 일본의 당시 체재와 사상을 기본으로 제국, 군국주의를 비판하는 내
    용으로 이루어져 있는데, 지면상 이후에 다뤄보고자 한다.

19 『金子光晴 詩人』講談社, 1994, p.192

20 위의 책, p.200

21 『女たちへのいたみうた』에 다카하시 겐이치로(高橋源一郎)가 쓴 서평,『昔、金子光晴とい
    う詩人がいた』에서 발췌. p226

‖편자약력‖

손 순 옥 (孫 順 玉)

- 학력
  한국외국어대학 대학원 (문학박사)
  도쿄대학 교양학부 외국인 객원 연구교수
  교토대학 대학원 국문학과 초빙교수
  현재 : 중앙대학교 인문대학 일어학과 교수

- 경력
  중앙대학교 일본연구소 소장
  한국 일본언어문화학회 회장
  한일비교문학연구회(동비회) 회장
  국제다쿠보쿠학회 한국회장

- 저서
  『正岡子規의 詩歌와 繪畵』 중앙대학교출판부, 1995
  『조선통신사와 치요조의 하이쿠』 한누리 미디어, 2006

- 공저
  『子規の現在』(子規選集 13) 增進會出版社, 2002
  『나쓰메 소세키 文學硏究』 제이앤씨, 2003
  『비교문학자가 본 일본, 일본인』 현대문학, 2005
  『韓流百年の日本語文学』 人文書院, 2009

- 역서
  『명치유신과 일본인』 芳賀徹 著, 예하, 1989
  『舞姬』 森鴎外 著, 時事日本語社, 1993
  『이시카와 타쿠보쿠 시선 石川啄木詩選』 민음사, 1998
  『요시마스 고오조 시선집 吉增剛造詩選集』 들녘, 2004
  『모리 오가이 단편집 森鴎外短編集』 지만지, 2008
  『아쿠타가와 류노스케 전집』(공역) 제이앤씨, 2009
  『마사오카 시키 수필선』 지식을만드는지식, 2013

저자약력

손 순 옥
중앙대학교 교수

김 경 민
숭의여자대학 겸임교수

김 난 희
제주대학교 교수

김 은 영
충남대학교 강사

김 정 숙
중앙대학교 강사

김　　철
경남정보대학교 교수

박 지 영
한국외국어대학교 강사

손 혜 경
전남과학대학교 교수

양 동 국
상명대학교 교수

이 재 성
중앙대학교 교수

전 창 환
규슈정보대학 교수

최 순 육
서울신학대학교 교수

홍 지 형
중앙대학교 강사

20세기
일본문학의 풍경

초판인쇄	2013년 8월 6일
초판발행	2013년 8월 13일

편　　자	손 순 옥
발 행 인	윤 석 현
발 행 처	제이앤씨
책임편집	최인노 · 김선은 · 주수련
등록번호	제7-220호

우편주소	㉾ 132-702 서울시 도봉구 창동 624-1 북한산 현대홈시티 102-1106
대표전화	02) 992 / 3253
전　　송	02) 991 / 1285
홈페이지	http://www.jncbms.co.kr
전자우편	jncbook@hanmail.net

ISBN 978-89-5668-969-2　　93830　　　정가 28,000원